U0126628

# 金學叢書
## 第二輯 1

吳　敢
胡衍南　霍現俊
主編

# 徐朔方《金瓶梅》研究精選集

徐朔方　著

臺灣 學生書局 印行

# 金學叢書第二輯序

2013 年 5 月第九屆（五蓮）國際《金瓶梅》學術討論會期間，胡衍南、霍現俊忙裏偷閒，時而小聚，漢書下酒，就中便有本叢書編輯出版一事。當時即擬與吳敢商談，以期盡快成議。只是吳敢當時會務繁多，此議終未提及。2013 年 7 月 3 日，胡衍南到徐州公幹，當晚至吳敢舍下小酌，此事即進入操作程序。此後電郵往來，徐州、臺北、石家莊三方輾轉，叢書編撰框架日漸明朗。2013 年 11 月 23 日，胡衍南再度到徐州公幹，代表臺灣學生書局與吳敢詳盡商談編輯出版事宜，本叢書遂成定案。

此「金學叢書」之由來也。

中國古代小說研究，重大課題眾多。近代以降，紅學捷足先登。20 世紀 80 年代，金學亦成顯學。明代長篇白話小說《金瓶梅》是中國文學史上一部里程碑式的重要作品，其橫空出世，破天荒打破以帝王將相、英雄豪傑、妖魔神怪為主體的敘事內容，以家庭為社會單元，以百姓為描摹對象，極盡渲染之能事，從平常中見真奇，被譽為明代社會的眾生相、世情圖與百科全書。幾乎在其出現同時，即被馮夢龍連同《三國演義》《水滸傳》《西遊記》一起稱為「四大奇書」。不久，又被張竹坡譽為「第一奇書」。《紅樓夢》庚辰本第十三回脂評：「深得《金瓶》壼奧」。魯迅《中國小說史略》認為「同時說部，無以上之」。

自有《金瓶梅》小說，便有《金瓶梅》研究。明清兩代的筆記叢談，便已帶有研究《金瓶梅》的意味。如明代關於《金瓶梅》抄本的記載，雖然大多是隻言片語的傳聞、實錄或點評，但已經涉及到《金瓶梅》研究課題的思想、藝術、成書、版本、作者、傳播等諸多方向，並頗有真知灼見。在《金瓶梅》古代評點史上，繡像本評點者、張竹坡、文龍，前後紹繼，彼此觀照，相互依連，貫穿有清一朝，形成筆架式三座高峰。繡像本評點拈出世情，規理路數，為《金瓶梅》評點高格立標；文龍評點引申發揚，撥亂反正，為《金瓶梅》評點補訂收結；而尤其是張竹坡評點，踵武金聖歎、毛宗崗，承前啟後，成為中國古代小說評點最具成效的代表，開啟了近代小說理論的先聲。明清時期的《金瓶梅》研究，具有發凡起例、啟導引進之功。

20 世紀是人類歷史上可足稱道的一個百年。對中國人來說，世紀伊始，產生了驚天動地的兩件大事：1911 年封建王朝的終結，1919 年「五四」新文化運動的興起。中國人

心裏承接有豐富的傳統，中國人肩上也負荷著厚重的擔當。揚棄傳統文化，呼喚當代文明，這一除舊佈新的文化使命，在中國用了大半個世紀的時間。觀念形態的更新、研究方法的轉變、思維體式的超越、科學格局的營設一旦萌發生成，便產生無量的影響，具有劃時代的意義。《金瓶梅》研究即為其中一例。

以 1924 年魯迅《中國小說史略》出版，標誌著《金瓶梅》研究古典階段的結束和現代階段的開始；以 1933 年北京古佚小說刊行會影印發行《金瓶梅詞話》，預示著《金瓶梅》研究現代階段的全面推進；以 30 年代鄭振鐸、吳晗等系列論文的發表，開拓著《金瓶梅》研究的學術層面；以中國大陸、臺港、日韓、歐美（美蘇法英）四大研究圈的形成，顯現著《金瓶梅》研究的強大陣容；以版本、寫作年代、成書過程、作者、思想內容、藝術特色、人物形象、語言風格、文學地位、理論批評、資料彙編、翻譯出版、藝術製作、文化傳播等課題的形成與展開，揭示著《金瓶梅》的研究方向。一門新的顯學——金學，已經赫然出現在世界文壇。

20 世紀 70 年代以來的當代金學，中國的吳曉鈴、王利器、魏子雲、朱星、徐朔方、梅節、孫述宇、蔡國梁、甯宗一、陳詔、盧興基、傅憎享、杜維沫、葉朗、陳遼、劉輝、黃霖、王汝梅、周中明、王啟忠、張遠芬、周鈞韜、孫遜、吳敢、石昌渝、白維國、陳昌恆、葉桂桐、張鴻魁、鮑延毅、馮子禮、田秉鍔、羅德榮、李申、魯歌、馬征、鄭慶山、鄭培凱、卜鍵、李時人、陳東有、徐志平、陳益源、趙興勤、王平、石鐘揚、孟昭連、何香久、許建平、張進德、霍現俊、陳維昭、孫秋克、曾慶雨、胡衍南、李志宏、潘承玉、洪濤、楊國玉、譚楚子等老中青三代，辨章學術，考鏡源流，營造了一座輝煌的金學寶塔。其考證、新證、考論、新探、探索、揭秘、解讀、探秘、溯源、解析、解說、評析、評注、匯釋、新解、索引、發微、解詁、論要、話說、新論等，蘊含宏富，立論精深，使得金學園林花團錦簇，美不勝收，可謂源淵流長，方興未艾。中國的《金瓶梅》研究，經過 80 年漫長的歷程，終於在 20 世紀的最後 20 年登堂入室，當仁不讓也當之無愧地走在了國際金學的前列。

此「金學叢書」之要義也。

本叢書暫分兩輯，第一輯為臺灣學人的金學著述，由魏子雲領銜，包括胡衍南、李志宏、李梁淑、鄭媛元、林偉淑、傅想容、林玉惠、曾鈺婷、李欣倫、李曉萍、張金蘭、沈心潔、鄭淑梅，可說是以老帶青；第二輯為中國大陸 20 世紀 80 年代以來學人的《金瓶梅》研究精選集，計由徐朔方、甯宗一、傅憎享、周中明、王汝梅、劉輝、張遠芬、周鈞韜、魯歌、馮子禮、黃霖、吳敢、葉桂桐、張鴻魁、陳昌恆、石鐘揚、王平、李時人、趙興勤、孟昭連、陳東有、孫秋克、卜鍵、何香久、許建平、張進德、霍現俊、曾慶雨、楊國玉、潘承玉、洪濤諸位先生的大作組成，凡 31 人 30 冊（其中徐朔方、孫秋克，

傅憎享、楊國玉，王平、趙興勤，因字數兩人合裝一冊），每冊 25 萬字左右。

　　天津師範學院（今天津師範大學）朱星是中國大陸金學新時期名符其實的一顆啟明星，他在 1979 年、1980 年連續發表多篇論文，並於 1980 年 10 月由百花文藝出版社結集出版了中國大陸新時期《金瓶梅》研究的第一部專著《金瓶梅考證》。朱星的研究結論不一定都能經得住學術的檢驗，但朱星繼魯迅、吳晗、鄭振鐸、李長之等人之後，重新點燃並高舉起這一支學術火炬，結束了沉寂 15 年之久的局面，這一歷史功績，應載入金學史冊。遺憾的是，朱星先生 1982 年逝世，後人查訪困難，只能闕如。

　　香港夢梅館主梅節可謂《金瓶梅》校注出版的大家，1988 年由香港星海文化出版有限公司出版《全校本金瓶梅詞話》；1993 年由梅節校訂，陳詔、黃霖注釋，香港夢梅館出版《重校本金瓶梅詞話》（該本後由臺灣里仁書局 2007 年 11 月初版，2009 年 2 月修訂一版，2013 年 2 月修訂一版八刷）；1998 年梅節再為校訂，陳少卿抄寫，香港夢梅館出版《夢梅館校定本金瓶梅詞話》。前後三次合共校正詞話原本訛錯衍奪七千多處，成為可讀性較好的一個本子。梅節由校書而研究，關於《金瓶梅》作者、傳播、成書、故事發生地等問題的認識，亦時有新見。可惜的是，梅節先生的論文集《瓶梅閒筆硯——梅節金學文存》2008 年 2 月由北京圖書館出版社出版，版權協商匯易，未能入選。

　　上海音樂學院蔡國梁 20 世紀 50 年代末即開始研習《金瓶梅》，寫下不少筆記，1980 年前後即依據筆記整理成文，1981 年開始發表金學論文，1984 年出版第一部專著[1]，累計出版金學專著 3 部[2]、編著 1 部[3]，發表論文多篇，內容涉及《金瓶梅》的思想、源流、人物、作者、評點、文化等諸多研究方向，是早期《金瓶梅》研究的主力成員。無奈聯繫不上，不得已而割愛。

　　國人研究《金瓶梅》的論著，最早是闞鐸的《紅樓夢抉微》[4]，但其只是一個讀書筆記。天津書局 1940 年 8 月出版之姚靈犀《瓶外巵言》，嚴格說也只是一個資料彙編。香港大源書局 1961 年出版之南宮生著《金瓶梅》簡說，算得上是一個原著導讀。臺北時報文化出版公司 1978 年 2 月出版之孫述宇著《金瓶梅的藝術》，可說是第一部文本研究的學術著作。該書全文收入石昌渝、尹恭弘編選的《臺港金瓶梅研究論文選》[5]。2011 年 3 月上海古籍出版社再版，增加了一篇作者自序，更名為《金瓶梅：平凡人的宗教劇》。

---

1　《金瓶梅考證與研究》，西安：陝西人民出版社，1984 年。

2　另兩部為：《明清小說探幽——明人、清人、今人評金瓶梅》，杭州：浙江文藝出版社，1985 年；《金瓶梅社會風俗》，天津：百花文藝出版社，2002 年。

3　《金瓶梅評注》，桂林：灘江出版社，1986 年。

4　天津大公報館 1925 年 4 月鉛印。

5　南京：江蘇古籍出版社，1986 年。

孫述宇先生本已與上海古籍出版社洽商同意編入金學叢書，並授權主編代理，忽中途撤稿，原因還是版權問題。

還有其他一些因故未能入選的師友：或已作仙遊[6]，或礙於本輯叢書的體例[7]，或因為版權期限，或失去聯繫等。凡此種種，均為缺憾。

儘管如此，第二輯連同第一輯 14 人 16 冊總計所入選的此 45 人 46 冊，已經是中國當代金學隊伍的主力陣容，反映著當代金學的全面風貌，涵蓋了金學的所有課題方向，代表了當代金學的最高水準。

此「金學叢書」之大略也。

臺灣學生書局高瞻遠矚，運籌帷幄，以戰略家的大眼光，以謀略家的大手筆，決計編撰出版「金學叢書」，實金學之幸，學術之福。主編同仁視本叢書為金學史長編，精心策劃，傾心編審。各位入選師友打造精品，共襄盛舉。《金瓶梅》研究關聯到中國小說批評史、中國小說史、中國文學史、中國文學評點史、中國文學批評史等諸多學科，是一個應該也已經做出大學問的領域。為彌補本叢書因為容量所限有很多師友未能入選的不足，特附設一冊《金學索引》[8]，廣輯金學專著、編著、單篇論文與博碩士論文，臚列學會、學刊與所舉辦之金學會議，立此存照，用供備覽。本叢書的編選，既是對過往的總結，也是對未來的期盼。本叢書諸體皆備，雅俗共賞，可以預測，將為金學做出新的貢獻。

此「金學叢書」之宗旨也。

金學已經不是一座象牙塔，而是一處公眾遊樂的園林。三百多部論著，四千多篇學術論文，二百多篇博碩士論文，既有挺拔的大樹，也有似錦的繁花，吸引著越來越多的研究者與愛好者探幽尋奇。不容置疑，傳統的金學，加上以文化與傳播為標誌的、以經典現代解讀為旗幟的新金學，必然展示著甯宗一先生的經典命題：說不盡的《金瓶梅》。

此「金學叢書」之感言也。

吳敢、胡衍南、霍現俊（吳敢執筆）

2014 年元旦

---

6　如王啟忠、鮑延毅、孔繁華、許志強諸先生等，駕鶴西去的徐朔方先生的精選集由其高足孫秋克代為編選，劉輝先生的精選集由其摯友吳敢代為編選。

7　本輯叢書乃論文精選集，字典、詞典與小塊文章結集便未能入選，《金瓶梅》語言研究的幾位專家如白維國、李申、張惠英、許仰民等因此失選。

8　吳敢編著，分上下兩編。

# 徐朔方《金瓶梅》研究精選集

# 目　次

# 《金瓶梅》成書新探

## 一、問題的提出

　　《金瓶梅》被看作淫書，並不缺少理由。但這只是它的一面，不少嚴肅的學者還看到它的另一面。他們在批評它的顯而易見的缺陷時，又正確地評價它對社會現實的深刻反映和它傑出的藝術成就。試以魯迅《中國小說史略》的論述為例：

> 作者之於世情，蓋誠極洞達，凡所形容，或條暢，或曲折，或刻露而盡相，或幽伏而含譏，或一時並寫兩面，使之相形，變幻之情，隨在顯見。同時說部無以尚之……至謂此書之作，專以寫市井淫夫蕩婦，則與本文殊不相符。緣西門慶故稱世家，為搢紳，不唯交通權貴，即士類亦與周旋。著此一家，即寫盡諸色。蓋非獨描摹下流言行加以筆伐而已。

　　《金瓶梅》引起學術界的重視，除了它本身的成就和缺陷，還由於它在中國小說發展史上是一個必要的環節。長篇小說名著的出版問世，試依次排列如下：

《三國志演義》，明弘治七年甲寅（1494 年）庸愚子即金華蔣大器序嘉靖元年本；

《水滸傳》，明萬曆十七年己丑（1589 年）天都外臣即汪道昆序本；

《西遊記》，明萬曆二十年壬辰（1592 年）世德堂本；

《金瓶梅》，明萬曆四十五年丁巳（1617 年）東吳弄珠客序本；

《紅樓夢》，清乾隆五十六年（1791 年）程甲本。

　　《三國》《水滸》《西遊記》各以帝王將相、英雄好漢、神魔鬼怪為主角，它們在某種意義上也深刻地反映了社會現實的矛盾衝突，但世俗社會中的普通人物並未成為作品的主角。這是早期白話小說的共同現象之一。

　　魯迅的《中國小說史略》把《金瓶梅》和《紅樓夢》都歸入人情小說一類，具有重大的理論意義。這無異指出並充分肯定世俗中的普通人物成為長篇小說的主角創始於《金瓶梅》。所謂人情小說，就是近代小說，以反映社會現實為主，以各個階級階層的男女主人公悲歡離合的命運和光怪陸離的社會現象作為題材。帝王將相、才子佳人也隸屬於

社會中的特定階級和階層,也是社會現實的組成部分之一。但他們是具有特殊身份和特殊地位的人物,往往被賦予普通人所不具備的智慧、道德、才能或美貌。可以說,他們原本就不是現實社會中的實有人物,或雖是現實社會中的實有人物但已美化失實,甚至在一定程度上被加以神化。當然文學藝術相當複雜,這些名著中的人物(神魔),由於深刻地反映了現實社會中實有人物的思想感情、個性和行動,因而成為光輝奪目的典型形象,但他們畢竟有別於按照普通人的面貌而塑造出的、後來小說中的典型形象。

《三國》是歷史演義,作者對史實可以有所剪裁和選擇,而不能任意虛構和改變。《水滸》至今留下《武十回》《宋十回》大段拼接的痕跡。《西遊記》大鬧天宮和取經前後兩截,而八十一難依次鋪敘。就藝術結構而論,上述三部名著都是單線發展型式,而《金瓶梅》則另闢蹊徑,結構錯綜複雜,曲折多姿,令人耳目一新。

遲於《金瓶梅》很久,早於《紅樓夢》不多的另一長篇小說《儒林外史》,魯《中國小說史略》迅對它評論說:「事與其來俱起,亦與其去俱訖,雖云長篇,頗同短制。」它不失為優秀的諷刺作品,但對長篇小說體制的完善,沒有作出自己的貢獻。

如上所述,《金瓶梅》在小說藝術的兩個主要方面(人物和結構)都成為《紅樓夢》的先驅。在《金瓶梅》之後、《紅樓夢》之前曾出現別的長篇小說,如《玉嬌梨》《平山冷燕》《好逑傳》《繡榻野史》《禪真逸史》和《醒世姻緣傳》等,它們由於各自的局限性,都難以作為《紅樓夢》的借鑒。曹雪芹倒是借書中人物賈母之口指責過它們之中某些作品的缺點。

文學藝術和自然科學都是在漫長的社會發展的歷史中形成的,但兩者有一區別:某一時代的自然科學成就被後來的發展超過之後,即不再具有現實意義,除了科學史研究者外,後人不會對它們發生持久的興趣。文學藝術則不然。早期的創作方法、藝術手段可以被後輩視為幼稚、陳腐而被忽視,但古代文學藝術的傑作則具有永久的感染力。《三國》《水滸》《西遊》的質樸的表現技巧變得過時是一回事,作為藝術作品它們仍然得到後代讀者的喜愛是另一回事。不能據《三國》《水滸》《西遊》的優秀藝術成就而否定它們表現技巧的相對原始質樸;肯定《金瓶梅》對它們後來居上的重大發展,並不等於認為《金瓶梅》比它們中的任何一部更好。

從長篇小說名著自《三國志演義》到《紅樓夢》的排列順序不難看出,《金瓶梅》是中國長篇小說發展史上的一個必要環節,承先啟後,不可或缺。考查它的成書過程、創作年代和作者,對瞭解中國小說發展史的真實面貌有著重大意義。

從明清筆記、書信、野史的記載,近代從魯迅、鄭振鐸、吳晗等開始的研究以至今日,《金瓶梅》的成書有個人創作和世代累積型的集體創作兩說;創作年代有早在嘉靖遲到天啟的不同說法,相差六十至八十年之久;作者籍貫有南北二說;作者或寫定者的

主名至少有王世貞、李開先、薛應旂、趙南星、湯顯祖、屠隆、賈三近、沈德符、李漁等說法。

本文作者曾在《杭州大學學報》發表〈金瓶梅的寫定者是李開先〉（1980 年第 1 期）和〈金瓶梅成書補證〉（1981 年第 1 期），提出《金瓶梅》是世代累積型的長篇小說，李開先是它的寫定者。分別地說，這兩個說法都不始於本文作者。李開先說最初見於前中國科學院文學研究所《中國文學史》1962 年初版第 949 頁：

> 《金瓶梅》作者的真實姓名和生平事蹟都無可查考。不過，從《金瓶梅》裏可以看出：作者十分熟練地運用山東方言，有是山東人的極大可能，蘭陵正是山東嶧縣的古稱；作者異常熟悉北京的風物人情，許多描敘很像是以北京做為背景，作者不僅具有相當程度的文學素養和寫作才能，而且詳知當時流行在城市中的各種文藝形式和作品，如戲劇、小說、寶卷和民間歌曲之類。

同一頁的註腳又說：

> 《金瓶梅詞話》本欣欣子所載序文說作者是蘭陵笑笑生，實際上，欣欣子很可能也是笑笑生的化名。另外，有人曾經推測作者是李開先（1501-1568），或王世貞（1526-1590），或趙南星（1550-1627），或薛應旂（1550 前後），但是都沒有能夠舉出直接證據，李開先的可能性較大。

該書未作任何論證，在 1979 年重印時把「李開先的可能性較大」這句話刪去。

主張《金瓶梅》是世代累積型的長篇小說，始於潘開沛〈金瓶梅的產生和作者〉（1954 年 8 月 29 日《光明日報》），隨即受到徐夢湘的批評，題為〈關於金瓶梅的作者〉，見該報次年 4 月 17 日。潘開沛沒有提出答辯，以後也沒有就同一問題進行討論。

本文將以刊於《杭州大學學報》的兩篇舊作為基礎，加以完善、補充和適當的修訂。對王世貞、屠隆、湯顯祖和沈德符創作《金瓶梅》的四種不同說法，本文作者已經有專文提出質疑，這裏不重複。僅僅就作者籍貫為蘭陵（山東嶧縣和江蘇武進）作猜測而提不出確鑿論證的，本文存而不論。當各家不同說法所提的論證和本文抵觸時，將提出必要的答辯，以示對前輩和同行的辛勤勞動的尊重和重視。

## 二、《金瓶梅》是世代累積型的集體創作

《金瓶梅》的現存最早版本刻於萬曆四十五年（1617 年），全名《金瓶梅詞話》。沈德符《野獲編》卷二十五將《金瓶梅》列於詞曲之下，可見他對詞話二字的重視。

明清兩代的研究者都不知道董解元《西廂記》是什麼文體，六十多年前王國維才考查出它是諸宮調。其實作品一開頭就說得很清楚：「比前賢樂府不中聽，在諸宮調裏卻著數。」簡單明白，簡直不需要論證。《金瓶梅》的情況與此相似。

歷來認為《金瓶梅》是作家個人創作，而它現存最早的刻本卻叫《金瓶梅詞話》。問題不在於標題上增加或減少兩個字，這也許可以由書販隨意改動；問題在於它大約七十萬字的本文都可以證明它是詞話，不是個人創作。這是無法改變的事實。

「詞話」這個名詞在中國文學史上並不生疏。關漢卿《救風塵》雜劇第三折第二支〔滾繡球〕說：「那唱詞話的有兩句留文：咱也曾武陵溪畔曾相識，今日佯推不認人。」《元史》卷一〇五〈刑法〉四〈禁令〉：「諸民間子弟不務正業，輒於城市坊鎮演唱詞話，教習雜戲，聚眾淫謔，並禁治之。」可見這種說唱藝術曾經風行一時。有詞有話，即有說有唱。詞，泛指詩、詞、曲等韻文而言。《金瓶梅》以詞話為名，不會是什麼人糊裏糊塗加上去的[1]。

如果以現存《大唐秦王詞話》同《金瓶梅》相比較[2]，可以看出兩者體裁極為相似。《大唐秦王詞話》六十四回，書前有分詠春夏秋冬的四首〈玉樓春〉詞，再加一首七絕，然後才是第一回正文。韻散夾用，散文多於韻文。每一回起訖都是韻文。《金瓶梅詞話》正文前有兩組詞，前一組四首〈行香子〉自述，後一組是酒色財氣〈四貪詞〉（〈鷓鴣天〉），它也是韻散夾用，每回起訖都用韻文。散文多於韻文的情況應是寫定者改編的結果。現在大家都承認《大唐秦王詞話》是根據說唱藝術的底本而寫定的，是一種詞話，同時卻又認為同樣體裁的《金瓶梅詞話》是作家個人創作，這豈不是前後矛盾嗎？只要不被舊說所蒙蔽，這原是容易想通的道理。

從《金瓶梅詞話》本身可以很明顯地看出它不是作家個人創作。即使後來寫定者作了極大改動，以致他的加工使得原有詞話的面目全然改觀，他也不可能把說唱藝術的痕跡刪除淨盡。只要不為先入之見所左右，這原來不難發覺。例證如下：

（一）《金瓶梅》每一回前都有韻文唱詞。以前十回為例，第一、三、五、六、九、

---

1　近人葉德均《宋元明講唱文學》（上海：上雜出版社 1953 年）對詞話有專門論述。它推知：「從元末到明嘉靖以前的《水滸傳》，應是全部為韻散夾用的詞話本。」又說：「在嘉靖間已漸成散文本，到萬曆時各種繁本和簡本都改為全部散文了。然而在嘉靖前後，也還有彈詞的詞話和少數嘉靖本流傳著。」然而作者卻認為：「在萬曆前後又有襲用詞話名稱，而所指卻是散文的小說……《金瓶梅》雖插有許多詞曲，又用曲和韻語代言，但全書仍以散文為主，和詩贊係詞話迥不相類。」他不認為《金瓶梅》可以像《水滸傳》那樣由韻散夾用的詞話本發展成為散文本，大概也是受到「嘉靖間大名士手筆」「蘭陵笑笑生撰」等傳統說法的束縛，仍是沿用舊說，很可惋惜。
2　《大唐秦王詞話》，澹圃主人諸聖鄰編次，有天啟刊本。這是《金瓶梅詞話》之外僅存的一部明代長篇詞話。楊慎的《歷代史略十段錦詞話》是文人擬作，性質不同。

十等回都以說唱中常見的勸世、說教為內容。如第一回：

> 詞曰：丈夫只手把吳鉤，欲斬萬人頭。如何鐵石、打成心性，卻為花柔。請看項籍並劉季，一似使人愁。只因撞著、虞姬戚氏，豪傑都休。

以上十回前的韻文雖以勸世、說教為主，但也往往連帶交代了正文的內容情節，如第六回：

> 可怪狂夫戀野花，因貪淫色受波喳。亡身喪命皆因此，破業傾家總為他。半晌風流有何益，一般滋味不須誇。有朝禍起蕭牆內，虧殺王婆先做牙。

這一回的題目是「西門慶買囑何九，王婆打酒遇大雨」，上引韻文的末兩句說的正是正文的內容。第二、八兩回前的韻文則以介紹情節為主，以第二回為例：

> 月老姻緣配未真，金蓮賣俏逞花容。只因月下星前意，惹起門旁簾外心。王媽誘財施巧計，鄆哥賣果被嫌嗔。那知後日蕭牆禍，血濺屏幃滿地紅。

第七回前的韻語比較特殊：

> 我做媒人實可能，全憑兩腿走殷勤。唇槍慣把鰥男配，舌劍能調烈女心。利市花紅頭上帶，喜筵餅錠袖中撐。只有一件不堪處，半是成人半敗人。

分明是說唱藝人假託媒婆的聲口，現身說法，目的還是在於勸世，在形式上卻帶有更鮮明的說唱藝術的特色。

以上十回正文之前的唱詞，除第一回是〈眼兒媚〉詞，第十回是五言八句外，其餘八回都是七言八句。

(二)大部分回目以韻語作為結束，分明也是說唱藝術的殘餘。試以第二十回的結尾為例：

> 正是：宿盡閒花萬萬千，不如歸去伴妻眠。雖然枕上無情趣，睡到天明不要錢。
> 又曰：女不織兮男不耕，全憑賣俏做營生。任君斗量並車載，難滿虔婆無底坑。
> 又曰：假意虛脾恰似真，花言巧語弄精神。幾多伶俐遭他陷，死後應知拔舌根。

(三)小說正文中有若干處保留著當時詞話說唱者的語氣，和作家個人創作顯然不同。如第三十五回：

> 那小廝千不合萬不合叫書童哥，我有句話兒告你說：昨日俺平安哥接五娘轎子，

在路上好不學舌……

第四十一回：

> 看官聽說，今日潘金蓮在酒席上，見月娘與喬大戶家做了親，李瓶兒都披紅簪花
> 遞酒，心中甚是氣不憤……

這兩段都兼有喚起聽眾注意的作用，分明是說唱藝術的特有手法。

（四）第八十九回吳月娘、孟玉樓上墳，哭亡夫西門慶，各唱〔山坡羊〕帶〔步步嬌〕
曲，春梅、孟玉樓哭潘金蓮也各唱〔山坡羊〕一支。第九十一回李衙內打丫頭玉簪兒，
玉簪兒唱〔山坡羊〕訴苦。作為作家個人創作，這就難以理解。

（五）小說幾乎沒有一回不插入幾首詩、詞或散曲，尤以後者為多。有時故事說到演
唱戲文、雜劇，就把整齣或整折曲文寫上去，而這些曲文同小說的故事情節發展並無關
係。第七十三回王姑子宣卷所說的故事即採用〈五戒禪師私紅蓮記〉。這是說唱藝人以
多種藝術形式娛樂觀眾的一種方法。有的韻文特別俚俗，這雖然和小說寫定者的愛好及
趣味有關，但在說唱時卻首先為了滿足城鎮聽眾的需要。試以第三十回中的一段為例。

> 蔡老娘道，你老人家聽我告訴：我做老娘姓蔡，兩隻腳兒能快。身穿怪綠喬紅，
> 各樣鬏髻歪戴。嵌絲環子鮮明，閃黃手拍符撢。入門利市花紅，坐下就要管待。
> 不拘貴宅嬌娘，那管皇親國太。教他任意端詳，被他褪衣刮劃。橫生就用刀割，
> 難產須將拳揣。不管臍帶包衣，著忙用手撕壞。活時來洗三朝，死了走的偏快。
> 因此主顧偏多，請的時常不在。

（六）全書對勾闌用語、市井流行的歇後語、諺語的熟練運用，有的由於在一般戲曲
小說中罕見，現在很難精確地解釋。它對當時流行的民歌、說唱以及戲曲的隨心所欲的
採錄，使得本書成為研究明代說唱和戲曲的重要資料書。如果不是一度同說唱藝術發生
過血緣關係，那是難以說明的。

（七）從風格來看，行文的粗疏、重複也不像是作家個人的作品。作家個人創作也可
以有這樣那樣的缺點，但方式卻不會如此。下面舉幾個具體例子：

甲、全書對西門慶多少是帶著批判的角度來寫的，而第五十六回卻說：「西門慶仗
義疏財，救人貧難，人人都是讚歎他的，這也不在話下。」前後文明顯地不相對應。

乙、臥雲亭下玩花樓邊，潘金蓮撇下月娘等人獨自在假山旁撲蝶為戲，她和陳經濟
調情的話以及陳經濟上前親嘴被潘金蓮推了一下跌倒的情節，第十九回和第五十二回竟
然有一半相同。連清曲〔折桂令〕也只有個別文字出入。同一作家在同一作品的後半部

居然抄襲前半部的一段文字，這是難以想像的。

丙、第十四回，李瓶兒將三千兩大元寶私交西門慶。「西門慶道：只怕花二哥來家尋問怎了？婦人道：這個都是老公公在時梯己交與奴收著的，之物他一字不知，大官人只顧收去。」後來，「花子虛打了一場官司出來，沒分的絲毫，把銀兩房舍莊田又沒了，兩箱內三千兩大元寶又不見蹤影，心中甚是焦躁。」他和瓶兒吵架，從瓶兒話中看來，丈夫又是知道這一筆財物的。小說情節的微細處不相銜接，就是在現代名家筆下也在所難免，但是不會有這種兩段文字相隔不遠，一看就能發現的漏洞。

丁、第七十二回：「西門慶頭戴暖耳，身披貂裘，作辭回家。到家想著金蓮白日裏話，徑往他房中。」「白日裏話」，前文全未提起。

戊、小說中多次出現「六黃太尉」（如第五十一回、第六十五回）。這個稱號又見於《大宋宣和遺事》，它的來由，原來詞話中應當有所交代，當時沒有將它寫進小說，現在成為不解之謎。這正和《水滸傳》第八十九回稱宋徽宗為童子皇帝，而不說明原因一樣。在文人創作的作品裏，這種不明不白的辭彙而不加解釋是難以想像的。

己、第五十四回結尾，西門慶已經差人送任醫官回家，並且從他那裏取了藥，第五十五回開頭，任醫官卻還在西門慶家談話。

庚、第九十一回寫明潘金蓮房中的螺鈿床已經送給孟玉樓作陪嫁，而第九十六回吳月娘卻說：「也是家中沒盤纏，抬出去交人賣了。」她告訴春梅只賣了三十五兩銀子。

辛、西門慶已經轉生為他自己的遺腹子孝哥兒，這在第一百回有明白的描寫，而同一回卻又說西門慶托生為東京富戶沈通的次子。

壬、第十八回陳經濟和潘金蓮初次見面時，小說寫道：「正是：五百年冤家，今朝相遇；三十年恩愛，一旦遭逢。」當時潘金蓮二十七歲，第八十七回她被害時三十二歲。她們之間只有五六年「恩愛」。這句話可能表明在原來的傳說中有一個分支，潘、陳的結局和今本大異。

癸、第七十回，西門慶差人到懷慶府（今河南省沁陽）林千戶處打聽官員考察後的遷謫消息，接著晉京又路過該地。按，西門慶在山東官場交遊甚廣，在此之前他已在家接待了六黃太尉和山東省巡撫以下的州府主要官員，為什麼他不在本地或本省別處查閱這樣一份政府公報而捨近求遠，派人到懷慶府？懷慶在黃河以北，遠在宋朝京師汴京之西。由山東晉京而路過懷慶，那不是順道，而是繞了遠路。可以想見在原來的傳說中懷慶府林千戶當有另外的情節和西門慶故事相關，後來被淘汰了。

這些前後脫節、破綻或重出的情況作為作家個人創作的一部案頭讀物是很難理解的；但是作為每日分段演唱的詞話，各部分之間原有相對的獨立性，寫定者又未必作過極其認真的加工，這就不足為奇了。再加「前車倒了千千輛，後車倒了亦如然。分明指

與平川路，錯把忠言當惡言」這樣的詩句，在第九、十八、二十回再三採用；「遺蹤堪
入時人眼，不買胭脂畫牡丹」也一樣（見第八、六十五、九十四回）。這在作家個人創作中
也難以想像。

（八）就小說主要人物的年齡和重大事件的年代來說，《金瓶梅》有時顛倒錯亂十分
嚴重。如第十回介紹李瓶兒的出身：

> 只因政和三年正月上元之夜，梁中書同夫人在翠雲樓上，李逵殺了全家老小。梁
> 中書與夫人各自逃生。這李氏（瓶兒）帶了一百顆西洋大珠、二兩重一對鴉青寶石，
> 與養娘媽媽走上東京投親。那時花太監由御前班直升廣南鎮守。因侄男花子虛沒
> 妻室，就使媒人說親娶為正室。太監在廣南去，也帶他到廣南，住了半年有餘。
> 不幸花太監有病，告老在家。因見清河縣人，在本縣住了。如今花太監死了……

根據同一回的交代：「花二哥他娶了這娘子兒，今不上二年光景。」按說此時至少應該
是政和五年，但上面那段引文記載的事情卻明明白白發生在政和三年一個秋天月夜之
前。第一回故事發生在政和二年，武松說自己二十八歲，潘金蓮說：「叔叔到（倒）長
奴三歲」，是二十五歲。第二回轉入政和三年，潘金蓮的年齡仍然是二十五歲。第四十
八回按照小說的前後文編年，寫的是政和七年（1117 年）的事，官哥不到周歲，而小說第
三十回卻清楚地寫出官哥出生於宣和四年（1122 年）。這就出現了歲月倒流的奇跡。第七
十回甚至說：「果到宣和三年徽欽北狩，高宗南遷。」完全離了譜。長篇小說中的人物
和重大事件的年代偶有出入並不罕見，但是像《金瓶梅》那樣明擺的錯亂，如果出現在
前後文一氣呵成的某一文人筆下，那是難以想像的。

（九）《金瓶梅》以北宋末年作為時代背景，它的不少篇幅涉及當時的朝廷政治。如
第四十八回〈曾御史參劾提刑官，蔡大師奏行七件事〉，它把蔡京在崇寧三年（1104 年）
的罷科舉和更鹽鈔法以及晚在宣和六年（1124 年）的免夫錢都寫在同一年之內。作為小
說，這是可以理解的。完全按照史實前後加以編排，可以寫正史的本紀和《通鑒》紀事
本末體的歷史著作，卻寫不成小說。同樣，奸臣王黼為「盜」所殺，不妨改寫成明正典
刑。但在文人筆下不會出現正邪顛倒的情況，特別在萬曆後期東林黨形成前後。據《續
通鑒紀事本末長編》卷五十二，宇文虛中之兄粹中是蔡京的甥婿，《金瓶梅》第十七回
宇文虛中卻彈劾蔡京「憸邪奸險」「寡廉鮮恥」，被表揚為小說中少見的忠臣之一。理
學家楊時，是南劍將樂人。明末的東林黨就以他曾講學的書院而得名。他繼承程頤的道
統，上章抨擊蔡京。《金瓶梅》第十四回卻說：「這府尹名喚楊時，別號龜山，乃陝西
弘農縣人氏。由癸未進士升大理寺卿，今推開封府裏，極是個清廉的官。況蔡大師是他
舊時座主，楊戩又是當道時臣，如何不做分上。」

小說寫到宋代某些歷史事實非常準確，如第三十回來保任命為山東鄆王府校尉。鄆王府只在書中所寫的宋朝才有，元、明兩代都已經廢止。為了小說情節的發展，來保做任何官職都可以，不必細考事實到如此謹嚴的地步。這不會是作家個人據書考證的結果，而是和當時距離書中事實不遠時流行的傳說有關。如果是出於如此細心的作家筆下，那麼像第六十五回說的「咱山東一省也響出名去了」的話就難以想像了。「山東一省」這概念只有明代以後才有。山東在宋代叫京東路，在元代稱腹裏。元代的山東東西道宣慰使不包括小說寫到的舊東平府所在的今魯西一帶。

(十)浦安迪教授曾指出《金瓶梅》的結構也有《水滸傳》那樣以十回作為一個大段落的傾向。如第一至九回主要是潘金蓮和武松的故事，第十至十九回是李瓶兒傳，第二十至二十九回是西門慶的暴發及算命。後面的段落雖然不太分明，但官哥、西門慶之死都在逢九的回目上，即第五十九和第七十九回[3]。本文認為這是《金瓶梅》在早期流傳過程中如同《水滸傳》的《武十回》《宋十回》那樣分大段說唱所留下的痕跡。

上面列舉十條例證，最重要的還在下面。

《金瓶梅》引用前人詞曲和雜劇、傳奇、話本次數之多，篇幅之大，已有不少學者指出，其中以美國哈佛大學韓南教授的論文〈金瓶梅探源〉最為完備[4]。此文指出九種話本和非話本小說的情節曾被《金瓶梅》所借用或作為穿插（具體論述見後）；李開先的傳奇《寶劍記》多次大段地被《金瓶梅》引用，有的作為唱詞，有的作為正文的描寫或敘述之用（具體論述見後）；另外引用套曲二十套（其中十七套是全文）、清曲一百零三首。它們大都散見於《盛世新聲》《詞林摘豔》《雍熙樂府》《吳歈萃雅》等曲選中。

宋元以來書會才人、說唱藝人為演出而編寫的演出本、唱本、話本都在一定程度上以前人的作品為基礎，作出或多或少程度不等的修訂。就某一作家說，他的工作只是編寫整理；就某一作品經許多世代的作家之手，由原始到成熟、由粗而精的過程來說，卻是創作，本文稱之為世代累積型的集體創作。在這一種類型的戲曲小說中不存在摹仿或抄襲的問題。人人都可以摹仿或抄襲前人的作品，同樣也可以增刪修改前人的作品。著名元代雜劇作家鄭德輝不妨創作一個簡本《西廂記》即《儇梅香》，另一名家白樸則改編一本《東牆記》。他們在當時只會受到讚揚，而不是批評。《趙氏孤兒》可以和結構近似的《抱妝盒》同時並存。《三國》的張飛、《水滸》的李逵、《說唐》的程咬金身

3　見所著〈水滸傳和十六世紀小說藝術形式的重新評價〉（Andrew H. Plaks: Shui-hu Chuan and the Sixteenth-century Novel Form: An lnterpretive Reappraisal），美國威斯康辛大學東方系主編《中國文學》（*Chinese Literature*），1980 年第 2 期。

4　Patrick D. Hanan.: Sources of The Chin P'ing Mei，《大亞細亞》（*Asia Major*），1963 年第 10 期。譯文見拙編《金瓶梅西方論文集》，上海：上海古籍出版社 1987 年。

分不同，各有自己的特色，而又有近似之處。中國古代小說戲曲的獨特成就以及它的常見的雷同因襲的缺陷，都可以在它獨特的形成發展過程中去理解。

個人創作出現明顯的抄襲現象，那是不名譽的事。像《金瓶梅》第九十回借用話本〈楊溫攔路虎傳〉，只是用作吳月娘等妻妾清明上墳回家途中孟玉樓和李衙內邂逅時的景物描寫。擂台比武改作江湖賣藝，具體情節完全不同。除了山東夜叉李貴一個人名和外號外，其他都沒有借用。作家可以輕而易舉地把姓名和外號改了，絲毫無損作品的價值而免去因襲的痕跡。然而作者沒有這麼做，作為個人創作這是很難理解的。如果說這個人名和外號有什麼魔力，以致在第九十九回完全和這個話本無關的情節中也要借用一下：當虞候李安和人相打時，他就說：「我叔叔有名山東夜叉李貴。」這是因為說唱藝術有一個特點，主角相同或時代、地點相近的同類故事在聽眾的心理上自然地成為另一故事的背景。應該指出《金瓶梅》所引用的上面這些片段並不足以構成小說的精彩段落，它們在原作中本來平淡無奇，並不吸引人（只有一篇例外，見後文）。無論從嚴肅的藝術角度或某種特殊的癖好來看，《金瓶梅》畢竟有不少獨到的篇章。作者能夠無所依傍地創作這些篇章，而對那些平庸的、對小說無關緊要之處反倒要借用別的作品，這是很難理解的。只有認識到，作為世代累積型的集體創作，不同作品在流傳過程相互影響、相互吸收已成為習慣，甚至成為難以避免的情況，《金瓶梅》的上述現象才能得到說明和理解。

《金瓶梅》借用的話本和非話本小說列舉如下（括弧內是《金瓶梅》的相應回目）：

（一）〈刎頸鴛鴦會〉（第一回）

（二）〈戒指兒記〉（第三十四、五十一回）

（三）〈五戒禪師私紅蓮記〉（第七十三回）

（四）〈楊溫攔路虎傳〉（第九十、九十九回）以上見《清平山堂話本》

（五）《西山一窟鬼》（第六十二回）

（六）〈志誠張主管〉（第一、二、一百回）以上見《京本通俗小說》

（七）〈新橋市韓五賣春情〉（第九十八、九十九回）見《古今小說》

（八）日本蓬左文庫藏《新刊京本通俗演義全像百家公案全傳》（第四十七、四十八回）

（九）《如意君傳》《閣娛情傳》（第二十七回）

上述各例中，五戒的故事已確定比《金瓶梅》早，它只作為書中人物講說的一個佛教故事插入小說中，和先後繼承關係無關，可以不加討論，（四）（五）關係最少，簡直可以不算在內，（二）（八）作為插曲，同全書結構也很少有關係，其餘四例為《金瓶梅》提供了情節，甚至有較長的段落文句也很少改動，應該特別加以重視。

許多學者指出《水滸》以及上述話本、非話本小說同《金瓶梅》的雷同或蹈襲是一

前一後的繼承關係，即《金瓶梅》在借用《水滸》以及上述話本、非話本的部分情節或片段以完成作家的個人創作。有的研究者把《金瓶梅》的這種創作方法形象化地比喻為鑲嵌藝術（mosaic），有如中國古代的集句，純用前人的現存詩句拼湊成一首新作。這甚至比創作更困難。然而《金瓶梅》的情況與此大異。鑲嵌藝術或集句，其組成部分無論精彩或平庸拙劣，都採取現成材料，而本文前面已經指出《金瓶梅》所採用的只是它的平庸部分，藝術上成功的描寫都是它的創作。這就遠不是「鑲嵌」所能解釋得了的。既然這些學者承認「鑲嵌」比創作還困難，而《金瓶梅》得之於它的又不能構成全書的精彩部分，那麼作者為什麼要採取這種吃力不討好的「鑲嵌」手法而不自行創作呢？只要堅持《金瓶梅》是借用《水滸》以及上述話本、非話本的部分情節或片段而完成作家的個人創作這迄今流行的觀點，《金瓶梅》成書的真實情況就得不到正確的說明。

本文的觀點和他們相反。

《金瓶梅》的故事結構本身像它的題目《金瓶梅詞話》那樣，直言不諱地招認出它同說唱的直系親屬關係。《水滸傳》第二十三回到二十六回，從武松打虎寫到鬥斃西門慶、殺死潘金蓮。《金瓶梅》寫武松上酒樓尋西門慶為武大報仇，西門慶卻跳窗逃走，武松一怒之下誤打了皂隸李外傳，因此遞解孟州。這是《金瓶梅》第一回到第九回的主要內容。到第八十七回，武松才被救回鄉，殺嫂祭兄。那時西門慶已因淫欲過度而喪命了。總起來說，《金瓶梅》第一回到第九回，加上第八十七回，大體相當於《水滸傳》的第二十三到第二十六回的內容。《金瓶梅》所增加發展的西門慶及其他人物的故事，主要是在武松流配後到遇赦回鄉前的這一段間隙內發生的。可以設想，《水滸》故事當元代及明初在民間流傳時，各家說話人在大同之中有著小異，其中一個異點，即為了迎合封建城市的市民階層和地主階級的趣味及愛好，西門慶的故事終於由附庸而成大國，最後產生了獨立的《金瓶梅詞話》。它和《水滸》一樣，都是民間說話藝人在世代流傳過程中形成的世代累積型的集體創作，帶有宋元明不同時代的烙印。《水滸》的寫定比《金瓶梅》早，但它們的前身「說話」或「詞話」的產生卻很難分辨誰早誰遲。與其說《金瓶梅》以《水滸》的若干回為基礎，不如說兩者同出一源，同出一系列《水滸》故事的集群，包括西門慶、潘金蓮故事在內。從某些方面看來，《水滸》中西門、潘的傳說比《金瓶梅》的傳說早，從另一些方面看來又可以說相反。這是成系列未定型的故事傳說，在長期演變過程中出現有分有合、彼此滲透、相互影響的正常現象。

《金瓶梅》在多數情況下沿用《水滸》有關回目的原文。更正確地說，《金瓶梅》和《水滸》都採用它們未寫定的祖本即話本或詞話系列的原文，因而產生兩書重疊部分相同的一面。後來既然發展為兩部各自獨立的小說，它們勢必分道揚鑣，因而產生兩書重疊部分相異的一面。

　　《金瓶梅》不像《水滸》那樣讓武松在酒樓一舉打死西門慶，而是誤打皂隸李外傳，因而配遞孟州。這是《金瓶梅》之所以獨立成書的先決條件。

　　《水滸》第二十四回，西門慶自述「先妻是微末出身」，「歿了已得三年」。在東街養的外宅是唱慢曲的路歧人張惜惜、李嬌嬌，「現今娶在家裏。若得他會當家時，自冊正了他多時」。西門慶原配亡故，他續娶的一妻和五妾中李嬌兒、潘金蓮已經成型，吳月娘、孟玉樓、孫雪娥、李瓶兒和通房丫頭春梅未提及。可能當時西門、潘的傳說還在醞釀，也可能她們和《水滸》關係不大而被節略。《水滸》第二十四回為《金瓶梅》的西門慶家史保存了難得的接近原始的面目。

　　兩書重疊部分異點之所以產生，有的是《金瓶梅》獨立成書所必不可少的，如上述武松為亡兄復仇而發生失誤。有的屬於以訛傳訛性質，和創作意圖無關。如《水滸》第二十三回：武松「在清河縣因酒後醉了與本處機密相爭，一時間怒起，只一拳打得那廝昏沉」。機密當是宋代諸軍都統制屬下的職名「機宜」之誤，後來的說話藝人不瞭解，把它傳作機密，在《金瓶梅》中又變成樞密，由樞密而錯成「童樞密」。堂堂樞密使童貫何至於被醉漢武松所打？因為這和《金瓶梅》關係不大，這一失誤沒有被發覺，也未得到糾正。

　　有的情節由《水滸》而《金瓶梅》經歷了由簡入繁的過程。如武大本無前妻和前妻遺下的女兒迎兒，這是《金瓶梅》後來加上去的。在藝術上看不出明顯的得失和優劣。又如《水滸》第二十四回：「卻說那潘金蓮過門之後，武大是個懦弱依本分的人，被這一班人不時間在門前叫道『好一塊羊肉倒落在狗口裏』，因此武大在清河縣住不牢，搬來這陽谷縣紫石街賃房居住。」《金瓶梅》寫武大搬家達四次之多。第一次，「因時遭荒饉，搬移在清河縣紫石街賃房居住」；第二次，「那消半年光景，又消折了資本，移在大街坊張大戶家臨街居住」；第三次，因潘金蓮和張大戶勾搭，大戶死後，武大夫婦被逐，「又尋紫石街西王皇親房子賃內外兩間居住，依舊賣炊餅」；第四次，潘金蓮勾引子弟，武大在紫石街又住不牢，變賣妻子首飾，「典得縣門前樓下兩層四間房屋居住」。前面寫明潘金蓮已經搬出紫石街，可是西門慶勾搭潘金蓮時，她卻又依舊住在紫石街。由簡而繁，有時竟然不考慮先後情節是否聯貫。可見小說的寫定者在這些地方十分草率，加工修改反而出現新的破綻。

　　有的情節則《水滸》寫得極差，虧得在《金瓶梅》中得到補救。如前書第二十四回：「那清河縣裏有一個大戶人家，有個使女小名喚做潘金蓮，年方二十餘歲，頗有些顏色。因為那個大戶要纏他，那個使女只是去告主人婆，意下不肯依從。那個大戶以此懷記於心，卻倒賠些房奩，不要武大一分錢，白白地嫁與他。」這樣一個姑娘和同一回書中吹噓自己「是一個不帶頭巾男子漢，叮叮噹噹響的婆娘，拳頭上立得人，胳膊上走的馬，

人面上行的人，不是那等搦不出的鱉老婆」，顯然無法一致。《金瓶梅》改為潘金蓮和張大戶私通，為主家婆不容而被大戶「賭氣倒賠房奩」下嫁武大，二人依然勾搭如故。大戶死後，武大夫妻被主家婆逐出。這樣就合理得多了。

　　有時人物形象的某一特徵由於小說情節發展的需要而不得不作相應的修改。如《水滸》第二十四回，潘金蓮對王婆說：「既是許了乾娘（做壽衣），務要與乾娘做了。將曆頭去叫人揀個黃道好日，奴便與你動手。」潘金蓮可說目不識丁。《金瓶梅》卻在後面增加幾句對話：「王婆道：娘子休推老身不知，你詩詞百家曲兒內字樣，你不知全了多少，如何交人看曆日？婦人微笑道：奴家自幼失學。婆子道：好說，好說。便取曆日遞與婦人。婦人接在手內看了一回，道明日是破日，後日也不好，直到外後日方是裁衣日期。」《金瓶梅》是詞話體小說，潘金蓮後來寫了唱了不少詞曲。她自幼學彈練唱，沾受了樂戶行院的風習。這一點對她個性的形成關係密切。於是她就被寫成了因特殊需要而知書識字的一個女人。

　　如上面所列舉的那些例子，由粗而精，由簡而繁，都可以說明《金瓶梅》比《水滸》後起，哪怎能說兩書的前身「說話」或「詞話」的產生難以分辨孰先孰後，甚至從某些方面看來，《金瓶梅》所依據的西門、潘的傳說比《水滸》所寫的還要早呢？

　　《水滸》和《金瓶梅》的重疊部分有一個不太引人注目而關係不小的異點：前者故事發生在陽穀縣，後者則在清河縣。街坊名相同，都叫紫石街。故事傳說由來已久，哪怕縣份不同，街坊名卻輕易不得改變。據《水滸》，武氏兄弟和潘金蓮的原籍是清河縣，西門慶是陽穀縣的破落地主，故事出在陽穀縣。據《金瓶梅》，武氏兄弟是陽穀縣人，後來移住清河縣，潘金蓮和西門慶都是清河縣人，事情就出在本地。

　　《水滸》和《金瓶梅》的重疊部分，後者往往襲用前者原文，連文字也很少改動。武松的籍貫明明改為陽穀縣了，《金瓶梅》沿用《水滸》的〈景陽崗頭風正狂〉古風一首，其中「清河壯士酒未醒」原句就未作相應的修訂。那麼《水滸》的陽穀縣紫石街，《金瓶梅》為什麼非寫為清河縣不可呢？

　　兩本書都確定地把清河、陽穀兩縣寫成毗連縣份，屬東平府管轄。按照歷史上的政區劃分，宋代有清河縣及清河郡，屬河北東路；元明二代只有清河縣，元屬大名路，明屬廣平府。《金瓶梅》第十七回寫道：「話說五月二十日帥府周守備生日，西門慶即日封五星分資、兩方手帕，打選衣帽齊整，騎著大白馬，四個小廝跟隨，往他家拜壽。席間也有夏提刑、張團練、荊千戶、賀千戶一般武官兒飲酒。鼓樂迎接，搬演戲文，只是四個唱的遞酒。玳安接了衣裳，回馬來家。到日西時分，又騎馬接去。」提刑使、團練使是宋制，州府設分元帥府是元制，鎮守某地總兵官下設守備是明制。這一段文字不管官制怎樣紊亂，可以確定的是陽穀縣不可能有守備、提刑、團練等高一級的官府，而清

河郡則有接近於州府的地位。要像《金瓶梅》那樣描寫一個破落戶發跡變泰,而和當朝宰輔發生關連,進而揭露朝廷的黑暗和腐朽,故事所在地由一個縣而改變為郡,對情節的發展顯然有利得多。這是《金瓶梅》只能把故事發生地點安排在清河縣而不可安排在陽穀縣的原因。而《水滸》在明代寫定時,可能考慮到清河縣既不屬山東省東平府,因而就改為東平府屬下的陽穀縣了。當然這未必是說書藝人或寫定者查考史籍的結果,而是原來的傳說確切不移,使得《金瓶梅》的傳說者或寫定者不至於輕易有所改動。就這一點而論,《金瓶梅》顯然比《水滸》的重疊部分更早、更忠實於原來的傳說。

那末《水滸》的西門、潘故事有沒有留下較早傳說的痕跡呢?第二十三回有「鄰郡清河縣人氏」的說法。鄰郡就不是同郡。儘管小說把清河縣屬東平府該管這一點寫得很確定,但還是露出了一星半點真實的歷史面目——清河縣不屬東平府該管。據《新元史·地理志》,清河縣屬恩州,元初幾年恩州曾一度隸屬東平路。這可能是兩書把清河縣誤以為歸屬東平府的來由。

《金瓶梅》第十回說李逵殺了梁中書全家老小,而今本《水滸》第六十六回卻說是杜遷、宋萬所殺。這可能反映了當時《水滸》話本中原有的不同家數的不同面目。否則,《金瓶梅》完全沒有必要作這樣的改動。朱有燉《黑旋風仗義疏財》雜劇,宋江的上場白說:「因帶酒殺了閻婆惜,被巡軍拿某到官,脊杖六十,迭配江州牢城營。打梁山過,有某八拜交的晁蓋哥哥,知某有難,引半垓來小僂儸下山救某,將監押人犯打死,救某上山,就讓我第二把交椅坐。」這和元代雜劇大體相同。可見今本朱仝義釋宋公明後直到上梁山前的情節,如宋江投奔柴進、花榮大鬧清風寨等都不是《水滸》故事所固有[5]。《金瓶梅》第八十四回〈宋公明義釋清風寨〉和《水滸傳》第三十三回雷同,很難說一定是前後沿襲,而不是互相滲透的結果。

《水滸》故事以宋江為中心的主幹來源較早,後來從它那裏派生了一支西門慶、潘金蓮的故事,這個故事和原來的許多《水滸》故事又在長期的流傳過程中有分有合,彼此滲透,互相交流,同時又各有相對的獨立性,有的章節此早彼遲,而另外部分則可能相反。繼續滲透、交流的結果,早中有遲,遲中有早,再也分不清孰先孰後了。

《金瓶梅》和《水滸傳》的關係如此,它和其他話本、非話本小說的關係也大體相似。

《西山一窟鬼》與《金瓶梅》第六十二回只有道士召請黃巾力士驅鬼的情節和描寫黃巾力士的一首韻文比較相近。這一回以李瓶兒的二十七盞本命燈被吹滅作為她死亡的惡兆,不見於《西山一窟鬼》,而源於《三國志演義》的諸葛亮之死。〈楊溫攔路虎傳〉所寫的泰安州打擂台,又見於元雜劇《劉千病打獨角牛》。以上都是元明小說戲曲中的

---

5　見戴不凡《小說見聞錄》,杭州:浙江人民出版社 1980 年。

熟套，難以區分孰先孰後。

〈戒指兒記〉和《新刊京本通俗演義全像百家公案全傳》中的包公案，在《金瓶梅》中作為提刑官西門慶所審理的案件，雖是插曲性質，但已經組織在小說的情節之內。

〈戒指兒記〉偶一提到永福寺，沒有作任何渲染。這個寺院是《金瓶梅》中許多事件發生的現場之一。如果〈戒指兒記〉和《金瓶梅》彼此有影響，那只能是後者在先，或者後者雖然較遲，但卻較多地把它和永福寺的關係保存在詞話裏。〈戒指兒記〉說：阮三父親「要寫起詞狀，要與陳太常理涉」，《古今小說》太常作太尉，可見〈戒指兒記〉說他名叫太常，官為丞相，都反映了當時有不同的口頭本子在流傳。

〈戒指兒記〉引用的〈南鄉子〉詞（「情興兩和諧」）見於《金瓶梅》第八十二回，又見於《國色天香》《張于湖記》及《古今小說》《任孝子烈性為神》。這是各種傳說彼此滲透、互相交流的又一證明。

在《百家公案全傳》之前，包公案在元代雜劇已廣為流行。屈死的陰魂在包公馬前刮起一陣旋風，這一情節又見於元代雜劇《神奴兒》。《金瓶梅》第四十七四和《百家公案全傳》的相應故事雷同。「左眼眶下有一道白氣，乃是死氣。主不出此年，當有大災殃。」「今後隨有甚事，切勿出境。」它和〈楊溫攔路虎傳〉的「卦中主騰蛇入命，白虎臨身。若出百里之外，方可免災」，一正一反，都是小說戲曲中的俗套。

〈新橋市韓五賣春情〉見於《古今小說》。它的出版略遲於《金瓶梅》成書。即使是《金瓶梅》採用它，至少也在它未定型時，不能排除它同時也有可能接受《金瓶梅》的影響。

〈刎頸鴛鴦會〉卷首揭出情、色兩字，又引用宋代卓田詞〈眼兒媚·題蘇小樓〉（「丈夫只手把吳鉤」）。《金瓶梅》的開頭也如此。這篇平話的入話：「妾家後庭即君之前垣也。」和西門慶、李瓶兒越牆私通的情境相似。是兩家誰影響誰，還是兩家共同受到《孟子·告子》「逾東家牆而摟其處子」和〈登徒子好色賦〉之後而產生的故事傳說的影響？平話主角「日常在花柳叢中打交，深諳十要之術」，這「十要」和《水滸傳》《金瓶梅》的王婆十條挨光計可說異曲同工。「木邊之目」「田下之心」也是平話和《金瓶梅》以及其他小說戲曲通用的「拆字道白」。平話中洞虛先生的卦判：「此病大分不好，有橫死老幼陽人在命為禍。非今生，乃宿世之冤。今夜就可辦備福物酒果冥衣各一分，用鬼宿渡河之次，向西鋪設，苦苦哀求，庶有少救。」這和李瓶兒之死十分相似。「非今生，乃宿世之冤」，平話的實際描寫卻是今生，而不是宿世。可見這些小說戲曲中的熟套，陳陳相因，與其說是誰影響誰，不如說是共同接受民間藝人的傳統技法而產生彼此滲透、相互交流的現象。

無名氏文言短篇小說《如意君傳》和《金瓶梅》的色情描寫，尤其是第二十七回，

有明顯的蹈襲痕跡。這是《金瓶梅》和其他小說重疊而在某種意義上可說不是泛泛之筆的唯一例子。另一方面，《如意君傳》又和《隋唐演義》有二、三小段幾乎文字全同，引錄一例如下：

> 會高宗起如廁，媚娘奉金盆水跪進。高宗戲以水灑之曰：「乍憶巫山夢裏魂，陽台路隔豈無聞。」媚娘即和曰：「未兼（曾）錦帳風雲會，先沐金盆雨露恩。」高宗大悅，遂相攜交會於宮內小軒僻處，極盡繾綣。既畢，媚娘執御衣而泣曰：「妾雖微賤，久侍至尊。欲全陛下之情，冒犯私通之律。異日居九五，不知置妾身何地耶？」高宗解所佩九龍羊脂玉鉤與之。（《如意君傳》）

> 一日晉王在宮中，武才人取金盆盛水，捧進晉王盥手。晉王看他臉兒妖艷，便將水灑其面。戲吟道：「乍憶巫山夢裏魂，陽台路隔恨無門。」武才人亦即接口吟道：「未曾錦帳風雲會，先沐金盆雨露恩。」晉王聽了大喜，便攜了武才人的手，同往宮後小軒僻處……武才人扯住晉王御衣泣道：「妾雖微賤，久侍至尊。今日欲全殿下之情，遂犯私通之律。倘異日嗣登九五，置妾於何地。」……晉王乃解九龍羊脂玉鉤贈武才人。（《隋唐演義》第七十回）

《隋唐演義》沒有關於武則天和男寵的猥褻描寫。此書署名羅貫中原著，清初褚人穫改編。上面引文第二句前略去「如廁」一事，取水洗手便失去緣由。剪裁失當而留下的痕跡顯然可見。未改編前的《隋唐演義》和《如意君傳》的重疊部分可能會更多些。《如意君傳》不是話本，成書較《金瓶梅》為早[6]，它仍然可能有某種傳說或話本作為依據。因此《金瓶梅》和《如意君傳》兩者成書前在流傳過程中相互滲透，或它們都曾經從第三者接受某種影響的可能性不能排除。

《金瓶梅》第五十四回「（應）伯爵躡足潛蹤尋去，只見（妓女韓金釧）在湖山石下撒尿」一小段又和《隋唐演義》第三十六回「煬帝尚要取笑他（袁寶兒），只聽得薔薇架外撲簌簌的小遺聲響，煬帝便撇了寶兒輕輕起身走出來」一小段雷同。《隋唐演義》刻本在它後面將已經刻成的五十多字刪去，留下空白，當是它所依據的《隋煬帝豔史》的原文。這是《金瓶梅》間接蹈襲《隋煬帝豔史》的佐證。

《金瓶梅》第一回交代女主角的出身：「這潘金蓮卻是南門外潘裁的女兒。」「父親死了，做娘的因度日不過，從九歲賣在王招宣府裏習學彈唱。」「後王招宣死了，潘媽

---

6 據清黃之雋《廎堂集》卷二十一〈雜著〉五「詹言」下所引嘉靖八年（1529 年）己丑進士黃訓《讀書一得》已有〈讀如意君傳〉之作。此傳至遲當作於嘉靖年間。以上見孫楷第《中國通俗小說書目》卷四。

媽爭將出來,三十兩銀子轉賣與張大戶家。」「張大戶每要收他,只怕主家婆利害不得手。一日主家婆鄰家赴席不在,大戶暗把金蓮喚至房中遂收用了。」「大戶自從收用金蓮之後,不覺身上添了四、五件病症。端的那五件:第一腰便添疼,第二眼便添淚,第三耳便添聾,第四鼻便添涕,第五尿便添滴。」話本〈志誠張主管〉大意說:東京汴州一個開絨線鋪的張員外,年過六旬,妻子亡故,沒有兒女。憑媒人說合,娶了「王招宣府裏出來的小夫人」。「王招宣初娶時,十分寵幸。後來只為一句話破綻些,失了主人之心,情願白白地把與人」。過門之後,「看那張員外時,這幾日又添了四、五件在身上:腰便添疼,眼便添淚,耳便添聾,鼻便添涕」。

　　招宣使屬內侍省,正六品。它是宋代的官名,不為人們所熟悉。可能說書藝人也只是照本傳留,無論《金瓶梅》或〈志誠張主管〉都未對它作出解釋,似乎把它當作一般人名看待。對王招宣的家世,《金瓶梅》第六十九回倒有介紹,說他的祖爺是太原節度使汾陽郡王王景崇。據《新五代史》卷五三,王景崇在五代漢時官至鳳翔巡檢使、邠州留後,後因叛亂失敗而自焚,不可能是北宋的開國功臣。王景崇當是北宋初王景之誤。據《宋史》卷二五二,王景,萊州掖人。宋初封太原郡王,死後追封岐王。王景訛為王景崇,官銜和封爵也有出入。這當然不是文人讀史而記錯,而是說書藝人口口相傳、以訛傳訛的結果。這一差錯很可以說明王招宣作為話本的常見角色流傳已久,而和它有關係的潘金蓮的故事也一定淵源甚早。

　　〈志誠張主管〉和《金瓶梅》的關係還見於詞話第一百回。各引錄一段如下以作對照。

　　（張員外的胭脂絨線鋪）兩個主管、各輪一個在店中當值。其日卻好正輪著張（勝）
　　主管值宿。門外是一間小房,點著一盞燈,張主管閑坐半晌,安排歇宿。忽聽得
　　有人來敲門。張主管聽得,問道是誰。應道:「你快開門,卻說與你。」
　　張主管開房門,那人蹌將入來,閃身已在燈光背後。張主管看時,是個婦人。張
　　主管見了一驚,慌忙道:「小娘子,你這早晚來有甚事?」那婦人應道:「我不
　　是私來,早間與你物事的教我來。」張主管道:「小夫人與我十文金錢,想是教
　　你來討還?」那婦女道:「你不理會得,李（慶）主管得的是銀錢。如今小夫人
　　又教把一件物來與你。」只見那婦人背上取下一包衣服,打開來看道:「這幾件
　　把與你穿的。又有幾件婦女的衣服,把與你娘。」只見婦女留下衣服,作別出門,
　　復回身道:「還有一件要緊的倒忘了。」又向衣袖裏取出一錠五十兩大銀,撇了
　　自去。當夜,張勝無故得了許多東西,不明不白,一夜不曾睡著。
　　明日早起來,張主管開了店門,依舊做買賣。等得李主管到了,將鋪面交割與他。
　　張勝自歸到家中,拿出衣服銀子與娘看。娘問:「這物事那裏來的?」張主管把

夜來的話，一一說與娘知。婆婆聽得，說道：「孩兒，小夫人他把金錢與你，又把衣服銀子與你，卻是什麼意思？娘如今六十以上年紀，自從沒了你爺，便滿眼只看你，若是你做出事來，老身靠誰？明日便不要去。」這張主管是個本分之人，況又是個孝順的，聽見娘說，便不往鋪裏去。張員外見他不去，使人來叫，問道：「如何主管不來？」婆婆應道：「孩兒感些風寒，這幾日身子不快，來不得。傳語員外得知，一好便來。」

又過了幾日，李主管見他不來，自來叫道：「張主管如何不來？鋪中沒人相幫。」老娘只是推身子不快，這兩日反重。李主管自去。張員外三、五遍使人來叫，做娘的只是說未得好。張員外見三四五次叫他不來，猜道必是別有去處。（〈志誠張主管〉）

誰知自從陳經濟死後，（周）守備又出征去了。這春梅，每日珍羞百味，綾錦衣衫。頭上黃的金，白的銀，圓的珠，光照的無般不有。只是晚夕難禁，獨眠孤枕，欲火燒心。因見李安（虞侯）一條好漢，只因打殺張勝（另一虞侯），巡風早晚十分小心。一日冬月天氣，李安正在監獄內上宿，忽聽有人敲後門，忙問道是誰。只聞叫道：「你開門則個。」李安忙開了房門，卻見一個人搶入來，閃身在燈光背後。李安看時，卻認的是養娘金匱。李安道：「養娘，你這晚來有甚事？」金匱道：「不是我私來，裏邊奶奶（春梅）差出我們來。」李安道：「奶奶教你來怎麼？」金匱笑道：「你好不理會得。看你睡了不曾，教我把一件物事來與你。」向背上取下一包衣服把與你，包內又有幾件婦女衣服與你娘。前日多累你押解老爺行李車輛，又救得奶奶一命，不然也吃張勝那廝殺了。」說畢，留下衣服出門。走了兩步，又回身道：「還有一件要緊的。」又取出一錠五十兩大元寶來，撇與李安，自去了。當夜過了一宿，次早起來，徑拿衣服到家與他母親。做娘的問道：「這東西是哪裏的？」李安把夜來事說了一遍。做母的聽言叫苦：「當初張勝幹壞了事，一百棍打死。他今日把東西與你，卻是什麼意思？我今六十已上年紀，自從沒了你爹爹，滿眼只看著你。若是做出事來，老身靠誰？明早便不要去了」。李安道：「我不去，他使人來叫，如何答應？」婆婆說：「我只說你感冒風寒病了。」李安道：「終不成不去，惹老爺不見怪麼？」做娘的便說：「你且投到你叔叔山東夜叉李貴那裏住上幾個月，再來看事故何如。」這李安終是個孝順的男子，就依著娘的話，收拾行李，往青州府投他叔叔李貴去了。（《金瓶梅》第一百回）

話本中小夫人出身在王招宣府，後又轉到張大戶家，張大戶添上四、五件病症，這和詞

話中潘金蓮的經歷何其相似！話本是兩主管張勝、李慶，詞話是兩虞侯李安、張勝，貼身使女奉主婦之命在晚上去找男人，衣服送男人的娘，五十兩大銀送男人，男人很孝順，聽娘的話裝病不出門，使女進男人房間的情景，走了又回頭贈銀的情景，都可以兩兩對比而無不吻合。這是摹擬、抄襲呢，還是另一回事？

　　和戲曲一樣，中國古代白話小說興起於地位低微的書會才人和說書藝人之手。每一話本的產生差不多都經過世代藝人的流傳授受，並從中得到提高。每一比較成功的作品都會有若干不同的師承流派的變異，在這漫長過程中容易受到別的同類題材作品或不同類作品的類似部分的滲透、交流和影響，其中難免形成一些熟套。如《金瓶梅》第八回描寫和尚的諺語「一個字便是僧」「色中餓鬼獸中狨」和「班首輕狂，念佛號不知顛倒」，就和《水滸》第四十五回〈石秀智殺裴如海〉相同。其他如關於媒婆、贓官、男女幽會等差不多都有一些半固定的通用性質的詞句，有的全同，有的大同小異，在若干作品中一再出現。話本〈志誠張主管〉和《金瓶梅》的雷同部分除上面曾引錄的兩段外，《金瓶梅》中的李瓶兒原是梁中書的小妾，在水滸英雄大鬧翠雲樓時，她帶了一百顆西洋大珠逃出來，就可能和〈志誠張主管〉的小夫人從王招宣府裏偷出一百單八顆西洋數珠同出一源。不同話本在流傳過程中有自然發生的交流、滲透，這和文人作者的摹擬、抄襲，在現象上十分相似，在本質上卻大不相同。

　　上面所引錄和提及的那些片段既不是《金瓶梅》抄襲〈志誠張主管〉，也不是〈志誠張主管〉摹仿《金瓶梅》。兩者來源都很早，難以分清先後。〈志誠張主管〉成書比《金瓶梅》早，《金瓶梅》中王招宣的故事卻比〈志誠張主管〉多保存了足供進一步查證的線索。這就從另一角度反映出《金瓶梅》不是個人創作，它的故事幾經流傳、變異，淵源很早。

　　也許有人認為，《金瓶梅》那樣的內容怎麼能夠公開演唱呢？關於這一點，只要提醒一下事實就足以說明問題。子弟書是流行於北京的俗曲之一，它演唱《金瓶梅》故事的就有八種，包括色情描寫露骨的《葡萄架》即第二十七回在內[7]。明末張岱的《陶庵夢憶》卷四〈不繫園〉也有「用北調說《金瓶梅》一劇，使人絕倒」的記載。

# 三、《金瓶梅》寫定者的時代和籍貫

　　說《金瓶梅》是世代累積型的集體創作，並不否定它曾經有人寫定。由於情況複雜，難以確定寫定是一次或多次。多次指一次初步完成後，又經同時或不同時的人對小說作

---

7　見傅惜華《曲藝論叢·子弟書考》，上海：上雜出版社 1953 年。

大的修訂。個別增刪或刻板時的訛誤不包括在內。《三國志演義》《水滸傳》也有大體相同的情況。《水滸》作者一作施耐庵，又作羅貫中，實際上是表明寫定者不止一人一次[8]。《金瓶梅》的寫定者可能是有一定社會地位的舉人、進士，有仕宦經歷的文人以至名流，也可能是接近書會才人、社會地位低微、科舉不得意的士子。

《金瓶梅》某些事實不符合正史記載，如曾孝序和楊時都是《宋史》列有傳記的人，小說把前者由原籍晉江的泰州人改成江西南豐曾布的兒子，反對蔡京的理學家楊時改成蔡京的門人，並說他會秉承蔡京的意旨在辦案時給人方便，他的籍貫也由南劍將樂改成陝西弘農。《宋史》和《續資治通鑑長編》所記太學生陳東上書請誅六賊蔡京、王黼、童貫、梁師成、李邦彥、朱勔，小說第九十八回卻將王黼、梁師成替換為高俅、李太監。小說第九十九回說「改宣和七年為靖康元年」，錯誤地提早一年。小說還有明顯的常識性錯誤，如第二十九回的「浙江仙遊」，仙遊在福建省，第三十六回的「滁州匡廬」，滁州在南京以北，匡廬即廬山，在江西九江之南，兩地相距甚遠。從上述以及不勝備述的眾多錯失看來，《金瓶梅》的寫定者如果是一般的明朝文人或名流，那他主要是發起刻印此書，作了一些修訂，但並未始終如一進行徹底的校改，大體上仍是他所見的原有稿本（此書前半部的加工程度顯然比後半部為高，本文所舉失誤的例子以後半本為多就是證明），或他的頗費心血的寫定本又被後人竄改變成現在的樣子。另一可能寫定者接近書會才人，是社會地位低微、科舉不得意的文人。他或他們並不具有較高的文史修養和文字寫作水準，以致文字上疏失甚多。

欣欣子〈金瓶梅詞話序〉說作者蘭陵笑笑生是他的友人。「吾嘗觀前代騷人如盧景暉之《剪燈新話》、元微之之《鶯鶯傳》、趙君弼之《效顰集》、羅貫中之《水滸傳》、丘瓊山之《鍾情麗集》、盧梅湖之《懷春雅集》、周靜軒之《秉燭清談》，其後《如意傳》《于湖記》……」序文將唐代著名詩人元稹和元末明初大名鼎鼎的羅貫中夾雜在後起的明代作家中，順序前後混亂。它和《金瓶梅》所暴露的許多失誤一樣，表明序文作者不是文化修養高的文人。此序至少曾經蘭陵笑笑生過目，而他沒有要求改正，可見兩人文化水準相差不遠。按照中國古代文人請人寫作序文的情況看來，蘭陵笑笑生的文化修養不會高於他的友人欣欣子。如果如同有人所猜測，笑笑生就是欣欣子，那原本是一個人。如果寫定者是著名文人，那此書出版應在他身後，或雖在他生前，而兩地相距甚遠，使他難以進行干預。

上面是對《金瓶梅》寫定者情況的初步檢討。下面將對他的時代和籍貫採取由大而

---

8　天都外臣序本《水滸傳》題「施耐庵集撰、羅貫中纂修」，高儒《百川書志》則題「錢塘施耐庵的本，羅貫中編次」。

小，逐漸縮小範圍的方法加以論證。

《金瓶梅》多處引用李開先（1502-1568 年）的傳奇《寶劍記》（具體論證見後）。作者〈市井豔詞又序〉說：「《登壇》及《寶劍記》脫稿於丁未夏。」即嘉靖二十六年（1547 年）。這是《金瓶梅》成書的上限。

《野獲編》卷二十五《金瓶梅》說：「丙午（1606 年）遇中郎京邸，問曾有全帙否？曰：第睹數卷，甚奇快。今唯麻城劉延伯家有全本……又三年，小修上公車，已攜有其書，因與借鈔挈歸。」東吳弄珠客序末自署：「萬曆丁巳季冬東吳弄珠客漫書於金閶道中。」丁巳是四十五年（1617 年）。可見《金瓶梅》成書的下限為 1606 年，絕不遲於 1617 年。

上限不可能再提早，下限則可修正為萬曆十七年（1590 年）。理由如下：

(一)湯顯祖的《南柯記》和《金瓶梅》一樣，兩者都以書中人物窺見他們親人的亡靈作為全書收場。這是湯顯祖在萬曆二十八年（1600 年）完成《南柯記》以前曾經讀完《金瓶梅》抄本的明證。臧懋循《負苞堂集》卷四〈寄謝在杭書〉說：「還從麻城，於錦衣劉延伯家得抄本雜劇三百餘種。世所稱元人詞儘是矣。其去取出湯義仍手。」劉延伯名承禧，即前文所引《野獲編》卷二十五記載的《金瓶梅》抄本的最早收藏者之一。他的父親思雲是湯顯祖的同年武進士，在此之前他們之間已經友誼很深。湯顯祖能為他家藏的元人雜劇作鑒定，當然也會看到他家藏的《金瓶梅》抄本。

(二)據《明實錄》記載，萬曆十七年十二月二十一日（西曆是次年，1590 年），大理寺左評事雒于仁上奏酒色財氣四箴，批評並勸諫皇帝朱翊鈞。朱翊鈞惱羞成怒，又苦於無法公開處理，因為一經下令懲辦，就會醜聞傳播四方，更加難堪。元旦召見宰輔，才商定一個可行辦法：雒于仁告病假回鄉，不久革職為民。明代末年章奏不批交內閣辦理，逕自備案存查的弊政，從此開始。《金瓶梅》卷首有酒色財氣〈四貪詞〉，當朱翊鈞在位時，此書完成在這一事件之後是難以想像的。

(三)屠本畯《山林經濟籍》八〈觴政同異編〉跋云：「王大司寇鳳洲先生家藏全書，今已失散。」王世貞在萬曆十八年（1590 年）去世。如果考慮到屠本畯訪問青浦及王世貞的家鄉太倉在萬曆九年，下限還可以提早十年。

下面對相反的說法提出答辯。

(一)吳晗〈金瓶梅的著者時代及其社會背景〉[9]。《金瓶梅》第七回孟玉樓說：「常言道：世上錢財倘來物，那是長貧久富家。緊著起來，朝送（延）爺一時沒錢使，還問太僕寺借馬價銀子支來使。」吳晗引證《明史》卷九十二〈兵志·馬政〉：「隆慶二年

---

9　見《文學週刊》1934 年 1 月 1 日創刊號。

提督四夷館太常少卿武金奏請賣種馬。穆宗可卿奏，下部議。部請養賣各半，從之。太僕之有銀也自成化始，然止三萬餘兩。及種馬賣，銀日增。是時通貢互市，所貯亦無幾。及張居正作輔，力主盡賣之議……國家有興作賞齎，往往借支太僕銀。」吳晗所引其他資料，不贅錄。他由此作出如下按語：「且神宗懾於張氏之威稜，亦無借支之可能。由此可知詞話中所指必為萬曆十年以後的事。」他再根據「番子」「皇莊」、佛道興衰、太監擅權情況，得出如下結論：「《金瓶梅》的成書年代大約是萬曆十年到三十年（1582-1602 年）。」即使退一步說，最早也不能過隆慶二年，最晚也不能過萬曆三十四年（1568-1606 年）。

　　吳晗以著名的明史專家作出上述論斷，長期以來被奉為無可動搖的結論。

　　據《明史·刑法志》記載，自從明朝設立東廠，就有番子。吳晗說嘉靖時番子不敢放肆，這是想當然之詞，缺乏證據。他說：「嘉靖時代無皇莊之名，止稱官地。」而《明實錄》嘉靖十九年六月已有「皇莊」一詞記錄在案。佛道興衰，太監專權不可一概而論，何況小說未必事事都針對明朝現實，只有馬價銀成為他的唯一有力論據。茲辨之如下。

　　光緒年間修《深州風土記》第三〈賦役〉說：「嘉靖十一年，御史陳修請將真定所屬起俵馬暫征折色，自是有變賣馬價折徵草場子粒之令。」這是馬價銀的又一來源，可補吳晗上述引文之不足。《明史》在正史中雖以嚴謹著稱，但難免有疏失，不可一概信從而不加辨別。現將《明實錄》所載嘉靖年間借用馬價銀的部分（不是全部）記載引錄如下（所附頁碼據臺灣版）：

　　甲、嘉靖十六年五月，「湖廣道監察御史徐九皋亦應詔陳言三事……各工經費不下二千萬兩，即今工部所貯不過百萬，借太倉則邊儲乏，貸僕寺則馬弛，入貲粟則衣冠濫，加賦稅則生民冤。」（第 4209 頁）可見早在此時挪借太僕寺馬價銀已成為度過財政困難的應急辦法之一。

　　乙、嘉靖十七年十二月，「工部尚書蔣瑤以奉遷顯陵條陳五事」，「一動支馬價缺官柴薪銀三十萬兩，先送工所雇役支用。」（第 4510 頁）

　　丙、嘉靖十八年閏七月，「發太倉事故官軍班銀八十三萬八千六百兩，通惠河節省腳價銀三十萬兩，貯庫銀三十萬兩，給濟太享殿、慈慶宮等大工之用，仍借支貯庫及馬價銀四十萬有奇。」（第 4712 頁）

　　丁、嘉靖十九年四月，「宣府巡撫都御史楚書等言：宣府諸路墩台宜修置者一百二座，邊牆宜修者二萬五千丈，通賊險峻崖應鏟者四萬五千丈，因求工料……上詔出太僕馬價三萬兩給之。」（第 4822 頁）

　　戊、同年六月，「戶部又稱太僕寺銀一百九十餘萬兩，堪以借支。」「皇穹宇、慈慶宮、沙河行宮即今將完，撥工並力。若尚不足，兵部自行動支太僕寺馬價。」（第 4845-

4846 頁）

己、嘉靖二十年九月，「給事中王繼宗、蘇應旻、御史陶漠等以虜警先後疏言邊事。上命兵部集廷臣議。至是條上十二事……先朝因大工告急暫借五軍三千營軍兵充役。近年一既借撥，且並乞團營而復借發馬價銀三十餘萬。」（第 5089-5091 頁。以上文字誤奪，未校）

從《金瓶梅》「緊著起來」「一時沒錢使」等原文看，這句話的通行顯然在偶然移用馬價銀的初期，而不在積習難返的萬曆十年之後。

（二）鄭振鐸在欣欣子〈金瓶梅詞話序〉列舉盧景暉、元微之等人的作品之後評論說：「按：《效顰集》《懷春雅集》《秉燭清談》等書皆著錄於《百川書志》，都只是成弘之間作。丘瓊山卒於弘治八年（1495 年），插入周靜軒（禮）詩的《三國志演義》，萬曆間方才流行，嘉靖本裏尚未收入。稱成弘間的人物為前代騷人，而和元微之同類並舉。嘉靖間人當不會是如此的。蓋嘉靖離弘治不過二十多年，離成化不過五十多年，欣欣子何得以前代騷人稱丘濬、周禮輩。如果把欣欣子、笑笑生的時代放在萬曆間（假定《金瓶梅》是作於萬曆三十年左右的罷），則丘濬輩離開他們已有一百多年，確是很遼遠的，夠得上稱為前代騷人的了。」[10]按：插入周禮詩的《三國演義》，萬曆間才流行，不等於他是萬曆時人。古代文人總要在成名很久之後，人們才會將他的作品引用在另一作品中。《唐書志傳演義》嘉靖三十二年（1553 年）刻本已多次引用周靜軒（禮）的詩。明朝的前代是元朝，這是一個意義；萬曆的前代是隆慶，隆慶的前代是嘉靖，嘉靖的前代是正德，成化、弘治在正德之前，嘉靖時的作者當然可以泛稱它們為前代。知其一，而不知其二，這是鄭振鐸先生的疏忽，不足為信。

（三）《金瓶梅》第三十五回有〔殘紅水上飄〕曲一首，《南宮詞紀》列入正宮，曲牌為《玉芙蓉》，標題「題情」，署名李日華。《南宮詞紀》有萬曆三十三年（1605 年）俞彥序，出版年代可能更遲。李日華，浙江嘉興人。生於 1565 年，卒於 1635 年或略後。這首曲如果確實是他的作品，《金瓶梅》的成書可能比本文設想的更遲。本文認為此曲是否李日華的作品未能成為定論。元明曲譜、曲選中署名搞錯的例子不勝枚舉。此李日華有《恬致堂集》四十卷傳世，其中不載此曲，此其一；他的《味水軒日記》卷七提到《金瓶梅》而不提此事，此其二。寫作淫書是不名譽的事，但自己的作品被引入《金瓶梅》中，得以和前代名作《西廂記》（第六十一回）、《琵琶記》（第二十七回）並列，這是另一回事。在李日華和他同時代的人看來絕不是有失身分的事，何樂而不提它一筆呢？

如果這首〔殘紅水上飄〕，出於另一李日華即南《西廂》的改編者之手，他的時代

---

10　見《文學》季刊創刊號〈談金瓶梅詞話〉，1933 年 10 月，署名郭源新。

至少不遲於陸采（1497-1537 年）。陸采不滿李日華的改編而另起爐灶。如果這樣，這首曲子對《金瓶梅》成書年代的考定不會有任何關涉。

（四）有人根據小說第五十八回提到「臨清鈔關」，斷言「到臨清上稅不能早於萬曆二十六年」，如果事實如此，《金瓶梅》成書當然在萬曆二十六年之後[11]。按：萬曆二十六年派馬堂到臨清為稅監，是直接派太監到各地抽稅，和礦稅同時實行。這是萬曆後期皇帝對人民的特殊剝削手段之一。而臨清鈔關則是正常的收稅機關。《明史》卷八十一云：「宣德四年（1429 年）以鈔法不通，由商居貨不稅。由是於京省商賈湊集地市鎮店肆門攤稅課，增舊凡五倍，兩京蔬果園，不論官私，種而鬻者，塌房庫房店肆居商貨者，悉令納鈔。委御史、戶部、錦衣兵馬司官各一，於城門察收舟船受雇裝載者，計所載料多寡、路遠近納鈔。鈔關之設自此始。」後文列舉各地鈔關十一處，臨清在其內。萬曆二十六年（1598 年）始設以太監為稅監的稅使和正常的始於宣德四年（1429 年）的鈔關不可混為一談。此說難以成立。

（五）斷言《金瓶梅》作於或完成於天啟（1621 年）以後以至清初的各家說法[12]，儘管論證不一，說法各異，他們都有一個不可克服的難題：萬曆二十四年（1596 年）袁宏道致董其昌信說：「《金瓶梅》從何得來？伏枕略觀，雲霞滿紙，勝於枚生〈七發〉多矣。」他看到的是已成之作的部分抄本，不是提綱之類。據《野獲編》卷二十五的記載，萬曆三十四年（1606 年），劉承禧家已有完整的抄本，三年之後，《野獲編》作者已從袁小修那裏抄得一份全本。今傳《金瓶梅詞話》東吳弄珠客序則作於萬曆四十五年（1617 年）。這些記載被推翻前，他們的說法自然無法成立。

吳曉鈴先生在一篇短文中曾提到《花營錦陣》選有笑笑生的作品，不知道他是否就是《金瓶梅》的作者。此書作者未見。據說它刊於萬曆三十八年（1610 年）。這只能證明他的年代不遲於這一年，和笑笑生年代的上限無關。

《金瓶梅》作者的籍貫有南北二說，恰恰相反。

魏子雲先生《金瓶梅的問世與演變》第 136 頁說：「寫在《金瓶梅》中的飲食，十九都是江南人所慣用，如白米飯、粳米粥則餐餐不少，饅頭烙餅則極少食用。菜蔬如鮝魚、豆豉、酸筍、魚鮓、各類糟魚、醃蟹以及鮮的糟的、紅糟醉過的鰣魚，都是西門家常備之味。所飲之酒更十九都是黃酒。飲用得最多的一種是所謂金華酒。」戴不凡並以

---

11　見王達津〈金瓶梅的寫作時代與作者〉，《文學評論叢刊》第 18 期。

12　持此項觀點的論者以臺灣魏子雲為代表。王達津〈金瓶梅的寫作時代與作者〉有一個觀點和魏子雲
　　手法相近，他以為小說中的干支紀年指的就是萬曆年代，將小說和現實混為一談，而又不提任何論
　　據。本書不另作評述。

金華酒為例證明小說作者是金華地區人[13]。這樣的論證看起來很有道理，實際上完全不對頭。

小說要寫暴發戶西門慶家和當時官場的奢侈腐化，他們所享用的食物當然是各地的奇珍異產。以酒而言，第十五回之前都是浮泛的描寫，在此之後才經常說明酒的品種，並且對不同品種的酒類作出具體描寫。這同西門慶家由破落而回升的趨勢正相適應。全書有五十三回提到酒的品種，金華酒十九次，它的簡稱金酒一次，南酒十二次，浙酒二次。從第七十二回的描寫可知南酒、浙酒指的都是金華酒。另外麻姑酒四次。「（浙江）婺州之金華、（江西）建昌之麻姑」在松江華亭人顧清（1460-1528年）的《傍秋亭雜記》中被列為七大名酒之二。有1570年序的直隸柏鄉（今屬河北省）人馮時化的《酒史》則說：金花酒「浙江金華府造，近時京師嘉尚。語云：晉字金華酒，圍棋左傳文」，可見它身價之高。以上採用鄭培凱教授的說法[14]。金華酒經錢塘江、大運河直達山東和北京，運輸很方便。《傍秋亭雜記》還載有山東名酒秋露白。如果說西門慶宴會上經常出現的竟是本地酒，那只能顯示一個土財主的闊綽，不是本書作者的意圖。其他菜肴也如此。第三十四回寫劉太監送給西門慶兩包糟鰣魚重四十斤，這是每年由江南運送給皇家的貢品。至於升斗小民，《金瓶梅》寫的就都是道地的北方食品。如第七回的黃米麵棗兒糕、艾窩窩，第八回的角兒，第五十回的驢肉，第五十七回的火燒、波波、饅頭等。

從語言角度來看，戴不凡的《金瓶梅零劄六題》指出《金瓶梅》第二回「武松便掇杌子打橫」的「掇」字，第九回「待事務畢了」的「事務」，第二十六回「唓了那黃湯」的「唓」字都是吳語，但他承認，「全書又是以北方語言為主」。不同研究者所舉的不同例子可能有爭議，《金瓶梅》中混有北方話中少見或不用的南方辭彙是無可否認的。

就語言現象而論，改變語言的腔調和常用辭彙的發音，要比吸收一些非本地方言的辭彙困難得多。如果讓作者朗誦幾個片段，那就不難聽出他的家鄉所在。自然，這是空想。但事實上存在與此近似的方法可供檢驗。舉例如下：

(一)第四十回：「等我去呵些湯罷」；

(二)第五十回：「每人呵了一甌子茶」；

(三)第六十四回：「俺每下人自來也不曾呵俺每一呵，並沒失口罵俺每一句奴才」；

(四)第六十七回：「那消費力，幾口就呵沒了」；

---

13　〈金瓶梅零劄六題〉，見《小說見聞錄》，杭州：浙江人民出版社1980年。

14　見其所著〈金瓶梅詞話與明人飲酒風尚〉，臺灣《中外文學》第12卷第6期。今收入拙編《金瓶梅西方論文集》（上海：上海古籍出版社1987年）。汪道昆《太函集》八十四〈上計七論〉之一的〈酒德論〉說：「昔都人之飲客者，非婺不甘。比年齎婺者半至。」按，此文作於嘉靖三十八年（1559年），當時金華酒行銷北京的數量已經下降。這可以作為鄭氏論文的補充。

(五)第六十八回：「呵了兩口湯」；

(六)第七十二回：「呵了些茶」；

(七)第十二回：「西門慶道：你敢與我排手？那桂姐道：我和你排一百個手。」

上面第一至第六都以「呵」代替「喝」，在北方話中兩個字聲母、韻母、聲調都相同。第六例以排代替拍，在北方話中只聲調有微細區別。在南方話中「呵」和「喝」只聲母相同，「排」的聲母 b，「拍」的聲母 p，兩組字韻母和聲調都有明顯差別，不能用來互相代替。據東吳弄珠客序，此書刻印於蘇州，以上同音代替的字不會出於南方刻工之手，當是原稿如此。這是《金瓶梅詞話》的寫定者，至少最後的寫定者，是北方人的明證。

第十一回「孫雪娥道：娘，你看他嘴是淮洪也一樣」，「淮洪」一詞又見於第七十五回，用法相同。第三十二回「曹州兵備管的事兒寬」，重複出現在第四十二回。淮洪，又稱徐州洪，它是徐州城外的一段急流。蘇軾為它寫了一首著名的詩〈百步洪〉。淮洪波濤喧鬧，同某一曹州兵備愛攬閒事一樣成為婦孺皆知的民間熟語，流傳範圍不會太大。它們的普遍性不及第三十三回的白塔：「不然，隨你就跳上白塔，我也沒有。」那是北京紫禁城裏的名勝，熟習它的人不限於北京居民。

從「淮洪」和「曹州兵備」二詞可以推定：《金瓶梅》的寫定者的籍貫可以由北方縮小為黃河以南、淮河以北，從濟南到徐州、淮安一帶，即今山東省中、西部及蘇北北部。

下面對異議提出答辯。

第九十四回，王宣為陳經濟向臨清晏公殿老道送禮，「任道士見帖兒上寫著：謹具粗段（緞）一端、魯酒一樽……知生王宣頓首拜」。

同一回又寫道：「我那邊下著一個山東賣綿花客人。」

不少研究者認為：《金瓶梅》作者（寫定者）如果是山東人，那就不會寫「魯酒」和「山東賣綿花客人」了。這樣寫，正是他不是山東人的證明。

他們不知道「魯酒」一詞源出《莊子·胠篋》：「魯酒薄而邯鄲圍。」後來用作薄酒的代稱，如庾信〈哀江南賦〉：「楚歌非取樂之方，魯酒無忘憂之用。」《金瓶梅》的請帖以魯酒和粗緞相提並論，是謙詞，同作者是否山東人無直接關連，雖然山東人這樣寫會有另一種親切之感。

儘管《金瓶梅》曾多次寫明清河縣屬山東省管轄，前文已經說明，這不符合歷史事實。小說中的人物身在非山東省的清河縣，提到山東省臨清縣的賣綿花客人，一時忘乎所以，把小說中人為的政區劃分置於腦後，寫出這樣一句話。某些研究者用以證明作者（寫定者）不是山東人。事與願違，這倒恰恰證明作者家鄉距離清河、臨清不很遠，對該

地的省界瞭然如指掌。否則，他就不可能有這樣對真實情況的不知不覺的流露。

《金瓶梅》三分之一的回目都有戲曲演出的繁簡不一的記載，包括笑樂院本、雜劇、南戲的演出實況在內。這些資料和明代其他有關戲曲演出的文獻作對照，無論對《金瓶梅》寫定者的時代和籍貫都是最好的驗證。

嘉靖三十八年（1559 年），徐渭作《南詞敘錄》序，成書則在三年之前。上距李開先《寶劍記》初刻本九至十二年。書中說弋陽腔流行最廣，北到京師，南到閩廣，其次為餘姚腔、海鹽腔。崑曲限於當地，像一切事物初起時一樣，還在受人排斥「或者非之，以為妄作」。徐渭對此憤憤不平。《南詞敘錄》之後大約二十年，松江何良俊《四友齋曲說》云：「近世北曲，雖鄭衛之音，然猶古者總章北里之韻，梨園教坊之調，是可證也。近日多尚海鹽南曲。士夫稟心房之精，從婉姿之習者，風靡如一。甚者北土亦移而耽之。更數世後，北曲亦失傳矣。」[15]湯顯祖〈宜黃縣戲神清源師廟記〉作於萬曆三十年（1602年）前後。它說崑山腔當時已經取得對海鹽腔的優勢。我們知道崑山腔在它的發源地蘇州一帶則在 1540 年前後已由梁辰魚的《浣紗記》而興起[16]。與此同時，沈璟晚年制訂曲譜，雖然名為《南九宮十三調曲譜》，實際上他只為促進南曲中的一種即崑曲的繁榮而努力。他的目的「欲令（戲曲）作者引商刻羽，盡棄其學，而是譜之從」（李鴻序）。這個意圖正好說明在湯顯祖、沈璟的時代，崑曲的統治地位還有待確立，或正在確立之中。同時而略遲，萬曆三十八年（1610 年），王驥德《曲律》卷二說：「舊凡唱南調者，皆曰海鹽，今海鹽不振，而曰崑山。」從《南詞敘錄》到《曲律》，以上各家年代先後不同，忠實地反映了戈陽、海鹽、崑山各腔依次代興的情況。

據《金瓶梅》的記載，當時上演的元代雜劇有《西廂記》第二本第二折（第六十一回）、《金童玉女》第一折（第三十二回）、《兩世姻緣》第三折（第四十一回）、《留鞋記》（第四十三回）、《龍虎風雲會》第三折（第七十一回）。另有「《抱妝盒》雜記（劇）」，曲文和《元曲選》不同。第五十二、六十、六十一回描寫演唱南詞、南曲，伴奏樂器是箏或琵琶。西門慶家正式宴請高級官員時，如第四十九、七十二、七十四、七十六、六十三、六十四等回，演唱的都是海鹽腔，尤以上面最後兩回的記載比較詳細。全書沒有一次提到崑曲或以笛子為主要伴奏樂器的南戲。即使在第三十六回寫到在北方深受歡迎的「蘇州戲子」時，那也不是崑腔演員。

---

15  何良俊生卒為 1506-1573 年。以上據《何翰林集》卷十九〈與王槐野先生書〉：「時乙酉（嘉靖四年，1525 年）之冬，良俊年二十矣。」及王世貞《弇州山人四部稿》卷十五〈悲七子篇〉序。《四友齋曲說》共三十條，以論述北曲及雜劇為主，有關演唱家頓仁的有四條。所載事實集中，當在較短時間內完成。

16  見拙作〈梁辰魚的生平和創作〉，《中山大學學報》1983 年第 3 期。

《金瓶梅》所寫的數十次戲曲演出情況和何良俊的記載完全吻合。《四友齋曲說》云：「余家小鬟記五十餘曲，而散套不過四、五段，其餘皆金元人雜劇詞也。南京教坊人所不能知。老頓言：頓仁在正德爺爺時隨駕至北京。在教坊學得，懷之五十年。供筵所唱，皆是時曲。此等辭（指北雜劇）並無人問及。不意垂死遇一知音（指何家小鬟）。」「隨駕」指正德十五年（1520 年）十二月跟從皇帝由江南來到北京。下推五十年，即隆慶（1567-1572年）年間，正是何良俊寫作《四友齋曲說》的年代。這時頓仁慨歎北雜劇在江南幾乎已成絕響，甚至連留都南京的教坊司藝人都不能演唱，而在《金瓶梅》所寫的山東地區雖然它不及海鹽腔入時，卻並未衰歇。從上述情況看來，《金瓶梅》成書當在嘉靖二十六年（1547 年）之後，萬曆元年（1573 年）之前。寫定者的籍貫則在今山東省中西部及蘇北北部，即黃河以南、淮河以北一帶。

# 四、《金瓶梅》的寫定者是李開先或他的崇信者

我在六十年代初發現《金瓶梅》第七十回正宮〔端正好〕套曲（五支）採用李開先的《寶劍記》傳奇第五十齣，當時曾寫了一篇短文，由於各種原因，未能發表。後來，因在《社會科學戰線》上看到朱星的〈金瓶梅考證〉連載，才把舊作修改成〈金瓶梅的寫定者是李開先〉，發表在《杭州大學學報》1980 年第 1 期。今年秋，應邀來普林斯頓訪問，有機會讀到韓南教授（Patrick D. Hanan）的舊作〈金瓶梅探源〉。現在我樂於利用韓南教授和柯麗德（Katherine Carlitz）博士的研究成果作為我的論據之一。韓南教授在他的論文中聲明，他不認為小說多次引用《寶劍記》和小說作者問題有任何聯繫。如果由此造成錯誤，那當然和他無關，只能由本文負責。下面是《金瓶梅》引用《寶劍記》的主要段落[17]。

（一）第六十一回「我做太醫姓趙」起十八句七言，見《寶劍記》第二十八齣；

（二）第六十七回〔駐馬聽〕「寒夜無茶」「四野彤霞」二曲，見第三十三齣；

（三）第六十八回「雖是尼姑臉，心同淫婦心……哄了些小門閨怨女，念了些大戶動情妻……姻緣成好事，到此會佳期」，見第五十一齣；

（四）第六十八回「佛會僧尼是一家，法輪常轉度龍華。此物只好圖生育，枉使金刀剪落花」，《寶劍記》第五十一齣作「法輪常轉圖生育，佛會僧尼是一家」；

（五）第七十回「官居一品」起大段描寫，見第三齣韻白；

---

17　韓南文，見本文前注；〈戲曲在金瓶梅中的作用〉（The Role of Drama in the Chin Ping Mei），柯麗德女士 1978 年芝加哥大學博士論文。第一、二、五、六、八項見韓南文，餘見柯麗德文。

(六)第七十回正宮〔端正好〕套曲（五支），見第五十齣；

(七)第七十四回「蓋聞法初不滅」至「空手荒田望有秋」一大段原是第四十一齣的韻白；同一回「百歲光陰瞬息回，此身必定化飛灰。誰人肯向生前悟，悟卻無生歸去來」，「人命無常呼吸間，眼觀紅日墜西山。寶山歷盡空回首，一失人身萬劫難」，見同一齣〈誦子〉，但前後四句順序顛倒；同一回〈一封書〉曲（「生和死兩下」）見同一齣；

(八)第七十九回「命犯災星必主低，身輕煞重有災危。時日若逢真太歲，就是神仙也皺眉」以及「我夢見大廈將傾」至「造物已定，神鬼莫移」一段及「卦裏陰陽仔細尋，無端閑事莫閑（縈）心。平生作善天加慶，心不欺貧禍不侵」，見第十齣，兩者都是作品中的人物求人算命圓夢，情節相似；

(九)第九十二回陳經濟妻自縊身死被發現的一小段描寫和《寶劍記》第四十五齣林沖妻的情況相似。

《金瓶梅》引用《寶劍記》次數之多、文字之長，而又避而不提它的劇名和作者姓名。《寶劍記》不是古代名家作品，這幾個片段也不是劇中的精彩折子。這同一般的摹擬引用顯然不同。

李開先《詞謔》評論各家套曲，全折引錄，不加貶語的元人雜劇只有十餘套，其中就有小說第四十一、七十一回分別全文引錄的《兩世姻緣》和《龍虎風雲會》的第三折，而這兩套通常並不認為是元曲的最佳作品。

前文指出《金瓶梅》洋洋七八十萬字，論及戲曲演唱的片段約占全部回目的三分之一，第三十六回甚至提及「蘇州戲子」而沒有一次提及崑曲，令人驚異的是李開先在《詞謔·詞樂》中記載崑曲唱腔的著名改革家魏良輔以及他的簡況：「太倉魏上泉（良輔）」等「皆長於歌而劣於彈」，「魏良輔兼能醫」，同樣沒有一個字提及崑曲。

上述情況和本文從小說的其他內證所推論的小說寫定者的時代和籍貫不謀而合。因此可以得出結論：《金瓶梅》的寫定者或寫定者之一是李開先或他的崇信者。只有他本人或他在戲曲評論和實踐上的志同道合的追隨者，他們可能是友人，或一方是後輩或私淑弟子，才能符合上述情況。

李開先，山東章丘人。嘉靖八年（1529年）進士，曾先後任戶部主事、吏部考功司主事、稽勳司員外、文選司郎中、太常寺少卿提督四夷館。嘉靖二十年（1541年）四十歲時罷官回家。長期閱歷使他對官場內幕有深刻瞭解。他是傳奇《寶劍記》《斷髮記》（今存）和《登壇記》（未見）的作者，又是《市井豔詞》（僅存個別幾首）及帶有市井趣味的《打啞禪》《園林午夢》（以上兩種今存）、《攬道場》《喬坐衙》《昏廝迷》《三枝花大鬧土地堂》（以上四種今佚）等六種院本的作者和改編整理者。路工輯校的《李開先集》中收有清曲很多，包括哀悼亡妻和殤子的作品在內。他的《詩禪》《詞謔》都流露了作

者對詞曲等市井文學的極深的愛好和修養。李開先被稱為「嘉靖八子」之一。同沈德符《野獲編》記載的小說作者是「嘉靖間大名士手筆」的說法不謀而合。

以《金瓶梅》同《寶劍記》作比較,可以發現不少的相同之處。甲、它們都是水滸故事的改編。李開先有一個失傳的院本《喬坐衙》,當也是根據《水滸傳》第七十四回〈李逵壽張喬坐衙〉敷衍而成。乙、《水滸傳》寫農民起義及其悲慘結局,《金瓶梅》《寶劍記》則把視線轉移到另一面。《寶劍記》寫的是統治階級的內部鬥爭。林沖變成宋代隱逸詩人林和靖的玄孫,成都太守的兒子,下凡的武曲星。他投軍征討方臘,官拜征西統制。因諫阻童貫封王,謫為巡邊總旗。後來經張叔夜舉薦,做上禁軍教師,提轄軍務。以上是戲曲開場前林沖身世的補敘。在第六齣,林沖又上章彈劾童貫、高俅欺君誤國,受到進一步迫害。戲曲提到的其他水滸英雄也都做官了。魯智深也是官場失意才出家做和尚。公孫勝以參軍做欽差,不願帶兵追捕林沖,逃往中條山出家。總之,林沖等人同農民起義有關的故事情節在戲曲中儘量刪削、壓縮,另外卻以許多新編的同統治階級內部鬥爭有關的故事情節作為替代。《金瓶梅》則在水滸故事中選取同農民起義最少有關係的西門慶、潘金蓮的故事為題材。同時,又把西門慶處理為奸相蔡京的義子,對上層統治集團作了相當的揭露。《寶劍記》同《金瓶梅》的改編都添加了對因果報應及封建道德的說教,而這些是原來水滸故事所沒有的。《寶劍記》中林沖和他的妻子由於天神托夢而被救,林沖的忠君同他妻子的貞節被大肆渲染,以致他的身上很少還有水滸英雄的氣味。如上所述,《寶劍記》《金瓶梅》對水滸故事的改編在思想傾向上頗有近似之處。丙、《金瓶梅》欣欣子序說:「竊謂蘭陵笑笑生作《金瓶梅傳》,寄意於時俗,蓋有謂也。人有七情,憂鬱為甚。上智之士,與化俱生,霧散而冰裂,是故不必言矣;次焉者亦知以理自排,不使為累;惟下焉者,既不出了於心胸,又無詩書道腴可以撥遣,然則不致於坐病者幾希。吾友笑笑生,為此爰罄平日所蘊者著斯傳凡一百回。」李開先的同鄉姜大成〈寶劍記後序〉說:「子曰:此乃所以為中麓(李開先)也。古來抱大才者,若不得乘時柄用,非以樂事繫其心,往往發狂病死。今借此以坐消歲月,暗老豪傑,奚不可也。如不我然,當會中麓而問之。問之不答,遂書之以俟知其心者。」這兩篇都是作者友人的代言,用意何其相似。

中國小說發展史應該恢復它的本來面目。最後完成《三國演義》《水滸》《西遊記》《封神演義》以及《東周列國志》《楊家將》等話本小說的明代文學界不可能貢獻出一部個人創作的《金瓶梅》。研究《金瓶梅》以及上述話本小說的思想和藝術都必須考慮到民間藝人世代流傳而形成的這一基本事實,否則難免隔靴搔癢,不著邊際。這些小說的燦爛奪目的獨特成就和它們平庸、粗糙、拙劣以至穢惡的一面共存,顯然不同於文人創作中工拙互見的那種情況。《金瓶梅》的成書問題雖小,它涉及中國小說發展史的關係

卻極為深遠。

1983 年 12 月 10 日於普林斯頓大學希彭樓

**後記：**

　　本文是拙作〈金瓶梅的寫定者是李開先〉（杭州大學學報 1980 年第 1 期）及其續篇的修改和增訂，該文所述《金瓶梅》非王世貞所作的論證保留如下：

　　沈德符《野獲編》卷二十五說《金瓶梅》出自「嘉靖間大名士手筆」。就這一點而論，李開先比王世貞切合得多。李開先比王世貞早生二十五年，被稱為「嘉靖八才子」之一。他官為太常少卿提督四夷館，正四品。不存在朱星〈金瓶梅考證〉所說的「官兒還不夠大」的問題。典章制度、婚喪禮節正是太常寺的主要業務。為什麼他不能寫出蔡太師做壽、西門慶朝見皇帝以及其他大場面呢？王世貞做到正二品大僚，那是後來的事。他在嘉靖最後一年只四十一歲，不過是一個罷任的青州道兵備副使。王世貞不妨說是隆、萬大名士，在嘉靖年間李開先比他更有資格享有這樣的虛銜。沈德符以精通明朝史料著稱，他不至於連嘉靖、隆慶和萬曆的年代先後都弄不清楚吧。

　　王世貞的《國朝詩評》《文評》評論明代詩人一百名以上，文人六十名以上，其中都不提李開先其人。王世貞的《藝苑卮言》有一段記載：「北人自王（九思）康（海）而後，推山東李伯華（開先）……二記（指《寶劍記》《登壇記》），余觀之，尚在《拜月》《荊釵》之下耳，而自負不淺，問余：與《琵琶記》何如？余謂：公詞之美更不必言，第使吳中教師十人唱過，隨腔改字，妥，乃可傳。李怫然不樂而罷。」李開先的詩文在王世貞的評論中不屑一提。李開先以北人作南曲，王世貞對他貌似恭敬，因為他究竟是前輩，而不滿之情見於言表。如果《金瓶梅》確是王世貞的作品，小說中整套引用李開先《寶劍記》和李開先偏愛的元人雜劇的原文，那就不可能得到解釋。

　　馮沅君〈金瓶梅詞話中的文學史料〉說：「《金瓶梅》七十四回清唱的《西廂記》好像是李日華的《南西廂》。」此文附注又說：「拿李日華的《西廂記》第十八齣（按，據《古本戲曲叢刊》第一集影印本是第十五齣）和這段曲文相較，兩個本子的詞句全同（按，應為大同小異，見後文）。故《金瓶梅詞話》的歌詞很有出於李日華之手的可能。也許李《西廂》第十八齣這段曲文是從別個較早的傳奇上採摘來的。」（見《古劇說彙》，1956 年北京作家出版社）

　　按：

　　《南西廂》現存三種：一、陸采改本。據自序，他是不滿李日華本子的「生吞活剝」而改作的。陸采卒於嘉靖十六年（1537 年）。此李日華與《恬致堂集》作者嘉興李日華絕

非同一人,嘉興李日華在陸采卒後二十八年才出生。陸采改本和《金瓶梅詞話》所引顯然不同,可以不必考慮。二、《六十種曲》本,作者署名崔時佩、李景雲。第一齣〈家門正傳〉〈順水調歌〉云:「大明統一國,皇帝萬年春。五星聚奎,偃武又修文。托賴一人有慶,坐見八方無事,四海盡歸仁。如此太平世,正是賞花辰。」在三種本子中,此本年代最早。三、李日華本,它顯然是對崔、李本子的改編,而變動不多。《金瓶梅詞話》引的是曲文。不附說白,它刪去《六十種曲》本的開頭三曲和結尾二曲。此外,它和《六十種曲》本有十一字不同(包括增減和差異),和李本有十九字不同。顯然,崔、李的《南西廂》是李本和《金瓶梅》引文的共同祖本。上述事實對本文《金瓶梅》成書的論證無論在正反兩面都不發生關涉。

《金瓶梅》中明顯的北方口音,還可以再舉一些例子:

甲、以「胡」代「核」:

第二十五回:「裏胡兒生的,也有個仁兒。」

第六十七回:「待要說梅梭(酥)丸,裏面又有胡兒。」

乙、以「恒屬」代「橫豎」:

第二十九回:「若不教他把奴才老婆漢子一條提,撏的離門離戶也不算,恒屬人挾不到我井裏頭。」

第四十七回:「一些半些恒屬打不動兩位官府,頂(須)得湊一千貨物與他。」

第六十九回:「恒屬大家只要圖了事,上司差派,不由自己,有了三叔出來,一天大事都了了。」

丙、以「恒」代「橫」:

第三十一回:「恒是看我面,不要你利錢,你且得手使了。」

第六十七回:「你老爹他恒是不稀罕你錢,你老(在)院裏老實大大擺一席酒。」

第八十九回:「他好膽子,恒是殺不了人。」

丁、以「屬」代「術」:

第七十二回:「你這六丫頭,倒且是有權屬。」

戊、以「脫」代「妥」:

第七十二回:「人家悄悄幹的事兒停停脫脫。」

己、以「轉」代「賺」:

第八十六回:「十個九個媒人,都是如此轉錢養家。」「你這幾年,轉的俺丈人錢夠了。」「你老人家少轉些兒吧。」

庚、第八十七回,迎兒訛為蠅兒。

以上取代和被取代的兩組字,按照南方口音,彼此大異,絕不能通借。只有《金瓶

梅》的寫定者是土生土長的北方人才會如此頻繁地不用正字，而採用同音通借字。

萬回的傳說，在我國南北不同。據《太平廣記》卷九十二〈異僧·萬回〉，他是弘農閿鄉人。他的哥哥戍守安西，相去萬里。他奉母命前去探視，早上啟程，晚上歸來。南方傳說特別流行於杭州一帶。元劉一清《錢塘遺事》卷一〈萬回哥哥〉說：「臨安居民不祀祖先……惟萬回哥哥者，不問省部吏曹市肆買賣及娼妓之家無不奉祀，每一飯必祭。其像蓬頭笑面，身著彩衣。左手執鼓，右手執棒。云是和合之神，祀之可使人在萬里外亦能回家，故名萬回。」明田汝成《西湖遊覽志餘》有相近的記載。萬廻（回）的名號、身分、形象、得名的來由，南北各不相同。《金瓶梅》第五十七回所記的萬廻老祖近於北方傳說，而同南方的傳說大異。這是《金瓶梅》不出於南方人，特別是不出於浙江人士筆下的又一旁證。

# 再論《水滸傳》和《金瓶梅》
# 不是個人創作
## ——兼及《平妖傳》《西遊記》《封神演義》
## 成書的一個側面

以前我寫過論文〈從宋江起義到《水滸傳》成書〉同〈金瓶梅成書新探〉，因此本文加上「再論」二字。

《水滸》不是個人創作，這是本世紀三十年代前後魯迅、鄭振鐸以及後來的研究者早就解決了的問題，迄今並未有人提出異議。但是在實際論述中，施耐庵和羅貫中仍然不時被人加上天才作家的桂冠；儘管《錄鬼簿》中書會才人羅貫中的傳略比任何筆記所載的傳聞要可靠得多，他和施耐庵參加農民起義的說法仍然為一些人所樂道[1]；儘管作品中宋元明三代留下的印記雜然並存，它的如火如荼的革命聲勢遠不是八百多年前的當事者所能夢見，不少人還是把《水滸》看作是北宋宋江起義的真實反映：以上種種必然導致一個結論，《水滸》是個人創作，或兩人合作；可資參證的各種古本到今本的相應章節的提高和完善似乎都出於這一二人的筆下；書會才人世代累積的業績只被看作先後對比中用作鋪墊的一方而已。其次，《水滸》成書過程中的某些事實和現象仍然有待探索，它的精華無愧為世界文學寶庫中的珍品，有目共睹，而它的粗疏不足之處卻非通常人所能想像。知其一而不知其二，談不上正確的評價。

《金瓶梅》非一人之作，前輩學者馮沅君、趙景深都曾經提及，正式提出這個主張始於潘開沛〈金瓶梅的產生和作者〉（1954年8月29日《光明日報》）。這是一篇短文，難以要求它作出充分的論證。不久，受到徐夢湘的批評，見該報次年4月17日〈關於金瓶梅的作者〉。二十五年來這個問題未見有人提起。後來我以1980、1981年兩篇舊作為基礎

---

[1]　如羅爾綱〈水滸真義考〉，中華書局《文史》第15輯；同一作者〈從羅貫中三遂平妖傳看水滸傳著者和原本問題〉，上海《學術月刊》，1984年第10期。

寫成〈金瓶梅成書新探〉，它被評論家看作「實集當前《金瓶梅》集體創作說觀點之大成」[2]，其實問題的許多方面還有待深入。為了答謝同行的盛情督促，有必要再作補充如下。

本文以《水滸》和《金瓶梅》相提並論，互作對照，為的是從一個新的角度進行考察。

《水滸》第二十三到二十六回同《金瓶梅》第一回到第九回，外加第八十七回的內容大體相當。許多文學史的論著都認為《金瓶梅》的作者以《水滸》上述幾回為依據，寫出我國個人創作的第一部長篇小說。這是傳統的觀點。

與此相對立，本文認為《金瓶梅》和《水滸》一樣，都是民間說話藝人在世代流傳過程中形成的累積型的集體創作，帶有宋元明不同時代的烙印。《水滸》的寫定比《金瓶梅》早。可以設想，《水滸》系列故事當元代及明初在民間流傳時，各家說話人在大同之中有著小異，其中一個異點，即為了迎合封建城市的市民階層和地主階級的趣味及愛好，西門慶的故事終於由附庸而成大國，最後產生了獨立的《金瓶梅詞話》。與其說《金瓶梅》以《水滸》的若干回為基礎，不如說兩者同出一源，同出一系列《水滸》故事的集群，包括西門慶、潘金蓮故事在內。

如果《金瓶梅》是個人創作，它同《水滸》的關係只能是單向的影響或作用：《水滸》→《金瓶梅》，一前一後，一個作品是主動施加影響（作用）者，另一個作品則是接受影響（作用）者。

如果《金瓶梅》同《水滸》的關係是雙向的影響或作用：《水滸》《金瓶梅》，《水滸》比《金瓶梅》早、比《金瓶梅》遲的跡象同時並存，當然兩者都只能是世代累積型的集體創作。

《金瓶梅》和《水滸》每回之前都有一篇引首，通常是七律或別的形式的韻文。它們有的和本回內容密切相關，有的則是通用的勸世文或格言之類，完全游離於各自該回內容之外。前一類很少可能彼此蹈襲，後者既然和內容不相關，幾乎可以適用於每本小說的每一個章回，到處都可以借用。據統計，《水滸》中的後一類引首共二十二篇，其中居然有半數和《金瓶梅》相同。有的一字不改或只有個別差異，有的各有兩句、四句或個別詞兒因同各自該回的故事相關而相異。它們是共同借用現成的韻文呢，還是彼此蹈襲？如果是後一情況，究竟是《水滸》借用《金瓶梅》呢，還是相反？它們彼此的影響

---

[2] 見李時人〈關於金瓶梅的創作成書問題〉，《上海師範大學學報》（社會科學版）1985年第3期。後文所說評論家云云，指此，不另注明。他另有內容大體相同的論文〈說唱詞話和金瓶梅詞話〉，見《復旦學報》1985年第5期。

只是單向的呢,還是雙向?大同小異的引首是另一方有意加工提高,或僅僅借此以示有所區別,或不是彼此蹈襲,而是各自來源不同?認真分析這些以及後面將要列舉的另外一些情況,必將有助於解決我們的爭論:《金瓶梅》是不是個人創作?同時我們也將看到《水滸》和《金瓶梅》就其粗疏不足之處而論,兩者都沒有經過編著寫定者自始至終的認真校訂,看來要把它們的非凡成就(如同顯而易見的弱點一樣),歸功(或歸咎)於某一個別作家之手是不符合實際的。

第一例:《水滸》第五十七回的引首說:

> 人生切莫恃(將)英雄,術業精粗自不同。
> 猛虎尚然逢惡獸,毒蛇猶自怕蜈蚣。
> 七擒孟獲奇(恃)諸葛,兩困雲長羨呂蒙。
> 珍重宋江真智士,呼延頃刻入囊中。

本回內容是徐寧的鈎鐮槍大破呼延灼的連環馬,引首詩配合得十分貼切。《金瓶梅》第一百回的引首詩,前六句只有兩個字有出入(見括弧內,下同),而末兩句為:「珍重李安真智士,高飛逃出是非門」。頷聯、頸聯的比喻完全落空,成為無的放矢。顯然,這是《金瓶梅》因襲《水滸》而露出了馬腳。

第二例:《金瓶梅》第十八回的引首:

> 堪歎人生(心)毒似蛇,誰知天眼轉如車。
> 去年妄取東鄰物,今日還歸北舍家。
> 無義錢財湯潑雪,倘來田地水推沙。
> 若將奸狡為活(生)計,恰似朝雲(霞)與暮霞。

在本回,奸臣兵部王尚書正要明正典刑,前後文有關的蔣竹山和陳經濟也將在以後得到報應。引首詩對他們三人都適用。《水滸》第五十三回〈戴宗智取公孫勝,李逵斧劈羅真人〉同引首詩沒有任何關涉。

第三例:《金瓶梅》第八十八回的引首:

> 上臨之以天鑒,下察之以地祇。
> 明有王法相制(繼),暗有鬼神相隨。
> 忠直可存於心,喜怒戒之在氣。
> 為不節而忘家,因不廉而失位。
> 勸君自警平生,可笑可驚可畏。

潘金蓮屍體暴露在街上，她的陰魂要春梅前去收葬。回目作：〈潘金蓮托夢守御府，吳月娘佈施募緣僧〉。引首詩借西門慶和她的故事以教訓世人。《水滸》第三十六回〈梁山泊吳用舉戴宗，揭陽嶺宋江逢李俊〉，同詩中的意旨格格不入。

第四例：《金瓶梅》第十九回、九十四回引首：

> 花開不擇貧家地，月照山河處（到）處明。
> 世間只有人心歹，百事還教天養人。
> 癡聾喑啞家豪富，伶俐聰明卻受貧。
> 年月日時該載定，算來由命不由人。

《金瓶梅》的兩回引首只有一個字不同，《水滸》第三十三回也只有個別文字出入，不校。引首詩同《金瓶梅》兩回書中蔣竹山、陳經濟的故事都很切合，《水滸》則是〈宋江夜看小鼇山，花榮大鬧清風寨〉，引首和書中故事可說風馬牛不相及。

第五例：《金瓶梅》第九十九回的引首：

> 一切諸煩惱，皆從不忍生。
> 見機而耐性，妙悟生光明。
> 佛語戒無倫（論），儒書貴莫爭。
> 好個快活路，只是少人行。

《金瓶梅》本回寫劉二打了王六兒的酒店，陳經濟揚言要報仇，被劉二的姊夫張勝暗地裏聽見，張勝先下手，殺死陳經濟。抽象地看，被殺是由於不忍。《水滸》裏〈施恩三入死囚牢，武松大鬧飛雲浦〉，都和不忍無關。

以上第二至第五例，《水滸》的引首都同書中的情節不合或無關，《金瓶梅》則與此不同。或者《金瓶梅》是原作，《水滸》的引首從它那裏引用，這是說《金瓶梅》的這一些片段比《水滸》早；或者《金瓶梅》和《水滸》的這些勸世詩都是引用現成的流行韻語，它們之間並無前後因襲關係。兩者必居其一。

此外，如《金瓶梅》第八十七回、《水滸》第二十七回的引首〈平生作善天加福〉，《金瓶梅》第九十二回、《水滸》第三回的引首〈暑往寒來春復秋〉，《金瓶梅》第九十七回、《水滸》第七回的引首〈在世為人保七旬〉都是處世格言之類，彼此只有個別文字出入，同小說本文都沒有明顯的脫節或合拍的問題，也看不出誰先誰後的痕跡，可以暫且不加考慮。

第六例：《金瓶梅》第四回引首詩：

酒色都（端）能誤國邦，由來美色喪（陷）忠良。

紂因妲己宗祀（桃）失，吳為西施社稷亡。

自愛青春行處樂，豈知紅粉笑中殃（槍）。

西門貪戀金蓮色，內失家麋外趕獐。

《水滸》第二十四回尾聯為：「武松已殺貪淫婦，莫向東風怨彼蒼。」貪淫婦指潘金蓮，她在同書第二十六回才被武松所殺，此云「已殺」，情節不合。既殺之後，誰「向東風怨彼蒼」，至少有語病。

第七例：《金瓶梅》第九十八回引首：

心安茅屋穩，性定菜根香。

世味憐（薄）方好，人情淡最長。

因人成事業，避難遇豪強。

今日崢嶸貴，他年身必殃。

因人成事指陳經濟遇見春梅，得以在守備府用事，豪強指下一回的劉二。第二年劉二的姊夫殺死陳經濟。本回陳經濟才從收容他的道士那裏離開不久，後四句暗合他的這一番遭遇。《水滸》第三十八回末聯作「他日梁山泊，高名四海揚」。豪強指宋江在江州牢城營結識的戴宗和李逵。但前四句在這裏無所指，「因人成事業」，用來指宋江，未免降低他的身分。

第八例：《金瓶梅》第二十七回引首：

頭上青天自（只）恁欺，害人性命霸人妻。

須知奸惡千般計，要使人家（英雄）一命危。

淫婦從來由濁富，貪嗔轉念是慈悲。

天公尚且含生育，何況人心忒妄為。

這是說宋惠蓮含憤自殺後，她的父親被西門慶送往縣衙門受刑而死。《水滸》第八回的引首第五句作：「忠義縈心由秉賦」，末聯作「林沖合是災星退，卻笑高俅枉作為」。這首詩同正文所寫林沖的故事相適應。

第九例：《水滸》第二十八回引首：

功業如將智力求，當年盜蹠合（卻）封侯。

行藏有義真堪羨，富貴非仁實可羞。

鄉黨陸梁施小虎，江湖任俠武都頭。

巨林雄寨俱侵奪，方把平生志願酬。

這首詩插入《金瓶梅》第十四回，後五句作：

……………………，好色無仁豈不羞。

郎蕩貪淫西門子，背夫水性女嬌流。

子虛氣塞柔腸斷，他日冥司必報仇。

以上第六至第九例，至少各有半首互相雷同，有的詞句則為了配合書中的正文而出現差異。第八、九例看不出孰為原本，孰為仿作，也可能是各自以流行的歎世韻文為依據，暫且不加考慮；第六、七例，《金瓶梅》分明是原作，它不像《水滸》那樣引首詩和正文多少有所脫節。

第十例：《金瓶梅》第十回引首：

朝看瑜伽經，暮誦消災咒。

種瓜須得瓜，種豆須得豆。

經咒本無心，冤結如何究！

地獄與天堂，作者還自受。

《水滸》第四十五回引首：

朝看楞伽經，暮念華嚴咒。

種瓜還得瓜，種豆還得豆。

經咒本慈悲，冤結如何救？

照見本來心，方便多竟究。

心地若無私，何用求天佑。

地獄與天堂，作者還自受。

第十一例：《金瓶梅》第三十八回引首：

麗質溫柔更老成，玉壺明月適人情。

輕回玉臉花含媚，淺蹙峨眉雲鬢鬆（？）

勾引蜂狂桃蕊綻，潛牽蝶亂柳腰新。

令人心地常相憶，莫學章台贈淡情。

《水滸》第六十五回插入一首詩：

蕙質溫柔更老成，玉壺明月逼人清。

步搖寶髻尋春去，露濕凌波步月行。

丹臉笑回花萼麗，朱弦歌罷彩雲停。

願教心地常相憶，莫學章台贈柳情。

第十二例：《水滸》第七十九回引首：

軟弱安身之本，剛強惹禍之胎。

無爭無競是賢才，虧我些兒何礙。

純（鈍）斧錘磚易碎，快刀劈水難開。

但看髮白齒牙衰，惟有舌根不壞。

《金瓶梅》第一回插入一首詩：

柔軟立身之本，剛強惹禍之胎。

無爭無競是賢才，虧我些兒何礙。

青史幾場春夢，紅塵多少奇才。

不須計較巧安排，守分而今見在。

以上十、十一、十二例都是全文抄錄。字面上彼此出入不少，而意義大體相同。《瑜伽經》當指《瑜伽師地論》，它和《楞伽》《華嚴》是不同宗派的佛教經典，消災咒則是通稱，在這裏用以代表一般佛經，在特定情況下這些經典可以說沒有差別。「輕回玉臉」和「步搖寶髻」以下各四句，文字不同，卻難以分出孰優孰劣。「鈍斧錘磚易碎」說的是剛強之害，而「青史幾場春夢」則是說不值得爭競。這三個例子說明了一點，它們之間的關係，既不是《金瓶梅》因襲《水滸》，並略作修改，以求有所提高，也不是相反。《金瓶梅》和《水滸》之間的影響和作用，既有由彼及此的一面，又有由此及彼的另一面，同時還有彼此都借用第三者的韻語的事實，這種關係只有雙方都在長期流傳過程中才能產生。

中國的長篇小說有它獨特的發展過程。宋元以後，直至明代萬曆年間，即 1620 年之前，《三國》《水滸》《平妖傳》《金瓶梅》《西遊記》《封神演義》以及包括《大唐秦王詞話》在內的各種歷史演義，在它們寫定之前，都已在各地不同派系的說話或詞話的書會才人的演出場所上同時登台，彼此競爭，互相交流。不同的題材在同一地區，或為同一師承的藝人所演出，它們之間的互相滲透和相互作用就成為必然的趨勢。在部分題材相近或相同的作品之間，如《平妖傳》與《水滸》，《水滸》與《金瓶梅》，《西

遊記》與《封神演義》之間，這種情況就更加明顯。當然，並不排除全然不同的作品之間也可以有這種關係存在。

近年來由於研究工作日益深入，古代長篇小說之間的互相因襲現象紛紛被揭示。羅爾綱先生查出《平妖傳》和《水滸傳》之間有十三篇贊詞相同；《平妖傳》（指二十回本，下同）[3]第八回野林中張鸞救卜吉的情節同《水滸傳》第八回魯智深大鬧野豬林相似；《平妖傳》第十七回、《水滸傳》第五十四回，王則和高廉的妖法雷同。這是小說史研究中可喜的成果之一。

《水滸傳》和《平妖傳》之間的互相滲透，遠不止以上所指。

據天都外臣〈水滸傳序〉，《燈花婆婆》致語曾同樣出現在《水滸傳》和《平妖傳》的卷首。二書都有三十六天罡、七十二地煞的說法，雖然彼此意義不同，一為英雄的名號，一指法術的類別。九天玄女娘娘在二書中都是操縱人間治亂的神靈。《平妖傳》四十回本第六回「逢楊而止，遇蛋而明」和《水滸》第四十二回的「遇宿重重喜，逢高不是凶」，第五回句「遇林而起，遇山而富，遇水而興，遇江而止」如出一轍。替天行道是水滸英雄的革命旗號，卻又見於《平妖傳》四十回本第二回。「長安有貧者，宜瑞不宜多」，「農夫背上添軍號，漁父船中插隊旗」也為二書同時引用。

《水滸傳》《平妖傳》都以農民起義為題材，也許和它們之間的互相溝通有關。但二書對農民起義的看法大異，一是聚義或忠義，在另一書中卻被誣指為妖魔。存在這樣差異，仍然不妨礙它們之間的交流，這裏面應該另有深刻的原因在。

《西遊記》和《平妖傳》題材不同。《平妖傳》（四十回本）第一回引首說：「一位揭諦尊神布了天羅地網，遣神將擒來，現其本形，乃三尺長一個多年作怪的獼猴。那揭諦名為龍樹王菩薩。」《西遊記》第六回托塔天王帶領天兵天將去擒齊天大聖也是布下天羅地網。《平妖傳》第四十回本的雲夢山白雲洞和《西遊記》的花果山水簾洞不相上下。洞主都是猴精，各有子孫成千上萬。他們的師父，一是須菩提祖師，一是九天玄女娘娘。大鬧天宮是公然造反，《平妖傳》四十回本盜竊天書，袁公說：「人說天上無私，緣何也有個私書？」手段不同，都不安守本分，但同樣逃不出上天的意旨，而後來又都成正果。二書之間的相互影響顯而易見。

除《平妖傳》《水滸傳》，《封神演義》也寫到天罡地煞。後者黃飛虎過五關顯然

---

3　見〈從羅貫中三遂平妖傳看水滸著者和原本問題〉，上海《學術月刊》，1984 第 10 期。本文作者對他的結論另有商榷文章〈平妖傳的版本以及水滸傳原本七十回說辨正〉。《平妖傳》二十回本除缺少四十回本的前半本約十五、十六回外，兩者差異不大。本文所引用的那些片段，差異尤少，暫且可以不加考慮。

受到《三國演義》關羽故事的影響。《封神演義》結尾的封神榜和《水滸》第七十一回的〈忠義堂石碣受天文〉如出一轍。

　　《西遊記》和《封神演義》都在長期流傳後編寫成書,而年代難以考定。哪吒及其兄弟的故事、定風珠、文殊、普賢、觀音的坐騎、唐僧肉和姜尚肉,兩本書究竟誰因襲誰,在學術界引起了誰遲誰早的爭論。澳大利亞柳存仁以為《封神演義》早於《西遊記》[4];黃永年〈今本西遊記襲用封神演義說辨證〉[5]觀點則和柳存仁相反。方勝在兩書中找出相同的贊詞多首,如:

　　一、〈勢鎮汪洋〉,《西遊記》第一回,《封神演義》第四十三回;

　　二、〈煙霞散彩〉,《西遊記》第一回,《封神演義》第三十七回;

　　三、〈竹籬密密〉,《西遊記》第十八回,《封神演義》第五十二回;

　　四、〈重衾無暖氣〉,《西遊記》第四十八回,《封神演義》第八十八回;

　　五、〈嵯峨矗矗〉,《西遊記》第五十回,《封神演義》第四十五回等。

　　他指出是《封神演義》抄襲《西遊記》[6]。

　　方勝僅以二書各五首贊詞的對勘為依據,不足以包括它們之間的所有複雜關係,偏而不全的取證使得文章的結論失之於片面。

　　本文補充十五例如下:

　　六、〈觀棋柯爛〉,《西遊記》第一回;〈登山過嶺〉,《封神演義》第二十三回;

　　七、〈千峰排戟〉,《西遊記》第一回,《封神演義》第三十八回;

　　八、〈黑煙漠漠〉,《西遊記》第十六回,《封神演義》第六十四回;

　　九、〈煙霞渺渺〉,《西遊記》第十七回;〈煙霞嫋嫋〉,《封神演義》第四十九回;

　　十、〈揚塵播土〉,《西遊記》第二十八回,《封神演義》第五十五回;

　　十一、〈山頂嵯峨摩斗柄〉,《西遊記》第三十六回,《封神演義》第五十五回;

　　十二、〈瀟瀟灑灑〉,《西遊記》第四十一回,《封神演義》第六十四回;

　　十三、〈頂巔松柏接雲清〉,《西遊記》第五十六回,《封神演義》第五十九回;

　　十四、〈珍樓寶座〉,《西遊記》第六十五回;〈珍樓玉閣〉,《封神演義》第六十三回;

　　十五、〈巨鎮東南〉,《西遊記》第六十六回,《封神演義》第五十八回;

4　〈毗沙門天王父子與中國小說之關係〉,見《和風堂讀書記》,香港龍門書店 1977 年。
5　《陝西師大學報》1984 年第 3 期。
6　見〈西遊記封神演義因襲說證實〉,《光明日報》1985 年 8 月 27 日。

十六、〈沖天占地〉,《西遊記》第七十回,《封神演義》第六十三回;

十七、〈那山真好山〉,《西遊記》第八十五回,《封神演義》第六十一回;

十八、〈削峰掩映〉,《西遊記》第八十六回;〈高峰掩映〉,《封神演義》第六十二回;

十九、〈頂摩霄漢中〉,《西遊記》第九十八回;〈頂摩霄漢〉,《封神演義》第六十五回;

二十、〈彤雲密佈〉,《西遊記》第四十八回,《封神演義》第八十九回。

加上方勝同志所舉五例,共為二十例。雖然未必完全,重要的遺漏可能已經避免。

以上二十例,有的文字全同,有的只有個別出入,它們是第一、二、四、五、六、七、九、十、十三、十七等例;另外一些贊詞為了和所在的書中情節一致,有的詞句已作相應的增刪修改,單從文字上難以判明哪是原作,哪是擬作,它們是第三、八、十一、十二,十四、十五、十六、十八、十九、二十等例。

《西遊記》和《封神榜》孰早孰遲,目下尚無定論。假使兩者成書年代都已確切地考查清楚,雷同的片段也未必都是遲的因襲早的。因為兩者都經歷了長期的流傳過程,包括民間藝人同時說唱它們的階段在內,如果它們在形成過程中彼此滲透,成書早的作品也可能受到成書遲的作品的影響。成書遲的作品的產生和流傳反而比另一個作品早,這樣的可能性不能加以排除。作比較考察時,種種複雜的情況都應該估計在內。

贊詞大同而小異,可能出於傳抄和刊刻的誤奪,單憑眼前文字的優劣很難作出兩者孰遲孰早的判斷。贊詞文句同它前後文所敘述或描寫的人物或故事如有明顯的矛盾或脫節,而同它相對應的那首贊詞卻沒有這種情況,也許這是唯一能藉以檢驗孰早孰遲的標準。就一般情況而論,原作的贊詞總是和它的前後文吻合無間,而現成的採用者則可能有削足適履的情況發生。

在十九例中有五、六例可以約略分辨它們彼此的優劣和遲早。

第七例描寫仙境,它的結尾說:「必有高人隱姓名」。《西遊記》是靈台方寸山,須菩提祖師的住處;《封神演義》卻用來形容「猙獰凶惡」的妖怪龍鬚虎的洞府,顯然不合。

第十九例的贊詞中有「脈插須彌」一語,須彌山見於佛經。《西遊記》說的是釋迦牟尼所在的雷音寺;《封神演義》用來形容道家傳說的瑤池,未免牛頭不對馬嘴。

以上兩例說明兩書相同的贊詞,《西遊記》應是原作。

第四例《封神演義》第八十八回:

> 那日,(姜子牙)整頓人馬,離了澠池縣,前往黃河而來。時近隆冬天氣,眾將官

重重鐵鎧，疊疊征衣，寒氣甚勝。怎見得好冷，有贊為證：重衾無暖氣，袖手似
揣冰。敗葉垂霜蕊，蒼松掛凍鈴。地裂因寒甚，池平為水凝。魚舟空釣線，仙觀
沒人行。樵子愁柴少，王孫喜炭增。征人鬚似鐵，詩客筆如零。皮襖猶嫌薄，貂
裘尚恨輕。蒲團僵老衲，紙帳旅魂驚。莫訝寒威重，兵行令若霆。

前面十六句形容途中所見嚴寒冬景以及想像中的各色人物的情況，結句以「莫訝寒威重」
對上述描寫加以歸總，然後回到行軍上來。情景相合，沒有明顯的脫節之處。

《西遊記》第四十八回只有個別文字出入，可以不提。結尾兩句是：「繡被重裀褥，
渾身戰鬥鈴。」末一字當是刊誤。正文描寫唐僧「師徒四人，歇在陳家。將近天晚，師
徒們衾寒枕冷……都睡不得，爬起來穿了衣服」。贊詞中的「繡被重裀褥」，和「師徒
們衾寒枕冷」似乎不相呼應。

第九例《西遊記》第十七回的贊詞：

煙霞渺渺，松柏森森。煙霞渺渺彩盈門，松柏森森青繞戶。橋踏枯槎木，峰巔繞
薜蘿。鳥銜紅蕊來雲塹，鹿踐芳叢上石台。那門前時催花發，風送花香。臨堤綠
柳囀黃鸝，傍岸天桃翻粉蝶。雖然曠野不堪誇，卻賽蓬萊山下景。

《封神演義》第四十九回只有個別文字出入。它寫的是三仙島，洞主雖然為紂王出力，畢
竟是女仙；《西遊記》卻以這樣的美景去描寫黑風山黑風洞，未免不倫不類。

第十一例《封神演義》第五十五回贊詞〈山頂嵯峨摩斗柄〉的結尾：「不是凡塵行
樂地，賽過蓬萊第一峰。」寫的是夾龍山，昊天上帝親女的洞府；《西遊記》第三十六
回同一贊詞的結句則是：「應非佛祖修行處，盡是飛禽走獸場。」而後文則明寫是敕賜
寶林寺，前後不相照應。

第六例《西遊記》第一回的贊詞〈觀棋柯爛〉同《封神演義》第二十三回的贊詞〈登
山過嶺〉大同小異，當是同出一源。《西遊記》是〈滿庭芳〉詞，《封神演義》則句式
不同。把一首詞改得詞句不合格律，這樣的情況比較難以設想；反之，把不合格律的韻
文改成詞，則是後來居上。《封神演義》的這首贊詞可能比《西遊記》早。

以上四例，本文認為《封神演義》的贊詞是原作，它們早於《西遊記》的對應部分。
對四首贊詞的分析，孰早孰遲可能有分歧。退一步說，只要承認《封神演義》的贊詞僅
僅有一首是原作，它比《西遊記》的對應部分早，方勝的論點就不能成立。他只承認一
個可能：《封神演義》有因襲《西遊記》的贊詞，他不承認同時也存在著相反的例證。
如上所述，本文認為兩種情況同時存在，它們互相影響，不是片面的單向關係，正如同
本文所論述的《金瓶梅》和《水滸傳》或《平妖傳》和《水滸傳》的關係一樣，它們之

間是雙向的彼此影響,不是單向的一個作品因襲另一作品。

本文主要論證《金瓶梅》不是個人創作,既以它和《水滸》作為對照,又考察了《平妖傳》和《水滸》,《西遊記》和《封神演義》之間的對照,眾多的例證揭示了它們兩兩之間由彼及此、由此及彼的雙向因襲關係,它們具體生動地構成了世代累積型集體創作的中國古代長篇小說的創作背景。具有這樣的宏觀認識,才能理解其中某一具體作品為什麼不是個人創作。

另外還有幾種情況應該加以補充。

一、全然不同的作品之間的因襲關係:

第一例:《水滸》第五十回的引首:

> 乾坤宏大,日月照鑒分明;宇宙寬洪,天地不容奸黨。使心用倖,果報只在今生;積善存仁,獲福休言後世。千般巧計,不如本分為人;萬種強為,爭奈隨緣儉用。
> 心慈行孝,何須努力看經;意惡損人,空讀如來一藏。

它和《西遊記》第十一回只有個別文字出入,正好用來校改各自的誤奪。《水滸》的引首把它作為格言,和後文沒有任何聯繫。《西遊記》則把它作為唐太宗的御制榜文,組織在正文之內,成為不可分割的組成部分。儘管《西遊記》成書在後,並不排除它在流傳過程中曾為《水滸》所採用。

第二例:《水滸》第三十七回船火兒張橫唱的〈湖州歌〉:

> 老爺生長在江邊,不怕官司不怕天。
> 昨夜華光來趁我,臨行奪下一金磚。

《封神演義》第三十四回哪吒也有一首唱詞:

> 吾當生長不記年,只怕尊師不怕天。
> 昨日老君從此過,也須送我一金磚。

《水滸》比《封神演義》這首詩好得多,但詩意來自神話,則又和《封神演義》較為相近。很難說哪是原作。

第三例:《平妖傳》四十回本第十八回詠火:

> 初如螢火,次若燈光。千條蠟燭勢難當,萬個水盆敵不住。驪山頂上,料應褒姒逞英雄;揚子江頭,不弱周郎施妙計。氤氳紫霧騰天起,閃爍紅霞貫地來。樓房好似破燈籠,土庫渾如鐵炮仗。

《大唐秦王詞話》第四十一回：

> 初如螢亮，次若燈明。黑煙滾滾地中來，烈焰騰騰空內去。夏王失政，摧殘駕海
> 紫金梁；建德時衰，毀折擎天白玉柱。平生忠義歸炎帝，半世陰陽化丙丁。

雖然只有開頭兩句相似，它們不是偶然的巧合。如果《大唐秦王詞話》第四句起不像現存本子那樣緊密聯繫前後文的人物（夏王即竇建德）和情節，雷同之處可能更多。兩首韻文，句格相同，只是《平妖傳》增加兩句以切中街市店鋪的情況。

二、三四部小說彼此因襲的情況：

第一例：《水滸》第二十七回東平府尹陳文昭：

> 平生正直，秉性賢明。幼年向雪案攻書，長成向金鑾對策。常懷忠孝之心，每行
> 仁慈之念。戶口增，錢糧辦，黎民稱德滿街衢；詞訟減，盜賊休，父老讚歌喧市
> 井。攀轅截鐙，名標青史播千年；勒石鐫碑，聲振黃堂傳萬古。慷慨文章欺李杜，
> 賢良方正勝龔黃。

《平妖傳》四十回本第二十九回開封府待制包拯的贊詞無「幼年」「長成」兩句，其他只有個別文字出入。

《金瓶梅》第十回東平府尹陳文昭的贊詞和《水滸》出入很少，末二句則作「正直清廉民父母，賢良方正號青天」。

《西遊記》第九十七回銅台府刺史的贊詞：

> 平生正直，素性賢良，少年向雪案攻書，早歲在金鑾對策。常懷忠義之心，每切
> 仁慈之念。名揚青史播千年，龔黃再見；聲振黃堂傳萬古，卓魯重生。

以上四首贊詞與其說是誰蹈襲誰，不如說在流傳過程中交相作用。

第二例：《水滸》第三十一回的贊詞：

> 高山峻嶺，峭壁懸崖。石角棱層侵斗柄，樹梢仿佛接雲霄。煙嵐堆裏，時聞幽鳥
> 閑啼；翡翠陰中，每聽哀猿孤嘯。弄風山鬼，向溪邊侮弄樵夫；揮尾野狐，立岩
> 下驚張獵戶。好似峨嵋山頂過，渾如大庾嶺頭行。

同書第三十二回的贊詞：

> 八面嵯峨，四圍險峻。古怪喬松盤翠蓋，杈枒老樹掛藤蘿。瀑布飛流，寒氣逼人
> 毛髮冷；巔崖直下，清光射目夢魂驚。澗水時聽，樵人斧響；峰巒倒卓，山鳥聲

哀。麋鹿成群，狐狸結黨。穿荊棘往來跳躍，尋野食前後呼號。佇立草坡，一望
並無商旅店；行來山坳，周圍儘是死屍坑。若非佛祖修行處，定是強人打劫場。

《西遊記》第三十六回贊詞將兩首合成一處，第一首開頭、結尾各二句被刪；第二首
文字略有出入，大體相同。末二句作：「應非佛祖修行處，儘是飛禽走獸場。」《封神
演義》第五十五回和《西遊記》第三十六回，前面已有比較，《封神演義》可能是原作。

《水滸》儘管成書比《西遊記》《封神演義》早，但它第三十一回的贊詞卻不太符合
正文所說的月下景象。「幽鳥閑啼」，樵夫在山，很難說是在晚上。顯然這不是《水滸》
的原作。

第三例：《平妖傳》四十回本第十六回贊詞：

十字街漸收人影，九霄雲暗鎖山光。八方行旅向東家，各隊分棲；七點明星看北
斗，高垂半側。陸博呼盧，月下無非狎客酒人；五經勤誦，燈前儘是才人學士。
四面鼓聲催夜色，三分寒氣透重幃。兩枝畫燭香閨靜，一點禪燈佛院青。

《西遊記》第八十四回贊詞：

十字街燈光燦爛，九重殿重藹鐘鳴。七點皎星照碧漢，八方客旅卸行蹤。六軍營，
隱隱的畫角才吹；五鼓樓，點點的銅壺初滴。四邊宿霧昏昏，三市寒煙藹藹。兩
兩夫妻歸繡幕，一輪明月上東方。

《水滸》第三十一回的贊詞：

十字街熒煌燈火，九曜寺香靄鐘聲。一輪明月掛青天，幾點疏星明碧漢。六軍營
內，鳴鳴畫角頻吹；五鼓樓頭，點點銅壺正滴。四邊宿霧昏昏，罩舞榭歌台；三
市寒煙隱隱，蔽綠窗朱戶。兩兩佳人歸繡幕，雙雙士子掩書帷。

《金瓶梅》第一百回的贊詞「十字街熒煌燈火」同上文只有個別文字差異。《水滸》
《金瓶梅》和《西遊記》各自的三、四兩句都有明顯的誤奪。它們和《平妖傳》的差異較
大，但互相蹈襲的痕跡仍然可見。

三、同一作品前後蹈襲的情況：

第一例：《水滸傳》第二十二回的贊詞：

門迎闊港，後靠高峰。數千株槐柳疏林，三五處招賢客館。深院內牛羊騾馬，芳
塘中鳧鴨雞鵝。仙鶴庭前戲躍，文禽院內優遊。疏財仗義，人間今見孟嘗君；濟
困扶傾，賽過當時孫武子。正是：家有餘糧雞犬飽，戶無差役子孫閑。

同書第三十七回的贊詞：

> 前臨村塢，後倚高岡。數行楊柳綠含煙，百頃桑麻青帶雨。高隴上牛羊成陣，芳
> 塘中鵝鴨成群。正是：家有稻粱雞犬飽，架多書籍子孫賢。

第二例：《封神演義》第四十三回的贊詞：

> 勢鎮汪洋，威寧搖海。潮湧銀山魚入穴，波翻雪浪蜃離淵。……丹崖上彩鳳雙鳴，
> 峭壁前麟麟獨臥。峰頭時聽錦鶯啼，石窟每觀龍出入。……瑤草奇花不謝，青松
> 草柏長春。仙桃常結果，修竹每留雲。一條澗壑藤蘿密，四面源堤草色新。正是：
> 百川會處擎天柱，萬劫無移大地根。

同書第七十五回的贊詞：

> 勢鎮東南，源流四海。汪洋潮湧作波濤，滂渤山根成碧闕……丹山碧樹非凡，玉
> 宇瓊宮天外。麟鳳優遊，自然仙境靈胎；鸞鶴翱翔，豈是人間俗骨。琪花四季吐
> 精英，瑤草千年成瑞氣。且慢說青松翠柏常春，又道是仙桃仙果時有。修竹拂雲
> 留夜月，藤蘿映日舞清風。一溪瀑布時飛雪，四面丹崖若列星。正是：百川會處
> 擎天柱，萬劫無移大地根。

它們又和《西遊記》第一回的贊詞〈勢鎮汪洋〉雷同。

第三例：《金瓶梅》前後文互相因襲：

甲、第二十回和第九十七回都有引首詩〈在世為人保七旬〉，除末句外，文字全同。
兩者又和《水滸》第七回的引首詩，除末二句外，文字出入很少。

乙、第二十二回和第七十三回的引首詩〈巧厭多勞拙厭閑〉只差三個字。

丙、第八十一回和第一百回的贊詞〈十字街熒煌燈火〉只有七個字不同，它們又和
《水滸》第三十一回的贊詞雷同。

丁、第六十二回的贊詞〈非干虎嘯，豈是龍吟〉可說是第七十一回首二句相同的長
篇贊詞的壓縮，或後者是前者的擴展。

戊、前已指出第十九回和第九十四回的引首詩〈花開不擇貧家地〉只有一字之差，
而又和《水滸》第三十三回重出，只有個別文字出入。

我曾在〈金瓶梅成書新探〉中指出，潘金蓮和陳經濟調情的情節，小說第十九回和第
五十二回竟然有一半相同。同一作家在同一作品的後半部居然「抄襲」前半部的一段文
字，這是難以想像的。對《金瓶梅》五回的引首或贊詞同另外五回蹈襲，這些話同樣適用。

現在擺在面前的事實是：互相蹈襲的現象在《水滸》《平妖傳》《西遊記》《封神

演義》以及《大唐秦王詞話》等章回小說中竟然一樣存在，雖然在程度上不及《金瓶梅》。

對拙作持反對意見的評論家曾這樣加以解釋：「《金瓶梅》大量借用現存的詩詞戲曲和話本小說的現象，也是反映了作家初次嘗試獨立進行長篇小說的幼稚粗疏的一面。」如果《金瓶梅》的不足起因於此，請問它的一些精彩篇章又怎樣解釋呢？是不是作者寫到第二十六回宋惠蓮和她父親的悲劇時文筆老練，因為那是全書最好的章節之一，而當他寫到下一回時，卻又「抄襲」別的短篇小說《如意君傳》，重新還原或倒退成為未入門的文學青年呢？不限於《金瓶梅》，諸如《水滸》《西遊記》的作者是不是也因「初次嘗試」而著手「抄襲」，使自己變得幼稚呢？文學創作可以由摹仿入手，世界上卻沒有一本名著其部分章節由「抄襲」而完成。評論家的解釋難以令人首肯。

指責本文所列舉的雷同現象為抄襲，那是完全不瞭解產生這些作品的社會歷史條件。只有當作品能給作者帶來精神或物質的報酬，或兩者兼而有之的條件下，才會出現抄襲。一無名，二無利，談不上作品的版權問題。「撚雜劇班頭」，編小說能手，可以在勾闌中成為風流浪子，卻不免得罪於名教。許多小說戲曲作家的生平難以考查，包括《金瓶梅》在內的許多作品，不知出於誰的筆下（或編著寫定），一是由於社會對他們的輕視或淡漠，二是他們自己不想署名留姓。只有對書會才人和講唱者說，作品才是必要的謀生手段。從古以來，別人的劇本既可以自由演出，也不妨隨心所欲地進行改編。詞話、話本也一樣。不斷的推廣和淘汰、改編和增訂，既可以移花接木，也不妨推陳出新，說唱藝術有它獨特的演變和進化過程。這是小說戲曲中大量存在的因襲現象的由來，它伴隨著《水滸》《三國》以至《金瓶梅》的產生和形成，同時它也顯示了截止萬曆年間的古代小說發展史的真實輪廓。

本文以上所作的多種小說之間的對照，主要以引首詞和贊詞為主，因為它們都是演唱部分，可能是早期的遺留，比正文更接近於當時口頭文學的原貌。《水滸》第五十一回記載書中的女藝人演唱詞話，就以四句七言詩開頭。

對拙作持反對意見的評論家根據欣欣子序和廿公跋都稱《金瓶梅》為《金瓶梅傳》，斷言詞話二字是後人隨意所加。他沒有看到《大唐秦王詞話》編次者友人寫的序就稱它為《唐秦王本傳》，詞話二字同樣被省略。拙作〈金瓶梅成書新探〉早就指出，沈德符《野獲編》卷二十五將《金瓶梅》列於「詞曲」之部。如果原本沒有詞話二字，那它就和詞曲沒有關連，作者是不會這樣隨意編排的。

評論家引用徐夢湘的分析：「《金瓶梅》第二十九回西門慶叫吳神仙給他家中人相面，吳神仙對每個人都說了四句詩，這四句詩就包含了每人的結局……由此體現出來的《金瓶梅》小說的整體性充分說明了它是作家有計劃的創作，談不上什麼原來的分段獨立性，說其曾經過分段演唱，或是分段演唱的集合，是和作品實際不符的。」按照本文的

看法，《金瓶梅》在成書前雖曾分段演唱，如同所有說唱的長篇詞話或話本一樣，至遲在後來接近成書時，當然已經逐步由藝人加以統一，否則，一個矛盾百出的故事怎麼能獨立成書呢？但它留下了許多不相銜接處，正如同《水滸》一樣。我在兩篇舊作中已經指出多處，現在再就《金瓶梅》補充一條如下：第十八回陳經濟和潘金蓮初次見面時，小說寫道：「正是：五百年冤家，今朝相遇；三十年恩愛，一旦遭逢。」這句話難以理解。當時潘金蓮二十七歲，第八十七回她被害時三十二歲。她和陳經濟之間只有五、六年交往。這可能表明原來的傳說中有一個分支，潘、陳的結局和今本大異。

評論家又以 1967 年上海市嘉定縣宣姓墓出土的明成化年間詞話底本為證，聲稱：「詞話的唱詞主要是七言句，只有少量的十言（稱讚十字），並沒有詞調之詞和驕麗（當作儷）之詞，更沒有曲。」準此而論，拙作所云詞話之詞泛指詩、詞、曲等韻文而言，他自然認為我是錯了。

下面請看事實。

《大唐秦王詞話》八卷六十四回。編次者諸聖鄰。卷首有友人陸世科敘，敘末的印文是「丁未進士」。據〈題名碑錄〉，丁未為萬曆三十五年（1607 年）。第五十八回引首作者自述的六言詩說：「春事已過九九，月閏更值三三。」萬曆三十五年之前，五年（1577 年）、十九年（1591 年）都是閏三月。此書寫定當在 1591 年前後。卷首又有「按史校正唐秦王本傳」字樣。書中所記的唐初大事同兩《唐書》出入很大，處處帶有濃郁的民間傳說色彩。地理上也有明顯的差錯，如長安東郊的霸陵川，它在詩詞中赫赫有名，並不是生僻的地名，小說卻把它寫作遠在潼關之外。可見「按史校正」不過是書販的廣告，完全不可信。除了卷首的韻語外，正文看不出有明顯的文人修改痕跡。作者的整理並未使原作傷筋動骨，面目全非，這正是它的可貴之處。

茲以該書前三回為例。卷首四首詞是〈玉樓春〉。第一回有五首七絕，第二回四首七律、二首七絕，第三回三首七律、二首七絕，一首〈鷓鴣天〉詞。〈玉樓春〉和〈鷓鴣天〉又同時被收入《九宮大成南北詞宮譜》。這就是說既有詞曲，又有「駢儷之詞」。文人填詞作曲不會不題詞曲牌名，它們卻都不標出，很可能是詞話的原作。評論家沒有認出來，當是他粗枝大葉所致。

出土文物當然可信，但明代刊本以及文人記載並不因此而失效。這裏有一個正確對待的問題。比如元刊雜劇三十種是同類作品的現存最早刊本。它沒有說白，不分折，有人就誤以為這才是元代雜劇的真面目。他不知道由於版本拙劣，說白是被省略了；不管有沒有標明四折，一本雜劇由四個套曲組成，元刊本並不例外。當然，這不能怪出土文物，而只能由研究者本人負責。

出土的詞話是實物，但它限於未經整理的民間唱本，是不是足以證明元明四百年間

流行南北、曾被朝廷下令取締的詞話就只是一個樣式,凡是和它有所不同的,都不得稱為詞話?

本文認為既不能根據《大唐秦王詞話》否定成化本的詞話形式,也不能如同評論家那樣以成化本詞話否定《大唐秦王詞話》的詞話形式。兩者都是客觀存在物。在《大唐秦王詞話》中,詩詞曲不限於引首,它們已進入正文的演唱部分,詩比詞曲多。前已指出,它的引首帶有編次者的自敘性質,但就正文內的詩詞曲而言,目下還缺乏根據說它們出於編次者之手。詞曲牌不標明,倒更像是民間藝人的原作,在流傳中被省略。我們不能把所有的詞話僅僅限於兩種。現存兩批代表兩種形式,如果有更多的明代詞話保留到現在,它的藝術形式必將更加豐富多彩。事實上第三種詞話是存在的,那就是《金瓶梅》。前已證明它的詞話二字並不出於杜撰,為什麼它的穿插不可以由詩詞曲再加上劇曲的片段?

現在讓我們考察一下《水滸》詞話的幾種記載:

天都外臣敘說:「故老傳聞,洪武初,越人羅氏,詼詭多智。為此書共一百回。各以妖異之語引於其首,以為之豔。嘉靖時,郭武定勳重刊其書,削去致語,獨存本傳。予猶及見《燈花婆婆》數則,極其蒜酪。」《初刻拍案驚奇·凡例》解釋說:「小說中詩詞之類,謂之蒜酪。」

《徐文長逸稿》卷四〈呂布宅〉序云:「始村瞎子習極俚小說,本《三國志》,與今《水滸傳》一轍,為彈唱詞話耳。」

《水滸》詞話原本雖已失傳,明代文人言之鑿鑿,無可懷疑。至少天都外臣所見是「詩詞等類」,並未限定為七言、十言。

據錢希言《桐薪》卷三〈公赤〉,《水滸》第一回引首的《燈花婆婆》故事中有「本朝皇宋出了三絕」的一段記載。現存《平妖傳》四十回本卷首載有《燈花婆婆》故事,它已不載皇宋三絕。今本《水滸》則《燈花婆婆》故事連痕跡也不見殘留。從上述《水滸》詞話所經歷的重大變革看來,散文本的《金瓶梅》原來是詞話本並不難以想像。

現再引錄《水滸》第五十一回的片段以供參證:

> 那白秀英早上戲台,參拜四方,拈起鑼棒,如撒豆般點動,拍了一聲界方,念了四句七言詩,便說道:「今日秀英招牌上明寫道,這場話本是一段風流蘊藉的格範,叫做《豫章城雙漸趕蘇卿》。」說了開話又唱,唱了又說……那白秀英唱到務頭……。

這段記載十分清楚,但因為和傳統的話本概念出入很大,至今未被人按照它的原貌加以接受,而懷疑它的真實性。有的學者直截了當地說白秀英唱的不是話本,而是諸宮

調[7]。可惜提不出任何論證。根據這段記載，樂曲曾在話本中占有很大的比重，其次還有舞蹈。上面引文中原有形容白秀英演唱話本的贊詞：「歌喉宛轉，聲如枝上鶯啼；舞態蹁躚，影似花間鳳轉……舞回明月墜秦樓，歌遏行雲遮楚館。」唱曲時的務頭，直到今日還不十分清楚它是什麼性質，它早在話本的演唱中已經出現。白秀英演唱的話本和徐渭筆下的講唱詞話當是同一詞話之下的不同種別。它們同屬詞話的理由有二：

一、《醉翁談錄》甲集卷一〈小說開闢〉說：「吐談萬卷曲和詩。」曲和詩本是話本的構成部分，也即天都外臣序所說的蒜酪；

二、《古今小說》〈蔣興哥重會珍珠衫〉說：「則今日聽我說《珍珠衫》這套詞話。」這是詞話即話本的直接例證。

白秀英是色藝兼擅的女演員。都穆《都公談纂》和徐渭所記的演唱者是盲人，盲人不能像白秀英那樣載歌載舞。顯而易見，為了適應不同的演員，講唱詞話有多種藝術形式。成化本可能是盲人所用的唱本，白秀英則是另一種唱本，《大唐秦王詞話》有男性口吻的自敘詞，可能又是另外一種。

本文重申《金瓶梅》不是個人創作，並不以詞話即話本的校訂為基礎。這是一個重要問題，值得在這裏一辨。本文立足於以上諸長篇小說之間的雷同部分，以引首和贊詞的對照為主，它們之間雙向的作用和影響，只要一方是個人創作，就不可能從對方接受影響而又施加影響於對方。對明代各長篇小說的宏觀考察有助於得出如下結論：中國小說發展史應該恢復它的本來面目。最後完成《三國演義》《水滸》《西遊記》等話本小說的明代文學界不可能貢獻出一部個人創作的《金瓶梅》。

1985 年 12 月

## 後記：

在審閱《徐州師範學院學報》今年第一期刊載的拙作（上文）校樣時，恰好在今年二月號上海《學術月刊》上讀到商韜、陳年希同志的論文〈用三遂平妖傳不能說明水滸傳的著者和原本問題——與羅爾綱先生商榷〉。我和他們對羅文的看法，結論相同而論證各異。見拙作〈平妖傳的版本以及水滸原本七十回說辨正〉。我從兩書所用同樣或大同小異的贊詞，發現一本書的贊詞和它的前後文不相一致，而另一本則否，同時也有相反的情況。贊詞和它前後文相一致的那本書可能是贊詞的原作，至少更接近於原作。既然這種情況是雙向的，可見它們都是世代累積型的集體創作。因為這種雙向的影響不可能發生在個人創作中，只有在長期流傳過程中才會出現彼此互相滲透、互相作用的情況。

---

7　如葉德均《戲曲小說叢考》第 640 頁，北京：中華書局 1979 年。

商、陳二同志從另一角度著手。我的比較以長篇小說為限，另一篇拙作〈南戲拜月亭和金瓶梅〉提到小說和戲曲之間的這種相互影響。商、陳二同志把視域擴大到長篇小說和短篇白話小說的相同贊詞的對勘。這一點彌補了拙作所忽略的一面。

他們的論文指出：《平妖傳》第二回、容與堂本《水滸傳》第二十四回的雪景描寫，又見於《清平山堂話本·董永遇仙記》；《平妖傳》第七回聖姑姑洞府和《水滸傳》第四十二回九天玄女宮殿的贊詞，又和《清平山堂話本》的〈西湖三塔記〉〈洛陽三怪記〉雷同；《平妖傳》第七回卜吉所見聖姑姑相貌、《水滸傳》第四十二回宋江所見九天玄女相貌、第五回公孫勝母親相貌的三篇贊詞，在話本〈西湖三塔記〉〈簡帖和尚〉中也有類似的描寫；《平妖傳》第十回的洞天、《水滸傳》五十三回的紫虛觀的贊詞，和話本〈西湖三塔記〉〈洛陽三怪記〉的相應部分類似；《平妖傳》第十三回胡永兒的相貌、《水滸傳》第三十二回清風寨知寨劉高妻形貌的賀詞，與話本〈楊溫攔路虎傳〉的冷氏相貌、《西山一窟鬼》李樂娘的相貌、〈柳耆卿詩酒翫江樓記〉周月仙的相貌，或筆法相似，或大同小異。論文還指出：《平妖傳》第一回〈初如熒火，次若燈光〉，又和《京本通俗小說》《碾玉觀音》〈初如熒火，次若燈火〉大同小異。類似的例子不及備舉。

拙作（上文）就《水滸傳》《金瓶梅》回前引首詞對勘後指出：第一例《水滸傳》第五十七回引首〈人生切莫恃英雄〉同本回正文配合得十分貼切，而《金瓶梅》第一百回的同一首引首詞，它的領聯、頸聯的比喻完全落空，顯然是《金瓶梅》因襲《水滸傳》而露出了馬腳；而第二例至第五例則相反，《水滸傳》的引首詞同正文的情節不合或脫節，《金瓶梅》則吻合無間。或者《金瓶梅》是原作，《水滸傳》的引首從它那裏借用，這是說《金瓶梅》的這一些片段比《水滸傳》早；或者《金瓶梅》和《水滸》的這些勸世詩都是引用現成的流行韻語，它們之間並無前後因襲關係。兩者必居其一。讀了商、陳二同志的論文後，這些類似的描寫和勸世詩似乎都是現成的流行韻語的引用，不同的作品之間並無因襲關係。後一種情況似乎比前後因襲的可能性更大。

我認為《水滸》和《平妖傳》之間、《水滸》和《金瓶梅》之間、《西遊記》和《封神演義》之間，由於彼此之間關係特殊，這種關係不限於贊詞或引首的雷同，如《水滸》《平妖傳》本來都有相同的《燈花婆婆》致語；《金瓶梅》原是《水滸》系列故事或話本的一個分支；《西遊記》和《封神演義》則都是神魔故事，題材相近，它們之間既有一般話本之間的因襲，即採用通用性的熟套描寫；同時它們之間又存在著特殊的互相滲透、互相影響的雙向作用。更重要的是羅爾綱、方勝、商韜、陳希言和拙作所揭示的這些小說之間的雷同和因襲都限於世代累積型的集體創作，這是《水滸》和《金瓶梅》不是個人創作的又一論據。

1986 年 4 月

# 〈金瓶梅作者屠隆考〉質疑

　　《復旦學報》（社會科學版）1983 年第 3 期黃霖同志的論文推定《金瓶梅》作者為屠隆，寫作時間在萬曆二十年（1592）前後。作者發現小說第五十六回〈應伯爵薦舉水秀才〉中的〈哀頭巾詩〉〈祭頭巾文〉和明末《開卷一笑》卷五所載署名一衲道人的〈別頭巾文〉相同，只有個別文字差異，而一衲道人是屠隆的別號。作者據屠隆《鴻苞·輿圖要略》：「武進縣，梁為蘭陵」，又據《由拳集·少司馬屠公傳》，得知屠氏由句吳即常州遷來。《金瓶梅》署名蘭陵笑笑生，蘭陵二字可以由此得到解釋。《開卷一笑》卷一題「卓吾先生編次，笑笑先生增訂，哈哈道士校閱」，卷三題「卓吾先生編次，一衲道人屠隆參閱」。作者由此斷定笑笑生即《開卷一笑》的笑笑先生，也即哈哈道士。《開卷一笑》和《金瓶梅》的作者都非屠隆莫屬。

　　黃霖同志還在作者思想、生活作風等方面作了一些旁證。它們不是主要證據，而且大都是推測性質，暫且不論。

　　《金瓶梅》作者問題近年展開討論以來，包括今年五月間在美國印地安那大學舉行的專題學術討論會所提出的許多論文在內，這是值得注意的一篇文章。它的論證是前人所未見的，但是細加檢點，疏漏之處不少，試為辨之如下。

　　主要資料來自《開卷一笑》，又名《山中一夕話》。這本書本身首先需要加以審查。它記載笑話趣聞以及與此相關的詩文，部分出自新作，很多卻由古代和當時筆記小說抄摘而成。東拼西湊，很難作為可信的史料看待。如卷七載有劉基〈扯淡歌〉：「悶向窗前觀《通鑑》，古今世事多參遍。興亡成敗多少人，治國功勳經百戰。安邦名士計千條，北邙山下無打算。爭名奪利一場空，原來都是扯淡精。」文字淺薄可笑，和現存劉基《誠意伯集》所載作品完全不同。此其一。再則劉基功成而身危，戰戰兢兢，處於憂患當中，何至於在俚詞中公然以「治國功勳」和「安邦名士」自居。這首詩又見於清初尤侗的雜劇《讀離騷》。九篇〈扯淡歌〉組成一折〈劉國師教習扯淡歌〉。它和〈杜秀才痛哭泥神廟〉〈癡和尚街頭笑布袋〉〈憤司馬夢裏罵閻羅〉合成全本《讀離騷》。很明顯作者並不把它作為真人真事看待。

　　此書出版年代究竟在明末，還是清初，值得研究。如果在清初，李贄編次、屠隆參閱之類的欺人之談就不攻而自破了。看來情況正是如此。明末清初的出版物，往往託名

李贄、湯顯祖和其他名人雅士作為廣告，這是書販的生意經，不可輕信。該書續集同樣題為「卓吾先生編次，笑笑先生增訂，哈哈道士校閱」，卷三仍有「一衲道人屠隆參閱」字樣。而卷二〈太倉庫偷兒〉云：「太倉庫於萬曆中，有偷兒從水竇中入。」這分明是萬曆以後追記的話。萬曆當時的人不會這麼說。而屠隆在萬曆三十三年去世。

《開卷一笑》署名一衲道人的有四篇，即〈醒迷論〉（卷三）、〈別頭巾文〉〈勵世篇〉（卷五）和〈秋蟬吟〉（卷六）。屠隆曾以一衲道人為號，但以一衲道人為號的並不一定只有他。〈秋蟬吟〉說：「蟬兮本名蝦鱉蟲，自小生身水窟中。」蝦鱉蟲一名土鱉蟲。蟬和土鱉蟲習性相近，又都可以入藥。此文作者不知辨別，混而為一。土鱉蟲一名蝦鱉蟲，蘇北宿遷、淮安、睢寧一帶有此叫法。我曾向動物學家董聿茂教授請教。他現年八十七歲，他的家鄉離開屠隆故居只有數十華里。他說土鱉蟲在他鄉間叫灰鱉蟲，從來沒有聽說叫做蝦鱉蟲。屠隆《修文記》傳奇第十四齣，蟬寫成蟬燎，說它「清高」，「價高凌物」，沒有暗示說它是「生身水窟」的生物。可見〈秋蟬吟〉不是屠隆作品。其他三篇，包括〈別頭巾文〉在內，是否屠隆作品至少也有疑問。

《開卷一笑》序云：「春光明媚，偶遊句曲。遇笑笑先生於茅山之陽。班荊道及，因出一篇，蓋卓吾先生所輯《開卷一笑》。刪其陳腐，補其清新。凡宇宙間可喜可笑之事，齊諧遊戲之文，無不備載。顏曰山中一夕話。」署名：「三台山人題於欲靜樓。」從序文看來，這位三台山人倒是不折不扣的編者，既「刪」且「補」，正是「編次」者的工作。國內以三台為名的山分佈在江蘇、廣東、雲南、陝西、四川各地，不下十來處。從序文看來，應以蘇北宿遷和它的近鄰蕭縣的三台山比較適合。這一帶的方言恰恰稱土鱉蟲為蝦鱉蟲。這位淮河傍的三台山人比寧波的屠隆有更大的可能是這篇〈秋蟬吟〉的作者。

作為專名，《金瓶梅》作者笑笑生不可等同於《開卷一笑》的增訂者「笑笑先生」。雖然「生」有時可作「先生」解。一衲道人名為「參閱」者，不等於編者，更不是作者。明代許多詩文集，有時在各卷卷首標明某某參閱或評校。各卷具名並不相同，但參閱者或評校者並不是作者本人，兩者不可相混。

屠隆別署娑羅館，因為他從佛寺中移得娑羅樹而得名。他自己有說明。這和黃霖同志設想的「武進古有婆羅巷」無關。

作家在白話或準白話作品中不可能不流露出他的鄉音。屠隆在《修文記》傳奇下層人物的說白中就有「昏頭搭腦」（頭腦糊塗）、「舍子」（什麼）、「結煞」（結束）（第十六齣）、「撮空」（空話、無中生有）、「精光」（乾淨）等方言辭彙，而在《金瓶梅》全書中卻找不出屠隆家鄉所獨有的任何方言辭彙。

以思想而論，屠隆迷信道佛，罷官之後而變本加厲。他曾先後以曇陽子、蓮池大師

為師。著有調和三教的著作《廣桑子》。又受道訣於李海鷗、金先生，以為這是「曠劫良緣」。他曾在杭州吳山通玄禪院修煉一個月，自稱黃冠道民。友人丁此呂被捕下獄，他寫了一篇〈關真君疏〉，哀禱半月，祈求神力解脫苦厄。他最後寫的《修文記》傳奇，虔誠地相信自己夫婦和亡女都是上天仙子下凡，最後成仙證道。《曇花記》第三十四齣借閻羅王之口說：「其謗經毀佛者，此劫雖壞，復寄在他方地獄，永無出期」，稱為「極惡大罪」。第十九齣半天遊戲神說了幾句俏皮話：說他曾在「銀河偷覷天孫，蟾宮調弄月姊……太白無賴老兒偷拐嫦娥侍婢」，後來就得承認這是墮落，要求悔過自新即解脫。《金瓶梅》第五十七回作者卻讓西門慶說出尖銳地「毀經謗佛」的話：「咱聞那佛祖西天也止不過要黃金鋪地，陰司十殿也要些楮鏹營求。咱只消盡這家私廣為善事，就便強姦了嫦娥，和姦了織女，拐了許飛瓊，盜了西王母的女兒，也不減我潑天富貴。」這些話，竟然不妨礙西門慶在最後受到薦拔。屠隆和《金瓶梅》對待宗教的態度存在著這樣的分歧也足以證明兩者之間不會是作者和作品的關係。

1983 年 10 月 17 日於普林斯頓珞珈山寓所

# 〈別頭巾文〉不能證明
# 《金瓶梅》作者是屠隆

　　黃霖同志發現《開卷一笑》即《山中一夕話》中有四篇署名為一衲道人，而一衲道人是屠隆的別號。這四篇是卷四的〈醒迷論〉、卷五的〈別（祭）頭巾文〉〈勵世篇〉及卷六的〈秋蟬吟〉。而〈別頭巾文〉又見於《金瓶梅》第五十六回。此書卷一題「卓吾先生編次，笑笑先生增訂，哈哈道士校閱」，卷三題「卓吾先生編次，一衲道人屠隆參閱」。他主要根據以上資料提出論文〈金瓶梅作者屠隆考〉，見《復旦學報》社會科學版 1983 年第 3 期。

　　後來，黃霖同志又在〈金瓶梅作者屠隆考續〉[1]中寫道：「還在我考慮屠隆問題之初，章培恒老師即敏銳地指出：《山中一夕話》是否為明版？笑笑先生可能是清代人。後來，章老師和王利器先生幾乎同時關照我研究一下由『哈哈道士』作序、『笑笑先生』所作的《遍地金》一書，以便進一步證明此『笑笑先生』是否為屠隆，是否為《金瓶梅》的作者。我認為這才是比較關鍵的一個問題。」

　　黃霖同志所說的這個關鍵問題，在他作了一番考證之後，說：「我認為《山中一夕話》為明版，『笑笑先生』為明人，還可於《遍地金》中得到驗證。《遍地金》一書，前有署『哈哈道士題於三台山之欲靜樓』之序文一篇，其文開頭即稱《遍地金》者，為笑笑先生之奇文而名也。看來，哈哈道士、笑笑先生即與署『三台山人題於欲靜樓』的《山中一夕話》的序作者是同一人。《遍地金》封面鎸『筆煉閣編次繡像』，共四卷，每卷為一短篇白話小說，其標題分別為：〈二橋春〉〈雙雕慶〉〈朱履佛〉〈白鉤仙〉，與《筆煉閣編述五色石》前四卷相同。」

　　我在〈金瓶梅作者屠隆考質疑〉中指出：《山中一夕話》的「出版年代究竟在明末，還是清初，值得研究。如果在清初，李贄編次、屠隆參閱之類的欺人之談就不攻而自破了。看來情況正是如此。」[2]黃霖同志在〈答疑〉[3]中，除了屠隆別署娑羅館同武進娑羅

---

1　　《復旦學報》社會科學版 1984 年第 5 期。

2　　見《杭州大學學報》1984 年第 3 期。

巷無關，因有屠隆自己的文章為證，無可辯解，他都一一作了答辯。理由似乎很充分，如同這一篇論文一樣。但是事實勝於雄辯，《筆煉閣小說十種》已在浙江人民出版社出版，作者生平也已考訂清楚。筆煉閣主人、五色石主人都是清代徐述夔的別署。他是江蘇東台人，乾隆三年（1738年）舉人，卒於乾隆二十八年（1763年）或前一年。詳見陳翔華同志〈徐述夔及其一柱樓詩獄考略〉[4]。可見《山中一夕話》即《開卷一笑》的作者是清代人，和明代沒有任何瓜葛。根據黃霖同志本人的說法，他就是笑笑先生，而笑笑先生即《金瓶梅》作者笑笑生，此笑笑生即屠隆。清朝人（不是由明入清，而是清初出生的清朝人）和萬曆三十三年去世的明朝人屠隆竟然是同一個人。按照黃霖同志的考證，勢必合乎邏輯地得出這樣一個不合邏輯的結論。

前年我在美國普林斯頓大學葛思德圖書館看到臺灣廣文書局影印《一夕話》，所選篇目和大連圖書館藏本不同，其中不收〈別頭巾文〉。

據臺北《國語日報》去年夏曆十一月初十日《書和人》副刊魏子雲先生〈開卷一笑的版本問題〉的介紹，臺北天一出版社影印《明清善本小說叢刊》第六輯〈諧謔篇〉輯有《開卷一笑》及《山中一夕話》各一種。《開卷一笑》有具名一衲道人，後有「屠隆」印章的〈一笑引〉。

一書兩名，就我所知已有四種版本，而所收篇目各有出入。這樣一本趣味性的流行讀物，內容每次印行都有改動，時代很難確切考定，用它當作考證材料，無異刻舟求劍。寓言中不斷流動的是河水，考證中多次改變的是同一書的不同版本。

這種小書明清之際十分流行。《繡谷春容》分上下兩層，也是流行讀物。它的卷九下欄《微言摘粹·文論》也收有〈別儒巾文〉，但不署名。它同《金瓶梅》所載只有個別文字出入。它卷首的碧蓮居士序云：「是以古來英雄都顛倒於婦人手中，恁（憑）他漢高楚項終移情於戚姬虞美，英雄癡情當不起淚痕三點。」它刊於萬曆十五年（1587年）之後，顯然受到《金瓶梅》第一回的影響，而不是相反。從《繡谷春容》可以看出，它和《山中一夕話》雖然不是同一本書，卻不妨礙它們選用同樣的作品。《繡谷春容》和同性質的《國色天香》《風流十傳》《萬錦情林》等書中流行白話小說彼此重複的現象就更多了，作為考證資料要謹慎對待。

《開卷一笑》的編者、署名一衲道人的〈秋蟬吟〉〈別頭巾文〉的作者是江蘇東台人徐述夔，不是被冒名的明代寧波人屠隆，還可以從〈秋蟬吟〉得到旁證。它說：「蟬兮本名蝦蟞蟲，自小生身水窟中。」土鱉蟲一名蝦蟞蟲正是蘇北人的叫法，寧波籍的動物

---

3　見《杭州大學學報》1985年第2期。
4　《文獻》1985年第2期。

學家董聿茂教授不知道當地有這樣的蟲名。

黃霖同志的另一論文〈金瓶梅成書問題三考〉[5]，論證小說成於萬曆年間，又舉小說所引《韓湘子升仙記》和李日華〈殘紅水上飄〉曲為證。《升仙記》現存富春堂刊本，如同《荊釵記》《玉環記》的同一書鋪的刊本一樣，都認為是萬曆時所刻，但不能得出這些南戲都是萬曆時作品的結論，只能說它們在此之前必已完成。我說嘉興李日華《恬致堂集》四十卷並不載〈殘紅水上飄〉曲，因為只有這個李日華（1565-1635?）同我的論點矛盾，我認為《金瓶梅》的完成不會遲於萬曆元年。黃霖同志指出那是另一個李日華，很對。他接著說：「吳縣李日華的活動時間略早。但當知道，此曲不見於嘉靖時代編成的、《金瓶梅》作者最樂意引用的《雍熙樂府》《詞林摘豔》中，而見於萬曆時期編成的《群音類選》《南詞韻選》《南宮詞紀》中。可見此曲流行於萬曆年間，被萬曆時代的作家所引用的可能性最大。」這裏的「活動時間略早」以及後面一些話都是盡可能將時間往後拉，以證成自己的論點。那麼改編南《西廂》的李日華究竟是什麼時候人呢？南《西廂》有陸采改本。據他的自序，他是不滿李日華改本「生吞活剝」才重新改作的。據《陸子餘集》卷三〈天池山人陸子玄墓誌銘〉，陸采卒於嘉靖十六年（1537年）。李日華至少不會比他更遲。《金瓶梅》引用他的曲子，怎能證明《金瓶梅》作於萬曆時期呢？以上如有錯解，仍請黃霖同志指教。

**附記：**

《金瓶梅》第五十六回水秀才別頭巾文同《開卷一笑》署名一衲道人的〈別頭巾文〉相同，這是黃霖同志的發現，但他認為是明刊本，拙作則提出異議。它和明萬曆二十一年（1593年）後刊行的《群音類選》續集卷一諸腔類《萬俟傳祭頭巾》同出一源。明萬曆刊本《國色天香》卷三上層〈祭文房四寶文〉又和《五子登科記》雷同。這是《金瓶梅》和說唱藝術、民間戲曲關係深遠的又一證明。諸腔指弋陽、青陽、太平、四平等地方戲。《祭頭巾》選自《五子登科記》，一名《晬盤記》。演北宋竇儀兄弟的故事。這一齣戲和主要情節無關。放榜前夕，萬俟傳屢試不中，灰心喪氣，取出藍衫、頭巾、紙、墨、筆、硯一一告別。讀了祭頭巾文，忽然喜報傳來，高中狀元。現在湖南高腔還能演出《祭頭巾》，見《中國地方戲曲集成·湖南卷》。流傳變遷，脈絡分明。

現錄《金瓶梅》和《五子登科記》的原文如下，以供參考（《五子登科記》原文之後括弧內是《國色天香》的異文）：

《金瓶梅》：

---

5　《復旦學報》1985年第4期。

一戴頭巾心甚歡，豈知今日誤儒冠。別人戴你三五載，偏戀我頭三十年。要戴烏紗求閣下，做篇詩句別尊前。此番非是吾情薄，白髮臨期太不堪。今秋若不登高第，踹碎冤家學種田。

維歲在大比之期，時到揭曉之候。訴我心事，告汝頭巾。為你青雲利器望榮身，誰知今日白髮盈頭戀故人。嗟乎！憶我初戴頭巾，青青子襟（衿），承汝枉顧，昂昂氣忻。既不許我少年早發，又不許我久屈待伸。上無公卿大夫之職，下非農工商賈之民。年年居白屋，日日走轅門。宗師按臨，膽怯心驚；上司迎接，東走西奔。思量為你，一世驚驚嚇嚇，受了若干苦辛。一年四季，零零碎碎，被人賴了多少束脩銀。告狀助貧，分穀五斗，祭下領支肉半斤。官府見了，不覺怒嗔。皂快通稱，盡道廣文。東京路上陪人幾次，兩齋學霸惟吾獨尊。你看我兩隻皂隸穿到底，一領藍衫剩布筋。埋頭有年，說不盡艱難悽楚；出身何日，空歷過冷淡酸辛。賺進英雄，一生不得文章力；未沾恩命，數載猶懷霄漢心。嗟乎哀哉，哀此頭巾。看他形狀，其實可矜。後直前橫，你是何物？七穿八洞，真是禍根。

嗚呼，沖霄鳥兮未垂翅，化龍魚兮已失鱗。豈不聞久不飛兮一飛登雲，久不鳴兮一鳴驚人。早求你脫胎換骨，非是我棄舊戀新。斯文名器，想是通神。從茲長別，方感洪恩。短詞薄莫，庶其來歆。理極數窮，不勝具懇。就此拜別，早早請行。

《五子登科記》：

維建隆（極）之歲，夾鐘之辰，萬俟傳（前三字作「生」）以揭曉下第，憤惋不平，乃備（修）明燈清水，白紙（前二字缺）信口祝文，拜辭於文房四寶，翰苑群神，藍袍赤舄，黃卷青燈，累年師範，昭代人文（文人），而為之言曰：

嗚呼，傳（吾）自早歲，篤志儒林。貫串百家諸子，鑽研七志（誌）六經。上下三皇歷代，出入兩漢先秦。繪句飾（繕）章，不讓王楊韓柳；通今邁古，竊學（比）孔孟顏曾。焚膏而手不停披，染翰而口（言）不絕吟（誦）。數徹牙籤，半世芸窗勤萬卷；磨穿鐵硯，十年茅屋惜分陰。因此上定省疏違雙白首，致恁得風流虛度一青春。幾從午夜聞雞唱，端擬朝陽起鳳鳴。自信喬才堪倚馬，何妨平步跨長鯨。誰想龍門鏖點額，豈知雁塔不題名。辜負了博洽精詳五道策，湮沒著新奇雅暢七篇文。天街簇擁，鬧烘烘爭看中魁新進士；旅邸淒涼，愁默默可憐下第老書生。半生辛苦，付之流水；兩字功名，等之浮雲。偉（緯）經綸（論）從今束高閣，舊衣冠自茲付煨爐。螢（芸）窗任是（此）生青草，雪案憑他起綠塵。縱教上國春風動，不聽西堂夜雨聲。從此一別（蕩），天涯海深。思及於此，如割如焚。三杯薄莫，萬斛衷情，神乎洋洋，來格來歆。若得頃刻佳音捷報，須臾牲帛再陳（伸）。

嗚呼，傷心哉傷心（增一哉字）。

**後記：**

　　《金瓶梅》第五十六回〈哀頭巾詩〉說：「別人戴你三五載，偏戀我頭三十年。」1991年第 3 期《寧波師院學報》（社會科學版）有一篇教授和講師合寫的〈金瓶梅作者屠隆說考釋〉認為「屠隆六歲入鄉塾，三十四歲中舉，三十五歲登科，正與〈哀頭巾詩〉『三十年』虛數吻合」。該校校報 1992 年 1 日 20 日消息說：「臺灣著名學者魏子雲先生稱他在大陸找到了『志同道合者』……四百年來的懸謎不久即可揭開謎底。」竊以為不管哪朝士子，至少十來歲才有可能戴頭巾，而不會一離開娘胎就戴。依正常情況，「偏戀我頭三十年」，這位生員至少在四五十歲開外。質之高明以為何如？

# 笑笑先生非蘭陵笑笑生補證

　　黃霖先生的〈金瓶梅作者屠隆考〉查出《金瓶梅》的第五十六回的〈哀頭巾詩〉和〈祭頭巾文〉源出《開卷一笑》，一名《山中一夕話》，署名為一衲道人，一衲道人是屠隆（1543-1605年）的別號，因此他斷定《金瓶梅》的作者非屠隆莫屬。

　　黃霖先生在〈金瓶梅作者屠隆考續〉中說：「還在我考慮屠隆問題之初，章培恒老師即敏銳地指出：《山中一夕話》是否為明版？笑笑先生可能是清代人。後來，章老師和王利器先生幾乎同時關照我研究一下由哈哈道士作序、笑笑先生所作的《遍地金》一書，以便進一步證明此笑笑先生是否為屠隆，是否為《金瓶梅》的作者。我認為這才是比較關鍵的一個問題。」經過一番研究之後，他接著說：「我認為《山中一夕話》為明版，笑笑先生為明人，還可與《遍地金》中得到驗證。《遍地金》一書，前有署『哈哈道士題於三台山之欲靜樓』之序文一篇，其文開頭即稱《遍地金》者，為笑笑先生之奇文而名也。看來，哈哈道士、笑笑先生即與署『三台山人題於欲靜樓』的《山中一夕話》的序作者是同一人。」黃霖先生並查明《遍地金》封面鐫「筆煉閣編次繡像」，它所載的四篇（卷）小說同筆煉閣遍述的《五色石》前四卷相同。

　　我的〈別頭巾文不能證明金瓶梅作者是屠隆〉一文對此提出批評道：「《筆煉閣小說十種》已在浙江人民出版社出版，作者生平也已考訂清楚。筆煉閣主人、五色石主人都是清代徐述夔的別署。他是江蘇東台人，乾隆三年（1738年）舉人，卒於乾隆二十八年（1763年）或前一年。詳見陳翔華同志〈徐述夔及其一柱樓詩獄考略〉（《文獻》1985年第2期）。可見《山中一夕話》即《開卷一笑》的作者是清代人，和明代沒有任何瓜葛。根據黃霖同志本人的說法，他就是笑笑先生，而笑笑先生即《金瓶梅》作者笑笑生，此笑笑生即屠隆。清朝人（不是由明入清，而是清初出生的清朝人）和萬曆三十三年去世的明朝人竟然是同一個人。按照黃霖同志的考證，勢必合乎邏輯地得出這樣一個不合邏輯的結論。」

　　現在看到李同生先生論文〈從筆煉閣小說中尋覓筆煉閣〉[1]，知道筆煉閣即徐述夔說，至少有大連圖書館參考部和蕭欣橋、林辰以及李同生諸先生對此有不同看法，雖然他們

---

1　見《明清小說研究》1990年第1期。

對作者為清朝人這一點並無異議，為了謹慎起見作補充如下。

《遍地金》和《補天石》各四卷合為《五色石》。《五色石》和《八洞天》署名相同，都是筆煉閣編次，出於同一作者之手。《八洞天》卷二〈反蘆花〉開頭說：「詩曰：當時二八到君家，尺素無成愧枲麻。今日對君無別話，莫教兒女衣蘆花。此詩乃前朝嘉定縣一個婦人臨終囑夫之作。末句『衣蘆花』，用閔子騫故事。其夫感其詞意痛切，終身不續妻。」詩雖然不太高明，它卻流傳頗廣：

一、何良俊《四友齋叢說》詩三云：「嘉定一民家之婦，平日未嘗作詩。臨終書一絕與其夫曰……（只差一個字，不重錄）亦悽婉可誦。此二事，殷無美說。」無美名都，嘉定人。所據《四友齋叢說》為萬曆七年（1579 年）增訂本。

二、光緒《嘉定縣誌》卷三十二云：「大場鎮農家婦沈氏，舉止修整。毀裝作苦，奉舅姑十餘年，病瘵卒。卒前一日，向夫索筆硯。夫至鄉家借至。婦題一絕云：當年二八過君家，刺繡無心只枲麻。今日對君無別語，免教兒女衣蘆花。新城王士禛〈悼亡詩〉云：一語寄君君聽取，免（不）教兒女衣蘆花。與此偶同。梁玉繩《瞥記》云藍本與此。」梁玉繩的斷語比較可信，兩者不可能是偶然相同。王士禛（1634-1711 年）的這一首詩，前兩句是：「藥爐經卷送生涯，禪榻春風兩鬢華。」見《帶經堂集·漁洋續詩》卷十，為〈悼亡詩三十五首哭張宜人作〉之一，作於康熙十六年丁巳（1677 年）。王士禛是清初大詩人，經他引用之後這首詩自然身價百倍。當然也可能相反，他看到小說《八洞天》之後才把它引入自己詩中。

《嘉定縣誌》卷三十二記載歷代本縣人的軼事，這一則排列在明代，下一則是清初順治年間事。《八洞天·反蘆花》說：「此詩乃前朝嘉定縣一個婦人臨終囑夫之作。」可見《八洞天》和《五色石》作於清代無疑；可見這一位笑笑先生絕不等同於蘭陵笑笑生，也不等同於屠隆；可見不是《金瓶梅》第五十六回的一詩一文源出《開卷一笑》，而是《開卷一笑》的一詩一文摘自《金瓶梅》。如果黃霖先生當初聽從他老師的話慎重對待，也許就不需要我在這裏詞費了。

# 評魏子雲先生《金瓶梅的問世與演變》

　　《金瓶梅的問世與演變》[1]是同一作者《金瓶梅探原》（1979 年）的改寫，問世以來在海外漢學界有一定影響。由於人為的阻隔，我在今年秋應邀訪問普林斯頓才有機會拜讀。現在略作評論，兼以求教。

　　此書將《金瓶梅》敘述的北宋末年和明代末年兩相對比。它指出徽宗重和元年（1118年）到宣和七年（1125 年）應是八年，而小說從第七十六回到九十九回只有七年，「如不算重和，則只有六年」[2]。論文認為這是有意隱喻神宗萬曆四十八年和光宗泰昌元年同在1620 年內。

　　《金瓶梅》全書一百回，敘事起於北宋徽宗政和二年（1112 年），迄於欽宗靖康二年即南宋建炎元年（1127 年）。第三十九回到七十七回止，約占全書十分之四的篇幅所敘事情都發生在政和七年（1117 年），下距汴京失陷還有十年。這一點在兩個方面發人深思。第一，假如《金瓶梅》如同某些研究者所設想的那樣，它有意以北宋滅亡的慘痛教訓隱喻明末朝政作為全書主題，為什麼反而把小說重心放在處於事件邊緣的政和七年，而不直接放在矛盾衝突更趨激化的以後幾年？第二，小說既然偏重政和七年到那樣過分的程度，有密必有疏，在其他十五年的敘事中以「無話即短」的傳統說書方式僅僅略去一年並不足怪。像魏子雲先生那樣要求在其他六十一回中，十五年每年都得占有一定篇幅，那是不合理的。小說不是二十四史本紀式的大事年表。小說結尾部分在藝術上的主要缺點之一正是分散筆墨於泛泛的人事交代而不像以前那樣集中緊湊。由於其中有一年沒有寫到，就懷疑作者有意隱喻什麼，那多半只是主觀猜測。敘述北宋宣和年間的半官半商的家庭故事而略去一年，一般讀者無論怎麼精細也不會發覺，只有經過編年排比才會發現，很難指責這是小說的不足之處。事實上它和明神宗萬曆四十八年、光宗泰昌元年同在 1620 年內毫無相似之處。這一點將在後面再說。

　　明神宗萬曆四十八年和光宗泰昌元年同在 1620 年內，牽涉到明末宮闈內幕以及統治集團內部傾軋的一系列事故。光宗朱常洛的生母原是一名宮女。神宗朱翊鈞寵愛皇三子

---

1　魏子雲著，臺灣時報公司 1981 年。
2　同上書，第 99 頁，後文引用此書只記頁碼，不標書名。

福王朱常洵的生母鄭貴妃，屢次要廢長立幼而被朝臣阻撓，這就是所謂冊立太子事件。君臣僵持不下，鬧了十五六年（1586-1601 年）才勉強解決。後來又發生妖書事件（1603 年）、福王之國事件（1614 年）、梃擊事件（1615 年）和紅丸事件（1620 年）。朱常洛即位一個月而死亡。此書認為「《金瓶梅》本是一部諷喻明神宗寵幸鄭貴妃而貪財好貨又淫欲無度的小說，深寓諫諍之意」（第 114 頁）。此書又認為由於政治上的禁忌，袁宏道在萬曆二十四年（1596 年）見過部分章節的小說抄本始終未能出版，後來刪去了有關的政治隱喻才在天啟初年（1621 年）改寫成現在所見的《金瓶梅詞話》。至於它的作者，「如沈德符的父親沈自邠、會稽人陶望齡、晉江李卓吾，都有寫作此書的可能。《憂危竑議》（萬曆二十六年）以後的《金瓶梅》，可能中郎兄弟與沈德符等人有過改寫的構想，終於在（萬曆）四十一、二年間改寫成了。……所謂崇禎本的《金瓶梅》，也改寫在天啟，梓行在天啟，參預改寫的人，極可能仍是沈德符與馮夢龍這原班人馬」（第 145、146 頁）。此書承認關於《金瓶梅》作者的上述推測目前只是「設想之詞」，日後將有《沈德符評傳》問世。

　　《金瓶梅的問世與演變》的結論大體說來就是如此。用一句簡單的話來概括，這就是《紅樓夢》索隱派在《金瓶梅》研究的還魂。就年代的考證而論，它認為今傳萬曆本《金瓶梅》的成書在天啟初年。

　　此書對研究者大都以沈德符《野獲編》卷二十五和公安三袁的有關記載作為討論的起點，深表不滿。其實此書在這一點並未例外。它的標新立異之處僅僅在於一般學者如實地從這些記載作出各自的引申，引申可能不同，而對它們本身文字的理解並無分歧，而此書卻別出心裁，認為這些記載文義不通，沈德符和袁小修故意迷人耳目，目的在於掩飾小說的政治隱射。索隱的寶塔就建築在這樣誤解的沙堆之上。

　　先看記載的原文。

　　《野獲編》卷二十五：

> 袁中郎《觴政》以《金瓶梅》配《水滸傳》為外典，余恨未得見。丙午遇中郎京邸，問曾有全帙否？曰：第睹數卷，甚奇快。今惟麻城劉誕白（延伯）承禧家有全本。蓋從其妻家徐文貞錄得者。又三年，小修上公車，已攜有其書。因與借鈔挈歸。吳友馮猶龍見之驚喜，慫恿書坊以重價購刻。馬仲良時榷吳關，亦勸余應梓人之求，可以療饑。余曰：此等書必遂有人板行。但一刻則家傳戶到，壞人心術。他日閻羅究詰始禍，何辭置對。吾豈以刀錐博泥犁哉。仲良大以為然。遂固篋之。未幾時而吳中懸之國門矣。

　　袁小修《遊居柿錄》卷九第九七八則：

往晤董太史思白，共說小說之佳者。思白曰：近有一小說，名《金瓶梅》極佳。
予私識之。後從中郎真州，見此書之半。大約模寫兒女情態俱備，乃從《水滸傳》
潘金蓮演出一支……以今思之……

接著此書分析說：「這則日記的時間，記於萬曆四十二年八月。這時，袁小修還說
『……後從中郎（其兄宏道）真州，見此書之半。』按小修從中郎真州的時間，是萬曆二
十六年（1598）。那麼，如依據袁小修的話推斷，他在萬曆四十二年（1614）八月，還未
讀到《金瓶梅》全稿，沈德符又怎能在萬曆三十七年（1609）向袁小修抄得《金瓶梅》的
全稿呢？」（第47頁）作者又根據李日華《味水軒日記》卷七「萬曆四十三年乙卯（正月）
（原書作者更正為十一月）五日，伯遠攜其伯景倩（沈德符）所藏《金瓶梅》小說來」，斷言：
「《金瓶梅》的全稿最早出現於萬曆四十三年（1615），持有人是沈德符」（第48頁）。
按，這和作者的結論：今傳萬曆本《金瓶梅》作於或完成於天啟初年自相矛盾。

此書作者早在《金瓶梅探原》中就對《野獲編》的記載提出質疑：「沈德符得知世
上有《金瓶梅》一書，是在袁中郎的《觴政》這篇文字中，見到袁將《金瓶梅》與《水
滸傳》同列為外典。這時他還沒有見到《金瓶梅》一書。到了萬曆三十四年間在京城旅
店遇見袁中郎，他向袁氏打聽《金瓶梅》這部書的時候，開口竟問曾有全帙否？從袁中
郎回答他的話來看，可知袁氏當時並未攜有是書，既未攜有此書在身邊，自亦無從將此
書展示於沈氏。那麼，在這種情況之下，沈氏怎會說出『曾有全帙否』的問語呢？『曾
有全帙否』的問語，應是在見到此書的部分之後，才會在心理上產生出的問話。否則這
句話如何會問得起來呢？」（第63頁）

魏著的一切結論以對《野獲編》和三袁有關記載的懷疑和否定作為前提。而懷疑和
否定實際上只集中在兩句話上，即《野獲編》的「丙午遇中郎京邸，問曾有全帙否」和
《遊居柿錄》：「後從中郎真州，見此書之半。」這兩句話文從字順，前後連貫，含意自
明。只有誤解或有意曲解，才會發現它們前後矛盾或破綻百出。

先說第一句。萬曆二十三年，袁宏道曾寫信給董其昌：「《金瓶梅》從何得來？伏
枕略觀，雲霞滿紙，勝於枚生〈七發〉多矣。後段在何處？抄竟當於何處倒換，幸一的
示。」當時袁宏道在蘇州，和沈德符的家鄉嘉興很近。袁宏道的書信和他尋訪《金瓶梅》
後段的努力，沈德符置身在三吳文人圈子裏，當然可能有所風聞。因此，當他十年後和
袁宏道在北京見面時，就很自然地問起他可曾得到全書。儘管沈德符連前段也未曾過目，
他這樣發問並沒有什麼不合情理。

第二句，從「後從中郎真州，見此書之半」，推論出「袁氏兄弟在萬曆四十二年（1614）
八月以前，還只讀了《金瓶梅》的前三十回」（第125頁），完全和原文不符。原文說的

僅限於萬曆二十六年在真州時。在此以後有沒有讀完全書，這則日記未加說明。因此，此書第四十七頁：「他在萬曆四十二年（1614）八月，還未讀到《金瓶梅》全稿，沈德符又怎能在萬曆三十七年（1610）向袁小修抄得《金瓶梅》的全稿呢？」這個質問就完全落空了。

小說不是歷史。即使以歷史為題材的小說也未必可以按照歷史事實加以編年。《金瓶梅》不是歷史小說，北宋末年的歷史事實作為小說中人物活動的歷史背景，只要大體可信就行了。小說的好壞並不取決於此。這差不多是常識。

《金瓶梅》敘事大體上說從徽宗政和二年（1112年）到欽宗靖康二年（1127年）北宋滅亡止，前後十六年。小說的人物和故事情節的發展要合乎邏輯，在一定程度上應該經得起編年的考驗。《金瓶梅》對此似乎並不例外，實際上卻在相當多的場合出現極其明顯的差錯。請以《金瓶梅詞話》第十回介紹李瓶兒的出身為例：

> 只因政和三年正月上元之夜，梁中書同夫人在翠雲樓上，李逵殺了全家老小。梁中書與夫人各自逃生。這李氏（瓶兒）帶了一百顆西洋大珠、二兩重一對鴉青寶石，與養娘媽媽走上東京投親。那時花太監由御前班直升廣南鎮守。因任男花子虛沒妻室，就使媒人說親娶為正室。太監往廣南去，也帶他到廣南，住了半年有餘。不幸花大監有病，告老在家。因見清河縣人，在本縣住了。如今花太監死了……

根據同一回的交代：「花二哥他娶了這娘子兒今不上二年光景」，按說此時至少應該是政和五年，但上面那段引文記載的事情卻明明白白發生在政和三年一個秋天月夜之前。可見小說作者顯然無意於編年，無意於使它的敘述忠實於北宋的歷史真實，以影射晚明萬曆年間的歷史真實。

再舉非歷史人物和歷史人物各一例為證。

《金瓶梅詞話》第一回武松打虎。「武松將棒縮在脅下，一步步上那崗來。回看那日色漸漸下山，此正是十月間天氣。」武松來到武大家，「婦人（潘金蓮）道：叔叔青春多少？武松道：虛度二十八歲。婦人道：原來叔叔到長奴三歲。」事在政和二年。第二回「才見梅開臘底，又早天氣回陽。一日三月春光明媚時分」，已經轉入次年。可是第三回潘金蓮回答西門慶：「奴家虛度二十五歲，屬龍的。」政和三年時，潘金蓮的年齡竟和頭一年相同。

第十二回劉理星替潘金蓮算命，說她是庚辰年出生，實際上應該是戊寅年。劉理星說「今歲流年甲辰歲」，實際上政和三年是癸巳年，四年是甲午年。無論哪一年都差了一大截。

上面說的是書中的女主角、非歷史人物潘金蓮，下面再舉書中的配角、歷史人物蔡

京為例。

第四十八回〈曾御史參劾提刑官，蔡太師奏行七件事〉。按照小說的前後文編年，這一回寫的是政和七年的事。吳月娘對西門慶說：「孩子且不消教他往墳上去吧。一來還不曾過一周。」據第三十回所寫，官哥出生於宣和四年戊申（第三十九回又寫成丙申），本回所寫應是宣和五年的事。曾御史說是「新中乙未科進士」，這和第三十九回官哥丙申年出生倒是符合的，實際上這一年是王寅。蔡京奏行七件事：一、「罷科舉取士，悉由學校升貢」；二、「罷講議財利司」；三、「更鹽鈔法」；四、「製錢法」；五、「行結糶俵糴法」；六、「納免夫錢」；七、「置提舉御前人船所」。根據《宋史》之〈徽宗本紀〉和〈食貨志〉，早的如罷科舉和更鹽鈔法在崇寧三年（1104 年），遲的如納免伕錢在宣和六年（1124 年）才實行。小說把前後二十年的政治措施糅合在一年之內。而講議財利司的設立，在徽宗朝有兩次，性質大不相同。一次在崇寧二年（1103 年）正月，蔡京執政之初，「即都省置講議司，自為提舉，以其黨吳居厚、王漢之十餘人為僚屬。取政事之大者如宗室、冗官、國用、商旅、鹽澤、賦調、尹牧，每一事以三人主之。凡所設施，皆由是出」。以上見《宋史》卷四七二〈蔡京傳〉。同書〈本紀〉則云下詔設置在前一年七月，三年四月罷。另一次則在宣和六年（1124 年），「詔蔡攸等就尚書省置講議財利司」（《宋史》卷一七九）。這時北宋王朝岌岌可危，軍費和向金人交納的巨額銀絹使財政陷於山窮水盡地步，不得不下令減免「不急之務、無名之費」。小說改為「罷講議財利司」，和上面第一種相關，而一行一罷恰恰相反，未免有美化蔡京之嫌。據《宋史》卷四五三本傳，參劾蔡京的御史曾孝序原籍晉江，後來移居泰州。小說把他改寫成蔡京的政敵都御史曾布之子。曾布是著名散文作家曾鞏的兄弟，江西南豐人。曾孝序當時任官環慶路經略安撫使，小說則改為山東御史。

如上所述，可見《金瓶梅》的非歷史人物年代安排大體合理而有不少錯亂，歷史人物則經過虛構或改造，和史實頗有出入。本文並不認為這必然是《金瓶梅》小說的缺陷，而在於指出要對《金瓶梅》提到的史實進行編年，無異是刻舟求劍，削足適履，不可能得出令人信服的結論。

此書所謂「《金瓶梅詞話》中寫有萬曆朝以後的史事」（第 55 頁），主要指的是小說第八十八回「如今且喜朝廷冊立東宮，郊天大赦」，「一定指的萬曆二十九年冊封東宮的事了」（《金瓶梅探原》第 45 頁）以及「《金瓶梅詞話》的作者把重和元年與宣和元年合併起來紀年，豈不是有意地去隱指泰昌與天啟這個朝代嗎？」（第 101 頁）在此書作者看來，小說寫的北宋末年實際上指的就是明代末年。這種類比不僅毫無根據，而且不符合兩個朝代的主要事實。萬曆末年鄭貴妃擅寵，為了立太子引起長期爭論，光宗實際上受精神迫害而成病，即位一個月就死亡，但是北宋徽宗和欽宗之間並沒有這種爭議或

隔閡，他們是父子兩代，不是萬曆到天啟的三代，情況並不相似。重和、宣和都是徽宗的年號，這和萬曆四十八年、泰昌元年父子兩個皇帝的年號同在一年（實際上是萬曆、泰昌、天啟祖、父、孫三個皇帝同在一年）怎能相比呢？北宋末年以蔡京為首的所謂六賊掌權，直到滅亡，萬曆時期從太子事件發生以來卻找不出一個權相足以和嘉靖時的嚴嵩、萬曆初的張居正相比。北宋徽宗逃避責任，提前退位時，金兵已經兵臨城下，而晚明從萬曆去世後，天啟、崇禎二朝還有二十年光景。此書所說的影射和比擬只是出於作者主觀想像，缺乏客觀依據，難以令人置信。

此書自以為已經摘下《金瓶梅》頭上的王冠。它指責小說卷首由北宋卓田的那首詞〈眼兒媚・題蘇小樓〉引起的項羽虞姬、劉邦戚氏的故事「是一頂戴不到西門慶頭上的王冠」（第 109 頁），「像西門慶這樣一位不識之無的僻野小縣城的地痞，怎能與項羽劉邦並論。特別值得一提的是，劉邦寵戚夫人廢嫡立庶的事，與《金瓶梅詞話》的故事更是風馬牛不相及」（第 89 頁）。因此它推想：「《金瓶梅詞話》之前，極可能還有一部涉及政治、描寫情色的《金瓶梅》，那部《金瓶梅》就是一個可以戴上劉項頭上那頂王冠的故事」（第 111 頁）。這裏雖然謙虛地自稱為「推想」，但實際上卻是此書不折不扣的「結論」。

本文認為這首詞以及隨之引申的項羽虞姬、劉邦戚氏的故事和小說的西門慶故事根本不是什麼「並論」或「比對」的關係。小說無非指出一個老生常談的教訓：即使像項羽劉邦那樣的英雄也過不了美人（情色）關，何況像西門慶那樣的庸眾。並沒有前後不相連貫的問題。

此書作者應該知道，這首詞以及「情色」二字正是話本〈刎頸鴛鴦會〉入話的開始。這篇話本說的是店小二張秉中和蔣淑珍私通，「後惹出一場禍來，屍橫刀下，命赴陰間」。按照此書的邏輯，市井小民張秉中、蔣淑珍也不能和帝王「並論」或「比對」，它原本豈不是也應該是一個影射帝后的故事了？

按照此書的邏輯，為避免直接諷刺萬曆皇帝及后妃和太子的故事，這首詞及小說開頭部分，至少在萬曆天啟時期應該被刪削，不可能流傳到現在。遺憾的是明明白白題為萬曆丁巳（四十五年，1617 年）東吳弄珠客作序的《金瓶梅詞話》恰恰流傳到現在，連同整個項羽虞姬、劉邦戚氏的故事在內。請問，這又當如何解釋呢？

此書主要問題已如上述，至於小說的年代和作者問題將另作討論，這裏不贅。

# 答臺灣魏子雲先生

## ——兼評他的《金瓶梅》作者屠隆說

《吉林大學學報》（哲學社會科學版）1985 年第 5 期發表了拙作〈評《金瓶梅的問世與演變》〉。今年 1 月 29 日該書作者魏子雲先生在《臺灣新聞報》發表答辯〈學術研究與批評——請教大陸學人徐朔方先生〉。「盈盈一水間」，脈脈而能語，這是令人高興的事。不同學說的爭鳴有利於學術的繁榮和發展。不同的觀點有時稱為論敵。與人為敵是壞事，唯有論敵值得歡迎。對一種新說，沉默和吹捧是最壞的反響，嚴格的驗證和批評比前兩者好得多。只有缺乏自信的人才會一見批評就惱羞成怒。《莊子·徐無鬼》說：「郢人堊漫其鼻端若蠅翼，使匠石斲之。匠石運斤成風，聽而斲之，盡堊而鼻不傷。」這是傳說中理想的批評者和被批評者的風度。我們未必能做到，卻不妨以此作為學習的榜樣。

魏先生指責我對他書中引文的錯誤如《味水軒日記》卷七的那段，我「照錄不爽，也不指出誤來」。請允許說明一下，我只批評他的主要論點，對他的引文並不負校對之責。如果引文是否正確而影響我的論點，那又當別論。為了尊重他的願望，本文將破例對我轉引的他著作中的引文略作校對。他批評道：「像徐先生的這種『索引派』的評論，未免太蘇俄化的『形式主義』。」大概正是由於我中文知識太差，我完全不懂這幾句話的意思。承他請黃霖先生轉寄的剪報，經他本人校改，當不至於有刊誤。我不知「索引派」為何物。如果它是「索隱派」之誤，我不知道它同「形式主義」有什麼牽扯。他又在文末寫道：「我非常遺憾於大陸學人的學術論文，他們大都缺乏會疑的基礎，本文所論，斯其一也。」生活在臺灣海峽兩岸的人都是炎黃子孫，輕率地斷言大陸學人「大都」不行，難道因此就會使魏先生身價倍增嗎？如果我個人才疏學淺，那也不會影響到我在大陸的同行。坦率地說，我絕不會由於同魏先生意見有分歧，而以為臺灣學術界都是他那樣的水準。魏先生的著作只能看出他本人的修養和學力。反過來，我的情況也一樣。魏先生的答辯分五節。以上是看了其中第五節後的一點感想。

他的第三、四兩節對我批評的主要方面提出答辯。雙方都沒有因對方的異議而改變看法。這是正常的事。我的理由毋需再作補充。我只想進一步指明我同他的分歧。欣欣

子〈金瓶梅序〉說：「竊謂蘭陵笑笑生作《金瓶梅傳》，寄意於時俗，蓋有謂也。」我從來沒有對此表示異議。爭論的焦點是「寄意於時俗」的程度是否已經使得小說成為影射小說（即西方所說的 roman à clef）？魏著認為小說卷首劉邦寵姬戚夫人企圖改立趙王如意為太子是影射明神宗鄭貴妃廢長立幼的野心，小說所記北宋末年的事實是影射晚明。我批評的僅僅是這樣一些觀點，並不認為《金瓶梅》與晚明社會現實無關。

魏著有一點應該肯定，我在批評中沒有提到，這是我的疏忽。他查出馬仲良司榷吳（滸墅）關的年代是萬曆四十一、二年間。他糾正了魯迅以來根據《野獲編》推論出《金瓶梅》初版於萬曆三十八年的說法。我以前寫的論文也以訛傳訛，樂於在此改正。下面是對他答辯第一二節的回答。

承認《野獲編》關於《金瓶梅》的記載有這樣一條失誤，我同魏著的分歧依然存在。我認為《野獲編》這段記載文從字順，它出於沈德符之手無可懷疑；魏著則認為這段記載破綻百出（不止一處疏漏），是否真實大可懷疑，以至可以得出《野獲編》作者創作《金瓶梅》的推論。我認為古代文人在數字和時間的記載上常有失誤，並不足以全面否定這些文獻的真實性。例如《元曲選》編者臧懋循從麻城劉承禧家借到一批抄本雜劇，〈寄謝在杭書〉說是「三百餘種」，〈復李孟超書〉作「二百種」，而〈元曲選序〉則說是「二百五十種」。同一件事，三次記載都不一樣。即以魏先生所主張的《金瓶梅》作者屠隆而言，他在萬曆十二年十月罷官。據《棲真館集》卷十八〈寄陸大司空〉云：「顧二月初旬，以張肖甫司馬先生之累招，一往言別，作檀州（今北京市密雲縣）三日留。」當時張佳允以協理戎政兵部尚書銜兼薊遼總督，可見屠隆啟程回籍在萬曆十三年。而同書卷十一〈上壽母太夫人九十敘〉說：「蓋某東歸之五年，是為太夫人九十。」據此推算，屠母九十歲應在萬曆十七、八年，而實際上是十六年。如果按照魏先生的看法，豈不是臧懋循、屠隆的這些文章真偽都值得懷疑。《野獲編》的引文有疏漏，同樣不能否定它的真實性。「丙午（萬曆三十四年）遇中郎京邸……又三年，小修上公車已攜有其書」，此時當是三十七年。接云：「因與借鈔挈歸。吳友馮猶龍見之驚喜，慫恿書坊以重價購刻。馬仲良時榷吳關……」「借鈔」七八十萬字的小說不一定幾個月就能完成，行文時沒有注意到歲月推移，未注出以下敘事已在四五年之後。可以嫌它記載不夠嚴密，不能斷定它是假冒或經改動。魏先生質問道：「那麼我請問徐朔方先生，袁小修如在萬曆三十七年間就有了《金瓶梅》全稿，謝肇淛還會在萬曆四十一年之後，說『而闕所未備，以俟他日』。還在期待『未備』的十其二（朔方案：魏氏答辯引文『十得其五』『十得其三』皆誤為『得十其三』『得十其五』，此處『十其二』亦然，中文無此說法）嗎？」我的回答：袁、謝雖是好友，袁小修所珍藏的《金瓶梅》全書，並不必然非讓謝肇淛知道不可。萬曆三十四年，袁宏道曾寫信給謝肇淛催索《金瓶梅》數卷。久借不還，袁小修以前事為戒，

不再讓友人知道，這樣的可能性不能排除。何況他們並非同省人，也不經常在一起，即使袁小修有書不想保密，他的友人也有可能不知情。我認為魏先生的質問是落空了。

關於《遊居柿錄》，我的解釋仍和那篇批評一樣，恕不重複。

我同魏著的分歧主要在於他的影射說。他的影射說在新著《金瓶梅原貌探索》[1]中又有新的發展。兩書一併討論，更加可以看出他的新說是怎麼一回事。

魏先生原來推論：「如沈德符的父親沈自邠、會稽人陶望齡、晉江李卓吾都有寫作此書（指《金瓶梅》）的可能」；崇禎本的《金瓶梅》則「改寫在天啟，梓行在天啟，參預改寫的人，極可能仍是沈德符與馮夢龍這原班人馬」；他並且預告將有《沈德符評傳》問世。以上見他的舊作《金瓶梅的問世與演變》[2]。時隔四年之後，他的新著《金瓶梅原貌探索》，卻又將《金瓶梅》作者變成屠隆了。日新月異，令人望塵莫及。令人不解的是他的新著沒有一個字提及他以前的主張是否錯了；如果原本不錯，可以和新說並行不悖，那末是屠隆參加了「沈德符與馮夢龍這原班人馬」呢，還是另有解釋？擇善而從，不時修正，以使立論更加完善，這是正常的事，但總得有所交代。

現在簡略地看一下他提出新說所持的論據：

一、屠隆《白榆集》卷十六〈賀皇子誕生〉說：「恭遇萬曆十年八月十一日未時皇第一子誕生。」這時屠隆任青浦知縣。魏先生由此文作出推論：屠隆「並不知道他賀辭中的那些話，如『伏願天眷彌隆，聖謨益慎。立教以淑，沖人出入起居之有度；正學以端，蒙養凝丞保傅之無違。神聖繩繩，國本系苞桑之國；元良翼翼，宗祧奠磐石之安』。卻全不是他的皇上願意聽的」（第219頁）。「但我們可以蠡知，萬曆爺非常不喜歡有這個兒子，像屠隆這樣為了皇長子誕生而無任歡欣鼓舞，還寫文章為國有邦本賀，還規諫皇上從今往後要『聖謨益慎，立教以淑』，這皇帝看了，怎能不隱恨在心」（第220頁）。「當俞顯卿的參劾引發到屠隆，先是交科查報，第二天卻就下詔命把屠隆與顯卿同罷。這一點，不是顯然的『必逐之而後快』嗎？」

這段話，問題不少，自小而大，評述於後：

一、據《明實錄》，俞顯卿上章彈劾在萬曆十年十月甲子（二十二日），俞和屠隆罷官在丙寅，是第三天。魏著為強調「必逐之而後快」，改為第二天。

二、《明實錄》明白記載，鄭氏在十四年正月才生下皇三子，不久進封貴妃，屠隆罷官早在十二年，魏著所謂鄭貴妃廢長立幼的意圖那時根本不存在。在鄭貴妃的皇三子出生前，「萬曆爺非常不喜歡有這個兒子」，完全不符合當時情況。魏先生把歷史事實

1  臺灣學生書局，1985年，後文引用此書只記頁碼，不標書名。
2  臺灣時報公司，1981年。

搞得顛三倒四，很難說是嚴肅認真的治學態度。

　　三、如果屠隆因萬曆十年八月的〈賀皇子誕生〉表而得罪皇帝，何以此後不久屠隆反而由縣令升為京官禮部主事？何以遲到萬曆十二年十月才受到罷官處分？如果沒有俞顯卿上章劾奏，豈非還要往後推？這樣怎能說是「必逐之而後快」？

　　四、魏先生並非沒有看到〈賀皇子誕生〉，後文還說：「臣職忝封疆，欣逢盛美……謹具本差官某齎捧謹奏稱賀以聞」，這明明是一篇代長官起草的奏本。否則，區區一個縣官怎能說自己「職忝封疆」呢？明代文集中文人替長官或大僚撰寫奏章或其他文稿，有的注明代作，有的不注明代作而實際上是代作，難道這樣的例子魏先生這樣博學的人竟從未見過？

　　魏氏新著引《白榆集》卷十一〈答張質卿侍御〉說：「必也坐以雕蟲一技，不肖乃俛而無語（按：原文作說）矣。」魏著認為：「屠隆的意思則是說，如摘出我〈賀皇長（按：原文無長字）子誕生〉一文中語言之不當，因而罷我的官，我就沒有話說了。」

　　上面已經指出〈賀皇子誕生〉只是他的代筆，即使因此獲罪也不會在事隔兩年之後落到他的頭上。現在暫且把這一層撇開，看「雕蟲一技」是否有這樣的含義。

　　《白榆集》卷十一屠隆〈寄王元美（世貞）元馭（錫爵）兩先生〉自述云：「不肖隆以雕蟲一技，竊負虛聲，又天性寬仁忠信，不侵然諾，好急人之難，揚人之善。有此纇行，為物情所歸。居長安歲餘，海內縉紳掃門通刺，戶履嘗滿。隆不能掩關滅跡，又重懼得罪於時賢，傾身延獎，務令各得其所而去……不謂一朝為人魚肉，遂以至是也。禍亦大奇，請略陳其梗概。刑部主事俞顯卿，傾險反覆，天性好亂。初入刑部構陷堂官潘司寇，排擠同僚提牢生事，風波百出，僚友疾之如寇仇……不肖向待罪青浦，俞以上海分剖，隸治青浦，暴橫把持，鄉間切齒。不肖每事以法裁之。復因詩文相忌，積成仇恨。比長安士大夫盛傳其拘陷堂官事，不肖偶聞而非之。語泄於俞。大仇深恨，遂愈結而不可解……遂肆誣衊，張惶其辭。疏入，主上下其事令廉訪，了無實跡。持議者乃坐顯卿挾仇誣陷，而別求詩酒疏狂細過，及追論青浦之政，謂放浪廢職，並議罷。」屠隆在信裏將自己罷官的原因、他和俞顯卿的傾軋說得很清楚，沒有一個字牽涉到皇長子事件，或暗示其中有難言之隱。

　　王世貞《弇州山人四部續稿》卷二〇三致魏司勳懋權的書信云：「屠長卿（隆）作達狼狽至此。甚矣，才之為人害也。即盡明州東湖水，何能洗文人無行四字。」「雕蟲一技」，用屠隆自己的話說，就是「詩酒疏狂細過」，王世貞說得更明確：「文人無行。」事實就是如此。它同魏先生捕風捉影虛構出來的皇長子事件連不起來。

　　諸如此類的曲解、誤會的例子，不妨再舉幾條：

　　一、此書第 205 頁說：「因為袁中郎這般朋友最先讀到的《金瓶梅》是一部『雲霞

滿紙，勝枚生〈七發〉多矣」的政治小說。」按：〈七發〉主旨是人間最好的享受都比不上要言妙道，「雲霞滿紙」只是形容文章言情狀物之妙，請問與政治何關？

二、此書第 238 頁說：「（屠隆）又號赤水。赤水，血水也。」屠隆中年以後迷信仙道，他的別號如緯真、鴻苞、溟涬子、廣桑子、庚桑子都和宗教思想有關。他的《鴻苞》卷四〈輿圖要略下〉云：「四明山在（寧波）府城南一百五十里，周圍八百里。跨紹興、台州之境，道書為丹山赤水之天，居三十六洞天之第九。」以「赤水」解釋成「血水」，牽強附會到此地步，簡直令人難以設想。

三、此書第 84 頁引《金瓶梅》第七十回「輦下權豪第一，人間富貴無雙」之後評論道：「這兩句的諷喻，捨天子而外，誰還能在輦下算得『權豪第一』？誰還能在人間稱得『富貴無雙』？顯然的，這些辭藻，原不是寫在朱勔頭上的，改纂過的了。」

按：魏著轉引《金瓶梅》的引文，原見《寶劍記》傳奇第三齣太尉高俅府中一個都官的上場詞：「若說太尉富貴：官居一品，位列三台。赫赫公車，晝長鈴鎖靜；潭潭相府，漏定戟枝齊……假旨令八座大臣拱手聽，巧辭使九重天子笑顏開。當朝無不寒心，烈士為之屏息。真個是：輦下權豪第一，人間富貴無雙。」十分明顯，這兩句無非同小說戲曲中「天上神仙府，人間宰相家」之類套語一樣，原本用於宰輔三公，絕不可能用在皇帝身上。按照魏子雲先生的邏輯豈不是《寶劍記》也已經「改纂過的了」，那當然是《金瓶梅》之外的又一頂皇冠！我因「涉獵到的相關書籍極少」，「對於中文方面的基本知識，似乎有些欠缺」而見笑於魏子雲先生，但我覺得翻書而不求懂，那還是少一點為好。質之高明，以為何如？

1986 年 4 月

# 《金瓶梅》考證要實事求是

一切考證都要實事求是。本文只討論《金瓶梅》,所以在題目之前加上它的書名。

《金瓶梅》作者屠隆說創自黃霖先生的〈金瓶梅作者屠隆考〉(《復旦大學學報》社會科學版 1983 年第 3 期)。他根據屠隆的《鴻苞·興圖要略》和《由拳集·少司馬屠公傳》,查出屠隆的祖先來自江蘇武進。武進古稱蘭陵,剛好和《金瓶梅》所署蘭陵笑笑生的籍貫吻合;他又查出《金瓶梅》第五十六回水秀才的〈祭頭巾文〉見於《開卷一笑》卷五,署名為一衲道人,而一衲道人正是屠隆的別號。因此,我以拙作質疑時指出他的大作是「值得注意的一篇文章。它的論證是前人所未見的」。後來,他又在〈金瓶梅作者屠隆考續〉(同一學報 1984 第 5 期)中說:「我認為《山中一夕話》為明版,笑笑先生為明人,還可於《遍地金》中得到驗證。《遍地金》一書,前有署『哈哈道士題於三台山之欲靜樓』之序文一篇。其文開頭即稱『《遍地金》者為笑笑先生之奇文而名也』。看來,哈哈道士、笑笑先生即與署『三台山人題於欲靜樓』的《山中一夕話》的序作者是同一人。《遍地金》封面鐫『筆煉閣編次繡像』,共四卷,每卷外一短篇白話小說,其標題分別為:〈二橋春〉〈雙雕慶〉〈朱履佛〉〈白鉤仙〉,與《筆煉閣編述五色石》前四卷相同」。我在批評中指出《筆煉閣小說十種》已在浙江人民出版社出版,筆煉閣主人也已由陳翔華先生考訂清楚,他是徐述夔的別署,江蘇東台人,卒於清乾隆二十年(1763 年)或前一年。見〈徐述夔及其一柱樓詩獄考略〉,《文獻》1885 年第 2 期。我的批評題為〈別頭巾文不能證明金瓶梅作者是屠隆〉。見拙著《論金瓶梅的成書及其它》(第 193-199 頁)。

現在同一學報 1992 年第一期又發表了黃霖、鄭閏、魏子雲三先生的一組新作《金瓶梅研究》,令人失望的是黃、鄭二文中不顧常識、武斷臆測、曲解以至塗改引文之處不少,無法設想這是怎麼一回事,略舉一二。用以求教。

## 一、不顧常識的推論

鄭閏先生〈蘭陵笑笑生屠隆考論〉引錄《開卷一笑》卷四〈別頭巾文〉:「別人戴你三五載,偏戀我頭三十年」後推論說:「詩中三五載,三十年都是詩詞中慣用的虛數,本無須考釋,但在屠隆的筆下卻又和他的生平經歷有著密切聯繫。屠隆……六歲入里塾,

三十四歲中舉,正與〈哀頭巾詩〉三十年虛數相合。」鄭先生求證心切,竟然以為六歲的孩子就開始戴頭巾,豈不奇哉怪也。像他所說:「別人戴你三五載」,難道那時人都是九歲到十一歲就中舉嗎?據詩意,以一般常識推算,「偏戀我頭三十年」的人應是五十來歲的人,同屠隆三十四歲中舉怎麼能夠「相合」呢。看來鄭先生很重視自己的這一「發現」,他已經在《寧波師院學報》哲學社會科學版 1991 第 3 期發表了一次,這是老調重彈,可惜不顧起碼常識,錯得太厲害。

鄭先生在論文中又說:「像『誰道人心運不通』之類感慨人生命運的詩文,基本上貫串於《金瓶梅》全書。如第十八回『堪歎人生毒似蛇』……第九十七回『在世為人保七旬』詩等,無不宣揚『知命』論。而屠隆恰恰是『知命』論者……《金瓶梅》作者這一夫子自道,道出了作者屠隆身世經歷。由之,《金瓶梅》作者是蘭陵笑笑生,也可得到新的印證。」

如果《金瓶梅》第十八回的「堪歎人生(心)毒似蛇」、第九十七回的「在世為人保七旬」等詩是屠隆的「夫子自道」,請允許我在這裏請教一下,這幾句詩同時又見於《水滸傳》第七回和第五十三回,除前者末二句外,只有個別文字出入,按照鄭先生的推理,是不是《水滸》的作者也是屠隆呢?我以為以上情況只有不同主題的不同作品在長期流傳過程中才會產生這種互相滲透的現象。詳見拙作〈再論《水滸傳》和《金瓶梅》不是個人創作〉。

# 二、武斷臆測之詞

黃霖先生〈再論笑笑生是屠隆〉列舉武林養浩齋繡梓本《花營錦陣》二十四幅春宮畫的題詠和署名後,斷言「《花營錦陣》的題詠實為笑笑生一人的作品」。本文以為出版者為了招攬顧客,他所列舉的桃源主人、風月平章、秦樓客不一定實有其人,當然為了取信於人也不免拉一些名人以自重。黃先生既然如此重視他們,要以他們作根據論定《金瓶梅》的作者,那總不能不好好查考,就說二十四首題詠都是一個人的作品。汪道昆(1526-1593 年)同王世貞齊名,他以方外司馬為號,見於《太函集》卷七十九〈三楚升中頌〉。又見於同書卷八十五〈七進〉。他官至兵部侍郎稱少司馬,又醉心於佛道,故名方外司馬。煙波釣叟當是此書編者看了胡應麟《少室山房類稿》卷一一三〈雜諫汪公談藝〉之四,不學無術發生誤會,把煙波釣叟看作是前代名家,胡應麟稱道梁辰魚的《浣紗記》不比「元人煙波釣叟」差。這是說《浣紗記》可以和元雜劇《范蠡歸湖》媲美。《范蠡歸湖》今佚,它是趙明遠(遠,一作道)的作品。它的第四折現存《詞林摘豔》卷五。劇中人物范蠡唱:「我是個不識字煙波釣叟」(〈沉醉東風〉)。

# 三、曲解詞義作偽證

　　黃霖先生引用屠隆《棲真館集》第一首詩〈夜坐呂玉繩使君衙齋〉：「使君如冰壺，淵澄朗瑤玉。雖為宰官身，乃佩居士服。下榻延道民，燕坐申款曲。譚深桂醑進，夜永蘭膏續。語發寰中秘，情寄人外蹤。咨我石函文，叩我金筍籙。」這首詩敘述屠隆在甯國府推官呂胤昌的寓所夜深談道的情況。道民是屠隆自稱，那時他已虔誠地信奉道家，熱衷於求仙煉丹的那一套。「語發寰中秘，情寄人外蹤」，指他們談論道術，寄情於人世之外。此詩引文前後還有更多的求道的原句，可見談話的內容絕不會是《金瓶梅》所描寫的世情事。「咨」和「叩」都是詢問或請教的意思。「石函文」和「金筍籙」指的是道家典籍。黃霖先生引用詩句後指出：「請注意：『咨我石函文，叩我金筍籙』句，這不是明明說是呂胤昌在問屠隆要一部秘書嗎？」然後，黃霖先生引用《棲真集》卷二十四〈與呂玉繩使君〉：「一書寄黃旨玄秘書，敬納之記室」，竟然將黃旨玄的官名秘書同珍本秘書即他所說的《金瓶梅》混在一起了，這是偷換概念的文字遊戲，難道說得上是考證嗎？明朝開國之初，曾設有秘書監，不久廢除。後人以前代相近的官名作為現職的美稱，這是事理之常。《棲真集》就有〈濟南殷子新秘書攜酒訪余建寧寺〉詩。它同「黃旨玄秘書」一樣只能作官名解。「一書寄黃旨玄秘書，敬納之記室」，譯成現代漢語：「寄黃旨玄秘書的一封信，已送上您的左右」。黃霖先生不僅把「秘書」一詞解錯，官名當作書名，還把「一書」（一封信）錯解為一本書即《金瓶梅》。在〈與呂玉繩使君〉前一篇，就是屠隆托呂胤昌轉致的那封信〈（致）黃畸人秘書〉。信說：「因呂使君且遣訊足下，故留此書。南鴻有便，無忘素書管我」。旨玄當是黃秘書的字，而畸人是他的別號。大概做過翰林院典籍（從八品）或侍書（正九品）之類小官，真名查不清楚了。兩封信排在一起，同姓，同官，事情又相符合，無疑是一個人。

# 四、「改造」原作以作偽證

　　本文並不願意以「贋品」或「竄改」等詞表述鄭閏先生大作〈蘭陵笑笑生屠隆考論〉所引用的王世貞詩〈寄屠長卿〉：「神府門前一桂冠，鏡湖東去水天寬。人間有客都無耳，主人留結著書緣」。他說這本書就是《金瓶梅》。第一句兩個錯字，「府」當作「虎」，「桂」當作「掛」，注釋說詩見《弇州山人四部續稿》卷四應作二十四，我想這可能是印刷的技術性差錯，如同拙編《沈璟集》第933頁所錄徐復祚《南北詞廣韻選》的一段評論被排成呂天成一樣，作者或編者對此平白受過而無能為力。但是第一、二句叶寒韻，結句叶先韻，難道在胡適《嘗試集》問世之前四百多年，王世貞就寫無韻詩了？一查之

後，才知原句是：「自是相如勝井丹」。這是他的「改造」，還是出於什麼海外孤本，看來只有鄭先生才能回答。

本文到此還沒有提到魏子雲先生的大作〈屠本畯觴政跋的啟示〉。他寫道：「或者可以據此語（指屠本畯跋：「如石公（袁宏道）而有是書，不為托之空言也。否則，石公未免保面甕腸」）推想，在萬曆三十四五年間，《金瓶梅》尚未改寫成」。屠隆在萬曆三十三年去世。因此，他的大作提要說：「今之《金瓶梅》乃是改寫本」。令人不解的是黃、鄭二先生認為今本《金瓶梅》作者是屠隆，而魏子雲先生則認為今本之前的《金瓶梅》作者才是屠隆，今本作者是誰，還不知他高見如何。然而他又在文末說：「筆者前曾推疑欣欣子是馮夢龍，今見鄭閏先生提出的新資料，不得不一正前說之誤判」。看來魏先生從善如流，但本文作者卻弄不明白他們三位究竟是一個看法呢，還是兩個看法？也許這只能怪自己太淺薄，不懂得他們的微言大義所致。

# 〈湯顯祖著作金瓶梅考〉的簡介和質疑

　　隨著中美兩國人民友好關係的向前發展，彼此加強聯繫、加深瞭解的願望日益增進。美國文化界人士注意到對中國古代小說戲曲的閱讀和研究，將有助於對中國的過去的認識，而認識過去則為瞭解現實所必需。1980 年在威斯康辛大學舉行的《紅樓夢》學術討論會，加利福尼亞州（柏克萊）大學褒奇（Cyril Birch）教授的《牡丹亭》英文全譯本的出版，以及 1983 年 5 月在印第安那大學舉行的《金瓶梅》學術討論會，都是在上述背景下所完成的兩國文化交流中可喜的事件。

　　不管人們對《金瓶梅》的認識如何分歧，它在中國小說史上的地位無可否認。它是以社會日常生活為題材、以有別於傳統的帝王將相和才子佳人為主角的第一部長篇小說。單就這一點而論，它的重要性就不言而喻了。《金瓶梅》被看作淫書，並不缺乏理由，如果由此而否定它對社會現實生活在一定程度上的忠實反映，那就未免片面了。我應邀訪問普林斯頓大學時，有機會閱讀了美國同行的論文，他們的謹嚴、深入而別開生面的探索和研究，使我受到不少啟發。當然，這並不排除我對他們某些研究方法和結論有時持保留態度以至異議。在同行之間進行友好交流和討論，無論在國外國內、對人對己都將是有利的。他們對《金瓶梅》的過分刻露的描寫部分不感多大興趣，倒是求之過深、類似紅學索隱派的傾向似有占上風之勢。這只是個人的印象，未必恰當。

　　芝加哥大學芮效衛（David T. Roy）教授在印第安那大學討論會上提出一篇論文〈湯顯祖著作金瓶梅考〉（The Case for Tang Hslen-tsu's Authorship of the Chin P'ing Mei）。由於這篇論文國內不易見到，而又篇幅較長，不宜全譯，這裏只譯述它的主要論點，並附以簡單的評論，以供參考，兼以求教。

　　論文分兩部分：甲、列舉三十條《金瓶梅》原文中的內證，論述它們和湯顯祖的關係，乙、以現在所知的《金瓶梅》早期流傳情況和湯顯祖生平作一綜合考察。

　　現將第一部分簡要譯述如下。

　　1. 據欣欣子序，《金瓶梅》作者是蘭陵笑笑生。蘭陵指戰國時代蘭陵令荀卿，笑笑生一名寓有諷刺譏笑之意。劉向《荀子》序說：「蘇秦張儀以邪道說諸侯，以大顯貴。荀卿退而笑之曰：夫不以其道進者，必不以其道亡。」鄒迪光〈臨川湯先生傳〉記載萬曆五、八年兩次進士試，湯顯祖都因拒絕首相張居正的籠絡而落第。張居正去世的第二

年，湯顯祖考取進士。以前趨炎附勢的人都失去靠山而倒霉。湯顯祖感慨地說：「假令予以依附起，不以依附敗乎。」湯顯祖和荀子的話意思相近，當是千載之下有同感才如此說。湯顯祖多次以荀子自比。如〈喜劉溫州奏最述懷〉：「湘水誰招屈，蘭陵令老荀。」〈繭翁予別號也，得林若撫繭翁詩為范長白書，感二妙之深情，卻寄為謝〉：「荀卿誠感賦，曼卿或諧語。」〈聞李觀察本甯湯司成嘉賓集南都〉：「不借風流為祭酒，荀卿垂晚立康莊。」如果湯顯祖以蘭陵笑笑生為化名，並不令人意外。

2.《金瓶梅》第一回：「詞曰：丈夫只手把吳鉤」至「晉人云，情之所鍾，正在我輩」采自《清平山堂話本·刎頸鴛鴦會》。湯顯祖《紫釵記》第五十一齣〈折桂令〉：「聽他刎頸交切切偲偲」，可能來自〈刎頸鴛鴦會〉。《南柯記》第八齣〈謁金門〉後韻白：「六萬餘言七軸裝」七言八句，采自《清平山堂話本》〈花燈轎蓮女成佛記〉卷首八句。《清平山堂話本》二十七篇中有十三篇的片段曾被《金瓶梅》所採取，而湯顯祖熟習此書。

按：《紫釵記》「刎頸」一詞只引用現成語彙，和〈刎頸鴛鴦會〉無關。

3.《金瓶梅》第一回卷首引西晉王衍語：「情之所鍾，正在我輩」，又見湯氏《紫釵記》第一齣「我輩鍾情似此」。

4.《金瓶梅》第一回引用並論述項羽和虞姬的故事；湯氏《南柯記》第二十九齣〈烏夜啼〉：「怎虞姬獨困在楚心垓。」湯氏又有〈銅雀伎〉詩：「泣向虞兮亦世情。」

5.《金瓶梅》卷首以戚夫人的兒子趙王如意爭立太子失敗，暗喻書中李瓶兒之子官哥夭折，使人聯想萬曆時鄭貴妃擅寵，幾乎導致另立太子的事件。湯氏有詩〈戚夫人〉當是有所為而發。

按：李瓶兒母子夭亡，戚夫人母子被害，而萬曆時鄭貴妃母子並未遭遇不幸。這種類比顯得牽強。

6.《金瓶梅》故事發生在東平府清河縣。在北宋，清河縣不屬東平府。西晉阮籍曾任官東平府，並有〈東平賦〉傳世。賦說：「其阨陋則有橫術之場，鹿豸之墟。匪修潔之攸麗，於穢累之所如……是以強禦橫於戶牖，怨毒奮於床隅……殫情戾慮，以殖厥資……是以其唱和矜勢，背理向奸，尚氣逐利。」這正是展開《金瓶梅》故事的最合適地點。湯氏《南柯記》的故事雖然發生在揚州，主角因淫亂而被黜免，恰恰也是東平人。湯顯祖為友人帥機寫的〈陽秋館詩賦選序〉曾提及東平，可見他對此地的關切。

7.《水滸傳》的西門慶故事發生在陽穀縣，《金瓶梅》改為清河縣。意在引用《荀子》而諷世。《荀子·君道》說：「君者民之原也。原清則流清，原濁則流濁。」湯氏著作與此有關的很多，如〈廣意賦〉：「俟河清其未晚兮，孰敖遊其與女」；《紫釵記》第三十七齣〈瑣窗寒〉：「有賦河清鮑照」；《南柯記》第六齣〈錦纏道〉：「便道你

能奮發有期程,則半盞河清」;第三十齣說白提到「大河清,小河清」;《邯鄲記》第十四齣盧生說他的妻是清河崔氏;同出〈賽觀音〉:「記不起清河店兒」;〈三段子〉:「你金牛作頌似河清照」;第三十齣〈混江龍〉:「一睜眼猛守的清河店米沸湯渾」。

按:以黃河清作為太平盛世的象徵,這是文人熟用的典故,不見得有深意。

8.湯顯祖多次路經陽穀縣,至少寫了五首詩:〈陽穀主人飲〉〈陽穀田主人園中〉〈陽穀助田主人宗祈雨〉〈陽穀店〉〈戊戌觀還過陽穀店〉。

按:陽穀縣為晉京必經之地。這不是湯顯祖的特殊情況。

9.《水滸傳》寫武大身不滿五尺,《金瓶梅》改為三尺。《金瓶梅》第三十一回提到〈滕王閣賦〉,說是「唐朝身不滿三尺王勃殿試所作」。湯氏〈袁偉朋賦〉說他的友人周宗鎬「長不盡三尺」。《金瓶梅》執筆者可能有懷念友人之意。

按:湯氏對周感情很深,難以想像他會以武大這樣的人物形象追憶周宗鎬。

10.《金瓶梅》第七回孟玉樓說:「緊著起來,朝廷爺一時沒錢使,還向太僕寺借馬價銀子支來使。」湯氏有詩〈送李獻可賣馬價薊門〉。湯在南京供職時,他的同鄉好友丁此呂任南京太僕寺丞。湯對朝廷挪用馬價銀一事必然知情。

11.《金瓶梅》第十回引用李賀詩〈將進酒〉;《邯鄲記》第二齣的說白也引用了同一首詩的句子「小槽酒滴珍珠紅」。

12.《金瓶梅》第十七回宇文虛中奏摺:「今天下之勢,正猶病夫狂羸之極矣」一段,以人體強弱比喻國家盛衰。整部小說則以西門慶一家由發跡而衰微象徵王朝的沒落。《南柯記》以蟻穴比喻人世,出於同一手法。該劇第三齣說白:「真是國中有國,誰言人下無人」以及下場詩「萬物從來有一身,一身還有一乾坤」,構思正同。如果讀者沒有把宏觀世界和微觀世界的聯繫牢記在心中,那將辜負《金瓶梅》作者的一片苦心。

13.宇文虛中奏摺說:「乃者張達殘於太原,為之張惶失散。」湯顯祖出生那一年(嘉靖二十九年六月),俺答入擾大同,總兵官張達戰死。《明史・世宗本紀》《明史紀事本末》卷五十九〈庚戌之變〉及《國榷》《明實錄》都有記載。湯顯祖詩中曾多次提到這次騷擾。

14.《金瓶梅》提到的各地名酒以金華酒出現次數最多。湯顯祖曾任遂昌知縣五年,閒散無事,小說可能作於遂昌。此地屬處州,和金華府毗連。

15.《金瓶梅》第二十一回西門慶妻妾行酒令,各人擲骰子,按照骨牌名配以《西廂記》成句。而湯顯祖編有《西廂摘句骰譜》。見日本八木澤元《明代劇作家研究》第473頁,昭和三十四年日本東京講談社出版。

16.《金瓶梅》第二十七回描寫以「沉李浮瓜」作消暑之用。後來又有投壺及「投肉壺」之舉。《紫簫記》第三十齣寫到「沉李浮瓜」及「投壺」。《紫釵記》第三十一齣

也提及兩者。

17.《金瓶梅》第三十一回提到笑樂院本〈王勃〉。《南柯記》第三十三齣〈步蟾宮〉：「一片愁雲低畫棟，掛暮雨珠簾微動」，暗用王勃〈滕王閣詩〉：「畫棟朝飛南浦雲，珠簾暮卷西山雨。」滕王閣在江西南昌，即湯氏家鄉所屬的省會所在。湯顯祖曾在這裏出席宴會，看演《牡丹亭》。

18.《金瓶梅》第三十二回，妓女李桂姐和鄭愛香談話。吳月娘聽了說：「你每說了這一回，我不懂，不知說的是那家話。」小說作者熟悉下層社會流行的江湖切口。湯氏《南柯記》第六齣溜二、沙三的說白與此相似。

19.《金瓶梅》第三十六回說：「當初安忱取中頭甲，被言官論他先朝宰相安惇之弟，係黨人，不可以魁多士。徽宗御遷（選？），早不得已把蔡蘊擢為第一，做了狀元。投在蔡京門下，做了假子。」湯顯祖拒絕結納首相張居正，一再落第。他失歡於申時行、張四維，又不得為庶吉士。蔡蘊的情況和沈懋學相似。

按：蔡蘊中狀元後才投在蔡京門下，與考試無關。沈懋學則結交在先，然後得中狀元，情況不同。

20.《金瓶梅》第三十九回有詩「紅蓮舌上放毫光」，原見《清平山堂話本》〈花燈轎蓮女成佛記〉。《南柯記》第八齣贊《妙法蓮花經》的八句詩（包括「紅蓮舌上放毫光」在內），和〈花燈轎蓮女成佛記〉卷首入話引詩相同。

21.《金瓶梅》第四十六回鄉下老婆子替吳月娘等人卜龜兒卦的情節和《紫釵記》第四十四齣道姑替霍小玉卜龜兒卦情節雷同。

22.《金瓶梅》第四十九回巡按曾孝序上表，「極言天下之財貴於通流，取民膏以聚京師，恐非太平之治。」曾孝序因此得罪蔡京，「付吏部考察」，黜為陝西慶州知州。後又除名，竄於嶺南。他的遭遇和湯顯祖上〈論輔臣科臣疏〉而南貶相似。宋徽宗的花石綱和明神宗的礦稅差不多。湯顯祖〈感事詩〉說：「中涓鑿空山河盡，聖主求金日夜勞。賴是年來稀駿骨，黃金應與築台高。」

23.《金瓶梅》第四十九回胡僧送春藥給西門慶。有一句讚語說：「陽生姤始藏。」姤指交媾，同時又指《易》五〈姤〉卦。象曰：「初六，繫於金柅。貞，吉。有攸往，見凶。羸豕孚蹢躅。」象曰：「繫於金柅，柔道牽也。」西門慶是那頭豬（羸豕），既象徵宋徽宗，又影射明神宗。明朝皇帝姓朱，和豬諧音。湯家有金柅閣。對聯說：「一鉤簾幕紅塵遠，半榻琴書白晝長。」金柅閣作為《金瓶梅》作者的書齋名號最恰當不過了。

24.據韓南教授和柯麗德女士的研究，《金瓶梅》有不少片段引用李開先傳奇《寶劍記》的原文。計：

甲、第六十一回「我做太醫姓趙」起十八句七言，見《寶劍記》第二十八齣；

乙、第六十七回〈駐馬聽〉「寒夜無茶」「四野彤霞」二曲，見第三十三齣；

丙、第六十八回「雖是尼姑臉，心同淫婦心……哄了些小門閨怨女，念了些大戶動情妻……姻緣成好事，到此會佳期」，見第五十一齣；

丁、第六十八回「佛會僧尼是一家，法輪常轉度龍華。此物只好圖生育，枉使金刀剪落花。」《寶劍記》第五十一齣作「法輪常轉圖生育，佛會僧尼是一家」；

戊、第七十回「官居一品」起大段描寫見第三齣韻白；

己、第七十回正宮〈端正好〉套曲（五支），見第五十齣；

庚、第七十四回「蓋聞法初不滅」至「空手荒田望有秋」一大段原是第四十一齣的韻白，同一回「百歲光陰瞬息回，此身必定化飛灰。誰人肯向生前悟，悟卻無生歸去來」；「人命無常呼吸間，眼觀紅日墜西山。寶山歷盡空回首，一失人身萬劫難。」見同一齣〈誦子〉，但前後四句順序顛倒；同一回〈一封書〉曲（「生和死兩下」）見同一齣；

辛、第七十九回「命犯災星必主低，身輕煞重有災危。時日若逢真太歲，就是神仙也皺眉」以及「我夢見大廈將傾」至「造物已定，神鬼莫移」一段及「卦裏陰陽仔細尋，無端閒事莫閑（縈）心。平生作善天加慶，心不欺貧禍不侵」，見第十齣。兩者都是作品中的人物求人算命圓夢，情節相似。

壬、第九十二回陳經濟妻自縊身死被發現的一小段描寫和《寶劍記》第四十五齣林沖妻的情況相似。

從小說引用《寶劍記》曲白之多，可以想見《金瓶梅》作者必然是李開先作品賞識者，氣味相投。湯顯祖的經歷和愛好同李開先十分相似。湯顯祖雖然沒有在作品中提及他的名姓，必然熟悉他的作品。湯顯祖的第四個兒子命名為開先，可能是出於對這位前輩的景仰。

25.《金瓶梅》第六十二回，李瓶兒彌留時囑託王姑子在她死後為她念誦《血盆經》。《南柯記》第二十三齣大槐安國母分送《血盆經》為公主祈禱。小說第七十九回西門慶臨死，吳月娘說：「佛度有緣人」，《南柯記》第二十五齣下場詩也說：「相依佛度有緣人。」《金瓶梅》作者和湯顯祖對宗教態度相似，都以諷刺態度出之。

26.《金瓶梅》第六十三至六十六回西門慶為李瓶兒大出喪，逾越禮制，和《南柯記》描寫公主葬禮相似。湯顯祖彌留時有〈訣世語七首〉，要求一切從簡，同兩個作品的思想傾向一致。

27.《金瓶梅》第七十九回西門慶因色欲過度喪生。卷首「作善降之百祥，作不善降之百殃」引自《尚書・伊訓》。《金瓶梅》作者引用經典或前人著作往往將關鍵之處略去，意在言外。此句之前《尚書》原文：「惟茲三風十愆，卿士有一於身家必喪，邦君有一於身國必亡。」以家喻國是《金瓶梅》的主旨。可見作者對《尚書》一定有獨到的

心得。湯顯祖考進士選試的正是《尚書》。

28.《金瓶梅》第七十九回：「看官聽說，一己精神有限，天下色欲無窮。又曰：嗜欲深者其天機淺。」最後一句引用《莊子·大宗師》「其耆欲深者其天機淺」。小說以西門慶之死作為警誡。湯顯祖〈寄王弘陽囧卿〉說：「列子莊生，最喜天機……機深則安，機淺則危。性命之光，相為延息。」語意和《金瓶梅》相近。

29.縱欲是西門慶人亡家破的原因，而《南柯記》《邯鄲記》亦如此。這兩本戲所依據的唐人傳奇並未提及這一點，可見作者對此有深刻印象。

30.徐朔方論文〈湯顯祖和金瓶梅〉（《群眾論叢》，1981 年第 6 期）指出《南柯記》和《金瓶梅》兩書都有天門開，見到亡人幻象的情節，並且都用以結束全書。可見湯顯祖在萬曆二十八年（1600 年）創作《南柯記》前已經見到《金瓶梅》全書。如果說《金瓶梅》是湯顯祖的作品，那就更能解釋這一現象。

第二部分大意簡述：

作者列舉《金瓶梅》出版前流傳過程中的有關人物：董其昌、袁宏道、陶望齡、袁中道、袁宗道、謝肇淛、沈德符、劉承禧、李長庚、屠本畯、王肯堂、王穉登、馮夢龍、馬之駿、李日華、丘志充、呂天成等十七人，都是湯顯祖直接或間接的友人。他們都沒有公開提及誰是《金瓶梅》的作者。可能他們並不是不知道，而是為友人保密，同時也怕自己名聲受累。

湯顯祖少年時的老師徐良傅曾為長篇白話小說《禪真逸史》寫了序文。序云：「其間挽回主張，寓有微意，只當會於帙外，不可泥於辭中也。」他可能參與小說的寫作，湯顯祖曾將他的詩文集《問棘郵草》寄給徐渭，徐渭對他評價很高。徐渭不僅是戲曲作家和評論家，而且也是話本的提倡者。

湯顯祖和同年進士梅國禎關係很好，而梅國禎和劉守有都是麻城人。劉守有的兒子承禧是《金瓶梅》稿本的收藏者。湯氏並未去過麻城，劉、湯的交遊可能中進士後在北京開始。《元曲選》編者臧懋循所用的部分底本來自劉承禧，它們曾由湯顯祖加以鑒定。如果《金瓶梅》作者是湯顯祖，他將稿本交給劉氏父子是可能的。

湯顯祖曾在南京供職多年。他的某一稿本引起謠諑紛紜。《金瓶梅》抄本的過目者之一呂天成在《曲品》中說：「向傳先生（湯顯祖）作酒色財氣四犯，有所諷刺，是非蜂起，作此以掩之。僅成半本而罷。」湯氏〈紫釵記題詞〉有類似記載。呂天成是湯顯祖好友允昌的兒子，另一好友孫如法的表侄。如果《金瓶梅》的作者是湯顯祖，呂天成很可能知道這一內情。小說卷首有〈四貪詞〉，恰恰也是酒色財氣。「僅成半本」是否即《紫簫記》頗可懷疑。《金瓶梅》常以紫簫指代陽具，會不會《紫簫記》原是《金瓶梅》的初稿名呢？

　　湯顯祖的同年進士、大理寺左評事雛于仁在萬曆十七年十二月上酒色財氣四箴，犯顏直諫。萬曆皇帝惱羞成怒，礙於面子，難以發作，只得聽從宰臣規勸將奏章存檔了事。雛于仁則告病假回鄉，不久革職為民。由於酒色財氣一案非同小可，也許這是《金瓶梅》作者即使有人知情，也不敢或不願提及的原因，以致幾百年來成為不解之謎。

　　後來湯顯祖任遂昌知縣五年，他在〈答習之〉信中說：「平昌令得意處別自有在。第借俸著書，亦自不惡耳。」〈即事寄孫世行呂玉繩二首〉說：「我把正在寫作中的一部書的草稿和官印一道收藏在箱子裏。」（原譯："I store the manuscript of the book I am writing in my trunk, along with my official seal."）不管他寫的是什麼書，必然卷帙浩繁，以致他有收藏封鎖在箱子裏的必要。他在〈答張夢澤〉信中又說：「常欲作子書自見。復自循省，必參極天人微窾，世故物情，變化無餘，乃可精洞弘麗，成一家言。貧病早衰，終不能爾。」也許更令人玩味的是 1597 年寫的一句詩：「在山城的五年逗留，我寄託自己的感情於蓮花」（原文：「五年山縣寄蓮花」）。他在這時完成《牡丹亭》，但同時寫作《金瓶梅》的可能性也是存在的。

　　正是在萬曆二十二、三年由遂昌往北京上計時，他會見了三袁、陶望齡和董其昌，他們都是《金瓶梅》稿本的讀者。湯顯祖和袁宏道一同南下。此時之後，董其昌得到《金瓶梅》的部分稿本。這不由得使人設想，湯顯祖在北京曾將《金瓶梅》的手稿，或者直接交給董其昌，或者交給劉承禧而落入董其昌之手。

　　萬曆二十六年春，湯顯祖從北京上計回來，棄官回臨川。他可能將此時完成的《金瓶梅》全書原稿暫時交劉承禧保管。萬曆三十四年袁宏道告訴沈德符《金瓶梅》全稿的唯一收藏者是劉承禧，這時他已退職，回到麻城。

　　湯顯祖〈答呂玉繩〉信說：「承問，弟去春，稍有意嘉隆事，誠有之。忽一奇僧唾弟曰：嚴徐高張陳死人也，以筆綴之，如以帚聚塵，不如因任人間，自有作者。弟感其言，不復厝意。」奇僧當是達觀，他曾在 1599 年訪問臨川，和湯顯祖相聚。一個可能是湯顯祖那時要編寫一部正史，但此事別無佐證，另一可能他要寫的書指《金瓶梅》初稿，它原以小說影射時事，後經達觀勸告寫得比較隱晦以期取得更好效果，也可能指《金瓶梅》的續書《玉嬌李》，始終未成。

　　無論湯顯祖是《金瓶梅》或《玉嬌李》的作者，沈德符的記載都很引人注意。不僅他們彼此認識，沈德符的父親自郤是湯的座師。請看《野獲編》卷二五的記載：「中郎又云：『尚有名《玉嬌李》者，亦出此名士手。與前書各設報應因果。武大後世化為淫夫，上烝下報。潘金蓮亦作河間婦，終以極刑。西門慶則呆憨男子，坐視妻妾外遇，以見輪回不爽。』中郎亦耳剽，未之見也。去年抵輦下，從丘工部六區志充得寓目焉。僅首卷耳。而穢黷百端，背倫滅理，幾不忍讀。其帝則稱完顏大定，而貴溪分宜相構，變

暗寓焉。至嘉靖辛丑庶常諸公，則直書姓名，尤可駭怪。因棄置不復再展。然筆鋒恣橫酣暢，似尤勝《金瓶梅》。丘旋出守去，此書不知落何所。」湯顯祖自述被達觀勸阻的寫作計劃和沈德符所記《玉嬌李》事極為類似。很可能湯顯祖在 1598 年完成《金瓶梅》初稿後，回到臨川又著手它的續書。原本《金瓶梅》中的人物處於金人統治之下。湯氏對《金史》頗有研究。他曾寫了一首詩〈書金史後〉：「滄桑長共此山河，卻為中原涕淚多。看到幽蘭軒裏事，依然流恨似宣和。」

湯顯祖在棄官三年後才被正式免職。可能和傳聞他寫作《金瓶梅》或《玉嬌李》有關。李贄和達觀此後不久都因思想突破傳統被害。

湯顯祖詩〈用韻和方玉成二十韻〉說：「但著佳時長度曲，將因妙處一傳書。」陶望齡在 1596 年曾將《金瓶梅》的開頭部分交給袁宏道。湯顯祖寫信給陶說：「至如不佞，故無通俗之識，空有忤物之累。」這些話既可以指他的戲曲而言，同樣也可以說為《金瓶梅》而發。

據錢謙益記載，湯顯祖去世後，兒子開遠焚去他的《紫簫記》續稿以及其他未刊的詞曲稿本。如果湯開遠不是認為這些著作將玷污他亡父的名聲，很難理解他忍心這麼做。前面已經指出《紫簫記》可能即《金瓶梅》的初稿，它的續書當是《玉嬌李》。這樣事件的前因後果才能得到解釋。

湯氏本人和他友人都不願意《金瓶梅》在他生前刊行。這正好說明它的現存刊本為什麼恰恰在他身後一年出版。人們認為《金瓶梅》第五十三至五十七回是後人補作。這幾回有西門慶晉京情節，很可能書中影射時事，因此被作者或他的友人所替換。

湯顯祖似乎在《金瓶梅》中留下他寫作此書的標記。他曾在第八、六十五、九十四回三次引用宋代畫家李唐的詩句：「遺蹤堪入時人眼，不買胭脂畫牡丹。」用不著提醒，湯的最負盛名的作品是《牡丹亭》。

湯顯祖的兒子開遠在父親的書信集的序文中記載他父親的話：「吾欲以無可傳者傳」。如果本文的論證能為讀者所接受：湯顯祖是《金瓶梅》的作者，作者的願望終於在三四百年之後得到實現，它將提高他在文學史上的聲望而不是相反。

論文第二部分富於幻想和大膽的猜測，作者對此也頗有自知之明。也許正由於這樣，對某些重要引文的理解不免想入非非，對某些人事的敘述和判斷往往脫離事實，違背原意。現在擇要辨之如下：

1. 湯顯祖曾為他少年時的老師徐良傳寫了一篇詳細傳記，見詩文集第 1464-1469 頁。徐氏是江西省東鄉縣人。中進士後任命為武進知縣，丁憂歸。起復為吏科給事中，罷官。白話小說《禪真逸史》序文的作者是徐良輔。序文說：「余曙潤州。」曙是署字之誤，潤州即鎮江。他的官銜和姓氏鄉里是「奉政大夫工部都水清吏司郎中提督通惠河

道古越徐良輔」。古越即浙江。兩人姓名有一字之差,籍貫和履歷完全不同,不能將他們當做一個人。退一步說,即使是一個人,像論文那樣斷定徐良輔曾參與小說的創作也是缺乏依據的。

2. 湯顯祖不曾寄《問棘郵草》給徐渭。徐渭見到湯顯祖的《問棘郵草》,寫了詩和信想托人帶給湯顯祖。過了幾年之後才如願。以上見《徐文長集》卷一五〈與湯義仍〉。兩人從未見面。徐渭不可能促成湯顯祖寫作白話小說。

3. 湯顯祖曾到過黃州,麻城是它的屬縣。有〈秋憶黃州舊遊〉詩為證。見詩文集第135頁。湯氏〈寄麻城陳偶愚憶梅生劉思雲〉:「曾同吊屈今垂老」。吊屈當是那次在梅劉家鄉一帶同作湘鄂之遊的蹤跡。另外有詩如〈長安酒樓同梅客生夜過劉思雲宅〉〈劉思雲錦衣謝客服餌代諸詞客戲作〉〈別梅固安〉〈梅庶吉公岑席中送衡湘兄固安〉,他們同在一地不晚於湯顯祖萬曆十二年離京南下時,以後寫的詩都是遠道相念之詞。湯氏〈答陳偶愚〉說:「弟孝廉兩都時,交知唯貴郡諸公最早。」信中提到梅國禎和劉思雲。可見他們遠在中進士前就保持著友好關係。論文為了適合自己《金瓶梅》創作不早於萬曆十年的論斷,就不顧事實地把湯和梅、劉的交遊都說在中進士之後,並否定湯顯祖到過麻城。

4. 湯顯祖〈即事寄孫世行呂玉繩二首〉說:「花月總隨琴在席,草書都與印盛箱。」論文對後一句的理解完全和原意不符。原意說,和縣印一起放在公文箱子裏的不是和官府往來的文書,而是閒暇時消遣寫的草體字。草書是一種藝術,如同圖畫一樣。退一步說,「草書」即使可以勉強作為草稿解,那是詞義有分歧,也不宜用作考證的依據。〈答張夢澤〉信所說的寫作計畫:「參極天人微竅,世故物情,變化無餘,乃可精洞弘麗,成一家言。」這是典型的子書,即思想家哲學家的著作,不能理解為《金瓶梅》那樣的小說。何況後文說得很清楚:「貧病早衰,終不能爾」,這個計劃始終不曾兌現。照這樣說,哪能有《金瓶梅》流傳至今呢?

5. 湯顯祖的詩「在山城的五年逗留,我寄託自己的感情於蓮花」,原詩〈漫書所聞答唐觀察〉:「五年山縣寄蓮花」。論文以為蓮花指潘金蓮,詩意指《金瓶梅》的創作。遂昌屬處州,處州有蓮城之稱。原意只是說,詩人在遂昌做了五年知縣。

6. 湯顯祖〈答呂玉繩〉信,原文已在前面摘引,但論文有意略去下面一句重要的話:「趙宋事蕪不可理。近芟之,紀、傳而止,志無可如何也。」明明白白指的是湯顯祖有意重修《宋史》。清初史學家全祖望《鮚埼亭集》外編卷四十三〈答臨川先生問湯氏宋史帖子〉,對湯氏《宋史》修改稿的來龍去脈說得很具體,使人無可懷疑。他說:「明季重修《宋史》者三家:臨川湯禮部若士、祥符王侍郎損仲、崑山顧樞部寧人也。臨川《宋史》,手自丹黃塗乙,尚未脫稿。長興潘侍郎昭度撫贛得之,延諸名人足成其書……網

羅宋代野史至十餘籚，功既不就，其後攜歸吳興。」怎能說是別無佐證呢？信中提到湯顯祖要寫嘉靖隆慶的歷史，主要指嚴嵩、徐階、高拱、張居正等內閣大臣的傳記。他在另一封信〈與朱象峰〉說：「昨談江陵以下諸相，各成局段。兄憶其大略記之。稍暇當為點定。可論相，亦可論世也。」把這樣的歷史著作說成是《金瓶梅》或《玉嬌李》，離開事實未免太遠。

達觀勸告湯顯祖：「嚴、徐、高、張，陳死人也，以筆綴之，如以帚聚塵，不如因任人間，自有作者。」這是說，不值得湯顯祖動筆，讓別人去寫吧。論文把上面一段話說成「達觀勸告寫得比較隱晦以期取得更好效果」云云，未免向壁虛構。

7. 湯顯祖詩〈用韻和方玉成二十韻〉說：「但著佳時長度曲，將因妙處一傳書。」書指書信。不是包括《金瓶梅》在內的任何書籍。他給陶望齡信中說的話：「至如不佞，故無通俗之識，空有忤物之累。」這是說他不能隨俗浮沉，常常得罪人。既不指戲曲，更不指《金瓶梅》。論文對上引的詩和書信顯然出於誤解。

論文還有另外三條重要理由，迄今未加評論。和作者的願望相反，它們不僅無助於他所尋求的結論，而是恰恰足以否定《金瓶梅》的作者是湯顯祖。

第一、清河同陽穀是《金瓶梅》所揭露的種種罪惡現場所在，阮籍的〈東平賦〉對兩地也是貶多於褒。然而湯顯祖的描寫完全和小說異趣。〈陽秋館詩賦選序〉說：「阮嗣宗愛東平土風。」他在這兩地所寫的幾首詩都富於田園風味。試舉〈陽穀主人飲〉的詩句為例：「想念家田下，風義亦如斯。蕭曠樂斯土，奈何當見離。」他感到的不是杌陧不安，痛心疾首，而是戀戀不捨，甚至以它和自己的家鄉相比。

第二、《金瓶梅》中片段引用李開先《寶劍記》的文字，我在論文中舉了第七十回一大段，韓南教授查出近十處之多。這同引用前人的名句或以名作中的名句作為典故的情況完全不同。我的論文〈金瓶梅的寫定者是李開先〉還指出，小說曾全折引用的元代雜劇如《兩世姻緣》《風雲會》等並未被人評為上乘作品，只有李開先才這樣推崇。由此可見，即使《金瓶梅》的作者（寫定者）如果不是李開先，至少應該對李開先極為欽佩。湯顯祖在幾十萬字的詩文中幾乎提及明代的所有重要、次要的詩文和戲曲作家，雖然或褒或貶，情況各不相同，然而沒有一個字提及李開先。這至少說明他對《寶劍記》及其作者評價不高。西方人往往將自己聽欽佩的名人或關係親密的長輩的名字給孩子命名以作紀念，中國古代的風俗與此相反。這叫「為尊者諱」。和他的名字相同的字在別的場合必須應用時要用別的字替代，或減少筆劃以示區別，甚至音同的字都在回避之列，湯顯祖給他的一個兒子取名開先，至少說明他對《寶劍記》的作者感情淡漠，視若無睹。

第三、萬曆時有關酒色財氣的事例，按先後順序排列如下：

甲、《紫簫記》第三十一齣作於萬曆五至七年；

乙、雒于仁上酒色財氣四箴，引起皇帝震怒在萬曆十七年十二月；

丙、除李開先創作或整理編寫《金瓶梅》的主張者外，包括芮效衛教授在內的不少學者，主張《金瓶梅》的創作在萬曆二十年之後。

從上面三個年代的排列可以看出，湯顯祖在萬曆十七年以後創作包括〈四貪詞〉在內的《金瓶梅》小說是不可能的。因為雒于仁上了那道奏章被罷官之後，誰也不敢在萬曆皇帝在位時，再在文章中重提酒色財氣了。

本文為篇幅所限，不可能對論文羅列的三、四十條理由一一加以討論。舉一反三，實際上也無此必要。從《金瓶梅》和《紅樓夢》的個別片段及其某些表現手法，以至書中個別人物的姓名和命運都有相似之處看來，如果曹雪芹不是和明末存在著一百多年的間隔，也許可以寫文章證明二者是同出一人之手吧。可見諸如此類的研究方法很有它的局限性，在應用時有必要事先加以考慮。未免自以為「旁觀者清」，上面對論文提了這些意見，如果回過頭來恰恰發現自己變成了「當局者迷」，這就需要論文作者和同行的指點了。

1983 年 10 月 6 日於普林斯頓落伽山寓所

## 後記

在論文第一部分第十六條的註腳，芮效衛教授表示讚賞並同意柯麗德女士〈金瓶梅中的雙關語和隱語：第二十七回讀後〉的論點[1]。

該文認為《金瓶梅》既得名於潘金蓮、李瓶兒、春梅三人的名字，同時也得名於第二十七回的描寫。「投壺」「投肉壺」，壺即瓶，即潘金蓮的私處。梅即西門慶納入「肉壺」中的李子。因此作者認為第二十七回對全書有提綱挈領作用。此回以冷熱相對照，一開始就說三等人怕熱和不怕熱。冷是陰，潘金蓮和其他妻妾也都是陰。「赤帝當權耀太虛」，赤帝代表陽，指西門慶、宋徽宗以至明神宗。西門慶六個妻妾恰恰和朝廷六部尚書數目相符。全書關鍵在於以家喻國。治國必先齊家，齊家必先修身。冷熱消長，盛衰交替。西門慶窮奢極欲，末世王朝腐朽統治，兩者必將敗亡。這就是小說主旨所在。

按：在美國，李子和梅子都叫 plum，並無區別。它們和中國出產的李子、梅子都不一樣。但是論文的作者不知道這一點。在中國，連小孩子也不會將兩者混淆不清。就象徵意義說，也大不相同，梅主高潔，桃和李暗示美艷。單就這一點而論，柯麗德女士的新說就難以成立。作為《金瓶梅》索隱派的一個例子，特為簡介於此。

---

[1] Katherine Caritz, Puns and Puzzles in the Chin P'ing Mei, A Look at Chapter 27，見《通報》（*T'oung Pao*）第 67 期，1981 年 3-5，荷蘭出版。

# 評〈金瓶梅成書的上限〉

由於海峽兩岸的文化交流已經在公開（大陸）半公開（臺灣）地進行，我有幸讀到梅節先生在臺灣日報 1989 年 5 月 21、22 日連載的論文〈金瓶梅成書的上限〉。

小說第六十八回書中人物工部都水司郎中安忱回答西門慶說：「今又承命修理河道，況此民窮財盡之時。前者皇船載運花石，毀閘折壩，所過倒懸，公私困弊之極；而今瓜州、南旺、沽頭、魚台、徐沛、呂梁、安陵、濟寧、宿遷、臨清、新河一帶，皆毀壞廢北（圮）。南河南陡（徙），淤沙無水。八府之民，皆疲敝之甚。又兼盜賊梗阻，財用匱乏，大覓神輸鬼沒（役）之才，亦無如之何矣。」

我同意論文的解釋：「南河南徙」，指的是「淮河原出清口東北經雲梯關入海，改變為東南從運口和高堰倒灌運河和山陽及高、寶諸湖」。下面是論文的主旨：「新河之鑿成和南河南徙都在嘉靖以後」，「《金瓶梅詞話》提到這兩件事，說明詞話的成書必在嘉靖以後，其上限不能早於萬曆五年八月，可作定論」。按照通常的說法，「嘉靖以後」不等於「不能早於萬曆五年」；按照論文作者的邏輯，「嘉靖以後」等同於「不能早於萬曆五年」，否則，它的結論難以成立。

現在以《明史》卷八十三〈河渠志〉的記載略如查對：

「（嘉靖）十五年，督漕都御史周金言：自嘉靖六年後，（黃）河流溢南。其一由渦河直下長淮，而梁靖口、趙皮寨二支，各入清河，匯於新莊閘，遂灌裏河，水退沙存，日就淤塞」。可見嘉靖初年已經有淮河取道運河（即引文所說的裏河）經長江而入海的事實，這正是小說中水利官員安忱所面對的棘手局面。準此而論，「南河南徙」必在萬曆五年八月以後的說法不能成立。

論文根據小說第六十八回的那一小段引文，認為「《金瓶梅》的作者對明代後期運河的情況相當熟悉」，我的看法與此相反。從瓜州到安陵，依次經過如下各地：宿遷、呂梁、徐、沛、沽頭、魚台、濟寧、南旺、新河、臨清；而小說寫成「瓜州、南旺、沽頭、魚台、徐沛、呂梁、安陵、濟寧、宿遷、臨清、新河」，正如現在如果有人把京滬線上的主要車站寫成濟南、徐州、天津、無錫、南京、蚌埠、滄州一樣，前後顛倒，雜亂無章，很難說他熟悉沿線地理情況。

上述地名中，論文將新河坐實為嘉靖四十四年動工，隆慶元年完工，長約一百四十

里的新河道，它位於昭陽湖的東側，而舊河則在湖西。論文既然已經指出「安忱提到的魚台、（徐）沛、沽頭均在舊河」，那就應該想到新河指的不是工部尚書朱衡主持開鑿的那條新的河道。那條新河本來用以取代舊河，安忱沒有必要為新河、舊河都已淤塞而擔憂，只要新河暢通，他就高枕無憂了。這是論文的一個失誤，它將導致整篇論文得出錯誤的結論。

其次，按照論文的看法，新河是一個地名，而據歷史文獻，它只指某一段新開的河道，不是正式的地名。論文提到「徐階撰〈新河記〉」，這篇文章收在他的《世經堂集》卷十四，題為〈漕運新渠記〉，沒有把新河作為地名看待。歷史上黃河改道頻仍，為了治理疏導，在不同的時代和不同的地點，不時有新河開成。單就《明史》卷八十三，就記載有景泰四年（1453 年）工部尚書石璞主持開鑿的新河，「新河運河俱可行舟」；弘治七年（1494 年）副都御史劉大夏「又浚孫家渡口，別鑿新河七十餘里，導使南行」；加上朱衡的新河，明代至少有三條。《元史》卷六十四〈兗州牖〉也提到「又被漲水衝破梁山一帶堤堰，走泄水勢，通入舊河，以致新河水小澀」。所有這些新河都在《金瓶梅》故事發生地附近。

在不止一條新河中，究竟哪兒是小說第六十八回所說的新河？不宜憑主觀想像信口開河，當以小說本身為依據。第三十六回，「西門慶使來保往新河口，打聽蔡狀元船隻」，第四十七回，夏提刑「差緝捕公人押安童下來拿人，前至新河口，把陳三、翁八獲住到於案」；第四十八回、七十二回、七十四回、七十五回、八十一回又多次提到新河口。第四十九回〈西門慶迎請宋巡按〉則說得更清楚，新河口離東平府五十里，地名百家村。新河如果不就是新河口，那也不會相距很遠。新河作為地名，才會同安忱提到的其他地名並列。否則，一條一百四十里長的河道怎麼同許多城鎮排列在一起，相提並論呢？

論文又以萬曆八年以兵部尚書總督漕運的凌雲翼等同於小說第六十五回列名迎候六黃太尉的兗州知府凌雲翼，從而將《金瓶梅》的成書上限推遲五年。依此類推，第十回東平府君陳文昭是正德九年的同姓名進士，第十七回兵科給事中宇文虛中奏本中「乃者張達殘於太原」，他是嘉靖二十九年死於戰場的大同總兵，第四十八回陽穀縣丞，在第六十五回升為陽穀知縣的狄斯彬成為嘉靖二十六年的同姓名進士，那麼，請問「頗有功於漕運」的兵部尚書凌雲翼為什麼在小說中要降職為兗州知府？山東濮州人陳文昭為什麼在小說裏要改成河南人？大同總兵改為死於太原又是為什麼？狄斯彬進士出身而選官為縣丞，這是明朝官制中從未出現的異常現象，這又是為什麼？按照這樣的邏輯，小說中西門慶的寶貝女婿陳經濟豈不成為萬曆八年的同姓名進士，是不是仇家為了洩憤才把這位河南禹州籍的進士醜化為西門慶的女婿呢？

時代相近而同姓名的人常常使人混淆不清。萬曆、天啟、崇禎三朝各有一名進士張

鳳翼，但都不是《紅拂記》的作者張鳳翼。《南西廂》的作者李日華早於《恬致堂集》的作者李日華，而崇禎十五年又有一名進士李日華。崑曲唱腔改革家魏良輔不是江西新建籍而終老於蘇州的官僚魏良輔；湖南曲家龍膺的弟子王驥德也不是浙江曲家、《曲律》的作者王驥德。由同姓名而引起的《琵琶記》作者高明和《三國演義》以及其他幾種小說的寫定者羅貫中是同學的新發現只能供人一笑，說不上是研究工作的成果[1]。

《金瓶梅》第七十回正宮〔端正好〕套曲（五支）採用李開先的《寶劍記》傳奇第五十齣，而《寶劍記》脫稿於嘉靖二十六年（1547 年），這才是《金瓶梅》成書的上限。所謂上限者，《金瓶梅》成書絕不可能早於這一年，但不等於說這是小說產生年代的嘉靖說。

《金瓶梅》多次描寫戲曲演出，它對雜劇和海鹽腔南戲的演出不止一次地作了詳細記載，而沒有一個字提及崑腔。第三十六回偶爾寫到「蘇州戲子」苟子孝，第七十四回就點明他是「海鹽子弟」，而萬曆初崑腔已經崛起。

汪道昆《太函集》卷八十四〈上計七論〉之一〈酒德論〉說「昔都人之飲客者，非婺（指金華酒）不甘。比年鬻婺者半至」。此文作於嘉靖三十八年（1559 年），當時金華酒銷往北京的數量已經大幅度下降。汪道昆是著名的酒客，他的這段話不是泛泛之談。而《金瓶梅》所記西門慶官場宴會上卻都以金華酒為上品。

如上所述，以戲曲和酒的流行品種而論，《金瓶梅》不會成書於萬曆之後。其他的一些理由詳見拙作〈金瓶梅成書新探〉等文，茲不贅。梅節先生的論文說：「《金瓶梅》產生的年代有兩說，一為嘉靖說，一為萬曆說。」我不知道他有什麼理由，獨獨把嘉靖之後、萬曆之前的隆慶朝六年排除在外。我接近於隆慶說，但也包括嘉靖統治四十五年的後期在內。

論文在引用天啟《淮安府志》後又說：「《金瓶梅詞話》的作者特用淮安地區的習慣稱呼稱『南河南徙』而不稱『淮河南徙』，對我們判斷書中的清河，究竟指南清河還是指北清河，無疑具有重要的啟示作用。」言外之意十分清楚，論文認為《金瓶梅》的地理背景不在冀魯邊界上的清河縣而在蘇北的清河縣即今淮陰縣，一名清江浦（清江市）。小說第九十三回說得很清楚：「出（清河縣）城門，徑往臨清馬頭晏公廟來。止七十里，一日路程」。距離山東臨清七十里，絕不可能是蘇北的南清河，我想這一點沒有爭辯的必要。

---

1　　見〈羅貫中高則誠兩位大文學家是同學〉，《社會科學戰線》1983 年第 1 期。

# 關於《金瓶梅》卷首「詞曰」四首

《金瓶梅》以四首「詞曰」開頭：

> 閬苑瀛洲，金谷陵（瓊）樓。算不如茅舍清幽。野花繡地，莫也風流。也宜春，
> 也宜秋。酒熟堪酟，客至須留。更無榮無辱無憂。退閑一步（是好），著甚來由。
> 但倦時眠，渴時飲，醉時謳。

> 短短橫牆，矮矮疏窗。忔憎（一方）兒小小池塘。高低疊峰（嶂），綠水邊傍。也
> 有些風，有些月，有些涼（香）。日用家常，竹幾藤床。靠（盡）眼前水色山光。
> 客來無酒，清話何妨。但細烹（烘）茶，熱烘（淨洗）盞，淺（滾）澆湯。

> 水竹之居，吾愛吾廬。石磷磷床（亂）砌階除。軒窗隨意，小巧規模。卻也清幽，
> 也瀟灑，也寬（安）適。懶散無拘，此等何如？倚闌干臨水觀魚。風花雪月，贏
> 得工夫。好焫心香，說（圖）些話（畫），讀些書。

> 淨掃塵埃，惜耳蒼苔，任門前紅葉鋪階。也堪圖畫，還也奇哉。有數株松，數竿
> 竹，數枝梅。花木栽培，取次教開。明朝事天自安排，知他富貴幾時來。且優遊，
> 且隨分，且開懷。

　　這是四首〈行香子〉，它同後面的〈四貪詞〉（〈鷓鴣天〉）一樣，都沒有注明詞牌。
現存的另一本經文人改定的《大唐秦王詞話》也以四首〈玉樓春〉冠於卷首，同樣沒有
標出詞牌。

　　「詞曰」前三首又見於《詞林紀事》卷六，它的異文附在正文後面，以括弧為記。「陵
樓」當是「瓊樓」的刊誤。從異文看不出作者和年代先後的任何線索。如果一定要分別
優劣，《金瓶梅》可能略勝一籌。

　　《金瓶梅》第二、三首用萬樹《詞律》卷九所載黃昇〈寒意方濃〉的句格，六十六字。
第一首〈閬苑瀛洲〉六十五字，可以看作是「也宜春」之前刊落一個字。此調原有六十
四、六十六字兩種句格，上下片相同。「也宜春」句應是四字句。第四首〈掃淨塵埃〉
下片「知他富貴幾時來」應是兩個四字句，後面「且優遊」也應是四字句，這樣才同上

片的句格一致。

《詞林紀事》說：

> 《筆記》：「天目中峰禪師與趙文敏（孟頫）為方外交，同院馮海粟（子振）學士甚
> 輕之。一日，松雪（孟頫）強中峰同訪海粟。海粟出所賦梅花百絕句示之。中峰一
> 覽畢，走筆成七言律詩，如馮之數。海粟神氣頓懾。」嘗賦〈行香子〉詞云云，
> 若不經意出之者。所謂一一天真，一一明妙也。

中峰是明本（1263-1323 年）的別號，俗姓孫，錢塘（今杭州市）人。二十四歲在吳山
聖水寺出家，後卓錫西天目山幻住庵。五十六歲，朝廷賜號佛慈圓照廣慧禪師。有《中
峰廣錄》及《梅花百詠》行世。以上據《西天目祖山志》卷二本傳，並參考《元詩紀事》
卷三十四小傳。

《詞林紀事》以為此三首詞為明本所作，獻疑如下：

一、《詞林紀事》抄引前三首詞，順序為一、〈短短橫牆〉，二、〈閬苑瀛洲〉，
三、〈水竹之居〉，但沒有說是選錄。《金瓶梅》卷首四首詞，雖然節令不夠分明，如
第一首「也宜春，也宜夏，也宜秋」，第三首「風花雪月」，但大體上可以看出它們分
詠春夏秋冬，如同《大唐秦王詞話》的四首〈玉樓春〉一樣。可能這是當時詞話和別的
說唱藝術的開篇俗套之一（《西廂記》諸宮調也有分詠四季的〔哨遍〕和〔耍孩兒〕）。為什麼
《詞林紀事》只選三首，而且將次序變了？

二、《筆記》作者為晚明陳繼儒。今存《寶顏堂秘笈》兩卷本。《詞林紀事》引錄
《筆記》卷二的原文，文字略有出入。《筆記》說：「走筆而成，如馮之數。」《元詩選》
小傳說：「走筆亦成一百首。」都未說明什麼體裁，從上下文看當是七絕，而《詞林紀
事》引《筆記》卻說是七律。按《中峰禪師梅花百詠》今存，都是七絕。《詞林紀事》
如此草率，難以輕信。

三、《詞林紀事》，清乾隆時張宗橚輯，所選詞都注明出處，此三首獨缺。

四、細玩詞意，作者當是仕進不遂而退隱的士子。明本二十四歲出家，哪有這樣的
感觸？「水竹之居，吾愛吾廬」，很難說是住在寺院中的僧人口氣。「明朝事天自安排，
知他富貴幾時來」，對功名雖已失望，實際上並未忘情。明本早年出家，怎麼能這樣措
辭？

這幾首詞究竟是不是明本的作品，還得再作查證。

清康熙褚人穫《堅瓠二集》卷三〈行香子〉引《湖海搜奇》載〈行香子〉二首，即
〈水竹之居〉及〈閬苑瀛洲〉，云：「惜不知誰作。」按《堅瓠秘集》卷一〈馬生角〉引
《湖海搜奇》云：「萬曆辛丑（二十九年）。」可見《湖海搜奇》顯然遲於《金瓶梅》。

# 《金梅瓶》的地理背景

　　從表面上看，《金梅瓶》源出《水滸傳》第二十三回到第二十六回。實際上它和《水滸傳》同出一源，同出一系列《水滸》故事的集群，包括西門慶、潘金蓮故事在內。

　　兩本小說都確定地把清河、陽穀兩縣寫成毗連縣份，屬東平府管轄。按照歷史上的政區劃分，宋代有清河縣及清河郡，屬河北東路；元明二代只有清河縣，元屬大名路，明屬廣平府。《金瓶梅》第十七回提到的提刑使、團練使是宋制，州府設分元帥府是元制，鎮守某地總兵官下設守備是明制。不管小說的官制怎樣紊亂，可以確定的是陽穀縣不可能有守備、提刑、團練等高一級的官府，而清河郡則有接近於州府的地位。要像《金瓶梅》那樣描寫一個破落戶發跡變泰，而和當朝宰輔發生關連，進而揭露朝廷的黑暗和腐朽，故事所在地由一個縣改變為郡，對情節的發展顯然有利得多。這是《金瓶梅》只能把故事發生地點安排在清河縣，而不可能安排在陽穀縣的原因。

　　清河縣是《金瓶梅》的地理背景。從第九十二回起，由臨清和清河平分秋色。其他如東京、泰山、嚴州只是偶然穿插其間的場景，所占篇幅很少。

　　小說結尾的一些臨清場景具有深刻意義。第九十二回寫到：「這臨清閘上，是個熱鬧繁華大馬頭去處，商賈往來，船隻聚會之所，車輛輻輳之地。有三十二條花柳巷，七十二座管弦樓。」《金瓶梅》以一個帶有濃重市井色彩而同傳統的地主文人有別的人物西門慶為主角，在當時國內最繁榮的內河商業大港臨清的陰影下展開它的錯綜複雜的情節。西門慶不是臨清港口的行商坐賈，而是離開它七十里地的清河縣的官僚地主，這一點具有鮮明的時代特徵。在那時，一個商人如果不同土地和封建特權沾邊是不會興旺發達的。

　　小說結尾的臨清場景並不令人感到意外。西門慶對大官的迎送，他家妻妾和門下食客的奢侈享用，無論胭脂香粉、綢緞服飾以至金華酒、糟鰣魚無一不通過臨清港而運來。這個地名早就在字裏行間跳躍然欲出了。

　　有一種看法，認為《金瓶梅》名義上寫清河，實際上寫的卻是臨清，並且以書中所寫的若干清河地名見於《臨清州志》為證[1]。這種說法是過於拘泥了，它的作者可能沒有

---

1　　見王連洲〈金瓶梅臨清地名考〉，《金瓶梅作者之謎》，銀川：寧夏人民出版社，1988 年。儘管

想到西門慶亦官亦商活動於臨清附近的城鎮,比他以一個商人棲身於商業城市具有更大的典型意義和時代特色。活躍的新興商業城市在向四周的封建城市輻射它的影響,這正是《金瓶梅》所透露的信息。

作者以他所熟悉的臨清的若干地名或地理情況反映在小說所描寫的清河縣中,這是不足為怪的。他寫的是小說,不是報導。我不妨同樣在這裏作一點補充。

小說第一回,武松任命為清河縣都頭,「專一河東水西擒拿盜賊」,第九十五回,守備周秀奉詔在「河東水西擒拿強盜」,第六十七回說馮二的「丈人是河西有名土豪」——河東水西同臨清的地理情況吻合,而不適用於清河縣[2]。

儘管如此,把小說中的清河縣直截了當地指實為臨清是不恰當的。如果清河即臨清,那麼第九十二回起對臨清的直接描寫又作何解釋呢?而且第九十三回說得很清楚,從清河「出城門,徑往臨清馬頭晏公廟來,止七十里,一日路程」。這用「清河即臨清」的觀點是說不通的。

小說中的清河不是實際上的清河,而是半虛半實的清河,因此賦予它以臨清或別的城市的若干特色,那就不足為奇了,正如西門慶不是任何一個真實的清河人一樣。

在第九十二回起的結尾幾回中,在小說中清河和臨清確實存在著相互接近以至同一化的傾向。一方面作者清楚地寫明兩地相距七十華里,另一方面在具體描寫中卻又使人感到兩地相距咫尺,仿佛是同一地點一樣。第九十四回,「這陳經濟打了十棍,出離了(清河)守備府,還奔來(臨清)晏公廟。」一點也沒有使人感到他在受刑之後步行七十里有什麼困難。第九十九回,陳經濟從清河出發,「午後時分,早到(臨清)河下大酒樓前」,查賬、調情、喝酒、一再做愛、午睡,來回一百四十里,「剛趕進城來,天已昏黑」,並不顯得怎樣匆忙。《金瓶梅》最後十回比作品的其他部分描寫拙劣,同別的作品雷同較多,把清河、臨清之間的來往寫得這麼頻繁和方便,完全是由於粗心和草率。以《金瓶梅》的結尾同它的其他部分相比,很難說出於同一人之手。

小說中的清河不僅帶有臨清的影子,民間藝人說唱腳本中久已成型的清河、陽穀毗連、同屬東平府的說法也在它上面留下不可磨滅的烙印。第六十四回,西門慶和夏提刑同出清河城五十里前去迎接蔡御史,蔡御史正在東昌府(今山東聊城)附近。第九十一回,媒婆到孟玉樓這裏說親,說李衙內「原籍是咱北京真定府棗強縣人氏,過了黃河不上六

---

本文不接受它的結論,此文所提供的《金瓶梅》若干地名又見於《臨清州志》的事實,頗有參考價值,樂於向讀者推薦。

2 據江蘇《清河縣誌》記載,南清河分為河南河北,不是河東水西,可見以《金瓶梅》寫的清河縣為南清河的說法難以成立。

七百里」。可見小說的清河縣並不如實際那樣位於黃河以北，而是按照民間《水滸》詞話系列那樣在黃河以南的梁山泊一帶。

　　《金瓶梅》以清河縣為它的地理背景，它在當時最繁榮的內河港口臨清的影響下，為商人而兼官僚地主的西門慶提供活動舞台，而它的方位卻在黃河以南，離開臨清還有一段不短的距離，大大超過實際上的七十里。真實的清河縣——臨清——梁山泊附近的某地，陽穀的臨縣，三者合一才是小說中的清河縣，強調三者之一，而忽視其他兩者，都不能正確地理解《金瓶梅》的地理背景。

# 論《金瓶梅》

　　繼《三國志演義》和《水滸傳》之後，《金瓶梅》差不多和《西遊記》同時問世。現存的最早一個版本《金瓶梅詞話》，刻於 1617 年（萬曆四十五年）。它的寫定當在 1547 年（嘉靖二十六年）之後，1573 年（萬曆元年）之前[1]。據書前欣欣子序，作者是蘭陵笑笑生。這個蘭陵笑笑生可能就是《寶劍記》的作者李開先。但是許多情況表明，蘭陵笑笑生之於《金瓶梅》並不像曹雪芹之於《紅樓夢》那樣純然是個人創作，而更像羅貫中、施耐庵之於《三國志演義》《水滸傳》那樣的關係，是在藝人說唱—詞話的基礎上寫定的[2]。

　　《金瓶梅》從《水滸傳》中西門慶、潘金蓮的故事發展而成。《水滸傳》第二十三回到二十六回，從武松打虎寫到鬥斃西門慶、殺死潘金蓮。所不同的是《金瓶梅》寫武松上酒樓尋西門慶為武大復仇，卻被西門慶跳窗逃走，武松一怒之下誤打了皂隸李外傳，因此遞解孟州。這是第一回到第九回。到第八十七回武松才被赦回鄉，殺嫂祭兄，那時西門慶已因淫欲過度而喪命了。《金瓶梅》第一回到第九回，加上第八十七回，大體相當於《水滸傳》的第二十三到二十六回的內容。《金瓶梅》所增加生發的西門慶及其他人物的故事，主要是在武松流配後到遇赦回鄉前這一段間隙內發生的。

　　《金瓶梅》以西門慶的小妾潘金蓮、李瓶兒和通房婢女春梅而得名。小說描寫了西門慶一家興衰的醜史。西門慶原是清河縣的一個破落戶財主、生藥鋪店東。由於他是提督楊戩的親黨，又走了奸相蔡京的門路，做上金吾衛副千戶、山東等處提刑所理刑。後來又送了二十多扛重禮，做上蔡京的義子，不久升為正千戶，同時兼營幾個店鋪。小說通過西門慶同蔡京以及其他官僚的關係，廣泛觸及了從朝廷到州縣的種種弊政，同時也揭發了西門慶這樣一個土豪之所以敢於胡作非為，橫行霸道，是以整個罪惡的封建朝廷為靠山的。蔡京賣官鬻爵，賄賂公行，書中還特別提到他的兒子同管家以及蔡京同西門慶的義父子關係，不管小說寫定者是否有意，這些情況同執政達二十年之久的嚴嵩父子極為相像。他們比本書的寫定略早。小說所描寫的人物上自皇帝宰相，下至州縣衙門的差

---

1　　詳見本書《金瓶梅成書新探》。
2　　同註1。

人吏役、勾闌中的妓女、老鴇以及幫閒清客，絕大多數都是反面角色。小說對那個腐朽的封建制度的種種世態作了相當精細的刻畫。

　　作為官僚，西門慶是權奸的爪牙；作為地主，他是一手遮天的惡霸；作為商人，他憑仗特殊的護身符，而生財有道。西門慶身上所體現的這三種黑暗勢力的結合，究竟以何者為主呢？小說不曾說他占有多少田地莊園，以及怎樣向農民進行剝削，卻在他臨死時特別交代他的商業和放債的賬目，本錢計：緞子鋪五萬銀子，絨線鋪六千五百兩，綢絨鋪五千兩，船上貨物四千兩；債務計：李三、黃四欠他五百兩本錢、一百五十兩利息，還有劉學官、華主簿、徐四等欠他五百九十兩。可見在土地收入同商業的比較中顯然以後者為主。西門慶官升到山東提刑所正千戶，又是太師蔡京的義子，另外同宦官、太尉、巡撫、巡按等中央和地方的大官僚都有勾結來往，地位不可謂不高，氣焰不可謂不盛。可是就官、商而論，也還是以後者為主。西門慶第一次直接關連到的政治事件是因楊提督被宇文給事中劾倒，西門慶以親黨關係受累。他同另外幾個人的罪狀是「倚勢害人，貪殘無比，積弊如山。小民蹙額，市肆為之騷然」（第十八回）。很明顯西門慶的原意並不在於依附權門，擠上仕途，而是憑藉政治力量為他的巧取豪奪打開門路。同他競爭的蔣竹山生藥鋪被搗毀而關門大吉，不過是其中一個例子。這場爭風吃醋的事件，既因女色而起，也同生意有關。蔡京壽誕，西門慶送了重禮，本來也不為求官，而是圖得個更有力的靠山，可以讓自己肆無忌憚，胡作非為。我們甚至可以為這份重禮算一筆賬：織造錦繡蟒衣用銀不到五百兩，金銀器花三百兩，但是他替揚州鹽商王四峰說一回情就撈回二千兩，送禮一點也使不著他的老本。另外蔡京給他的答謝是由「一介鄉民」做了金吾衛副千戶。在他說這完全是額外收益了。西門慶同蔡京買賣雙方都不吃虧，遭殃的只是老百姓。

　　西門慶這個人物如果僅僅理解為登徒子那樣的色鬼，這正如把《金瓶梅》僅僅看作淫書一樣，雖然不能說沒有根據，到底失之片面。試以大的佈局而言，第一回至第六回寫他同潘金蓮通謀，藥死武大，接下去應該是他們合做一處了，卻不料插進來一個媒婆薛嫂兒，一說就合，結果是西門慶先娶了孟玉樓，潘金蓮反而擱在一邊了。第八回起才又是潘金蓮的故事。孟玉樓一回書不僅在藝術上是奇峰突起，使得它前後的文章也因而增勝，更重要的是它畫龍點睛地指明：內心深處激動著西門慶的絕不是愛情而是情欲。他的情欲有時為女色而點燃，有時為錢財而熾烈。潘金蓮在他身上引起的色欲，可以強烈到使他殺人犯罪而不顧，但是當她同孟玉樓的上千兩現金，三二百筒三梭布以及其他等等陪嫁相比時卻黯然失色了。孟玉樓進門之後，即她的陪嫁的所有權正式移轉之後，潘金蓮的肉體才又顯得風流旖旎，把孟玉樓比下去了。當問題不牽涉到錢財時，西門慶的情欲似乎只限於女色，可是一涉及錢財時，女色就只能退避三舍了。不重才貌而重色

欲，錢財又在色慾之上。西門慶的豔情和別的小說戲曲中才子佳人、郎才女貌的那一套以及文人學士的風流韻事全然不同。

作為一部長篇小說，《金瓶梅》不像它以前及同時的《三國志演義》《水滸傳》《西遊記》那樣以歷史人物、傳奇英雄或神魔為主角，也不像同時代的許多戲曲──傳奇那樣以正統的地主階級的書生、士大夫為主角，而是以一個帶有濃重的市井色彩從而同傳統的官僚、地主有別的人物西門慶為主角。它透露出明代中葉以後封建社會內部資本主義因素在發展的一點消息。這同當時短篇白話小說如〈賣油郎獨占花魁〉〈蔣興哥重會珍珠衫〉〈施潤澤灘闕遇友〉等等以商人為主角的情況是一樣的，都反映了當時封建地主走向沒落，市民階層逐漸興起的時代特徵。看來庶族地主在當時要想保持昔日的門面已經不得不捨本逐末，兼營一些他們所不屑為的買賣或高利貸了。由於種種原因，資本主義因素在中國封建社會發展得特別緩慢而無力，因此西門慶不能是一個單純的商人，必得同時以官僚地主的身份出現，使他身上帶有許多封建的東西。他可以說是近代史上官僚資本家的遠祖，儘管具體歷史條件不同，他們之間的譜系還是聯得起來的。

除西門慶外，潘金蓮、李瓶兒及幫閒應伯爵等人物也都得到細緻的刻畫。這些人物醜惡而又生動，他們仿佛一面在現身說法，一面又厚著臉皮對讀者說：「你可以不喜歡我們，朝我們吐一口唾沫，但是我們不僅有自己的面目，而且也有自己的脾氣和品質，好惡和喜怒……」為了節省篇幅，只舉韓道國那樣一個無足輕重的人物為例，即小見大，潘金蓮等頭面人物更不難想見了。請看第三十二回的描寫：

> 那韓道國坐在凳上，把臉兒揚著，手中搖著扇兒，說道：「學生不才，仗賴諸位餘光，在我恩主西門大官人做夥計。三七分錢，掌巨萬之財，督數處之鋪。甚蒙敬重，比他人不同。」有謝汝慌道：「聞老兄在他門下做，只做線鋪生意。」韓道國笑道：「二兄不知，線鋪生意只是名目而已。今他府上大小買賣，出入資本，那些兒不是學生算賬！言聽計從，禍福共知。通沒我，一事兒也成不得。初，大官人每日衙門中來家擺飯，常請去陪侍，沒我便吃不下飯去。俺兩個在他小書房裏，閒中吃果子說話兒，常坐半夜，他方進後邊去。昨日他家大夫人生日，房下坐轎子行人情，他夫人留飲至二更方回。彼此通家，再無忌憚。不可對兄說，就是背地他房中話兒，也常和學生計較。學生先一個行止端莊，立心不苟；與財主興利除害，拯溺救焚；凡百財上分明，取之有道。就是傅自新也怕我幾分，不是我自己誇讚，大官人正喜我這一件兒……」剛說在鬧熱處，忽見一人慌慌張張走向前，叫道：「韓大哥，你還在這裏說什麼，教我鋪子裏尋你不著！」拉到僻靜處，告他說，你家中如此如此。（中略）這韓道國聽了，大驚失色，口中只咂嘴，

下邊頓足，就要翅趣走。被張好問叫道：「韓老兄，你話還未盡，如何就去了？」
這韓道國舉手道：「學生家有小事，不及奉陪。」慌忙而去。[3]

原來他妻子和小叔私通，雙雙捉到衙門裏去了。他狠狠地去尋應伯爵，跪在地下，請應
伯爵轉向西門慶求情，要他同縣官說一聲，免得當場出醜。於是韓道國從自我炫耀的虛
榮的雲霄突然降落到屈辱的現實。這樣他也就成為有血有肉，還有一個骯髒靈魂的活生
生的丑角了。

在刻畫人物方面，《金瓶梅》曾受人詬病。比如李瓶兒對待花子虛和蔣竹山是凶悍
而狠毒的，但是在做了西門慶的第六妾之後卻變得有些善良和懦弱。這種表面上的前後
不一，恰恰表明《金瓶梅》的某些人物已經由靜止的平面的刻畫，進而為對個性和性格
隨著情節的變化發展而由淺入深、由表及裏地被揭示。

西門慶正要把李瓶兒娶過去時，突然遭到事故，李瓶兒絕望地認為不可能再同他結
合了。於是她招贅了醫生蔣竹山。不料西門慶的一場虛驚只是暴發的前奏，蔣竹山被西
門慶派人凌辱之後，接著李瓶兒把他遺棄了。李瓶兒經受了一場波折，對她說來同時也
是一場慘痛的教訓。後來她好容易被西門慶娶過去時，「轎子落在大門首半日，沒有人
出去迎接」，一連三夜西門慶都不到她房裏去，她哭了一場之後只得含羞自盡。救下來，
又打了一頓鞭子，脫光衣服跪在地下。這是她受到的第二次波折，也是第二次慘痛的教
訓。從此之後，她對西門慶俯首貼耳，死心塌地，甚至對別人也好像表現出頗為善良的
樣子，她的個性發展是合乎邏輯的。

小說有時著墨不多，而能入木三分。如第四十九回，西門慶在宴會之後，又以妓女
二名接待蔡御史。「蔡御史看見，欲進不能，欲退不可，便說道：『四泉，你如何這等
厚愛，恐使不得。』西門慶笑道：『與昔日東山之遊又何別乎？』蔡御史道：『恐我不
如安石之才，而君有王右軍之高致矣。』」淡淡三兩句對話，用不著多餘說明，賣弄風
雅而至於肉麻的情景自見。與此相映成趣的是第五十五回蔡京慶壽、第七十回朱太尉回
府等大排場，則又以藻繡交錯的精心鋪敘而見長。《金瓶梅》比它以前的話本小說在藝
術上有一個優點，這就是敘事往往前後錯出，左右相襯，複雜的構思更加顯出了長篇小
說的優越性。如第七十回夏提刑得知升指揮管鹵簿，「大半日無言，面容失色」，十分
失望；晉京後西門慶卻貌似恭敬，「不敢與他同行，讓他先上馬」，「趕著他呼堂尊」。
這是一面。事後西門慶被太師府翟管家埋怨，說他把消息洩漏了，夏提刑找了個有勢力
的人講話，情願不管鹵簿，仍以指揮留任，西門慶職位幾乎無著落了。這又是一面。後

---

3　引文據《金瓶梅詞話》影印本，北京：文學古籍刊行社，1957 年。

來隔了六回書，作者才交代清楚這機密是怎樣偷傳給夏提刑的。前面舉過的潘金蓮故事中突然插入一回娶孟玉樓的文章，也同樣是一個很好的例子。

從上面簡略的介紹可以看出，《金瓶梅》對中國長篇小說的發展曾作出多方面的貢獻：它及時反映了當時封建社會內部資本主義因素興起後的種種社會相，生動地塑造了作為商人、惡霸地主和官僚三位一體的典型西門慶，以及潘金蓮、李瓶兒、應伯爵等市井色彩極為濃重的人物群像，使它成為中國文學史上第一部以封建城市的市民為主角、以他們的日常生活為題材的長篇小說，同時也是第一部以反面人物為主的長篇巨制。同它以前及同時的《三國志演義》《水滸傳》《西遊記》相比，它的藝術結構更為有機完整，人物描寫更加細膩具體，通過對話以展示人物性格的手法也更為成熟了。這些都是可喜的現象。

像《金瓶梅》那樣長達一百回的巨著，除了偶一出場的武松等人外，幾乎全部都是反面人物，在中國文學史上這是一個新的現象，新的問題。這樣一部小說應該怎樣寫，《金瓶梅》實際上又是怎樣寫，都是值得我們研究的。如果是容量不大的作品，我們可以說它只勾勒下現實世界的某個角落，單純的一個社會相，單獨的一個人物，很少有人會要求一個短小的作品，美醜善惡，色色具備。否則的話，不啻是要取消短篇小說、獨幕劇等等很好的藝術樣式了。至於長篇小說完全寫反面人物，尤其是《金瓶梅》那樣上至帝王將相，下至販夫走卒，莫不搜羅在內的大型作品，那就不同了。如果深入本質而不局限在現象上，真正忠實地反映一個時代的面貌，那麼即使在最黑暗的王朝裏，也可以在生活中發現令人鼓舞的樂觀的人和事。如果古代作家由於階級和時代的局限，不能在人民群眾中找到積極肯定的東西，而在他們目力所及之處又確實都是魑魅魍魎的鬼蜮世界，那麼他們也會憑自己的主觀願望創造出一些積極的東西，這也是我們通常所說的作家理想的一個組成部分。只要作家對社會前途作過尋求和探索，總是會以這樣那樣的方法加以表現的，儘管所作的努力往往帶有局限性。

以描寫反面人物為主的《金瓶梅》，誠然不能要求它大量描寫積極向上的事物，但是只要作者有心，哪怕花《紅樓夢》寫尤三姐那樣短短幾百字，不是也可以令人耳目一新嗎？要《金瓶梅》增加尤三姐那樣的一個片段，也許有人會認為千篇一律，把文學藝術的道路限制得過於狹窄了。現在不妨退一步說，讓《金瓶梅》那樣大容量的作品純粹去寫否定的黑暗面的話，也仍然有一個怎麼樣寫的問題。俄羅斯文學史上既有果戈理的《死魂靈》，也有陀思妥耶夫斯基的《卡拉馬佐夫兄弟們》。同樣是陰沉的畫面，可是《死魂靈》的人物可鄙可笑而小說並不令人絕望，《卡拉馬佐夫兄弟們》給人的印象卻如漫漫長夜中惡夢與惡夢相糾纏，無窮無盡，沒有片刻能夠讓人擺脫。藝術上十二分生動有時反而不及八九分生動好，專心致志於技巧，甚至連原來的用意也拋在腦後，或者根本

就不曾有什麼認真的意圖,這樣的技巧往往不僅是浪費筆墨而已。我絕不以為古代社會在藝術上的忠實再現會是令人輕鬆愉快的。可是在最艱難的歲月中,人民也不會喪失信心。在看起來好像是逆轉倒退的年代,歷史的車輪仍然在不停地前進。《紅樓夢》同《金瓶梅》都是封建時代的產物,都是愁雲慘霧、暗無天日的景象,但是在曹雪芹那裏儘管伸手不見五指,卻使人想起雲層之外太陽仍然在那裏運行,不管多麼長久我們還是會見到它的;在《金瓶梅》中,雖然黑暗似乎並不加深,但是太陽是永遠沉沒了,或者是它雖然會重新升起,但是人們卻已經對它不再有所期待了。所以批評一個作品缺乏理想,不一定嫌它沒有正面人物,像《死魂靈》那樣雖然沒有正面人物也不使人感到有所缺欠;更不是指曲終奏雅,一定要有作者激動人心的抒情獨白或者所謂光明結尾。《儒林外史》如果沒有王冕同最後一回的幾個所謂理想人物,它在思想上也不會降低到《金瓶梅》的水準。可見一個長篇巨制中有沒有理想以及是什麼樣的理想的問題,從根本意義上講,這是貫穿於全書每一個細節描寫中的作者對時代和人民的態度問題,這是由作者的全部人生經驗和藝術修養即他的世界觀所決定的。缺乏先進的理想就不可能有真正的現實主義,而只能降低為庸俗的消極的現實主義,即現在所通稱的自然主義。首先是作家的世界觀問題,然後才是由世界觀所制約的藝術手法問題。

以左拉為代表的歐洲文學史上的自然主義,本意在於強調環境和遺傳對人的影響,以糾正浪漫主義的偏頗,使文學走到現實主義的道路上來。所以左拉認為他是巴爾札克和司湯達的繼承者。在俄羅斯、日本的文學史上都曾經有過一個時期,以自然主義作為現實主義的同義語。以左拉本人而論,他的政治態度和文學創作的總的傾向都是進步的,他的自然主義的文學理論,就其動機和匡救當時流行的浪漫主義的偏向這一點而論,也有可取的地方,問題是由於過分強調細節真實而對揭示生活本質重視不足,因而導向強調藝術而忽視以至不問思想-政治的傾向。自然主義成為一個流派之後,它的消極有害的一面漸漸成為它的主導,左拉當日的本意早就被他的追隨者拋到九霄雲外去了。中國文學史上不曾出現過明確的自然主義的提法和流派,但是這不等於說中國古代沒有自然主義文學,不過同歐洲的具體情況有些不同罷了。這同中國小說的發展史有關。小說一詞以及被稱為小說的文體雖然由來久遠,但是近代意義的小說卻只能追溯到唐宋時代的說話。唐代文言短篇小說傳奇如果可以說是說話的旁系產物,即它是在說話技藝影響之下產生的,那麼宋元以後的白話小說——話本卻是說話即民間說唱技藝的直接產物,在這個基礎上後來又發展起來《紅樓夢》那樣純然是文人創作的章回小說。因此宋元明的話本小說以及同民間說唱、傳說有血緣關係的那些小說,其思想和藝術是直接間接由市民階層的愛好、趣味、利益及其他心理因素所決定的。這些作品的長處和缺陷在很大程度上都可以由這個情況加以說明。市民階層社會地位低下,一般受到政治、經濟上的壓

迫，同封建地主階級存在著矛盾，這使得他們要求進步；但是他們成分複雜，有的被上層階級所排擠而又不甘處於下層，如失意文人、破落的有產者等等，有的雖然地位卑微，但不直接參加勞動，帶有寄生性質，如樂戶、兵士、小商販、失業者、遊民等等，而且即使是手工業勞動者，也難免沾染有地主階級的思想意識和不良的市井習氣，而說唱技藝正是為了娛樂他們、表現他們而興起的。這是中國古代小說中自發地產生自然主義的主要根源。〈宋四公大鬧禁魂張〉那樣片面追求離奇曲折的情節，〈金海陵縱欲亡身〉那樣醉心於低級情調的露骨描寫，〈勘皮靴單證二郎神〉那樣不加評價的客觀主義的寫實，則是話本中自然主義傾向的表現，它們都同迎合市民階層的癖好有關。如果討論範圍不以話本為限，我們可以看到唐代張鷟的《遊仙窟》是通俗說話同士大夫的狹邪文學的結合；元代王伯成《天寶遺事》是自然主義出現在曲——諸宮調中的例子；明代楊慎偽託的《雜事秘辛》則是說話的影響在文人作品中的表現。它們的情況是不同的，但是都帶有自發的自然主義的烙印。但是要在中國文學史上找一個自然主義的標本，卻只能首推《金瓶梅》了。

我說中國古代文學中的自然主義是自發的，因為它不是誰提倡的結果，也沒有人為它辯護，不像法國的自然主義那樣曾經風靡一時，成為一個有影響的文學思潮。例如《遊仙窟》在本國長期失傳，《天寶遺事》諸宮調現在仍然殘缺不全，《雜事秘辛》也只得偽託古書而問世，可見它們影響不大。這也許同中國古代特別重視文學的社會功能的傳統有關。即以《金瓶梅》而論，它的作者即寫定者蘭陵笑笑生用的也是一個化名。無論是被人認為蘭陵笑笑生偽託的欣欣子也罷，最早欣賞《金瓶梅》的公安派作家袁宏道也罷，都不曾直言不諱地為它的自然主義傾向作辯護。袁宏道《觴政》以「《水滸傳》《金瓶梅》等為逸典」，原意是以它們作為酒後閒談的掌故。他在致董其昌信中稱道它，則是說病後以它作為消遣，勝如讀枚乘的〈七發〉，這都不是認真地把它看作文學作品。值得注意的是欣欣子序反而特別強調它的教育意義，說它「無非明人倫，戒淫奔，分淑慝，化善惡，知盛衰消長之機，取報應輪回之事」，即如「其中未免語涉俚俗，氣含脂粉」也是有用意的。掛羊頭賣狗肉，這當然是欺人之談，但卻不敢宣揚狗肉如何鮮美滋養，比起歐洲文學史上的自然主義的氣勢來，不免是小巫見大巫了。但是這種自發的自然主義傾向仍然值得我們認真對待。由於前面分析過的社會背景對話本小說的深遠影響，自然主義傾向在作品中是相當普遍地存在的。在中國短篇白話小說的最大選集「三言」所收的一百二十篇作品中，完全擺脫自然主義污染的作品並不多。由於《金瓶梅》的影響，自然主義的消極影響後來擴大了一些。《金瓶梅》的若干種摹擬和續作可以作證。清末的譴責小說致力於社會黑暗的揭露而成就不太高，這同它們缺乏先進理想以及著意描寫社會現象的具體細節而不能深入本質的寫法有密切關係。如果這還不能歸咎於

《金瓶梅》的消極影響，它們至少沒有很好地從它汲取必要的教訓。

《金瓶梅》自然主義傾向的主要表現是它的客觀主義，即由於過分重視細節描寫而忽視了作品的傾向性。看起來這也許是難以理解的，小說開卷就是酒、色、財、氣〈四貪詞〉；正文第一回又以〈眼兒媚〉詞作緣起寫了很長一段入話，用情、色二字警勸世人；故事又以南宋末年的時代為背景：「朝中寵信高、楊、童、蔡四個奸臣」，「四方盜賊蜂起」，「惟有宋江，替天行道，專抱不平，殺天下贓官污吏，豪惡刁民」，然後才說到書中人物武大身上。它不是泛泛幾句提過就算了，四個奸臣中楊、蔡都同西門慶有關，書中還有詳細的鋪敘；水滸起義則以武松為線索，也同西門慶、潘金蓮故事發生聯繫。這樣一來西門慶的故事分明以整個動亂的時代作為背景，作者豈不是也有一番用心的嗎？全書又以一首七言律詩作結束：

閑閱遺書思惘然，誰知天道有循環。
西門豪橫難存嗣，經濟顛狂定被殲。
樓月善良終有壽，瓶梅淫佚早歸泉。
可怪金蓮遭惡報，遺臭千年作話傳。

道德教訓也很明顯。所有這些怎麼能說是客觀主義的呢？

判斷作品優劣，不能單看它在序言或開頭結尾所表明的創作意圖，要看它的具體描寫。有時作者自白完全是裝點門面的話，同內容可以不相干。有時作者自述是真誠的，可是後來不知不覺地違背了本意；甚至發生這樣心手不相應的情況之後，作者不僅沒有發覺，反而認為自己要傾吐的內容已經很好表達了，而在讀者看來則恰恰相反，這是應著「當局者迷，旁觀者清」那句老話了。《金瓶梅》是上面哪一種情況，也許很難說，但是開頭結尾所表明的創作意圖同誨淫的客觀效果確是直接矛盾的。文藝作品中，當空洞無力的抽象說教同鮮明生動的具體描寫相比較時，如果兩者旨趣不一，占優勢的往往是後者而不是前者。這是說正確有力的幾句說教遇上並不特別成功的長篇描寫，效果尚且不免如上面所說，何況《金瓶梅》中無論是〈四貪詞〉或開頭結尾所作的教訓，都還夠不上封建典籍的水準，而它的藝術描寫單就細膩生動而論，卻說得上是話本小說的傑作呢！以上是就整部小說而論。這個情況在一個相對完整的片段中有時也是存在的。試以第二十七回為例。它先說三等人怕熱，三等人不怕熱。怕熱的是田舍間農夫，經商客旅和邊塞上戰士；不怕熱的是皇宮內院，王侯貴戚、富室名家，琳宮梵宇、羽士禪僧。每一等人都有一段適當的形容，之後又引了「赤日炎炎似火燒」那首深刻反映貧富對立的小詩，這是一個很有意義的開頭，可是接下去的卻是淫猥不堪的大段細節描寫。這豈不是前功盡棄，原來的用意都變作子虛烏有了嗎？

其次，《金瓶梅》對人和事物的態度，往往前後不一，忽褒忽貶，好像沒有確定的看法。無論是出於作者的疏忽，或者雖注意到而仍然遊移不定，分寸不準，兩者對作品的危害卻相同。例如西門慶總的說來是作為一個反面人物來描寫的，在相當多的地方，從字裏行間可以看出作者對他的否定的態度。但是比如第五十六回，作者卻又說：「人生世上，榮華富貴不能常守。有朝無常到來，恁地堆金積玉，出落空手歸陰。因此西門慶仗義疏財，救人貧難，人人都是讚歎他的，這也不在話下。」在同一回，作者又讓西門慶發表一種對金銀財寶的不失為通達的看法：「兀那東西是好動不喜靜的，曾（怎）肯埋沒在一處，也是天生應人用的。一個人堆積，就有一個人缺少了。因此積下財寶，極有罪的。」作者在西門慶的具體描寫中本來態度就不夠鮮明有力，再加上這樣一些前後不一的筆墨，加以中和、抵消，批判的氣氛就難以使人察覺了。

再其次，對社會黑暗的詳盡刻畫不等於是暴露。暴露應該同批判的態度結合在一起。在同一枝生花妙筆之下，批判的立場越是鮮明正確，暴露也就越是深刻有力。揭示黑暗和病態是為了引起人們的憎惡、反對，以便及早加以變革。《金瓶梅》的連篇累牘的貌似暴露的文字中，作者往往不是使人對它聽描寫的醜惡現象引起反感，而是津津樂道，仿佛要讀者和他一起欣賞。例如第十九回寫西門慶同林太太私通，它有一首詩形容這女人：

　　面膩雲濃眉又彎，蓮步輕移實非凡。
　　醉後情深歸帳內，始知太太不尋常。

這是對反面現象的揭露呢，還是對正面事物的同情的描寫？如果作為批判，那至少是表裏不一，言不由衷，難以使人信服。這一首詩遠不是小說中最粗惡的文字，用來說明問題卻已足夠了。

應該說純客觀的描寫或敘述是不可能的。要在《金瓶梅》那樣洋洋七八十萬言的作品中掩蔽作者的觀點更是難以想像。所以批評一個作品客觀主義，並不意味著它是真正的不偏不倚，而是說它態度曖昧，是非不分明，應該歌頌的沒有歌頌或歌頌不夠，應該否定的沒有否定或者否定不夠。《金瓶梅》所依據的水滸故事，儘管問題複雜，其中不乏為人傳頌的農民起義英雄的生龍活虎的形象，它們是現實鬥爭和人民理想的結合。但在《金瓶梅》裏提到的如宋江、武松等人物，除照抄不改的部分外都已經走樣了。例如第八十四回，宋江在清風山，「看見月娘（西門慶的正妻）頭戴孝髻，身穿縞素衣服，舉止端莊，儀容秀麗，斷非常人妻子，定是富家貴眷」。又見她「詞氣哀婉動人，便有幾分慈憐之意」，於是就假託是自己「同僚正官之妻」，要釋放她回去，並且決心為這個惡霸的妻子報仇，這哪裏還有一點點水滸英雄的氣味呢？這個故事是《水滸傳》第三十

二回的翻版。《水滸傳》釋放的是官府劉知寨的夫人，《金瓶梅》換成了西門慶的正妻。也許有人問：官僚同惡霸，半斤八兩，到底有什麼區別呢？《水滸傳》寫宋江的心理活動，起先是「我正來投奔花知寨，莫不是花榮之妻？我如何不救？」當他知道是劉知寨夫人之後，他又想：「他（她）丈夫既是和花榮同僚，我不救時，明日到那裏須不好看。」他想到的只是江湖義氣，哪裏像《金瓶梅》那樣見一個「富家閨眷」，就不惜捏造關係為她求情。兩部書對武松殺嫂的不同寫法也是一個絕好的對照。在《水滸傳》中武松借亡兄斷七為名，請來了前後鄰舍，關緊門戶，迫得潘金蓮與王婆一一招認明白，一個叫胡正卿的人從頭寫下，四家鄰舍都書了名畫了字，然後才把潘金蓮殺了。光明磊落，理直氣壯，不失封建時代大丈夫本色。《金瓶梅》所寫卻是武松假意與潘金蓮成親，騙入新房，雖然仇是報了，尷尬畏蒽，昔日景陽崗打虎的豪氣如今何在呢？

從小說史的角度來看，《金瓶梅》的確比以前的小說更善於以精細的筆觸，刻畫人的一顰一笑，捕捉平凡的日常生活中的詩情畫意。但是細節描寫本身不是目的。有的片段繪聲繪影，也很吸引人注意，如第五十六回應伯爵向西門慶推薦水秀才說：

> 「……他胸中才學，果然班、馬之上；就是他人品，也孔、孟之流。他和小弟通家兄弟，極有情分的。曾記他十年前應舉，兩道策，那一科試官極口贊他好。卻不想又有一個賽過他的，便不中了。後來連走了幾科不中，禁不的髮白鬢斑。如今他雖是飄零書劍，家裏也還有一百畝田，三四帶房子，整的潔淨住著。」西門慶道：「他家幾口兒也夠用了，卻怎的肯來人家坐館？」應伯爵道：「當先有的田房，都被那些大戶人家買去了，如今只剩得雙手皮哩！」西門慶道：「原來是賣過的田，算什麼數！」伯爵道：「這果是算不的數了。只他一個渾家，年紀只好二十左右，生的十分美貌，又有兩個孩子，才三四歲。」西門慶道：「他家有了美貌渾家，那肯出來！」伯爵道：「喜的是兩年前渾家專要偷漢，跟了個人上東京去了，兩個孩子又出痘死了。如今止有他一口，定然肯出來。」

這個有趣的故事會博得讀者一笑，但是一笑之餘，剩下來的東西怕就不多了。像應伯爵說的水秀才的故事也許有助於刻畫敘說者——幫閒清客逢迎湊趣的嘴臉，可是同類的描寫多了，思想意義卻還在原地停留不前，那還有什麼意思呢！《金瓶梅》很多故事雷同重複（色情描寫也如此），好像一個拙劣的演員，接連扮演許多不同人物，臉譜和戲裝雖然極盡變化之能事，但是一開口，卻還是同一副腔調。如果在一個真正有才華的作家筆下，《金瓶梅》的篇幅可以大為緊縮，而無損於他的容量。《金瓶梅》的這些描寫多半是家庭陰私、官場內幕的醜事、笑料，算得上社會病態和怪現象的羅列，卻不能算是本質的揭露。這是《金瓶梅》藝術上的又一個大弱點。因此單就藝術而論，它不同《紅樓

夢》《儒林外史》接近，而同《官場現形記》之類的譴責小說類似而稍勝，不過在內容上卻不及後者可取。

關於水秀才以及敘述這個故事的應伯爵的描寫和以前舉例的李瓶兒的前後發展，可說代表了《金瓶梅》人物塑造的兩種藝術手法。前者是一次成型、一覽無遺的勾勒，它有如靜物寫生，不管怎樣維妙維肖，讀者心裏明白這是作家在描寫，模特兒在被描寫；後者則是人物本身似乎不依賴作家而獨立地在生活，在表現，在顯示。作家讓讀者自己去欣賞、理解和評價，除了藝術形象本身，他不再畫蛇添足地附加任何說明。一個作品中，像應伯爵那樣的人物多了，它就會成為或接近魯迅所說的譴責小說或暴露小說，而李瓶兒的塑造則屬於現實主義藝術手法。當然，事物是複雜的，這兩種人物塑造手法並非涇渭分明、非此即彼，而是彼濃此淡，或彼淡此濃的多種不同比例混淆在一起。同一人物可能某回某段某種傾向較為顯明，在另一回另一段則相反；在某些人物身上可能現實主義表現得充分一些，而另外一些人物則否。作家的手法隨時而高低不一，他自己未必意識到這裏面有兩種不同的藝術手法。與其說作家是自覺地以某種藝術手法進行創作，不如說他只是憑經驗、憑技巧、憑直覺在進行創作。古代現實主義的小說藝術手法，這時走在現實主義理論的前面，是實踐為理論開路。理論回過頭來指導實踐，在中國小說史上可能要遲得多。

《金瓶梅》有嚴重的自然主義傾向，同時又要看到它的若干主要人物形象，在某些方面已經達到高度現實主義成就，如西門慶作為商人、惡霸地主和官僚三合一的典型，李瓶兒的前後發展等。在批判它的自然主義的同時，對此應該有足夠的估計。

誠然，《金瓶梅》的根本缺陷是它的自然主義傾向，然而自然主義並不足以概括它的所有問題。前已說明，批評《金瓶梅》客觀主義並不等於說它不偏不倚，胸無成見，何況它還有同客觀主義相反相成、矛盾統一的另一面即它的封建說教的一面。換句話說，那就是我們認為應該歌頌或揭露之處，它只是就事論事，不動聲色，這是它的客觀主義；另一方面可以不必作者出頭露面之時，它卻苦口婆心，恨不得人人立地成佛，這是它的封建說教。例如潘金蓮被武松殺了，雖然不必寫得使人拍手稱快而後已，卻大可不必有什麼感歎。《金瓶梅》卻以古人的名義寫詩一首：

> 堪悼金蓮誠可憐，衣服脫去跪靈前。
> 誰知武二持刀殺，只道西門綁腿頑。
> 往事堪嗟一場夢，今身不值半文錢。
> 世間一命還一命，報應分明在眼前。

又如全書結束也就算了，它卻又要寫詩一首（前面已經加以引用），再次強調果報。

全書又以第三十九、五十七、七十四、八十八等回的說經、化緣為線索，以最後一回〈普靜師薦拔群冤〉為總結，把全部故事還原為一場因果報應。西門慶作惡多端，淫欲無度，死了卻轉世為孝哥兒，被一個有法力的和尚幻化去了。「一子出家，九祖升天」，自然是冤愆解釋，超生到西方極樂世界去了。第五十七回吳月娘借佛法勸丈夫「貪財好色的事體少幹幾樁兒也好，儧下些陰功與那小孩子也好」。下面是西門慶的回答：

> 天地尚有陰陽，男女自然配合。今生偷情的、苟合的，都是前生分定，姻緣簿上注名，今生了還。難道是生剌剌擖擖胡扯歪斯纏做的？咱聞那佛祖西天也止不過要黃金鋪地，陰司十殿也要些楮鏹營求。咱只消盡這家私廣為善事，就便強姦了嫦娥，和奸了織女，拐了許飛瓊，盜了西王母的女兒，也不減我潑天富貴！

這段話作者出於無意，我們卻可以將它看作輪回果報說赤裸裸地為統治階級利益效勞的一張最坦率的招狀。不過由於市民階層的興起，西門慶的嘴角還帶有刺鼻的銅臭罷了。中國的唯心主義佛教哲學作為封建社會上層建築的一個組成部分而受到統治者的嘗試和扶植，但還嫌教義艱深，典籍浩繁，於是它的最黑暗最通俗的部分即輪回因果說就特別挑選出來作為最好的愚民工具了。《金瓶梅》卻別出心裁地以它同自然主義藝術相結合，一正一反，一體一用，其危害性之大也就可想而知了。

　　關於本書色情描寫的問題，從藝術方法來看，前面所作的關於自然主義的論述可以說已經把它包括進去了，不過沒有舉具體例子而已。不少論著曾指出這些描寫之所以產生同當時上層社會的癖好有關。比《金瓶梅》略早或同時的嘉靖、隆慶兩朝皇帝都用過春藥，甚至張居正那樣的名相也不例外[4]。有人曾經見到「隆慶窯酒杯茗碗，俱繪男女私褻之狀」[5]。小說第六回寫西門慶把杯子放在潘金蓮鞋子裏面喝酒，這是元末明初文人楊維禎的惡癖。差不多與小說同時，江南名士何元朗甚至在宴客時也公然以妓鞋行酒，當時被目為文壇泰斗的王世貞居然「作長歌以紀之」[6]。但是不能以社會流行的積習來為《金瓶梅》辯護。同時代的詩、文、小說、戲曲，數量之多，何可勝算，像它那樣的作品卻畢竟只占少數。它們大都是話本和擬話本小說。其中也只有《金瓶梅》等個別幾種特別肆無忌憚。可見這還是應該由作者負責。其次，戲曲中如王實甫的《西廂記》雜劇第四本第一折、湯顯祖的《牡丹亭》傳奇第十齣，都有過刻露的描寫，雖然這些也同作者思

---

4　見沈德符《萬曆野獲編》卷二十一〈佞幸〉中〈秘方見幸〉〈進藥〉兩條。
5　見註4書卷二十六〈玩具〉中〈瓷器〉條。
6　見註4書卷二十三〈妓女〉中〈妓鞋行酒〉條。王世貞詩〈酒間贈何翰林良俊〉，見《弇州山人四部稿》卷二十。

想上的弱點有關，但另一方面恐怕多少也是對封建禮教的一種反激。表現手法不好，應當引以為戒，但如一概斥為自然主義，則未免不夠公允。同樣，文藝復興時期薄伽丘的《十日談》也不能和後來西歐的色情小說相提並論。

據拙作《金瓶梅成書新探》的論證，不妨設想水滸故事在民間說唱的長期流傳中是有一些大同小異的。其中一個異點就是西門慶、潘金蓮的故事，迎合市民階層及地主階級部分聽眾的不健康的愛好，惡性地加以發展，最後由附庸而成大國，形成一部獨立的《金瓶梅詞話》，然後由文人寫定。《金瓶梅詞話》以西門慶同奸相蔡京發生關連，本意似乎是以統治階級的內部矛盾來代替農民和地主之間的階級鬥爭，但宇文給事中不曾出場，曾御史來不及有所作為就被調任，《金瓶梅》連一個完整的正派的官方人物也塑造不出來，於是這個意圖只得半途而廢。然後，它又企圖以黑暗的輪迴果報和性的放縱，誘導人們走到遠離現實鬥爭的道路上去。

《金瓶梅》作者據說另有《玉嬌李》小說（今佚）[7]，清初紫陽道人丁耀亢有《續金瓶梅》，其後又有人將《續金瓶梅》改頭換面寫成《隔簾花影》（未成）。迷信果報，變本加厲，而藝術則遠遜於《金瓶梅》。這些作品我們可以不必理會。

關於《金瓶梅》的評論，清初出現了張竹坡的所謂苦孝說和寓意說。苦孝說認定小說作者「生也不幸，其親為仇所算……痛之不已，釀成奇酸……結曰幻化，且必曰幻化孝哥兒，作者之心其有餘痛乎！則《金瓶梅》當名之曰奇酸志、苦孝說」。這是把王世貞作《金瓶梅》為父報仇的傳說，正式地以文學批評的方式加以坐實了。寓意說則以為「瓶因慶生也，蓋云貪欲嗜惡，百骸枯盡，瓶之罄矣」，寄託了勸世的思想。這兩種說法都不從作品本身去評價小說，而是以書中情節及人名加以主觀的牽強附會，可以說開了後來《紅樓夢》索隱派的先河。

1964 年 5 月初稿，1980 年夏重校

---

7　《萬曆野獲編》卷二十五〈詞曲〉中《金瓶梅》條云：「中郎又云：尚有名《玉嬌李》者，亦出此名士手，與前書（指《金瓶梅》）各設報應因果。武大後世化為淫夫，上烝下報，潘金蓮亦作河間婦，終以極刑；西門慶即一駭憨男子，坐視妻妾外遇，以見輪迴不爽。中郎亦耳剽，未之見也。去年抵輦下，從丘工部六區志充得寓目焉，僅首卷耳。而穢黷百端，背倫滅理，幾不忍讀。其帝則稱完顏大定，而貴溪（夏言）、分宜（嚴嵩）相構，亦暗寓焉。至嘉靖辛丑庶常諸公，則直書姓名，尤可駭怪，因棄置不復再展。然筆鋒酣暢，似尤勝《金瓶梅》。」與今傳佚名《玉嬌梨》內容不同，當另是一書。

# 《金瓶梅》的性描寫

　　外國人學漢語有一個特殊的困難，就是相當多的漢語辭彙有褒義和貶義之分。它們詞義相同或相近，而用法大異。如果對此混淆不清，那比搞錯法語、俄語或德語中的陰陽詞性更為尷尬。本文題目總算找到一個中性詞「性」，它可說是外來語的譯文。固有的辭彙如「色情」是貶義詞，「愛情」則是褒義詞。「情」同「理」相對，在一般宋明理學家心目中是貶義詞，他們的少數同行則持有不同觀點。在生理學上，「性欲」是中性詞，但在別的場合就或多或少地帶有貶義。它的褒義或中性的同義詞罕見，而貶義的同義詞則較多。在先秦典籍中，孟子的論敵告子說：「食色，性也。」「色」是中性詞。孔子說：「吾未見好德如好色者也。」（《論語‧子罕》）「色」就多少帶有貶義了。貶義發展到後世而更加固定，無可改變。語言是思想意識的物質材料，而辭彙是它的基本構件。它們在一個人的思想形成之初就已經深入內心，影響之深不是任何一家或一派哲學思想所能比擬。從上面簡單的辨析中可以看出本文要討論的問題，同傳統思想如何格格不相入。

　　在改革和開放的方針指引下，現在學術研究已經不存在所謂禁區。現代作家張賢亮的小說《男人的一半是女人》在 1985 年問世。雖然在讀者中間議論不一，它的有益的探索得到肯定的評價，至少沒有遭到以前那種方式的「批判」[1]，可見在文學創作中也已經沒有禁區。現在的氣候有利於文學創作和學術研究的繁榮昌盛，值得我們珍惜。

　　也許有人以被查禁的幾本淫書如《玫瑰夢》等為例，說明禁區仍然存在。這是誤會。第一，它們說不上是認真嚴肅的文學作品；第二，作家有義務顧及作品的社會影響。以前我們強調文藝的教育作用，所謂作家是人類靈魂的工程師，用意不壞，但嫌狹隘。按照那個說法，一切沒有直接教育意義的作品，或不符合某些公式或教條的作品就有可能被貶低或被排斥。另一方面，一些缺乏藝術性的作品則因看起來滿足它的要求而得以風行一時。他們把作者看作高人一等的教育者，讀者則被看作是任人擺佈的受教育者。他們又把教育作用看得如同臨摹字帖或畫冊一樣，有所謂榜樣的力量是無窮的等等論調，無視具有積極能動性的讀者，同工程師所製造的機械產品之間存在著本質的差異。我們

---

1　這個詞無法譯成西方語言，他們只有褒貶通用的「批評」一詞。

不宜把文學的社會作用看得太狹隘,只要有利於人民,都值得肯定和歡迎,包括以娛樂為主的作品在內。精神食糧中教育和娛樂並不一定互相排斥,正如同食品中營養和美味不妨同時並存。良藥苦口,但它不是正常食品。河豚和野蕈是著名的美味,處理不當卻足以致人死命。即使富有經驗的廚師也可能有萬中一失的情況。衛生部門禁止河豚上市,不能說是妨礙自由。文學中的性描寫同這樣的情況相似。在人們的知識修養和倫理道德比現在大為提高的未來,作家創作時就可以更加放手了。但是我們不得不從現實出發,不能認為社會治安情況不好,刑事犯罪案件增多,要由文學作品和影視的某些描寫負責,但也不能否認兩者之間存在著一定的聯繫。帶有暴力、色情場面的一些文學藝術和影視造成了不良的社會影響,這是客觀事實。

並不是只有中國存在禁書。古希臘女詩人薩福的愛情詩被中古基督教會取締而失傳。《天方夜譚》至今仍在某些伊斯蘭國家被禁。即使在十九世紀的文明國家,福樓拜的《包法利夫人》(1857 年),左拉的《克洛德的懺悔》(1865 年)、哈代的《無名的裘德》(1896 年)都曾被認為有礙風化而遭受政府的干預。由於大段性描寫而被禁的作品以英國勞倫斯的小說《查泰萊夫人的情人》(1928 年)為最著。它在 1959 年才被不加刪節地收入本國的企鵝叢書。美國也在同年 7 月 21 日由紐約南區地方法院宣判解禁。它對喪失人性的上流社會和資本主義的批判顯而易見。作者認為唯有純真的性愛才能為人們帶來光明和希望。不管是否贊同他的主張,他的態度是嚴肅的。勞倫斯生前為自己辯護說:「只有偽君子才說我的小說是猥褻的淫書。」張竹坡〈第一奇書(《金瓶梅》)非淫書論〉有一個異曲同工的說法:「淫者自見其為淫耳。」他們對某些非難者憤憤不平之情,我們可以理解,雖然難以指責所有為這兩部作品對讀者可能帶來的消極影響而不安的人都是頑固的保守派。作家有創作的自由;社會,特別是未成年讀者則有免受精神污染的自由。就現代作品的性描寫而論,作家的良知是最好的檢查官;就古代作品而論,完全禁止不如讓它們在有限的範圍內發行,然後看是不是可以適度地擴大。

不難想見,本文所持的觀點將從兩個方面受到非議,有人嫌它保守,另外一些人將批評這樣的選題不登大雅之堂。而它的作者則認為當《金瓶梅》國際討論會在華舉行之際,對以前避而不談的這個問題略作探索,以就正於國內外同行,並不是理論上的無益嘗試。

由於延續二千年以上精緻的宗法制的存在以及日趨嚴密的禮教直到二十世紀初才失去統治他位,人體美和性愛在中國古代文學中一直受到忽視。聞一多曾在《詩經》中發現性愛的篇章。它們本身過於隱晦,再加上注疏的重重粉飾和曲解,它們對後代不曾產生任何影響。從宋玉的〈高唐賦〉和〈神女賦〉可以明顯地看出南方楚文化所孕育的美麗傳說已被作者所閹割和改造,只留下空洞的「雲雨」一詞後來被廣泛地用作性愛的代

詞。東晉大詩人陶淵明只因為寫了一篇〈閒情賦〉，而被人惋惜地看作白璧微瑕，無非其中有這樣一些句子：「願在衣而為領」，「願在裳而為帶」，算不上性描寫。唐代張鷟的文言傳奇《遊仙窟》可說是中國古代文學中最早描寫性愛的作品。這篇小說很快傳到日本，並在他們最早的詩歌總集《萬葉集》大伴家持〈贈阪上大娘歌〉十五首中留下它的烙印。《唐書》卷一四九本傳評論張鷟「不持士行，尤為端士所惡」。《遊仙窟》在國內失傳，分明是受到這種輿論的排斥。此後不久，元稹的《鶯鶯傳》也有描寫性愛的詞句出現。很可能是當時一些風流才子受到城市中「說話」藝術的影響。元稹詩〈酬翰林白學士代書一百韻〉：「光陰聽話移」，透露了這樣的消息。原注說：「又嘗於新昌宅說〈一枝花〉話，自寅至巳猶未畢詞也。」吸引文人學士作長時間的欣賞，可以想見說話藝術已經相當高超。

文人和民間藝人的結合，形成中國獨特的古代小說和戲曲的發展史。

性描寫在金代董解元《西廂記》諸宮調和王實甫的同名雜劇中得到前所未有的成就。明代湯顯祖的《牡丹亭》第十齣〈驚夢〉則是又一成功的範例。上面的看法也許使人感到意外，因為它們在這一方面都是風流蘊藉，含而不露，幾乎不使人感到那是性描寫。它們的作者只有在非如此不足以酣暢地表現作品的主題時才偶一為之。他們不為描寫而描寫，或者以此招徠讀者。董《西廂》卷五的大石調〈洞仙歌〉（「青春年少」）等三曲（嘉靖適適子重校本）、雜劇第四本第一折的〔元和令〕以下幾曲以及《牡丹亭》第十齣的〔鮑老催〕〔山桃紅〕等在整部作品中只占寥寥幾曲，在這幾曲中直接描寫又只是極為個別的詞句，大半是美妙的比喻和象徵性詞句，讓人意會，而不以言傳。如《西廂記》雜劇〔勝葫蘆〕中的「花心」「露滴」等。上面三個作品中以《西廂記》雜劇的描寫最為美妙而富有詩意。《牡丹亭》第十齣有一句以比喻出之的直接描寫：「看他似蟲兒般蠢動把風情搧」，出自夢中的花神之口。他從宗教觀點出發，對此持有不以為然的態度，而在〈冥判〉中卻幾乎以教唆、勾引罪受處分。這對世俗禮教的諷刺就更加曲折而意義深長了。

清初評點派批評家金聖歎曾對《西廂記》雜劇第四本第一折的性描寫作了有力的辯護：「有人謂《西廂》此篇最鄙穢者，此三家村中冬烘先生之言也。夫論此事，則自從盤古至於今日，誰人家中無此事者乎？若論此文，則亦自盤古至於今日，誰人手下有此文者乎？……蓋事則家家家中之事也，文乃一人手下之文也，借家家家中之事，寫吾一人手下之文者，意在於文，意不在於事也。意不在事，故不避鄙穢；意在於文，故吾真曾不見其鄙穢。而彼三家村中冬烘先生猶呶呶不休，詈之曰鄙穢，此豈非先生不惟不解其文，又獨甚解其事故耶！」後來張竹坡對《金瓶梅》的辯護詞「淫者自見其為淫耳」，可能從這裏得到啟發。

　　金聖歎並不到此甘休，他的批判鋒芒直指儒家文論中的一個基本論點：「〈國風〉好色而不淫。」並且連《詩經》本身也受到詰問：「好色必如之何謂之好色？好色又必如之何者謂之淫？好色又如之何謂之幾於淫而卒賴有禮而得以不至於淫？好色又如之何謂之賴有禮得以不至於淫而遂不妨其好色？夫好色而曰吾不淫，是必其未嘗好色者也。好色而曰吾大畏乎禮而不敢淫，是必其不敢好色者也。好色而大畏於禮而不敢淫而猶敢好色，則吾不知禮之為禮將何等也。好色而大畏於禮而猶敢好色而獨不敢淫，則吾不知淫之為淫必何等也。且〈國風〉之文具在，固不必其皆好色，而好色者往往有之矣……信如〈國風〉之文之淫，而猶謂之不淫，則必如之何而後謂之淫乎？信如〈國風〉之文之淫，而猶望其昭示來許為大鑒戒，而因謂之不淫，則又何文不可昭示來許為大鑒戒，而皆謂之不淫乎？」這是五四運動之前，批判封建禮教的一篇重要文獻。但在具體評語中，卻又畫蛇添足地加上「初動之」「玩其忍之」「更復連動之」等等注釋，變含蓄為淺露，化美妙為粗惡，置社會影響於不顧。

　　諸宮調、雜劇、傳奇以藝術形式而論，都可以說是詩的變種。它們往往採用比喻或象徵手法，略作點染，就出現生動的形象。敘事體的小說當然不能照搬。但是《金瓶梅》的性描寫主要並不由於文體不同而和《西廂記》《牡丹亭》大異。以文體而論，清代後出的《紅樓夢》也是小說，它在其他方面頗受《金瓶梅》的影響。脂硯齋評語認為它「深得《金瓶》壺奧」（第十三回），然而就性描寫而論，《紅樓夢》卻接近《西廂記》《牡丹亭》而同《金瓶梅》大異其趣。

　　1985 年北京人民文學出版社出版的《金瓶梅詞話》刪去性描寫文字約占全書總字數百分之二，比例不大。但同《西廂記》《牡丹亭》《紅樓夢》相比，它的這類描寫就顯得太過分了。前文說《西廂記》《牡丹亭》沒有為描寫而描寫，沒有以此招徠讀者之意。《金瓶梅》顯然不是這樣的情況。作者要得到他所揭露的男主角腐化墮落的藝術效果，本來就不一定需要濃鹽赤醬到如此程度的描寫。西方作家如巴爾札克的《貝姨》、左拉的《娜娜》以至蘇聯高爾基的《克里姆·薩姆金的一生》都沒有這樣窮形極相的描寫而並不因此而遜色。這不是說《金瓶梅》不可有自己獨特的藝術風格。暫且不管作者意圖如何，如果一定要在這方面顯示不凡的才華，那也可以更少而更精，如同《查泰萊夫人的情人》，它只有不多的幾段描寫，在藝術上卻比《金瓶梅》連篇累牘的性描寫成功得多。

　　儘管《金瓶梅》以性描寫而引人矚目，就藝術性而論，它的現實主義世俗描寫所取得的成就大大超過性描寫。它是我國第一部以市井人物為主體的小說，第一部以商人、惡霸地主、官僚三位一體的家庭興衰史，同時又是第一部以反面人物為主角的小說。在中國小說史上這些都是前所未有的成就。不管看法有多大分歧，對它的性描寫卻不能這樣說。我們不妨以它第二十六回〈來旺兒遞解徐州，宋惠蓮含羞自縊〉和第二十七回〈潘

金蓮醉鬧葡萄架〉作一簡單明瞭的對比。美國楊沂教授就前一回寫了論文〈宋惠蓮及其在金瓶梅中的象徵作用〉，柯麗德教授則就後一回寫了論文〈金瓶梅中的雙關語和隱語〉。可見以這兩回各自作為現實主義世俗描寫和性描寫的代表性章節不是本文的偏見。楊沂指出那是「現實主義模式的獨特成功之處」，性描寫則以第二十七回為極致，但不是它的獨創，那是對文言小說《如意君傳》局部的抄襲和摹仿。潘金蓮和《如意君傳》的女主角武則天地位懸殊，但在臥榻上並沒有寫出多大差別。不僅第二十七回，可以說《金瓶梅》的所有性描寫都處於《如意君傳》的影響之下。《如意君傳》：「頭似蝸牛，身如剝兔」，「觔（筋）若蚯蚓之狀」，「淫水淋漓，凡五換巾帕」之類描寫，《金瓶梅》曾略加改動而多次襲用。武則天在極度興奮時喊薛敖曹為「好爹爹」，潘金蓮則叫西門慶「親達達」。《金瓶梅》提到的女性器官名稱如「牝屋」「爐」都來源於《如意君傳》。拙作《金瓶梅成書新探》曾就《如意君傳》和《隋唐演義》第七十回的部分雷同，設想《如意君傳》可能起源於說話或話本。

《如意君傳》的性描寫以男主角薛敖曹的「肉具特壯大異常」為基點。在它的影響下，《金瓶梅》男主角西門慶借助種種淫具和春藥達到近似的效果。兩個作品的性描寫都同正常人的性生活不同。情況表明這些描寫離奇而缺乏真實感，大都來自道聽塗說和拙劣的想像。如《金瓶梅》第十六、二十七、三十八回都寫到一種淫具勉鈴，施用時置入女陰中，而所有比較可靠的文獻記載都與此相反，這是男性用品。舉數例如下：

一、明初馬歡曾多次隨鄭和下西洋（包括東南亞）。他在《瀛涯勝覽·暹羅國》中記載道：「男子年二十餘歲，則將莖物周圍之皮如韭菜樣細刀挑開，嵌入錫珠十數顆，皮內用藥封裹。待瘡口好，才出行走。如葡萄一般。自有一等人開鋪，專與人嵌釬以為藝業。如國王或大頭目或富人，則以金為虛珠，內安砂子一粒嵌之，行走極極有聲為美。不嵌珠之男人為下等人也。」

二、明末包汝輯《南中紀聞》（1633年）說：「緬鈴薄極，無可比擬。大如小黃豆，內藏鳥液少許。外裹薄銅七十二層，疑屬鬼工神造。以置案頭，不住旋運。握之，令人渾身木麻。收藏稍不謹細，輒破。有毫髮破壞，更不可修葺，便無用矣。鳥液出深山坳中。異鳥翔集，所遺精液也。瑩潤若珠，最不易得。」又說：「緬鈴出緬甸國。彼中三四歲小兒，便將一顆嵌置莖物。俗之淫戲如此。今誤呼緬鈴為免淫。」

三、清趙翼（1727-1814年）《粵滇雜記》之三說：「又緬地有淫鳥，其精可助房中術。有得其淋於石者，以銅裹之，如鈴，謂之緬鈴。余歸田後，有人以一鈴來售，大如龍眼，四周無縫。不知其真偽。而握入手，稍得暖氣，則鈴自動，切切如有聲，置於幾案則止。亦一奇也。余無所用，乃還之。」

以上記載，其物大小各異，但都說是男性用品。《南中紀聞》說它容易破裂，一有

裂縫，就成廢品，而《金瓶梅》第十六回卻說：「袖子裏滑浪一聲吊出個物件兒來」，並不防它破碎。趙翼曾親自過目，說它「稍得暖氣，則鈴自動，切切如有聲」，這是說聲音很輕，而小說第十六回說它聲音如同知了鳴叫。第二十七回又說，西門慶「向牝中摳出硫黃圈並勉鈴來，折做兩截」，既然形體如同彈子，怎能「折做兩截」？緬甸和緬鈴的緬字，至遲在元代已經固定，而《金瓶梅》一律錯為勉字。如同拙作《金瓶梅成書新探》所指出的其他許多同音異寫詞一樣，這是《金瓶梅詞話》由民間藝人的詞話即話本記錄整理而成的又一證明。《金瓶梅》所有離奇、不正常的性生活描寫只有一個解釋：它來自輾轉相傳、以訛傳訛或層層加碼、愈演愈烈的口頭傳說（不排除它也從某些文字記載中得到養料）。

《金瓶梅》離奇失實的性描寫不妨舉兩例如下：

一、第二回西門慶初見潘金蓮：「但見他黑鬖鬖班滋賽鴉翎的鬢兒，翠灣灣的新月的眉兒……軟濃白面臍肚兒，窄多多尖翹腳兒，肉奶奶胸兒，白生生腿兒……」下面以刪節本為例，刪去二十四字。總之是街頭一見，竟然赤條條地全身暴露無遺。

二、第七十九回西門慶死於淫欲：「初時還是精液，往後儘是血水出來，再無個收救……精盡繼之以血，血盡出其冷氣而已。」

創作不僅允許，而且必須依仗豐富的想像力，但是由此而產生的描寫如果完全違背常識，令人難以置信，那就同神怪武俠小說一樣荒唐無稽了。

我在〈論《金瓶梅》〉一文中曾經評論中國文學史上的自然主義問題。假借法國文學史上一個影響巨大的流派，用來說明本國文學史上的類似現象，並不是中國文學理論界的獨創。俄羅斯和日本都有過這樣的情況。他們不顧左拉所強調的遺傳和環境對人的決定性因素，把自然主義等同於現實主義。中國的理論家則把它等同於消極的現實主義。我在該文中指出：「《金瓶梅》自然主義傾向的主要表現是它的客觀主義，即由於過分重視細節描寫而忽視了作品的傾向性。」（見本書）這裏我仍然是這樣看法。但是有一個論點需要修改。就整體而論，《金瓶梅》可以看作是中國自然主義的標本，但它的性描寫卻與自然主義背道而馳，因為它怪誕離奇，以迎合讀者（包括詞話的原始對象聽眾在內）的低級趣味，它追求的不是細節描寫的真實性，而是聳人聽聞的色情描寫。批評色情描寫是自然主義，只能是不恰當地過高地評價它，恰恰同批評者的原意相反。中國源遠流長的說唱藝術孕育了古代的長篇小說及其別具一格的藝術成就，同時也帶來了庸俗的創作傾向。它們無論在《三國志演義》《水滸傳》和《金瓶梅》中都是優劣並存，形成了各自的精華和缺陷。

《金瓶梅》也有一些有真實感的性描寫，它們多半類似《素娥篇》或近似唐寅的散曲〈排歌·詠纖足〉、馮惟敏的雙調〈水仙子帶折桂令〉所描寫，前者說：「雙鳧何日再交

加,腰邊摟,肩上架,背兒擎住手兒拿。」後者說:「舉一杯恰似小腳兒輕抬肩上。」
直接間接來自妓女和嫖客的特殊經歷,同正常人的性生活不同,影響惡劣,不宜廣泛傳
播。

　　不是閃閃發光的東西都是金子。性描寫並不必然等同於個性解放,正如同雜亂的性
關係並不必然就是封建婚姻制度的叛逆。本世紀六十年代曾風靡於歐美資本主義發達國
家的所謂性解放,實質上是對現代物質文明和冷冰冰的金錢關係的反激,現在正開始嘗
到它的苦果現代黑死病的威脅。千萬不要把進口的過時玩意兒看作是新生事物。文藝復
興時期薄伽丘的《十日談》,大膽的性描寫同它的個性解放思想緊密地聯繫在一起;《金
瓶梅》的非凡成就卻在於它的現實主義世俗描寫,而不是它的性描寫。無論在思想上和
藝術上都一樣。潘金蓮強烈的情欲足以和西門慶旗鼓相當。請允許我提醒一下,《如意
君傳》武則天是《金瓶梅》潘金蓮的前輩。歷史上的武則天是了不起的人物,但和婦女
解放很少有聯繫,至於小說中的武則天更加與此無關。不管潘金蓮個性怎樣潑辣,情欲
怎樣強烈,一切都以一夫多妻制下夫主對小妾的寵愛為前提。對此她沒有任何反抗意圖,
即使她同陳經濟通姦時也一樣。《金瓶梅》第四十四回叫做〈妝丫鬟金蓮市愛〉,也許
可以使我們一些熱心的研究者得以恢復冷靜和清醒。

　　　　　　　　　　　　　　　　　　　　　　　　　　1988 年 12 日 10 日

# 再論《金瓶梅》 *

誰都知道，《金瓶梅詞話》從《水滸傳》中西門慶與潘金蓮的故事發展而成。《水滸傳》第二十三回到二十六回，寫武松從打虎到鬥斃西門慶，殺死潘金蓮。《金瓶梅詞話》與之不同的是，第一回到第九回，寫武松上酒樓尋西門慶為武大復仇，卻被西門慶跳窗逃走，武松一怒之下打死了皂隸李外傳，因此遞解徐州。到第八十七回，武松遇赦還鄉，殺嫂祭兄，那時西門慶已因淫欲過度而喪命了。《金瓶梅詞話》第一回到第九回，加上第八十七回，大體相當於《水滸傳》第二十三回到二十六回的內容。《金瓶梅詞話》所新增的故事主要是從武松發配到遇赦還鄉這期間發生的。

《水滸傳》和《金瓶梅詞話》的重疊部分有一個不太引人注意而關係不小的異點：前者故事發生在陽穀縣，後者則在清河縣。街坊名相同，都在紫石街。故事傳說由來已久，哪怕縣份不同，街坊名卻輕易不得改變。據《水滸傳》，武氏兄弟和潘金蓮的原籍是清河縣，西門慶是陽穀縣的破落地主，故事發生在陽穀縣。據《金瓶梅詞話》，武氏兄弟是陽穀縣人，後來移住清河縣。潘金蓮和西門慶都是清河縣人，事情就出在本地。

《水滸傳》和《金瓶梅詞話》的重疊部分，後者往往襲用前者原文，連文字也很少改動。武松的籍貫明明改為陽穀縣了，《金瓶梅詞話》沿用《水滸傳》的〈景陽崗頭風正狂〉古風一首，其中「清河壯士酒未醒」原句就未作相應的修訂。那麼，《水滸傳》的陽穀縣紫石街，《金瓶梅詞話》為什麼非寫為清河縣不可呢？

兩本書都確定地把清河、陽穀兩縣寫成毗連縣份，屬東昌府管。按照歷史上的政區劃分，宋代有清河縣及清河郡，元屬大名路，明屬廣平府。《金瓶梅詞話》第十七回寫道：「話說五月二十是帥府周守備生日，西門慶即日封五分分資，兩方手帕，打選衣帽齊整，騎著大白馬，四個小廝跟隨，往他家拜壽。席間亦有夏提刑、張團練、荊千戶、賀千戶一般武官兒飲酒。」按，提刑使、團練使是宋制，州府設分元帥府是元制，鎮守某地總兵官下設守備是明制。這一段文字不管怎樣紊亂，可以確定的是陽穀縣不能有守備、提刑、團練等高一級的官府，而清河縣則有接近於州府的地位。要像《金瓶梅詞話》那樣寫一個破落戶的發跡變泰，而和當朝宰輔發生關連，進而揭發朝廷的黑暗和腐朽，

---

\* 前已有拙作〈論金瓶梅〉，見《徐朔方集》第一冊。杭州：浙江古籍出版社 1993 年。

故事所在地由一個縣改變為郡，對情節的發展，顯然方便得多。這是《金瓶梅詞話》只能將故事發生地點安排在清河縣而不可安排在陽穀縣的原因。而《水滸傳》在明代寫定時，可能考慮到清河縣不屬山東省東平府，因而就改為東平府屬下的陽穀縣了。當然這未必是說書藝人或寫定者查考史籍的結果，而是原來的傳說確切不移，使得《金瓶梅詞話》的傳說者或寫定者輕易難以改動。就這一點而論，可以認為《金瓶梅詞話》比《水滸傳》的重疊部分更早、更忠實於原來的傳說[1]。

《水滸傳》和《金瓶梅詞話》原本屬於同一故事系列，後來《金瓶梅詞話》由附庸而成大國，獨立成書。但它們在各自獨立成書之前，就已經相互影響，相互滲透。人們只注意到《水滸傳》早於《金瓶梅詞話》的一個方面，卻沒有注意到同時並存的還有相反的一面。《金瓶梅詞話》也可能像《水滸傳》有武十回、宋十回那樣形成幾個大段，各大段之間風格未必全同。如第五十六回開頭說：「這八句單說人生世上，榮華富貴，不能常守，有朝無常到來，恁地堆金積玉，也落空手歸陰。因此西門慶仗義疏財，救人貧難，人人都是讚歎他的。這也不在話下。」

以前我只注意到這幾句話和反面人物西門慶不相一致，想不到正反面人物是現代人的認識，傳說故事的民間藝人並不一定有同樣的看法，想不到在傳說故事的民間藝人看來，它可以有另一番意義，它可以同前後文相互聯繫。前一回寫西門慶以重禮為首相蔡京慶壽，打開了他的進取門路。這一回的標題是〈西門慶周濟常時節，應伯爵舉薦水秀才〉。水秀才雖然是一個可笑人物，但全回和「仗義疏才，救人貧難」十分合拍。下一回是〈道長老募修永福寺，薛姑子勸捨陀羅經〉，西門慶喜捨五百兩銀子，又發善念捐了五千卷經[2]。

《水滸傳》中潘金蓮成為淫婦的典型，在民間潘金蓮和淫婦幾乎成為同義詞。《金瓶梅詞話》則從相反的方向，對潘金蓮的形象重新加以塑造。雖然在當時，禮教宗法制思想仍然統治著那個社會，包括創作世代累積型《金瓶梅詞話》的民間藝人在內，因此重塑潘金蓮形象的創作意圖必然半途而廢，不可能始終如一地得到完成。

所謂創作意圖在世代累積型集體創作中本來並不存在，不同世代的民間藝人怎麼可能有統一的創作意圖呢？但是，方向不同的各支分力必然會形成一股合力，它不可能是某一藝人原本意圖的不折不扣的兌現，但也不可能同他的原本意圖絲毫不發生關涉。如果某一民間藝人全然不合重塑潘金蓮形象的主要傾向，他就不會參與到這一創作中來。

---

1　以上三小段見《小說考信編・金瓶梅成書新探》，上海：上海古籍出版社 1997 年。

2　1984 年我在普林斯頓時就已經獲悉浦安迪教授的大作《明代小說四大奇書》的一些論點，該書在1978 年出版。寫到這裏，不覺有故友重逢的愉悅。

　　所謂合力必然有一個大體的走向。雖然對參與這一活動的每個民間藝人來說,很少有人會高瞻遠矚地作這樣的全局考慮。可是不論有沒有作這樣的考慮,只要他以微細的具體的工作參與到這一創作活動中來,不管有沒有作過這樣的考慮,其結果都是一樣的。

　　《金瓶梅詞話》開首〈眼兒媚〉詞(原文未標詞牌名)之後說:「此一支詞兒,單說著『情』『色』二字,乃一體一用。故色絢於目,情感於心,情色相生。亙古及今,仁人君子,弗合忘之。」這使人想到《警世通言》第三十八卷〈蔣淑真刎頸鴛鴦會〉的開篇。但以高祖劉邦的寵妾戚氏和西楚霸王項羽的寵姬虞姬同潘金蓮相提並論,卻是《金瓶梅詞話》的一大創造。從這裏開始,《金瓶梅詞話》對潘金蓮的具體描寫與「淫婦」不相一致:

　　這潘金蓮卻是南門外潘裁縫的女兒,排行六姐,因他自幼生得有些顏色,纏得一雙小腳兒,因此小名金蓮。父親死了,做娘的因度日不過,從九歲賣在王招宣府裏習學彈唱。就會描眉畫眼,傅粉施朱,梳一個纏髻兒,著一身扣身衫子,做張做勢,喬模喬樣,況他本性機變伶利,不過十五,就會描鸞刺繡,品竹彈絲,又會一手琵琶。後王招宣死了,潘媽媽爭將出來,三十兩銀子,轉賣與張大戶家,與玉蓮同時進門。大戶家習學彈唱,金蓮學琵琶……家主婆初時甚是抬舉二人。不會(曾)上鍋,排備灑掃,與他金銀首飾,妝束身子。後日,不料白玉蓮死了,止落下金蓮一人。長成一十八歲,出落的臉襯桃花,眉灣新月,尤細尤灣。張大戶每要收他,只怕主家婆利害不得手。一日主家婆鄰家赴席不在,大戶暗把金蓮喚至房中,遂收用了。……大戶自從收用金蓮之後,不覺身上添了四五件病症……後家主婆頗知其事,與大戶嚷罵了數日,將金蓮甚是苦打。大戶知不容此女,卻賭氣倒賠房奩,要尋嫁得一個相應的人家。大戶家下人都說武大忠厚,見無妻小,又住著宅內房兒,堪可與他。這大戶早晚要看覷此女。因此不要武大一文錢,白白的嫁與他為妻。……大戶……嗚呼哀哉死了。主家婆察知其事,怒令家童,將金蓮武大即時趕出。……武大不覺,又尋紫石街面王皇親房子,賃內外兩間居住,依舊賣炊餅。原來金蓮自從嫁武大,見他一味老實,人物猥瑣,甚是憎嫌,常與他合氣,埋怨大戶:「普天世界斷生了男子,何故將奴嫁與這樣個貨,每日牽著不走,打著倒腿(退)的,只是一味味酒。著緊處者(卻)是針紮也不動,奴端的是那世裏悔氣,卻嫁了他。是好苦也。」常無人處彈個〈山坡羊〉為證。……看官聽說,但凡世上婦女,若自己有些顏色,所稟伶俐,配個好男子便罷了。若是武大這般,雖好煞也未免幾分憎嫌。……婦人在家,別無事幹,一日三餐吃了飯,打扮光鮮,只在門前簾兒下站著,常把眉目嘲人,雙睛傳意。左右街坊有幾個奸

　　　　詐浮浪子弟，睃見了武大這個老婆，打扮油樣，沾花惹草，被這干人在街上撒謎
　　　　語，往來嘲戲，喝叫道一塊好羊肉，如何落在狗口裏。

「一塊好羊肉，如何落在狗口裏」，這是群眾對潘金蓮的不幸婚姻的表態。只是武大的形
象在中國舞台（包括說唱演出）上容易趨向簡單化的表現，以致引起誤會和一些不應有的
聯想。其實《金瓶梅詞話》第一回武大初出場時就說他「為人懦弱，模樣猥衰（瑣），……
身上粗糙，頭臉窄狹」。不過，這幾個字在說唱或演出時，卻不容易表現，因此就強調
他的矮銼，實際上未必是詞話的原意。

　　對這樣不相稱的婚姻，《金瓶梅詞話》以同情潘金蓮的筆調加以描寫。關於她與西
門慶的初會，詞話第二、三回有「王婆子貪賄說風情」「王婆定十件挨光計」的繪聲繪
色的絕妙寫照。這是有小說以來對這類角色所作的最好的描寫，以致「王婆」這個詞成
為後來這類人的代稱。

　　王婆和西門慶的老奸巨滑的十條挨光計，使得潘金蓮在他們的合謀下糊裏糊塗地中
計而不自覺。另一方面，十條挨光計的預謀大大地減輕了潘金蓮的罪責。詞話具體地寫
出潘金蓮在王婆和西門慶的同謀下害死親夫的事實。不是她參與預謀，而是事到其間身
不由己地犯下禮教宗法制的夫權社會裏的滔天大罪。

　　西門慶和潘金蓮幾次幽會「恩情似漆，心意如膠」，第七回接下去卻似奇峰突起插
進富孀孟玉樓的故事。不僅寫出西門慶對潘金蓮的感情不如富孀孟玉樓「手裏現銀子也
有上千兩，好三梭布也有二三百筒」，而且筆墨搖曳生姿，使潘金蓮由陳陳相因的令人
齒冷的淫婦逐漸取得讀者的同情。

　　潘金蓮在等待西門慶而失望時唱了一支〈山坡羊〉，可能這是偶一為之的試探，但
從後半本絕少有這種情況看來，似乎又並不偶然。採用時曲抒情是《金瓶梅詞話》的一
大創造。中國古代小說很少有大段的心理描寫，多半以「詩曰」「詞云」之類的插敘作
旁敲側擊式的渲染。《金瓶梅詞話》則不然，從潘金蓮的〈山坡羊〉以及後面第三十八
回的〈二犯江兒水〉到《紅樓夢》中林黛玉的〈葬花吟〉，分明可見中國小說特有的心
理描寫的發展軌跡。

　　在《水滸傳》中連曆本也不會看的潘金蓮，在《金瓶梅詞話》中成為具有特殊教養
的彈唱者。她吟唱的時曲既同小說的情節發展的節奏十分合拍，同時又表達了一個思婦
以至棄婦的心聲，使時曲成為心理描寫的絕妙手段。

　　第九回潘金蓮進入西門慶家，不久，又有第十一回的「西門慶梳籠李桂姐」。為了
博取桂姐的歡心，西門慶竟然剪下潘金蓮頭上的一絡髮絲，讓她踩在腳下。這充分說明
潘金蓮可以生死與之地愛西門慶，而她只不過是西門大官人眾多取樂工具之一。第十二

回「潘金蓮私僕受辱」，正表明當她失寵時，這是她唯一的出路。

緊接下來寫的是李瓶兒的插曲：李瓶兒死了丈夫花子虛。她原與西門慶通姦，後在倉卒間招贅了醫人蔣竹山。蔣竹山遭西門慶使人毒打之後被李瓶兒掃地出門。李瓶兒再嫁與西門慶為妾，並很快生下一個男孩，得到西門慶格外寵愛。這時西門慶又迷上了奴僕來旺兒的媳婦宋惠蓮。宋惠蓮自殺後，西門慶又公然包占夥計韓道國之妻王六兒。第三十八回「潘金蓮雪夜弄琵琶」唱出的時曲〈二犯江兒水〉，使潘金蓮作為棄婦的形象博得讀者的同情。

《金瓶梅詞話》寫潘金蓮和陳經濟的勾搭，只能作為對西門慶淫行的反激而得到讀者的諒解，超過這一界限，就成為淫詞豔語的濫套了。把《金瓶梅詞話》按照市井趣味寫成一本淫書呢還是重塑潘金蓮形象？這始終是參與集體創作的民間藝人以及最後寫定者搖擺不定的一個難題。緬鈴本是男人的用品，被再三地用於女性，就是此書的寫定者用以嘩眾取寵，以迎合市井趣味的一個明證。

說書藝人以至寫定者的這種搖擺，和時曲的相應減少呈現對應趨勢。到武松遇赦回鄉時，這種搖擺就變成完全徹底地全部回到《水滸傳》的老路上去，《金瓶梅詞話》也因而可以說絲毫不存在一點新意了。

現存《金瓶梅詞話》的手抄本，隨處可見的錯訛，使得舉證已成為多餘。人們很難確定最後寫定者的原稿是否如此。但是像西門慶被簡省為門慶，我想這不會是抄錄者的自出心裁，而是表明這部大書並不出自有修養的專業文人之手。

# 南戲《拜月亭》和《金瓶梅》

　　韓南教授的論文〈金瓶梅探源〉指出這部小說襲用前人作品，包括長篇小說、短篇話本、文言短篇小說、史書、戲曲、清曲（套曲和小令）、時曲在內，數量和品種之多，超出一般人的想像。論文指出小說和李開先的《寶劍記》傳奇關係尤其密切，它的第六十一、六十七、七十、七十九回都有來源於《寶劍記》的片段。

　　下面是它的第六十一回同《寶劍記》相應段落的對照。

　　一、小說第六十一回趙搗鬼的自述：

> 我做太醫姓趙，門前常有人叫。
> 只會賣杖搖鈴，那有真材實料。
> 行醫不按良方，看脈全憑嘴調。
> 撮藥治病無能，下手取積兒（不）妙。
> 頭痛須用繩箍，害眼全憑艾醮。
> 心痛定敢刀剜，耳聾宜將針套。
> 得錢一味胡醫，圖利不圖見效。
> 尋我的少吉多凶，到人家有哭無笑。

《寶劍記》第二十八齣趙太醫的道白只有個別文字差異，後面另有兩句不見於小說：「半積陰功半養身，古來醫道通仙道。」

　　二、小說第六十一回：「這趙太醫先診其左手，次診右手，便教：『老夫人，拾起頭來看看氣色。』那李瓶兒真個把頭兒揚起來。趙太醫教西門慶：『老爺，你問聲老夫人，我是誰？』西門慶便問李瓶兒：『你看這位是誰？』那李瓶兒抬頭看了一眼，便低聲說道：『他敢是太醫。』趙先生道：『老爹，不妨事，死不成，還認的人哩。』」

　　《寶劍記》第二十八齣有一段說白與此近似。

　　三、小說第六十一回：「（趙太醫）說道：『老夫人此病，休怪我說：據看其面色，又診其脈息，非傷寒則為雜症，不是產後，定然胎前。』西門慶道：『不是此疾。先生，你再仔細診一診。』先生道：『敢是飽悶傷食，飲饌多了。』……（趙太醫）坐想了半日，說道：『我想起來了，不是病毒魚口，定然是經水不調勻。』西門慶道：『女婦人，那

裏便毒魚口來……』」

戲曲第二十八齣：

〔憶多嬌〕覷了你面皮，將左手來，診了你脈息，傷寒雜症難調理。（小外白）你怎知道我是傷寒病？（淨白）你的病，我豈不知道。（小外白）我也不是傷寒。（淨唱）卻也胎前產後疾。（末白）你看錯了，這是婦人病。（淨白）不是婦人，那個男子幹出這等事。（唱）敢是奶飽傷食，夜臥驚啼。（末白）胡說，這是小兒疾。……（淨唱）多管是中結、中結漏蹄。（末白）這是畜生的病。

小說沒有用小兒疾和畜生的病打諢，這一點不同。戲曲是男病人，卻看作婦女病；小說的女病人，則以男人專有的性病作調笑。手法相同，只是具體應用因人而異，蹈襲的痕跡不難看出。

四、戲曲第二十八齣的〈朱奴兒〉同小說第六十一回未注明曲牌的曲子，只有個別文字不同。

韓南教授所指以上《金瓶梅》對《寶劍記》的因襲事實，本文將以它作為新的探索的起點。

《金瓶梅》第六十一回因襲《寶劍記》第二十八齣，《寶劍記》卻又來自《拜月亭》即《幽閨記》傳奇。

下面是世德堂本《拜月亭》第二十八折〈隆蘭拆散〉的兩個小段，它們分別相當於上述第一、第三例。

第一例，李醫士的自贊：

我做郎中是慣，一街醫了一半。
說盧醫從來不曉，講扁鵲只是胡亂。
我的藥方相傳，一年醫死千萬。
東邊一個方才合棺，西邊一個又將氣斷，
南邊一個買棺材，北邊一個不曾吃飯。
不知何人叫我，這個又是死漢。

第三例〈蠻葫蘆〉，醫生為男病人診病：

〔丑〕看他多因是產後風寒。〔旦〕不是。〔丑〕敢只是患崩血不痊。〔旦羞介〕也不是。〔丑〕我曉得了。想是墮胎孕攻心。〔旦〕這郎中如何這等胡說呵。〔旦〕他只是妊娠月數未真。〔淨〕你做個郎中家看什麼脈。一個男子病症，如何只管

說在女人身上去。〔丑〕原來不是女人，待我仔細看來。（復看介）我知道了。秀才，你只因花前酒後，胃傷著那些個風寒，染些病端的是定。

《寶劍記》第二十八齣和世德堂本《拜月亭》第二十八折相比：第一例雖然文字各不相同，卻都是醫生滑稽地醜化自己以娛樂觀眾，手法相似；《拜月亭》沒有以小兒病和獸病作調侃，但兩個男人診出婦科疾病卻相同。這不是一般的抄襲，而是小說戲曲中常見的因襲現象，它們在無作者主名的世代累積型的集體創作中屢見不鮮。《寶劍記》據雪蓑漁者的序文，李開先也很可能只是改編寫定者。

《拜月亭記》世德堂本四十三折，它同其他傳本都不一樣。其他傳本如六十種曲本、李贄評本，題名作《幽閨記》，都是四十齣。齣數減少，文字反而增加。世德堂本的第二十八折〈隆蘭拆散〉相當於別本的第二十五齣〈抱恙離鸞〉。在別本的第一曲〔三登樂〕之前，世德堂本還有一曲〔賞宮花〕。別本請醫生，醫生說：「得兩個拿扇板門來，抬我去方好。」另外還有鑲嵌藥名的長篇對話，這些插科打諢，世德堂本都沒有。

就全劇而言，世德堂本的忠奸二巨陀滿海牙和聶古的官名是左右丞相，別本則以陀滿海牙為左丞，奸臣姓名則為聶列賈，無確定官稱。從左丞相、左丞和聶列賈（音古）、聶古的差異看來，與其說是根據不同的文書記載，不如說來源於口口相傳而引起的訛誤。這正是口頭文學中常見的現象。

兩種本子較大的不同在於世德堂本第三十九折〈官媒送鞭〉，蔣世隆和陀滿興福同樣接受，他說：「既是朝廷寵加宣命，不敢有違，強從來意。」別本如六十種曲本則為「斷然不敢奉命」。〈南音三籟〉凌注說得好：「（世德堂本）其曲中應答情節，蓋因遞鞭時二人皆受，而團圓折，王反怒蔣之違盟受盟，故復有如許委宛……末折生波，所謂至尾回頭一掉也。」但別本蔣世隆拒婚也自有它的意義，這使得他們的愛情更加有別於才子佳人之間的風流韻事，完全把它看作是封建節操未免苛求到近於不合情理。兩種不同的處理，可說互有得失，並沒有顯然的優劣之分。

世德堂本第一折末上開場〈滿江紅〉：「自古錢塘物華盛。」第四十三折〔尾聲〕又說：「亭前拜月佳人恨，醞釀就全新戲文，書府翻騰燕都舊本。」別本都已刪除這些曲句，可見它們遲於世德堂本。世德堂本無疑在杭州編成，但從上述情況應該引申出更重要的結論：《拜月亭》一名《幽閨記》不是某一作家的個人創作。以前一般人認為南戲《拜月亭》係根據關漢卿的同名雜劇編成。南戲和雜劇不僅精彩的關目雷同，而且雜劇如第一折〔油葫蘆〕「分明是風雨催人辭故國」一曲以及第三折〔倘秀才〕「應待不你個小鬼頭春心兒動也」都可以在南戲中找到對應的曲句，作出上述推論可說言之有據。但世德堂本明明說它是依據「書府」的「燕都舊本」改編而成。「書府」的作品不是雜

劇，而是話本。這就是說北京的話本傳到杭州，然後改編成南戲。它完全不提關漢卿的雜劇。由於南北兩大劇種體制不同，話本和南戲的關係比南戲和雜劇的關係反而更為密切。我想這是可以理解的。

世德堂本所依據的「燕都舊本」現已失傳，但它並未絕跡。它的大為走樣和退化的本子題為《龍會蘭池錄》，保存在萬曆十五年出版的《國色天香》卷一。比它更遲的《繡谷春容》則名為《龍會蘭池全錄》，見該書卷二。這兩本書都是印刷粗劣的通俗讀物，形式如此，內容也一樣。

六十種曲本《幽閨記》第五齣〈亡命全忠〉〔紅衲襖〕曲說：「好笑番魔也，怎當俺三千忠孝軍。」又白云：「將軍手下有三千忠孝軍，人人敢勇，個個當先。待那奸臣來時，把它一刀殺了。」這是陀滿興福出走前同他手下人的對話。南戲各本雖有差別，但都提到忠孝軍。全劇本事發生在金國境內。《金史》卷四十四〈兵志〉說：「迄其亡也，忠孝等軍構難於內；乣軍雜人，召禍於外。」可見全劇有一定的歷史真實性作為它的背景，是一個相傳已久的故事在流傳過程中發展而成。

小說改名《龍會蘭池》。龍是男主角蔣世隆的諧音，蘭指女主角瑞蘭。據小說，「世隆乃寫一軸蘭，上有青龍樓（妻的諧音）而不得之狀，標額曰：《龍會蘭池圖》」。這可能同南戲各版本中的「真容」圖有對應關係。瑞蘭姓王，在小說裏變作姓黃。她的祖父附會成南宋初年的丞相黃潛善。全部故事發生在宋境。「時金迫元兵，自中都徙汴。宋邊城近汴者又迫金兵而杭。光州固始（黃）尚書復家從眾南奔。時復受韓侂冑訓（宣）犒江淮，家中臧獲一時瓦解。惟復妻暨一女同奔，名曰瑞蘭。年方十八，才色冠世。蓋初生時，家有楊妃蘭獨豔，一枝異香經月。尚書執瑞蘭之兆，每以椒禁是圖。」瑞蘭逃難時，怕路上不安全，「乃塗抹似癩婦」。她和蔣世隆成親後，「世隆色度太過，汞鉛牂而榮衛枯，病幾不振」。黃尚書到瀟湘鎮客店，女兒被家裏所養的鴝鵒所認出，父女相會。尚書強迫她拋棄養病的丈夫。她以火浣布做的衣衫和丈夫割襟相別。陀滿興福在小說中改為蒲瘰興福。他的仇家由聶列賈改為高琪木虎。興福在後面沒有什麼作為，瑞蘭不是嫁給他，而是嫁給同年探花賈士恩。這個人只這樣提到一次。

戲曲中的精彩部分，如第二十六齣〈皇華悲遇〉、第三十二齣〈幽閨拜月〉都被小說平庸地帶過，新增的情節都是熟套。戲曲中一文一武，兩對夫妻的平行和交錯只剩下一對：這些都表明一個好作品在流行風氣的影響下怎樣被退化。雖然不能說每個好作品都會受到這樣的遭遇，由平庸而變好的例子在小說中卻難以尋找。戲曲中由話本〈杜麗娘慕色還魂〉提高為《牡丹亭》，這樣的例子在小說中找不到。孟稱舜由《嬌紅記》和同名的雜劇改編成傳奇《節義鴛鴦塚》可說青出於藍，但它第二十一齣，男女主角幽會被飛紅和另一使女撞見，居然以「三人同睡」表示謝意，可見要擺脫那種影響多麼困難。

　　小說對劇中三四個人的姓名的改動沒有任何意義。王瑞蘭改姓黃，並且是南宋承相黃潛善的孫女。作為正面人物的女主角，作者為她加上一個聲名狼藉的奸相做她的祖父，卻又看不出這樣做有什麼動機。看來作者未必知道黃潛善是何等樣人。戲曲情節沒有擺脫才子佳人式的愛情，它也以男中狀元作為團圓的必要條件，但他們在亂離中的悲歡聚散都和吟詩作賦之類的常見格式無關；而才子佳人式的詩詞酬唱在小說中十分頻繁，多達四十首以上，另外還有〈祭文〉〈送愁文〉以及拜月亭的賦和記等。根據以上情況不妨作這樣的推測：這些更動都是為了適應話本的特點而出於世代無名藝人之手；眾多的詩詞並不優美，卻為話本演唱時所必需。不僅這一篇。《繡谷春容》上層其他十篇也以詩詞或曲的穿插而有別於後代的小說。如果說是作者賣弄才學，其中卻找不出一首像樣的作品。這一點和《金瓶梅詞話》相似。同這一些作品放在一道，它穿插詩詞那麼多，就不顯得太特殊了。《繡谷春容》對文學史研究如果有一些意義，那不在於它選的作品怎樣高明，而在於它保存了明代末年通俗讀物的真面目，選錄了一些平庸、低劣而在當時卻有相當影響的話本及其他文學史資料，可供研究者參考。

　　誰是南戲《拜月亭》或《幽閨記》的作者也是爭論不決的問題。《六十種曲》本此劇作者署名施惠。一般論者大都表示同意。也許這是因為各本《錄鬼簿》都說施惠是杭州人，同世德堂本第一折〔滿江紅〕「自古錢塘物華盛」相吻合。但此中疑問很多。周氏傳抄天一閣明寫本《錄鬼簿》，姓名作施君承。曹本雖說施惠字君美，但注明：「一云姓沈。」他的著作列有《古今砌（詩）話》，而不列任何南戲。砌，天一閣本作詩。如果《幽閨記》或《拜月亭》果然是他的作品，它比《古今砌（詩）話》豈不是更適於記入《錄鬼簿》，而《錄鬼簿》記載的畢竟不是這本南戲，卻是《古今砌（詩）話》。至少可以說，《錄鬼簿》作者鍾嗣成不知道這本南戲同施惠有什麼關係。因此，誰是《幽閨記》即《拜月亭》傳奇的作者仍然未能確定。

**後記：**

　　《龍會蘭池》，《繡谷春容》本比《國色天香》本有七處刪削，都是大段韻文。《繡谷春容》只有一處為《國色天香》所無，即 109 頁（《古本小說集成》本，下同）「九代簪纓」的結句：「有時掃淨胡塵日，重與王家矢此忠」。可以認為兩書出於同一版本。兩書只有兩句異文，即《繡谷春容》第 124 頁「亦以為紀信之誑楚耳」，《國色天香》第 18 頁作「亦張儀以商於誑楚耶」，兩者都通，詞意亦不相上下。

# 湯顯祖和《金瓶梅》

孔尚任的《桃花扇》傳奇以第四十八齣〈入道〉（和續第四十齣〈餘韻〉）作為收場。錦衣衛世官張薇在白雲庵出家修道。當他舉行齋醮，焚香打坐之時，竟能閉目靜觀明末死難臣僚的下落。忠臣升天為神，權奸受到惡報。這個情節顯然受到湯顯祖《南柯記》第四十四齣〈情盡〉的啟發。淳于棼忍受焚燒手指的劇痛，許下宏願。真誠所至，天門大開。他居然目睹大槐安國軍民螻蟻五萬戶口同時升天，包括他的亡父、亡妻和親戚故舊在內。湯顯祖的這齣戲也有它的來歷，這就是《金瓶梅》最後一回普靜禪師薦拔幽魂的情節。

兩本傳奇、一部小說都以具有類似的宗教傾向的類似情節作為全書的結局。三者先後起承轉襲的關係無可懷疑。

《南柯記》完成於萬曆二十八年庚子（1600 年）。湯顯祖〈題詞〉自署萬曆庚子夏至。《湯顯祖詩文集》（以下簡稱《詩文集》）卷四十七〈答張夢澤〉，證實〈題詞〉自署年月就是創作此劇的年月。由此可以推定湯顯祖至遲在這一年已經看完《金瓶梅》全書，而且在自己的創作中留下它的影響。

《金瓶梅》的寫定最早不超過嘉靖二十六年（1547 年）。小說第七十回俳優在朱太尉府唱的〔正宮·端正好〕套曲（「享富貴，受皇恩」）引自李開先《寶劍記》傳奇第五十齣。據雪蓑漁者序，《寶劍記》在此年初版。

《金瓶梅》現存最早版本刻於萬曆四十五年（1617 年），即湯顯祖去世的第二年。

《金瓶梅》出版前抄本流傳的蹤跡，按照年代先後排列於下：

一、萬曆二十四年（1596 年），吳縣縣令袁宏道從董其昌那裏借到小說的頭幾回。

《袁中郎全集》尺牘中致董思白（其昌）書云：「《金瓶梅》從何得來？伏枕略觀，雲霞滿紙，勝於枚生〈七發〉多矣。後段在何處？抄竟當於何處倒換？幸一的示。」書信還說：「放舟五湖，觀七十二峰絕勝處，遊竟復返衙齋。」由此可推知作年如上。

二、萬曆三十四年（1606 年），袁宏道寫信向謝肇淛催索《金瓶梅》抄本數卷。

同書〈與謝在航（肇淛）〉云：「《金瓶梅》料已成誦，何久不見還也……葡萄社光景便已八年。」據卷首〈袁中郎傳〉，葡萄社在萬曆二十六年（1598 年）。另據謝肇淛《小草齋文集》卷二十四〈金瓶梅跋〉：「此書向無鏤版，鈔寫流傳，參差散失。唯弇州（王

世貞）家藏者最為完好。余於袁中郎得其十三，於丘諸城（志充）得其十五，稍微釐正，而闕所未備，以俟他日。」[1]可見謝氏看到的還不是全書。

三、同年，沈德符向袁宏道借《金瓶梅》，袁氏告以麻城劉承禧家有全本。

沈德符《野獲編》卷二十五〈詞曲·金瓶梅〉：「袁中郎《觴政》以《金瓶梅》配《水滸傳》為外典（按，袁氏原文：「傳奇則《水滸傳》《金瓶梅》等為逸典」），予恨未得見。丙午（萬曆三十四年）遇中郎京邸，問曾有全帙否？曰：第睹數卷，甚奇快。今惟麻城劉涎白（延伯）承禧家有全本。蓋從其妻家徐文貞錄得者。」

四、萬曆三十七年（1609年）袁宏道之弟小修進京春試，攜帶《金瓶梅》全本。沈德符借來抄了一份，帶回嘉興。以上見《野獲編》同條[2]。

屠本畯《山林經濟籍》八〈觴政同異編〉跋也說：「王大司寇鳳洲（世貞）先生家藏全書，今已失散。」是否屬實，無從驗證。

袁小修的全抄本當自劉家錄寫。袁氏家鄉公安和劉氏家鄉麻城現在都屬湖北省，相去不遠。

沈德符《野獲編》說：「蓋從其妻家徐文貞錄得者。」「蓋」是或然之詞，表示有這樣的可能。看來未必可信。文貞是徐階的諡號。他在嘉靖三十一年（1552年）入閣，在權奸嚴嵩下面出任次相，四十一年嚴嵩（1562年）罷官後，繼任首相。隆慶二年（1568年）告老回鄉。接任者高拱乘機報復，害得徐家田產充公，二子戍邊。萬曆三十四年（1606年）或略後，臧懋循在〈寄姚通參〉信中還替自己的女婿即徐階的孫子做不得京官而出怨言。徐階生前身後都處於險惡的政治風浪中。為了攀附直通宮掖的勢力，才和錦衣衛的前後兩掌印陸炳和劉守有聯姻。守有是承禧的父親。《野獲編》卷八〈內閣·遠婚〉、卷二十一〈陸劉二緹帥〉〈世錦衣掌衛印〉都有記載。在這種情況下，抄傳這類「穢書」，容易授人口實，應該有所顧忌。

錦衣衛性質和後來的特務機關相近，劉家所藏的圖書古玩自然來路很廣。臧懋循為了編印《元曲選》，曾在劉承禧家借抄內府本元代雜劇二、三百種。臧氏又說，劉氏藏

---

1　見馬泰來〈謝肇淛的金瓶梅跋〉轉引，見《中華文史論叢》1980年第4期。

2　《野獲編》原文：「今惟麻城劉涎白承禧家有全本。蓋從其妻家徐文貞錄得者。又三年小修上公車，已攜有其書。因與借抄挈歸。吳友馮猶龍見之驚喜，慫恿書坊，以重價購刻。馬仲良時榷吳關，亦勸予應梓人之求，可以療饑。……未幾時，而吳中懸之國門矣。然原本實少五十三回至五十七回，遍覓不得，有陋儒補以入刻。」涎白，當從臧懋循〈元曲選序〉作延伯。從敘述口氣看，當是全本，但是袁小修《遊居柿錄》卷九第978條作於萬曆四十二年，卻只提到《金瓶梅》半部，袁氏原文如下：「往晤董太史思白，共說諸小說之佳者。思白曰：近有一小說名《金瓶梅》，極佳。予私識之。後從中郎真州，見此書之半。大約模寫兒女情態具備，乃從《水滸傳》潘金蓮演出一支。」

本「其去取出湯義仍（顯祖）手」[3]。湯顯祖和劉守有、梅國禎兩表兄弟是同年進士，交誼很深。《詩文集》卷四十八〈答陳偶愚〉：「弟孝廉兩都時，交知惟貴郡（黃州，麻城是它的屬邑）諸公最早。無論仁兄、衡湘（梅國禎）昆季，即思雲（守有）愛客亦自難得。三十載英奇物化殆盡。炙雞絮酒，遠莫能致。」湯顯祖追憶少壯時的友情，真切動人。〈哭梅克生（國禎）〉說：「長安醉臥雪霏微，共枕貂裘覆衲衣」，這是他們在北京應試時浪漫生活的寫照。《問棘郵草》收錄湯氏二十八歲到三十一歲作品，其中有一首〈秋憶黃州舊遊〉。湯氏為劉、梅兩表兄弟所寫的詩如〈長安酒樓同梅克生夜過劉思雲宅〉〈劉思雲錦衣謝客服餌代諸詞客戲作〉〈梅克生座中增袁天台暫歸廣陵〉〈梅庶吉公岑席中送衡湘兄固安〉等都是三十歲前後之作。他們既有親昵的友情，又同有流連花酒的文人習氣。湯氏既然可以替劉家校定元代雜劇，當然也可以讀到秘藏的《金瓶梅》全本。或者在麻城，或者在北京，應在萬曆初年，而不遲於湯氏中進士任官南京時，即在1573-1584 年之間。因為他們的交遊局限於這一段時期，後來就難得同在一地從容相敘了。

上面提到跟《金瓶梅》有過關涉的人，只有王世貞比較特殊，他身為當時文壇保守派的盟主，而又做上侍郎、尚書等大官。《野獲編》卷二十三〈妓鞋行酒〉記載他為此而「作長歌以紀之」[4]。他愛好《金瓶梅》可能也出於類似的情趣，不越出士大夫風流韻事的範圍。湯顯祖、董其昌、袁宏道、袁小修、謝肇淛、丘志充、馮夢龍、馬仲良等雖然都是進士，做過品級不高的官僚，但又是詩人、作家。他們既是封建士大夫式的風流才子，另一方面又受當時特別是東南沿海地區的新生資本主義因素的薰染，在思想意識上帶有非封建或反封建的成分。程度不一，表現不同，既不能一概而論，也不排除他們之間存在若干共同點。董其昌地位較高，傳統士大夫的習氣可能以他最重。袁宏道在同輩文人中最無顧忌，思想活躍，頗有離經叛道之處。他是前後七子的擬古文學的批判者，公安派的中心人物。散文（小品）的成就可能比詩歌更高。他在吳縣縣令任上一再上書，因祖母病重而請求辭官，酸楚動人，儼然是李密〈陳情表〉的再版。離職之後卻一意遊山攬勝，兩年之後才回家鄉。他在致王百穀（穉登）信中說，他在白嶽看見向神仙求兒子的人很多，他卻「只願得不生子短命妾數人足矣」。女人在年長色衰前早死，不會留下兒女增加男人的負擔。他不僅這樣想，還把它作為風雅話頭向友人津津樂道。這些輕薄刻露的言行都已經越出禮教許可的範圍。除丘志充時代較遲，湯顯祖和他們都有相當的

---

3　見臧懋循《負苞堂集》卷四〈與謝在杭書〉。
4　見王世貞《弇州山人四部稿》卷二十〈酒間贈何翰林良俊〉云：「自言長干嬌小娃，纖彎玉窄於紅鞾。袖攜此物行客酒，欲客齒頰生蓮花。」

友誼，足見他們在思想意識上有一定程度的共鳴。

湯顯祖的個性有時藏而不露。他的標新立異，不在文字表面，甚至不在於藝術創作形式上的革新，而在於作品的精神實質。他不像袁宏道那樣尖新俊俏而傾動一時。他的文名在當時可能略遜於袁宏道，而比他具有更強大的持久的生命力。如同前面所論證，他是當代人中有名姓可查的《金瓶梅》的最早讀者之一，但從未在他卷帙浩繁的詩文尺牘中提及此事。他是元代雜劇的最大收藏者之一，也只能從同時人的記載中證實這一點。

湯顯祖閱讀以色情描寫著稱的《如意君傳》和《素娥篇》（或它的同一題材的別本），並在作品中留下印記，可以作為他曾經閱讀《金瓶梅》的旁證。湯顯祖的傳奇《紫簫記》第七齣〈遊仙·前腔〉（〈惜嬌奴〉）說：「還笑，洞房中空秘戲，正落得素女圖描。」傳奇完成於萬曆五年至七年（1577-1579年）。同一作家的《紫釵記》傳奇第二十五齣〈折柳陽關〉，女主角霍小玉和新婚丈夫李十郎告別時預想到今後獨寢的情景說：「被疊慵窺素女圖。」此劇萬曆二十三年（1595年）出版。「素女圖」，今美國印第安那大學金賽性與生育研究所藏有明版鄭華生《素娥篇》，以武則天之姪三思與侍女素娥的艷情作為框架，著重描寫行房的四十三種姿式，插圖與詩詞對照。色情小說《肉蒲團》第三回提到的託名趙孟頫的春宮冊子三十六幅當是同類貨色。《牡丹亭》第九齣〈肅苑〉春香轉述小姐的話：「關了的雎鳩，尚然有洲渚之興，可以人而不如鳥乎。」最後一句話一字不改地來自《如意君傳》。

湯顯祖的不同流俗、不合傳統的言行還可以舉他和友人《元曲選》的編者臧懋循和傳奇作家屠隆交往中的若干小事為例。

萬曆十三年（1585年），南京國子監博士（教官）臧懋循因為和變童遊樂，被彈劾，罷官回鄉。湯顯祖作詩〈送臧晉叔謫歸湖上〉。其中說：「長卿曾誤宋東鄰，晉叔詎憐周小史。自古飛簪說俊遊，一官難道減風流。深燈夜雨宜殘局，淺草春風恣蹴毬。」湯氏不加忌諱，把友人的醜聞略加點綴，寫進送行詩中。半個世紀之後錢謙益《列朝詩集·臧懋循小傳》引用此詩後說：「藝林至今以為美談。」現代人可能擔憂這首詩會影響兩人的友誼，而在當時竟成為佳話。因為社會風尚不同，這一點現在很難理解了。

「長卿曾誤宋東鄰」，指友人屠隆被控與西寧候宋世恩「淫縱」，並牽連到屠隆和宋妻的曖昧關係。是否屬實，現在無法判斷。屠隆因此革去禮部主事之職。後來他患梅毒而死。病重時，湯顯祖寄給他十首絕句。〈長卿苦情寄之瘍，筋骨段壞，號痛不可忍，教令闔舍念觀世音稍定，戲寄十絕〉。看了題目，令人失笑。湯顯祖可不是中傷友人，那時並不認為這種風流病有損於人的品德。

這就是帶有資本主義萌芽思想傾向的晚明士風和文風的一斑。這些算不上什麼歷史事件，但是對此如果一無所知，人們要對那個時代的某些文學現象、社會現象作出評價，

將發現自己阻隔在一道半透明的薄膜之外。

　　人類社會總是向前發展的。封建社會內部的資本主義萌芽當然應該肯定，但它同時伴生著一些先天的病毒。越出封建主義範疇，不等於反封建鬥爭。當然兩者很難截然劃分。文藝復興時期，意大利薄伽丘（1313-1375 年）的《十日談》雖然是短篇故事，內容近似，不妨和《金瓶梅》相比。由於西歐文藝復興思潮波瀾壯闊，脫穎而出的資本主義萌芽茁壯成長。儘管《十日談》比《金瓶梅》早兩個世紀，前者卻具有銳利的反封建傾向。現在看來近似猥褻描寫的東西，作者原是服從批判的需要而寫下的。可以嫌它表現方法不夠好，但不能低估它的社會意義。《金瓶梅》則與此相反，它所描寫的男女情欲，雖然不同於封建思想體系，卻是病態的腐朽的存在物。

　　《金瓶梅》對湯顯祖的影響可能不限於《南柯記》的結尾。湯氏戲曲如《紫簫記》第十三、十六齣，《紫釵記》第十一齣，《牡丹亭》第十七、十八齣都有過於刻露的描寫。《邯鄲記》第二十齣的某些描寫有助於個性刻畫不計在內。上述數例可以看作個別的敗筆不予深究。《牡丹亭》第十齣〈驚夢〉是他的名作。杜麗娘在夢中和柳夢梅幽會時也有〔鮑老催〕那種不必要的描寫。後來的演唱本在這裏加上一場花神的群舞。它是別出心裁的對愛情的熱烈謳歌而又無損於藝術的純潔。改編本毫無遺漏地表達了原作者的創作意圖，可惜不曾剔除原有的白璧微瑕。當沈璟、臧懋循、馮夢龍等名家對湯氏戲曲的改編都被歷史所摒棄時，獨有無名藝人的這段改編被觀眾所接受。這是了不起的成就。

　　〈驚夢〉的缺陷有戲曲傳統對它的影響。從董解元《西廂記》諸宮調到王實甫的雜劇都有這樣的成例，好像非如此不足以深入浪漫主義的主題思想。另一方面則又有時代浪潮給作者以推動和慫恿。除前面說的臧懋循和屠隆的某些逸事外，如沈璟以維護風化自任，他卻有正宮套曲〔白練序·詠美人紅褌〕那樣的猥褻之作，而且還有他從侄沈自晉的和篇。在《太霞新奏》以及別的幾種晚明散曲選集中，這類作品不勝枚舉。相形之下，湯顯祖的詩文戲曲顯得正派、嚴肅得多了。可見不光是《金瓶梅》對湯顯祖施加影響，而是產生《金瓶梅》的社會思潮同樣又產生了《牡丹亭》的瑕疵。當然，兩者情況大不相同。《金瓶梅》以一個帶有濃重的市井色彩、從而同傳統的官僚地主有別的人物西門慶作為主角，它不是封建主義的那一套了，卻又夠不上反封建的高度；《牡丹亭》則以浪漫主義和現實主義的奇妙結合，塑造出一個既來自現實又面向未來的少女形象，她是黑暗中的星光，黎明前的雞聲。「青出於藍而勝於藍」，單就兩者的局部而論，《金瓶梅》和《牡丹亭》的先後承襲關係不妨作這樣的概括。

1981 年 3 月

# 論《醒世姻緣傳》及其和
# 《金瓶梅》的關係

## 一

繼《三國》《水滸》之後，《金瓶梅》是世代累積型集體創作的長篇小說的殿軍，個人創作的興起在它之後。它以現實社會中的市井人物即平民百姓作為小說的主角，則又有別於以前以帝王將相、英雄好漢、神魔鬼怪、才子佳人為主角的長篇說部而開我國古代寫實小說的風氣之先。魯迅《中國小說史略》把它列為人情小說的開創者。人情小說可以說就是現代小說，它的前面不必附加任何形容詞。在《金瓶梅》和《紅樓夢》之間將近二百年的中國小說發展歷程上，除了以上兩者外，再沒有第三者在思想和藝術上足以和《醒世姻緣傳》相提並論。本文主要目的在於闡述它的思想和藝術，並探求《金瓶梅》對它的影響，以及它對《金瓶梅》成書問題的旁證作用。

在觸及正題之前，有必要對五十年來《醒世姻緣傳》的時代和作者問題的爭論作一簡略的回顧。

從胡適到最近《文史》第二十三輯曹大為〈醒世姻緣的版本源流和成書年代〉止，作者有蒲松齡和非蒲松齡二說，年代有明末及清初二說。儘管結論各不相同，就大體而論，論證日趨縝密，後來居上。曹文接受了它以前包括孫楷第、王守義、金性堯、徐北文諸家的積極成果[1]，在資料方面作出了總結性的甄選。本文將以它的考證作為出發點，試作不同的推斷。

孫氏《中國通俗小說書目》云：「日本享保十三年（清雍正六年）《舶載書目》有《醒

---

1 　見孫楷第《中國通俗小說書目》卷七以及他致胡適的長信（《醒世姻緣傳》，上海古籍版附錄）；王守義〈醒世姻緣的成書年代〉（《光明日報・文學遺產》副刊，1961 年 5 月 28 日）；金性堯〈醒世姻緣作者非蒲松齡說〉（《中華文史論叢》1980 年第 4 輯）；徐北文〈醒世姻緣傳簡論〉（《醒世姻緣傳》，濟南：山東人民出版社）。

世姻緣》」。而該書弁語有「辛丑清和望後午夜醉中書」的題署,可見本書付印至遲在康熙六十年辛丑(1721 年)。辛丑早在順治十八年(1661 年)的可能性,目前既不能證實,也無法加以排除。此書付印或在 1661 年,或在 1721 年,兩者必居其一。它不能早於 1661年,理由見後文。

曹氏以及在他以前的諸家論文曾舉出有關創作年代的本書內證多處,有的已被否定,有的情況複雜,難以定論。如小說本文以「較」代「校」,以「繇」代「由」(天啟帝名由校,崇禎帝名由檢),此等字文言中本可通用,同時又不是一律被取代,很難說必定是避諱。曹文指出:「明末避諱最嚴的是崇禎帝的『檢』字,而四種清刻本竟也凡遇此字,俱避作『簡』,從頭至尾無一例外。」這是避諱,但明清易代帶有民族矛盾性質,明亡之後的二三十年不奉清朝正朔的依然大有人在,這就難以斷定此書必刻於崇禎時代,而不在崇禎之後。何況崇禎一朝沒有辛丑年,而現在又不見此書刻於辛丑之前的任何佐證。

為避免問題複雜化,本文不取本身可疑或可引申不同結論的那些例證,茲選擇其中比較確鑿的兩條如下:

一、第二十四回:「若是如今這樣加派了又增添,捐輸了又助賑,除了米麥又要草豆,除了正供又要練餉,件件入了考成,時時便要參罰,這好官便又難做了。」

查《明史》卷七八〈食貨志〉,崇禎十二年「楊嗣昌督師,畝加練餉銀一分」,這是「練邊兵」的附加稅。《明史》卷二五二〈楊嗣昌傳〉說:朝廷採納副將楊德政建議,府的通判改為練備,州的判官和縣的主簿改為練總,專練民兵。府、州、縣各有定額。這是練餉的又一用途。

二、第二十七回:「癸酉十二月的除夕,有二更天氣,大雷霹靂,震電狂風,雨雪交下。」

孫楷第致胡適的一封考證《醒世姻緣傳》的長信中指出:「除夕雷雨,事誠怪誕,除崇禎十六年外,別無其事。」孫氏依據的是《濟南府志》的記載。

依第一例,小說引用的事實到崇禎十二年止;依第二例,到崇禎十六年除夕止。三個月後,李自成軍攻克北京,崇禎帝自殺,明朝滅亡。

曹氏考證正確地指出此書「最後定稿的時間,不會早於崇禎十七年(1644 年)」,同時卻又斷言「崇禎十七年以前全書的創作已經基本完成」,「而書中提到除夕雷雨的地方僅僅是夾雜在敘述氣候異常的一連串災異中的一句話,這必定是崇禎十七年一二月間把這件剛剛發生的事情隨手加了進去」。

這是缺乏事實根據的臆測。依常理而言,一個作品提到某一年的事實,只能斷定它完成於此年之後。可能是一二年、一二十年以至更長的年代之後。當時寫小說,沒有報

刊可供連載，又缺少儘早反映現實的文風，小說絕少可能完成於該書所提到的史實發生的同一年。曹文指出冬雷這條內證僅是夾敘中的一句插話，試問練餉以及它所舉的其他內證如第三十回「不必中舉中進士，竟與他做了給事中」（按：《明史》本紀載，崇禎九年淮安武舉陳啟新破格升給事中，和小說云「不必中舉」不合，本文暫且不取），以及第四十九回「定是近日裏秦良玉的上將」（按：秦良玉早在萬曆二十八年〔1600 年〕已有戰功，不限於曹文所說的「啟禎時期」），它們和冬雷一樣都是穿插在正文中的片言隻語，為什麼只有冬雷這一句是「崇禎十七年一二月間」「隨手加了進去」，而另外幾句卻不是這樣的呢？

請看曹文的論證：「引人注目的是發生在崇禎十七年甲申之變以後的時局，在小說的敘述議論中均無隻字反映。該年三月十六日李自成進京，朱由檢自縊，緊接著吳三桂勾清兵入關，大故迭起。短暫的時間，局勢發生如此劇烈的動盪⋯⋯如果小說定稿於甲申之變以後，這樣天翻地覆的巨變，不會一點不在作者議論時局的文字中流露出來。」「筆者正是依據小說反映的事實都集中在崇禎十二三年前後，以及絲毫沒有反映甲申之變的文字等情況推斷，崇禎十七年以前全書的創作已經基本完成」。

我們知道《醒世姻緣傳》的主題和國家興亡的民族思想沒有直接關連，而且描寫這些「天翻地覆的巨變」在當時有不少禁忌。誠然，那時有歸莊的〈萬古愁〉曲和顧炎武、屈大均以及其他詩人的懷明反清作品，但不是每個文人都一樣。洪昇的《長生殿》就安史之亂借題發揮，孔尚任的《桃花扇》反映南明小朝廷的覆滅，而多曲筆。他們都有歌頌清朝統治的詩文，而仍然潦倒終身。何況關心時局的有志之士不一定都勇於把自己的思想感情公之於世。我們不能簡單化到這樣地步：《醒世姻緣傳》全然不提甲申之變，因此它必然截稿於崇禎十七年一二月，即北京城破之前。

《醒世姻緣傳》是否像曹文論斷的那樣「絲毫沒有反映甲申之變的文字」呢？

請看第三十回開頭：

> 若是那樣忠臣，或是有什麼賊寇圍了城，望那救兵不到，看著的城要破了；或是已被賊人拿住，逼勒了要他投降，他卻不肯順從，乘空或是投河跳井，或是上吊抹頭，這樣的男子，不惟托生，還要用他為神。

守城的官員或殉城，或被俘、迫降而殺身成仁，正是甲申之變前後的常見事實。接著小說又大段地評論了屈原、張巡、許遠、岳飛、文天祥、于謙等殉國忠臣的事例。這一切都同小說情節無關，它借書中人物晁源的妻子計氏自殺而引申到婦女殉節，然後由殉節而殉國，節外生枝，離題甚遠，怎麼能武斷《醒世姻緣傳》「絲毫沒有反映甲申之變」的文字呢？從第三十六回的議論看來，作者對婦女守節問題本來比較通達，並不遵從禮教的那一套頑固看法，而在這裏卻異乎尋常地加以強調，這就更加引人注意了。

　　正確的結論看來只有一個：《醒世姻緣傳》作於清初而不作於明末。它反映了明末的許多社會現實，但它的成書年代則在其後。

　　本書對山東各地如濟南、武城、章丘等地的人情風俗和山川里巷都有細緻的描寫。明顯的魯東方言不一而足。即使偶然一提的人物也和山東掌故有關。如第三十七回提到新城縣一個大家，「如今雖然也還不曾斷了書香，只是不像先年這樣蟬聯甲第」。這位「大司馬」就是萬曆四十年到四十二年任職的兵部尚書王象乾。小說〈凡例〉說：「本傳造句涉俚，用字多鄙，惟用東方土音從事」。明代人簡稱山東省為東省，這裏用東方指山東。可見作者為山東人無疑。胡適看到《醒世姻緣傳》以前世孽債解說悍婦的由來，同《聊齋志異・江城》篇主題相似，就把長篇小說的著作權歸之於蒲松齡。《醒世姻緣傳》第七十九回，狄希陳調戲侍婢珍珠，不料卻是悍婦寄姐所化裝。長篇小說只有這樣一個小小情節和〈江城〉相似，而《醒世姻緣傳》的主題遠不是悍婦所能概括。這一點下文再作論述。如果要坐實為蒲氏所作，辛丑就只能是 1721 年，不可能是 1661 年，那時他只有二十二歲（虛齡）。而現在沒有任何佐證足以排除辛丑是 1661 年的可能性。《醒世姻緣傳》所穿插的詩詞沒有一首說得上是佳作，而《聊齋志異》則每一首都是作者詩才的見證。《醒世姻緣傳》寫到的人物不少是文人學士，而《聊齋志異》不時有市井人物作為主角。可見這不能以兩書所寫人物角色的差異加以解釋，而是由於兩書作者修養不同、文言白話各有擅長而自然產生的不同特色。兩書都有迷信成分，《醒世姻緣傳》提到的佛經有《金剛經》（第三、三十回）、《心經》（第六回）、《法華經》（第十五、三十回）、《蓮經》（第十七、三十回）、《觀音解難經》（第十七、三十回）、《三官經》《竈經》（第二十六回）；而《聊齋志異》卻只提到《金剛經》（〈林四娘〉〈魯公女〉），另有《光明經》（〈瞳人語〉）、《觀音咒》（〈江城〉）、《楞嚴經》（〈紫花和尚〉）則不見於《醒世姻緣傳》。以上詩藝和所提佛經不同可以作為兩書作者不是同一人，即蒲松齡不是《醒世姻緣傳》作者的旁證。2000 年 7 月 26 日《中華讀書報》載王剛訪問路大荒三子寫的〈背著蒲松齡手稿逃亡〉，路大荒曾就蒲松齡研究與胡適進行切磋，他糾正了胡適無中生有把《醒世姻緣傳》列為蒲松齡著作的糊塗考證。

　　《醒世姻緣傳》寫到的山東省內外的地名都是真名，只有章丘縣用的是它的別名繡江，而且又以詩和四首〈滿江紅〉詞對它屬下的大鎮明水（今章丘縣治所在）的鄉土風習作了熱情洋溢的歌頌，這在所有古代長篇小說中是絕無僅有的篇章（即使是這樣有意為之的贊詞也寫得不太高明，可見作者拙於詩詞，這一點遠遠比不上蒲松齡）。小說第二十六回說：「這明水鎮的地方，若依了數十年先，或者不敢比得唐虞，斷亦不亞西周的風景。」這是查有實據的作者署名為西周生的緣起。由此可見，認定作者是山東省章丘縣人應比其他任

何假設更加合理[2]。

## 二

《醒世姻緣傳》這部七八十萬字的小說有十來處猥褻的短小片段，它給人的最初印象可能是趣味庸俗，格調不高。它著重描寫的怕老婆故事是明清笑話的陳腐題材，要把它寫成長篇小說簡直令人難以想像。事實是它問世以來已有三百多年之久，而它的中心思想何在，依然有待探討。

按照書名《醒世姻緣傳》或它的本名《惡姻緣》的提示，或者聽從本書〈弁言〉〈凡例〉的指引，讀者注意力容易被分散，想不到它是一部嚴肅的社會問題小說。

《孟子·盡心章》提出「君子有三樂」：一、「父母俱存，兄弟無故」；二、「仰不愧於天，俯不怍於人」；三、「得天下英才而教育之」，而統治天下不在其內。卓見異識，意在針砭時弊。小說〈引起〉卻由此出發，首先對孔孟之道的這段名言作出大膽修正。它指出：「第一要緊，再添一個賢德妻房，可才成就那三件樂事。」小說一開始就有別於傳統的笑話閒談，而以探索社會問題作為自己的任務。

如果作者的視域僅僅限於婚姻問題，小說篇幅至少可以減少一半，以至更多。正如列夫·托爾斯泰的《安娜·卡列尼娜》，全書八部，安娜死後還有整整一部。如果小說

---

2　徐北文〈醒世姻緣傳簡論〉曾指出小說「寫章丘白雲湖的水源是錯誤的，反映了一個雖經常經過明水但還不得其詳的人的看法」，用以否定作者是章丘縣人。按：此指小說第二十三回：「這會仙山上有無數的流泉，或匯為瀑布，或匯為水簾，灌瀉成一片白雲湖。遇著天旱的時節，這湖裏的水不見有甚消涸；遇著天潦的時節，這湖裏的水不見有甚麼泛溢。離這繡江縣四十里一個明水鎮有座龍王廟。這廟基底下發源出來滔滔滾滾極清極美的甘泉，也灌在白雲湖內。有了如此的靈地，怎得不生傑人？」「也灌」云云就是說不止一源。作者為情節需要，強調會仙山和龍王廟的靈異，信筆為文，並不表明作者對地理情況不熟悉。正如司馬遷〈太史公自序〉說「先人有言：自周公卒五百歲而有孔子，孔子卒後至於今五百歲」，並不表明他的先人年代計算有誤差；〈自序〉又說「不韋遷蜀，世傳《呂覽》」，也不是他有意修改〈呂不韋列傳〉的記載：《呂覽》完成於遷蜀之前。為了湊合一個難得的大數，為了給「賢聖發憤之為作」的說法製造理由而信筆所至，如果在此等處拘執文字，作為考證資料，難免誤入歧途。前述金性堯的論文說：「蒲松齡一生，並未到過北京，但《醒世姻緣傳》作者對北京的地理風土極為熟悉，連一些冷僻的所在也都有記述。」下引第五、六十九、七十、七十五、七十八、八十等回描寫為證，接著說：「這些細節，絕非光憑書本或傳聞能夠寫出，只有在北京住過相當長時期的人，心裏早有譜，創作時才能不自覺地寫了下來」。徐北文的〈簡論〉以「蒲氏曾研究過劉侗的《帝京景物略》之類的北京方志書籍」為解。按：〈簡論〉不考慮北京平則門、順承門在小說中記為平子門（第三十回）、順城門（第五、七十七回），事實說明這些記載絕不來源於書籍。金氏的這一論點非〈簡論〉所能駁正。

主題限於安娜的個人悲劇,如果列文夫婦僅僅作為安娜和渥倫斯基的藝術形象的對照,那小說的最後以及全書關於列文經營管理農場的所有描寫就將成為畫蛇添足。我不認為《醒世姻緣傳》可立足於世界小說名作之林,它還不到這樣的水準,但要探討它的主題思想卻可以由《安娜·卡列尼娜》得到啟發。

小說前二十二回寫的是男主角狄希陳的前生,故事發生在山東武城縣;第二十三回起才是今世,故事發生在繡江縣明水鎮。這裏「原是古時節第九處洞天福地」。第二十四回作者又別出心裁地以四首〈滿江紅〉詞分別吟詠當地的四季美景。與其說美在於自然,不如說它取決於人事,即政治和社會狀況。請看同一回開端的韻語:

> 官清吏潔,神仙。魂清夢穩,安眠。
> 夜戶不關,無偎。道不拾遺,有錢。
> 風調雨順,不愆。五穀咸登,豐年。
> 骨肉廝守,團圓。災難不侵,保全。
> 教子一經,尚賢。婚姻以時,良緣。
> 室廬田里,世傳。清平世界,謝天。

接著來的是鮮明的今昔對比:

> 那時正是英宗復辟年成,輕徭薄賦,功令舒寬,田土中大大的收成,朝廷上輕輕的租稅。教百姓們納糧罷了,那像如今要加三加二的羨餘。詞訟裏邊問個罪,問分紙罷了,也不似如今問了罪,問了紙,分外又要罰穀罰銀。待那些富家的大姓,就如那明醫蓄那丹砂靈藥一般,留著救人的急症,養人的元氣,那像如今聽見那鄉里有個富家,定要尋件事按著葫蘆摳子,定要擠他個精光。這樣的苦惡滋味,當時明水鎮的人家,那裏得有夢著?所以家家富足,男有餘糧;戶戶豐饒,女多餘布。即如住在那華胥城裏一般。

這種對比在第二十三回起的連續幾回中不下三四次之多。它們不是稍縱即逝的無意間的感情流露,而是作者鄭重其事的精心鋪敍。前一回退職回鄉的楊尚書、鄉紳李大郎和拾金不昧的小戶農夫祝其嵩都是這個世外桃源中的代表人物,作者意在包括從上到下各個階級。小說大多數篇幅的社會現實的生動刻畫自然成為它的對立面。這個今昔對比也即作者身處亂世所懷的幻想和明末黑暗現實的對比。類似《老子》所描寫的小國寡民的純樸農村成為作者心目中的廉價烏托邦,它不是作者苦心經營的理想藍圖,而是現成的借用。歸真返樸,回到明朝盛世,以至唐虞三代,當然不能解決任何現實問題,但作者之意在於鞭策當世,這是他的可取之處。作者署名西周生可以如同〈引起〉的結尾七

律所說:「關關匹鳥下河洲,文後當年應好逑。豈特母儀能化國,更兼婦德且開周。」
它以《詩經‧關雎》篇舊注所指的西周文王的夫婦之道作為糾正書中惡姻緣的模範,這
是它的狹義;它的廣義則在於第二十六回所說:「這明水鎮的地方,若依了數十年先,
或者不敢比得唐虞,斷亦不亞西周的風景。」政治、經濟以至社會風俗習慣都包括在內。
可見婚姻問題只是作者所關心的社會問題的一個側面,不是全部。它的批判的鋒芒所指
正是明末社會的各個方面。

就數量而論,悍婦故事在全書所占比重不及它用於反映其他社會問題的篇幅。長篇
小說的結構,從來有兩種。一是嚴密的有機組織,較大的情節和它的前後文因果相聯,
任何局部的改動都會影響全局。《紅樓夢》是它的典型。另一類小說,它的每個部分各
有相對獨立性,彼此之間關係鬆散,或增或減,對整體影響不大。它同西方以歷險記為
名的一類小說中的多數作品同屬一個類型。《西遊記》的八十一難與此類似。只要湊足
數目,各個難的具體故事大體符合唐僧師徒的個性就行,這樣寫,那樣寫,關係不大。
《醒世姻緣傳》介於以上兩類小說之間。作為第一個類型,它和惡姻緣很少有關的相對獨
立的故事可說已經多到喧賓奪主的地步;作為第二個類型,它的惡姻緣卻又儼然是全書
的中軸。主賓分庭抗禮的這個獨特結構正好配合作者的基本構思:婚姻問題只是作者所
要探討的社會問題的一個部分,而不是它的整體。

就品質而論,悍婦故事大多數陳陳相因,平庸無新意;精彩處極少;粗俗不堪的情
節不時可見;出人意料的是全書比較成功的描寫反而多半和悍婦故事無關。這是作者基
本構思的又一證明。

第六十二回狄希陳捉弄友人張茂實,使他誤以為妻子不貞,引起一場毆打。接著下
一回,張茂實妻假手於悍婦,向狄希陳進行報復。雖然境界不高,而情節緊湊,有一定
的喜劇性。可惜在本書所有的悍婦故事中,連這樣短中見長的片段也不多見。

第六十六回,狄希陳在宴席上被友人拉住手臂強留,深恐悍婦怪罪,拿刀割斷手臂
才得脫身而去;第七十六回猴子摳損悍婦的眼鼻以及諸如此類的許多片段,情節離奇而
不合事理,形象醜惡,趣味索然。這些都是為宣揚迷信果報而粗製濫造的章節,它們說
明作者構思悍婦故事已經技窮於此,再也寫不出一點新意了。

然而《醒世姻緣傳》並不缺少精彩篇章,它們是和悍婦無關的揭露社會黑暗的一些
場景。如第六十七回醫生為敲詐病家,用藥使病情惡化,然後進行勒索,最後被識破的
狼狽情況;第八十到八十二回,劉振白乘人之危,借機敲詐,步步進逼,卻落得人財兩
空的故事。它們都是以前長篇小說中未經涉足的領域,開後來譴責小說的風氣之先。

晁秀才捐了一個監生,碰上官運亨通的老師,一舉選上大縣的肥缺(第一回),後來
又通過戲子走上太監的門路,升為京畿重地北通州的知州(第五回)。被判處死刑的他的

兒子寵妾，上下行賄，公然將監牢改裝成藏嬌的金屋（第十四回）。這些描寫誇張而不失真，怪誕而言之有據，它們為極端腐敗的明末史治留下有聲有色的記錄，成為後來《官場現形記》的先聲。又如第十四回縣官下判：「也免問罪，每人量罰大紙四刀。」什麼叫大紙？原來按照舊規，每刀折銀六兩。「六八四十八，共該上納四十八兩。庫裏加二秤收，又得十兩往外」，非六十兩銀子不能對付。前文所引今昔對比的那段話：「不似如今問了罪，問了紙，分外又要罰穀罰銀。」所謂問紙，只有聯繫第十回才能理解。細微末節真實到如此地步，簡直可以作為史料看待。又如第八十三回官員穿戴衣帽靴子的通行順序，第八十四回皮帽匠人的作弊手段，都是當時社會風習的忠實記載。而第四回的童山人、第三十五回的汪為露等人物，又給後來的《儒林外史》以有益的啟發。

作為社會問題小說，《醒世姻緣傳》的作者並不滿足於栩栩如生地揭露社會黑暗，他還要探索這一切不合理現象是怎樣產生的，應該怎樣加以糾正或消除。天地之間怎麼會有惡姻緣？狄希陳的前生晁源射死了狐狸，狐狸投生為薛素姐，她變成狄希陳的凶老婆。作者提出了問題，然後又自己作了解答。晁源的父親是贓官，為什麼倒有一個遺腹子，替他重振門庭？因為晁夫人樂善好施。可是這裏留下一個漏洞：老爺做盡惡事，是不是只要夫人積下「陰功」，就足以挽救？第二十一回有一段韋馱尊者的話可以看出作者為什麼這樣安排他的書中人物的命運，而自以為公正不阿：「晁宜人在通州之年，勸他的丈夫省刑薄罰；雖然丈夫不聽他的好言，他的好心已是盡了。這六百兩的米穀，兩年來也活過了許多人，往後邊的存濟正沒有限量哩，不可使他沒有兒子侍奉。」這一段話又在第二十二回重複出現，足見作者對它的重視。其實這六百兩銀子以至後來施捨了的更多的田地財產，都不過是貪贓枉法的部分所得。為什麼好端端的明水鎮突然會被洪水淹沒？因為居民奢縱淫佚，得罪於上天。總之是善有善報，惡有惡報。

作者沒有科學的哲學和政治經濟學的高超理論作為憑藉，他只是敷衍塞責地從輪回果報中找到現成答案，用不著自己動腦筋。儘管上面已經指出，這個解釋有不少破綻，難以處處自圓其說。它往往偏袒有權勢的上層人物，實際上是在替他們辯解，提供藉口，減輕或豁免他們的罪責。如果小說作者的探索僅僅到此為止，那就和封建迷信的《玉曆至寶鈔》一類通俗說教書沒有區別了。

《醒世姻緣傳》如實地反映了明末政治腐敗，特別是各級地方衙門貪贓枉法，土豪劣紳和流氓地痞在他們庇護下作威作福，橫行鄉里的種種情況。作者指出政治腐敗的根源在於宦官擅權。書中的太監頭子王振正是現實中不可一世的宦官魏忠賢的投影。作者憤憤不平地在第十五回提出他的除奸大計：

依我想將起來，王振只得一個王振，就把他的三魂六魄都做了當真的人，連王振

也只得十個沒卵袋的公公。若是那六科給諫、十三道御史、三閣下、六部尚書、大小九卿、勳臣國戚合天下的義士忠臣，大家豎起眉毛，撅起鬍子，光明正大，將出一片忠君報國的心來事奉天子，行得去，便吃他俸糧，行不去，難道家裏沒有幾畝薄地，就便凍餓不成？定要喪了那羞惡的良心，戴了鬼臉，千方百計，爭強鬥勝的去奉承那王振做甚？大家齊心合力，挺持得住了，難道那王振就有這樣大大的密網，竭了流，打得乾乾淨淨的不成？卻不知怎樣，那舉國就像狂了的一般，也不論什麼尚書閣老，也不論什麼巡撫侍郎，見了他，跪不迭的磕頭，認爹爹認祖宗個不了！依了我的村見識，何消得這樣奉承。

上面那段話有一點遺漏，他沒有提及東林黨和正直朝臣的抗爭以及他們的悲慘結局。他們此起彼應，前仆後繼，但畢竟是少數人，因此作者不加考慮。作者設想的是整個朝廷群起而抗爭，不成功就來一個總辭職。如果真的做到這一點，魏忠賢當然非倒不可。然而這樣舉國上下團結一致的抗爭只能是空想，絲毫沒有實行的可能。想法很幼稚，同時也很深刻。當時沒有第二個人想到這一點，這是作者的獨創，可見他對社會問題的探索並不都是人云亦云，不曾認真下功夫。

在作者那個時代，凌駕於一切之上的是土地問題。國家安危，天下治亂，包括魏忠賢和東林黨的鬥爭在內，它是這一切矛盾的根源和歸宿。當張獻忠、李自成以及各地聞風而起的農民起義軍橫掃大河南北時，一切土地占有者以及和他們有千絲萬縷聯繫的文人學士，沒有一個人能心安理得地把這一個實際問題置之度外。《醒世姻緣傳》的作者也不例外，例外的是他把自己深思熟慮的所得形象化地轉變為小說的故事情節，保留在《醒世姻緣傳》中。這在中國古代小說史上是獨一無二的存在，也是它作為社會問題小說的立足點。只見悍婦而不見她所立足的土地，這是對書名望文生義而造成的絕大誤會。

下面是小說第二十二回〈晁宜人分田睦族，徐大尹懸匾旌賢〉的故事梗概。

晁夫人回到山東武城縣原籍，作惡多端的丈夫和兒子都已死去。小妾留下一個遺腹子，能否被本族認可作為財產繼承人還難說。這時晁夫人把價值銀子一千六百兩的四百畝土地分給同族八人，每人五十畝。另外還分給每人雜糧五石及銀子五兩作為種地的資金。同族的兩個壞蛋思才（思財）和無晏（無厭）要求再分一頭牛，被拒絕。他倆又以族長和族霸的身分，要求從其他六家的所得中減下一兩銀、一石米以示優待。晁夫人堅持公平原則，加以拒絕。然後晁夫人又把原來的賣地人找來，親自對他們說：「這些頃的地，都是我在（北通州）任上，是我兒子手裏買的。可不知那時都是實錢實契的不曾？若你們有什麼冤屈就說，我自有處。」然後，各賣地人訴說當初的事實經過：「大約都是先借幾兩銀子與人使了，一二十分利上加利，待不的十來個月，連本錢三四倍的算將上

來，一百兩的地，使不上二三十兩實在的銀子。就是後來找些什麼又多有準折，或是什麼老馬老驢老牛老騾的，成幾十兩幾兩家算；或是那渾帳酒一壇，值不的三四錢銀子，成八九錢的算賬；三錢銀買將一匹青布來，就算人家四錢五分一匹；一兩錢換一千四五百的低錢，成垛家換了來，放著一吊算一兩銀子給人；人有說聲不依的，立逼著本利全要，沒奈何的捏著鼻子捱。」

按照小說的情節發展，晁夫人分田睦族是出於被迫。遺腹子臨產前，就發生過本族男女聚眾前來強分財產的糾紛，不是剛巧縣官在這裏經過，他們準會得逞。小說的具體描寫卻把它寫成是晁夫人的善心所驅使。這一點和作者的願望相反，他的實際描寫為善心作了正確的注解：善心在很多場合下是出於被迫，出於保衛自己既得利益的一種手段。小說把為首人物以思財、無厭的同音字暗示他們得寸進尺，貪心不足。如果沒有縣官制止，分田睦族很可能釀成一場暴動而不可收拾。

在革命風暴即將來臨的前夕，被稱為俄羅斯良心的偉大作家列夫·托爾斯泰的晚年一直為土地即農奴問題所困擾。他在許多小說中設想了暴力手段之外的一切方式以消除地主和農奴的矛盾，但一一宣告失敗。新式地主的仁政不是遇到懷疑和嘲笑，就是公開被拒絕。這使托爾斯泰極度困惑、失望和痛苦。這是導致他最後出走的契機之一。

《醒世姻緣傳》的作者無論在文學才華以及對土地問題的認識和關切，都不能和托爾斯泰相比，然而有一點卻可以相通：《醒世姻緣傳》是當代農民起義大爆發時代的忠實反映，當時形勢比托爾斯泰的俄羅斯更為緊迫。土地出賣者所控訴的他們喪失土地的幾種方式，正是明代末年土地兼併的一個縮影，只有公開的圈地和強占不包括在內。

《醒世姻緣傳》反映的是山東的北方，在江南則早在萬曆中期就有大地主為了平息民憤，對他們讓步，讓他們照原價贖回土地而幾乎引起暴亂的事實。請看《野獲編》卷十三〈董伯念〉的記載：

> 董伯念（嗣成）為給事（道醇）長子。先給事登第壬辰（萬曆二十年，1592年），以疏論國本，斥為編氓。時（祖父）宗伯（南京禮部尚書董份）資產過厚，怨滿一鄉。伯念思稍散之，以結人心，宗伯不謂然。而伯念奮然行之，舉故券以示小民，或止半價，或許回贖，各有條緒。湖俗故囂悍，至此不以為恩；反共訐董氏，直謂諸產俱屬白占，欲盡徒手得之。啾啾者日千百人，伯念不能無中悔。而御史彭魯軒應參來按浙。彭為令，負清勁名，在西台亦錚錚者。巡方入苕（湖州），諸仇董者爭先投牒，填塞途巷，並及故祭酒范屏麓應期。彭受兩家詞，俱以屬郡邑，追逮紛紜。兩家紀綱用事者盡入狴犴。祭酒不能堪，至雉經死。范事得小解。而伯念日夜為乃祖所恨詈，迺謀之吳江一斥生周姓者，嗾祭酒夫人上疏鳴冤。范於今上

初元曾備員講官。上見疏大怒，給事孫鵬初羽侯等復合疏糾彭之橫，御史逮去，並撫台王洪陽汝訓亦罷歸。董氏事漸以消弭。而伯念與宗伯以憂勞成疾，相繼下世矣。

　　這件事又見於《明史》卷二三五〈王汝訓傳〉。大戲曲家湯顯祖曾有〈湖州事起〉等詩對為民仗義而受迫害的御史和地方官表示同情。儘管正史和野史都有偏袒董、范兩家之嫌，事實真相大體是清楚的。退田的情節即《野獲編·董伯念》的前半部分，和《醒世姻緣傳》十分相似。這件真人真事發生在萬曆二十二年（1594 年）。它和小說所寫的假人假事，地區南北相隔在一千里以外，時間先後相差五十年之久。可見此事發生在農民大起義的前夕和同時絕不是小說作者的向壁虛構，而是當時無數大小事件的縮影。董、范兩家沒有書中晁夫人那麼幸運地受到縣官的庇護，當地縣官以及他的上司浙江巡撫和巡按御史，都竭力主張對不法的豪門大族採取強硬手段。他們不曾官官相護，反而站在農民一邊，迫使退休官僚范應期自殺。最後皇帝親自出面，巡撫、御史和縣官都被革職。
　　請注意，《醒世姻緣傳》的第二十二回實際上是在偉大民主主義革命家孫中山提出平均地權主張之前，和平地進行土地改革的一次書面上的嘗試。不管作者是否意識到，小說以它的形象指出：只有解決土地問題，才能從當時動亂的末世重新回到西周盛世。這就是小說作者署名的深刻含意。小說中僅僅由於範圍很小、而又在成敗所繫的緊急關頭得到縣官的解救，分田才得到成功。這無異於表明：從善良的願望出發，企圖以和平的方式解決中國的土地問題是不可能的。單憑小說對現實的土地問題的及時反映，作為社會問題小說的《醒世姻緣傳》，在中國小說史上就占有它的一席獨特的地位。

三

　　《醒世姻緣傳》第三回珍哥說：「這可是西門慶家潘金蓮說的：三條腿的蟾希罕，兩條腿的騷老婆子要千取萬。」這源出《金瓶梅》第八十七回：「三隻（足）蟾沒處尋，兩腿老婆愁那裏尋不出來。」說話的人是周守備的管家。西門慶死後，潘金蓮被吳月娘送到王婆那裏發賣。周府管家奉主人之命來買潘氏，王婆要價一百兩，加到九十兩還是不賣。管家惱了才這樣說。說話的人不是潘金蓮，但說的是她的事。同書第二十八回，秋菊在藏春塢找出宋蕙蓮的一隻繡鞋說：「怎生跑出娘的三隻鞋來了？」潘金蓮責罵她：「好大膽奴才，你敢是拿誰的鞋來搪塞我，倒如何說我是三隻腳的蟾。」《醒世姻緣傳》作者在引用時，不必查對原書，雖然文字略有出入，這恰好說明他不僅閱讀了《金瓶梅》，而且印象頗深，可以得心應手，隨時加以引用。

　　《醒世姻緣傳》第六十六回，智姐的丈夫張茂實被素姐用棒槌痛打，智姐沒法，把丈夫的褲子扯下來，迫得素姐用袖子遮臉，含羞而走。這原是《金瓶梅》第八十六回，陳經濟用以從眾婆娘的毆打中脫身的狡計。可見《醒世姻緣傳》曾以《金瓶梅》作為借鑒。

　　《金瓶梅》以北宋末年為背景，它的官制和政區劃分揉合宋元明三朝，而在人情風俗上則又不同時代相混雜。它在形象地反映明朝史實方面顯然不像《醒世姻緣傳》那樣處處吻合。

　　就小說結構而論，《金瓶梅》以西門慶和他的妻妾為中心，時而旁及里巷市井中的小人物。其中第五十六回的水秀才、第五十八回的磨鏡叟，他們的故事半游離於全書的主幹之外，在書中是少見的例外。另外一些小人物的軼事，或詼諧而寓諷刺，或滑稽以供調笑，往往在書中人物講述的笑談中出現。它們雖和小說結構無關，卻對全書的市井色彩起烘托作用。《醒世姻緣傳》則比較散漫，插曲性的、游離於全書主幹之外的人物和故事以數十計，這就使得它和後來的《官場現形記》之類作品更加接近。

　　《金瓶梅》是累積型的集體創作，它和民間文藝有不解之緣。這就使得它的語言異樣生動潑辣，民間諺語、成語、江湖切口、歇後語和文言辭彙融和在白話當中，形成它含有濃厚市井風味的獨特語言風格。《醒世姻緣傳》則是個人創作，它的語言合乎規範而略嫌平板。

　　兩書都有強烈的封建果報迷信色彩，尤以《醒世姻緣傳》為甚。色情描寫則在後出的小說中大為收斂。

　　以小說中人物姓名的諧音揭示他們的個性，這是文字遊戲，不是藝術技巧。幸好多半只限於一些次要腳色。《金瓶梅》的應伯爵（白嚼）、卜志道（不知道）、韓道國（寒到骨）、溫必古（屁股）、遊守（手）、郝賢（好閑）可說是始作俑者。《醒世姻緣傳》的晁思才（財）、晁無晏（厭）、郎德新（狼的心）、汪為露（枉為儒）是它的後繼者，甚至後來的《紅樓夢》也留下了消除未盡的痕跡如卜世仁（不是人）等。

　　後來師法《金瓶梅》的小說不外乎三類：一是《紅樓夢》，發揚它的精華而摒棄糟粕；二是《醒世姻緣傳》，無論正反兩面都不及前人，而自有不可忽視的特色；三是《繡榻野史》《肉蒲團》一類，它們的取捨恰恰和《紅樓夢》相反。

　　《金瓶梅》和《醒世姻緣傳》各有其他書中少見的一些熟語和俗諺，而它們卻彼此互見，試舉數例如下：

　　一、男人臉上有狗毛　　　見《金瓶梅》第四十三、七十三回，《醒世姻緣傳》第八回。

　　二、山核桃差著一格子　　　見《金瓶梅》第七回，《醒世姻緣傳》第五十三回。

　　三、曹州兵備管的事兒寬　　　見《金瓶梅》第三十二、四十二回，《醒世姻緣傳》

第三、四十八回。

　　四、老婆當軍，充數兒罷了　　見《金瓶梅》第二十六回，《醒世姻緣傳》第五、八十八回。

　　五、豬毛繩子套（人）　　見《金瓶梅》第七十五、七十六回，《醒世姻緣傳》第八十七回。

　　前已證明《醒世姻緣傳》的作者是山東人，兩書都以「相」代替「像」，這是山東方言的特點。《金瓶梅》既然有這麼多的熟語和俗諺和《醒世姻緣傳》相同，它的作者當也是山東或淮北地區人，不會如同有的論者所設想的那樣是南方人。

**後記：**

　　徐復嶺〈醒世姻緣傳係兗州人所作〉〈醒世姻緣傳的作者是賈鳧西〉[3]，令人信服地證明小說中以兗州方言為主。這是研究這部小說作者問題的一個可喜進展，樂於在此向讀者推薦。但要歸結為兗州人所作仍須回答一個問題：為什麼書中所寫的山東城鎮都是真實的地名，獨獨章丘稱它的別名繡江？拙作已指出「《醒世姻緣傳》所穿插的詩詞沒有一首說得上是佳作」；北京平則門、順承門，小說作平子門、順城門——難以設想它出於文人如蒲松齡、賈鳧西之手。

1990 年 10 月 27 日

---

3　同見《濟寧師專學報》1990 年第 3 期。

# 《金瓶梅》和《紅樓夢》

　　從中國文學史上愛情題材的發展來看，繼《西廂記》《牡丹亭》之後，《紅樓夢》取得封建時代文學所能到達的最高成就，以致它不為愛情題材所局限，成為當代社會現實的廣泛而深刻的史詩式的反映。然而前兩者是戲曲，後者是小說，體裁不同，語言有別，在藝術技巧上的先後借鑒受到較多的限制。

　　《紅樓夢》還不及問世，脂硯齋就指出它和寫定於一個半世紀前的小說《金瓶梅》的關係。這兩部書都是剝削家庭的興衰史，都以日常生活為題材，不厭繁瑣地寫到慶壽、出喪、齋醮、病痛、嫁娶、起居、飲食等細微末節，相似之處顯而易見。後來不少評點者和研究者都對此有所論列。

　　《金瓶梅》是十七世紀初以家庭和商業城市的社會生活為題材的新穎作品。在它之前，《三國演義》以半傳說半真實的帝王將相等統治階級頭面人物為主角，《水滸》則為傳說中的農民起義英雄作寫照，《西遊記》寫的是神怪，《封神榜》則是大半傳說小半真實的帝王將相和神怪的混合。這些作品借用帝王將相、英雄和神怪的形象曲折地反映了廣大勞動人民的生活、鬥爭和願望。一般勞動人民以及他們的日常生活並未被長篇小說採用為作品的題材。他們限於作短篇話本的主角，在長篇小說中卻只能當配角。儘管《金瓶梅》所刻畫的勞動人民多半是被扭曲的不真實的，但畢竟是對傳統的突破，理應在文學史上記下一筆。

　　《紅樓夢》以一個封建大族及其周圍內外不少下層人物的真實生活為題材。即使其中的王公貴婦、高官顯宦，作者所渲染的也不是他們頭繞光環、身處彩色聚光燈下的顯赫氣象，而是卸妝後在後台的真情實景。與此相反，舞台上衣衫襤褸、故作醜態的小人物卻已洗去鼻樑上的白粉，或多或少地恢復了人的尊嚴。《紅樓夢》在現實主義地描寫各階層人物，特別是下層人物的日常生活時，跨出了難能可貴的一大步，沒有《金瓶梅》的已有成就作為它的起點是難以想像的。

　　《金瓶梅》所描寫的人物和生活風習特別和商業城市有關，他們的生活方式、享受、娛樂、戀愛婚姻觀以至倫理道德觀念，無不帶有明代嘉靖、隆慶之際新興市民階層的烙印。後出的《紅樓夢》反而以封建大族的家庭生活為題材，較少地涉及榮、寧二府以外，這和明代以後中國社會內部發展起來的資本主義因素在清朝統治下重又萎縮有關。雖然

《紅樓夢》所描寫的社會生活偏於地主階級上層，它所描寫的下層人物卻已經從《金瓶梅》不時所施加的歪曲和醜化中解放出來了，這是小說藝術中現實主義的一大進展。

在《金瓶梅》之前，《三國演義》如同它書名的後二字所提示，小說只就歷史事實依次敷演或鋪敘，說不上嚴整的結構。《水滸》如「武十回」「宋十回」等大段構成所表示，全書可說由若干較短的英雄傳奇聯綴而就，缺乏有機的組織，縝密的安排。《西遊記》則因大鬧天宮和取經途中七十二磨難使人感到前後兩截，天衣有縫。以上作品都有人所莫及的獨到之處，然而他們所採用的小說藝術手法比較原始。舊小說評點家所說的層巒疊翠法、山斷雲連法，或所謂人物影子、情節伏線，都和小說的藝術結構有關。「欲知後事如何，且聽下回分解」，逐日獻藝的章回話本容易形成單一線索的簡單延伸。像《金瓶梅》那樣結構嚴密，渾然一體，可能和它起源雖早而寫定則在話本小說的最遲、最成熟的階段有關。《紅樓夢》是個人創作，不受章回逐日分解的限制，苦心孤詣，慘澹經營，又比《金瓶梅》更進一步。

脂硯齋不僅是《紅樓夢》最早的評注者，他的某些意見在寫作過程中曾為曹雪芹所採取或重視，他在評及《金瓶梅》對《紅樓夢》的影響時，曾特別強調後者對小說情節結構的重視。

《紅樓夢》第十三回賈珍為亡媳秦可卿採購名貴棺木一段，顯然和《金瓶梅》第六十二回兩小段、第六十四回一小段雷同。脂硯齋的批語是「寫個個皆到，全無安逸之筆，深得《金瓶》壼（原批抄本誤作壺）奧」。壼奧，比喻作品的獨到之處。否則，一處小小的細節描寫不管仿效得多麼巧妙，甚至超過原作，也沒有多大意義。

曹雪芹把採買棺木一節組織進秦可卿之死的事小而意境闊大的場面裏，意在借此觀察並刻畫種種人物在這特定環境中特定反應：鳳姐夢見死者前來訣別，以賈府的後事和遠慮相叮囑；賈寶玉聽了凶信，心中似戳了一刀，吐出一口鮮血；尤氏正犯胃氣痛舊疾，既有隱情，又為鳳姐治喪作伏線；賈珍為媳婦之死哭得淚人一般，和他父親賈敬自以為即將升天而不在意，恰恰成為對照；由此又引出瑞珠殉葬，寶珠在靈前作義女，太監乘機敲詐等情節；對待棺木，薛蟠在閫綽中帶有呆氣，賈政則顯出他的迂腐。一石落水，激起層層漣漪，自近而遠，久而不盡。秦可卿之死一時成為人們活動的樞軸，種種世間相的焦點，而真正的意義不在它本身，而在於「個個皆到」，這才是脂硯齋所說《紅樓夢》「深得《金瓶》壼奧」的真諦。

《金瓶梅》第二十五、二十六回來旺兒女人的故事同《紅樓夢》第四十四回鮑二妻的遭遇相像，她們都為了同主人（一是西門慶，一是賈璉）私通，得罪於潑辣的妻妾（一是潘金蓮，一是王鳳姐），因而自盡。《紅樓夢》著墨不多而恰到好處，作者善於精工刻鏤的鋪敘，而尤其善於在筆墨疏朗處以至空白處傳神，有餘不盡，意在言外。《金瓶梅》則

濃鹽赤醬，淋漓酣透，極盡形容刻畫之能事，不給人留下想像的餘地。這一特點顯然和詞話的說唱藝術有關。

脂硯齋又在《紅樓夢》第二十八回馮紫英請酒行令一段批云：「此段與《金瓶梅》內西門慶、應伯爵在李桂姐家飲酒一回對看，未知孰家生動活潑？」指的是《金瓶梅》第十二回。兩者除宴席上都有妓女並作調笑外，並沒有太多的相似之處。《金瓶梅》第五十二回潘金蓮撲蝶和《紅樓夢》第二十七回〈滴翠亭寶釵戲彩蝶〉倒有更多的關連。

為了作另一意義的對照，兩段撲（戲）蝶的原文引錄如下：

> 唯有金蓮在山子後那芭蕉叢深處，將手中白紗團扇兒且去撲蝴蝶為戲。不防（陳）經濟驀地走在背後，猛然叫道：「五娘，你不會撲蝴蝶，等我與你撲。這蝴蝶就和你老人家一般，有些毬子心腸，滾上滾下的走滾大。」那金蓮扭回粉頸，斜睋秋波，對著陳經濟笑罵道：「你這少死的賊短命，誰要你撲。將人來聽見，敢待死也。我曉得你也不怕死了，搗了幾鐘酒兒，在這裏來鬼混。」因問：「你買的汗巾兒怎了？」那經濟笑嘻嘻向袖子中取出，一手遞與她，說道：「六娘的都在這裏了。」又道：「汗巾兒捎了來，你把甚來謝我？」於是把臉子挨向她身邊，被金蓮只一推。不想（六娘）李瓶兒抱著官哥兒並奶子如意兒跟著，從松牆那邊走來，見金蓮和經濟兩個在那裏嬉戲撲蝶。李瓶兒猛叫道：「你兩個撲個蝴蝶兒與官哥兒耍子！」慌的那陳經濟趕眼不見，兩三步就鑽進去山子裏邊，潘金蓮恐怕李瓶兒瞧見，故意問道：「陳姐夫與了汗巾子不曾？」李瓶兒道：「他還沒與我哩。」金蓮說：「他剛才袖著，對著大姐姐不好與咱的，悄悄遞與我了。」於是兩個坐在花台石上打開，兩個分了。（《金瓶梅詞話》第五十二回）

> （薛寶釵）想畢抽身回來，剛要尋別的姊妹去，忽見前面一雙玉色蝴蝶大如團扇，一上一下，迎風翩躚，十分有趣。寶釵意欲撲了來玩耍，遂向袖中取出扇子來向草地下來撲。只見那一雙蝴蝶忽起忽落，來來往往，穿花度柳，將欲過河去了。倒引的寶釵躡手躡腳的一直跟到池中滴翠亭上，香汗淋漓，嬌喘細細，寶釵也無心撲了。剛欲回來，只聽滴翠亭裏邊嘁嘁喳喳，有人說話。原來這亭子四面俱是遊廊曲橋，蓋造在池中。水上四面雕鏤槅子糊著紙。寶釵在亭外聽見說話便煞住腳，往裏細聽。只聽說道：「你瞧瞧這手帕子，果然是你丟的那塊，你就拿著，要不是，就還芸二爺去。」又有一人說話：「可不是我那塊！拿來給我罷。」又聽道：「你拿什麼謝我呢？難道白尋了來不成！」又答道：「我既許了謝你，自然不哄你。」又聽說道：「我尋了來給你，自然謝我。但只是撿的人，你就不拿什麼謝他？」又回道：「你別胡說。他是個爺們家，撿了我的東西，自然該還的。

我拿什麼謝他呢?」又聽說道:「你不謝他,我怎麼回他呢?況且他再三再四的和我說了,若沒謝的,不許我給你呢。」半晌,又聽答道:「也罷,拿我這個給他,算謝他的罷。你要告訴別人呢,須說個誓來。」又聽說道:「我要告訴一個人,就長一個疔,日後不得好死。」又聽說道:「噯呀,咱們只顧說話,看有人來悄悄在外頭聽見,不如把這槅子都推開了,便是人見咱們在這裏,他們只當我們說頑話呢。若走到跟前,咱們也看得見,就別說了。」寶釵在外面聽見這話,心中吃驚,想到:怪道從古至今那些姦淫狗盜的人,心機都不錯,這一開了,見我在這裏,她們豈不臊了?況才說話的語音大似寶玉房裏的紅兒的言語,她素昔眼空心大,是個頭等刁鑽古怪東西,今兒我聽了她的短兒,一時人急造反,狗急跳牆,不但生事,而且我還沒趣;如今便趕著躲了,料也躲不及,少不得要使個金蟬脫殼的法子……猶未想完,只聽咯吱一聲,寶釵便故意放重了腳步,笑著道:「顰兒,我看你往那裏藏!」一面說,一面故意往前趕。那亭內的紅玉,墜兒剛一推窗,只聽寶釵如此說著往前趕,兩個人都唬怔了。寶釵反向她二人笑道:「你們把林姑娘藏在那裏了?」墜兒道:「何曾見林姑娘了?」寶釵道:「我才在河那邊看著林姑娘在這裏蹲著弄水兒的。我要悄悄的唬她一跳,還沒有走到跟前,她倒看見我了,朝東一繞就不見了,別是藏在這裏頭了?」一面說,一面故意進去尋了一尋,抽身就走。口內說道:「一定是又鑽在山子洞裏去了,遇見蛇咬一口也罷了。」一面說,一面走,心中又好笑,這件事算遮過去了,不知她二人是怎樣。誰知紅玉見了寶釵的話,便信以為真,讓寶釵去遠,便拉墜兒道:「了不得,林姑娘蹲在這裏,一定聽了話去了。」墜兒聽說,也半日不言語。紅玉又道:「這可怎麼樣呢?」墜兒道:「便是聽了,管誰筋疼,各人幹各人就完了。」紅玉道:「若是寶姑娘聽見還倒罷了,林姑娘嘴裏又愛克薄人,心裏又細,她一聽見了,倘或走露了風聲怎麼樣呢?」（庚辰本脂硯齋重評《石頭記》第二十七回）

《金瓶梅》描寫潘金蓮和她名義上的女婿陳經濟調情打俏,並借此在後文展開了他們妻妾間的傾軋;《紅樓夢》則使人親臨其境一樣聽到知心少女的竊竊私語,一往情深而又精細警覺,窺聽者則比她們更深於知人處世,而又有別於成年婦女,逼真到像某些真人的行事一樣引起人們的議論:是有意嫁禍於人呢,抑或只是保全自己所需的無害的狡獪?《金瓶梅》這一段善於以瑣細的情節顯示人與人之間的糾葛;《紅樓夢》的一段則以古代小說中前所未有的大段心理描寫而見長。然而兩者有明顯的文野精粗之別。前者如同一支動人謠曲,沒有按照和聲、對位的複雜技巧加以展開,後者則如出自名家手筆的功力深厚的奏鳴曲。從藝術技巧和文學語言來看,這樣的比擬尤其貼切。兩個情節最

相似之處是窺見別人隱情的人故意高聲呼喚以示自己初來乍到並未有所竊聽。但《金瓶梅》所寫「陳經濟這裏趕眼不見，兩三步就鑽進去山子裏邊」，不足以點明當時情境，容易為讀者疏忽。描寫不醒目，形象不鮮明，和含蓄或有餘不盡的藝術風格不可混為一談。李瓶兒「猛叫道」，怎樣和偷情的特殊情景相適應，寫定者未作進一步努力。潘金蓮說汗巾子已悄悄地遞給她了，那她片刻前的問話：「陳姐夫與了汗巾子不曾？」豈不是露出自己在裝假。潘金蓮靈牙利嘴不下於《紅樓夢》的王鳳姐，何至於這樣笨拙？藝人口中的詞話絕不容許這樣一些破綻，毛病出在《金瓶梅》寫定者的筆下。他不是對詩文詞曲之外的白話文不太熟練，就是在此等處並未認真留意。《金瓶梅》和《紅樓夢》在表現技巧和文學語言上的差距之所以產生，既和兩書在相隔一個半世紀中白話文學的整個水準在不斷提高有關，更為重要的是由於它們不屬於同一類型的作品：一個是民間詞話的寫定，寫定處於記錄整理和創作之間；一個是偉大作家曹雪芹的個人創作，「字字看來皆是血，十年辛苦不尋常」。《金瓶梅》的不足之處恰恰和它不是個人創作的詞話體小說有著先天的聯繫。

現代人容易低估《金瓶梅》對《紅樓夢》的影響，一個原因是沒有想到現代人和曹雪芹的區別。現代人進行小說創作不妨無視《金瓶梅》的存在，正如他不知道戴·赫·勞倫斯的《查泰萊夫人的情人》不算什麼欠缺。現在古今中外的小說名著浩如煙海，然而兩個半世紀以前在曹雪芹的視野裏，《金瓶梅》是一不可等閒視之的存在，除它之外，還有什麼題材類似的小說可以讓他哪怕是作一對照呢？

《金瓶梅》名聲太壞，而《紅樓夢》在十年浩劫中則又捧得太厲害。兩者之間的前後影響在相當長的時期內是研究者的禁忌。《金瓶梅》確實是色情小說，同樣確實的它又是社會寫實小說。以前者而論，給它加以反現實主義、自然主義之類的惡名都是可以理解的，至於這些名詞是否都很恰當那是另外的問題。以後者而論，它為什麼不可以給予《紅樓夢》以積極的影響呢？

文學遺產的繼承發展，不限於同樣傾向、同樣流派、同樣成就的作家作品之間。杜甫〈遣悶〉詩：「頗學陰何苦用心。」陰鏗、何遜不過是三四流詩人。魯迅作品中不乏莊子的影響，而兩者傾向不同，流派各異。《紅樓夢》向《金瓶梅》學習又何足為奇。它發揚前者社會寫實的傳統，而排斥其色情描寫，這就樹立了一個批判地繼承文學遺產的範例。

考察《金瓶梅》對《紅樓夢》的影響，還可以對《紅樓夢》考證有所啟發。前面提到西門慶為亡妾置備棺木和潘金蓮撲蝶兩段細節描寫曾為《紅樓夢》所摹擬。這個事實對《紅樓夢》自傳說的某一些極端主張可以有所啟發。個別研究者把《紅樓夢》的每一個細節描寫都作為真人真事即曹家的傳記資料看待，在他們的心目中《紅樓夢》不存在

任何藝術虛構。這一些細節卻說明：只有藝術虛構才有摹擬和移植的可能。

1980 年 8 月

# 《金瓶梅西方論文集》前言

　　《金瓶梅》傳入西方，以巴贊（L. Bazin）的法文〈武松和金蓮的故事〉為最早。它相當於小說第一回。見 1853 年巴黎出版的《現代中國》。它略遲於日本曲亭馬琴（1767-1848年）的《新編金瓶梅》。迄今至少有西方十二種文字的片段或節譯本先後出版。最近法語譯本由天津出生的雷威安（André Levy）教授完成而問世，南京出生的另一教授芮效衛（David Roy）的英語全譯本也即將出版。這是繼 1983 年美國印第安那大學主辦的《金瓶梅》國際討論會後的可喜成就。

　　1932 年，國內發現《金瓶梅詞話》一百回本，次年由中國古佚小說刊行會影印出版。1957 年北京文學古籍刊行社又據以重印。兩次印數都很少。施蟄存、鄭振鐸的兩種刪節本流傳不廣，後者連載於《世界文庫》，只有三十三回。1985 年，北京人民文學出版社在一再延擱後才出了一個新的刪節本，印數遠不及北京文化藝術出版社的《論金瓶梅》文集，一次印行十萬冊。

　　看來《金瓶梅》在國內似乎不及它在國外受重視。據雷威安法譯本〈導言〉，此書在西方的發行量達二十萬冊以上。這不是出版自由或不自由的問題，它涉及中國和西方不同的民族傳統和價值觀。

　　1949 年中華人民共和國成立。革命前後的不同政府對《金瓶梅》的發行持有同樣嚴峻的態度，可見這不是政治問題，只能由中國和西方傳統不同而得到解釋。

　　對上述說法持不同意見的人可以舉英國作家 D. H. 勞倫斯的小說《查泰萊夫人的情人》為例，說明西方也有禁書。此書在國外流傳三十年之後，1959 年才不加刪節地收入英國企鵝叢書。以前正式發行的也是刪節本，但非正式的全文翻印並不少見。巴黎則在小說完成後不久即全文出版。《查泰萊夫人的情人》只有不多幾段較長的色情描寫，全書題旨十分鮮明：它是對個人從屬於冷冰冰的資本主義社會關係的抗議。不同的是別的作家如法國盧梭以返回自然作為解脫，俄羅斯托爾斯泰的《哥薩克》以原始部落的淳樸風習以及高加索的如畫景色作為病態的上流社會的對立面，勞倫斯則以男歡女愛的情欲作為他對不合理社會的譴責和逃避。現在消息傳來，勞倫斯已經和桂冠詩人一起在威斯特敏斯特教堂的詩人角有了歸宿之地，享有英國朝野公認的文人所能得到的最高榮譽。不管勞倫斯生前死後曾受到多大委屈，他在西方不會受到《金瓶梅》作者在中國所受到

的對待，後者甚至連姓名也不敢或不願留下。以上說的是簡單的事實，我無意為《金瓶梅》作者鳴不平。因為這不是平或不平的問題，而在於指出雙方的不同文化背景。

中國的先秦諸子曾在思想領域上放出異采，但沒有產生完整的文藝理論。孔子在《論語》中對我國第一部詩歌總集《詩經》作了評論。他說：「詩三百，一言以蔽之，曰：思無邪。」又說：「詩可以興，可以觀，可以群，可以怨。邇之事父，遠之事君。多識於鳥獸草木之名。」《詩經》是儒家五經中最通俗的一部，它在古代差不多被用作識字課本。第一篇〈關雎〉是戀歌或婚禮之歌，但它的欽定解釋卻是對后妃之德的禮贊。中國的文學批評首先著重思想意義及社會作用，而少談藝術性。《詩經》的注疏進一步表明：一部受人注目的作品如果原本不包含大道理，那就得由衛道的批評家從外面加上去，然後把它說成是作品內在所固有的思想意義。這種閹割和篡改是統治者對待優秀作品的慣用手法，以至成為文學批評的舊傳統之一。《金瓶梅》的苦孝說即是一例。它說小說作家是明代大名士王世貞，他在《金瓶梅》書頁上塗有毒藥，以害死奸相嚴嵩的兒子。嚴嵩曾陷害王世貞的父親，王世貞寫作《金瓶梅》是為了替父親報仇。這就是苦孝說。由於明顯地不符合歷史情況，此說早就被人駁倒。如果不是封建的文學批評傳統深入人心，出現這樣的傳說是難以理解的。

大約和孟子同時，古希臘出現了亞里斯多德的美學著作《詩學》。下面是它的第六章為悲劇所下的定義：「悲劇是對於一個嚴肅、完整、有一定長度的行動的摹仿；它的媒介是語言，具有各種悅耳之音，分別在劇的各部分使用；摹仿方式是借人物的動作來表達，而不是採用敘述法，借引起憐憫與恐懼來使這種感情得到陶冶。」[1]儘管亞里斯多德是柏拉圖「純藝術」論的反對者，但在這一個定義以及《詩學》全書中偏重的卻仍然是藝術性。

希臘羅馬是西方文藝思想的遠祖，文藝復興則是它的近親。以個人為中心的思想體系是資本主義賴以生存的支柱。西方文化強調個人自由。包括戀愛、婚姻在內，私人生活不受社會干預。婚前性行為與道德無關。除當事人的配偶外，婚外性關係通常不會受到社會的關切。男女同居並不一定已經或將要結婚。成年子女很少和父母同居。父母不干涉兒女的婚姻，也不為此而有經濟負擔。戀愛自由，結婚自願，怨偶相對地減少。在西方人眼裏，《金瓶梅》的色情描寫容易受到寬容，而它對個人心理、思想、感情以至獨立人格的描寫自然引起他們的讚賞。這樣一部帶有明顯近代色彩的小說出於莎士比亞同時而略早的東方無名作家筆下，在他們看來不啻是一大奇跡。

以家庭、社會和國家為中心的中國傳統文化，一向重視文學藝術的思想意義和社會作用，它對《金瓶梅》首先考慮的是它的色情描寫對人的污染。對照西方文藝中色情、

---

1　據羅念生譯本，北京：人民文學出版社 1962 年。

凶殺作品氾濫成災，少年犯罪和離婚、單親家庭以及孤獨老人日益成為嚴重的社會問題，中國傳統文化自有它的獨特價值。

沒有外來的移民和外來思想，就沒有美國。俄羅斯的近代化始於彼得大帝向西歐打開門戶。在我國，閉關自守只是特定歷史條件下的不正常局面。佛教來自尼泊爾和印度，我國的佛教經典卻比原產地豐富。社會主義革命首先在俄羅斯發生，我國很快從他們的既成模式中探索出自己獨特的道路。一古一今的兩大榜樣表明我們的開放政策既不是一時的權宜之計，也不是盲目的西化。西方不會拜倒在中國傳統之前，中國也不會因為開放而失去自己的特色。有其所長，必有所短。彼此學習對方的長處，保持並發揚自己的固有特色，這是世界文學—文化交流的崇高目標，也是編譯這本論文集的區區微意所在。

中國和西方的文學—文化在長期隔絕的情況下各自獨立地發展，對世界是一大不幸。如果不是遲遲才有接觸，比如說在五六個世紀前就有大規模的交流，世界的面貌肯定將和現在不同，雖然這樣的情景簡直難以想像。但是如果在雙方都沒有完成各自高度發展的獨立風格時，比如在西元之初就開始融合，那可能比現在更糟。多種文明的並存和相互作用是人類最大的利益所在。

中國文學—文化當然是世界文學—文化的組成之一。以中國或歐洲或任何一國一洲為中心的世界史著作都是不可取的。我們不能否認中國文學並未真正成為世界文學的組成部分之一，一些最有代表性的中國文學作品到最近才有完整的外文譯本，發行量都很少。也許只有《金瓶梅》例外。1870 年泰勒（Bayard Taylor）在《浮士德》保持原書格律的英譯本序言中說，當時該書第一部已有英譯本二十種以上，晦澀難讀的第二部也有三四種英譯本。這時上距它的作者歌德去世還不到四十年。相比之下，西方人對中國文學所知甚少，中國文學對西方文學的影響微乎其微。這種情況到現在正在開始改變，但離開應有的水準還很遠。

估價一個民族的文學在多大程度上已為世界人民所共用，外國學者對它研究的深度和廣度是它的又一標誌。就英國文學而論，法國泰納（1828-1893 年）的《英國文學史》和丹麥勃蘭兌斯（1842-1927 年）的《十九世紀文學主潮》（英國部分）足以和英倫最好的同類著作相比。只有英國文學已成為世界人民的共同財富時，才有可能出現這樣的情況。文學、歷史、哲學、地理、政治、經濟等無所不包的西方漢學的存在，說明他們對中國的研究還很不夠。我們很高興看到情況正在變化。本世紀四十年代初享有盛譽的英國漢學家亞瑟·韋利（Arthur Waley）的《金瓶梅》英譯本序在今天早就過時了。不是他在當時沒有出類拔萃，而是那個時代的漢學水準整個說來還太低。現在足以和國內學者分庭抗禮的西方研究論文，已經遠不止是屈指可數的先春而至的幾隻燕子了。這本論文集的一些篇章可以為此作證。第二次世界大戰是它的轉機，中華人民共和國的成立使西方漢學

得到有力的推動。

　　由於種種原因所造成的長期隔絕，我們對海外漢學界所知甚少，遠不如海外同行對我們的瞭解，雖說也不那麼充分。編譯本書的直接目的就在於同行之間的業務交流。對別民族文學的研究主要是翻譯和評論。課題的選擇看起來是取決於研究者的個人愛好，實際上卻受到客觀條件的制約。話本小說特別受到西方同行的青睞，因為它對社會生活的詳實描寫遠比詩詞、散文和戲曲具體，《三國志演義》《水滸》《西遊記》《金瓶梅》《紅樓夢》，特別是後兩者，一開卷就無異使人置身於幾百年前的古代中國。它們的文字比詩詞戲曲易懂，也更接近於現代生活。詩詞戲曲必須具有該作品以外的社會、歷史的廣泛知識，才能對它由理解而發生興趣，而小說則一切都包括在正文之內。當然，要作真正的研究，困難並不亞於前一類，但易於入門，總比門禁森嚴更能吸引讀者。他們當中就可能有一部分人會成為研究者，雖然登堂入室是另一回事。這是《金瓶梅》在西方受到重視的主要原因。其次是它的個性和個人心理的描寫特別和西方思想合拍。這一點不難在本集所收的一些論文中得到證明。

　　本書共收論文十二篇，作者包括美、法、蘇三國學者，根據論文性質分成三組：一、關於作者和成書的考證三篇；二、論文一般評介以及外文譯本序言八篇；三、版本研究一篇。分別介紹如下。

　　中國傳統的考證原來應用於儒家經典，後來逐步推廣到史、子、集各部。小說戲曲歷來受人輕視，似乎不配和考證二字發生關聯。認真嚴肅的學術研究始於王國維的《宋元戲曲史》。到現在不到八十年，卻取得巨大的進展。對《金瓶梅》所引用的小說、話本、清曲、戲曲、史書和說唱文學，韓南教授的〈金瓶梅探源〉以馮沅君〈金瓶梅詞話中的文學史料〉和別的學者的研究為基礎，取得集大成的優異成果。它所收羅的材料極為詳備，只有集海內外著名圖書館的收藏才能做到。作者對資料的甄別分析，審慎客觀的態度足以和最好的學者媲美。我差不多和他同時發現《金瓶梅》引用李開先《寶劍記》曲文（五支）的事實，而我自以為以它作為論據已經足夠，沒有再作進一步探索。甚至他文中提到抗日戰爭前刊於國內報刊上的文章我也一無所知。孤陋寡聞，一是出於自己淺學，另外也由於國內的圖書資料服務大大落後於國外。

　　對韓南教授的探源，加上柯麗德教授〈戲曲在金瓶梅中的作用〉的補充，就我所知只有兩處可說是遺漏。一是小說第五十六回應伯爵轉述水秀才的詩文，黃霖先生查出原載《開卷一笑》卷五，標題為〈哀頭巾詩〉和〈祭頭巾文〉，署名一衲道人，即屠隆。他以此作為主要依據，認定《金瓶梅》的作者是屠隆[2]。次年春，我在美國印第安那大學

---

2　見〈金瓶梅作者屠隆考〉，《復旦學報》社會科學版，1983年第3期。

看到赤心子匯輯、南京世德堂明刻本《繡谷春容》卷九聖集下欄《微言摘粹‧文論》也收有〈別儒巾文〉，無署名。詩因體裁所限，略去。以上都只有極為個別的文字出入。看來以上兩書都比《金瓶梅》遲（雖然它們的來源未始不可能比《金瓶梅》更早），因此不一定是韓南教授的遺漏。此外我還認為萬曆二十一年（1593 年）刊行的《群音類選》續集卷一諸腔類《五子登科記》的〈祭頭巾文〉，雖然文字各異，而情調相同，可能同出一源。解放後還在演出的湖南高腔《祭頭巾》（《中國地方戲曲集成‧湖南卷》）也可能和它有血緣關係。二是《金瓶梅》第十五回〈朝天子‧泳架兒〉又見於汪廷訥的《滑稽餘韻》。〈探源〉說：「從已查明的若干引文的巧妙應用作判斷，可能還有另外的來源未被查明。」我同意這個明智的預測和判斷。

上面指出〈探源〉是一篇功力深厚的考證，但它並不以此為限。它指出：「使人家破人亡的淫婦式的女角不會在小說（指《金瓶梅》）中占有地位。這樣的角色只能見於《水滸傳》或短篇話本中一些比較簡單的外表的性格描寫。試圖瞭解潘金蓮的行為，特別是她用以表達她的極端孤寂情緒的那些詞曲，在小說開頭，一個全然不同的典型性格就已經在作者的心中形成。」它又說：「《金瓶梅》比它以前的現存小說在敘述上具有更嚴密的組織。」「如果說《金瓶梅》是女禍故事，那小說是無可挽回地鑄成大錯。但那不過是用來和作者所創造的新型小說遙相對照而已。新型小說要求對人物有更加細緻的描寫，比起舊式小說應該是另外一種細緻。」所有這些都表明，論文作者把《水滸傳》和其他話本小說作為原有的舊式小說，而《金瓶梅》是以心理描寫見長的新型小說。前面說，《金瓶梅》的個性和個人心理的描寫特別和西方思潮合拍，是它易於為西方接受的原因之一，說的就是這個意思。封建時代中出現的個性和個人心理的描寫，從社會發展的角度來看也應該加以肯定。從小說發展史上看，《金瓶梅》的寫作技巧比《水滸》有所提高這是一回事，《金瓶梅》是否在總體上超過《水滸傳》那是另一回事，兩者不宜混淆。說《金瓶梅》的寫作技巧比《水滸》有所提高，並不排除在另一些方面如典型化的深度又可以不及《水滸傳》。《金瓶梅》第八十七回武松誘騙潘金蓮和他成婚，從而在洞房之夜殺死她，同以前所寫的英雄性格不調和。這還不過是易見的較小的瑕疵。《水滸傳》對中國社會心理和民族傳統所作的深刻反映，以及它反過來對社會心理和民族傳統所起的深遠影響絕不是《金瓶梅》所能比擬，而這種影響正是屬於全民族的偉大作品的重要標誌。

我看到《金瓶梅》第七十回〔正宮‧端正好〕套曲採用李開先《寶劍記》傳奇第五十齣，韓南教授還找出其他幾個片段；同時我又注意到李開先《詞謔》評論元代各家雜劇，全折引錄，不加貶語的只有十幾套，其中就有小說第四十一、七十一回分別全文引錄的《兩世姻緣》和《龍虎風雲會》的兩個第三折。這些事實說明《金瓶梅》作者對元代雜劇的看法和李開先的評論十分接近。此外還有其他跡象促使我寫了一篇論文，題為

〈金瓶梅的寫定者是李開先〉。後來逐漸注意到《金瓶梅》所存在的種種明顯的疏漏和缺陷，如小說第十九回和第五十二回居然有一半相同的少見情況等，我在論文〈金瓶梅成書新探〉中把結論修改為：「《金瓶梅》的寫定者是李開先或寫定者之一是李開先或他的崇信者。只有他本人或他在戲曲評論和實踐上的志同道合的追隨者，他們可能是友人，或一方是後輩或私淑弟子，才能符合上述情況。」「從上述以及不勝備述的眾多錯失看來，《金瓶梅》的寫定者如果是一般的明朝文人或名流，那他主要是發起刻印此書，作了一些修訂，但並未始終如一進行徹底的校改，大體上仍是他所見的原有稿本（此書前半部的加工程度顯然比後半部為高，本文所舉失誤的例子以後半本為多就是證明），或他頗費心血的寫定本又被後人竄改成現在的樣子。另一可能是寫定者接近書會才人，是社會地位低微、科舉不得意的文人，他或他們並不具有較高的文史修養和文字寫作水準，以致文字上疏失甚多。」這是我和韓南教授的第一個分歧。他認為《金瓶梅》多處引用李開先的《寶劍記》同小說的作者問題無關。

韓南教授如此詳盡地列舉了《金瓶梅》所引用的小說、話本、清曲、戲曲等資料，不可能不想到一個問題：作者有什麼必要這麼做？他在結論中指出：「我們注意到作者有時要有相當長的創作才能將某較早作品的片段引進正文。有時作者只是為了微不足道的描寫、人物和事件的細節而求助於早期作品。有關之處極為微細，為了前後銜接又需要費盡心思。常常是這樣情況，自己撰寫反而更簡捷可行。」然而作者畢竟是這樣不憚其煩地東摘西引，這到底為的是什麼呢？韓南教授沒有直接回答，但也並不回避。「作者仰仗過去文學經驗的程度遠勝於他自己的個人考察」，這是他的第一條結論。對此我不敢苟同。儘管「小說沒有一個部分沒有引文」，事實是所有這些引文都不是《金瓶梅》的主體，即《金瓶梅》之所以成為《金瓶梅》的主要成分。即使潘金蓮人物形象的塑造曾得到《如意君傳》中武則天形象的啟發，一個是簡單、粗糙的僅具輪廓的人物，一個是有著整個複雜心理和豐富個性的藝術形象，完全不可同日而語。他又在第二條結論中說：「作者開拓了為讀者、不為聽眾而寫作的小說領域。」「小說的特點在於接受如此眾多的來源，它對我們的啟示是，與其說它適應早期作品，不如說他超越早期作品。」我認為《金瓶梅》在中國小說史上的開創性貢獻有二：一是世俗中的普通人物從此成為長篇小說的主角；二是在情節結構和人物塑造上打破單線發展的型式，現實主義的小說藝術到此成熟。《金瓶梅》「接受如此眾多的來源」，對它的上述成就很少有積極作用。如果有的話，那也是在前人啟發下所完成的獨創性的描寫，而不是它所引用的那些片段。《金瓶梅》如果「開拓了為讀者、不為聽眾而寫作的小說領域」，那是它本身的描寫，而不是它所引用的那些清曲、戲曲以及其他說唱形式，它們只能使聽眾發生興趣，卻不會使讀者感到滿意。韓南教授只看到別的作品引進《金瓶梅》的事實，他沒有想到也有相

反的可能，或它和別的作品都從第三者引進的可能（他曾提到後一種可能，但未予重視）。關於這一點，請參看拙作〈再論《水滸傳》和《金瓶梅》不是個人創作〉，這就接觸到我和韓南教授的第二個分歧，他認為《金瓶梅》是個人創作，我則認為他的審慎客觀的考證恰恰和他的看法相反，它們為《金瓶梅》世代累積型作品說提供了更多的例證。

韓南教授指出：「《金瓶梅》所用的《水滸傳》版本現已失傳」；「就《水滸傳》、史書和話本而論，他（《金瓶梅》作者）無疑得之於抄本、印本或閱讀以上本子之後的記憶」；「從它（《寶劍記》）的印本和小說引文的許多微細出入，有跡象表明《金瓶梅》的引文來自實際演唱」。以上事實，我認為與其說是「作者常聽演唱，甚或自己也唱，因而默記在心，足以信手寫出」，不如說它是世代累積型的作品更為恰當。

我欽佩韓南教授博洽、明辨的考證，正因為如此才樂於利用偶然的機遇翻譯他的大作，並不揣冒昧提出以上商榷。《金瓶梅》的作者是誰，它是個人創作抑是世代累積型的作品，看來不會很快取得一致。可以肯定的是，〈金瓶梅探源〉所作的實事求是的調查研究必將有助於問題的最後解決。

華裔學者是海外漢學家的重要組成之一。他們既要精通所在國的語言，在文化上和當地人融合無間，又要在研究領域中和國內學者爭一日之短長，難度之大非局外人所能想像。由於他們的主觀經歷以及眾所周知的種種複雜情況，他們和我們之間可能存在著或多或少的隔閡和誤解。隨著形勢的發展，特別是四個現代化和開放政策的執行和貫徹，彼此間的關係正在日益改善。從根本上說，華裔學者必將成為中國文學─文化在海外的傳播者。無論對他們的故國和他們所歸化的國家都將作出只有他們才能作出的貢獻。本書選了他們的三篇論文。他們已在國內（大陸）發表的論文，就不在這裏重複介紹了。

鄭培凱教授是華裔學者的後起之秀。按照國內的習慣看法，他正處在人到中年之初。他的論文〈金瓶梅詞話與明人飲酒習尚〉所涉及的範圍極其明確而有限。在他之前，戴不凡先生看到《金瓶梅》多次提及金華酒，遂以為小說作者是金華蘭溪人，以為蘭陵即蘭溪；張遠芬先生主張《金瓶梅》作者是嶧縣賈三近，因之把金華酒作為蘭陵酒的別名；臺灣魏子雲先生則以為北方無黃酒，而金華酒是黃酒。同一種酒，因各人看法不同，天南地北，隨意附會，使人莫衷一是。鄭培凱教授的考證可說小題大做，無一遺漏。他統計全書寫明酒的品種的場合共五十三處，都在第十五回之後。他指出西門慶喜歡品嘗不同酒類，同他玩弄女人喜新厭舊的習性有關；書中幾次寫到燒酒的場合和潘金蓮、王六兒這兩個情欲特別強烈的女人有關。這就把酒的描寫和人物塑造聯繫起來。論文作者引證多種明代記載，全面地考證了當時人飲酒習尚，指出：「我們若考慮到金華酒在嘉靖年間在北方最為嘉尚，而萬曆年間三白酒風行，南方士大夫對金華酒多有貶辭，那麼，對書中盛稱金華酒可以得到如下解釋：本書描述嘉靖年間北方人的飲酒習尚真實準確，

而這種習尚不適合萬曆年間的南方習尚。」論文對《金瓶梅》成書的年代和地域提供了確切有據的旁證。

芮效衛教授在從事《金瓶梅》英語新譯本的同時，提出論文〈湯顯祖創作金瓶梅考〉。我曾撮要譯述了他的這篇論文，並且提出質疑，然後請他寫了答辯，同時發表在《溫州師範學院學報》1986 年第 2 期。現在我很高興關心這個問題的我國讀者能讀到他的全文，不經任何刪節和改動。湯顯祖和《金瓶梅》抄本的最早所有人之一劉守有父子關係密切，他的《南柯記》傳奇結尾又分明受到《金瓶梅》第一百回的影響。他可能是或不是《金瓶梅》的作者，這個問題遲早會提到學術討論的日程上來。現在由中國出生的美國學者芮效衛教授和我在普林斯頓討論會上友好地先開其端，這是令人高興的事。

夏志清教授的〈金瓶梅新論〉深入淺出，原為西方英語讀者而寫，卻也可供專業者參考。他很推崇韓南教授的〈金瓶梅探源〉，實際上他自己的一些具體想法卻傾向於否認《金瓶梅》是個人創作。此文無意於考證，它的若干論述卻像考證那樣嚴密。它指出「作者那種明顯的粗心大意，他那種抓住機會不放、愛使用嘲弄、誇大諷刺的衝動，他那種大抄詞曲的酷好，到處都損壞了這本小說寫實主義的外表」。看來好像過於苛刻，其實處處都有原文作為依據。它對小說的藝術成就談得少了一些，可能美中不足，但對過高地評價《金瓶梅》藝術成就的流行傾向可能會起清醒劑的作用。它把小說分為三部分，頭十回沿襲《水滸傳》，還沒有顯出自己的明顯特色，後二十回則是「一堆很少有聯繫的故事拼揍在一起」，只有當中七十回才具有現實主義的完整性，論文作者稱之為小說中的小說。有一些話可能說過頭，但能給人以啟發。

史梅蕊女士的論文〈金瓶梅和紅樓夢中的花園意象〉對兩大名著作了別開生面的對照。花園在兩者的藝術結構和人物塑造中所起的作用和暗示，論文作了令人信服的解說。小說作者死而有知，必將引以為知音。「這場發生在花園裏的生死搏鬥以西門慶為中心而展開。實質上這是花園的哪一方面在他心中占上風的問題。」論文以李瓶兒象徵春，潘金蓮象徵秋。作者接著說：「他（西門慶）對瓶兒和孩子的迷戀與他對待金蓮的矛盾情緒適成尖銳的對照。對金蓮，他又怕又要，所以他對她總是威嚇和遷就相交替。」這是她論《金瓶梅》。她以為林黛玉和薛寶釵在個性上互為補充，一是秋妹，一是春姐，類似李瓶兒和潘金蓮而關係遠為複雜。某些說法可能求之過深，略嫌穿鑿，但並未到牽強附會的地步。

《金瓶梅》既是社會小說，又是色情小說。第二十六回和第二十七回恰恰可以分別作為兩者的代表，包括各自的所長和所短。楊沂教授的論文〈宋惠蓮及其在金瓶梅中的象徵作用之研究〉和柯麗德教授的論文〈金瓶梅中的雙關語和隱語〉表明他們和我一樣重視這兩回書，雖然具體看法很不一樣。

楊沂教授的論文指出：宋惠蓮可說是潘金蓮的影子，兩人本來同名，出身相似，同

樣機變伶俐，只是惠蓮不像金蓮那樣多才多藝。她們的行事幾乎可以逐一對照。宋惠蓮「既不是最早，也不是最後一個女人，企圖與西門慶私通以改善自身的處境。韓道國老婆、賁四老婆和奶媽如意兒等都是一類人。但是有一點不同，她們似乎都意識到自己與這個府第中其他女人競爭有一個不可逾越的障礙。她們意識到自己地位太低，太不足道，所以心甘情願地接受屈辱的地位。」而宋惠蓮卻不甘屈居人下，她竟去教訓孟玉樓如何擲骰子，又多次和潘金蓮一比高下。在元宵節看燈的晚上，她當眾顯示自己的金蓮比潘金蓮的還小，還和陳經濟一路嘲戲，仿佛有意和她爭寵。她最會打秋千，使眾女流相形之下黯然失色。論文體貼入微地分析了她的多次臉紅。這些都是爭強好勝的表現，「部分抵銷了她的淫蕩本性」，這和她最後自殺密切相關。論文認為她的自殺，既不是她的貞節所致，因為她濫交男人談不上這一點；也不是下層群眾之間的相憐相惜，因為她對同輩婢僕並未表示同情之感。論文指出：「沒有一個人，甚至包括《紅樓夢》作者在內，能駕馭幾股相反的力量在同一個事件中而又如此清晰可辨，使我們在時過境遷之後仍對它的藝術力量感到困惑，無法全面而透徹地解釋這一切。」這就是《金瓶梅》「現實主義模式的獨特成功之處」。這些分析都很貼切而深刻。那麼，宋惠蓮對他丈夫來旺兒究竟是怎樣的一種感情呢？論文解釋說：「在十七世紀初的中國就已有一位小說作者熟知如何在描寫男女性愛時開展一種母子關係的形式。例如，不管何時來旺的安全受到外界惡勢力的威脅，『會憐』（指惠蓮）就會在那裏出現，張開她那『母性』的羽翼在保護她的丈夫免受來自西門慶和金蓮的打擊」。作者明確指出這就是厄第帕司情結。佛洛伊德學說的俄狄浦斯情結（Oedipus Complex）指母子相戀的亂倫關係，但惠蓮和來旺之間根本無血緣關係，怎能隨意比附？作者又以第二十三回宋惠蓮和西門慶在雪洞幽會以及第八十四回吳月娘被雪洞禪師搭救為例，指出性愛和宗教在小說中齊頭並進是《金瓶梅》的主題，「縱欲即死亡的概念是整部小說的骨髓，也是宗教上徹悟的內在因素」。標題所指的象徵作用即指此。這是我看到的以佛洛伊德學說和象徵主義解說《金瓶梅》的唯一例子，介紹於此以供熱心於西方文學觀點的人作參考，雖然我本人對此並無同感。

國外漢學家對儒家經典和宋元理學的興趣看來比我們大，而國內有些青年對西方文學流派的熱衷也令人感到意外，半個或一個世紀前曾流行一時而早已衰歇的玩意兒都被看作「現代化」的標誌。可能這是正常的情況，各自都想以對方的強處補足自己的弱點。

柯麗德教授可能是上面所說的漢學家之一。她的這篇論文和她的姊妹篇〈戲曲在金瓶梅中的作用〉一樣，《大學》正心、誠意、修身、齊家、治國、平天下為代表的儒家思想和張竹坡評點的冷和熱的相對論是它們的理論依據。論文以第二十七回作為打開小說題旨的秘密的鑰匙。它指出：「既然潘金蓮在西門慶最後玩樂中充當了盛梅子的壺（瓶），這些人物情節就為我們提供了組成小說書名的辭彙。但這個題目一般被認為是指

潘金蓮、李瓶兒和春梅三人。」我欽佩論文作者的玄思妙悟，但是這裏有一個不可逾越的障礙：《金瓶梅》這一回的原文不是「盛梅子的壺（瓶）」，盛的是李子。在美國，梅和李不加區別，兩者同用一個字表達。但在中國，梅和李連小孩子也能分辨。它們開花時間有先後，果實也大不相同。在文學中，梅是清高孤潔和早春的象徵，而李花則給人以豔麗和豔陽的聯想。除非書名叫《金瓶李》，否則，這個結論無論怎樣也難以成立。

俄文本譯者馬努辛教授的論文〈金瓶梅中表現人的手法〉和娥爾佳‧費舒曼教授的論文〈論金瓶梅〉立論平穩而要言不煩，不失為一般評介的簡明扼要之作，它們反映了蘇聯漢學界的文風。

法文本譯者雷威安教授的〈金瓶梅法譯本導言〉和艾金布勒教授的〈金瓶梅法文全譯本前言〉為我們提供了這本小說在歐洲翻譯出版和各方評論的種種情況，遠遠超出法譯本的範圍，因此在一定程度上彌補了本書歐洲學者論文入選過少的缺陷。這兩篇論文是為法國讀者而寫的，某些介紹對國內讀者無此必要，因此有較多的刪節，希望得到作者諒解。

由進步思想家李贄所開創，到毛宗崗、金聖歎、張竹坡而臻於極盛的明清小說評點在國內還沒有受到應有的重視。現代人提到評點派一詞，多少帶有一點貶意。因為評點派探索作品的微言大義，時有牽強附會的傾向，而它無論評論思想或藝術都易於明察秋毫之末而不見輿薪。但是為了避免穿鑿而放棄應有的尋繹和推求，只見茂林蔥鬱而對梗楠或樗櫟不加分辨，那就走到另一極端去了。浦安迪教授的論文〈瑕中之瑜〉，是否在分寸之間恰到好處，見仁見智，讀者自有高見。他的論文即小見大，由近及遠。他指出張竹坡因襲崇禎本的評注，而崇禎本的評注則又反映了「李贄名下評注本所共有的論點」。作者指出，崇禎本的評點甚至可能遠溯到《金瓶梅》成書之時，是不是《金瓶梅》也可能有李贄的評點本呢，或不是出於他本人，而是出於他的門人、私淑者以至崇信者之手？這是從他的論文可以引伸出來的一個問題。

這篇論文又指出，謝肇淛在 1624 年逝世。據他的《小草齋文集》卷二十四〈金瓶梅跋〉所敘述，他閱讀的《金瓶梅》是二十卷本。這一點和崇禎本、張竹坡本相同。二十卷本甚至可能溯源得更早。而通常公認早於崇禎本的卻是十卷本。從分卷的情況看，二十卷本顯然早於十卷本。詞話本早於崇禎本的公認看法，作者認為至今仍然缺乏令人信服的論證。這是《金瓶梅》研究中的又一重大問題。也許由於分卷本身，無論十卷、二十卷，並不一定涉及具體內容，出版者可以隨時加以修改。即使事實如此，詞話本和崇禎本孰早孰遲、孰為原本孰為改本的問題，作者認為仍然有待探索。

1986 年 3 月於杭州大學

# 《論金瓶梅的成書及其它》前言

「中國的古代小說、戲曲和西方不同,有它獨特的成長發展的歷史。它的特點之一是小說和戲曲同生共長彼此依託,關係密切。只知其一,不知其二,幾乎是不可能的事。」

「中國小說戲曲史的另一引人注目的現象是相當多的作品在書會才人、說唱藝人和民間無名作家在世代流傳以後才加以編著寫定。文人的編寫有時在重新回到民間、更為豐富提高之後,才最終寫成。本書把這一類作品稱之為世代累積型集體創作。繼中國戲曲史開創者王國維之後,胡適、魯迅、鄭振鐸等早期學者在六、七十年前就在《三國志演義》《水滸》《西遊記》以及《西廂記》等個別作品的研究中提出這樣的論點。今天已經成為文學史的常識了。然而在具體研究中似乎影響甚微。這是說,許多研究者一面承認這些作品是世代累積型集體創作,另一方面在實際上卻又無形中把它們作為個人創作看待。」

「試以《水滸》為例。如果不是口頭上而是實實在在地承認它是歷經南宋、元、明的世代累積型集體創作,那就不會說它是反映宋江起義的小說,不會說施耐庵、羅貫中是天才作家,不會置信施耐庵必先參加農民起義或者至少得和農民起義有瓜葛才寫得出這樣一部小說。《水滸》影響之大,以至某些嚴肅的政治和歷史著作也誤以為宋江起義聲勢不凡,把它和陳勝、吳廣、黃巾、王仙芝、黃巢、張獻忠、李自成、洪秀全、楊秀清起義相提並論。其實根據歷史記載,宋江起義規模有限,還不及同時代的方臘起義。像《水滸》所描寫,攻城掠地,兵鋒所向,北至大名(今屬河北省),南到江州(今江西省九江市),西達華州(今陝西省華陰縣)的起義在宋代根本不曾出現過。這些話不是對《水滸》的指責,而是對把《水滸》看作北宋宋江起義的真實反映論的異議。只有心口如一地承認《水滸》是世代累積型集體創作,才能對小說的許多不合理描寫和敘述作出合理的解釋。在這樣的前提下,對它的編著寫定者,無論是施耐庵、羅貫中或別的書會才人的勞績,才能給以恰如其分的評價。」

「承認《三國志演義》《水滸》《西遊記》等個別的具體作品為世代累積型集體創作是一回事,進而揭示這類創作是中國小說戲曲史上體現某種規律性的重要現象則是另一回事。本書基於作品的內證,把《金瓶梅》《琵琶記》置於世代累積型集體創作的行列中。只有立足於更多的事實依據之上,這種現象才可能受到充分的重視。從來都認為《金

瓶梅》是中國第一部個人創作的長篇小說。同一作品各部分優劣不齊是常見現象。但像《金瓶梅》那樣，它的第五十二回竟會抄襲前面第十九回的大段描寫卻是絕無僅有的例子。不提更多的例證，單從這一孤立的事實也足以使人懷疑它是個人創作，抑只是若干現成本子的編集或寫定，寫定者的整理愈到後來而愈見草率。只要這個問題得不到正確解決，小說史的真實輪廓至少局部掩映朦朧的霧靄之中。」

上面是五年前我為拙集《論湯顯祖及其它》所寫的〈前言〉中的一段話，現在不避重複再作引述，這是因為我為中國古代小說戲曲所已經做的以及正在進行或有待著手的一切工作都是為了維護、闡發和論證上述看法。當然，這是從理論上講，具體的校注箋證和評論研究不包括在內。

我從來沒有像現在這樣認識到個人能力極其有限。在我們億萬人為之奮鬥的宏偉事業中，文學只是無數分工中的一個分支而研究工作又只是創作所派生的一個專業。文學研究包括古今中外，中國古代小說戲曲研究只占其中一個小小的地位。個人所能做的更是恒河沙數中小而又小的一點。就是這麼一點一滴認識上的提高既不始於現在，又未必現在所能完成。至少在五四後不久，一些早期學者就提出了大體相同的看法。雖然他們的論證有待大大地修正和補充。我和當代同行的畢生努力不過為上述說法增加一些例證，並由此作出若干必要的引申而已。本書所論限於探討小說史上的一個必要環節，即《金瓶梅》的作者和成書問題，它的評價，它在文學史上的憑藉和來源，以及它對後代的影響，包括積極和消極兩個方面。即偶有旁及，如提到《水滸傳》《平妖傳》《西遊記》《封神演義》《龍會蘭池》以及南戲和明清傳奇的個別作品，也以《金瓶梅》為依歸。旁及前後左右是為了更好地替它定位。我力求自己的論述言之成理，持之有故，但也清醒地看到我只是諸說競起中的一家而已。不能像《莊子》所說的河伯那樣，「以天下之美，為盡在己」。只有時間會在它認可的時候作出必要的裁決。

《金瓶梅》被列為明代小說的四大奇書之一，它本身的價值——儘管它存在著嚴重的缺陷——足以引起人們對它重視。如果不是比它本身更重要，至少同樣重要的是中國小說史上的許多問題有待於對它的研究而加以解決。如《三國志演義》《水滸傳》《平妖傳》《西遊記》各有簡本和繁本或相當於末得到充分發展的較原始版本的殘本或全本，但都沒有留下它們在詞話階段的版本。根據不止一種明代記載，《水滸》《平妖傳》的成書過程中都經過一個詞話的階段，而《金瓶梅詞話》可說是中國宋元明三代白話長篇小說發展過程中唯一現存的詞話本。《水滸傳詞話》《平妖傳詞話》現在失傳了，但我們可以從《金瓶梅詞話》中想見並推論它們必然存在。

中國長篇小說的發展經過話本這一階段，現在已成定論。我深感榮幸的是我所生活的古城杭州在中國小說發展史上占有獨特的地位。《話本概論》的作者胡士瑩（1901-1979

年）教授是我所在的杭州大學的前輩同事。杭州同《水滸傳》的特殊關係，它在世代流傳後在杭州整理成書，我已在〈從宋江起義到水滸成書〉（見拙集《論湯顯祖及其他》）一文中舉出確鑿的證據。現存的文人寫定的另一明代詞話《大唐秦王詞話》也在杭州寫成。現在我又在這裏進一步指出話本和詞話原是同一藝術形式，話本可以看作是詞話本的簡稱，或者詞話是話本的早期稱呼。話本之「話」指的是「說話」藝術。迄今對「說話」這一藝術形式的理解，都是有意無意地或望文生義地，只看到或重視它的說的一面，而忽視它的唱的一面。現存記載，「說話」的最早專著《醉翁談錄》甲集卷一〈小說開闢〉就說「吐談萬卷曲和詩」。可見曲和詩本是話本的有機組成部分，也即天都外臣〈水滸傳序〉所說的「蒜酪」，絕不是偶一為之或可有可無的穿插。前輩學者葉德均的《宋元明講唱文學》是關於古代說唱文學的少見專著之一，它證實了《水滸傳詞話》的存在。但由於積習難返，它竟毫無根據地把《水滸傳》第五十一回明白記載的白秀英又說又唱又伴以舞蹈的詞話〈豫章城雙漸趕蘇卿〉說成是諸宮調。以訛傳訛，儼然成為「定論」。曲和詩是話本即詞話的重要組成之一，除元明兩代的文獻記載外，《京本通俗小說》的若干作品和《大唐秦王詞話》都是它的證明，本書〈南戲拜月亭和金瓶梅〉所提到的小說《龍會蘭池》，以它插入詩詞之多，如果不是詞話，那至少也是在形式上深受詞話影響或已經被同化的一個例子，當然，最為典型的例證首推《金瓶梅》。《金瓶梅》詞話存在著如此眾多的破綻、矛盾、錯亂、前後脫節或重複，比所有的長篇小說都更為嚴重（這是以前的研究者所未曾指出的），這表明它是未經認真整理的一部世代累積型集體創作。它的加工完成的程度遠遠不及《三國志演義》《水滸傳》或《西遊記》。因此它是我國元明長篇小說詞話本碩果僅存的活化石，如同植物中的銀杏或銀杉一樣。

　　1961 年，我剛寫完〈評〈李開先的生平及其著作〉〉[1]，李開先的傳奇《寶劍記》的文采不會使人一曲難忘，我對它只留下模糊不清的印象。接下去看的是《金瓶梅》。小說第七十回俳優唱的〈正官‧端正好〉套曲竟使我有似曾相識之感。一查之後，原來它出於《寶劍記》第五十齣。這完全是偶然的發現。我寫了一篇文章〈金瓶梅的寫定者是李開先〉。由於此書聲名狼藉，擱置很久之後才寄給獨一無二的一家不定期雜誌。長久之後，正在醞釀中的一場空前浩劫已經在戲曲改革中露出端倪。我沒有完全意識到它的嚴重性，但也不是沒有一點預感，就寫信給編輯部索回這篇短文。直到大地回春後，一九七九年冬，我在長春《社會科學戰線》上讀到該刊連載的朱星〈金瓶梅考證〉，才檢出舊稿，加上同朱先生商榷的一些內容，發表在《杭州大學學報》（哲學社會科學版）1980 年第 1 期，題目照舊。一年後，又在同一學報發表它的續篇〈金瓶梅成書補證〉。

---

1　刊於次年《文學遺產增刊》第 9 輯。

禁錮二十年之久，我的《金瓶梅》研究才到此解凍。這兩篇舊作的主要缺點正是學術研究中的那個老問題：積習難返，我迷信沈德符《野獲編》中的那句話，《金瓶梅》出自「嘉隆間大名士手筆」。儘管我已經在潘開沛之後重申《金瓶梅》是世代累積型集體創，以李開先作為它的寫定者，不作為它的作者，但我仍在論文中說：「說《金瓶梅》不是作家的個人創作，並不否認它是某一個作家創造性地加工整理的結果。」「典章制度、婚喪禮節正是太常寺的主要業務。為什麼他（太常少卿李開先）不能寫出蔡太師做壽、西門慶朝見皇帝以及其他大場面呢？」這些看法表明那時我還沒有完全擺脫舊說的影響。

　　1983 年秋，我應邀到美國普林斯頓大學訪問一年。我從來沒有享受過這麼充分的不受干擾的寧靜的學術探求之樂，該校東方系的葛思德圖書館所藏中文古籍雖然比不上北京圖書館和北京大學圖書館，它為讀者服務的優越條件卻遠非國內同類設施所能比擬。這時我才讀到韓南教授在 1963 年發表的〈金瓶梅探源〉。他以馮沅君教授和其他同行的心得為基礎，完成了詳盡的研究。即以《金瓶梅》因襲《寶劍記》這一點而論，他也比我所看到的更為全面。現在我已將它譯成中文，收入拙編《金瓶梅西方論文集》中。但是對《金瓶梅》同它各種引文的分析、評價，我同韓南教授持有不同的觀點。他認為此小說成於一人之手，我則相反。我在收入本書的〈金瓶梅西方論文集前言〉中曾提出鄙見同他商榷。這裏不必再贅。感謝葛思德圖書館，使我得以將兩篇舊作重新增補，改寫為《金瓶梅成書新探》。因為是重寫，所以前兩篇舊作不再收入本集。除了對資料和論述多所補充外，我對結論作了相應的修改。以前我認為《金瓶梅》的寫定者是李開先，現在改為：「《金瓶梅》的寫定者或寫定者之一是李開先或他的崇信者。只有他本入或他在戲曲評論和實踐上的志同道合的追隨者，他們可能是友人，或一方是後輩或私淑弟子，才能符合上述情況。」「寫定者的籍貫則在今山東省中西部及江蘇北部，即黃河以南、淮河以北一帶。」成書年代「當在嘉靖二十六年（1547 年）之後，萬曆元年（1573 年）之前」。最主要的改動不在於寫定者由李開先改為他或他的崇信者，而在於我以前對寫定者所起的作用錯誤地估計過高，因此在《金瓶梅成書新探》中作出如下更正：〈金瓶梅詞話序〉作者欣欣子「將唐代著名詩人元稹和元末明初大名鼎鼎的羅貫中夾雜在後起的明代作家中，順序前後混亂。它和《金瓶梅》所暴露的許多失誤一樣，表明序文作者不是文化修養高的文人。此序至少曾經蘭陵笑笑生過目，而他沒有要求改正，可見兩人文化水準相差不遠。按照中國古代文人請人作序的情況看來，蘭陵笑笑生的文化修養不會高於他的友人欣欣子。如果如同有人所猜測，笑笑生就是欣欣子，那原本是一個人。如果寫定者是著名文人，那此書出版應在他身後或雖在他生前，而兩地相距甚遠，使他難以進行干預。」這就包含兩個可能：一、如果改定者是李開先的崇信者，他的文化修養不會太高，根本不是「大名士」；二、如果是李開先本人那他只是出主意或主持印製

而已，並未自始至終進行認真的修訂。根據這樣的觀點，寫定者無論對本書的成就和缺陷都不起太大的作用。

　　自由討論是學術繁榮的必要條件。先秦的百家爭鳴為我們後代人樹立了良好的榜樣。不管是同中有異的批評，還是無保留的否定；是友好的商榷，還是咄咄逼人的駁難，都是對自己最好的鼓勵和督促。我同歡迎同行的批評一樣，真誠歡迎對我的反批評。學術界應該提倡相見以誠的作風。彬彬有禮，暢所欲言，固然不失學者風度；偶有意氣也不見得是文人相輕。反對一種說法，並不排除相反的可能，即從對方難以同意的論述中得到教益。本書有幾篇論文是對尊敬的同行論文的獻疑或爭鳴，但是我從他們那裏得的啟發不下於良師益友對我的薰陶。在前所未有的美好氛圍中，今天學術交流的範圍既超越了海峽，也遠遠地超越了國界。感謝臺灣魏子雲先生給我輾轉捎來了他的論文，這是不容置疑的友好表示，雖然他答辯中的某些措辭未免言涉題外。我們有一句古話：「來而不往、非禮也。」但我的答復只以學術為限。我一字不漏地轉載他的大作。因為只有我的一面之詞，對他未免有失公正。我不要求他也同樣做，因為各人的情況和所處環境並不相同。美國芮效衛教授出生於中國，他是《金瓶梅》新的英文本的譯者。我對他以及他的門下三代人都有識面之榮和切磋之誼。我樂於介紹他的新說並提出我的質疑。他應我之請寫了答辯，我並事先聲明不再進行回答。我的譯文已取得他本人的認可。除了受之有愧的一二褒稱略加簡省外，全文是逐字逐句的直譯。黃霖同志是同行中的後起之秀。對他我本來還有一篇質疑，因為新寫了一篇短文〈別頭巾文不能證明金瓶梅作者是屠隆〉，我認為自己的論點已經表達無遺，因此把它減免了。黃霖同志的答辯未加轉載，不是對他失敬。因為他的答辯並不限於指明對我作答的那幾篇，他另外還有〈金瓶梅作者屠隆考續〉〈金瓶梅成書問題三考〉等。如果不收這幾篇，那就不能全面反映他的新說，如果都收，共有四五篇之多，同個人論文集的體例未免不合。好在據他來信所說，他的論文集出版在即，我可以不必因此而有所遺憾。

　　所有收入本集的論文都經過修改和補充。我希望今後無論是對我的《金瓶梅》研究表示批評、反對或贊同，引用拙作都以此書為準。有關論辯的文章，修改補充以不直接影響雙方觀點的為限。當日刊載它們的雜誌俱在，若有必要覆按原文也不會有太大的麻煩。

徐朔方於西湖寶石山之陰<br>1986 年 5 月 9 日

# 《金瓶梅詞話》的第一個英文全譯本

　　十年前當我在普林斯頓大學東亞系訪問時，芝加哥大學芮效衛（David T. Roy）教授曾兩次應邀到該校講學，那時我已經有幸拜讀他打印稿的一些片段。現在承他寄贈由普林斯頓大學出版社出版的該書全譯本第一冊（前二十回），感到十分榮幸和欽佩。

　　譯文為了使英語讀者易於接受，各冊分別以〈聚會〉〈爭風〉〈春藥〉〈高潮〉〈離析〉命名，它同近年問世的雷威安（AndréLevy）教授的法譯本將小說分成十部大不相同，它不是通俗的改編或節譯本，而是一字不差，忠於原作的全譯本。

　　中國文學當然是世界文學的組成部分之一，但一些最有代表性的中國文學作品到最近才有完整的西譯本。以古代小說而論，《金瓶梅》也許可以說是西文譯本紛至遝來的唯一例外。從 1853 年巴贊（L. Bazin）的法譯〈武松和金蓮的故事〉以來，西方譯本有十餘種之多，但都是節譯或改編。為了滿足西方讀者的需要，考慮到他們的欣賞習慣和閱讀興趣，這些譯作都受到歡迎，有的發行量以萬計。但它們在多大程度上忠於原作，那就難說了。不僅如此，西方不少研究者和譯者所知道的《金瓶梅》不是明代的詞話本，而是清初張竹坡的校改本。因此，芮譯本不愧為《金瓶梅》的第一個英文全譯本，同時也是所有西方語種中的唯一全譯本。這是實事求是的評價，不是泛泛的溢美之辭。

　　將充滿市井俗語、方言俚語和不少以訛傳訛的刊誤和差錯的四個世紀前的詞話本，不作任何刪節地逐字逐句地譯成文化背景和價值取向大異的現代英語，近百萬字的原文無異是崎嶇難行的萬里征途。每一字、每一句都可以是無法逾越的障礙，令人望而卻步。芮效衛教授出生於江蘇南京，在中國度過少年時代，回國後又師從費正清、楊聯升、牟復禮等漢學名家，以二十五年之久的中國文學的教學經驗和研究心得完成這一艱巨工作，世界上很難找到比他更適當的譯者人選了。

　　譯者得心應手地排難解紛的手法多種多樣，不拘一格。試以第一回舉證如下：

　　一、景陽崗「那大蟲又饑又渴，把兩隻爪在地上跑了又跑，打了個歡翅」，「跑」指野獸用足扒土。連同下句譯成：Pawing the ground with its front claws, it stretched itself，「歡翅」由鳥類的展翅抖毛動作移用到獸類，這裏譯成老虎伸直腰身，我看很對。

　　二、「原來老虎傷人，只是一撲、一掀、一剪，三般捉不著時，氣力已自沒了一半」，譯成 "It so happens that when tigers attack people if they fail to overcome them with a pounce, a sidewipe , or a lash of the tail, their powers are half exhausted"，可說一字不增，一字不減，忠實原文達到無以復加的地步。

三、如果說一個譯本比原文好，可能這是有意的諷刺，但是芮譯本中青出於藍的情況卻千真萬確地存在：一是必要的增補，如第一回的〈眼兒媚〉詞（「丈夫只手把吳鉤」）和〈臨江仙〉詞（「萬里彤雲密佈」），原書都沒有標明詞調，芮譯本卻予以補加。雖說不是絕對必須，卻有助於對作品的理解。是錦上添花，不是畫蛇添足。二是校正。小說引用詩詞歌賦，有的是加以刪改，不宜代為校訂。有的卻是傳抄刊印時發生誤奪，如不加校訂，幾乎難以理解，更說不上翻譯了。如劉邦勸解戚夫人的歌辭，首二句小說作「鴻鵠高飛兮羽翼，抱龍兮橫蹤四海」，譯者根據《史記》的原文「鴻鵠高飛，一舉千里。羽翮已就，橫絕四海」而改譯，這是必要的。同樣，武松打虎後「觸目曉霞掛林藪」，譯文將「曉霞」改正為「晚霞」也是必要的，否則就同前後文不協調了。

意譯、直譯孰優孰劣，一直是翻譯界爭論不休的問題。1870 年泰勒（B. Taylor）保持原作的格律譯完歌德的長詩《浮士德》，為直譯留下了一個榜樣。芮氏的譯文可說是小說翻譯中直譯的一個範本。他的譯文表明百分之九十以上的中文原文，都可以順理成章地以直譯的英語得到忠實而又流暢明白的表達。但是某些中國古代特有的表達手法如「沾風惹草」「春山八字眉」直譯為 "Engaging the breeze and disturbuing the foliage" "her eyebrows rise up like spring peaks"，如果用解釋性的詞句意譯也許更容易為西方讀者領會，但是只要讀者看得多了，也並非一定難懂，現在這樣可能略顯晦澀，但它保存了原作的中國風味。至於「不覺過了一月有餘」，「不覺」原指「不知不覺地」，不是 "Before any one knew it"，那不是直譯的過失，而是對原意的瞭解不夠貼切。又如「武松也知了八九分」，將「八九分」譯成百分之 80 或 90，正如將一些人體器官譯成生理學名詞一樣，不是有什麼失誤，而是不合四個世紀前的語言習慣。

毋庸諱言，譯文也出現了一些可以避免的差錯，如「高號銅」譯成「假銅」，「焰焰滿川紅日赤」的「川」譯成「河流」，「虎礑腦」譯成「老虎骷髏」，「綿布袋」譯成「繡花袋」這就和原意大異了。在長途跋涉中，偶然不慎而失足，並不影響最終到達目的地。「金無足赤」，毋需我在這裏饒舌，相信在再版時，白璧微瑕一定會進一步得到淨化。

# 《金瓶梅詞話》英譯本〈緒論〉述評

## 《金瓶梅》和《荀子》

　　《金瓶梅詞話》第一個英文全譯本（第一冊即前二十回）的出版是中西文學交流的一件好事，我曾寫了一篇短文表示祝賀，並向譯者芮效衛（David T. Roy）教授致以敬意[1]。我的短文沒有提及卷首的長篇〈緒論〉和卷末的詳盡注釋。這不是我的疏忽，而是因為說來話長，難以三言兩語了事。我想現在加以補救。本文將如實介紹譯者的論點，然後略加說明，以示不敢苟同。

　　譯者芮效衛教授曾有一篇論文〈以儒家觀點解釋金瓶梅〉，發表在 1981 年臺北《漢學國際討論會論文集·文學部分》。英譯本〈緒論〉大都來自此文。文中儒家主要指荀子，譯者認為《金瓶梅》是荀子思想在文學創作中的具體化。他指出荀子生活在戰國末期，同《金瓶梅》作者在晚明的處境極其相似。譯者引錄《荀子》幾個片段，如〈性惡〉：「若是則夫強者害弱而奪之，眾者暴寡而嘩之，天下之悖亂而相亡，不待頃矣。」如〈勸學〉：「肉腐出蟲，魚枯生蠹。怠慢忘身，禍災乃作。」如〈王制〉：「故政事亂，則塚宰之罪也；國家失俗，則辟公之過也；天下不一，諸侯俗反，則天王非其人也。」譯者認為荀子以〈成相〉表達他的治國思想，如同小說作者以《金瓶梅》表達他對時代的憂慮。小說中的人物蔡京（cáijīng）是財（cái）和精（jīng）的諧音。精即精液，指淫樂。清河縣古稱貝州，再由貝州引申為錢堆。這些都匪夷所思。小說第六回描寫西門慶、潘金蓮做愛的兩句詩：「樂極情濃無限趣，靈龜口內吐清泉。」清泉指精液，譯者據古漢語泉可作泉幣解，因此把清泉譯為「流銀」（silvery stream）。這首詩之後，小說接著寫道：「當日西門慶在婦人家盤桓至晚欲回家，留了幾兩散碎銀子。」他說這是把清泉譯為流銀的佐證。他認定西門慶是宋徽宗以至嘉靖帝、萬曆帝的代身。西門慶的六名妻妾影射宋徽宗時的六個奸臣，稱為六賊，同時兼指佛經所說的眼、耳、鼻、舌、身、意六賊。西門慶家的奴婢則相當於朝廷和皇家的官僚和太監。小說結束，西門慶的遺腹子孝

---

1　見本書〈金瓶梅詞話的第一個英文全譯本〉。

哥出家相當於南宋高宗後來以太上皇而遜位。他是北宋徽宗的兒子。儘管如嘉靖帝和他寵信的首相嚴嵩和方士陶仲文的若干事實在小說中可說有跡可尋，但「代身」云云未免失之穿鑿和簡單化，其他類比更不在話下了。

〈緒論〉最別出心裁的妙解在於它發現《金瓶梅》的命名除了從三個女角的名字中各取一字作為書名外，《金瓶梅》的真意在於「進瓶魅」，即「進入女陰的魅力」（The Glamour of Entering the Vagina），瓶指女陰。〈緒論〉在注解中點明這個想法來自他的高足柯麗德教授的論文〈金瓶梅中的雙關語和隱語〉[2]。此文以第二十七回作為破譯小說題旨的鑰匙。它指出：「既然潘金蓮在西門慶最後玩樂中充當了盛梅子的壺（瓶），這些人物情節就為我們提供了組成小說書名的辭彙。」論文作者的玄思妙悟令人欽佩，但是這裏有一個不可逾越的障礙：《金瓶梅》這一回的原文不是「盛梅子的壺（瓶）」，盛的是李子。英語中梅和李不加區別，兩者用同一個字表達。但在中國，梅和李連小孩子也能分辨。它們開花時間有先後，果實也大不相同。在文學中，梅是清高孤潔和早春的象徵，而李花則給人以豔麗和豔陽的聯想。除非書名叫《金瓶李》，否則，柯麗德的結論難以成立，譯者的奇想也未能令人首肯。

譯者認為《金瓶梅詞話》欣欣子序所說的作者蘭陵笑笑生，表明小說隱名作者是荀子學說的信從者。荀子曾為蘭陵令，笑笑生表明小說作者對時代的嘲笑。如同一般學者所相信的那樣，欣欣子和笑笑生可能是同一個人，那麼「笑笑」譯成「嘲笑」就不妥了。這是以小說和荀子牽扯在一起的第一個疑點。

第二，中國古代封建王朝的覆滅大都由於君主荒淫和任用非人。無論商紂、蜀漢、隋煬帝都如此。譯者所引用的那幾段《荀子》對這幾個朝代同樣適用。是不是《封神演義》《三國演義》《隋煬帝豔史》《隋唐演義》的作者都受到《荀子》的影響呢？

第三，譯者引用小說第一回「世上唯有人心歹」，將它看作是荀子性惡論的標誌。孟子性善說和荀子性惡說是儒家的兩大學派。因為人性本善，教育的作用在於「求其放心（喪失掉的本性）」；因為人性本惡，必須以禮法加以約束。不管人們將孟子看作唯心主義，視荀子為唯物主義，就教化而論，兩者殊途同歸，目標一致。「世上唯有人心最歹」，這是人在憤激時對現實生活的感喟，這種閱歷之談和處世格言各個民族都有很多很多，難以同哲學思想混為一談。小說原文說：「看官聽說世上唯有人心最歹，軟的又欺，惡的又怕，太剛則折，太柔則廢。古人有幾句格言說得好：柔軟立身之本，剛強惹禍之胎。無爭無競是賢才，虧我些兒何礙。青史幾場春夢，紅塵多才（少）奇才。不須計較巧安排，安分而今見在。」從前後文看來，這幾句話說的並不是人性問題，而是慨

<hr>

2　見荷蘭《通報》，1981 年。

歎處世之難。後面幾句格言所包含的消極思想同荀子〈勸學〉〈修身〉〈天論〉所主張的積極進取思想格格不入。早在七年前,拙作〈再論《水滸傳》和《金瓶梅》不是個人創作〉已指出《金瓶梅》第一回〈西江月〉詞(「柔軟立身之本」,詞調未標,見上引)前四句又見於《水滸傳》第七十九回引首。《金瓶梅》第十九回、九十四回「世間只有人心歹,百事還教天養人」又見於《水滸傳》第三十三回。按照譯者的邏輯,豈不是《水滸傳》也成為《荀子》性惡說的熱心的宣傳者?而「百事還教天養人」云云同《荀子·天論》的「制天命」思想無異南轅北轍,不知譯者何以自圓其說。

# 《金瓶梅》的成書年代

　　芮效衛教授有一篇論文,題為〈湯顯祖創作金瓶梅考〉。我曾在普林斯頓大學的一次小型討論會上提出異說,同他友好地討論,並各有文章發表。現在他的〈緒論〉說:「我仍然認為湯顯祖比被提名為《金瓶梅》作者的別的人選更為可取。由於我提不出直接的論據,結論有待證實。這裏我不談此事。」他雖然沒有放棄他的原來說法,實事求是的謹嚴態度不失學者風範。

　　最近我重新寫作 30 年前問世的《湯顯祖年譜》,我對湯顯祖和《金瓶梅》抄本的最早收藏者麻城劉守有、劉承禧父子的交誼找到了新的線索。湯顯祖〈答陳偶愚〉(見尺牘卷五)說:「弟孝廉兩都時,交知唯貴郡諸公最早。無論仁兄、衡湘昆季,即思雲愛客亦自難得。」「貴郡」指黃州,思雲即劉守有。書信說明他們訂交在萬曆十一年(1583年)湯顯祖中進士前。湯氏《問棘堂集》有一首詩〈秋憶黃州舊遊〉。此集有萬曆六年序。它保存在臺灣的十卷本和大陸的兩卷本都不是當時的原貌。兩卷本所收作品反而比十卷本多。湯氏〈前朝列大夫飭兵督學湖廣少參兼僉憲澄源龍公(宗武)墓誌銘〉說:「比行,而當庚辰(萬曆八年)正月大計吏,則又奪公倅黃。」「倅黃」即以黃州通判兼攝黃岡知縣。「黃州舊遊」的東道主就是龍宗武,時間則在萬曆八年。一個人的文集中收有作序之後一二年的作品並不少見。臧懋循〈元曲選序〉說,萬曆四十一年(1613年)他到麻城從劉家借到金元雜劇二百多種。他在《負苞堂集》卷四〈與謝在杭書〉中說,這批曲藏的「去取」出自湯顯祖之手。湯顯祖在麻城劉家看書很可能同是萬曆八年的事。後來中進士後,他同劉守有就只有三年一次因公晉京時才有會面的機會。湯氏罷官以後,沒有發現他們再有來往。

　　湯顯祖的《南柯記》傳奇作於萬曆二十八年(1600年)。第四十四齣〈情盡〉,淳于棼忍受焚燒手指的劇痛,許下宏願。真誠所至,天門大開。他居然目睹大槐安國軍民螻蟻五萬戶口同時升天,包括他的亡父、亡妻和親戚故舊在內。這一齣明顯地來自《金瓶

梅》最後一回普靜禪師薦拔幽魂的情節。後來《桃花扇》傳奇第四十齣〈入道〉,錦衣衛世官張薇在白雲庵舉行齋醮,焚香打坐之時,竟能閉目靜觀明末死難臣僚的下落。忠臣升天為神,權奸受到惡報。這個情節顯然受到《南柯記》的啟發。兩本傳奇、一部小說以具有類似的宗教傾向的類似情節作為全書結局,三者先後啟承轉襲的關係無可懷疑。

《金瓶梅》第四十九、七十二、七十四、七十六、六十三、六十四等回書中記載的唱腔都是海鹽腔,尤以上面最後兩回的大段記載為詳細。全書沒有一個字提及崑腔(曲)。即使第三十六回寫到在北方深受歡迎的「蘇州戲子」時,那也不是崑腔演員,而是海鹽腔演員。可見《金瓶梅》的寫成絕不遲於萬曆初年崑腔興起之前,至遲萬曆二十八年湯顯祖已閱讀過《金瓶梅》百回本全書了。

芮氏認為《金瓶梅》的完成,必在今傳萬曆四十五年印本之前不久,否則,沒有更早的文字記載提到它是難以想像的。上面所舉湯顯祖的例子是芮說的反證。湯顯祖明明讀過《金瓶梅》全書,但是他的卷帙浩繁的作品中卻沒有一個字提到它。

# 《金瓶梅》和《荒涼山莊》

這原是芮氏〈緒論〉的小標題,我缺乏豐富的想像力,只能借用它的現成說法。

《荒涼山莊》(1852-1853 年)是十九世紀維多利亞時代偉大的英國小說家狄更斯(1812-1870 年)的後期佳作。〈緒論〉將它和兩個世紀前的中國的《金瓶梅》相提並論,原不是我所能想像。更令人意外的是〈緒論〉的四分之三敘述引用米勒(J. Hillis Miller)為新版《荒涼山莊》所寫的序文,並且將文中的「荒涼山莊」字樣徑直改為「金瓶梅」。引用者認為這樣做絲毫不影響引文的原意。

我看這裏有三種情況:

一、如原文說:「他鼓勵讀者從人物的姓名、手勢和外表作為探尋他們身上所包含的奧秘的標誌……小說中有這麼多的人名不是公開的指代〔如應伯爵(應白嚼)、吳典恩(無恬恩)、常峙節(常時借)、溫必古(文必古)[3]〕,就是似有深意而顯露在外。」《荒涼山莊》的某些人物如男主角從男爵德特洛克(Dedlock)是「僵局」(Deadlock)的諧音,珠寶店老闆勃累時一斯帕克耳(Blaze-Sparkle)是「光燦燦」的諧音,《金瓶梅》和《荒涼山莊》確有一些相似的通俗手法,正如同莎士比亞的喜劇人物福爾斯達夫(可意譯為不可信賴的侍從)或曹雪芹筆下的卜世仁(諧音不是人)一樣,這種廉價的藝術手法絕不是大作家之所

---

3　《金瓶梅》一些人物姓名的諧音〈緒論〉同公認的說法不盡相同,如溫必古,一般認為是溫屁股,指他喜愛男風。

以成為大作家的手法。張竹坡以溫秀才、韓秀才的姓氏強解為寒溫冷熱，作為全書的關鍵；以西門慶的「慶」字同「罄」字相通：「瓶（李瓶兒）因慶生也。蓋云，貪欲嗜惡，百骸枯盡。瓶之罄矣，特特撰出瓶兒，直令千古風流人，同生（罄）一哭。」張竹坡又說：「夫永福寺，湧（永）於腹（福）下，此何物也。」令人遺憾的是〈緒論〉以「蔡京」諧音「財精」，以「進瓶魅」解「金瓶梅」，並未比十七世紀末的張竹坡有多大不同。如果張竹坡的說法可以成立，豈不是《水滸傳》中的西門慶、《清平山堂話本·戒指兒記》的永福寺已為《金瓶梅》定下了基調，那還用得著作者（無論是個人或群體）的藝術才能嗎？

二、大部分引自米勒的《荒涼山莊》序文，如：「作者寫作《金瓶梅》時，製作了當時中國社會的一個縮微範本……小說準確地反映了作者當時的社會現實……各個人物的錯綜關係是社會上各階層人物的內在關係的複製件……作者要確切地把握中國社會並確切地查明產生它的現狀的由來……就整個而論，小說是作者見聞的報導……《金瓶梅》不會輕易地提供它的含義……敘述者所隱藏的不亞於他所揭露的……小說只有通過這一角色和另一角色，這一場景和另一場景，這一形象化表達和另一形象化表達的前後文之間的呼應才能理解……雖然許多相似事物在精心製作的架構中大多數是一目了然的，不少卻要由讀者自己去探索……」恕我沒有全文譯載。它們既適用於《荒涼山莊》，也適用於《金瓶梅》，對此我並無異議。但是我要指出這一切也同樣適用於薩克雷的《名利場》、托爾斯泰的《戰爭與和平》以及曹雪芹的《紅樓夢》。米勒所敘述的幾乎是所有全景式地反映社會現實的開放型結構的長篇小說的特徵，並非《荒涼山莊》或《金瓶梅》所獨有。我看不出它們對《荒涼山莊》或《金瓶梅》的理解有什麼特別意義，除非讀者從來沒有接觸任何一部開放型結構的長篇小說。

三、我懷疑〈緒論〉感興趣的特別是如下一些說法：「轉喻的前提是事物之間的相似性或偶然性表現為相近相通，使得小說的敘述成為可能。它鼓勵讀者將相近的事物看作相似，並為此而作出驗證。比喻和轉喻構成語法的深層框架，《金瓶梅》的讀者借此在不聯屬的事物間引申出總體的認識……《金瓶梅》的基本創作原則……是嚴格意義上講的『諷喻』。它借彼而言此……《金瓶梅》讀者處處都可以碰到這種描寫技巧，以此代彼，喻彼，例彼，只有相形之下才能理解或得以說明」。如果說這種「借彼而言此」，「以此代彼，喻彼，例彼」的這種「相形」，指的是以「蔡京」隱喻「財」「精」，以「清河」隱喻「錢堆」，以「金瓶梅」隱喻「進瓶魅」，以「孝哥」隱喻「南宋高宗」，儘管我沒有讀到米勒的原作，我猜想未必是他的本意。

作為全景式地反映社會現實的開放型結構的長篇小說，《荒涼山莊》是另一個類型，有別於《金瓶梅》。因為《荒涼山莊》除了全景式地反映現實外，還另有一個主旨：隨

著故事情節的深入發展，它將揭示雍容華貴的德特洛克貴夫人的醜聞和她的私生女兒的真相。這就使得它的結構帶有破案類小說的懸念和驚險情節，它的結構不得不以嚴謹緊湊為特徵。

《金瓶梅》和《荒涼山莊》的比較不能到此為止，它們還有一個根本差異。《荒涼山莊》是狄更斯在創作了《匹克維克外傳》（1836 年）、《奧列佛·退斯特》（1837-1839 年）、《尼克拉斯·尼克爾貝》（1838-1839 年）、《老古玩店》（1840-1841 年）、《聖誕歡歌》（1843 年）、《董貝父子》（1846-1848 年）、《大衛·科波菲爾》（1849-1850 年）等一系列小說名著之後，他的小說創作藝術完全臻於成熟時的佳作。而《金瓶梅》卻是中國小說史上獨特的產物，它出自民間說話藝人的集體創作和加工，經過世世代代說唱演出時的改進，在一個漫長的去蕪加精的過程之後積澱而成，它沒有得到一個勝任的作家為它作出創造性的編校，甚至可以說現存的《金瓶梅詞話》至多只是一個七八成完工的作品，精緻和粗劣並存，匠心獨運的描寫和大量前後脫節、矛盾、文字不通、不應有的重複和失誤並存，有如洶湧澎湃的江河夾泥沙以俱下。這才是它的真實存在，任何知其美而不知其惡，知其粗而不知其精的研究和考察都不免是片面之見。

人們熟知《金瓶梅》源於《水滸》，但從《水滸》和《金瓶梅》相同的十二例引首詩看來，既有《金瓶梅》沿襲《水滸》的例子，也有相反的例子。既然二書的關係是雙向的影響或作用：《水滸》⇔《金瓶梅》，《水滸》比《金瓶梅》早、比《金瓶梅》遲的跡象同時並存，當然兩者都只能是世代累積型的集體創作，這樣才有可能在長期流傳過程中互相影響或作用。

我珍視《金瓶梅詞話》英文全譯本的出版，可以說這是一項千秋大業，希望它在再版時繼續得到提高。學無止境，我想翻譯作為一種特殊的再創作也一樣。我並不期望這一篇短文使譯者改變他長期形成的學術觀點，但是我希望爭論可以使雙方同樣受益。對自己說，錯了可以得到糾正；對另一方說，即使都是逆耳之言，也可以使他原來的觀點修改得更好，以對付批評者的挑戰。

# 《金瓶梅成書與版本研究》序

　　《金瓶梅》刪節本問世了。刪去字數只占全書四十分之一上下，不妨礙一般讀者對它的鑒賞，而又免除它的穢褻部分可能造成的危害。我們既要讓一切可資利用的文學遺產為更多的人所占有，另一方面又要對讀者負責，不能讓不健康的東西通行無阻，蠱惑人心。我贊成這樣的兩全之道。

　　《金瓶梅》刪節本以及一些研究著作的出版可能使人造成錯覺，以為出版界對它有所偏愛。一切被禁止的出版物初解凍時都會引起一陣小小的騷動，中外文學史上不乏這樣的先例。以社會心理來說，這很難避免。數量有限的刪節本的出版原意，只是在於糾正過去出版界失之過嚴的一些偏差。可以刪節出版，不等於向讀者廣為推薦。兩種情況大不相同。

　　學術界和一般讀者有別。《金瓶梅》是中國小說發展史上不可或缺的一個環節。承上啟下，沒有它，難以想像後來會有曹雪芹的《紅樓夢》。它是我國古代第一部個人創作的長篇小說，抑或它也同《三國》《水滸》《西遊記》一樣都不是純粹的個人創作？它的作者或寫定者究竟是誰？它是現實主義或自然主義，是淫書，抑是譴責性的暴露作品，或別有深刻的寓意或寄託？這些都是擺在文學史研究者前面有待解決的具體問題。從魯迅、鄭振鐸、吳晗到現在，研究正在深入。學術界迄今提出小說的作者或寫定者主名不下十人之多。這說明我們的研究還不夠，否則是不會有這麼多的推論或臆測的。

　　上面提到的那些論爭既有考證問題，又有理論問題。不是說作者、年代、作品的成書過程搞不清楚，就不能對這部小說的傑出成就和它的嚴重缺陷作出科學的分析。但是如果考證搞清楚了，我們所作的理論上的探索就會立足於更加可靠的基礎之上。兩類問題性質不同，而又互相關連。

　　劉輝同志的新著主要是考證。考證涉及史實和資料的搜集、甄別和審查，從而得出相應的結論。就一般情況而論，一則一，二則二，周旋的餘地不像理論領域那樣廣闊，可以眾說紛紜，雜然並存。但是《金瓶梅》和一般作品不同。第一，作者或寫定者可能預見此書的穢褻部分將有損自己的名聲，加以小說原是古代人所不齒的小道，因而有意戴上隱身帽，不願人知道作品和作者的聯繫，長久以後人們很難追尋成書的線索；第二，留傳下來的有關記載本來就少，它們一鱗半爪散見於明代文集中，很難使人在想像中恢復它的全貌。明代文集多而且濫，卷帙有的達百卷以上，它們現在都入藏於大圖書館的

善本書庫，讀者輕易難得一見，即使偶有機緣，也只能匆匆翻閱一過，要想利用不同版本作一校讀，那更是難上之難。

當然也有研究者本人的局限。如吳晗的著名論文〈金瓶梅的著者時代及其社會背景〉，他依據《明史》卷九十二〈兵志・馬政〉的記載，推論《金瓶梅》第七回所說：「朝送（廷）爺一時沒錢使，還問馬價銀子來支使」，必定在萬曆十年之後，因此得出《金瓶梅》成於萬曆十年到三十年（1582-1602 年）的結論。根據《明史》這一段記載，得出這樣的結論是合乎邏輯的。這裏不存在任何差錯。問題是《明史》的這一段記載本身不準確，它誘使人得出錯誤的結論。因為早在嘉靖年間，明朝政府大量移用馬價銀的多次事實，已在《明實錄》中一一登載明白，無可懷疑。

其次是用作內證的某些史實比較冷僻，容易使人誤入歧途。如有同志從小說第五十八回，韓道國的貨物「見今直抵臨清鈔關，缺少稅鈔銀兩」，得出結論：「到臨清上稅，不能早於萬曆二十六年。」即小說成書不能比這更早。這是把明代早已有之的正常的臨清鈔關，和萬曆二十六年後派遣太監為稅使混為一談了。做學術工作而偶有失誤，在所難免，然而它們和正確的論證同時並存，甚至以曲繩直，這就使《金瓶梅》的一些有關史實更加真偽莫辨了。

現在讓我們回到明代文集的考訂上來。馬泰來先生在謝肇淛《小草齋文集》中看到一篇〈金瓶梅跋〉，而北京圖書館所藏的稿本無此跋。明代文人常有這樣的情況，先就若干詩文匯成一集，名為某某集，後來作品積累更多，還是用同樣一個名字。詩文集早年的序跋和後來的序跋並列，甚至只有早期序跋，而漏印後來的序跋。一本書有幾個不同的書名，或書名相異，書則相同。非經仔細校讀，很難作出鑒別，推定它的年代。

阿英〈金瓶瓶雜話〉和王重民《中國善本書提要》都提到屠本畯的《山林經濟籍》，一以為真，一以為假，令人莫衷一是。劉輝同志在北京圖書館找到它的二十四卷本，又在北大圖書館見到它的不分卷本，兩相對照，真相搞清，它的有關《金瓶梅》記載的真實性才又重新得到確定。

本集的幾篇論文和附錄在版本、資格方面提供了不少新的情況，它們必將在《金瓶梅》的論爭中有利於一方而不利於另一方。這和他的主觀意圖未必有關。同樣的資料可以引申出大同小異或小同大異的結論。見仁見智，原是正常的事。即使是最友好的學術工作者之間，也不一定觀點處處一致。有的發而為商榷或駁正，有的同時並存，而互不指明對方的失誤，這實際上同樣是批評或爭鳴。這兩種情況在包括劉輝同志和我在內的同行當中都有存在，而且不會很快取得一致。只有經過長期的爭論才能使分歧逐漸縮小，這是文學史研究獲得進展的正常途徑。際此劉輝同志的新著出版在即，樂於遵命贅數語如上。

1985 年

# 論張竹坡《金瓶梅》批評
## ——《金瓶梅會評本》前言

　　《金瓶梅》是出現在中國文學史上的怪物。它作為色情小說的魁首，本來不值得研究者為它多費心力。事實是除此之外，它還有更其重要的一面。它是我國第一部以市井人物為主角、以世俗的社會生活為題材的長篇小說。同《三國志演義》《水滸傳》《西遊記》等以帝王將相、英雄好漢、神魔鬼怪為主角和題材的小說相比，它對今天的讀者無疑更為接近，具有明顯的近代色彩。就小說藝術而論，它是我國第一部百科全書式的開放型小說，打破了在它之前小說結構單線發展的格局。同時它又是我國第一部以反面人物為主角的長篇小說。如果對它的成書過程缺乏理解，我國長篇小說發展史上至關重要的一個階段就會顯得輪廓模糊，真相不明。

　　中國長篇小說的產生源於話本。感謝五四以來胡適、魯迅、鄭振鐸、孫楷第以及其他前輩學者的勞績，這一結論已為國內外學術界所接受。可惜世人對話本的理解仍然偏而不全。話本中說話的成分較早受到注目，而對它的唱的成分卻一直未予重視。南宋羅燁《醉翁談錄》甲集卷一〈小說開闢〉說「吐談萬卷曲和詩」；《水滸傳》引首詞的結尾說「不如且覆掌中杯，再聽取新聲曲度」，都是說和唱並重。《水滸傳》第五十一回白秀英獻演話本，「說了開話又唱，唱了又說」，明明白白唱是她上演話本的兩大成分之一。有的學者卻不加任何說明，徑直以為《水滸傳》這一回描寫的不是話本，而是諸宮調在上演[1]。我只是在同行的批評和督促下，才認真考慮到這一點，並提出簡明的結論：詞話就是話本，兩者並無本質區別。詞話可說是話本的早期形態，在它由說唱兼重發展成為說話為主時才通稱為話本[2]。按照這樣的觀點，《金瓶梅》詞話是元明世代累積型小說唱的成分保留得最多的一個標本，不妨稱之為我國長篇小說發展史上的一塊活化石。

---

1　見葉德均《戲曲小說叢考》第 640 頁，北京：中華書局 1979 年。

2　批評文章見李時人〈關於金瓶梅的創作成書問題〉，《上海師範大學學報》（社會科學版）1985年第 3 期。我的答辯〈再論《水滸》和《金瓶梅》不是個人創作〉，見《徐州師範學院學報》（社會科學版）1986 年第 1 期。

《三國志演義》《水滸傳》《西遊記》都經歷過這樣一個階段，但它們現存的都是各自的最終完成形態。它們都不曾留下在此之前某一階段的某一形態，如同《金瓶梅》詞話本一樣。這是《金瓶梅》值得重視的又一原因。

近年來，《金瓶梅》研究隨著四個現代化和開放政策的推行而得到活力。一方面這是長期凍結後出現的物極必反的現象，另一方面則由於它在文學史上的重要性所決定。由於後面的原因，看來它不會是一陣風的短暫現象。爭論正在展開，許多工作有待著手。加深對《金瓶梅》的微觀認識，必將加深對中國小說史的宏觀認識。反過來也一樣。

劉輝、吳敢同志的《金瓶梅會評本》可說是 1985 年人民文學出版社《金瓶梅》節本的姊妹版。會校、會注、會評原是古籍研究和整理的一種傳統方式，它們在唐宋之後得到發展。以宋版九經、十一經為基礎的《十三經注疏》、朱熹的《四書集注》都是儒家經典的標準本。六臣注《文選》和《史記》集解、索隱、正義合刊本說明有數的典籍享有這樣的榮譽。《金瓶梅會評本》是這種傳統的古籍整理方式，繼《聊齋》《儒林外史》之後，在古代小說領域中的又一次推廣。

會評本兼收李漁、張竹坡和文龍三種評本。《新刻繡像批評金瓶梅》比張竹坡評本早。它出於李漁的改定，並有他的評語。這是會評本編者新近得出的結論。這使相傳已久的李漁創作《金瓶梅》說得到合情合理的解釋。詳見劉輝同志的論文〈論新刻繡像批評金瓶梅的寫定作評者及其刊刻年代〉。

李漁的寫定本是後來通行的張竹坡《皋鶴堂批評第一奇書》本的依據。他的寫定比他的評語重要。會評本編者劉輝同志在上述論文中把李漁的改本看作是《金瓶梅》的最後寫定本，名之為說散本，即世代累積型的《金瓶梅》詞話至此才完成它的流傳創作過程。他的理由綜述如下：一、說、唱並行的詞話本至此改成以散文為主的小說。如果說散文在詞話本中已占壓倒地位，在改本中韻文及別的引文又進一步得到壓縮。二、詞話本以武松打虎開始，改本第一回作〈西門慶熱結十弟兄，武二郎冷遇親哥嫂〉，依傍《水滸傳》的痕跡已盡可能加以消除。三、情節、人物上的明顯破綻得到修補，回目對仗工整，行文經過潤飾。這些說法都是對李漁改本的公正評價。但是對這些觀點我仍然有所保留。我認為《金瓶梅詞話》中儘管有不少例證足以說明它並未最後完工，但世代累積的流傳創作過程已經到此結束。隆慶（1567-1571 年）前後的晚明社會同小說之間存在著最後的血肉聯繫的紐帶（別的學者則認為還可以推後二三十年）。這是決定一個作品是否已經最後完成的重要佐證。在此之後，李漁的改寫一般只限於技術性的加工，對全書的思想和藝術影響不大。對它略有改進，卻以同等程度的失真作為代價。在 1932 年詞話本被發現之前，李漁改本成為唯一的通行本。它對擴大此書的流傳和影響起了不小作用。但在詞話本重新出現以後，它就不再具有它以前那樣的重要性。

　　會評本編者劉輝同志的另一論文〈從詞話本到說散本〉指出李漁寫定本即張竹坡評本第二十四回原文「幾句說經濟」、第二十八回原文「好，省恐人家不知道」，都是誤將評語刊入正文之內；而第八十二回評語說，「原評謂此處插入春梅」──論文作者據此作出判斷：「在詞話本沒有刊刻問世以前，《金瓶梅》還在抄本流傳時，有的抄寫者已經寫下了批語。」這表明在李漁改本之前，除詞話本外，還存在著另一個或另一系統的抄本。它的時代下限在張竹坡作批評的康熙三十四年（1695 年）之前。它究竟完成於明末或清初，如果成於明末，是萬曆或天啟、崇禎，抑或早在隆慶年間，那就難說了。這是探索早期《金瓶梅》抄本的又一線索。

　　會評本編者劉輝同志認為李漁改本在「不少細節上作了增飾，描寫得更加具體生動。」他曾以西門慶與潘金蓮在王婆家初次約會的一節文字為例，比較《水滸傳》《金瓶梅》詞話本和李漁改本的異同。他指出：「《詞話》本的描寫已不同於《水滸傳》，而說散本（即李漁改本）增飾則較多，細膩深刻、真實生動，活畫出兩人初次會面時的情態。尤其是潘金蓮，『一面低著頭弄裙子兒，又一面咬著袖衫口兒，咬得袖口兒格格駁駁的響，要便斜溜他一眼兒。』更是繪聲繪色，真實入微地刻畫出她當時的心理狀態。怪不得張竹坡在此處十分欣賞又相當得意地批道：『《水滸傳》有此追魂攝魄之筆乎？』確是一段十分精彩的文字。」

　　我只能同意他意見中的一半。我認為與其說詞話本比《水滸》的同一片段好，李漁改本比詞話本的同一片段好，不如說它們的描寫一本比一本細緻。細緻到一定程度之後，它可以變得更加形象化更加生動，也可以變得過於瑣細詳盡而不留給讀者以想像的餘地，反而不如從前。這是說細比粗好，但也有相反情況：渾成自然有時比雕琢好。從另外一個角度看，描寫愈是精細，愈容易因偶一不慎而露出破綻。按照《水滸》的描寫：「也是緣法湊巧，那雙箸正落在婦人腳邊。」西門慶的這一動作出於無心，儘管這次相會是他的有意安排。詞話本改為：「這西門慶故意把袖子在桌上一拂，將那雙箸拂落在地下來。」拂箸下地既是出於有意，後文「也是緣法湊巧」，依然照抄《水滸》，這就前後不相對應了。由簡而繁，在藝術上的效果是複雜的，不可一概而論。有的部分因趨向詳盡瑣細而得到提高，另外部分則可能相反。增之一二分或三四分，有時有畫龍點睛之妙，有時則成為畫蛇添足之累。從一個角度看來，它是錦上添花；從另一角度看來，它又恰恰帶來不虞之毀。在中國話本，特別是世代累積型的長篇小說在由簡而繁的發展過程中，有的片段得到提高，有的片段則相反，難以簡單地分出優劣。

　　晚明李贄對《忠義水滸傳》，其後金聖歎對《水滸傳》、毛宗崗對《三國志演義》以及張竹坡對《金瓶梅》的評點在小說批評史上異軍突起，後來稱為評點派。它們對擴大小說的社會影響貢獻很大，這一歷史作用應予充分肯定。

　　閱讀作品而探求微言大義，這原是漢儒攻讀經典著作的重要手法。後來由儒家推廣到三教九流，由經書擴大到史、子、集各部，成為傳統治學的一大法門。求之過深、牽強附會是評點派與生俱來的不治之症。

　　李贄評《水滸》意在「發抒其憤懣」（懷林〈批評水滸傳述語〉），自然偏重思想內容。他的某些評語涉及小說的結構以及人物塑造，但語焉不詳，未作進一步闡發。據李開先《詞謔》的記載，他的友人崔銑、熊過、唐順之、王慎中、陳束最早以《水滸傳》同《史記》的「敘事之法」相比。雖然仍然未能把小說和《史記》加以區別，他們為探求小說藝術畢竟跨出了第一步。

　　金聖歎評《水滸》是小說評點派的劃時代成就。他的全書總論、讀法、回評以及眉批、夾批等各個層次的綜合成為後來的規範，如同《漢書》以後的許多正史都遵從司馬遷創立的紀傳體史書一樣。他所命名的諸如倒插、夾敘、草蛇灰線、大落墨、綿針泥刺、背面敷粉、弄引、獺尾、正犯、略犯、極不省、極省、欲合縱、橫雲斷山、鸞膠續弦等等手法實際上都是從以《史記》為代表的古文筆法中演變而來。金聖歎〈第五才子書讀法〉說：「此本雖是點閱得粗略，子弟讀了，便曉得許多文法。」這裏說的「文法」指的是八股文的技法。把以《史記》為代表的古文、科舉制的八股文和小說的創作手法混為一談，這是他們那個時代的通病。但它畢竟為古代小說藝術的研究和評論開闢了道路。由於先天的缺陷，評點派的成就不及他們一度起的作用那麼大，但也不宜輕易加以否定。

　　上面關於評點派的一些基本認識，同樣適用於張竹坡批評《金瓶梅》。

　　看來張竹坡並未見到詞話本。否則，他是不會在評語中不置一詞的。他沒有想到《金瓶梅》對任何前人作品的引錄和襲用。他在全然缺乏有關資料的情況下開始他的評論。據他〈第一奇書凡例〉的自述，評語的寫作成於十數日之內，缺少從容斟酌的餘裕。他為《金瓶梅》作批評時，虛齡二十六歲。詩人年少在文學史上並不為奇，批評家卻只有十九世紀俄羅斯的杜勃羅留波夫比張竹坡還少一二年，就以他的論文〈什麼是奧勃洛摩夫性格〉而驚世駭俗。張竹坡除了依恃他自己的文學才能外，他的前面只有李漁的改本和評語，以及金聖歎、毛宗崗所樹立的評點派的榜樣供他借鑒。

　　張竹坡對小說藝術手法的研究有一段精闢的見解：「故做文如蓋造房屋，要使樑柱筍眼，都合得無一縫可見；而讀人的文字，卻要如拆房屋，使某梁某柱的筍皆一一散開在我眼中也。」（第二回評語）小說藝術手法由不被承認、不加理會到引起重視、加以認真研究，這是一大進步。其中評點派起了重大作用。在《金瓶梅》，則是張竹坡作了開創性的探索。同多數評點派名家一樣，由於他把小說藝術手法同古文、八股文筆法混為一談，往往真偽不辨，主次不分，勢必把小說研究引入歧途而後已。他在小說卷首有一篇〈冷熱金針〉說，金針指的是理解整本小說的關鍵。這無異指出現實社會的炎涼世態

是小說的主題所在。這句話可以說簡明扼要，一語破的。顯然，李漁改本第一回的標目以冷熱相對曾給他以有益的啟發。但他接著就說：「夫點睛處安在？曰：在溫秀才韓夥計。」以小說中的次要人物溫必古和韓道國的姓氏強解為寒（韓）溫冷熱，並把它作為全書的關鍵，顯然出於牽強附會。中外古代小說戲劇中都有以人物姓氏暗示他們個性的手法。如拉伯雷《巨人傳》的主角卡岡都亞原意大肚量，莎士比亞筆下的喜劇人物福爾斯德夫可意譯為不可信賴的侍從，南戲和元雜劇中的鶻子傳（胡廝纏），《五倫全備記》中的伍倫全、伍倫備以及《紅樓夢》的卜世仁（不是人）也都是這樣的例子。偶一用之，足以令人解頤。但至多只能算是低級的藝術手法。《金瓶梅》有同樣的癖好，而在程度上則遠非其他作品所能相比。以溫必古暗示男人的同性戀愛，韓道國可能譏笑他的貧寒。作者本意充其量不過是逗笑取樂而已。把他們這一對姓名看作全書主題的暗示，那只是評點者亂加穿鑿，同小說本身無關。張竹坡又以西門慶之「慶」同罄字相通，「瓶（李瓶兒）因慶生也。蓋云貪欲嗜惡，百骸枯盡。瓶之罄矣，特特撰出瓶兒，直令千古風流人，同生（聲）一哭。」張竹坡在這上面建立了他的「寓意說」。西門慶的姓名始於《水滸傳》，《金瓶梅》只是照搬不改而已。照他這樣說，豈不是《水滸傳》就已經確定了《金瓶梅》的主題。張竹坡把小說中的許多人物姓名以同音諧聲加以解釋。有的是可信的，如應伯爵（白爵）、謝希大（攜帶）之類；有的看起來不無道理，本身卻有爭論，如韓道國，有人以為是搗鬼的諧音，有人則以為是寒到骨。成問題的是他的這種並不完全正確的說法還在濫加擴大。如永福寺見於《清平山堂話本·戒指兒記》，這原是《金瓶梅》因襲話本的一例而已。而他卻想入非非地解釋說：「夫永福寺，湧（永）於腹（福）下，此何物也？」他又以為安忱（枕）、宋（送）喬年「喻色欲傷人，二人共一寓意也」（以上見〈寓意說〉）。他倆都是宋代實有的歷史人物，並不由《金瓶梅》所命名。小說根本沒有提到他們因色欲而戕害身體的事。又如第六十一回評語說：「二姐者，二為少陰，六為老陰，明對六兒而言之也。」六兒指潘金蓮和王六兒。春梅原叫龐二姐。張竹坡認為這是暗喻小說的結局：春梅繼潘金蓮而代興。按照諸如此類的邏輯，小說創作必然等同於燈謎的製作，而小說研究將降低為猜燈謎、問卜、起課、打卦、圓夢之類的玩意兒了。

王世貞創作《金瓶梅》的說法曾盛行一時，但在晚明並未見於記載。廿公〈金瓶梅跋〉指出作者「為世廟時一巨公」，沈德符《野獲編》卷二十五也只說：「聞此為嘉靖間大名士手筆。」都沒有具體姓名。屠本畯《山林經濟籍》卷八說：「王大司寇鳳洲先生家藏全書」，但他並不認為收藏者就是它的作者。因為這句話之前，他還說：「相傳為嘉靖時，有人為陸都督炳誣奏，朝廷籍其家，其人沉冤，托之《金瓶梅》。」王世貞的父親死於嚴嵩的「誣奏」，同陸炳無關，他並未受到抄家處分，這兩點都同記載不合。

屠本畯同王世貞本人有來往，不至於錯到這樣地步，可見他說的不是王世貞。

顧公燮《消夏閑記摘鈔》卷上〈作金瓶梅緣起——王鳳洲報父仇〉在記載王世貞的父親被嚴嵩所殺害之後說：

> 忤子鳳洲世貞痛父冤死，圖報無由。一日偶謁世蕃。世蕃問：坊間有好看小說否？答曰：有。又問：何名？倉卒之間，鳳洲見金瓶中供梅，遂以《金瓶梅》答之。但字跡漫滅，容鈔正送覽。退而構思數日，借《水滸傳》西門慶故事為籃本。緣世蕃居西門，乳名慶，暗譏其閨門淫放。而世蕃不知，觀之大悅，把玩不置。相傳世蕃最喜修腳。鳳洲重賄修工，乘世蕃專心閱書，故意微傷腳跡，陰搽爛藥，後漸潰腐，不能入直。獨其父嵩在閣，年衰遲鈍，票本擬批，不稱上旨。上寢厭之，寵日以衰。御史鄒應龍等乘機劾奏，以至於敗。噫，怨毒之於人甚矣哉。

修腳的傳說，後來變成王世貞把砒霜粉塗在書頁上，趁嚴世蕃不時以唾液潤濕手指翻書時，使他中毒而死。

這則故事是名實相符的只供消暑納涼的閒話，一點也經不起查證。嘉靖三十九年（1560年），王世貞在他的父親處死後，就護喪回家，直到七年之後新君即位，他才為亡父申請昭雪而重到北京，這時嚴世蕃早就被殺。王世貞父喪之後，根本沒有機會同嚴世蕃相見，更不要說他們一起閒聊看什麼小說好。《金瓶梅》長達八十萬字，絕對不是「數日」之內所能完成。嚴世蕃不能隨父入直，史書有明確記載，不是因為他害病，而是他因母親去世，本當奔喪回籍，雖然批准他留居北京，侍候父親，卻為禮法所規定不得「入直」辦公。

這裏我不妨舉一條《金瓶梅》不出於王世貞之手的反證。王世貞在《藝苑卮言》中對《寶劍記》很不尊重，當面對李開先說：「第使吳中教師十人唱過，隨腔改字，妥，乃可傳。」李開先聽了「怫然不樂而罷」。王世貞的《國朝詩評》《文評》評論明代詩人作者一百六十人以上，李開先不在其內。如果《金瓶梅》出於同一王世貞之手，為什麼他又對李開先如此尊崇，把《寶劍記》第五十齣的〔正宮·端正好〕套曲五支全文引錄在小說第七十回，另外還有多處襲用《寶劍記》？這是難以自圓其說的。

《消夏閑記摘鈔》有乾隆五十年（1785年）作者六十四歲時的自序。它晚於張竹坡批評《金瓶梅》九十年。張竹坡〈讀法〉說：「故（嚴世蕃）別號東樓，小名慶兒之說，概置不問。」可見顧公燮所採用的原始記載當也是張竹坡「苦孝說」的依據。這條原始記載，如果沒有張竹坡為它推波助瀾，可能早就被人遺忘了。除最近雷威安的法譯本和即將問世的芮效衛的英譯本外，所有以前的外語譯本都以張竹坡評本作為依據；因此王世貞創作《金瓶梅》說也在國外流傳較廣。為《金瓶梅》作者提出一種說法以供采擇，即

使錯了，本來也不是壞事。引以為憾的是張竹坡未作任何論證，隨意附和一說而大事宣揚，則造成謬種流傳。張竹坡〈苦孝說〉指出小說作者「其親為仇所算」，「痛之不已，釀成奇酸」，「《金瓶梅》當名之曰奇酸志、苦孝說」。第九十八回夾批又說：「總結眾人，又暗合東樓父子，則此書當成於嚴氏敗事之後。」第一百回夾批說：「作者固自有沉冤莫伸，上及其父母，下及其昆弟，有千秋莫解之冤，而提筆作此，以仇其所仇之人也。」他沒有一個字提到王世貞，而他所說的這些情況，除王世貞外再沒有另一個人同它們吻合。〈苦孝說〉沒有任何書內或書外的事實作為論據，卻把外來的封建倫常觀念強加在作品身上，這是傳統文學批評中最壞的一種手法，只有所謂王四作《琵琶記》的說法可以同它比「美」。

也許有人要為張竹坡叫屈。他的〈讀法〉第三十六條，十分鄙夷地提到王四作《琵琶記》說，他還責問道，小說作者既然隱姓埋名，「乃後人必欲為之尋端竟委，說出名姓，何哉？」然而事實畢竟是事實，寫這幾句話的是張竹坡，寫〈苦孝說〉的也是張竹坡。前言不對後語，只能說明他行文草率，並無主見。不妨再舉一個例子。按照他的〈冷熱金針〉，《金瓶梅》是一部寫實小說；按照〈苦孝說〉，它是作者為亡父報仇的影射小說；按照第七十回的評語，《金瓶梅》是「一部群芳譜之寓言」；第一百回評語則又以為孟玉樓是作者自喻。對過高讚揚他的學者專家們，張竹坡出爾反爾，信口開河，未免太不領情了。

張竹坡〈第一奇書凡例〉說：「此書非有意刊行，偶因一時文興，借此一試目力。」我想事實倒可能相反，還是〈第一奇書非淫書論〉說得比較坦率：「不過為糊口之計」（這是作者前後自相矛盾的又一例）。只有這樣才會使他失去鑒別力，把《金瓶梅》說得十全十美。有第二十回的評語為證：「乃用一百顆明珠，刺入看者心目。見得其一百回，乃一線穿來，無一附會易安之筆。而一百回如一百顆珠，字字圓活。」現在不少人指出，《金瓶梅》後二十回，草草收場，大不如前。我看這是無可爭辯的事實。文學藝術不能依靠空氣為生，當然有一個經營管理的問題，但若把經濟效益放在第一位，張竹坡評本的得失可以為我們今天文藝界的體制改革提供教訓。

**後記：**

1992 年末，承王汝梅教授示以大作〈李漁評改金瓶梅考辨〉，指出首都圖書館藏繡像本第一○一幅回道人的題詞為呂洞賓〈漁父詞〉二首，非李漁作，是。見《吉林大學學報》[3]。

---

[3] 社會科學版 1992 年第 5 期。

　　論文又說：「現存《金瓶梅詞話》為十卷，《新刻繡像批評金瓶梅》為二十卷。崇禎本在刊印之前，也經過一段傳抄時間。謝肇淛就提到二十卷抄本問題。他在〈金瓶梅跋〉中說：『書凡數百萬言，為卷二十，始末不過數年事耳。』謝肇淛看到的這種抄本應是崇禎本前身，說明崇禎本改寫評點在詞話本刊刻的萬曆四十五年（1617 年）前後就進行了。崇禎本至晚在崇禎初年即刊行，刊印於崇禎元年（1629 年）的《魏忠賢小說斥奸書·凡例》中提到『不習《金瓶梅》之閨情』，崇禎二年（1629 年）編纂的《幽怪詩譚小引》將《金瓶梅詞話》與《金瓶梅》同時提出……以上這些材料可以進一步補充說明《新刻繡像批評金瓶梅》在崇禎初年已刊印流傳。此時李漁十一歲左右……尚不具備評改《金瓶梅》的環境與條件。」鄙意以為李漁評改《金瓶梅》的正反兩說都帶有推測或推論性質，未可作為定論。近承王汝梅教授贈以《幽怪詩譚小引》影本。文云：「不觀李溫陵賞《水滸》《西遊》，湯臨川賞《金瓶梅詞話》乎……《水滸傳》一部《陰符》也，《西遊記》一部《黃庭》也，《金瓶梅》一部《世說》也。」鄙意以為此小引與《魏忠賢小說斥奸書》所云《金瓶梅》皆《金瓶梅詞話》之簡稱，未可據以論定「《幽怪詩譚小引》將《金瓶梅詞話》與《金瓶梅》同時提出」。不悉王汝梅教授高見何如？

# 《20 世紀金瓶梅研究史長編》序

　　我與吳敢先生在徐州結緣，與《金瓶梅》研究有關。1980 年代中期，首屆全國《金瓶梅》學術討論會在徐州舉行，我因故未能到會，只發去一紙賀信，但從此留下了吳敢、徐州和《金瓶梅》研究三者相關的印象。後來證明事實確實如此。

　　聽說吳敢是一個頗有幾分傳奇色彩的人物。他畢業於土木工程系，學工程的同時又喜好文學，最終棄工從文。他的文學研究始於戲曲，成名則由於具有突破意義的《金瓶梅》研究。他不僅由工科入於文道，又由文道入於仕途，在徐州市文化局局長和徐州教育學院院長的職位上，為《金瓶梅》研究的開拓和研究者隊伍的集結作了難能可貴的貢獻。這些情況皆為金學界同人所熟知，毋庸贅言。

　　上月末，浙江大學舉辦「慶祝徐朔方教授從事教學科研 55 周年暨明代文學國際學術討論會」，吳敢先生回母校並帶來了這本《20 世紀金瓶梅研究史長編》。拜讀之後，感到作這樣文章的作者，非此君莫屬。至少有這樣兩條重要的理由：一是他是 20 世紀最後二十年頗有建樹的中年金學家，二是他參與籌辦了 20 世紀六屆全國《金瓶梅》學術討論會和四屆國際《金瓶梅》學術討論會，且一直被推選擔任中國《金瓶梅》學會副會長和秘書長。

　　《金瓶梅》這部曾經聲名狼藉的著作，在 20 世紀的學術研究中走過了曲折的歷程。對這個研究領域的得失作出全面詳實的、合乎實際的總結和評價，顯得尤為重要和必要。

　　吳敢先生對《金瓶梅》研究的深厚學養和對《金瓶梅》研究狀況的熟悉，使得這本著作具有相當的力度。

　　一百年的學術總結，必得廣泛地占有材料。這部研究史首先給人一個突出的印象：搜羅扒梳，用力甚勤。吳敢先生的勤奮，早已為人稱道。這一點在此書著述中的體現，僅舉一例即能顯現。我曾陸續寫過一些研究《金瓶梅》的論著，但到底有多少，發表在什麼地方？在我是一筆糊塗帳，但吳敢為了寫這部研究史，把我歷年來的《金瓶梅》著述依次輯錄出來，我自己讀此目錄，倒真有恍若隔世之感。他要這樣輯錄多少人的著述才能寫出這部研究史？這樣的「笨事」如今有多少人肯做？

　　一部研究史，應對所述對象作宏觀的把握。吳敢把 20 世紀的《金瓶梅》研究分為五個階段，比較客觀清晰地勾勒了這個世紀金學發展的軌跡。吳敢總結的範圍又不僅僅局

限於中國大陸而具有國際性,他把大陸、臺港、日本、歐美皆納入其視野,稱之為《金瓶梅》的「四大研究圈」。如此,這部研究史既有縱向的深度,亦有橫向的廣度。

宏觀的把握來自微觀的研究,吳敢先生對每一個階段諸種觀點、課題、論文、著作的綜述,多建立在一一追本溯源的基礎上,令人信服。

學術史主要是「述」,但綜述諸家,絕非不下斷語。斷語要下得確切,撰述者須有精審的辨識力。我認為吳先生這部著作,在這方面一般說來是經得起推敲的。另外,在回顧與總結的同時,對《金瓶梅》研究各方面懸而未決的問題作出揭示,也必能使研究者從中獲得有益的信息。

當然,「史」是客觀的。然而,見仁見智,總還有其不可否認的主觀性。吳敢先生對於 20 世紀《金瓶梅》研究史的撰述究竟如何,更多的,還是留待同人來批評。

至於《金瓶梅》研究,我在上一世紀 90 年代初期即主張適當降溫以冷靜探索。在新世紀第一年寫出〈再論金瓶梅〉一文後,我對這部著作的研究即告結束,也算是對吳敢先生和《金瓶梅》研究同人的一個交代。

# 附　錄

## 一、徐朔方小傳

　　徐朔方（1923.12.10-2007.2.17），原名步奎，浙江東陽人。1947 年畢業於浙江大學師範學院英文系，曾在溫州中學、溫州師範學校任教。1954 年調入浙江師範學院（1958 年改組為杭州大學，1998 年合併入浙江大學），先後任講師、副教授、教授，飲譽海內外學術界。曾擔任中國多個學術機構成員、顧問和學術研究會會長，多次榮獲國家級、教育部、浙江省優秀學術成果獎。1984 年以來應邀到美國、日本、臺灣等地大學和學術研究機構講學。

　　在近六十年間，徐朔方先生潛心從事中國古代文學，特別是古代小說和戲曲、明代文學的教學與研究，發表了大量論著：校注有《牡丹亭》《長生殿》《沈璟集》《湯顯祖全集》；著有《戲曲雜記》《元曲選家臧晉叔》《湯顯祖評傳》《史漢論稿》《論金瓶梅的成書及其它》《晚明曲家年譜》《小說考信編》《徐朔方說戲曲》《明代文學史》；編選了《金瓶梅論集》《金瓶梅西方論文集》《20 世紀學術文存・南戲與傳奇研究》；創作有散文集《美歐遊蹤》、詩集《似水流年》。

　　徐朔方先生學識淵博，學貫中西，具有鮮明的個性。作為學者，他治學以文獻研究和考辨為基礎，敢於突破成說，富於創新精神，在文獻整理和理論總結上均卓有建樹；作為教師，他師德高尚，教風嚴謹，言傳身教，精益求精，造就了大批人才，獲得學生的廣泛愛戴。

# 二、徐朔方《金瓶梅》研究專著、編著、論文目錄

## (一)專著

1. 論《金瓶梅》的成書及其它，濟南：齊魯書社 1988 年。

2. 小說考信編，上海：上海古籍出版社 1997 年。

3. 《明代文學史》，第四章〈世代累積型集體創作長篇小說的成書及成就（下）〉第二節「《金瓶梅》：走進世俗生活新天地」，杭州：浙江大學出版社 2006 年 6 月第 1 版，2009 年 3 月修訂版。

## (二)編著

1. 《金瓶梅》論集，北京：人民文學出版社 1986 年。

2. 《金瓶梅》西方論文集，上海：上海古籍出版社 1987 年。

## (三)論文

1. 《金瓶梅》的寫定者是李開先
   杭州大學學報，1980 年第 1 期。

2. 《金瓶梅》成書補正
   杭州大學學報，1981 年第 1 期。

3. 論《金瓶梅》
   浙江學刊，1981 年第 1 期。

4. 湯顯祖和《金瓶梅》
   群眾論叢，1981 年第 6 期。

5. 《金瓶梅》和《紅樓夢》
   紅樓夢研究集刊，1981 年第 7 輯。

6. 《金瓶梅》成書新探
   中華文史論叢，1984 年第 3 輯。

7. 《金瓶梅》作者屠隆考質疑
   杭州大學學報，1984 年第 3 期。

8. 《金瓶梅》作者屠隆考質疑之二
   杭州大學學報，1985 年第 2 期。

9. 評《金瓶梅的問世與演變》
   吉林大學學報，1985 年第 5 期。

10. 再論《水滸》和《金瓶梅》不是個人創作——兼及《平妖傳》《西遊記》《封神演

義》成書的一個側面

徐州師範學院學報，1986 年第 1 期。

11. 〈湯顯祖著作金瓶梅考〉的簡介和質疑

溫州師專學報（社會科學版），1986 年第 1 期。

12. 論《醒世姻緣傳》以及它和《金瓶梅》的關係

社會科學戰線，1986 年第 2 期。

13. 《金瓶梅》西方論文集前言

杭州大學學報，1986 年第 3 期。

14. 《金瓶梅成書與版本研究》序

劉輝：金瓶梅成書與版本研究，瀋陽：遼寧人民出版社，1986 年。

15. 《金瓶梅》的成書以及對它的評價

《金瓶梅》論集，北京：人民文學出版社，1986 年。

16. 〈別頭巾文〉不能證明《金瓶梅》作者是屠隆

社會科學戰線，1987 年第 1 期。

17. 答臺灣魏子雲先生──兼評他的《金瓶梅》作者屠隆說

吉林大學學報，1987 年第 1 期。

18. 關於《金瓶梅》卷首「詞曰」四首

古籍整理與研究，1987 年第 2 期。

19. 南戲《拜月亭》和《金瓶梅》

徐州師範學院學報，1987 年第 3 期。

20. 論張竹坡《金瓶梅》批評──《金瓶梅會評本》前言

文藝理論研究，1987 年第 6 期。

21. 評〈金瓶梅成書的上限〉

明清小說研究，1990 年第 3-4 期合刊。

22. 《金瓶梅》的地理背景

文學遺產，1991 年第 2 期。

23. 笑笑先生非蘭陵笑笑生補正

國際金瓶梅研究集刊，第 1 輯，成都：成都出版社，1991 年。

24. 《金瓶梅》考證要實事求是

吉林大學學報，1992 年第 5 期。

25. 《金瓶梅詞話》的第一個英文全譯本

文匯報，1993 年 12 月 18 日。

26. 論《金瓶梅》的性描寫
   浙江學刊，1994 年第 3 期。

27. 《金瓶梅》·《荀子》·《荒涼山莊》——《金瓶梅詞話》英譯本「緒論」述評
   吉林大學社會科學學報，1994 年第 4 期。

28. 《金瓶梅》的寫定者是李開先或他的崇信者
   金瓶梅說，南昌：江西教育出版社 1999 年。

29. 《20 世紀金瓶梅研究史稿》序
   徐州教育學院學報，2002 年第 3 期。

30. 再論《金瓶梅》
   明清小說研究，2002 年第 3、4 期。

# 編後記

　　幾經躊躇，難以下筆，一時不知如何表達編完本集後的心情。是為有承擔此任的榮幸而激動？還是為唯恐留下過大的遺憾而不安？抑或是二者兼而有之？我想更多的是第三種心情吧。十五年前，在杭州桂花飄香的時節拜見徐朔方先生並師從之；六年前，在春寒料峭中赴杭州參加徐朔方先生的追悼會並送其仙遊；三年前，赴遂昌參加學術研討會之前去南山墓園給徐朔方先生掃墓——時光荏苒，師恩難忘。能夠在徐先生身後為他做編選《金瓶梅》研究精選集這樣一件事，當然是榮幸。然而由後學來編選前輩師長的研究成果，必然會有遺憾。

　　迄今徐先生存世的論文集，都是由他自己編選的。好在遊學於徐先生門下時，我曾和他做過《明代文學史》等科研項目，也曾多次向他請教過有關《金瓶梅》的問題；好在我曾寫過〈訪徐朔方先生談《西廂記》研究〉〈讀《徐朔方說戲曲》〉〈徐朔方先生與《明代文學史》〉〈徐朔方先生的《金瓶梅》研究〉等心得體會，對徐先生的學術研究之研究雖然說不上全面和深入，卻也算是有所瞭解。現在我所能做的，就是梳理徐先生《金瓶梅》研究的軌跡，研讀他的所有相關研究成果，盡可能把握他的整體學術思想及《金瓶梅》研究在其中的地位。在這樣的基礎上來編選這個論文集，庶幾可免留下過多的遺憾。

　　按理應當在這裏對徐朔方先生的《金瓶梅》研究成果作一番評論，但以其成果的厚重及其在世代累積型集體創作說中所占的地位，以我之才疏學淺，這實在是太難了。之前我對徐先生的《金瓶梅》研究成果寫過上萬字的學習心得，雖然自覺尚不圓滿，但仍把這篇文章選入了敝集，所以在此就理所當然地「不贅」了。不過，還是要對本集的編選思路略作交代。本集所據版本，主要是徐朔方先生最後的自選集《小說考信編》。徐先生曾在其 1988 年結集的《論金瓶梅的成書及其它·前言》中聲明，今後對其《金瓶梅》研究成果的引用，請以此書為準。此後 1993 年徐先生自編的《徐朔方集·稗論編》、1997年徐先生自選的《小說考信編》，均收入了《論金瓶梅的成書及其它》中的大部分研究論文，只作了少量的增補和修訂，但徐先生最先發表的姊妹篇〈《金瓶梅》的寫定者是李開先〉和〈《金瓶梅》成書補正〉，均未收入這三個自選集。這一刪除，表明了徐先生對《金瓶梅》是世代累積型集體創作、其寫定者是李開先或他的崇信者之學術觀點的

堅持。我想設若徐先生在世，由他來親自編選本集，亦同樣不會再把它們收進來。然而收入這個姊妹篇，或許可以讓人們更為清楚地理解徐先生學術思想的轉變？我曾有這樣的考慮。但徐先生對改寫這個姊妹篇用以代替舊作，曾不止一次作過說明。《金瓶梅成書新探》（1984 年）說：「本文將以刊於《杭州大學學報》的兩篇舊作為基礎，加以完善、補充和適當的修訂。」《論金瓶梅的成書及其它·前言》（1988 年）說：「感謝葛思德圖書館，使我得以將兩篇舊作重新增補，改寫為《金瓶梅成書新探》。因為是重寫，所以前兩篇舊作不再收入本集。除了對資料和論述多所補充外，我對結論作了相應的修改。」所以我想不會因為刪除這兩篇文章，而讓讀者對徐先生的觀點產生誤會。徐先生的三個自選集都沒有收入的還有〈〈金瓶梅作者屠隆考〉質疑之二〉，他對此也作過說明：「黃霖同志是同行中的後起之秀。對他我本來還有一篇質疑，因為新寫了一篇短文〈別頭巾文不能證明金瓶梅作者是屠隆〉，我認為自己的論點已經表達無遺，因此把它減免了。」[1]從尊重逝者的意願起見，本集最終還是放棄了上述這三篇文章。〈再論《金瓶梅》〉和〈20 世紀《金瓶梅》研究史長編序〉，均發表於徐先生的三個自選集出版之後，借此機會也收入了本集。除去上述三篇和重複者，徐朔方先生的《金瓶梅》論文全都集結於此而沒有遺漏了。

本集的文章按論題分為五組，每組又按所論內容和對象相對集中。第一組文章（1-10篇）討論《金瓶梅》的成書過程和作者問題，包括對海峽兩岸學者、西方漢學家論著的質疑和批評；第二組文章（11-12 篇）為對《金瓶梅》某一具體問題的探討；第三組文章（13-15 篇）為對《金瓶梅》思想內容和藝術成就的評論；第四組文章（16-19 篇）為《金瓶梅》與其他小說及戲曲之比較；第五組文章（20-26 篇）為對國內外學者《金瓶梅》研究論著所作的序、評。但實際上這種分類只能是大概的，有的問題難以截然劃分，對此讀者自能辨之。選入本集的文章，我作了少量修訂，依據是遊學於徐先生門下時，他讓我注在《小說考信編》上或和我談到過的內容。

徐先生的《金瓶梅》研究論文可謂數量不多，總數僅二十來萬字，但這些文章無一不體現了他獨立不倚，敢破成說的學術精神，故無論在《金瓶梅》研究史還是在古代小說研究史上，都有不可忽視的地位和影響。關於徐朔方先生治學方法的特點，我在發表的幾篇心得體會中都曾談到過，這裏再略加補充。從本集的文章中我們還可以看到：其一，這些文章考證所占的分量不小，但絕不為考證而考證。徐先生常說：我的考證只是為我的觀點作證，用來增強觀點的說服力；考證的文章容易作，對就是對，錯就是錯。對前一句我深有體會並受益匪淺，考證問題確乎同時又是理論問題，如果不能從中得出

---

1　《論金瓶梅的成書及其它·前言》，濟南：齊魯書社 1988 年，第 8 頁。

有助於解決問題的結論，那考證就沒有多大意義。後一句則出於徐先生的謙遜，考證的文章不僅不容易作，更難在不為考證而考證。徐先生的考證，很好地發揮了這一治學方法應有的作用，他的文章考證和評論可謂相輔相成，相得益彰。其二，文學理論批評是件利器。我們知道徐先生的學術研究以中西文化比較為背景，以小說戲曲綜合研究為主要途徑，但他也非常重視並擅長運用文學理論批評這件利器。徐先生曾說自己在這上面下過不少工夫，他認為沒有這個本領就搞不好文學批評和研究。在本集所選的文章中，亦不難看到徐先生學術研究的這個特點，而且他中西方文論和古今文論並用，使其文學鑒賞批評的理論力度顯得特別強。我想，對於有志於「金學」的後輩學人，徐朔方先生的知識積澱和治學方法，僅就上述兩點而言，也是富於啟示意義的。

孫秋克

2014 年 2 月 24 日夜於呈貢萬溪沖

國家圖書館出版品預行編目資料

徐朔方《金瓶梅》研究精選集

徐朔方著.－ 初版.－ 臺北市：臺灣學生，2015.06
面；公分（金學叢書第 2 輯；第 1 冊）

ISBN 978-957-15-1650-9 (精裝)

1. 金瓶梅  2. 研究考訂

857.48                                    104008040

徐朔方《金瓶梅》研究精選集

著　作　者：徐　　　朔　　　方
主　　　編：吳　敢、胡　衍　南、霍　現　俊
出　版　者：臺　灣　學　生　書　局　有　限　公　司
發　行　人：楊　　　雲　　　龍
發　行　所：臺　灣　學　生　書　局　有　限　公　司
　　　　　　臺北市和平東路一段七十五巷十一號
　　　　　　郵 政 劃 撥 帳 號 ：00024668
　　　　　　電　話　：（02）23928185
　　　　　　傳　眞　：（02）23928105
　　　　　　E-mail：student.book@msa.hinet.net
　　　　　　http://www.studentbook.com.tw

定價：精裝 30 冊不分售
　　　新臺幣 45000 元

二 ○ 一 五 年 六 月 初 版

有著作權・侵害必究
ISBN 978-957-15-1650-9 (本冊)
ISBN 978-957-15-1680-6 (全套)

# 金學叢書 第二輯

金 學 叢 書
第二輯 1

吳 敢
胡衍南 霍現俊
主編


孫秋克《金瓶梅》研究精選集

孫秋克 著


臺灣 學生書局 印行

# 金學叢書第二輯序

2013 年 5 月第九屆（五蓮）國際《金瓶梅》學術討論會期間，胡衍南、霍現俊忙裏偷閒，時而小聚，漢書下酒，就中便有本叢書編輯出版一事。當時即擬與吳敢商談，以期盡快成議。只是吳敢當時會務繁多，此議終未提及。2013 年 7 月 3 日，胡衍南到徐州公幹，當晚至吳敢舍下小酌，此事即進入操作程序。此後電郵往來，徐州、臺北、石家莊三方輾轉，叢書編撰框架日漸明朗。2013 年 11 月 23 日，胡衍南再度到徐州公幹，代表臺灣學生書局與吳敢詳盡商談編輯出版事宜，本叢書遂成定案。

此「金學叢書」之由來也。

中國古代小說研究，重大課題眾多。近代以降，紅學捷足先登。20 世紀 80 年代，金學亦成顯學。明代長篇白話小說《金瓶梅》是中國文學史上一部里程碑式的重要作品，其橫空出世，破天荒打破以帝王將相、英雄豪傑、妖魔神怪為主體的敘事內容，以家庭為社會單元，以百姓為描摹對象，極盡渲染之能事，從平常中見真奇，被譽為明代社會的眾生相、世情圖與百科全書。幾乎在其出現同時，即被馮夢龍連同《三國演義》《水滸傳》《西遊記》一起稱為「四大奇書」。不久，又被張竹坡譽為「第一奇書」。《紅樓夢》庚辰本第十三回脂評：「深得《金瓶》壼奧」。魯迅《中國小說史略》認為「同時說部，無以上之」。

自有《金瓶梅》小說，便有《金瓶梅》研究。明清兩代的筆記叢談，便已帶有研究《金瓶梅》的意味。如明代關於《金瓶梅》抄本的記載，雖然大多是隻言片語的傳聞、實錄或點評，但已經涉及到《金瓶梅》研究課題的思想、藝術、成書、版本、作者、傳播等諸多方向，並頗有真知灼見。在《金瓶梅》古代評點史上，繡像本評點者、張竹坡、文龍，前後紹繼，彼此觀照，相互依連，貫穿有清一朝，形成筆架式三座高峰。繡像本評點拈出世情，規理路數，為《金瓶梅》評點高格立標；文龍評點引申發揚，撥亂反正，為《金瓶梅》評點補訂收結；而尤其是張竹坡評點，踵武金聖歎、毛宗崗，承前啟後，成為中國古代小說評點最具成效的代表，開啟了近代小說理論的先聲。明清時期的《金瓶梅》研究，具有發凡起例、啟導引進之功。

20 世紀是人類歷史上可足稱道的一個百年。對中國人來說，世紀伊始，產生了驚天動地的兩件大事：1911 年封建王朝的終結，1919 年「五四」新文化運動的興起。中國人

心裏承接有豐富的傳統，中國人肩上也負荷著厚重的擔當。揚棄傳統文化，呼喚當代文明，這一除舊佈新的文化使命，在中國用了大半個世紀的時間。觀念形態的更新、研究方法的轉變、思維體式的超越、科學格局的營設一旦萌發生成，便產生無量的影響，具有劃時代的意義。《金瓶梅》研究即為其中一例。

以 1924 年魯迅《中國小說史略》出版，標誌著《金瓶梅》研究古典階段的結束和現代階段的開始；以 1933 年北京古佚小說刊行會影印發行《金瓶梅詞話》，預示著《金瓶梅》研究現代階段的全面推進；以 30 年代鄭振鐸、吳晗等系列論文的發表，開拓著《金瓶梅》研究的學術層面；以中國大陸、臺港、日韓、歐美（美蘇法英）四大研究圈的形成，顯現著《金瓶梅》研究的強大陣容；以版本、寫作年代、成書過程、作者、思想內容、藝術特色、人物形象、語言風格、文學地位、理論批評、資料彙編、翻譯出版、藝術製作、文化傳播等課題的形成與展開，揭示著《金瓶梅》的研究方向。一門新的顯學——金學，已經赫然出現在世界文壇。

20 世紀 70 年代以來的當代金學，中國的吳曉鈴、王利器、魏子雲、朱星、徐朔方、梅節、孫述宇、蔡國梁、甯宗一、陳詔、盧興基、傅憎享、杜維沫、葉朗、陳遼、劉輝、黃霖、王汝梅、周中明、王啟忠、張遠芬、周鈞韜、孫遜、吳敢、石昌渝、白維國、陳昌恆、葉桂桐、張鴻魁、鮑延毅、馮子禮、田秉鍔、羅德榮、李申、魯歌、馬征、鄭慶山、鄭培凱、卜鍵、李時人、陳東有、徐志平、陳益源、趙興勤、王平、石鐘揚、孟昭連、何香久、許建平、張進德、霍現俊、陳維昭、孫秋克、曾慶雨、胡衍南、李志宏、潘承玉、洪濤、楊國玉、譚楚子等老中青三代，辨章學術，考鏡源流，營造了一座輝煌的金學寶塔。其考證、新證、考論、新探、探索、揭秘、解讀、探秘、溯源、解析、解說、評析、評注、匯釋、新解、索引、發微、解詁、論要、話說、新論等，蘊含宏富，立論精深，使得金學園林花團錦簇，美不勝收，可謂源淵流長，方興未艾。中國的《金瓶梅》研究，經過 80 年漫長的歷程，終於在 20 世紀的最後 20 年登堂入室，當仁不讓也當之無愧地走在了國際金學的前列。

此「金學叢書」之要義也。

本叢書暫分兩輯，第一輯為臺灣學人的金學著述，由魏子雲領銜，包括胡衍南、李志宏、李梁淑、鄭媛元、林偉淑、傅想容、林玉惠、曾鈺婷、李欣倫、李曉萍、張金蘭、沈心潔、鄭淑梅，可說是以老帶青；第二輯為中國大陸 20 世紀 80 年代以來學人的《金瓶梅》研究精選集，計由徐朔方、甯宗一、傅憎享、周中明、王汝梅、劉輝、張遠芬、周鈞韜、魯歌、馮子禮、黃霖、吳敢、葉桂桐、張鴻魁、陳昌恆、石鐘揚、王平、李時人、趙興勤、孟昭連、陳東有、孫秋克、卜鍵、何香久、許建平、張進德、霍現俊、曾慶雨、楊國玉、潘承玉、洪濤諸位先生的大作組成，凡 31 人 30 冊（其中徐朔方、孫秋克，

傅憎享、楊國玉，王平、趙興勤，因字數兩人合裝一冊），每冊 25 萬字左右。

　　天津師範學院（今天津師範大學）朱星是中國大陸金學新時期名符其實的一顆啟明星，他在 1979 年、1980 年連續發表多篇論文，並於 1980 年 10 月由百花文藝出版社結集出版了中國大陸新時期《金瓶梅》研究的第一部專著《金瓶梅考證》。朱星的研究結論不一定都能經得住學術的檢驗，但朱星繼魯迅、吳晗、鄭振鐸、李長之等人之後，重新點燃並高舉起這一支學術火炬，結束了沉寂 15 年之久的局面，這一歷史功績，應載入金學史冊。遺憾的是，朱星先生 1982 年逝世，後人查訪困難，只能闕如。

　　香港夢梅館主梅節可謂《金瓶梅》校注出版的大家，1988 年由香港星海文化出版有限公司出版《全校本金瓶梅詞話》；1993 年由梅節校訂，陳詔、黃霖注釋，香港夢梅館出版《重校本金瓶梅詞話》（該本後由臺灣里仁書局 2007 年 11 月初版，2009 年 2 月修訂一版，2013 年 2 月修訂一版八刷）；1998 年梅節再為校訂，陳少卿抄寫，香港夢梅館出版《夢梅館校定本金瓶梅詞話》。前後三次合共校正詞話原本訛錯衍奪七千多處，成為可讀性較好的一個本子。梅節由校書而研究，關於《金瓶梅》作者、傳播、成書、故事發生地等問題的認識，亦時有新見。可惜的是，梅節先生的論文集《瓶梅閒筆硯——梅節金學文存》2008 年 2 月由北京圖書館出版社出版，版權協商匪易，未能入選。

　　上海音樂學院蔡國梁 20 世紀 50 年代末即開始研習《金瓶梅》，寫下不少筆記，1980 年前後即依據筆記整理成文，1981 年開始發表金學論文，1984 年出版第一部專著[1]，累計出版金學專著 3 部[2]、編著 1 部[3]，發表論文多篇，內容涉及《金瓶梅》的思想、源流、人物、作者、評點、文化等諸多研究方向，是早期《金瓶梅》研究的主力成員。無奈聯繫不上，不得已而割愛。

　　國人研究《金瓶梅》的論著，最早是闞鐸的《紅樓夢抉微》[4]，但其只是一個讀書筆記。天津書局 1940 年 8 月出版之姚靈犀《瓶外卮言》，嚴格說也只是一個資料彙編。香港大源書局 1961 年出版之南宮生著《金瓶梅》簡說，算得上是一個原著導讀。臺北時報文化出版公司 1978 年 2 月出版之孫述宇著《金瓶梅的藝術》，可說是第一部文本研究的學術著作。該書全文收入石昌渝、尹恭弘編選的《臺港金瓶梅研究論文選》[5]。2011 年 3 月上海古籍出版社再版，增加了一篇作者自序，更名為《金瓶梅：平凡人的宗教劇》。

---

1　《金瓶梅考證與研究》，西安：陝西人民出版社，1984 年。

2　另兩部為：《明清小說探幽——明人、清人、今人評金瓶梅》，杭州：浙江文藝出版社，1985 年；《金瓶梅社會風俗》，天津：百花文藝出版社，2002 年。

3　《金瓶梅評注》，桂林：灕江出版社，1986 年。

4　天津大公報館 1925 年 4 月鉛印。

5　南京：江蘇古籍出版社，1986 年。

孫述宇先生本已與上海古籍出版社洽商同意編入金學叢書，並授權主編代理，忽中途撤稿，原因還是版權問題。

還有其他一些因故未能入選的師友：或已作仙遊[6]，或礙於本輯叢書的體例[7]，或因為版權期限，或失去聯繫等。凡此種種，均為缺憾。

儘管如此，第二輯連同第一輯 14 人 16 冊總計所入選的此 45 人 46 冊，已經是中國當代金學隊伍的主力陣容，反映著當代金學的全面風貌，涵蓋了金學的所有課題方向，代表了當代金學的最高水準。

此「金學叢書」之大略也。

臺灣學生書局高瞻遠矚，運籌帷幄，以戰略家的大眼光，以謀略家的大手筆，決計編撰出版「金學叢書」，實金學之幸，學術之福。主編同仁視本叢書為金學史長編，精心策劃，傾心編審。各位入選師友打造精品，共襄盛舉。《金瓶梅》研究關聯到中國小說批評史、中國小說史、中國文學史、中國文學評點史、中國文學批評史等諸多學科，是一個應該也已經做出大學問的領域。為彌補本叢書因為容量所限有很多師友未能入選的不足，特附設一冊《金學索引》[8]，廣輯金學專著、編著、單篇論文與博碩士論文，臚列學會、學刊與所舉辦之金學會議，立此存照，用供備覽。本叢書的編選，既是對過往的總結，也是對未來的期盼。本叢書諸體皆備，雅俗共賞，可以預測，將為金學做出新的貢獻。

此「金學叢書」之宗旨也。

金學已經不是一座象牙塔，而是一處公眾遊樂的園林。三百多部論著，四千多篇學術論文，二百多篇博碩士論文，既有挺拔的大樹，也有似錦的繁花，吸引著越來越多的研究者與愛好者探幽尋奇。不容置疑，傳統的金學，加上以文化與傳播為標誌的、以經典現代解讀為旗幟的新金學，必然展示著甯宗一先生的經典命題：說不盡的《金瓶梅》。

此「金學叢書」之感言也。

吳敢、胡衍南、霍現俊（吳敢執筆）

2014 年元旦

---

6　如王啟忠、鮑延毅、孔繁華、許志強諸先生等，駕鶴西去的徐朔方先生的精選集由其高足孫秋克代為編選，劉輝先生的精選集由其摯友吳敢代為編選。

7　本輯叢書乃論文精選集，字典、詞典與小塊文章結集便未能入選，《金瓶梅》語言研究的幾位專家如白維國、李申、張惠英、許仰民等因此失選。

8　吳敢編著，分上下兩編。

# 孫秋克《金瓶梅》研究精選集

# 目　次

# 金瓶梅·紫簫記·紫釵記

## 一、關於湯顯祖和《金瓶梅》的關係

湯顯祖是最早讀到《金瓶梅》的人之一，雖然至今尚未找到他的片言隻語可以為證，但間接的證據表明此說並非空穴來風。徐朔方先生考察了《金瓶梅》對湯顯祖傳奇的影響，認為湯顯祖是這部小說的最初讀者之一。《南柯記》升天的結尾與《金瓶梅》最後一回的薦拔幽魂的情節，《紫簫記》的第十三和十六齣，《紫釵記》的第十一齣，《牡丹亭》的第十七和十八齣，《邯鄲記》的某些描寫有助於個性刻劃的不計在內[1]。美國芝加哥大學的芮效衛教授則認定《金瓶梅》為湯顯祖所作[2]，徐朔方先生對此進行了反駁[3]。對於徐先生這方面的觀點，下文還將有所引述。

關於湯顯祖和《金瓶梅》的關係，古代有一條資料引人注目，即聽石居士作於崇禎二年（1629 年）的〈幽怪詩譚小引〉中的一段話：「不觀夫李溫陵賞《水滸》《西遊》，湯臨川賞《金瓶梅詞話》乎？《水滸傳》，一部《陰符》也；《西遊記》，一部《黃庭》也；《金瓶梅》，一部《世說》也。」對這一條史料的價值，黃霖先生和王汝梅先生都曾作過闡釋。黃霖先生說：目前所知最早稱《金瓶梅》為「金瓶梅詞話」的是〈幽怪詩譚小引〉中的這段話。此引作於崇禎二年己巳（1629 年），上距《金瓶梅》傳入文人圈已經三十五年，所以往往被人視為後出而不予重視。其實，作者在這段文字的後面也用簡稱《金瓶梅》，但在談到湯顯祖欣賞《金瓶梅》時，特別用了《金瓶梅詞話》。這裏加上「詞話」兩字當有根據，只是我們現在一時難以找到湯顯祖的原話。而且，有研究者早就指出湯顯祖確實深受《金瓶梅》的影響，特別是他的《紫簫記》可能與《金瓶梅》有非常直接的關係。湯顯祖死於萬曆丙辰（1616 年），且《幽怪詩譚》一書多記萬曆及萬

---

1　《小說考信編·湯顯祖和金瓶梅》，上海：上海古籍出版社 1997 年，第 178、184 頁。該文最初發表於《群眾論叢》1981 年第 6 期。

2　〈湯顯祖創作《金瓶梅》考〉，徐朔方編校《金瓶梅西方論文集》，上海：上海古籍出版社 1987年。

3　徐朔方《論金瓶梅的成書及其它·湯顯祖著作金瓶梅考的簡介和質疑》，濟南：齊魯書社 1988 年。

曆以前的故事，這完全可以說明《金瓶梅詞話》在湯顯祖時代早已流傳，或者說，當時一般人簡稱的《金瓶梅》即是《金瓶梅詞話》[4]。王汝梅先生說：詞話刊印在萬曆四十五年（1617年），〈幽怪詩譚小引〉題寫在崇禎二年，湯顯祖逝世在萬曆四十四年（1616年）。碧山臥樵寫〈小引〉時，湯顯祖已逝去十三年。《新刻繡像批評金瓶梅》此時可能正在改寫刊印，尚未流傳，仍是《金瓶梅詞話》刊本傳播的年代。碧山臥樵應是熟識與推崇湯顯祖的文人作家，是其學生輩，或晚一輩的友人。「湯臨川賞《金瓶梅詞話》一語」，是從湯顯祖那裏直接聽到的，或從友人那裏間接了解到的。至今，袁宏道的〈與董思白〉（1596年）被認為是關於《金瓶梅》的第一條重要信息。看來，「湯臨川賞《金瓶梅詞話》」讀《金瓶梅》抄本這一事實，大約可能要早於袁宏道的〈與董思白〉[5]。王先生又說聽石居士即是書編者碧山臥樵，〈小引〉是作者自序。《明人室名別號索引》謂碧山樵為莫是龍的別號，不知據何文獻。

　　湯顯祖不可能作《金瓶梅》，但《金瓶梅》肯定影響了湯顯祖傳奇的創作——在學術界的上述研究背景下，本文對湯顯祖究竟在什麼時候讀到詞話本進行力所能及的考察，並試圖通過這個考察，對《金瓶梅》詞話本流傳時間陳述個人的淺陋之見。

　　據徐朔方先生《晚明曲家年譜·湯顯祖年譜》考證，湯顯祖在萬曆八年（1580年）秋有黃州（麻城）之遊，他與《金瓶梅詞話》全本的擁有者劉守有、劉承禧父子的交誼自此始。三年後湯顯祖和劉守有、梅國禎表兄弟成為同年進士（劉守有為武進士）。他們的交遊只限於湯顯祖的麻城之行和三人一同在京觀政於禮部這兩個時期，所以湯顯祖讀《金瓶梅》的時間，應在萬曆八年，至多不遲於他中進士後任官南京時，即在1573年（萬曆元年）至1584年（萬曆十二年）之間，後來他和劉守有、梅國禎就沒有同在一地從容相敘的時間了。湯顯祖有詩〈秋憶黃州舊遊〉〈長安酒樓同梅克生夜過劉思雲宅〉〈劉思雲錦衣謝客服餌代諸詞客戲作〉〈梅庶吉公岑席中送衡湘兄固安〉〈別梅固安〉〈寄麻城陳偶愚憶梅生劉思雲〉，還有書信〈答陳偶愚〉說到麻城遊及其與梅、劉交遊：「弟孝廉兩都時，交知唯貴郡諸公最早。無論仁兄衡湘（梅國禎）昆季，即思雲愛客亦自難得。」[6]

　　筆者認為，探究湯顯祖和《金瓶梅》的關係，《紫簫記》的重要性勝過其他；探究《金瓶梅》和《紫簫記》的關係，《紫簫記》第二十齣和《金瓶梅》第二十七回的重要性

---

4　黃霖〈《金瓶梅》詞話本與崇禎本刊印的幾個問題〉，河南大學學報，2006年第1期。

5　王汝梅《王汝梅解讀金瓶梅》，〈〈幽怪詩譚小引〉解讀〉，長春：時代文藝出版社2007年，第150頁。

6　見徐朔方箋校《湯顯祖全集》，北京：北京古籍出版社1999年，第89、167、174、181、201、747、1498頁。

勝過其他。下文將延伸徐先生的上述考證，進一步考察湯顯祖和《紫簫記》及《金瓶梅》的關係，兼及其他重要旁證。

# 二、《紫簫記》和《金瓶梅》

《紫簫記》與小說的關係，不僅在徐朔方先生指出的第十三、十六齣的色情描寫和其他學者指出的一些共同詞語。在《紫簫記》第七、十六、十七、二十、三十一齣中，還可以找到其他戲曲和小說共有的詞語、名物。雖然幾個詞語、名物的雷同，在古代小說和戲曲中並不一定有什麼特別的意義，但第二十齣顯然不同，它和《金瓶梅詞話》第二十七回有不少關係較深的共同處。比較《紫簫記》第二十齣的〈勝遊〉和小說第二十七回的後半段，可以看到二者在人物、場地、情節安排上的相似點。從人物看，戲曲這一齣中的李益相當於小說第二十七回的西門慶，小玉相當於潘金蓮，櫻桃則是春梅的影子。從場地看，戲曲和小說情事的發生地同為園林、花園洞口、假山、山上的亭子等。最突出的則是情節，戲曲和小說共有五個比較明顯的雷同。排列如下：

(一)都寫了男女主人公在飲酒行樂中，忽來陣雨以轉換場境的情節。

> 《金瓶梅》：正飲酒中間，忽見雲生東南，霧障西北，雷聲隱隱，一陣大雨來，軒前花草皆濕。……少頃雨止……只見後邊小玉來請玉樓。玉樓道：「大姐姐叫，有幾朵珠花沒穿了，我去罷，惹的他怪。」李瓶兒道：「咱兩個一答兒裏去，奴也要看姐姐穿珠花哩！」西門慶道：「等我送你每一送。」於是取過月琴來，教玉樓彈著。西門慶排手，眾人齊唱【梁州序】……眾人唱著，不覺到角門首。玉樓把月琴遞與春梅，和李瓶兒同往後去了。潘金蓮……才待撇了西門慶走，被西門慶一把手拉住了……西門慶道：「咱兩個在這太湖石下取酒來投個壺兒耍子，吃三杯。」婦人道：「怪行貨子，咱往亭子上那裏投去來，平白在這裏做甚麼。」[7]

> 《紫簫記》：〔十郎〕好個夫唱婦隨。〔櫻桃〕前面是昆明池水。十郎、郡主，有一兩點催花陣雨到了。昆明池畔有老君殿下弄珠亭，快走到那裏，再飲幾杯回去。〔十郎小玉快行介〕……〔小玉〕到了弄珠亭坐地。十郎，你也尊重些。[8]

小說在雨停後，接著寫小玉奉月娘之命把孟玉樓叫走，於是眾人彈唱著來到角門首，

---

7　本文所引《金瓶梅詞話》第二十七回，據北京：文學古籍刊行社1957年影印，1998年重印本。
8　本文所引湯顯祖《紫簫記》第二十齣，據徐朔方箋校《湯顯祖全集》，北京：北京古籍出版社1999年。

李瓶兒跟了孟玉樓離開，西門慶拉住潘金蓮，繞山過亭來到葡萄架下。《紫簫記》中的雨也落於十郎和小玉正行酒令時，接著十郎、小玉快行，這才來到弄珠亭，場地轉換。

（二）在**轉場行走**中女主人公頭上的飾物——潘金蓮簪花，小玉金釵墜落，都起到了帶出下文情事的作用。

> 《金瓶梅》：（潘金蓮）一壁彈著，見太湖石畔，石榴花經雨盛開，戲折一技，簪於雲鬢之傍，說道：「我老娘，帶個三月不吃飯，眼前花。」被西門慶聽見，走向前……婦人道：咱往葡萄架那裏投壺耍子兒去，走來……兩人並肩而行，須臾轉過碧池，抹過木香亭，從翡翠軒前穿過，來到葡萄架下。

> 《紫簫記》：〔小玉〕山子池上園中，迁曲有十數里，從容來去，要得昏黑。俺已分付浣紗、鳥兒在府伏侍老夫人，排備果酒，便好帶蛋去。只是俺小鞋兒怕苔滑，要你作漢子的健節些。〔十郎〕這是本等。櫻桃，前到百花亭等著，俺們緩緩來。〔做行介〕……呀！這是花園洞口，好屈曲，好幽致，我和你慢慢行去……【畫眉序】紅徑柳絲牽，洞口桃源香帶轉。正花柔玉暖，貪戲韶年。〔作低頭入花園門介〕礙釵翹側度雲蟬，〔作墜釵，十郎拾與插介〕……〔十郎〕前面有萬春亭，百花深處無人，芳草細鋪茵，俺和你不能忘情。〔小玉〕說也可人，就到萬春亭繞花行一會去。

（三）都寫了男女主人公賭博行樂，但賭博的方式有所不同。

> 《金瓶梅》：二人到於架下，原來放著四個涼墩，有一把壺在傍。金蓮把月琴倚了，和西門慶投壺。

> 《紫簫記》：〔小玉〕【浣溪沙】戛玲瓏，把金釵敲竹透歌泉，歌得好賭卻金錢。〔十郎〕夫妻賭甚麼金錢？〔小玉〕賭夜落金錢花。〔十郎〕就把夜合歡花當著金錢。

戲曲在這一齣中的賭錢以花行令為賭，而小說中的投壺則除了遊戲，還有下文的所謂「投肉壺」一段。

（四）都在遊玩中描寫了喝醉酒之後，男女主人公之間發生的情事。

> 《金瓶梅》：潘金蓮喝醉後對春梅說：「小油嘴兒，我再央你央兒，往房內把涼席和枕頭取了來，我困的慌，這裏略躺躺兒。」……這西門慶於是起身……小淨手去了。回來婦人早在架兒底下鋪起涼簟枕衾停當。……

《紫簫記》：〔十郎〕好，到了。這亭子上卻有局腳床、金地褥。〔小玉〕是俺叫青兒放在這裏，只說你一個來遊憙，在此晝睡一睡。今日俺同來，你不得睡了，把酒酌一杯，起去遊玩。〔十郎〕不妨睡睡去。〔小玉〕羞殺人！〔進酒與十郎科〕〔十郎把酒飲玉科〕〔玉做醉科〕……〔十郎〕你才間昏昏的，隨俺擺佈你了。

小說寫葡萄架下的「醉鬧」，戲曲寫接下來十郎的唱曲【玉山頹】，亦分明描寫情事。小說和戲曲在描寫上有明顯的濃淡雅俗之別，小說比戲曲要放肆得多。

**(五)都寫了日落時分，男主人公和婢女攙扶醉酒的女主角歸去。**

在《金瓶梅》中，西門慶見日色西沉，連忙替潘金蓮披上衣裳，並叫了春梅、秋菊來收拾衾枕，一同扶她歸房。《紫簫記》中小玉說：「李郎，你定了這段盟誓，也不枉了伴你一遊。看看日勢向晚，早尋歸路則個。」接著小玉醉跌，十郎扶她歸去，櫻桃相隨。

除上述情節外，《紫簫記》別齣中還有一些情節與小說第二十七回相似。如第七齣〈遊仙〉寫霍王人日登高宴飲，兩個侍妾鄭六娘、杜秋娘合聲彈唱李益新詞。《金瓶梅》第二十七回前半部分，西門與眾妻妾飲酒消暑，要孟玉樓和潘金蓮彈唱助興。雖然因潘金蓮氣不忿讓李瓶兒閑著，硬要她也拿上一副紅牙象板摻和，實際上還是雙姬——孟玉樓和潘金蓮合聲彈唱〔雁過沙〕。

除以上共同處外，小說和《紫簫記》還有一個重要的相似點：《紫簫記》第三十一齣有法香作「酒色才氣半偈」，而詞話本卷首有酒色才氣〈四貪詞〉。

《紫簫記》和《金瓶梅》的以上雷同，提供了湯顯祖在創作《紫簫記》以前就讀過小說的諸多內證。上文說到，徐朔方先生認為，湯顯祖在萬曆八年春落第後遊黃州（麻城）時，即與劉守有相識，復於後三年成為進士同年，並於在京觀政時有交往，他應在這兩個時期得見劉家所藏秘笈。這與徐先生對《紫簫記》創作年代的考證基本吻合。徐先生說《紫簫記》作於萬曆七年[9]，又說「約萬曆五年秋至七年秋赴次年春試前作於臨川」，但據他所列舉的文獻記載，《紫簫記》的脫稿有可能延至萬曆十四年，但此前該劇已在流傳[10]。

9　《徐朔方集》第四卷〈湯顯祖年譜〉，杭州：浙江古籍出版社1993年，第255-261頁。

10　《徐朔方集》第四卷〈湯顯祖年譜·附考〉，杭州：浙江古籍出版社1993年，第482-483頁。

# 三、《紫釵記》和《金瓶梅》

　　《紫簫記》是未完稿，後來湯顯祖把它改編為《紫釵記》。二劇之創作和改編時隔多年，現實的一些情況反映在其中，後作的某些變化，可以進一步印證《紫簫記》和湯顯祖讀《金瓶梅》並受其影響的關係。

　　（一）把《紫釵記》第十六齣〈花院盟香〉和《紫簫記》第二十齣〈勝遊〉的同一情節相比較，最突出之處是在從《紫簫記》到《紫釵記》的改寫中，湯顯祖減少了情色描寫成分，但細節描寫與《金瓶梅》更為一致，如把墜釵這一細節改為小玉把花「拈插鬢雲邊」，簡直就是小說第二十七回潘金蓮行為的翻版。

　　（二）《紫簫記》第三十一齣〈皈依〉有法香把「酒色才氣作成半偈」，但被改編為《紫釵記》後無此內容。據徐朔方先生考證，萬曆間提到這四個字的事例，以《紫簫記》為第一[11]。雒于仁上〈四箴〉於萬曆十七年，而改編於萬曆十五年左右、行世於萬曆二十三年後的《紫釵記》刪去了這四個字。這又一次證明湯顯祖在《紫簫記》創作前讀過詞話本，而在把它改編為《紫釵記》時，由於已經發生了雒于仁上〈四箴〉之事，自然就刪去了這一內容。

# 四、小結

　　徐朔方先生說：「湯顯祖在萬曆十七年以後創作包括〈四貪詞〉在內的《金瓶梅》小說是不可能的。」[12]湯顯祖雖不可能作《金瓶梅》，小說對他早期戲曲的影響卻歷歷在目。可見早在袁宏道讀到小說的萬曆二十四年前，《金瓶梅詞話》即已流傳，〈幽怪詩譚小引〉無疑是一個有力的旁證。除本文開頭提到的黃霖先生、王汝梅先生外，還有一些學者的研究也為此提供了參照。如王平先生的〈金瓶梅的早期傳播及其成書時間與作者問題〉說：「還有兩條資料也應引起足夠的重視，一是屠本畯在《山林經濟籍》中所說：『往年予過金壇，王太史宇文泰出此，云以重貲購抄本二帙。予讀之，語句宛似羅貫中筆。復從王徵君百穀家，又見抄本二帙，恨不得睹其全。』王宇泰即王肯堂，王百穀即王穉登。據劉輝先生考證，屠本畯見到王肯堂的抄本約在萬曆二十年至萬曆二十

---

11　徐朔方《論金瓶梅的成書及其它·湯顯祖著作金瓶梅考的簡介和質疑》，濟南：齊魯書社 1988 年，第 246 頁。

12　徐朔方《論金瓶梅的成書及其它·湯顯祖著作金瓶梅考的簡介和質疑》，濟南：齊魯書社 1988 年，第 228 頁。

一年（1592-1593年），若此說能夠成立，則比袁宏道見到《金瓶梅》的時間還要早三、四年。但屠本畯同樣『不得睹其全』，只是說『書帙與《水滸傳》相埒』，又說『王大司寇鳳洲先生家藏全書，今已失散』。二是薛岡在《天爵堂筆餘》中所說：『往在都門，友人關西文吉士以抄本不全《金瓶梅》見示，余略覽數回……後二十年，友人包岩叟以刻本全書寄鄙齋，予得盡覽。』有研究者指出，薛岡見刻本的時間大約在萬曆四十七年（1619年），那麼他見文吉士抄本應在萬曆二十七年（1599年），該抄本也是一不全抄本。」[13]

　　筆者認為，湯顯祖萬曆八年的麻城遊，是他讀到小說時間的上限；其後三年他在京與劉守有同遊，是他讀到小說時間的下限。徐先生認為湯顯祖的《南柯記》完成於萬曆二十八年（1600年），它的結尾明顯與《金瓶梅》相似，可見至遲在萬曆二十八年湯顯祖已讀過《金瓶梅》。我覺得從《紫簫記》和《紫釵記》同《金瓶梅》的相似點，特別是《紫簫記》中有「酒色才氣半偈」來看，湯顯祖讀到小說的時間沒這麼晚，假若他不是在作《紫簫記》前就讀過小說，難以解釋二者之間何以有那麼多的共同處。因為湯顯祖沒有必要、也不可能在《紫簫記》已經被改編為《紫釵記》，並於萬曆二十八年創作了《南柯記》後，再回頭去修改未完稿《紫簫記》。只有在他創作《紫簫記》之前就已讀過所謂劉家秘笈，或在讀了劉家秘笈後的萬曆十四年之前，對這個劇本作過修改，《紫簫記》才會和《金瓶梅》有那麼多的可比性。總之，《金瓶梅》的流傳，極有可能在《紫簫記》創作並脫稿的萬曆十四年之前，早於萬曆二十四年袁宏道〈與董思白〉的記載。

　　　節選自〈湯顯祖與《金瓶梅》及其他〉，原載《金瓶梅與臨清：第六屆國際金瓶梅學術研討會論文集》，濟南：齊魯書社2008年。

---

13　〈金瓶梅的早期傳播及其成書時間與作者問題〉，《東嶽論叢》2004年第3期。

# 《金瓶梅》中的雲南名物考

《金瓶梅》中明確標示為雲南名物者有三件：大理石（屏風、石床）、羊角珍燈、瑪瑙雕漆。這三件東西陳詔先生的《金瓶梅小考》都已考到。本文僅就大理石器物和羊角珍燈，對陳先生所考略作補充。

## 一、羊角珍燈考

羊角燈（亦稱明角燈）數見於古代小說，始見於《金瓶梅》，並標其產地為「雲南」。作為燈中珍品，它當從雲南流傳至江南，再流向內地其他地方。但羊角燈的製作工藝久已失傳，古人將其與繚絲燈相混，今人則既有實事求是的存疑，也有想當然的說法，而羅養儒（1887-1967 年）的《雲南掌故·明角燈》對其製法，卻有可信的記載。

羊角燈在《金瓶梅》中被稱為「羊角珍燈」，足見其珍貴。小說寫西門慶與喬大戶結為親家，時逢元宵佳節，西門慶回送給喬家的禮單上有「兩盞雲南羊角珍燈」（第四十二回）。陳詔先生的《金瓶梅小考》說，明代雲南料絲燈為世所重，羊角燈是不是以雲南為貴，不詳[1]。筆者認為，答案是肯定的，不然西門慶的禮單不會在燈前特意標明「雲南」二字。《紅樓夢》和《儒林外史》寫到羊角燈時都不再標明「雲南」，可能是因為這種燈及其製作工藝流傳開後，不再獨出於雲南。但從歷史記載看，人們對其製作工藝並不了解。

《吳都文粹續集》有這樣的記載：「燈往時最多，范成大詩有〈琉璃毬〉〈萬眼羅〉二燈為奇絕，他如荷花、梔子、葡萄、鹿、犬、走馬之狀，及擲空有毬燈、滾地有球燈，又有魚魷、鐵絲及麥稈為之者。一種名柵子燈，在魚行橋盛氏造，今不傳，即雲南所謂繚絲燈也，近有作羊角燈。」[2]這是《金瓶梅》之外關於羊角燈的最早記載，是書為明代長洲錢穀（1508-1572 年）撰，錢穀字叔寶。朱彝尊《靜志居詩話》稱錢穀貧無典籍，遊文

---

1　陳詔《金瓶梅小考》，上海：上海書店出版社 1999 年，第 249 頁。
2　卷二十七，景印文淵閣四庫全書本。

徵明之門，日取插架書讀之，手抄異書最多，至老不倦[3]。錢穀所載的問題有：其一，繚絲燈的名稱有誤，「繚」實為「料」，這是從材料和製作工藝而來的；其二，這時期江南已有人製作羊角燈，可見此燈流傳到江南的時間和料絲燈相差不會太遠。

料絲燈出自雲南永昌（今保山），羊角燈則出自昆明（亦稱明角燈），可惜後者明代方志失載。在民國《續修昆明縣誌》中，有一則關於羊角燈的記載，並說：「光緒中葉有一二制者，雖無玻璃之瑩晶而亦明透可愛。且製工精細，頗壯觀瞻，舊日官府多用之。」[4]可見直到光緒時期，羊角燈在昆明民間尚不流行，此或為其製作工藝失傳的原因之一。關於料絲燈，晚明謝肇淛（1567-1624 年）《滇略》卷三〈產略〉載：「永昌人善造料絲，初由鎮守內使有之，珍秘殊甚。永昌人試效為，及成，反精於彼，又長大數倍。其法以紫石英、赭石合饒磁諸料煆之於烈火中，抽其絲，織以成片，加之彩繪，以為燈屏，故曰料絲。李文正公以為『繚絲』，誤矣。」[5]李文正（東陽）和錢穀之所以誤「料絲」為「繚絲」，正因為不知其製作工藝。李東陽有詩〈成國朱公宅觀料絲燈次周司徒屠太宰韻〉，詩曰：「節假承恩憶退公，夜堂燈火盡相容。疑成天上絲綸手，不是人間剪刻功。索價想應輕萬鏹，留歡剩欲倒千鐘。似聞賦客多奇賞，直自山西到浙東。」[6]有記載表明，料絲燈由楊一清的隨從帶回江南而流行。清代丹陽姜紹書有這樣的記載：「絲燈之製，始於雲南。弘治間，邑人潘鳳號梧山，善丹青，有巧思，隨楊文襄公至滇中，見料絲燈，悅之。歸而煉石成絲，如式仿製，於是丹陽絲燈達於海內。余歷北平、金陵、維揚、蘇杭，素稱繁華之地，屢逢燈節，遍閱千門火樹，碧映珠輝。訪及雲南絲燈，稀如星鳳，豈因梯航萬里，艱於郵致乎？燈雖種種，唯料絲之光，皎潔晶瑩，不啻明珠照乘寶中之點綴上元者，曲阿稱最焉。近日里中王又玄巧翻新樣，鏤玉裁雲，妍雅精工，出人意表，可稱絕技。然梧山乃造燈鼻祖云。」[7]成化二十一年（1485 年），楊一清蒙皇恩回雲南安寧省親祭墓，這是他唯獨一次回祖居之地，故這個記載除時間外尚可信。至於羊角燈是如何由雲南流傳出去的，文獻沒有記載，參照錢穀、姜紹書所記和明代宦滇者之眾為前朝所無這一事實，即令不由楊一清的隨從帶回，其流傳途徑亦當和料絲燈相差不多。

料絲燈和羊角燈（明角燈）是兩種不同的燈具，但至今人們仍然不明原產地，還有人把二者的製作工藝混淆。近來看到一篇文章說：「自六朝以來，中華門這段秦淮河上的燈船流連忘返。逢年過節，南京人必乘燈船，遊覽秦淮河，『舟楫穿梭，燈船畢集』，

---

3　北京：人民文學出版社 1990 年，第 422 頁。

4　倪惟欽、陳榮昌《續修昆明縣誌》卷五〈物產〉，1943 年排印本。

5　李春龍、劉景毛《正續雲南備征志精選點校》本，昆明：雲南民族出版社 2000 年，第 235 頁。

6　《懷麓堂集》卷五十五，景印文淵閣四庫全書本。

7　《韻石齋筆談》卷下〈絲燈記略〉，景印文淵閣四庫全書本。

十里秦淮燈船之盛甲於天下。所謂燈船，是指秦淮河中懸掛了羊角燈的遊船。『羊角燈』其實並不是羊角形狀的燈，《南京文獻》謂：『羊角燈者，昔金陵特產，用羊角熬成膠液，和以色彩，凝而壓薄成片，謂之明瓦，金陵街市有明瓦廊，聯綴明瓦而成燈，透光明，無火患。』這就是羊角燈。而燈船的『羊角燈火』倒是古樸文化的底蘊，與秦淮河上的『長干橋』『飲馬橋』燈光有機結合，互為景點，互相呼應，構築一個現代版的《清明上河圖》。」[8]文中所說《南京文獻》對羊角燈製作的記載，類同於料絲燈，但實際上料絲燈和羊角燈，無論材料還是製法都幾乎完全不同。

羊角燈產於雲南昆明，且流傳久遠，方志對其製作工藝雖失載，民間卻有所聞。查閱羅養儒《雲南掌故》一書，證實了料絲燈與羊角燈是兩回事兒，並明確了「雲南羊角珍燈」的製法。這部著作中有〈明角燈〉一篇，篇幅不長，姑錄全文於下：

> 明角燈一物，亦昆明特有物品也。擅此業者，係將羊角解鋸成薄片，燙熨至軟而拓展其質，使如一層紙薄，然後附於模型上，再燙再熨，使成一半邊瓜形或成一半球形。以二合一，又燙又熨，將其縫合攏，更燙熨至無一絲痕跡存在，而成一瓜形燈罩，或一圓形燈罩。復以膠朱繪上一些花紋，或繪一喜字及兩蝙蝠，乃置於錫座上，燃燭於內，大能透亮，名為風燈。一般官吏坐夜堂審案，即賴於此，亦可照人行動於有風處。更有製成一較為美觀之瓜形燈罩，懸以木架，飾以垂纓而成為掛燈者。按此種明角燈，透亮處固有遜於玻璃燈，然望去頗為堂皇富麗，但是不無有些官僚氣派。然而此一物品，在近三四十年來，已絕跡於昆明城市矣。擅此技術者，或亦死盡。[9]

這篇文章詳細記載了羊角燈製作的繁複工藝，以及式樣之精美氣派，這樣的燈價格當然不菲。《雲南掌故》所言其用途，與《續修昆明縣誌》和古典小說之描寫十分吻合，而工藝消失的時間，尚遲於《續修昆明縣誌》所載。

據西門家日常生活奢侈品的來源，其送禮和元宵節所用的羊角燈，多半採購於江南，用於官哥兒與喬大戶家結親送禮的禮單中有羊角珍燈一項，可見此燈的貴重。除《金瓶梅》外，晚明文學作品還有提到羊角燈的，鍾惺（1574-1624 年）的《隱秀軒集》卷十〈秦淮燈船序〉曰：「小舫可四五十只，周以雕檻，覆以翠幙。每舫載二十許人，人習皷吹，皆少年場中人也。懸羊角燈於兩傍，略如舫中人數，流蘇綴之，用繩聯舟，令其銜尾有若一舫。火舉，伎作如燭龍焉，已散之，又如皃雁盤跚波間，望之皆出於火，直得一賦

---

8　蔡明誠、查顯根〈談談水景照明設計中的燈光文化與 LED 光源〉，《中國照明》2007 年第 4 期。
9　羅養儒《雲南掌故》，昆明：雲南民族出版社 1996 年，第 523-524 頁。

耳。」羊角燈還見於清代小說中。《紅樓夢》：「鳳姐出至廳前，上了車，前面打了一對明角燈，大書『榮國府』三個大字，款款來至甯府。」（第十四回）這是寫鳳姐過甯府主持秦可卿喪事。「那晚各處佛堂灶王前焚香上供，王夫人正房院內設著天地紙馬香供，大觀園正門上也挑著大明角燈，兩溜高照，各處皆有路燈。」（第五十三回）這是寫除夕之夜。「當下園之正門俱已大開，吊著羊角大燈。」（第七十五回）這是寫中秋之夜。《儒林外史》則描寫道：「到晚來，兩邊酒樓上明角燈，每條街上足有數千盞，照耀如同白日，走路人並不帶燈籠……」看來到了清代，羊角燈在經濟發達地區的使用已遍及街市，不再由於珍貴而限於貴族家庭了，只是有大小和用途之分而已。

現代作家也關心羊角燈的製作工藝，有的描述著實讓人佩服其想像力之豐富，可惜與實際不符，摘錄劉心武及其所引鄧雲鄉的議論如下：

> 近人鄧雲鄉先生在其《紅樓風俗譚》一書中說，羊角燈「是用羊角加溶解劑水煮成膠質，再澆到模子中，冷卻後成為半透明的珠形燈罩，再加蠟燭座和提梁配置成」，但這只是他個人的一種想像，其實，羊角燈應該是這樣製成的：取上好羊角將其先截為圓柱狀，然後與蘿蔔絲一起放在水裏煮，煮到變軟後取出，把紡錘形的楦子塞進去，將其撐大，到撐不動後，再放到鍋裏煮，然後再取出，換大一號的楦子撐，如是反覆幾次，最後撐出大而鼓、薄而亮的燈罩來。這當然要比溶解澆模困難多了，許多羊角會在撐大的過程中破損掉，最後能成功的大概不會太多，尺寸大的尤其難得。這樣製成的羊角燈，最大的鼓肚處直徑當可達到六七寸甚至一尺左右，所以上面可以「大書」（每個字比香瓜大）「榮國府」字樣，並且在過節時不是在園子正門上「掛著」的小燈，而是「吊著」的非常堂皇的「羊角大燈」。[10]

對照《雲南掌故》中的昆明坊間記載，正、謬自明。總之，羊角燈或稱明角燈，原產地為雲南昆明，其製作材料是羊角，形狀卻並非羊角形，而是瓜形或球形的燈罩，可座可掛可垂吊，亦可手提。因其明亮而不懼風，故常用作風中照明之燈，更兼工藝複雜，式樣富麗堂皇，價格不菲，亦為繁華勢派的表現。所以，《金瓶梅》稱為「珍燈」，《紅樓夢》中的賈府也一再提及。

---

10　《紅樓望月：從秦可卿解讀紅樓夢》之〈臘汕凍佛手·羊角燈〉，太原：書海出版社 2005 年，第 181 頁。

# 二、大理石考

陳詔先生的《金瓶梅小考》提到：小說第七回薛嫂在孟玉樓家中看見大理石屏風，第四十五回白皇親家拿來一座賣給西門慶；所引史料有謝肇淛《五雜組》卷三、文震亨《長物志》卷三、《天水冰山錄》[11]。筆者下面補充之。

《元明事類鈔》卷二〈點蒼石〉引《山堂肆考》載：「大理府點蒼山出石。白質墨文，有山水草木之形，溫潤如玉，可琢為屏。」大理石出自雲南大理的點蒼山中，所以又名點蒼石。由於其石之美來自天然，猶如山水畫一般，加之從雲南開採並搬運到內地，均極其艱難，所以彌足珍貴。大理石做成的屏風和床、桌、幾，明代以來被有地位有財力的人用來裝飾廳堂，其尺寸大小，成為身分地位的標誌。明代陸深（弘治乙丑進士）的《儼山集》卷三十五有〈大理石屏銘〉：「遠岫含雲，平林過雨。一屏盈尺，中有萬里。」乾隆《御制詩三集》卷十七有〈題大理石屏〉：「盈尺昆彌石，自然成畫圖。有天千嶂倚，無地一亭孤。林是不凋樹，境惟絕俗區。贏他王宰跡，粉色已模糊。」阮元的《揅經室續集》卷九有〈大理石小屏方尺許，宛然設色山水，巧合天際烏雲二句詩意〉[12]。這三個地方提到的是方尺石屏，不算稀罕，大概只相當於一幅裝飾畫。

對大理石之大屏石的需求，表現了豪華奢侈的社會風氣，在《金瓶梅》中給人留下了深刻的印象。大屏石在今天雖然不算罕見的器物，但是要得到像白皇親家賣給西門慶的那樣一座屏風也不容易。這座屏風有五尺，在明代，就是主人財富、身價的象徵（第四十五回）[13]。以明代的開採能力和運輸條件，採石既難，運輸亦不易，所以哪怕像薛嫂在孟玉樓家看到的那塊一筆帶過的屏風（第七回），也要那樣富有的人家才能擁有。五至七尺的大屏風，就甚為罕見了。以當時的交通條件，大理石運至中原甚費力。其實不僅搬動甚費力，開採也同樣難。究竟費力到什麼程度呢？

鄧原岳在萬曆年間為雲南提學僉事，謝肇淛《滇略》卷三載有他的〈點蒼山石歌〉，描寫了宮廷對大理石的索要及開採大理石的艱難：

> 點蒼山頭日吐雲，紫光白氣長氤氳。卻產奇石作屏障，終朝開採徒紛紛。頻年貢入長安道，濃淡之間山色好。君王便作圖畫看，豈識閭閻刳肝腦。朝鑿暮解苦不休，詔書昨下仍苛求。前運後運相結束，道傍歎息聲啾啾。耳目之翫豈少此，十

---

11  上海：上海書店出版社 1999 年，第 246-247 頁。

12  以上引文前 3 例見景印文淵閣四庫全書本，第 4 例見《叢書集成新編》本。

13  本文所引《金瓶梅詞話》，見北京：文學古籍刊行社 1957 年影印，1988 年重印本。

夫供役九夫死。從來尤物是禍胎,吁嗟乎,當時作俑者誰子![14]

　　如果說詩人難免誇大其詞,那麼我們再看看文獻記載。天啟《滇志》載錄了蔣公——當時雲南巡撫蔣宗魯上於嘉靖四十年的〈奏罷屏石疏〉[15],是記載大理石開採、運輸情況最為翔實的史料。疏曰:

> 臣等工部咨照、依御用監題奉欽依事理,依式照數採取大理石五十塊,見方七尺五塊,六尺五塊,五尺十塊,四尺十五塊,三尺十五塊。等因。案行金滄道,分委大理衛、太和縣督匠採取。據耆民段嘉璉等告稱:「嘉靖十八九年,曾奉勘合取大屏石,難行崖險,壓傷人眾。及至大路,行未百里,大半損缺。重(眾)復采補,沿途丟棄。所解石塊,二年外方得到京。至三十七年,取石六塊,見方三尺五寸。自本年六月至十一月,始運至普洱小孤山,因重丟棄在彼。且自大理至小孤山,止有三百餘里。自六月,以半年行三百里,未免有違欽限,徒勞無功。乞轉達奏請,量減數目尺寸。」等因。又據石匠楊景時等告稱:「原降尺寸高大,石料難尋。且產於萬丈懸崖,難以措手。縱使采獲,勢難扛運。」等因。俱批行布政司會議為照。雲南地方,僻在萬里,舟楫不通,與中州平坦不相同。先年採取三尺石,自蒼山至沙橋驛,陸運只五程,勞費踰四月,供給不前,所過騷擾,軍民啼泣。今復取六七尺者,其難十倍。況值上年兵荒,民遭饑窘,流離困苦,實不堪命。應請量減尺寸,通詳巡撫蔣宗魯、巡按孫用會題議照。錫貢方物,為臣子者均當効忠。民瘼艱難,凡守土者尤宜審度。前項屏石,臣等奉命以來,催督該道有司,親宿山場,遵式取進。匠作者民人等,俱稱產石處所,山洞坍塞,崖壁懸陡。三四尺者,設法可獲。其五六尺者,體質高厚,勢難采運。且道路距京萬有餘里,峻嶺陡箐,石磴穿雲,盤旋崎嶇,百步九折。豎抬則石高而人低,橫抬則路窄而石大。雖有良策,委無所施。今大理抵省,僅十三程,尚不能運至,何由得達於京師?是以官民憂惶,計無所出。議將采獲三尺、四尺者先行進用,五尺者一面設法採取,六七尺者,或准停免,以蘇民艱。實出於軍民迫切之至情,萬非得已,冒罪上聞。[16]

14　李春龍、劉景毛《正續雲南備征志精選點校》本,昆明:雲南民族出版社 2000 年,第 235 頁。

15　《滇略》卷七〈事略〉:嘉靖四十年:「詔取點蒼屏石五十方於大理,巡撫都御史蔣宗魯奏罷之。」(李春龍、劉景毛《正續雲南備征志精選點校》本,昆明:雲南民族出版社 2000 年,第 275 頁)

16　天啟《滇志》卷二十二〈藝文志〉第十一之五,古永繼點校本,昆明:雲南教育出版社 1991 年,第 739-740 頁。

清代馮甦的《滇考·珍貢》載：

> 點蒼屏石產大理府，雖不在外夷，然采艱運遠，亦以累民。嘉靖十八、九年曾奉取用，二年之後始得至京。至三十七年，取方三尺五寸者六塊，自本年六月至十一月，止行三百里運至普洱，因重不能前進。四十年又行取五十塊，高六七尺不等，巡撫蔣宗魯抗疏諫止。然而當時取辦，不論何項石紋。至萬曆二十一年，為兩宮鋪地，詔取鳳凰石百餘，求之益艱，供役者十死九八，惟高不過三四尺，人猶以為蔣公之力焉。[17]

陳詔先生所引謝肇淛的《五雜俎》卷三：「滇中大理石，白黑分明，大者七八尺，作屏風，價有值百金者。」[18]蔣宗魯奏疏中的所謂「大屏石」，即見方五尺以上者。從其奏疏和《滇考·珍貢》可知，至多在嘉靖二十一年之後，由於開採和運輸之艱巨，已無這樣尺寸的大屏石運進內地。《金瓶梅》第四十五回中白皇親家那一座屏風也因此而顯得非同小可，所以小說描寫得特別詳細。小說寫道，西門慶正和應伯爵打雙陸，玳安兒走來說道：「賁四拿了一座大螺鈿大理石屏風，兩架銅鑼銅鼓，連鑪兒說是白皇親家的，要當三十兩銀子。」「不一時賁四同兩個人抬進去，放在廳堂上。」「原來是三尺闊、五尺高，可卓放的螺鈿描金大理石屏風，端的是一樣黑白分明……西門慶把屏風拂抹乾淨，安在大廳正面，左右看視，金碧彩霞交輝。」可見小說這一回的描寫，著實寫足了西門慶的財大氣粗。皇親家才能擁有的大屏石，西門慶可以輕鬆地買進，當真是富埒王侯。然而王侯貴而不富，所以要出賣標誌身分的物件，西門慶卻因為富有，可以用錢獲得這標誌。至於孟玉樓家的那一座屏風就比較普通了，所以小說只是一筆帶過：「大理石屏風，安著兩座投箭高壺。」連尺寸也未交代。

除了大屏石，小說第三十四回描述翡翠軒書房的陳設：裏面有一明兩暗書房，進入明間內，「伯爵見上下放著六把雲南瑪瑙漆減金釘藤絲甸矮矮東坡椅兒，兩邊掛四軸天青衢花綾裱白綾邊名人的山水，一邊一張螳螂蜻蜓腳一封書大理石心壁畫的幫卓兒，卓兒上安放古銅爐流金仙鶴。」「伯爵走到裏邊書房內，裏面地平上安著一張大理石黑漆縷金涼床，掛著青紗帳幔。」明代文震亨說榻忌有四足，或為螳螂腿下承以板則可，近有大理石鑲者，有退光朱黑漆中刻竹樹以粉填者，有新螺鈿者，大非雅器[19]。所謂「大理石鑲」的桌和床，用的多半是方尺，至多二三尺大的石塊，以木為框架，石塊鑲於其

---

17　昆明：雲南民族出版社 2002 年，第 323-324 頁。

18　《金瓶梅小考》，上海：上海書店出版社 1999 年，第 246-247 頁。

19　《長物志》卷六〈榻〉，景印文淵閣《四庫全書》本。

中。大理石桌椅至今仍以木框架鑲嵌製作,而其貴重者,木架為紫檀。乾隆〈大理石床歌〉曰:「皚皚雪質排雲黑,葆光含潤如球壁。來從滇南萬里遙,量度長材越數尺。良工琢磨成匡床,紫檀為架文錦席。」[20]從「越數尺」「成匡床」「紫檀為架」看,清代御用的大理石床是用整塊石料,匡以紫檀而成,而且大理石用料比明代的大理石黑漆金涼床要大得多。西門慶的「大理石黑漆金涼床」,應不如紫檀為架者貴重,但亦非一般人所能擁有。

　　除了點蒼石,大理石還有別的名稱。其一為文石。《滇略》卷七〈事略〉:「文石,出點蒼山之北麓,白質黑章,膩若截肪,琢為屏障。其最佳者,蒼素分明,山川遠近,雲樹晻曖,若天生圖畫,不逕而走,四方好事者爭購之。」[21]其二為醒酒石。天啟《滇志》載:「大理石屏,有山川雲物之狀,唐李贊皇以為醒酒石。近李貞伯〈送人入滇〉詩云:『相思莫遣石屏贈,留刻南中德政碑。』可謂德業相勸矣。」[22]《古今說海‧大理石屏》:「近年朝紳爭尚,官其地者以是勞民傷財,而李貞伯獨寓此意於送行詩,乃謂『相思莫遣石屏贈,留刻南中德政碑』,可謂德業相勸矣。」[23]小說第五十五回寫道,西門慶到東京給蔡太師慶壽旦,來到太師府前,看到「醒酒石滿砌階除」。砌階的大理石,雖然用的不會是大石,但蔡太師家連階石都用它來砌,可見其不惜民瘼,豪奢之極。

　　第一節原載《金瓶梅文化研究》第六輯,北京:中國文史出版社2013年;第二節
　　選自〈湯顯祖與《金瓶梅》及其他〉,原載《金瓶梅與臨清:第六屆國際金瓶梅
　　學術研討會論文集》,濟南:齊魯書社2008年。

---

20　《御制樂善堂全集定本》卷十六,文淵閣《四庫全書》本。
21　李春龍、劉景毛《正續雲南備征志精選點校》本,昆明:雲南民族出版社2000年,第275頁。
22　古永繼點校本,卷三十三《搜遺志》第十四之二〈醒酒石〉,昆明:雲南教育出版社1991年,第1073頁。
23　卷一百三十六,景印文淵閣《四庫全書》本。

# 再說《金瓶梅詞話》卷首〔行香子〕
## （附補證）

## 引　言

受徐朔方先生大作啟發[1]，拙文〈《金瓶梅詞話》考劄〉對這部小說卷首四首〔行香子〕的來源曾作過一些探究，小標題為〈也說卷首「詞曰」四首〉[2]。後來拜讀了梅節先生〈《金瓶梅詞話》校讀記〉對這四首詞的校勘後方知[3]，我的考察遺漏了《天機餘錦》，亦未把彭致中所編《鳴鶴餘音》全部納入研究範圍。閱讀這些文獻後，覺得對一些問題應當作進一步思考，是為「再說」。「再說」發表後，承蒙梅節先生賜教，方知「再說」對《湖海搜奇》又止於徐朔方先生的引錄而有所遺漏。這次修訂「再說」，把《湖海搜奇》所載四首〔行香子〕和「再說」之後想到的有關問題，一併作為〈補證〉附於文後。

《詞話》卷首以「詞曰」為目而未標出詞牌的四首〔行香子〕，依次是「閬苑瀛洲」「短短橫牆」「水竹之居」「淨掃塵埃」。它們在元代以來的典籍載錄中存在如下幾個主要問題：一是年代不明，二是各本篇數不等，三是文字有所不同，四是署名不相一致。下面就這四首〔行香子〕見於元、明、清三代，特別是元、明二代的主要載錄，對上述問題進行或分或合，或詳或略的探討，兼及載籍的稽考，以進一步明其流傳源流。

## 一、元代之載錄

1. 道藏本彭致中所編《鳴鶴餘音》卷六有〔行香子〕四首，依次為「寥寥寂寂」「閬

---

1　徐朔方《小說考信編·關於金瓶梅詞話卷首「詞曰」四首》，上海：上海古籍出版社 1997 年，第 164-166 頁。

2　〈《金瓶梅詞話》考劄〉，中國《金瓶梅》研究會編《金瓶梅研究》第八輯，北京：中國文史出版社 2005 年，第 363-367 頁。

3　梅節《金瓶梅詞話校讀記》，北京：北京圖書館出版社 2004 年，第 4 頁。

苑瀛洲」「短短橫牆」「淨掃塵埃」，不著撰人[4]。《詞話》卷首所載數量相等，但有一首不同：無「寥寥寂寂」而有「水竹之居」。

《四庫全書總目提要》說：「《鳴鶴餘音》八卷。舊本題仙游山道士彭致中編，不詳時代。采輯唐以來羽流所著詩餘，至元而止。朱存理《野航存稿》有此詩跋，疑為明初人也。」這裏有一個疑問，即彭本《鳴鶴餘音》編者和詞集的時代不明。此外還有一個不小的誤會：其實有兩種《鳴鶴餘音》，一為虞集和全真馮尊師〔蘇武慢〕的合集本（詳下文），一為題名仙游山道士彭致中輯唐至元道士詩餘本。朱存理作〈跋〉者並非彭本《鳴鶴餘音》，而是虞本《鳴鶴餘音》。《提要》顯然不加區別，混為一談。

從虞集（1272-1348 年）的《道園遺稿》[5]，可以查考兩種《鳴鶴餘音》的編輯情況。《道園遺稿》（卷三）有〈贈彭致中遊廬山〉〈題梅仙峰與彭致中〉，卷五有〈彭致中送松花〉。可知彭致中與虞集為方外交。同書卷六收編其樂府，其中有《鳴鶴餘音》的專門標目，前有虞集〈敘〉，而後載虞集和全真馮尊師的〔蘇武慢〕十二首、〔無俗念〕一首，再後附馮尊師同調詞二十首（實不足，第十七首到二十首殘缺不全）。〈敘〉說，馮尊師以燕趙書生而入道，作〔蘇武慢〕二十首，自己在兩年間和得十二首，次年春又成〔無俗念〕一首。可以從《元史‧虞集傳》同虞集的〔蘇武慢〕詞，印證彭本《鳴鶴餘音》的編成年代。《元史》卷一百八十一〈虞集傳〉載，虞集在元惠宗即位前就已謝病歸臨川。元統元年（1333 年）元惠宗遣使召其還朝，虞集疾作而不能行，從此退居林泉。他同彭致中交往及和〔蘇武慢〕，必於這個時期。其〔蘇武慢〕第十首道：「六十歸來，今過七十。感謝聖恩嘉惠。」按虛歲，他「過七十」當為 1342 年，是虞集和詞寫成的時間。次年春作〔無俗念〕成，〈敘〉說：「後三年，仙遊山彭致中取而刊之。」此即 1346 年（至正六年），應當是彭本《鳴鶴餘音》編成的時間。

收於《道藏》本的彭本《鳴鶴餘音》全編有九卷，而不是《提要》所說的八卷。全編前有虞集〈敘〉，與《道園遺稿》卷六〈鳴鶴餘音敘〉大致相同。但有一個較大的差異：《道藏》本〈敘〉說：「後三年，仙游山道士彭致中採集古今仙真歌辭並而刻之。」這句話與上文所引《道園》本〈鳴鶴餘音敘〉的說法有所不同，可見實際上彭致中當年為編《鳴鶴餘音》而從虞集處「取而刊之」的，只是虞〈敘〉及虞、馮二人的〔蘇武慢〕詞。這些詞被編入彭本《鳴鶴餘音》卷二，缺〔無俗念〕一篇。虞集之〈敘〉，分明是為自己和馮尊師的〔蘇武慢〕而作，彭本所收，則為唐至元代羽流詩餘，與虞〈敘〉毫

---

4　正統《道藏》，文物出版社、上海書店、天津古籍出版社聯合影印涵芬樓本，1988 年，第 24 冊，頁 287。

5　虞集《道園遺稿》，景印文淵閣四庫全書本。

不相干。若虞集之〈敘〉為彭本全編而作，他應該不會如此糊塗。或是彭致中把虞〈敘〉移用於全編，所以改了這句話，這樣才能對全編有所交代。

《鳴鶴餘音》既有虞本和彭本之別，《道園遺稿》又有多個版本，所以《四庫全書總目提要》才會誤將朱存理的〈跋〉與彭本扯到一起[6]。《道園遺稿》的原編者為虞集的從孫虞堪（字勝伯，一字克用）。《道園遺稿》是虞集著作的補遺。它有多個版本，最早的版本（至正十四年，1354 年本），成書也在彭本《鳴鶴餘音》之後。《道園遺稿》卷六所載虞集和馮尊師的〔蘇武慢〕，定然首載於彭致中所編《鳴鶴餘音》[7]。後來各本由此輾轉傳錄，沿用彭本《鳴鶴餘音》的題名，而置虞〈敘〉於其下。這樣，就有了虞集和彭致中、《道園遺稿》卷六和彭致中多卷本兩種《鳴鶴餘音》（《重刊道藏輯要·函海·第十函》收虞集《鳴鶴餘音》單行本）。據文淵閣四庫全書本《道園遺稿》虞堪〈序〉，此書編成於至正十四年（1354 年）。是書卷六《鳴鶴餘音》後有金天瑞〈跋〉，曰：「右〔蘇武慢〕三十二首，〔無俗念〕一首，全真馮尊師、道園虞先生所共作也。昔刊《道園遺稿》而先生所作已附於編，然其所謂馮尊師最傳者二十篇，世莫全觀。今復並類編次以刻諸梓。」落款為至正二十四年（1354 年）。從〈序〉〈跋〉落款和內容看，此本顯然為金氏至正二十四年本。

總之，虞本《鳴鶴餘音》與《詞話》卷首〔行香子〕全無關係，而彭本《鳴鶴餘音》卷六的四首〔行香子〕，《詞話》載了「水竹之居」之外的三首。彭本編次不以年代，也不以詞調歸類，許多作品也不詳作者，所以無法判斷這三篇〔行香子〕的確切年代，而只能按其收編詞的時代下限和詞風，推測它們是元詞。《詞話》和《天機餘錦》所載四首〔行香子〕中有一首不同，說明這組詞在明代歷經演變。

# 二、明代之載錄

(一)臺北中央圖書館藏明抄本題程敏政（?-約 1499 年）所編《天機餘錦》，卷四依次

---

6　朱存理《樓居雜著》有〈記虞氏書冊〉一文，其中載《鳴鶴餘音》之名，又有〈跋鳴鶴餘音後〉。據此〈跋〉和文淵閣四庫全書本《道園遺稿》虞堪〈序〉，以及卷六《鳴鶴餘音》金天瑞〈跋〉，《道園遺稿》有四個版本：一是虞堪編的至正十四年本，二是有金天瑞〈鳴鶴餘音跋〉的至正二十四年本，三是虞堪把全本裝嵌成冊並作〈跋〉的巾箱本，四是成化間朱存理從虞堪之子虞鏐（字南仲）家得到巾箱本，又從沈潤卿處購得金氏刻板，合而刻之並作〈跋〉的成化本。

7　彭本所載〔蘇武慢〕，以馮尊師二十首、虞集和詞十二首為次，被錄於彭本卷二。見文物出版社、上海書店、天津古籍出版社聯合影印本，1988 年，第 24 冊，第 262-266 頁。

載「短短橫牆」「閬苑瀛洲」「水竹之居」「淨掃塵埃」四首，作者署張天師[8]。王兆鵬先生考證出《天機餘錦‧序》是對宋代曾慥《樂府雅詞‧序》的割裂，因而認為「程敏政序既為偽造，則其書大可懷疑」[9]。王教授的推論有一部分我贊同：如果《天機餘錦》真為程敏政所編，以他的地位和盛名[10]，是書恐不會在明末清初就成為秘笈。但即令否定了程敏政的〈序〉，我想也不會影響對其編輯權的認定。由於種種原因，〈序〉的這類問題在古籍中並不鮮見。如文淵閣四庫全書本《花草粹編》所署延佑四年（1317 年）陳良弼序就是偽託[11]，而彭本《鳴鶴餘音》的〈敘〉實為虞集〔蘇武慢〕詞〈敘〉之移用。但這兩部書的編者並未因此而成為問題。王兆鵬教授又根據兩個論據推斷《天機餘錦》的成書年代：一、楊慎《詞品》序末署「嘉靖辛亥（三十年，1551 年）仲春，朝洞天真逸楊慎序」，《詞品》已兩次引及《天機餘錦》（卷二和卷五）。二、《草堂詩餘》之〈序〉末署「嘉靖庚戌（二十九年，1550 年）七月既望，東海何良俊撰」，而《天機餘錦》大量抄錄此書。因此「《天機餘錦》成書應在嘉靖二十九年七月後、三十年二月之前的半年時間內」，即「嘉靖二十九年冬季」[12]。按古代書籍成編和刊刻的一般時間，《天機餘錦》不太可能在《草堂詩餘》成書後充其量半年內，就能夠大量抄錄其內容並成書行世。何況在嘉靖三十年，楊慎早已因「議大禮」案被謫戍滇雲，至多被允歸蜀暫住，只能往來於滇蜀之間[13]。按古代的信息傳播條件，難以想像他能在如此短的時期內，就得到《天機餘錦》並引錄於《詞品》。如果據程敏政生活的年代，把《天機餘錦》的成書放在成、弘之間，那麼《詞品》引用它在時間上就比較合理了。至於說《天機餘錦》大量抄錄《草堂詩餘》──或許情形正好相反，是《草堂詩餘》抄錄了它。

（二）陳耀文所編《花草粹編》卷七載「淨掃塵埃」一首，作者署天師。據明代萬

---

8　王兆鵬、黃文吉、童向飛點校《天機餘錦》，瀋陽：遼寧教育出版社 2000 年，第 348-367 頁。

9　王兆鵬《唐宋詞史論》，北京：人民文學出版社 2000 年，第 249 頁。

10　據《明史》卷二百八十六本傳，程敏政「成化二年（1466 年）進士及第，授編修，歷左諭德，直講東宮。翰林中學問該博稱敏政，文章古雅稱李東陽，性行真純稱陳音，各為一時之冠。孝宗嗣位，以宮僚恩擢少詹事兼侍講學士，直經筵。」北京：中華書局 1974 年，第 7343 頁。

11　文淵閣《四庫全書》本《花草粹編提要》：「此本與天中記板式相同，蓋猶耀文舊刻。而卷首乃有延佑四年陳良弼序，刊記拙惡，僅具字形，而其文則仍耀文之語。蓋坊賈得其舊板，別刊一序弁其首，以偽為元板耳。」

12　王兆鵬《唐宋詞史論》，北京：人民文學出版社 2000 年，第 248-252 頁。

13　《明史》卷一百九十二楊慎傳：（嘉靖）「八年（1529 年）聞延和訃，奔告巡撫歐陽重請於朝，獲歸葬，葬訖復還。自是，或歸蜀，或居雲南會城，或留戍所，大吏咸善視之。及年七十，還蜀，巡撫遣四指揮逮之還。」（北京：中華書局 1974 年，第 5082 頁）王文才《楊慎學譜‧升庵紀年錄》嘉靖三十年楊慎六十四歲條：「游易門」，「又乞依例替役」（上海：上海古籍出版社 1988 年，第 109 頁）。

曆刊本〈敘〉之落款「萬曆癸未冬日之吉」[14]，是書編成於萬曆十一年。《花草粹編》所錄「淨掃塵埃」與各本皆有差異，並不具出處而自亂其體例。筆者〈《金瓶梅詞話》考剳〉一文以《詞綜》卷二十四「閬苑瀛洲」之注為據，說這首詞於《詞話》之外僅見載於《鳴鶴餘音》，並推論它只載此一首，誤。

（三）《金瓶梅詞話》卷首依次錄「閬苑瀛洲」「短短橫牆」「水竹之居」「淨掃塵埃」四首，作者、詞牌俱無，而其文字亦不同於各本。關於此書的成書年代，學界看法不同，主要有嘉靖說和萬曆說。

（四）釋行岡編《春花集》卷十二載〔行香子〕九首，署名明本，其中有「水竹之居」。唐圭璋先生所編《全金元詞》（第 1160-1162 頁）標明這九首詞選自《春花集》。原書未見，不知編者情況及其成書的具體年代[15]。據南京大學張宏生教授惠賜線索，行岡生於1613 年（萬曆四十一年），卒於 1667 年（康熙六年）。把《全金元詞》載錄與《詞話》本對照，此詞互有異文。

現在我們從彭本《鳴鶴餘音》出發，根據上述各本的年代，先討論明代載籍中這四首〔行香子〕的時代。實際上只有「水竹之居」一篇尚未解決。因為先前我沒有讀到《天機餘錦》，故在〈剳記〉中曾推定這幾首詞的產生絕不出於宋、元，流行則在元末。現在對「水竹之居」一篇要另予說明。《鳴鶴餘音》卷六最早載錄第一、二、四首詞（以《詞話》卷首所載為序），它們的年代如上文。而「水竹之居」一首應當產生在彭本《鳴鶴餘音》編成之後，具體說是在明初，最早見於《天機餘錦》。之所以說這篇詞當產生於明初，除彭本《鳴鶴餘音》中尚無此詞外，還因為詞的開篇「水竹之居」這一意象，數見於明初文獻。兩相印證，可以大致推定這首詞較為具體的年代。略舉數例如下：龔斆《鵝湖集》卷六〈跋竹坪圖〉曰：「矧今日隱者之居，有曰竹所者焉，又有曰水竹之居者焉。蓋以其勁節可以比君子，雅操可以耐歲寒，故其見知於人也多，人亦由之而得名者眾矣。」謝肅《密庵集》卷五有〈水竹居記〉，虞堪《希澹園詩集》卷三中有〈寄題湖州沈自誠水竹居〉[16]，皆寄託林泉之樂。可見水竹之居，是士大夫清節之象徵，而徜徉其中，是當時士大夫的嚮往。再者，明抄本《天機餘錦》的發現，至少可證「水竹之居」這首詞在明中葉即已見於載籍。無論《詞話》成書於嘉靖或是萬曆年間，它和《天機餘錦》都採錄這四首〔行香子〕，應當不是偶然的巧合，而可能是因為這幾首詞曾經共同

---

14　陳耀文《花草粹編》，民國二十二年國學圖書館影印萬曆陶風樓本。

15　據王兆鵬《唐宋詞史論》注，此書為明行岡編（北京：人民文學出版社 2000 年，第 270 頁）。因南京圖書館正搬遷，原書未見。筆者查到國家圖書館有縮微膠卷登錄，膠卷則藏於中山國立圖書館，亦未見。不明二書之區別。

16　以上各本均據景印文淵閣四庫全書本。

流行於一時。下面我們再以文本為據討論這個問題。以《詞話》為底本,把《天機餘錦》和《詞話》這兩個俱錄四首〔行香子〕的版本加以對照,一些文字的差異無關緊要,但其中有兩種情況值得注意:一種是刊落。第一首「也宜春」一句前《天機餘錦》有「卻」字,符合〔行香子〕的句格,而《詞話》顯然刊落。第二首「熱烘盞」一句《天機餘錦》缺「盞」字,則顯然是《天機餘錦》刊落。第二種情況是不可解的詞。第二首「忔憎兒小小池塘」一句,《天機餘錦》點校本作「忔憎」,兩個版本都不知所云。第三首「床」與「裝」亦不可解[17]。我們難以判斷在《詞話》和《天機餘錦》中,這四首〔行香子〕文字差異和不可解之語形成的確切原因,各書載錄在明代即已相當混亂。因此,陳耀文錄「淨掃塵埃」一首自違體例而不注出處。相反,他錄自《天機餘錦》的十六首詞,全都標明了來歷[18]。可見他所錄「淨掃塵埃」,既不來自彭本《鳴鶴餘音》(此書署無名氏,且有異文),也不來自《天機餘錦》(此書雖署張天師,但有異文)。

由說話藝術孕育的中國早期小說的性質,決定了它往往大量採用詞曲,並具有極大的隨意性:它們可能來自其成書過程中或成書時流行於市井的作品,或來自已經成編的詩詞集。就《詞話》而言,這兩種可能性都存在。但文人彙編詞集和刊刻,一般要遲於流行。從文化取捨上來說,文人學士也不大可能到《詞話》中去擇取材料。《天機餘錦》所載四篇〔行香子〕的異文,證明它與《詞話》無關,而清代《御選歷代詩餘》等載有《詞話》卷首〔行香子〕前三首者,它們之間的因襲關係則清晰可辨,與《詞話》有所不同。所以,對徐朔方先生提出的「《詞林紀事》為何只選三首,並且將次序變了」這個問題[19],就編成年代的先後,可以從《詞林紀事》的記載來自《御選歷代詩餘》,而不可能來自《詞話》得到解釋。另一方面,從詞的本原看,它在歷代都有作為歌詞的功能。這四首詞也有可能曾作為同調四疊的歌詞,廣為傳唱。所以,《詞話》沒有標出詞牌的

---

17 梅節先生把這類詞稱為記音詞,又引魏子雲先生語,說「作者隨手把有音無字的語言隨意拼寫」即此類,今統一寫作「疙瘩」。見《《金瓶梅詞話》校讀記》,北京:北京圖書館出版社 2004 年,第 31 頁。

18 此據趙萬里輯《校輯宋金元人詞》第五冊,商務印書館民國二十年印本。民國二十二年國學圖書館影印陶風樓《花草粹編》,陳耀文〈序〉署「萬曆癸未冬日之吉」,柳詒徵〈跋〉署癸酉(嘉慶十八年,1539 年),曰:「先以明本(按月霄藏明萬曆刊本)付印,其闕佚者則據金本(按清代金氏評花仙館聚珍本)補之,俾成完璧云。」文淵閣四庫全書本《花草粹編》只載了來自《天機餘錦》的詞八首:卷一〔長相思〕「清夜長」一首。卷二〔風光好〕「柳陰陰」、〔烏夜啼〕「都無一點殘紅」、〔搗練子〕「林下路」三首。卷五〔訴衷情〕「燒殘絳蠟淚成痕」一首。卷六〔謁金門〕「山無數」一首。卷七〔眼兒媚〕「憶從溪上得相逢」「平生幾度怨長亭」二首。

19 徐朔方《小說考信編·關於《金瓶梅詞話》卷首「詞曰」四首》,上海:上海古籍出版社 1997 年,第 166 頁。

必要，《天機餘錦》則署名為在當時影響極大的張天師。它們的異文，可能緣於所據傳抄本的不同，也可能緣於傳唱中少量語詞不經意的改變。四首詞在二書中排列順序的不同，亦可能來自傳唱。同調的幾疊歌詞，原無所謂先唱哪一首，也無所謂它們之間是否有內容上的聯繫。就其所詠實際，這四篇詞並非順序歌詠四季。除第一首明顯為詠春，第二、三首的季候特徵並不明顯，第四首說「任門前紅葉鋪階」，分明是詠秋而非詠冬。

# 三、清代之載錄

清代載錄的這四首〔行香子〕，對於《詞話》卷首同調詞而言，已無多少參考價值，但仍擇要敘之於下。

（一）朱彝尊、汪森所編《詞綜》卷二十四載「閬苑瀛洲」。據汪森〈序〉，是書編成於康熙十七年（1678 年）。此詞標目為〈宋詞七十首〉，詞牌〔行香子〕，署名于真人。詞後小注云：「詞見彭致中《鳴鶴餘音》，按北宋有虛靖真君詞，內有和于真人作。」[20]但查彭本《鳴鶴餘音》卷六，這首〔行香子〕與另外三首一樣，根本未著撰人，且與《詞綜》所錄互有異文。我們沒有任何根據說朱彝尊杜撰出處和作者，那麼就只能解釋為他另有所據。

（二）沈辰垣奉敕編撰《御選歷代詩餘》。據其〈序〉，是書編成於康熙四十六年（1707年）。《詩餘》有兩處載錄第一首詞，卷四十四所載與《詞綜》文字、署名完全一致，當轉錄於《詞綜》。卷一百十九則依次載「短短橫牆」「閬苑瀛洲」「水竹之居」等三首，與同書卷四十四所載文字、作者均有不同。小注說這三首詞來自晚明陳繼儒（1558-1639年）的《筆記》。《全金元詞》（第 1160 頁）已對《詩餘》卷一百十九所錄三首〔行香子〕所注出自《筆記》存疑。查閱明萬曆繡水沈氏刻《寶顏堂秘笈》本，有陳繼儒《筆記》二卷。卷二惟有一段話與《詩餘》大略相同（《詩餘》異文括於其後）：

> 天目中峰禪師與趙文敏為方外交，同院學士馮海粟（馮海粟學士）甚輕之。一日，
> 松雪強拉（此字《詩餘》本缺）中峰同訪海粟。海粟出所賦梅花百絕詩（句）示之。
> 中峰一覽畢，走筆而成（七言律詩），如馮之數。海粟神氣頓懾。

《筆記》到此為止，《詩餘》則接著說「嘗賦〔行香子〕詞云」，然後錄三首〔行香子〕。最後是「若不經意出之者，所謂一天真，一明妙也」一句。不知《詩餘》後文來自何處？或是其所引《筆記》另有別本？因有此疑慮，筆者不把《筆記》作為明代載錄這幾首〔行

---

香子〕的文獻資料。

　　（三）張宗橚輯《詞林紀事》卷六所載，與《詩餘》卷一百十九完全相同。按此書〈序〉的落款時間是「乾隆戊戌十一月二十有五日」，此為乾隆四十三年（1778年）。〈跋〉的落款時間是「乾隆四十四年孟冬朔日」，是書刊刻於此時。據成書時間和所載相關內容，《紀事》無疑轉錄於《詩餘》。

　　最後，不同版本這四首〔行香子〕的問題，還存在於各代採錄者對其作者署名的分歧。而當代學者力求具體確切地考證出作者，其實無補於事[21]。如果硬要確認作者的身分，那這四首詞從內容上看，可能與羽流的關係要更大一些。彭本《鳴鶴餘音》雖未著錄作者姓名，但其所收本為道士詩餘。明代載錄這四首詞的各種版本或不署名，或署張天師，《天機餘錦》更是把四篇全歸於張天師名下。看看洪武、永樂以來道教興盛，大修典藏的背景，或許能為此找到較為合理的解釋。朱元璋立國，在統治思想上以儒教為宗，三教並用，還御注了《道德經》。明成祖即位後敕命第四十三代天師張宇初編修《道藏》，張宇初逝後由第四十四代天師張宇清繼續編修，刻竣於正統十年（英宗朝，1445年），為正統《道藏》。萬曆《道藏》（《續道藏》）為明神宗時第五十五代天師張國祥奉敕命續編校刻，於萬曆三十五年（1607年）完成，補輯正統《道藏》之遺及正統之後的道教著作。這兩部《道藏》的編刻，歷時近兩百年之久。另一方面，文士官吏與道士成方外之交，自明初就不鮮見。倪謙《倪文僖集》卷三十二〈贈萬全都紀蕭鍊師序〉一文，有蕭鍊師「宣德二年去遊龍虎山，進謁正一嗣教四十五代張天師，蒙傳授五雷祈禱大法」的記載。危素《雲林集》卷上有〈餞張天師北上〉一文，鄭真《滎陽外史集》卷三十三有〈代彭太守與張天師書〉[22]。從以上兩個方面，可見明代道風之盛，而張天師則是一面大旗。這四篇〔行香子〕在明代載籍中以張天師署名，可謂順理成章，卻未必屬實。《天機餘錦》點校本在校勘處指出署張天師名為誤，理由是張天師為漢代人，而其時尚無詞[23]。

　　清代文獻多相沿《詩餘》，把這四首〔行香子〕署名為元代明本。今人唐圭璋所編《全金元詞》據《春花集》錄了他的九首〔行香子〕，其中包括「水竹之居」。且不說《春花集》所載這九首詞中「翼攀緣永絕追求」「久辭闤闠，識破浮華」「息塵緣何事相干」等語氣，完全不類明本這樣年少出家的人，其文字之粗劣和詞意之重複（尤其是後八首），

---

21　《天機餘錦》點校本把這四首詞分別改署張天師、無名氏、明本。見王兆鵬、黃文吉、童向飛點校《天機餘錦》，瀋陽：遼寧教育出版社2000年，第367-348頁。

22　以上各本均據文淵閣四庫全書本。

23　王兆鵬、黃文吉、童向飛點校《天機餘錦》，瀋陽：遼寧教育出版社2000年，第367頁。

簡直可以說是粗製濫造。清代顧嗣立編《元詩選》卷二十六中，有一篇比較完整的明本傳記，題為〈智覺禪師明本〉。這篇傳記和《四庫全書總目》之〈《梅花百詠》提要〉一樣，都沒有提到明本有〔行香子〕詞。《筆記》提到的「梅花百絕詩」則作《梅花百詠詩》，又說明本走筆和成後又出示〈九字梅花歌〉，馮海粟遂與他定交。馮海粟的《梅花百詠》佚，而明本的《梅花百詠》尚存，《四庫全書總目提要》的評語是：子振（海粟）「才思奔放，往往能出奇制勝。而明本所和，亦頗琱鏤盡致，足稱合璧聯珪。」明本《梅花百詠》的存在，令人難以相信《春花集》中那幾首〔行香子〕，居然會出自這個讓馮學士折服的詩僧之手。同一個人的作品，藝術水準相距不會如此遙遠。還有一個不可忽略的事實，即「水竹之居」這一意象，至今尚未發現元代有載錄。

# 四、推論

由以上考察，對《詞話》卷首所載四篇〔行香子〕，似可得出如下推論：

（一）這四首詞不是一時之作，以《詞話》所載為序，第一、二、四首出於元代，第三首出於明初。從《天機餘錦》和《詞話》成書的大致年代看，它們作為組詞流行當在明代中葉。詞中閒適情懷的抒發和林泉風物的描寫，亦吻合於這時期道教興盛，大修典藏的史實。

（二）這四首詞不是一人之作，作者早已佚名。由於明代道教和隱逸之風盛行，這四首詞被冠以張天師、于真人、明本等人之名，道士、仙釋原無多少差別，若非大名鼎鼎，姓名容易被埋沒，作品則被托於聲名較著之人，對這些署名只能作如是觀。

（三）這四首詞不是一組分詠春夏秋冬的四季詞。彭本《鳴鶴餘音》卷二載丘處機的四首詞，題名〈春〉〈夏〉〈秋〉〈冬〉，四季景物描寫分明，那才稱得上四季詞。《詞話》不過是如這類小說慣行的那樣，將詞調相同的四首流行詞一塊兒挪用於開篇，而不顧及它們之間是否具有某種內在邏輯聯繫。

（四）這四首詞在明初已有各種版本，故各書載錄皆有所出入。否則以四庫館臣眼中《花草粹編》和《詞綜》編輯體例之謹嚴和採錄之廣博[24]，不應當二書的作者署名都形同虛設，《花草粹編》不注出處，《詞綜》小注所言與其所指的載錄本則不相符。至於清

---

24 文淵閣四庫全書本《花草粹編提要》說：「其書掇摭繁富，每調有原題者必錄原題。或稍僻者，必著采自某書。其有本事者並列詞話於其後，其詞本不佳而所填實為孤調如縷縷金之類，則注曰備題編次，亦頗不苟。蓋耀文於明代諸人中猶講考證之學，非嘲風弄月者比也。」《詞綜提要》說：「凡稗官野紀中有片詞足錄者輒為采掇……立詞大抵精確，故其所選能簡擇不苟。」

代典籍對這四篇詞的載錄，則基本相沿《詩餘》。而《詩餘》所據《筆記》，至今找不到來歷。

（五）這四首詞的元、明文人載錄與《詞話》載錄應各有所本，二者之間不會有什麼關係。根據《詞話》通常的借用情況，這四首詞可能分別取自元、明文人彙編的集子，也可能源於同調組詞在市井的傳唱。就《詞話》而言，後一種可能性更大。相反，文人彙編詩詞集，則不大可能到《詞話》中擇取。

附：

# 《金瓶梅詞話》卷首〔行香子〕明代載錄補證

《金瓶梅詞話》卷首四首〔行香子〕，我在徐朔方和梅節先生所作考證的基礎上一考再考[25]，還是有所遺漏。「再說」發表後承蒙梅節先生賜教，明代王兆雲的《湖海搜奇》也全部載錄了這四首詞，故我在 2008 年臨清會議之前作了一次補證，近來又讀到凌禮潮〈馮夢龍《情史·丘長孺》考實〉一文，再作了一次補證，趁此機會錄之於下。

一、拙文〈金瓶梅詞話卷首〔行香子〕〉說到，這四首〔行香子〕俱錄者除《金瓶梅詞話》外，只有《天機餘錦》。又引錄徐朔方先生說清代褚人穫《堅瓠二集》卷三引《湖海搜奇》所載〔行香子〕二首，即「水竹之居」和「閬苑瀛洲」，云：「惜不知誰作。」《堅瓠二集》卷一〈馬生角〉引《湖海搜奇》云：「萬曆辛丑（二十九年，1550 年）。」[26]翻閱《湖海搜奇》原書，這四首詞俱存，是《金瓶梅詞話》和《天機餘錦》之外的第三例。《湖海搜奇》（卷上）所錄，依次為「水竹之居」「短短橫牆」「浪苑瀛洲」「淨掃塵埃」，順序與《天機餘錦》和《詞話》均不同，文字與《天機餘錦》和《詞話》比對，亦略有出入，所以對拙文〈再說《金瓶梅詞話》卷首〔行香子〕〉的推論影響不大，至

25 徐朔方《小說考信編·關於金瓶梅詞話卷首「詞曰」四首》（上海：上海古籍出版社 1997 年，第164-166 頁）；拙文〈《金瓶梅詞話》考箚〉（中國《金瓶梅》研究會編《金瓶梅研究》第八輯，北京：中國文史出版社 2005 年，第 363-367 頁）和〈再說《金瓶梅詞話》卷首〔行香子〕〉，亦可參見本書。又，洪濤〈《金瓶梅詞話》「四季詞」的解釋與金學中的重大問題〉（《保定師專學報》2001 年第 3 期）已提到《鳴鶴餘音》和《天機餘錦》，亦為我之前孤陋寡聞，未曾拜讀，其出發點雖與拙文不同，材料用以證明者亦有別，但得藉以開闊眼界。
26 徐朔方《小說考信編·關於金瓶梅詞話卷首「詞曰」四首》，上海：上海古籍出版社 1997 年，第164-166 頁。

於別的看法，下文出之，方家自明。

《湖海搜奇》有楊起元序，題麻城王兆雲元禎輯著、吳郡王世貞元美閱訂、三衢徐慶瑞思山、舒世忠三泉繡梓。

楊起元，字貞復，廣東歸善人，萬曆五年（1577年）進士，生卒年不詳。官至吏部左侍郎，諡文懿。楊起元為羅汝芳之門人，《明史·儒林傳》附載〈王畿傳〉末。有《楊文懿集》十二卷，《明史》卷九十六〈藝文志〉載其經義著作多種。

王兆雲，字元禎，湖北麻城人。楊起元《湖海搜奇》序曰：王氏於「疆圉作噩之歲，來顧余秣陵，余發帳中秘，則有《湖海搜奇》一書在焉。詢其所得，則以邀遊湖海，往往求其奇事奇談而納之奚囊中，積有歲年，因而成帙。」據楊起元中進士的年份，「疆圉作噩之歲」，應為萬曆二十五年丁酉（1597年）。楊起元此次看到王兆雲拿出的，除《湖海搜奇》外，還有《揮塵新譚》《白醉瑣言》《說圃識餘》《漱石閒談》。《四庫全書總目》卷一百四十四有王兆雲《王氏雜記》十四卷之目，除楊起元所見四部雜記外，尚有《烏衣佳話》四卷。四庫館臣曰：「皆雜記新異之事，本各自為書，後人裒為一帙，總題曰《王氏雜記》，非其本名也。」王兆雲又有《皇明詞林人物考》十二卷，編錄洪武迄萬曆詞人事蹟與著作，凡423人，又補遺44人，共467人。可見王氏與詞和詞人頗有關係。但《湖海搜奇》載這四首〔行香子〕卻不署作者姓名，顯然采自民間。《湖海搜奇》所記，本為明代市井奇聞異事，實屬稗官之類，獨有這四首〔行香子〕夾在其中，又不明言來歷，令人頗覺可疑。王兆雲不僅是麻城人，而且與王世貞有關係，《湖海搜奇》中有〈王元美〉一則，其中還有一首王世貞贈與王兆雲的詩，觀「今日郎君長，居然乃父風」詩意，他們之間的關係不淺。所以，有學者懷疑《湖海搜奇》所載四首〔行香子〕，可能與麻城劉家或王世貞有關，換言之或與《金瓶梅》的流傳和作者有關[27]。是書刊刻者無考。三衢今為浙江省衢縣。因縣境內有三衢山，故稱。

二、明代雲南詩人蘭茂（1397-1470年）有〈行香子·四時詞〉四首，按〈春〉〈夏〉〈秋〉〈冬〉排列，分寫四季，表現其出世情懷和逍遙之樂，〈秋〉中有「勝訪蓬萊，尋閬苑，覓瀛洲」句。看來用四首〔行香子〕和「閬苑」「瀛洲」抒寫隱逸清修，四季風情，在元末和明代前期曾經流行一時。道藏本彭致中編纂的《鳴鶴餘音》（卷二）載丘處機四首〔行香子〕，題名亦為〈春〉〈夏〉〈秋〉〈冬〉。這兩例都是一次完成的。

蘭茂，字廷秀，號止庵，雲南楊林布衣詩人。有《韻略易通》《止庵吟稿》《玄壺

27 凌禮潮〈馮夢龍《情史·丘長孺》考實〉，《北京科技大學學報（社會科學版）》2010年第4期。這篇文章的第五部分「丘長孺與《金瓶梅》的關係四題」，對這四首〔行香子〕與小說的關係作了考證，至於其提出的「丘長孺與《金瓶梅》之間的關係」這一疑問，或仍只能存疑。

集》等著作。其詩文散佚不全,現存詩詞 200 餘首。此外蘭茂還有戲劇《信天風月通玄記》二十折,他同時也是《續西遊記》作者的候選人之一。

補於 2008 年、2013 年

# 《金瓶梅詞話》二考：
# 引首詩·詞語

　　《金瓶梅詞話》（以下簡稱詞話本）全書共有一百首引首詩詞，只有一首指出了作者的姓名而不詳出處。考之於文獻載錄，其中一些有來源可考並已為學者考出，還有一些則尚有待發現。另外，詞話本不可解的詞語甚多，本文僅對第二十五回中的「舞手」進一解。

## 一、引首詩七首

　　詞話本每回前均有引首詩，它們在詞話本中的作用，與一般話本的入話無異，但與「三言」「二拍」相比，詞話本的引首詩與小說內容結合的緊密度則有所不及，有的幾乎完全無關，有的不過是引發一番議論，以表明作品的勸善懲惡等說教意圖。在全部引首詩中，小說只有一例指出其作者為邵堯夫（七十九回）。詞話本的引首詩來源比較複雜，雅俗皆有，基本未作改動。有別於嫻熟詩詞創作的文人，詞話本把別人的作品信手拈來而不認為有說明的必要，但文人獨立創作的小說，無論其語體是文言還是白話，體制是短篇還是長篇，詩詞的穿插往往是作者學殖和才華的表現，許多人在這上頭不惜花費精神，其作品只有藝術境界高低之分，東拼西湊是難以解釋也沒有必要的。這至少從一個側面證明，學界關於《金瓶梅》並非文人個人創作的說法，難以輕易否定。下面將筆者查到出處的七首引首詩及其原作對錄如下，並列出小說的相應回目，詞話本的異文括於本文之後：

　　1. 第二十八回「陳經濟因鞋戲金蓮，西門慶怒打鐵棍兒」的引首詩[1]，最早見於宋代詩人戴復古的詩集，題為〈處世〉[2]：

---

1　　本文所引《金瓶梅詞話》出於北京：文學古籍刊行社 1957 年影印，1988 年重印本。
2　　戴復古《石屏詩集》卷五，景印文淵閣四庫全書本。

風波境界立身難，處世規模要放寬。萬事盡從忙裏錯，一（此）心須向靜中安。路當平處經行（行更）穩，人有常情耐久看。直到（道）始終無悔吝，旁（才）生枝葉便多端。

詞話本以此詩帶入潘金蓮因尋找紅睡鞋而引起的諸多事端。明人汪砢玉的《珊瑚網》卷十四載沈啟南墨蹟書此詩，文字略有不同。

2. 第三十五回「西門慶挾恨責平安，書童兒妝旦勸狎客」引首詩，見於宋代羅大經《鶴林玉露》：「光宗即位，謝艮齋為文，昌（倡）進十銘⋯⋯辭簡理明⋯⋯又作〈勸農詩〉云：『莫入州衙與縣衙，勸君勤理（謹）舊（作）生涯。池塘多放聊添稅（積水須防旱），田地深耕足（買賣辛勤是）養家。教子教孫須（並）教義，栽桑栽柘（棗）勝（莫）栽花。閑非（是）閑是（非）都休（休要）管，渴飲清泉困（悶）飲（煮）茶。』」[3]

謝艮齋為宋代理學家，與朱熹同時。詞話本用此詩引發一番議論：「此八句，單說為人之父母，必須自幼訓教子孫⋯⋯」從而帶入對西門慶的小廝平安、書童兒荒唐行為的描寫。

3. 第三十九回「西門慶玉皇廟打醮，吳月娘聽尼僧說經」引首詩，最早見於《全唐詩》所載薛逢的〈漢武宮詞〉[4]：

漢武清齋夜築壇，自斟明水醮仙官。殿前玉女移書（香）案，雲際金人捧露盤。絳節幾時還入夢，碧桃何處更驂鸞。茂陵煙雨埋弓劍，石馬無聲蔓草寒。

薛逢，字陶臣，蒲州人（今山西永濟），唐武宗會昌元年（841 年）進士。詞話本用此詩只為引入西門府打醮說經之事。明代曹學銓編《石倉歷代詩選》卷九十四、康熙《御選唐詩》卷十七均載此詩。

4. 第四十四回「吳月娘留宿李桂姐，西門慶醉拶夏花兒」引首詩，最早見於《全唐詩》所載薛逢的〈長安春日〉[5]：

窮途日日困泥沙，上苑年年好物華。荊棘不當車馬道，管弦長奏綺（絲）羅家。王孫草上悠揚蝶，少女風前爛熳花。懶出任從遊（愁）子笑，入門還是舊生涯。

詞話本引此詩，看不出與小說這一回的內容有何關聯。元代郝天挺《唐詩鼓吹》卷二、明代曹學銓編《石倉歷代詩選》卷九十四均載此詩。

---

3　羅大經《鶴林玉露》卷十六，景印文淵閣四庫全書本。
4　彭定求等編纂《全唐詩》卷五百四十八，上海：上海古籍出版社 1986 年，第 1397 頁。
5　彭定求等編纂《全唐詩》卷五百四十八，上海：上海古籍出版社 1986 年，第 1397 頁。

5. 第五十九回「西門慶摔死雪獅子，李瓶兒痛哭官哥兒」引首詩，見於《全唐詩》中杜牧的〈柳長句〉[6]：

> 日落水流西復東，春光（風）不（下）盡柳（折）何窮。巫娥廟裏低含雨，宋玉宅（門）前斜帶風。不嫌榆莢共爭翠，深感桃花相映紅。灞上漢南千萬樹，幾人遊宦別離中。

詞話本引此詩亦似閑文，只「別離」似與官哥兒死、母子分離有關。唐代韋縠《才調集》卷四亦載此詩，文字稍異。

6. 第七十四回「宋御史索求八仙鼎，吳月娘聽宣王氏卷」引首詩，見於元代《唐詩鼓吹》所載司空圖的〈寄王侍御〉[7]：

> 昔年南去得娛賓，頓（願）遞杯（樽）前共好春。蟻泛羽觴蠻酒膩，鳳銜瑤句蜀箋新。花憐遊騎紅隨轡（後），草戀征車碧遶（繞）輪。別後青青鄭南陌（路），不知風月屬何人。

詞話本引此詩，為前半回西門慶大宴宋御史、安郎中、錢主事、蔡知府等官員張本。

7. 第七十九回「西門慶貪欲得病，吳月娘墓產生子」引首詩，見於宋代邵雍的《擊壤集》，題為〈仁者吟〉[8]：

> 仁者難逢思有常，平（閑）居慎勿恃無傷（何妨）。爭先徑路機關惡，近厚（後）語言滋味長。爽口物多須（終）作（妨）疾（病），快心事過必為殃。與其病後能求藥，不若病前能自防。

只有這一首詩詞話本點出了作者。小說引著名理學家的詩，顯然是為了引發一番說教，以對世人示以警誡：「此八句詩，乃邵堯夫所作。皆言天道福善，鬼神惡盈。作善降之祥，作不善降之百殃。西門慶自知淫人妻子，而不知死之將至。」這番議論中的因果報應思想為原詩所無，是小說別出心裁的發揮。此後，小說接著對西門慶之死進行敘寫。這首詩流傳甚廣，多有誤載於他人名下者，如宋代釋覺範《石門文字禪》卷二十七有〈跋了翁詩〉，文字與這一首稍異，顯然有誤。了翁姓魏，字華父，號鶴山，南宋慶元五年（1199年）進士，官至資政殿大學士。撰有《周易要義》等書，是宋代著名經學家。

---

6　彭定求等編纂《全唐詩》卷五百二十二，上海：上海古籍出版社1986年，第1324頁。
7　郝天挺《唐詩鼓吹》卷九，景印文淵閣四庫全書本。
8　邵雍《擊壤集》卷六，景印文淵閣四庫全書本。

# 二、舞手

詞話本第二十五回中「舞手」一詞究竟為何義？今人未有解，試解之。

詞話本第二十五回寫宋蕙蓮與西門慶偷情，東窗事發，孟玉樓向潘金蓮打聽內情：

> 玉樓便問金蓮：「真個他爹和這媳婦可有？」金蓮道：「你問那沒廉恥的貨？甚
> 的好老婆，也不枉了教奴才這般挾制住了。在人家使過了的，九煤十八火的主子
> 的奴才淫婦！當初在蔡通判家房裏，和大婆作弊養漢，壞了事，才打發出來，嫁
> 了廚子蔣聰，見過一個漢子他怎的？不可舞手，有一拿小米數兒，什麼事兒不知
> 道。賊強人，瞞神兒唬鬼。使玉簫選緞子兒與他，做襖兒穿。我看他膽子敢穿出
> 來，算他好老婆……」

潘金蓮說「不可舞手」，「舞手」一詞在典籍中有三種基本意義：

其一為官吏以奸詐的手段貪贓枉法，受賄舞弊。元代馬祖常《石田文集》卷十二〈碑
誌·致仕禮部尚書邢公神道碑銘〉：「直吏不得舞手取賄，公私俱便之。」黃溍《文獻集》
卷七〈鄞縣義役記〉：「奸胥悍卒，不得舞手其間。」明代危素《說學齋稿》卷一：「憂
民者至鮮而貪殘，舞手其間者皆是也。使承平之世，膏澤不及於下，果誰之咎歟？」[9]《蘇
平仲文集》卷十一〈貞惠先生方公哀辭〉：「吏之舞手謀利者無所售，而民之於生產作
業始得並其力。」卷十四〈譚益之墓誌銘〉：「譚氏有子矣！門戶之事，挺身任之……
而吏舞手低昂，即指擿詰之……」[10]

其二為歡欣鼓舞，常用於表示謝恩。宋代楊萬里《誠齋集》卷四十六〈代賀會慶節
表〉：「扣砌之崇，惟望雲而舞手。」[11]葛勝仲撰《丹陽集》卷一〈進奉天寧節功德疏
謝詔書表〉：「齋心展誦，舞手歡呼。」[12]

王安石撰《臨川先生文集》中上述兩義皆有。卷五十八〈封舒國公謝表〉：「舞手均
歡，捫心獨幸。」卷八十二〈通州海門興利記〉：「元奸宿豪舞手以乘民，而民始病。」[13]

其三為一種以手勢為狀的酒令。宋代江少虞撰《事實類苑》卷六十三〈酒令〉：「謂
飲酒有舞手者，遠起於堯民也。既醉以酒，浩然陶情，不覺鼓腹手舞，蓋無事醉飽，樂
極則然也。嘗聞風俗，聞言飲酒欲勸，無由自醉，得飲則沈湎矣。乃有設舞手即解之。

---

9　　馬祖常《石田文集》、黃溍《文獻集》、危素《說學齋稿》，景印文淵閣四庫全書本。

10　　《蘇平仲文集》，張元濟編纂四部叢刊初編本，上海：上海商務印書館1922年。

11　　楊萬里《誠齋集》，張元濟編纂四部叢刊初編本，上海：上海商務印書館1922年。

12　　葛勝仲《丹陽集》，景印文淵閣四庫全書本。

13　　王安石《臨川先生文集》，張元濟編纂四部叢刊初編本，上海：上海商務印書館1922年。

時欲以酒屬前人，則舞手招之，前人辭之，則舞手拂焉。又以手作期刻之勢，以恤其不飲，前人不受，作叩頭之狀。如是則有招也、拂也、期也、刻也，而後機巧生焉。以四字合為章段，伺其手舞不及樂拍，不合律者，皆為犯酒家令也，主者以分數罰之。」[14]

　　在潘金蓮這番話中，「舞手」一詞的含義，是第一個意義的引伸，即自己做的事兒自個心中有數，也休想瞞哄別人。這樣的詞語出之於潘金蓮之口，當為文人加工痕跡之顯例。

---

[14]　江少虞《事實類苑》，上海：上海古籍出版社 1981 年，第 803 頁。

# 《金瓶梅詞話》引首詩再考

　　對於《金瓶梅詞話》徵引詩詞的來源，魏子雲、徐朔方、韓南、梅節、黃霖等先生早有發現，並用以論證他們對小說成書過程和作者的看法，對此陳益源、傅想容〈《金瓶梅詞話》徵引詩詞考辨〉作了比較全面的介紹和統計，不贅[1]。本文只涉及《金瓶梅》的引首詩，之前拙文曾考證過的七首[2]，亦不贅。這次再考，從《金瓶梅詞話》與容與堂本《水滸傳》[3]共有的引首詩、未見於容與堂本而互見於《金瓶梅》和其他文本的引首詩兩個方面進行，先分而述之，再統計出目前已發現者（共四十六首），並就此陳述個人淺見。

## 一、《金瓶梅》和《水滸傳》共有的引首詩

　　這類引首詩已無多少懸念。徐朔方先生查出十五首[4]，黃霖先生查出四首，陶慕甯先生查出兩首[5]，筆者僅補充其中二首。

---

1　《昆明學院學報》2010 年第 5 期，本文所引其文皆出於此，不再另注。

2　拙文〈金瓶梅詞話二考〉校出第二十八、三十五、三十九、四十四、五十九、七十四、七十九回共七首，均出於唐宋詩。

3　本文所引《金瓶梅詞話》出於北京文學古籍刊行社 1957 年影印，1988 年重印本，容與堂本《水滸傳》出於《古本小說集成》，上海古籍出版社 1991 年影印本。

4　《水滸》第五十七回的引首與《金瓶梅》第一百回，《金瓶梅》第十八回的引首與《水滸》第五十三回，《金瓶梅》第八十八回的引首與《水滸》第三十六回，《金瓶梅》第十九回、九十四回引首與《水滸》第三十三回，《金瓶梅》第九十九回的引首與《水滸》第二十九回，《金瓶梅》第四回引首詩與《水滸》第二十四回，《金瓶梅》第九十八回引首與《水滸》第三十八回，《金瓶梅》第二十七回引首與《水滸》第八回，《水滸》第二十八回引首《金瓶梅》插入第十四回，《金瓶梅》第十回引首與《水滸》第四十五回，《金瓶梅》第三十八回引首《水滸》插入第六十五回，《水滸》第七十九回引首《金瓶梅》插入第一回《金瓶梅》第二十回和第九十七回與《水滸》第七回（〈再論《水滸》和《金瓶梅》不是個人創作—兼及《平妖傳》《西遊記》《封神演義》成書的一個側面〉，《論金瓶梅及其它》，濟南：齊魯書社 1988 年，第 111-117、130 頁）。

5　黃霖《金瓶梅考論·忠義水滸傳與金瓶梅詞話》：《水滸傳》第三回與《金瓶梅》第八十九回，《水滸傳》第二十五回與《金瓶梅》第六回，《水滸傳》第二十六回與《金瓶梅》第五回，《水滸傳》

## (一)補充第九十二回引首詩 <sub>(括弧內為《水滸傳》異文)</sub>

> 暑往寒來春復秋，夕陽西下水東流。雖然（時來）富貴皆由（因）命，運去貧窮亦自由（有由）。事遇機關須進步，人逢（當）得意早（便）回頭。將軍戰馬今何在，野草閑花滿地愁。

此詩見於《金瓶梅》第九十二回和《水滸傳》第三回。此詩同時又與別的本文互見，有幾點需要補充：其一，這首詩除在《金瓶梅》和《水滸傳》中是七律，在別的小說戲曲中都是絕句，即有首尾兩聯。其二，絕句在《醒世恒言·李道人獨步雲門》和《雲合奇蹤》（第七十八則）裏都置於卷中而非卷首。其三，絕句在《浣紗記》第四十齣、《香囊記》第二十四齣、《千金記》第四十齣、元雜劇《龐涓夜走馬陵道·楔子》中均為上場詩，又見《南柯記》第三十一齣。其四，絕句是一首古琴歌，相傳為孔子所傳，始見於《東家雜記》。是書為宋代孔傳撰，孔傳字世文，是孔子的第四十七代孫，書成於宋高宗紹興年間，這首琴歌置於卷首，無題。清代杜文瀾輯《古謠諺》卷九十附錄五引《東家雜記》，題為〈夫子杏壇琴歌〉（卷九十附錄五），並移《四庫全書總目提要》一段作注：「夫子車從出國東門，因觀杏壇。曆級而上，顧弟子曰：『非臧文仲誓將之壇乎！』睹物思人，命琴歌曰：『暑往寒來春復秋，夕陽西下水東流。將軍戰馬今何在，野草閑花滿地愁。』」《提要》又說，考諸家琴史，此歌俱失載，「偽妄不辨」。但《東家雜記》記載有關孔子的雜事舊跡，本屬小說家言一類，其所載琴歌無論偽妄與否，小說戲曲家是完全可以不去理會的。以上小說戲曲所引絕句的文字完全一致，當為這首引詩的來源，只有《金瓶梅》和《水滸傳》把絕句拆開在首尾兩聯而成七律，可見它們是同源。其五，元雜劇和明代話本小說都有用這首絕句的首句來續作下文者，且文字差異不大。如元代李壽卿《月明和尚度柳翠》雜劇的〈楔子〉，作為正末所使用的偈語：「偈云：暑往寒來春復秋，從知天地一虛舟。雖然墮落風塵裏，莫忘西方在那頭。花上露，水中漚，人生能得幾沉浮？去來影裏光陰速，生死鄉中得自由。」明代話本小說《韓湘子全傳》（第二十三回）作為引首詩，文字與此稍有差異。在其他文本中，這一引首詩完全相同，但皆異於《金瓶梅》和《水滸傳》，可見其他小說、戲曲所引此詩來源一致，《金瓶梅》和《水滸傳》則顯然來自另一路，又各自在小說中作了不同的安排。在《金瓶梅》

---

第三十三回與《金瓶梅》十九及九十四回（瀋陽：遼寧人民出版社 1989 年）。陶慕寧校注、甯宗一審定《金瓶梅詞話》：第八十九回：「此詩出《水滸傳》第三回，字詞稍有不同。又見於《古今小說》卷三十六〈宋國公大鬧禁魂張〉。」第九十二回：「這首詩本是《水滸傳》的引首詩，又見《醒世恒言》第三十八卷〈李道人獨步雲門〉中，唯〈李道人獨步雲門〉只取首聯與尾聯，合成絕句。」（北京：人民文學出版社 2000 年第一版，2011 年第二次印刷，第 1214、1250 頁）

引首詩中，這樣的表現並非僅此一例，如第七十五回的引首詩為七律，但在《喻世明言・月明和尚度柳翠》中同樣為絕句，只有首尾兩聯。

(二)補充第二十回引首詩（括弧內為《水滸傳》異文）

> 在世為人保七旬，何勞日夜弄精神。世事到頭終有悔（盡），浮華過眼恐（總）非真。貧窮富貴天之命，得失榮華（事業功名）隙裏塵。不如且放開懷樂（得便宜處休歡喜），莫使蒼然兩鬢侵（遠在兒孫近在身）。

此詩先見於《金瓶梅》第二十回和《水滸傳》第七回。這兩回二故事完全沒有重合之處，《金瓶梅》第九十七回再次使用這首詩為引首，異文只有一處：第三句的「悔」作「盡」。《金瓶梅》兩次在引首使用這首詩都和情節不相干，而第一次引用與《水滸傳》異點多，第二次引用則與其異點少，可見是信手拈來流行韻語，並非為誰專有。

## 二、未見於《水滸傳》 而見於《金瓶梅》和其他文本的引首詩

《金瓶梅》中未見於《水滸傳》的引首詩，梅節先生〈《金瓶梅詞話》校讀記〉和〈從套用、竄改《懷春雅集》詩文看《金瓶梅詞話》的作者〉有比較集中的考證，陶慕甯先生《金瓶梅詞話校注》也有發現[6]。以往筆者的〈《金瓶梅詞話》二考〉查出七首，現考察新查出的六首，並對第一、第三十五回有所補充。下面以《金瓶梅》為據（括弧內為列本異文），對這八首詩分別錄而敘之。

1. 第一回引首詩是宋詞，早有學者論及，並極為重視它在《金瓶梅》中的意義，這裏僅作補充。詞曰：「丈夫只手把吳鉤，欲斷萬人頭。因何鐵石打成心性，卻為花柔。君看項籍並劉季，一怒使人愁。只因撞著虞姬戚氏，豪傑都休。」《金瓶梅》未錄其詞牌。陳耀文《花草粹編》（卷七）載此詞，詞牌為〔眼兒媚〕，標題為〈題蘇小樓〉，作者為卓田，詞後小注說出於《山房隨筆》。《山房隨筆》為宋末元初人蔣正子撰，所記多為宋末元初事。今存《山房隨筆》不見此詞，陶宗儀《說郛》卷二十七收錄的《山房隨筆》則載之[7]，署「三山卓田，字稼翁」，亦不錄詞牌、詞題，文字與《金瓶梅》所載

---

6 梅節〈《金瓶梅詞話》校讀記〉（北京：北京圖書館出版社 2004 年）；〈從套用、竄改《懷春雅集》詩文看《金瓶梅詞話》的作者〉（《瓶梅閒筆硯》，北京：北京圖書館出版社 2008 年）；陶慕甯校注、甯宗一審定《金瓶梅詞話》（北京：人民文學出版社 2000 年）。
7 《說郛》卷二十七，北京：中國書店 1986 年影印本。

無差。卓田號西山，宋代紹興年間文士，工小詞。《花草萃編》誤其字「稼翁」為「稼軒」。此外，《花草萃編》說所載出於《山房隨筆》，但一篇小詞，二者之間的差異竟多達十個字[8]，而《金瓶梅》引詞卻與《山房隨筆》完全相同，無疑出於《山房隨筆》。

2. 第三十五回引首詩筆者以前已考過，此詩見於宋代羅大經的《鶴林玉露》，為謝艮齋所作，題為〈勸農詩〉[9]，現作如下補充：明代陳繼儒《致富奇書》卷三、陳全之《蓬窗日錄》卷八所載此詩，與《鶴林玉露》同。褚人穫《堅瓠集》六集卷三載此詩則與諸本大同小異。梅節先生查出此詩還刊於《大唐秦王詞話》第十八回，現錄出，括弧內為其與《金瓶梅》的異文：「莫入州衙與縣衙，勸君勤謹（儉）作生涯。池塘積水須防旱，買賣辛勤是（田地勤耕足）養家。教子教孫並教義，栽桑栽柘莫（少）栽花。閑是閑非休要管（是非閒事都休管），渴飲清泉悶煮茶（饑只加餐渴飲茶）。」文人詩和《金瓶梅》固有差異，但兩個詞話本的差異亦不小，看來小說都作了適應性的修改。《大唐秦王詞話》喜歡把二首詩合用，再加兩句警示作結，足證流行說書藝人徵引詩詞的隨意性，以及《大唐秦王詞話》比《金瓶梅》更為強烈的詞話色彩，《金瓶梅》這一回只取了其引首詩之後半。

3. 第四十三回引首詩：「細推今古事堪愁，貴賤同歸土一丘。漢武玉堂人豈在，石家金谷水空流。光陰自旦還將暮，草木從春又到秋。閒事與時俱不了，且將身暫（入）醉鄉遊。」此詩見於《全唐詩》卷五百四十八，薛逢作，題為〈悼古〉，與詞話僅一字之差。梅節先生發現此首出於《全唐詩》，但未見亦刊於《大唐秦王詞話》第六回，取為引首詩之後半。異文為：第二句「貴賤」作「富貴」，最後一句作「脫身且伴赤松遊」。兩個詞話對於原作的改動差異不大，但「貴賤」作「富貴」詩意不通，就此例看，改動顯然有高下之別。

4. 第四十六回是《金瓶梅》引首第二例詞篇：「帝里元宵風光好，勝仙島蓬萊。玉塵飛動（玉動飛塵），車喝繡轂，月照樓台。三宮（官）此夕歡諧，金蓮萬盞，撒向天街。訝鼓通宵，華燈竟起，五夜齊開。」

此詞又見於《宣和遺事·前集》「宣和五年」，詞調無考。前一異文《金瓶梅》顯

---

8　景印文淵閣四庫全書本《花草粹編》卷七（括弧內為《山房隨筆》異文）：「丈夫只手把吳鉤，能（欲）斷萬人頭。因（如）何鐵石打肝鑿膽（成心性），剗（卻）為花柔。君（請）看項籍並劉季，一怒（似）世（使）人愁。只因撞著虞姬戚氏，豪氣（傑）都休。」

9　景印文淵閣四庫全書本羅大經《鶴林玉露》卷十六（括弧內為《金瓶梅》異文）：「莫入州衙與縣衙，勸君勤理（謹）舊（作）生涯。池塘多放聊添稅（積水須防旱），田地深耕足（買賣辛勤是）養家。教子教孫須（並）教義，栽桑栽柘彚（莫）勝（莫）栽花。閒非（是）閒是（非）都休（休要）管，渴飲清泉困（悶）飲（煮）茶。」

然改得更順，後一異文則為《金瓶梅》誤抄，或誤於字形，或誤於理解。「三官」，《宣和遺事》云：「前代慶賞元宵只是三夜，蓋自唐元宗開元元年間謂天官好樂，地官好人，水官好燈，上元時分乃三官下降之日，故從十四至十六夜放三夜元宵燈燭。至宋朝開寶年間，有兩浙錢王獻了兩夜浙燈，展了十七、十八兩夜，謂之五夜元宵。」「三宮」指紫微、太微、文昌三個星座。《楚辭·遠遊》「後文昌使掌行兮」，王逸注：「天有三宮，謂紫宮、太微、文昌也。」此回《金瓶梅》描寫元宵，「三宮」似也說得過去，但若以後文「歡諧」論則無著落，是《金瓶梅》誤抄。

5. 第五十回引首詩又見於《豔異編·續集》卷十九〈妖柳傳〉（括弧內為其異文）：「天與胭脂點絳唇，東風滿面笑欣欣（津津）。芳心自是歡情足，醉臉常含喜氣新。傾國有情偏惱吝（客），向陽無語笑（似）撩人。紅塵多少愁眉者，好入花林結近鄰。」此詩《金瓶梅》第五句「吝」不可解，當據《豔異編》校為「客」。《豔異編》今存明刊本，題《新鐫玉茗堂批選王弇州先生豔異編》。書前有署名「玉茗居士湯顯祖題」的〈敘〉，日期是「戊午天孫渡河後三日」。戊午為萬曆四十六年（1618年），湯顯祖已去世兩年。徐朔方先生《小說考信編·豔異編前言》認為，王世貞的《弇州四部稿》（卷一一八）致徐子與（中行）的信，可證王世貞才是這個集子的編者：「僕所為〈三洞記〉，足下試觀之……《豔異編》附覽。」《豔異編》卷帙浩繁，《金瓶梅》雖然只徵引了這一首詩為引首，但在同時代小說戲曲徵引詩詞中僅此一例，表明作者搜羅素材相當廣泛。

6. 第五十二回引首詩出於朱淑真的作品，括弧內為其異文：「海棠深院雨初收，苔徑無風蝶自由。百結丁香誇美麗，三眠楊柳弄輕柔。小桃酒膩紅尤淺，芳草寒餘綠漸稠。寂寂珠簾歸燕子（未），子規啼處一春愁。」這首詩明刻遞修本《新注朱淑真斷腸詩集》卷一題為〈晴和〉，異文僅一字。《金瓶梅》的改動比原作更通俗卻少意味，是民間創作的痕跡。

7. 第六十一回引首詩也是朱淑真的作品，題為〈九日〉[10]，括弧內為其異文：「去年九日愁何限，重上心來益斷腸。秋色夕陽俱淡薄，淚痕離思共淒涼。征鴻有隊（陣）全無信，黃菊無情卻有香。自覺近來消（清）瘦了，頻（懶）將鸞鑒照容光。」二詩相較，「消瘦」比「清瘦」更通俗，「頻」比「懶」意態相反，這兩處改動顯然對文人氣、閨秀氣都有所淡化。

8. 第七十八回引首詩亦為朱淑真的作品，題為〈冬至〉[11]，括弧內為其異文：「黃鐘應律好風吹，陰伏陽升淑歲（氣）回。葵影便移長至日，梅花先趁大（小）寒開。八神

---

10　明刻遞修本《新注朱淑真斷腸詩集》卷六秋景類。
11　明刻遞修本《新注朱淑真斷腸詩集》後集卷四冬景類。

表日占和歲，六管吹葭動細灰。已有岸傍迎臘柳，參差又欲領春來。」這兩首詩異文無多，《金瓶梅》的改動看不出任何意義。

## 三、《金瓶梅》引首詩與其他文本互見之統計

綜合筆者及本文涉及到的其他學者（注釋 1-6）對《金瓶梅詞話》引首詩所作的考察，我們按《金瓶梅》回次排列它與其他文本互見的情況於下：

**(一)《金瓶梅》《水滸傳》共有者 21 例**（包括重複引用，同時見於其他文本者見上文，不贅）

1. 二書共有引首詩

《金瓶梅》第四回與《水滸傳》第二十四回

《金瓶梅》第五、第九回與《水滸傳》第二十六回

《金瓶梅》第六回與《水滸傳》第二十五回

《金瓶梅》第十回與《水滸傳》第四十五回

《金瓶梅》第十八回與《水滸傳》第五十三回

《金瓶梅》第十九、九十四回與《水滸傳》第三十三回

《金瓶梅》第二十、九十七回與《水滸傳》第七回

《金瓶梅》第二十七回與《水滸傳》第八回

《水滸傳》第五十七回與《金瓶梅》第一百回

《金瓶梅》第八十八回與《水滸傳》第三十六回

《金瓶梅》第九十二回與《水滸傳》第三回

《金瓶梅》第九十八回與《水滸傳》第三十八回

《金瓶梅》第九十九回與《水滸傳》第三十回

2. 二書此為引首而彼置回中者（5 例）16 例

《水滸傳》第九回引首見於《金瓶梅》第二十六回中

《水滸傳》第二十八回引首見於《金瓶梅》第十四回中

《金瓶梅》第三十八回引首見於《水滸傳》第六十五回中

《水滸傳》第七十九回引首見於《金瓶梅》第一回中

《金瓶梅》第八十九回引首見於《水滸傳》第三回中

**(二)《金瓶梅》引首詩不見於《水滸傳》而見於其他文本者 25 例**（未標年代作品為明代）

第一回，陶宗儀《說郛》卷二十七錄元代《山房隨筆》。

第二十六、第七十九回，宋代邵雍〈仁者吟〉，《唐伯虎全集·外編續刻》卷七，《繡谷春容》。

第二十八回，宋代戴復古《處世》。

第二十九回，《鍾情麗集》。

第三十回，元雜劇《崔府君斷冤家債主・楔子》，《大唐秦王詞話》第十八回，《初刻拍案驚奇》卷三三。

第三十五回，宋代羅大經《鶴林玉露》，《大唐秦王詞話》第十八回。

第三十七回，南唐李煜〈送鄧王二十弟從益牧宣城〉。

第三十九回，唐代薛逢〈漢武宮辭〉。

第四十三回，唐代薛逢〈悼古〉，《大唐秦王詞話》第六回。

第四十四回，唐代薛逢〈長安春日〉。

第四十六回，宋代《宣和遺事・前集》。

第五十回，《豔異編・續集・妖柳傳》。

第五十二回，宋代朱淑真〈晴和〉。

第五十七回，《西遊記》第三十五回。

第五十九回，唐代杜牧〈柳長句〉。

第六十一回，宋代朱淑真〈九日〉。

第六十二回，唐代元真禪師〈垂訓詩〉

第六十四回，《懷春雅集》。

第六十六回，《懷春雅集》。

第六十九回，《懷春雅集》。

第七十一回，宋代《宣和遺事・元集》。

第七十二回，《懷春雅集》。

第七十四回，唐代司空圖〈寄王侍御〉。

第七十五回，《喻世明言・月明和尚度柳翠》。

第七十八回，宋代朱淑真〈冬至〉。

# 四、小結

(一)據以上統計，《金瓶梅》《水滸傳》共有的引首詩異文不多，但是有一些情形值得注意：在《金瓶梅》《水滸傳》內容重合的第一至十回、第二十三回至二十六回、第八十七回中，僅有三例共有的引首詩，與小說內容的吻合程度都差不多，這一實際和兩部小說共同徵引者，應當集中於內容重合處的通常情況有所出入；《金瓶梅》《水滸傳》引首詩相關而見於其他小說戲曲者三例，不僅和諸本有所差異，而且二書內容重合

的地方，引首詩的重合也只有一例，從外部看它們之間也無必然的承襲關係；同一首詩《金瓶梅》《水滸傳》此為引首，彼置回中者五例，這幾回並非兩部小說故事重合的部分，可見引首詩的任意挪用，正是民間說話的特點之一，而不用和所說內容發生什麼聯繫。

（二）據以上統計，《金瓶梅》引首詩見於其他文本者情況如下（不計重複出現者）：《宣和遺事》二例、《大唐秦王詞話》三例、《雲合奇蹤》一例、《西遊記》一例、「三言」「二拍」五例、《清平山堂話本》一例、《懷春雅集》四例、《鍾情麗集》一例、《繡谷春容》一例、《豔異編》一例、元雜劇二例、傳奇四例、歷代詩詞十六例（包括古琴歌一例）。總之，就目前所見：《金瓶梅》不見於《水滸傳》的引首詩，數量要高於二書共有者；互見於同時小說戲曲的引首詩，數量又高過見於文人詩詞者；文人詩詞被引用數量較多者，並不見得是流傳甚廣的名篇（如唐詩中薛逢的三首，宋詩中朱淑真的三首）；明代長篇小說以「詞話」命名的兩部，引首詩的重合率與《水滸傳》相比卻很低。由此可見：一方面，不同故事之間的相互影響，要小於同一集群的故事；另一方面，《金瓶梅》與《水滸傳》故事的同源異流，分途發展，使二者的引首詩不同多於共有，而同時小說戲曲間的韻語不論源於何方，皆被視為公器，不避輾轉傳抄。所以，我們對《金瓶梅詞話》成書過程的考察，不能忽略其說書與寫定時代文藝的大眾、民間、流行等因素。

（三）把和別本共有的引首詩相比，《金瓶梅詞話》引詩並不拼湊，而是往往只用一首，看來都緣於同時說話對流行韻語各取所需，用作入話。如與《大唐秦王詞話》共有的三例引首詩，《金瓶梅詞話》都只見其中的一段，所引詩的說教和小說的內容則均有一些關係：第三十回以西門慶生子加官，明「家常隨緣」之理；第三十五回以書童之不堪，明「教子教孫」之訓；第四十三回以西門慶嫌喬大戶與其結親「不搬陪」，明「貴賤同歸」之情。更為典型的是〈刎頸鴛鴦會〉入話的一詩一詞，《金瓶梅》第一回只取了一詞為其引首，並差不多原文照抄了「單說著情色二字。此二字，乃一體一用也。故色絢於目，情感於心；情色相生，心目相視。雖亙古迄今，仁人君子，弗能忘之。晉人有云：『情之所鍾，正在我輩。』慧遠曰：『順覺如磁石遇針，不覺合為一處。無情之物尚爾，何況我終日在情裏做活計耶』」這一段入話，只是把這段話前面的「右詩詞各一首」，修改為「此一支詞兒」，接下來更發揮為一篇情色論，我們不妨把它視為整部小說的總入話。在這裏，〈刎頸鴛鴦會〉入話中的一詩雖然被刪除了，卻在第十四回這一重要的情節轉捩點上，取其第一句翻為七律作為引首詩。由《金瓶梅詞話》對〈刎頸鴛鴦會〉入話的使用及其與《水滸傳》開篇的迥然各異，可見其構思與兩部長篇小說的故事同源異流，分途發展，以及民間說話藝術的關係委實不淺。難以想像在純粹的文人創作和承襲性的作品中，一部大書竟然會如此開篇。

下面再稍作引申。前輩學者早已指出，《金瓶梅》四處摘引流行或不流行的詩詞，

並非作者不會作詩。的確,《金瓶梅》的引首詩有時即使有所依傍,寫定者也能把它改造好。如第七十五回的引首詩,在《古今小說》中為絕句,在《金瓶梅》中則為七律,下面再舉一例來說明。第十四回的引首詩為唐詩的翻作:「眼意心期未即休,不堪拈弄玉搔頭。春回笑臉花含媚,淺感娥眉柳帶愁。粉暈桃腮思伉儷,寒生蘭室盼綢繆。何如得遂相如志,不讓文君詠白頭。」這首詩的第一句源於《全唐詩》卷六百八十三韓偓的〈青春〉,〈刎頸鴛鴦會〉的入話引了此詩,但與原詩無異文:「眼意心期卒未休,暗中終擬約秦樓。光陰負我難相遇,情緒牽人不自由。遙夜定嫌香蔽膝,悶時應弄玉搔頭。櫻桃花謝梨花發,腸斷青春兩處愁。」《警世通言》卷三十八〈蔣淑真刎頸鴛鴦會〉引此詩,僅把第二句「秦樓」改為「登樓」,但《金瓶梅》只有第一句與原詩相同,整首詩大體為翻作,這是比較明顯的。翻作雖不如原作清雅,形式上卻沒有出律,而且對仗工整,內容與故事情節吻合,也更符合民間詞話的風格。《金瓶梅》引首詩的這類翻作,表明作者具有不錯的近體詩修養。第七句出現「何如」「相如」兩個「如」字,本為近體詩之忌,但梅節先生〈《金瓶梅詞話》校讀記〉校出「何如」為「何時」之誤,這就完全沒有問題了。這類改作較好的例子,在《金瓶梅》中不少,可見寫定者對於詩詞非不能為,而是不願為、不必為,這表明了《金瓶梅》與民間說話慣用方式的關係。再者,《金瓶梅》數次把同一引首詩用在不同的章回中,例如第十三回與第八十六回、第十九回與第九十四回、第二十回與第九十七回、第二十六回與第七十九回等等。在引首詩這樣一目了然的地方,《金瓶梅》尚有如此粗疏的表現,可見若說這部小說是文人個人精心結撰之作,難以令人信服,但這類情形若擱在民間說話中,則是完全無所謂的。

　　《金瓶梅》引首詩的來源和互見,就筆者所見,目前已發現四十六首,從它和《水滸傳》引首詩的共有和差異,及其與同時代小說戲曲的互見情況,或可從微觀的角度,印證徐朔方先生〈《金瓶梅》成書新探〉所說——在小說的成書過程中「《水滸》的寫定比《金瓶梅》早,但它們的前身『說話』或『詞話』的產生卻很難分辨誰早誰遲。與其說《金瓶梅》以《水滸》的若干回為基礎,不如說兩者同出一源,同出一系列《水滸》故事的集群,包括西門慶、潘金蓮故事在內。……這是成系列未定型的故事傳說,在長期演變過程中出現有分有合、彼此滲透、相互影響的正常現象。」這類狀況同時也提醒我們,在考察《金瓶梅》成書過程時,不應忽視或強說其中存在的非文人個人創作現象,而這部小說出自《水滸傳》的成說,亦非無可質疑。如就引首詩而言,把出於元代之前的認作《金瓶梅》素材來源,這看似沒有問題,但若從宋元小說戲曲及同時代與其互見的諸多作品去考察,則有不少難以確定的因素。本文之所以不敢統稱這些作品為「來源」,又說與《水滸傳》「共有」,與其他文本「互見」,亦緣於這個考慮。

2012 年寫,2014 年修訂

# 時曲與潘金蓮形象

　　自從《水滸傳》問世以來，潘金蓮便成了淫婦的代表，由潘金蓮與西門慶故事演化而來的《金瓶梅》[1]，無疑進一步坐實了她的淫婦身分，但也更為深入細緻地刻畫了其個性特點。有這樣的兩部作品，就有兩個不同的潘金蓮形象，前一個只是簡單的扁平勾勒，後一個則是繁複的立體刻畫。如果套用文龍評論西門慶的話，我們不妨說：《水滸傳》出，潘金蓮始在人口中；《金瓶梅》作，潘金蓮乃在人心中；《金瓶梅》盛行時，遂無人不有一潘金蓮在目中意中焉[2]。《金瓶梅》其實無意於沿襲《水滸傳》中淫婦的原型去繼續塑造潘金蓮形象，而是通過時曲對她進行深入細緻的心理描寫，從而拓深了潘金蓮形象的內涵，使她成為具有鮮明獨特個性和深厚時代意蘊的典型形象。正如西方學者韓南教授（Patrick Hanan）所言：「實際上，使人家破人亡的淫婦式的女角不會在小說中占有地位。這樣的角色只能見於《水滸傳》或短篇話本中一些比較簡單的外表的性格描寫。試圖瞭解潘金蓮的行為，特別是她用以表達她的極端孤寂情緒的那些詞曲，在小說開頭，一個全然不同的典型性格就已經在作者的心中形成。」[3]本文對時曲與潘金蓮形象的分析，來自韓南教授大作的啟發，這是要首先說明的。

　　時曲是當時流行的小曲，它盛傳於大江南北，街巷市井，成為明代社會生活中一道奇特的風景線。崇禎本將時曲大量刪除，故詞話本所保留的時曲，更值得我們作深入的探究。《金瓶梅詞話》中有許多彈唱時曲的場景，深入地表現了潘金蓮的內心世界，她也因此而成為一個與《水滸傳》中的原型有重大區別的典型人物。同時借助時曲來深入刻畫人物形象，也是《金瓶梅詞話》在中國古代小說史上的藝術貢獻之一。

　　據馮沅君《古劇說匯·金瓶梅詞話中的文學史料》，在詞話本全書一百回中，講到清唱小曲的就有一百餘處。在編成於嘉靖年間的《雍熙樂府》和《詞林摘豔》中，詞話

---

1　本文所引《金瓶梅詞話》原文，均出自北京：文學古籍出版社 1957 年影印本，1988 年重印本。

2　文禹門（龍）云：「……《水滸傳》出，西門慶始在人口中，《金瓶梅》作，西門慶乃在人心中。《金瓶梅》盛行時，遂無人不有一西門慶在目中意中焉。」（劉輝、吳敢輯校《會評會校金瓶梅》第七十九回文龍評，香港：天地圖書有限公司，1998 年，第 1705 頁）

3　徐朔方編選校閱《金瓶梅西方論文集》之〈《金瓶梅》探源〉，上海：上海古籍出版社 1987 年，第 11-12 頁。

本所引見於前者凡 60 條，見於後者凡 46 條。小說和曲集三書所采相同者，可證時曲之流行。另外，沈德符《萬曆野獲編》列舉了〔鎖南枝〕〔傍妝台〕〔山坡羊〕〔耍孩兒〕〔醉太平〕〔寄生草〕等時調小曲。此書又載，〔掛枝兒〕興起於萬曆年間，盛行於大江南北，「不問男女，不問老幼良賤，人人習之，亦人人喜聽也。」[4]陳宏緒《寒夜錄》轉記其友卓珂月語：「我明詩讓唐，詞讓宋，曲讓元，庶幾吳歌、〔掛枝兒〕〔羅江怨〕〔打棗杆〕〔銀絞〕之類，為我明一絕。」[5]上舉曲調在詞話本中皆曾頻繁出現，有的與其他集子所錄大同小異，如詞話本第三十八回中的〔二犯江兒水〕與《詞林摘豔》中的同名時曲。上述材料，足見時曲在當時流行的盛況。

詞話本描寫了許多時曲彈唱的場面，甚至有如第二十七回西門慶率眾妾群而彈唱，他擊拍合之娛樂的情景。西方慶寵愛潘金蓮，與她彈得一手好琵琶並擅長唱曲有關；他說娶孟玉樓時聽其彈得一手好月琴，心裏亦更加歡喜；和一般士大夫不同，西門慶家宴席助興上演的多是時曲。所以小說把時曲作為塑造潘金蓮形象的重要手段，從心理描寫這一獨特的角度突出潘金蓮的藝術形象，是合情合理的。在崇禎本中時曲被大量刪除，這無疑大大削弱了作品的心理描寫分量，潘金蓮形象的刻畫也因而受到了影響。在中國古代小說中，採用詩詞對人物進行外部摹畫或簡單的性格描寫，這樣的情況早已成為常見，但詞話本中時曲大量存在，並被用來深入表現人物的內心世界，與人物形象的刻畫有機地融為一體，卻是《金瓶梅》對小說藝術的獨特貢獻，而後來的小說難以為繼，正是《金瓶梅》詞話特點的表現。即如後來文人個人獨創小說的經典《紅樓夢》，作者可以嫻熟而高水準地使用詩詞曲賦等藝術形式來突出人物個性，散曲卻少見於這一用途。

彈唱多見於詞話本所描寫的各種場面，而作為作品中最重要的女角，潘金蓮精於彈唱，更善於用時曲來表達自己的情感。如詞話本第六回寫西門慶與潘金蓮幽會，第二十一回吳月娘與西門慶重歸於好，第七十三回孟玉樓上壽，都以潘金蓮對曲子的精深理解，傳神地表現出她與眾不同的個性：對人對事極其敏感、妒忌心極強。更為重要的是，時曲彈唱使潘金蓮可以直接傾訴心曲，從而提供了從心理描寫這一層面深入角色內心世界的可能，對人物個性描寫的豐富和發展，意義非同尋常。

時曲的採用，使詞話本中潘金蓮個性的表現，比之《水滸傳》中的原型，具有更為合理的內容在邏輯。詞話借用《水滸傳》中潘金蓮與張大戶和武大郎的關係及其與武松、西門慶的故事，加強了對潘金蓮所生活的社會環境的描寫，讓她以追求性愛為其生活的主要內容，並以此作為改變生活境遇的手段，奠定了其形象刻畫及個性發展的基礎。在

---

4　卷二十五〈詞曲·時尚小令〉，《元明史料筆記叢刊》本，北京：中華書局 1959 年，第 647 頁。
5　卷上，卓珂月，名人月，杭州人。北京：中華書局 1985 年，第 6 頁。

潘金蓮與張大戶和武大郎的關係上，詞話本顯然帶有對潘金蓮的同情，認為這種關係是不對等的，所以潘金蓮應當享有追求自身幸福的權利。它更多地採用時曲來表現潘金蓮對自身不幸遭遇的內心感受，從而寫出了潘金蓮與西門慶通姦並合謀殺害武大，一方面出於王婆和西門慶的定計，一方面則是因為她對不能自主的婚姻之極度不滿，因此才一步步墮入了王婆與西門慶設下的圈套——謀殺武大起先並不是她的本意。而在《水滸傳》中，由於缺少對社會環境和人物內心世界的豐富展示，這個重要情節所表現的潘金蓮，就只有放蕩無恥、心狠手辣的表面了。

對時曲的大量採用，使詞話本在心理層面上寫出了潘金蓮形象與淫婦原型有所背離的一面——那些以抒發相思曠怨情懷為主題的時曲，深刻地揭示了潘金蓮個性發展的心理邏輯，使她在某種程度上不同於一般色情文學中淫婦式的女主角。正是由於詞話本從這個較深的層次上進行開掘，潘金蓮形象的個性化程度得到了大幅度的提升。《金瓶梅詞話》對時曲的借用必然存在著藝術效果問題：有借用得成功的，也有平庸的，甚至有與作品的實際描寫背道而馳的。但時曲在詞話本中被成功地運用於心理描寫這個獨特角度，並成為其人物形象個性化的一個重要手段，豐富了中國古典小說的表現技巧，無疑是有價值的。《金瓶梅詞話》中的其他人物也吟唱時曲，但時曲在他們的口中，遠遠沒有達到如同潘金蓮形象這樣，以細緻的心理描寫表現人物個性的高度。

在詞話本中時曲既是人物內心世界的表現，當然就成為人物形象個性化最直接的手段之一。作品用時曲抒發潘金蓮的相思曠怨情懷，集中於四個重要片斷：第一回她嫁與武大郎後的自怨自歎，第八回她因西門慶娶孟玉樓而將其拋棄時的憂慮哀怨，第十二回西門慶流連麗春院時她「繡衾獨自」的寂寞淒涼，第三十八回西門慶專寵李瓶兒時她雪夜弄琵琶的悵恨心焦。在這些場景中，時曲表現人物情感，傳達人物思緒，在人物形象個性化中的作用得到了無可替代的巧妙發揮。

心理描寫的主要審美意義，是盡可能深廣地開拓人物內心世界，以充分展示和突出人物個性。心理描寫並不是中國古典小說刻畫人物形象的主要手段，西方式的大段心理描述更為罕見，在中國古典小說中，人物心理往往被具體化為情節、語言和行動描寫。《金瓶梅詞話》採用時曲表現潘金蓮的內心世界，在人物個性描寫上無疑是一個創新。摒棄了當時白話小說中人物描寫所慣用的「有詩一首為證」之類套語，時曲以其特有的本色當行，挾帶著新鮮的生活氣息，與人物的個性融為一體，將潘金蓮這樣一個出身於市井卻受過特殊教養，生活於不正常社會歷史環境中的女性情懷，表現得相當真切細膩，使她以有別於「淫婦」這一概念通常內涵的形象躍然紙上，從而將她和《水滸傳》及其他話本中那些類型化、概念化的淫婦區別開來。

如果將上文所述描寫潘金蓮曠怨情懷的四個場景，置於《金瓶梅詞話》的整體藝術

構思中，我們可以看到，前兩個場景出現在潘金蓮進入西門大院之前，後兩個場景則出現在潘金蓮進入西門大院之後；如果將潘金蓮個性的表現置於四個場景的上述兩個階段中，我們可以看到，潘金蓮進入西門大院前，時曲彈唱呈現出一個滿懷相思、嬌俏伶俐的棄婦形象，但在其進入西門大院後，則呈現出一個滿腹憤懣和恨恨妒忌的怨、毒形象。詞話本採用時曲來刻畫潘金蓮嫁入西門大院前後寂寞空房的種種情懷，把握了在特定社會和家庭環境中形成的人物個性，這樣，潘金蓮狠毒放蕩性情的發展，就有了社會歷史的底蘊，潘金蓮的形象，也因而被賦予了不同於《水滸傳》的時代和個性特點。

詞話本為第一回潘金蓮的上場花費了許多筆墨，營造出不同尋常的氛圍，可謂先聲奪人。潘金蓮出身貧賤卻天賦絕色，又因別有機緣而多才多藝，但是「一塊好羊肉，如何落在狗口裏？」（第一回）對於正值青春年華的潘金蓮而言，張大戶、武大郎無疑都是「狗口」。迫於家主對其命運的控制，潘金蓮對前者是屈就，對後者卻「甚是憎嫌」，故常於無人處唱個〔山坡羊〕，以抒發其鬱悶的情懷。她對「姻緣錯配」的怨憤及失望情緒，在這支曲子的開篇即力透紙背——潘金蓮確乎不是生而放蕩，她原也想將丈夫「當男兒漢看覷」，無奈武大是「每日牽著不走，打著倒退的，只是一味味酒，著緊處，卻是錐鈀也不動」（第一回）。對於這樣的一個男人，連敘述者也為潘金蓮叫屈：「自古佳人才子相配著的少。買金偏撞不著賣金的。」（第一回）其實此刻充塞於潘金蓮心中的，又豈止是與武大郎美醜不相搬配的失落感？這只〔山坡羊〕唱道：「不是奴自己誇獎」，「奴真金子埋在土裏」，「他本是塊頑石，有甚福抱著我羊脂玉體？好似糞土上長出靈芝。」顯然，曲子在市井俚語中深蘊著「恰三春好處無人見」[6]的恨恨，這似乎在告訴人們：正如鮮花必綻放於春天的枝頭，什麼力量也壓抑不了青春的勃勃生機。任何一個女性，無論其高貴如杜麗娘，還是卑賤如潘金蓮，都有把握青春，追求自己幸福人生的本能和權利。潘金蓮「常無人處唱個〔山坡羊〕」一筆，本已將她孤寂的形象作了一幅速寫似的勾勒，時曲則從其內在心理上，抒發了她對這段不幸婚姻的鬱勃不平之氣。這樣，詞話本因時曲彈唱對潘金蓮怨憤心境的表現，使她第一個亮相即以不同於《水滸傳》中潘金蓮的面貌，為其個性的發展作了成功的鋪墊。

如果說第一回中的潘金蓮在時曲中是一個滿懷不平之氣的怨婦，那麼第八回中的時曲，便脫離了《水滸傳》對潘金蓮淫婦形象的界定，以相思哀惋的心境，刻畫了潘金蓮的怨婦形象。西門慶在正與潘金蓮打得火熱並合謀毒死武大後，又因貪圖寡婦孟玉樓的姿色和財產忙於將其騙娶來家，之後二人「燕爾新婚，如膠似漆」，將潘金蓮視如敝屣，足有一個多月不曾往她家去，讓她「每日門兒倚遍，眼兒望穿」，將這一形象個性化的，

是幾支表達相思愁怨甚而是被棄情懷的小曲。

第一支是〔山坡羊〕。小曲先以生動的描繪，勾畫出一個以紅繡鞋打相思卦的嬌俏少婦形象，其情態栩栩如生：她對情人滿懷深情，情人卻是一個「負心賊」。但她心心念念，心中怎麼也拋不開，撂不下，於是由相思而生怨恨：「空教奴被兒裏，叫著他那名兒罵。」再由怨恨而生猜測：「你怎戀煙花，不來我家？」下一轉「奴眉兒淡淡教誰畫」？在一個尋常的、充滿閨中情趣的問句中，傳達出空閨獨守，深心寂寂的孤獨情懷。紅鞋卜卦暗傳幽怨心曲，此中表現的這般情調，如許深情，使人們已很難將潘金蓮與一般的狠毒淫婦概念相等同。或許，到此時我們可以說，潘金蓮形象已不同於《水滸傳》中的淫婦模式，走上了《金瓶梅》人物形象個性化的道路。

這支〔山坡羊〕所傳達的相思恨怨情懷，還不是潘金蓮心緒的主調。接下來的幾隻曲子以真切的筆觸，於細微幽冷處描摹出潘金蓮內心深處更深的憂慮——唯恐被西門慶無情拋棄。這是一個更為深刻的主題，也是潘金蓮形象個性化的重要一筆。玳安將西門慶娶孟玉樓之事洩露給潘金蓮後，潘金蓮一聽之下珠淚漣漣：「我與他從前以往那樣恩情，今日如何一旦拋閃了？」並以前腔點出「他俏心兒別，俺癡心兒呆」這一與西門慶關係的不平等狀態。作為情書托玳安寄給西門慶的那支〔寄生草〕，則以追憶當初「倚遍簾兒」和「耽驚怕」的情事，提醒西門慶不要做負心人。然而她「每日長等短等，如石沉大海」，被棄的憂心日益煎熬，寂寞空房中的潘金蓮又獨自彈著琵琶，唱出了四支〔綿搭絮〕，抒發了她在漫漫長夜中孤眠獨宿，悵恨相續的心境。這四支曲子反復訴說當初兩情相投的愉悅和風險，自己猶如一朵初開鮮花，蝴蝶輕采卻再也不來的怨憤，以及自己的相思熱戀。其間一遍遍重複設若對方負心，自己絕不干休的咒語：「你若負了奴的恩情，人不為仇，天降災。」這幾支曲子時而低徊婉轉，時而高亢激越，宣洩了潘金蓮內心的怨恨，亦為她以後行為日漸扭曲變態，直至蓄意謀殺李瓶兒母子的狠毒行為作了心理鋪墊。

在時曲彈唱中，進入西門大院前的潘金蓮似乎脫離了俏立簾下，倚門賣弄風情的淫婦情態，淡化了因謀殺親夫而難以開釋的罪惡，毒焰般的情欲在這裏也了無蹤跡，一個嬌俏哀怨，憂心如焚，為相思和被棄的痛苦所深深困擾的怨婦形象，活現於字裏行間。隨著潘金蓮進入西門大院，按理相思當可剪斷，被棄之憂也將不再。然而情形並非如此。西門慶荒淫縱欲，到處沾花惹草，家中妻妾的丫鬟和僕婦將及淫遍，卻還經常出入行院，尋花問柳。此時，潘金蓮在空間上與西門慶的距離是比以前近多了，但她依然無法控制西門慶貪戀女色，流連花草的行為，看見「月漾水底，猶恐西門慶心性難拿」(第十二回)。因此，單枕孤幃，空閨曠怨，被棄之憂變為失寵之虞，焦心苦況並不減於當初在紫石街的倚門等待。第十二回，西門慶因貪戀李桂姐的姿色而流連行院，潘金蓮以一支〔落梅風〕為情書，潑辣而熱烈地表達了對西門慶的戀與恨，「因他為他憔悴死」的相思之苦

與「繡衾獨自」，「這淒涼怎挨今夜」的曠怨相交織，紫石街那個以紅繡鞋撲打相思卦的少婦，於孤寂形象上又平添了幾許恨怨。情書拉不回西門慶的心，詞話本以這支小曲表明，潘金蓮私通琴童、擾亂綱常，是對西門慶「紅粉夜夜伴宿」行為的變態反激，但至此潘金蓮徹底墮落為一個為人不齒的蕩婦。事實上還在潘金蓮與西門慶偷情時，西門慶即把她拋在一旁去娶了富孀孟玉樓；潘金蓮入門不久，西門慶又娶進了李瓶兒。這樣安排情節，非常有力地證明了潘金蓮在西門大官人心目中的地位，只不過是一個被玩弄的尤物而已。在西門大院的罪惡環境中，潘金蓮人性中惡的一面日愈突出——眾多妻妾只能在西門大院這個冷宮之中，逆來順受一夫多妻窩裏鬥的命運，並將西門慶四處尋花問柳的行為視為理所當然，她卻偏偏不認這個命也不認這個理，以通姦亂倫的行為來表現對西門慶縱欲行為的不滿，這才有了勾引琴童，接著是與陳經濟亂倫的插曲。然而作品對潘金蓮淫亂行為的大肆渲染，終使彈唱時曲的潘金蓮或許曾在讀者那裏獲得的一些同情，很快就被厭惡所取代，同時使作品採用時曲對人物進行心理描寫所帶來的潘金蓮非淫婦的有限效果，也幾乎被全面抵消。這充分表現在第三十八回「雪夜弄琵琶」這一情節中，時曲對潘金蓮曠怨情懷的抒發及其藝術效果。

雪夜與琵琶意象在文化意蘊與審美色彩上的淒冷悲涼，將一個特定的環境，巧妙地置於居住著潘金蓮、春梅與李瓶兒這對冤家的花園中。此時西門慶外占王六兒，內寵李瓶兒，已有許多時候不進潘金蓮的房，潘金蓮獨居冷屋，鬱悶之情難釋，妒忌之火燃燒。在一個淒冷的雪夜，同是一座花園，李、潘兩處一則熱，春光融融；一則冷，風雨淒淒。相互掩映的兩副筆墨，兩兩相對的不同場景，深刻地描寫出潘金蓮惆悵與怨恨相續的心理活動。在望穿秋水的等待之後，她以幽怨的琵琶，時斷時續地彈奏著怨曲，人物形象再一次脫離了《水滸傳》的淫婦軌跡，表達出一種深沉的社會歷史意識：在以西門慶為中心的一夫多妻的封建家庭中，眾多女性處於被玩弄與被損害的地位。其榮其辱，不過是取決於家主一時的愛惡罷了。作品兩手分書，一喉異曲，以琵琶彈奏的時曲表現了潘金蓮寂寞空房的鬱悶。雪夜情景的描繪，則烘托出潘金蓮長夜等待的苦況。在兩副筆墨的交替使用中，將潘金蓮形同被棄的痛苦心境表露無遺。此外，潘金蓮的心境與琵琶的琴韻合二為一，層轉層深，在描寫等待中的心態這個層面上，呈現出潘金蓮形象個性化所達到的深度。

作為潘金蓮雪夜弄琵琶這一特殊情事的主要載體，〔二犯江兒水〕呼應著人物的心緒和場景，彈唱於長夜盼望中。曲詞首句以悶靠幃屏，和衣昏睡的畫面，描寫出潘金蓮的無情無緒，其間還插入了一個錯覺的描寫：她猛聽到房檐上風吹鐵馬兒聲，只道是西門慶敲得門環兒響，忙叫起春梅探視，春梅卻回說是外邊起風落雪了。於是潘金蓮愁思轉深，彈唱出任風吹雪飄的淒冷無奈之感。此後小曲轉而進一步描寫潘金蓮的相思情態：

燈昏香盡，完全提不起精神去剔燈添香。相應的曲詞，盡情地表現著她的苦苦等待與頻頻失望：「捱一日似三秋，盼一夜如半夏。捱過今宵，怕過明朝。細尋思，這煩惱何日是了？」恨怨之情本已苦極，又哪堪咫尺天涯，閨闥相望卻不能相見？細品這支小曲，深蘊於其相思底裏的，還是對被棄置於冷屋的不甘，以及對青春年華虛度的焦慮與憂傷：「想起來，今夜裏心兒內焦，誤了我青春年少。你撇的人，有上梢來沒下梢。」這幾句是曲詞的主旋律，反復三次出現於曲中，以幾個字的增改，呈逐漸強化之勢，有力地表達出彈唱者的曠怨情懷。最令潘金蓮難堪的是，她在這裏苦苦守候，西門慶回來卻徑往李瓶兒房裏去：李瓶兒那一面燈紅酒暖，夫妻對飲，自己這一邊卻冷冷清清，獨守空床。一度中斷的琵琶聲復起，被棄之恨幽幽流淌；「懊恨薄情輕棄，離愁閑自惱。」當春梅再度探望無果之後，更深的失望之情隨著撲簌簌的淚水流淌，潘金蓮的琵琶聲音調愈轉愈激，對西門慶愛恨交加的複雜情感和對其棄舊憐新的怨怒之情交織：「讓（漾）了甜桃，去尋酸棗。奴將你這定盤星兒錯認了。」接下來，這組曲子中「誤了我青春年少，你撇的人有上梢來沒下梢」這一主旋律反復重現，繼之以如怨如慕，低徊宛轉的傾訴：俯仰由人的無奈，恩愛之情的追憶，如今咫尺天涯對面難語的悲哀，夢斷魂勞的痛苦……一時諸多浸透棄婦淚水的意象，隨著曲詞的彈唱紛至遝來，彈唱者內心的幽愁暗恨紐結糾纏——潘金蓮平日裏的毒辣淫蕩形象，在雪夜琵琶時斷時續的彈唱中別有情貌。雪夜琵琶表明潘金蓮的所有變態行為都有其心理依據，聯繫李瓶兒得寵翡翠軒，潘金蓮因而醉鬧葡萄架以展露色相博取西門慶的歡心（第二十七回）；李瓶兒抱孩童希寵，潘金蓮因而妝丫頭以色相向西門慶市愛（第四十回），不難看到作品的本意——潘金蓮的狠毒和淫蕩，原是這個病態社會對人性的扭曲。在孤淒曠怨的情境中，她一面希望以展示色相博取西門慶的歡心，一面以通姦亂倫的變態行為來反激現實。對於潘金蓮的這樣一種變態行為，雖然難以用反抗來解釋，但在《金瓶梅詞話》所產生的時代，作品這樣的描寫，不僅暴露了當時社會的不良風氣，也強化了懲戒沉溺「酒色財氣」的意圖。作為反面角色，潘金蓮形象不同於《水滸傳》的新意，通過大量時曲對她進行的細緻描寫，得到了較為充分的表現，達到了人物個性化所應當具有的心理深度。然而從後面人物性格的發展來看，這並不代表潘金蓮惡毒行為的收斂，而仍只是為其行為變本加厲的惡性發展所作的心理鋪墊，這麼多時曲和彈唱描寫的筆墨，無助於潘金蓮淫蕩形象的改觀。這也是在歷代評論者筆下，「淫婦」是潘金蓮形象與生俱來的烙印，雖然歷來不乏為其翻案者，但「潘金蓮」與「淫婦」之一物二名，不能夠輕易改變的重要原因。

然而時曲對這個人物所作的深層心理描寫，也在一定程度上表現了相反的情況。《金瓶梅》中的潘金蓮一生與張大戶、武大郎、西門慶、琴童兒、陳經濟、王潮兒等多個男人有染。但她與這些男人的關係，前兩個是由她的出身而決定的，其餘均是由西門慶這個罪

惡之家產生的惡果。《金瓶梅》比《水滸傳》新增加的男性，呈現出潘金蓮性格發展的一條明顯軌跡———一個曾經「美玉無瑕」的少女，被行將就木的張大戶「一朝損壞」，即不可遏制地被命運一步步帶向罪惡的深淵：因對婚姻的不滿而導致她與西門慶通姦，並最終淪為毒殺親夫的同謀和凶手；因一夫多妻而導致她在西門宅院中爭寵、固寵，「專會咬群兒」，進而逼殺與西門慶有染的宋蕙蓮，更以毒辣的手段謀殺了對其專寵地位造成最大威脅的李瓶兒母子；因西門慶這個罪惡之家的深度腐蝕，使其性情和行為變得更加淫亂荒唐，在西門慶死後被正妻吳月娘攆出家門，最終被武松所殺。這些典型事例，由於詞話本中時曲對潘金蓮心理的集中刻畫，積澱了較為深厚的社會生活底蘊。因此，潘金蓮這天下第一淫婦的形象，在《金瓶梅》問世後變得比《水滸傳》中的同一人物個性更鮮明、更複雜，內涵也更具體、更充實。當然，這離詞話本改造其形象的初衷，卻也越來越遠了。

總之，時曲以深刻的心理描寫，為潘金蓮不斷發展的淫蕩毒辣個性提供了豐富的心理依據。無論是進入西門家前的通姦殺夫，還是進入西門家後的通姦亂倫，時曲都揭示了這個反面女主角穢亂市井家宅等行為的內在邏輯———前一種狀況從她身不由己開始，後一種狀況是西門慶家這個罪惡的大染缸使她徹底墮落———在這樣的情況下僅僅指責其淫蕩的一面是失之片面的。《金瓶梅》使潘金蓮從早先人性要求的合理性出發，讓她逐步走向以極端變態行為戕害他人的罪惡深淵，最終以悲劇收場，表現了當時社會的重重黑暗。因此我們可以說，詞話本通過大量時曲所展示的人物心理，表明它並非刻意將潘金蓮寫成淫婦，只是對於傳說的沿襲，使這個形象不可能不保留淫婦的基調，而作品對於潘金蓮形象的重新塑造，也不可能超越於社會現實。在產生這部作品的社會土壤上，男權無疑實施了對女性的壓迫，女性無疑只能是男性的附庸，是被玩弄與被損害的對象———雖然她們並不全都因此而有變成潘金蓮的可能，但激蕩於明代社會後期的個性解放思潮所帶來的倫理價值觀念的變化，以及女性在當時社會生活中所處的狹隘空間，使《金瓶梅詞話》想要表現那個社會所能夠釋放出來的人性的種種罪惡，並以此達到勸世意圖這一深刻的歷史內容，只能讓女主角潘金蓮來承載。許多處於社會底層的女性的命運和性格反向發展的歷程，也只能被作品概括集中在這個角色身上，所以這個角色絕不可能是正面的。然而大量抒發潘金蓮曠怨情懷的時曲，使其形象的個性化程度得到了提升，也使她有別於《水滸傳》的模式，不是傳奇英雄的陪襯，淫婦概念的圖解。但同時我們也不能不看到，雖然《金瓶梅詞話》以大量時曲對潘金蓮的行為進行了大量鋪墊，為其行為提供了比《水滸傳》更多的心理依據，揭示了人物性格發展的內在邏輯，然而《金瓶梅詞話》對潘金蓮縱欲、毒辣行為比《水滸傳》更為全面、細緻、複雜、曲折的描寫，使這部作品對其淫婦形象的塑造，最終顯得比《水滸傳》更加鮮明、更加典型，因而也就更加難以為廣大讀者所接受。

# 論孟玉樓形象的塑造及意義

在《金瓶梅》人物譜中，孟玉樓是一個不可忽視的人物形象。她是西門大院中尚存人格的人，也是污濁黑暗中的一抹亮色。作品賦予她複雜的特質，並通過對這個人物命運的描寫，表現了社會生活的複雜內涵及塑造人物形象的藝術功力。

孟玉樓不像西門慶的其他妻妾那樣大奸大惡或大淫大俗，以醜惡的行徑給人留下深刻的印象，也不像王杏庵、李安等為著某種道德說教偶一過場的人物，圖解一個並不複雜的概念，她是一個富有個性色彩的人物形象。在西門慶無厭無盡的財色貪欲中，在西門大院妻妾成群的混亂環境中，在金、瓶、梅等人大起大落的坎坷命運對照中，在小說情節的藝術穿插和結構中，她都有其特殊的地位。在孟玉樓形象的塑造上，《金瓶梅》表現了其人物描寫的獨到之處。因此，有必要在對金、瓶、梅等女主角給予特別關注的同時，對孟玉樓形象作一番審視，從另一角度揭示作品的創作意圖。

《金瓶梅》以警戒酒、色、財、氣為綱，以西門慶為中心人物，暴露了世風的墮落和人性的異化。其中財、色二字堪稱總攝：獵色為西門慶行為方式的突出特徵，斂財為西門慶獵色的心理依據。他在第五十七回中那番狂妄言語，深刻地揭示了這一描寫的本質：「咱聞那佛祖西天，也止不過要黃金鋪地。陰司十殿，也要些楮鏹營求。咱只消盡這家私廣為善事，就使強姦了姮娥，和姦了織女，拐了許飛瓊，盜了西王母的女兒，也不減我潑天的富貴！」[1]在世界文學中，大概只有莎士比亞《雅典的泰門》中那段著名的黃金咒（第四幕第三場），能夠與之相提並論，雖然無論是時代和文化背景，還是人物話語所表現的典型意義，二者都相差甚遠。以窮凶極惡的手段去斂財獵色的小說情節展示，不僅使西門慶的醜惡本質得到了大暴露，也使我們看到他周圍許多人物被任意播弄的悲慘命運。正是由西門慶對孟玉樓的財富起意，小說展開了她獨特的人生之旅，塑造了一個內涵豐富的藝術形象。

孟玉樓出現在第七回。她本是販布楊家的正頭娘子，死了丈夫，又無兒無女，媒婆薛嫂兒要將她說與西門慶，這當中卻存在她不知道的欺騙。在孟玉樓出現之前，西門慶

---

1    本文所引《金瓶梅》原文和張竹坡批評《金瓶梅》，出於王汝梅點校《第一奇書金瓶梅》，濟南：齊魯書社 1987 年。

死了第三妾卓二姐，又與潘金蓮謀殺了武大，二人正打得火熱。按常理，接下來應當是迎娶潘金蓮。然而在作品橫雲斷霧的藝術結構中，情節在這裏並有沒按常規發展。對於其中的「壼奧」[2]，張竹坡認為有二：在情節藝術上有講求穿插，欲急故緩之妙；在作書本意上「為西門貪財處，寫出一玉樓來，則本意原不為色。……見得財的利害，比色更利害些。」（第七回回評）對這個橫插情節的藝術效果，張評已得其妙，孟玉樓在此時上場，確乎表現了在西門慶的心中財勝於色，可謂一語中的。作品開篇所提示的酒色財氣「四貪」之病，借此得到了一個深刻的印證。

對於這個突兀情節的內在意義，徐朔方先生有深刻的論述：「它畫龍點睛地指明：內心深處激動著西門慶的絕不是愛情而是情欲。他的情欲有時為女色而點燃，有時為錢財而熾烈。潘金蓮在他身上引起的色欲，可以強烈到使他殺人犯罪而不顧，但是當她同孟玉樓的上千兩現金，三二百筒梭布以及其他陪嫁相比時黯然失色了。孟玉樓進門之後，即她的陪嫁的所有權正式轉移之後，潘金蓮的肉體才又顯得風流旖旎，把孟玉樓比下去了。當問題不牽涉到錢財時，西門慶的情欲似乎只限於女色，可是一涉及錢財時，女色就只能退避三舍了。不重才貌而重色欲，錢財又在色欲之上。」[3]事實上，薛嫂兒做媒，能夠打動西門慶的中心言詞，就是孟玉樓「手裏有一分好錢」。楊姑娘、張四舅為這「一分錢財」的爭鬧，也實實在在地為此作了有力的說明。

西門慶在相親時固然有對孟玉樓美色的垂涎，但這美色不過是其錢財的附加值而已，孟玉樓的財產在這樁親事裏的本質，表現在迎娶之日演出的一場鬧劇：一邊是張四舅的堵截，一邊是楊姑娘的叫罵，一邊是薛嫂兒「領率西門慶家小廝伴當，併發來眾軍牢，趕人鬧裏，七手八腳將婦人床帳、裝奩、箱籠，扛的扛，抬的抬，一陣風都搬去了。」（第七回）西門慶謀財的意圖，使孟玉樓一上場就墮入了一場騙局之中：薛嫂兒固是媒人之性，西門慶本以謀財為首，就連孟玉樓的兩個親戚，也只黑眼睛見著白晃晃的銀子，楊姑娘是「做大做小，我不管你」，只要得到「一個棺材本」，張四舅則是「要圖留婦人東西」──有哪一個人是為她打算的？孟玉樓實際上是被媒婆花言巧語的「做大」這一誘惑騙娶的，她的自誤，看似由於輕信，實則皆因深深戒懼於親戚對其財產的圖謀。這使她雖然洞察了張四舅破親謀財的用心，卻又因這洞察而聽不進張四舅的任何一句實話。在被騙娶進西門慶家後的三四年間，她始終被置於冷落之地，含酸抱屈，鬱鬱寡歡。西門慶甚至在臨死時說了諸般牽掛，卻一字不曾提到她。孟玉樓的個性表現及其在西門

2　《脂硯齋重評石頭記》庚辰本第十三回眉批：「寫個個皆到，全無安逸之筆，深得《金瓶》壼奧。」北京：人民文學出版社 1975 年，第 275 頁。

3　〈論金瓶梅〉，《小說考信篇》，上海：上海古籍出版社 1997 年，第 220-221 頁。

慶死後對自己命運的主動把握，皆可以從第七回西門慶重財輕人這個出發點，找到合乎人物性格發展內在邏輯的事實根據。

孟玉樓被騙娶入西門慶家後，「做大」的期望既已落空，做妾也已排在了第三位。不久，潘金蓮、李瓶兒又相繼入門。在西門慶家這個波濤翻滾的孽海之中，她必得面對紛紜複雜的妻妾關係和眾多卑污骯髒的靈魂。她僅得到三夜之寵，就淪為潘金蓮的陪襯，接著又被籠罩在李瓶兒的陰影之中。在西門慶的家宅裏，孟玉樓似乎無所不在，卻又似有若無。連不被西門慶待見的李嬌兒、孫雪娥尚不時攪起一陣混水，她卻素來平和溫靜，從未有過什麼過激的舉動。然而，她確實是西門慶家的一個另類厲害角色。揭開孟玉樓臉上朦朧的面紗，一個鮮活的人物形象躍然紙上。

小說在西門慶家複雜的人際關係和混亂的生活環境中，首先突出地表現了孟玉樓精明聰敏的個性特點。她洞察世事人情，善於見機行事、處理各種關係。西門慶的家，原是一個不合理社會關係的縮影。因為一夫多妻，還因為家中的僕婦婢女，全都可以是西門慶發洩淫欲的對象，並時有可能成為妾的候補人，故在位的一妻五妾，因爭寵、固寵而致關係更加複雜。出身娼門的李嬌兒和出於房下的孫雪娥自然不是省油的燈，潘金蓮更是刁、潑、狠、辣、淫、醋諸般占全，整日「恃寵而驕，顛寒作熱」（第十一回）。李瓶兒入門後忽然變得嬌媚溫柔，再加上後來生了兒子，得到西門慶無以復加的寵愛。在這樣的情況下，連正妻吳月娘也要不時標榜自己是「女兒填房嫁給他，不是趁來的老婆」（第七十五回）以彈壓眾妾，並找尼姑弄符藥求子，以鞏固自己的地位，更何況在這本已混亂的妻妾關係外，還有春梅之輩，又不時殺出宋蕙蓮、如意兒之流。孟玉樓既已被騙進這個難以自拔的泥塘裏做了妾，她對張四舅所說的那些做正室的主張，就全都派不上用場。再者，孟玉樓的財產既已轉移到西門慶家，在滿足其淫欲上，她顯然又比不上金、瓶之流。所以，在金、瓶相繼入門後她即被打靠後邊，是必然的遭遇。事實上，除初娶時的三夜，進門幾年來，西門慶在她房裏留宿的次數屈指可數。孟玉樓很快就明白了自己在西門慶家所處的地位，只不過略勝於李嬌兒和孫雪娥罷了。其實她的財富、姿色和智商與金、瓶二人相比，可謂各有高下短長，但她既不願施手段，也無意於「把攔漢子」，而是乖巧有時甚至是陰險地周旋於西門慶及其眾妻妾之間，只求保住自己的一方立足之地，這實際上是她精明聰敏個性特點的外在表現。

因為精明聰敏，孟玉樓把心機深藏。在西門大院的諸多人物關係中，她看準了最難處理的是與西門慶、吳月娘、潘金蓮、李瓶兒的關係。由於先被騙娶，繼之以被冷落，她的內心深處，對西門慶積有一股極深的怨氣，但形格勢禁，無可奈何，所以她只能將失意埋藏於心中；又由於吳月娘是正妻，金、瓶二人的地位表面上雖與自己相同，但在西門慶心中的份量，自己卻難以與二人中的任何一個爭衡，所以，她自知自己不能與這

兩個人爭風吃醋，就根據二人在西門慶面前得寵的程度，以及二人的性格特點加以分別
對待。孟玉樓對西門慶和吳月娘是處處留意，討其歡心。如在第十四回中，李瓶兒為要
嫁給西門慶而討好潘金蓮，就主動上門去給潘做生日，時值西門慶未歸，李瓶兒幾番告
辭，都被孟玉樓苦苦留住，並張羅眾人相陪，並說：「等住回他爹回來，少不的也要留
二娘。」待西門慶回來，她又忙著告訴留下了李瓶兒，正對著西門慶的心思。對吳月娘，
孟玉樓不僅守為妾之道，而且十分善於奉迎。她曾勸潘金蓮說：「你我在人矮簷下，怎
敢不低頭。」第二十三回與二十七回兩次寫眾人飲酒取樂，吳月娘不在，都是她提出留
下酒菜或邀飲。西門慶病重時吳月娘許願，眾妾中也只有孟玉樓隨之許下願心。孟玉樓
一貫的表現，使得吳月娘將她區別於「一團心機兒」的潘金蓮，以至西門慶死後，她將
眾妾逐一發落，卻只善待孟玉樓，視其為可以共守之人，到陶媽來替李衙內做媒時，「倒
把月娘吃了一驚」。

孟玉樓深知潘金蓮難惹，就當面容讓三分，背後暗下拳腳。在不忿李瓶兒上她倆有
一致的心情，故孟玉樓表面上與潘金蓮交情最好，其實並非真心相知，只看李瓶兒死後
她在西門慶面前含酸帶刺，句句指著潘金蓮，即可知其底裏（第七十五回）。李瓶兒雖最
得西門慶之寵，但自從進了西門慶家後，就從不侵犯別人，故孟玉樓對她總是淡然處之。
但孟玉樓雖然時與潘金蓮一塊兒同氣共忿李瓶兒得寵，然而每當潘金蓮「說話不防頭
腦」，過於毒口傷人時，她總是緘口不答，唯恐招惹是非。如李瓶兒生子時，官哥兒聯
姻時皆如此。這種態度既有對李瓶兒得寵的微妙嫉妒心理，也有對李瓶兒並不戒懼之意，
也不無潘金蓮可以恃寵而驕，而她卻怕得罪西門慶的隱衷。由於金、瓶二人所處的特殊
位置，孟玉樓兩不得罪，且多有成全之處，既迎合了西門慶之心，又為自己留了餘地。
如第十二回潘金蓮私僕受辱，是她在西門慶處為潘分解，第七十六回潘金蓮與吳月娘不
和，又是她代為辨白並勸和。李瓶兒嫁入西門慶家時，「轎子落在大門首，半日沒個人
出去迎接」（第十九回），後來又上吊自盡，也都是由她出來調停。

周旋於如此複雜的人際關係之間而能做到遊刃有餘，孟玉樓還靠一種個性：善於戲
謔。如潘金蓮妝丫鬟，她以戲謔助興，使整個場面諧趣橫生，人人歡喜。在粗俗不堪的
西門慶家，這樣的場面並不多見。第七十六回她說和吳月娘和潘金蓮的表現也很精彩。
前一回潘金蓮與吳月娘破臉大嚷大鬧，這是西門大院中妻妾為爭風吃醋而爆發的一場大
混戰。在西門慶家，發生這樣的事情本來不足為奇，但發生於懷孕的正妻與寵妾之間，
就有些不同尋常。此時的吳月娘今非昔比，可以用身孕為資本來挾制西門慶，李瓶兒死
後得到專寵的潘金蓮卻太不識時務，所以先前在這場爭鬥中以強勁的鋒頭上場，結果卻
只能落於下風，因此形成了吳、潘二人僵持的局面。孟玉樓深知其間人情世故，所以兩
面說和，說得妙語連珠而又入情近理，繼之以一番戲謔，終將一場大風波輕輕化解。在

這些場合，孟玉樓的靈心慧舌既使她顯得乖巧可人，又不免令人覺得其心機深不可測。

總之，處於人際關係淺表層面上的孟玉樓，似乎於親疏厚薄全不在意，淡然處之。她奉迎西門慶夫婦，調和於金、瓶之間，雅謔於家庭的各種場合，可謂左右逢源，不著痕跡，靈心慧舌，善解人意。但其實孟玉樓又是一個內心頗為陰險毒辣的人。她並不是一味安時隨分，從不嚼老婆舌頭，也並非完全不在乎西門慶的親疏厚薄，只不過她城府極深，善於借刀殺人，害了人還不留話柄罷了。孟玉樓往往利用潘金蓮恃寵刁潑，得風是雨的性格特點，自己躲在暗處挑撥離間，深藏不露，而讓潘在明處出頭，惹火燒身。最典型的事例是她在宋蕙蓮事件中的表演。當時來旺兒揚言要殺潘金蓮和西門慶，這話被來興兒告訴了潘金蓮，是孟玉樓挑唆潘金蓮把這話說與西門慶知道，最終以「拖刀之計」捉走了來旺兒。之後，西門慶本已許下宋蕙蓮放了來旺兒，並收拾房子給她住，又是孟玉樓知道後告訴潘金蓮，並挑撥道：「就和你我輩一般，什麼張致？」話中之意，無非是暗示宋蕙蓮得寵，並有可能成為新妾。這話正觸在潘金蓮心上，所以，「潘金蓮不聽便罷，聽了時：忿氣滿懷無處著，雙腮紅上更添紅。說道：『真個由他，我就不信了！今日與你說的話，我若教賊奴才淫婦與西門慶放了第七個老婆——我不喇嘴說——就把潘字倒過來。』玉樓道：『漢子沒正條的，咱們能走不能飛，到的那些兒？』金蓮道：『你也忒不長俊，要這命做什麼？活一百歲殺肉吃！他若不依，我拼著這命，攙兒在他手裏，也不差什麼。』玉樓笑道：『我是小膽兒，不敢惹他，看你有本事和他纏。』」（第二十五回）孟玉樓使用的這招激將法，果然挑動了潘金蓮和西門慶再設毒計，把來旺兒遞解徐州，使宋蕙蓮自縊身亡。整個事件的實質，不過是宋蕙蓮有可能成為西門慶的第七個老婆而已。孟玉樓小動唇舌，結果卻令人心驚。宋蕙蓮之死雖不由孟玉樓，但焉能與孟玉樓無關！《金瓶梅》寫家庭關係中的孟玉樓，並不用寫潘金蓮似的潑彩筆法，而總是在這類不經意處稍加點染，一個百伶百俐的鮮明個性形象就呼之欲出，人情世態也在細微處得到了深刻的表現。

孟玉樓雖然能夠一團和氣，乖巧地周旋於各種人際關係之間，但她的個性鋒芒還是不時表現出來。她的口齒其實不僅非常伶俐，也相當尖刻，只是不像潘金蓮那麼「行動拿話兒譏諷人」，而是適時地派上用場，並且善於看人下菜。最典型的是第七回她駁張四舅破親之語，真是絲絲入扣，句句在理，直駁得「張四見說不動婦人，倒吃她搶白了幾句，好無顏色，吃了兩盞清茶，起身去了」。第二十三回寫眾人擲骰兒，宋蕙蓮在旁輕狂作態，被她一句話就「把老婆羞的，站又站不住，立又立不住，緋紅了面皮，往下去了」。吳月娘多次說自己「不是趁來的老婆」這類話頭，孟玉樓起先是懷愧歸房，但也利口利舌地還了一句不該「一棒打著好幾個」（第七十五回），使吳月娘啞口無言。

孟玉樓也很精明強幹，所以西門慶讓她當管家婆，只是她的才幹並沒有多少機會表

現出來。第五十八回官哥兒病重時，李瓶兒拿出一對銀獅子為官哥兒捨經，「那薛姑子就要拿著走，被孟玉樓在旁說道：『師父，你且住。大娘，你還使小廝叫將賁四來，替他兌兌多少分兩，就同他往經鋪裏講定個數兒來，每一部經多少銀子，到幾時有才好。你叫薛師父去，他獨自一個怎弄的來？』」一番話，既攔住了薛姑子行騙，又不得罪人，還使事情不致沒著落。在第七十九回中，孟玉樓的才幹終於得到了一次出色的表現：一頭是西門慶咽氣，一頭是吳月娘生兒，眾人亂做一團，她一面叫李嬌兒守著月娘，一面自己去使小廝叫收生婆，一絲不亂，從容自如，穩住了混亂的局面。

從外貌上看，孟玉樓頗有風韻。小說通過西門慶、潘金蓮、李衙內等人的眼睛，多次展示了她的風采。然而，她的精明能幹，不過使自己多了一份管家的操勞；她的心機深藏，不過在這齷齪之家為自己保住了一方立足之地；她的風韻，在西門慶眼中不及王六兒這個醜陋的「浪貨」。再加上被騙娶的憤懣，對自己所處地位的不滿，這就使得她在慣常的淡然外表下，深蓄著一腔鬱鬱不平之氣，即小說中所謂「含酸」。這是孟玉樓形象的內核，也是小說暴露西門慶醜惡面目的又一角度。對西門慶而言，「色」有外貌與性欲之分，二者得兼如金、瓶最好，二者不能得兼則以能滿足其變態的性欲為上，如「乾淨是個老浪貨」的王六兒就長相不美，卻以「浪」博得西門慶的歡心。孟玉樓雖然容色甚美，但顯然不比金、瓶之能滿足西門慶變態的性欲，故常被西門慶屈之於冷淡之地。有孟玉樓為陪襯，荒淫之於西門慶形象的批判意義，就得到了更為明確的表現。孟玉樓之所以從不與人發生正面衝突，最重要的原因恐怕還是她並不得寵也不爭寵，故既不能恃寵而驕，亦不會惹人嫉妒。但她對自己身處的這個變態環境中的人事，也不真能完全淡然於心。西門慶對妻妾「三等九格」（第六十二回）的看待讓她感到不平，但她也只是在第七十五回中對西門慶有過一次集中的發洩：「今日日頭打西出來，稀罕往俺這屋裏來走一走兒。」「把俺們這僻時的貨兒，都打到贅字號聽題去了，後十年掛在你心裏。」孟玉樓的另類個性還在於，她並不迎姦賣俏以邀寵，或撒潑放刁以爭風，骨子裏有一股冷峭傲然之氣，使西門慶等不敢輕視、作賤於她。當然，她還帶來了大批財產。論言行，連吳月娘也時有污言穢語，甚至於與潘金蓮破口對罵，正應了她自己對這個家所作的考語：「家反宅亂。」這與孟玉樓的行為端莊，語言雅謔相去甚遠。孟玉樓守時安分，雖然也是吳月娘口中「漢子孝服未滿，浪著嫁人」的（第十八回）一類，但無論進西門慶家前還是在西門慶家中，她都沒有過惡行和穢行，冷峭傲然，正是其尚存人格的表現。在西門慶這樣一個「打老婆的班頭」手下討生活，潘金蓮、李瓶兒都挨過毒打，孟玉樓卻能免遭其辱。在人品上，孟玉樓不僅高出於眾妾，也非吳月娘可比。小說正是通過對孟玉樓處境及尚存人格的描寫，暴露了西門慶靈魂的醜惡及西門大院的污濁，以及生活於其中的人們的各種醜惡心態和行為。

　　孟玉樓的冷峭傲然，實基於被騙娶的憤懣。這口極深的怨氣，直到西門慶死後李衙內求娶之時才得以痛快一吐。第九十一回陶媽來說媒，她一再追問查實情況，並對媒人說：「你休怪我叮嚀盤問。你這媒人們說謊極多，奴也吃人哄怕了。」西門慶死後再嫁之日，她辭西門慶之靈而不流一滴淚，態度之決絕，足見其冷峭傲然的個性和內心積怨之深之切。

　　西門大院這個罪惡的淵藪，釀成了生活在其中的女性普遍的悲劇命運，孟玉樓算是一個異數。她既不像李瓶兒於西門慶在時即慘遭暗算，也不像潘金蓮於西門慶死後被拋屍街頭。但是，設若生活不出現一個新的轉機，孟玉樓抓不住新的機遇，那麼，無論西門慶是死是活，孟玉樓都必然遭遇另一種悲劇：被終身活埋於這骯髒齷齪的深宅大院之中。孟玉樓嫁李衙內，起於清明郊外邂逅這樣一個偶然因素，但小說這個情節的設置卻非偶然，而是遙映第七回西門慶騙娶孟玉樓。孟玉樓這兩次出嫁，有本質的不同。她嫁西門慶是被騙娶，嫁李衙內則是「愛嫁」。小說第九十回在清麗的、充滿詩情畫意的環境中，描寫了李衙內初見清明著孝上墳的孟玉樓時內心的震動。下面一回，再寫李衙內回思孟玉樓顏色，費盡心機娶她入門的情形，足見其對孟玉樓思慕之深。接著又寫李衙內將孟玉樓娶回家後，「端詳玉樓容貌，越看越愛」。這樣不厭其煩地描寫，自然不是閒筆。作品的良苦用心，在於表明西門慶娶孟玉樓，是因媒婆動之以財；李衙內娶孟玉樓，則是喜愛其人。西門慶之所輕，正是李衙內之所重。另外，作品的對面筆墨，是孟玉樓對李衙內同樣的思慕之情及心中待嫁的打算，以及決然而嫁，辭西門慶之靈不落淚的舉動。這樣，孟玉樓多年的一腔冤氣至此暢快一吐，西門慶的醜惡在此得到進一步刻畫，孟玉樓命運和性格的發展，也由此得到了足夠的鋪墊。

　　孟玉樓再嫁李衙內，欣逢知己，又做了正頭娘子，並且兩相愛悅，所謂「女貌郎才，如魚似水，正合著油瓶蓋」（第九十一回）。李衙內不僅欣賞孟玉樓的美色，更兼對其情深義重。作者不僅多次描寫李衙內的愛其容貌，更描寫了他的重情重義。後來，因為陷害陳敬濟的事影響了其公爹李通判的官聲，孟玉樓幾乎被強令丈夫休棄，只是由於李衙內對她寧死也不願離棄，才得以保全。李衙內的重情與西門慶的濫性，形成一種極為強烈的對照。孟玉樓在李家既有了出於望外的地位和做人的尊嚴，又嘗到了在西門慶家從未領略過，也不可能領略到的幸福滋味。因此，當第九十二回中陳敬濟想謀她的財物並誘拐她，打破她美滿的生活時，她再次表現出心狠手辣的一面，以捍衛自己的幸福生活，這一情節是符合生活的邏輯與人物性格發展之內在邏輯的。在這個事件中，孟玉樓先是表現出慣常的性兒，對陳敬濟以禮相待，當陳敬濟露出不軌之跡時她怒而離席，及至聽到其要脅的話語時，又「須臾變作笑吟吟臉兒」，假意答應與陳敬濟私奔，轉過身來卻為免除後患，以「拖刀之計」陷害了陳敬濟。如果說在西門慶家時她是挑唆潘金蓮算計

別人的話，那麼，此時她是親自出馬了。在這個事件中，孟玉樓對付陳敬濟不僅表現得隨機應變，而且心思細密，手段毒辣。其中雖然有所不得已，卻不值得同情。但她對李衙內卻又是另一番情腸。毒計洩露之後，李通判為這事於其官聲有礙，「打得這李衙內皮開肉綻，鮮血迸流」。李衙內受的是皮肉之苦，孟玉樓則痛在心上，她「立在後廳角門首，掩淚潛聽」。如此多情的表現，在孟玉樓也是前所未有的。以往經歷了許多世態炎涼，生死離散，她皆以平淡之態對之。就是永福寺中在潘金蓮墳上放聲大哭，恐怕也還多是兔死狐悲之感。在小說第九十二回對孟玉樓情感與行為的多層次表現中，孟玉樓的形象更加豐滿了。

在西門慶的眾多妻妾中，作品獨獨為孟玉樓設計了一種與眾不同的美好結局，通觀全書，不難看出這個異數是有意用來表現道德說教意義和因果報應思想的。第一回作品即言：「說話為何說此一段酒色財氣的緣故？只為當時有一個人家……內中又有幾個鬥寵爭強，迎姦賣俏的，起先好不妖嬈嫵媚，到後來也免不得屍橫燈影，血染空房。正是：善有善報，惡有惡報。天網恢恢，疏而不漏。」顯然，在西門慶的眾妻妾中，孟玉樓不在這個劫數內，她的結局，是善有善報導德說教的事實印證。作品並不反對改嫁，小說中孟玉樓兩次改嫁時人們的議論表明了這一點。但是，作品寫孟玉樓一貫行為端靜，沖淡平和，兩次改嫁都中規中矩，待媒妁說合，故獨有好結果，這個形象所含的勸世用意是十分明顯的。但基於作品對生活的深刻洞察力、表現力和刻劃人物的藝術功力，其說教意圖並沒有削減孟玉樓形象應有的藝術價值。

總之，孟玉樓是污濁黑暗的西門大院中的一抹亮色，西門大院中尚存人格的人。她徘徊在美與醜、善與惡之際而不趨於某一極端，故更接近特定時代社會生活的真實和現實的人性，也是小說以藝術形象來體現因果報應思想意識的標本。

# 論宋蕙蓮之死

　　宋蕙蓮之死，是《金瓶梅》寫得最為精彩的事件之一。小說第二十二至二十六回以此為中心，在相當集中的時間和空間中，深刻地表現了西門大院中人與人之間激烈的矛盾衝突和相互傾軋，把握住宋蕙蓮這個小人物的悲劇命運，細緻地刻畫了人物的個性特點，從而揭示出當時社會生活的某些本質。這個事件對世態人情的表現，可謂入木三分。《金瓶梅》敘事往往「隱大段精彩於瑣碎之中」[1]，如此凝練的筆墨並不多見。

　　這一悲劇的主角宋蕙蓮，是賣棺材宋仁的女兒，本名叫金蓮。她原先被賣在蔡通判房裏供使喚，因「壞了事」出來，便嫁給了廚役蔣聰。後來蔣聰與人爭鬥致死，她央西門慶的僕人來旺兒轉求西門慶捉住殺人者，為蔣聰抵了命，她自己又嫁與來旺兒為妻。因與潘金蓮同名，遂被吳月娘改名為蕙蓮。進入西門慶家不久，她就陷入了西門大院的種種矛盾漩渦之中，最終走上了死路。

　　以上是宋蕙蓮的小傳。她是小說這個片斷刻畫得最為成功的人物，也是《金瓶梅》中寫得最集中、最出色的藝術形象。小說用五個章回連續完成了對這個人物形象的塑造，注意到《金瓶梅》中的多數人物形象，都是以漫長的篇幅為基礎塑造出來的，我們就更覺得這五回的可貴。作為以家庭日常生活為題材的作品，這一事件的敘寫，並不追求情節的曲折，更沒有什麼離奇驚險可言，展現在我們面前的，是活生生的現實生活。宋蕙蓮被凌逼自縊的事件，看似起因於西門慶周邊婦女，特別是潘金蓮的妒嫉。然而事情並不是這樣簡單，其中潛藏著極為深刻的社會內涵：在以西門慶為中心的大院和市井中，他可以為所欲為，家中妻妾成群，還「專一在外眠花宿柳，惹草招風」（第一回）[2]，甚至連稍有姿色的奴僕也不放過。是他不擇手段的獵色行為和心狠手辣的個性特點，激化了這一事件中人與人之間尖銳的矛盾衝突，進而將事件導向不可避免的悲劇結局。

　　宋蕙蓮之死這一事件中人物形象的個性化，就是在上述環境中實現的。注重情節與

---

1　張竹坡〈金瓶梅凡例〉，劉輝、吳敢輯校《會評會校金瓶梅》，香港：天地圖書有限公司 1998 年，第 2097 頁。

2　本文所引《金瓶梅》原文，出自劉輝、吳敢輯校《會評會校金瓶梅》，香港：天地圖書有限公司 1998 年。

人物性格的關係，在情節運動中刻畫人物性格，是《金瓶梅》出現以前長篇小說的共同點。《金瓶梅》則專力於在人物與環境、人物與人物的相互關係中揭示人物性格的發展和個性特點。在小說藝術史上，這是人物描寫藝術的進步。通過宋蕙蓮之死這個精彩片斷對人物個性進行的刻畫，突出地表現了作品的這個特點。宋蕙蓮之死這個事件中，西門慶的荒淫與毒辣，潘金蓮被扭曲的個性（吳月娘在七十六回中說她是「一團心機兒」），宋蕙蓮不安於現實的抗爭性格，都得到了深刻的表現。

對於潘金蓮而言，宋蕙蓮最大的妨礙是使她專寵於西門慶的地位受到威脅，這構成了她和宋蕙蓮之間矛盾衝突的起因。因此，在宋蕙蓮之死中，潘金蓮扮演了一個極其重要的角色。小說令人信服地寫出了潘金蓮個性的根源，以及這種個性在宋蕙蓮之死中所起的作用。與西門慶合謀殺害武大郎，是潘金蓮犯下的第一椿命案。進入西門慶家後，家中妻妾成群，而外路人家的婦女、行院妓女、僕婦丫頭、書房男寵，都可以是西門慶泄欲的對象。無論她如何使勁地博取西門慶的歡心，恃寵而驕，並欺凌別的妾婦，但其地位不過是一個妾而已。西門慶可以隨心所欲，四處沾花惹草，而她要長期專寵於淫濫的西門慶，這種可能幾乎是不存在的。因此，潘金蓮在這種努力中變得喪心病狂、滅絕人性，也釀成了她善妒和狠毒的個性。在不危及自身地位的情況下，她並非不能容忍西門慶與別的女人有關係（事實上她對此也無可奈何），然而一旦有人對她的專寵構成威脅，她必掃清障礙而後快。宋蕙蓮之所以和潘金蓮發生尖銳的矛盾衝突，即因為她有奪寵之虞。宋蕙蓮是潘金蓮爭寵、固寵路上的第一個犧牲品。她最終不容於潘金蓮，關鍵在她不安於潘金蓮所能容許的與西門慶關係的限度。潘金蓮在與西門慶達成與宋蕙蓮的關係，不對她「瞞神謊鬼弄刺子兒」的約法後，將事情控制於自己的股掌之中。她為了「圖漢子喜歡」，打整出藏春塢雪洞讓二人幽會。此時的宋蕙蓮並不危及她的地位，反而成了她邀寵的工具。但是，當潘金蓮竊聽了宋蕙蓮與西門慶在雪洞中的對話後，事情就起了變化。因為宋蕙蓮這番話不僅揭挑了她的老底，更重要的是，她嗅出了這媳婦對她的地位可能構成極大的威脅。所以，她在次日即對宋蕙蓮發出了警告：「你說把俺們躧下去了，你要在中間踢跳。我的姐姐，對你說：把這樣心兒且吐了些兒吧！」（第二十三回）在宋蕙蓮下跪低頭，賭咒發誓後，兩人之間又暫時處於平靜。然而，當宋蕙蓮與西門慶私通之事洩露，來旺兒醉中謗訕，揚言要殺了西門慶和「窩主」潘金蓮時，形勢的發展急轉直下。來旺兒的「醉謗」，無疑是授潘金蓮以柄。果然，潘金蓮聽了孟玉樓的教唆後，立刻去找西門慶，並挑撥他剪草除根，道理是：「你若要他這奴才老婆，不如先把奴才打發他離了門戶……就是你也不耽心，老婆她也死心塌地。」（第二十五回）這些話正中西門慶下懷，故句句為西門慶所接受，於是設計將來旺兒陷害，並解入衙門。潘金蓮要除去宋蕙蓮，是在宋蕙蓮逸出了她的股掌，有可能成為西門慶的第七個老婆之時。

在第二十六回中她聽孟玉樓說西門慶要為宋蕙蓮打理房子時，衝口而出的，是一番話殺氣騰騰的話，言下之意是絕不讓宋蕙蓮奪寵。至此，她已經萌發了先置來旺兒於死地，藉以凌逼宋蕙蓮的險惡之心。當西門慶許了宋蕙蓮要放出來旺兒時，她說：「你既要幹這營生，不如一狠二狠，把奴才結果了，你就摟著他老婆也放心。」來旺兒被遞解徐州，宋蕙蓮知道消息之後，果然懸樑自縊，卻被救了下來，但潘金蓮並不就此罷手：

> 這潘金蓮見西門慶留意在宋蕙蓮身上，乃心生一計。在後邊唆調孫雪娥，說來旺兒媳婦子怎的說你要了他漢子，備了他一篇是非，他爹惱了，才把漢子打發了：「前日打了你那一頓，拘了你頭面衣服，都是他過嘴告說的。」這孫雪娥聽了個耳滿心滿。掉了雪娥口氣，走到前邊，向蕙蓮又是一樣話說，說孫雪娥怎的後邊罵你是蔡家使喚的奴才，積年轉主子養漢，不是你背養主子，你家漢子怎的離了他家門？說你眼淚留著洗腳後跟。說的兩下都懷仇恨。

潘金蓮這條離間計，使得暗地裏與僕人來旺兒有私情的孫雪娥，和與主子通姦的宋蕙蓮各懷忿氣而相爭不已，潘金蓮卻坐山觀虎鬥，最終達到了目的：宋蕙蓮在孫雪娥一激之下，忍氣不過，最終自縊身亡。

作為西門大院中女性相互傾軋的犧牲品，宋蕙蓮之死，使潘金蓮被完全扭曲了的個性得到了充分的表現，也深刻地揭示了西門大院家反宅亂的現實——潘、宋之爭，是主子寵妾與僕婦爭寵，而潘金蓮之所以能既挑唆西門慶收拾來旺兒，又挑唆宋蕙蓮和孫雪娥相鬥，是因為作為西門慶之妾，孫雪娥與奴才來旺兒有私情，而來旺兒之婦宋蕙蓮又與主子西門慶通姦，西門慶則有鋤去來旺兒以霸占宋蕙蓮之心。再者，同為西門慶之妾，孫雪娥（以及對這事同樣心懷不滿的孟玉樓）也不願宋蕙蓮得西門慶之寵，孫雪娥與宋蕙蓮又因一個與家主，一個與奴才的關係而各懷鬼胎，故潘金蓮在二人之間點火，一點即著。如此錯綜複雜的關係，對明王朝標榜的宗法倫常是一個絕妙的諷刺，也突出了人物形象的個性特點及其所蘊含的社會意義。潘金蓮在宋蕙蓮之死中的個性表現，暴露了人性的陰暗面，但我們同時也不能不看到，這個性的形成是以角色所處的現實環境為土壤的。也即是說，潘金蓮由妒忌而產生的凌逼宋蕙蓮的心計是陰險的，但從一己對社會而言，這卻是那個病態社會中個體生存環境變態的表現。潘、宋之爭昭示了一個事實：在以男性為中心的社會歷史環境中，女性處於從屬和依附的地位。她們往往把改善自身生存條件的希望寄託在有權、有勢、有錢的男性身上，這使她們為爭奪男性的寵愛，而導致相互間冰炭不容——從皇宮到民間，概莫能外。

作品無心突出宋蕙蓮的反抗精神，卻意外地將她描寫成了一個以死抗爭的形象。在作品中最先出現的宋蕙蓮，差不多是一個蕩婦，她是「嘲漢子的班頭，壞家風的領袖」

（第二十二回）。她先在蔡通判家「壞了事出來」，後嫁蔣聰，又與來旺兒「刮上了」。來到西門慶家後，初時只是同眾媳婦上灶，但不過月餘，就引起了西門慶的注意，隨即勾搭成姦。她把自己的身體作為一種資本，用來鋪墊向上爬的道路。西門慶初次勾引她，「那婦人一聲兒沒言語，推開西門慶的手，一直往前走了。」（第二十七回）但是，這並不是因為她不願意，而是因為她有所企圖，不願就這麼不明不白地讓西門慶得計。果然，當西門慶派玉簫送去一匹緞子，又對她說：「爹說來，你若依了這件事，隨你要甚麼，爹與你買。」她聞言即默認了。其實前頭西門慶一上來就說過這話，她並未答腔，必等玉簫來說，要的就是一個鐵板釘釘——她與西門慶的交易就這麼敲定了。與西門慶私通之事很快就見了效果：一是衣飾銀子都有了，二是不用上大灶了。

然而，這個淺薄的女奴並不知道西門大院關係的複雜，也未曾想到厄運即將來臨。她天真地將私通家主之事播弄得幾乎人人皆知。按常理，別的女性對這類事往往是掩蓋，而她卻偏偏要拿來炫耀。孟玉樓後來知道這事時說了一句耐人尋味的話：「嗔道這賊臭肉在那裏坐著，見了俺每，意意似似，待起不起的。誰知原來背地有這筆帳！」（第二十六回）小說反復描寫這類細節，在更複雜的背景上寫出事件的發展和人物的個性。

宋蕙蓮的真實地位，只是一個可憐的女奴，她身處低賤，卻一心想「往高枝兒上去」（第二十三回）。她天真地認為，憑著西門慶對她的寵愛，就可以肆行於西門大院，然而她錯了。她向與她同居於奴才地位的人挑戰，就碰上了或軟或硬的釘子：來自眾小廝的譏諷抱怨和與來保妻蕙祥的劇烈衝突。蕙祥大罵道：「賊潑婦，他認定了他是爹娘房裏人！」「你恒數不是爹的小老婆就罷了，就是爹的小老婆，我也不怕你！」（第二十四回）可見，儘管在宋蕙蓮的心中錯位已經發生，但是，在眾人眼裏她仍然還是一個女奴。她根本不可能意識到，在她周圍，由她的輕狂行事和非分之想所激起的各種敵對力量，正糾集為一場猛烈的風暴，正在向她迫近，並將最終把她吞沒。

作品說宋蕙蓮「性明敏，善機變」（第二十二回），在她與潘金蓮關係的前半段，這個性格特點使她得到了潘金蓮的容忍。然而，隨著她得寵於西門慶而逐漸忘乎所以，這個性格特點卻又將她與潘金蓮的關係導向水火不相容的境地。她明知潘金蓮的三寸金蓮是其得寵的條件之一，卻偏偏一再賣弄自己的金蓮比之更小；對潘金蓮與陳經濟的關係，眾人都不曾道破，她偏偏看出了破綻，到街上走百病兒時，還有意與陳經濟一路嘲戲。種種行事，很難說她沒有與潘金蓮較量的心思。比起潘金蓮，她是敏於小而蔽於大，善機變而少心機，所以，當潘金蓮覺察到危險時，她的厄運就是不可避免的了。

然而，就在與厄運的博鬥中，宋蕙蓮表現出了異乎尋常的色彩。

首先是她對來旺兒有情義。當來旺兒醉中謗訕，潘金蓮乘機向西門慶進讒言時，她賭咒發誓地為來旺兒擔保，並為西門慶出了一條保全來旺兒的計策。其後西門慶翻悔，

被她埋怨了一番。來旺兒中計被捉，她放聲大哭，「雲鬢撩亂，衣裙不整，走來廳上，向西門慶跪下」。此後「頭也不梳，臉也不洗，黃著臉兒，只是關閉房門哭泣，茶飯不吃」。等到西門慶答應不久放出來旺兒，「這蕙蓮聽了此言，方才不哭了，每日淡掃蛾眉，出來走跳。」當來旺兒被遞解徐州之事洩露後，她坐在廚房冷地下哭泣，並責問西門慶：「你就打發，兩個人都打發了，如何留下我做甚麼？」（第二十六回）在這些描寫中，作者並未偏離宋蕙蓮性格發展的合理性，上述這些看似出人意外的表現，基於她對與自己處於同一地位的丈夫的情義和對世事的直覺。因為以她的明敏之性，當然懂得西門慶雖有錢有地位，卻是靠不住的；來旺兒雖卑賤貧窮，卻是自己的丈夫。所以正如潘金蓮對西門慶所說，她「一心只想他漢子，千也說『一夜夫妻百日恩』，萬也說『相隨百步，也有個徘徊意。』」（第二十六回）因此，給來旺兒安排一個好去處是她能欣然接受的，但要置來旺兒於死地，在她卻是萬萬不能的。也正是在這些地方，宋蕙蓮心性中尚存的善良天性，被細膩地表現出來了。

在保全來旺兒的鬥爭中，宋蕙蓮剛烈的個性也被描寫得很出色，即作品所說，她是一個「辣菜根子」。我們看看她在二十六回中責罵西門慶的幾番話：

「爹，此是你幹的營生！……恁活埋人，也要天理。他為甚麼，你只因他甚麼？」

「我的人嚛！你在他家幹壞了甚麼事來？被人紙棺材暗算計了你！」

「爹，……你原來就是個弄人的劊子手，把人活埋慣了，害死人還看出殯的！……你也要合憑個天理！你就信著人幹下這等絕戶計！」

在這些話中，對西門慶害死來旺兒，以圖長期霸占自己的不良居心的明察，對西門慶陷害來旺兒狠辣心腸的痛恨，全都火辣辣地呈現在紙上。宋蕙蓮這一個性特點的表現，在她的以死抗爭中達到了頂點。潘金蓮蓄意鋤去宋蕙蓮以固寵，西門慶想長期占有宋蕙蓮，這樣兩種不同的用心，在逼死宋蕙蓮上匯成一股合力。但他們顯然都未料到，施之於宋蕙蓮的凌虐，竟會遭到如此激烈的抵抗：宋蕙蓮不僅哭罵不歇，而且最終懸樑自縊。第一次被救了下來，第二次終於走上了黃泉路。人們常說「好死不如賴活著」，西門慶要玉簫勸宋蕙蓮的話也不過是這個意思。但宋蕙蓮偏偏不聽這些勸告，兩次自縊，在個性化的層面上，有力地表現了她性格中剛烈的一面及其尚未泯滅的人性。

宋蕙蓮之死帶來了一個問題：是什麼力量迫使宋蕙蓮最終採取自盡這種極端方式？宋蕙蓮的自盡絕沒有張竹坡批評的「欲為來旺兒死節」的意思，這樣的話，是連西門慶也不相信的：「你休聽她搣說，他若早有貞節之心，當初只守著廚子蔣聰，不嫁來旺兒了。」（第二十六回）那麼，究竟誰是殺害宋蕙蓮的凶手？我們可以說不僅潘金蓮在宋蕙

蓮之死中扮演了一個重要的角色，甚至孟玉樓、孫雪娥在其中都起到了逼迫宋蕙蓮的作用，眾僕人和蕙祥的諷刺、怒罵，也不失為宋蕙蓮致死的原因，但是，所有這些人都不能最終讓宋蕙蓮自縊身亡。

追根究底，我們看到在宋蕙蓮之死中，有一個始終操縱著來旺兒夫婦命運的重要角色，這就是西門慶本人。整個事件中站在前台的，似乎只是潘金蓮：是她提供方便讓宋蕙蓮與西門慶苟合，又是她為西門慶出謀劃策陷害來旺兒，也是她挑唆孫雪娥與宋蕙蓮爭鬧，終使宋蕙蓮「忍氣不過，含羞自縊」。然而，這只是事物的表面現象。西門大官人若是沒有蛇蠍心腸，毒辣手段，無權無勢的潘金蓮何能置來旺兒於死地，進而讓宋蕙蓮徹底絕望，走上絕路？實際上是西門慶必欲收拾了來旺兒，才能放心地占有宋蕙蓮。所以，他不僅不可能在陷害來旺兒之後，再按宋蕙蓮的要求營救來旺兒，為來旺兒安排一個好去處，反而將來旺兒一步步推向深淵。他通過理刑官陷害來旺兒的某些情節，並不處處出於別人的建議，而是出於他自私狠毒的心腸。潘金蓮對宋蕙蓮的凌逼，固然借了西門慶之手，但在西門大院中，畢竟只有西門大官人對別人操著生殺予奪之權。他為滿足自身淫欲而草菅人命，終使這個事件演為悲慘的結局。然而事情的悖謬卻在於，潘金蓮與西門慶殺人的目的雖然同一，但目標卻並不一樣：前者要借西門慶之手弄死來旺兒，藉以凌逼宋蕙蓮，從而鞏固自己的專寵地位。後者則要弄死來旺兒，以圖霸占其妻宋蕙蓮。潘金蓮挑唆西門慶施之於來旺兒的狠辣手段，原不是為了要宋蕙蓮的性命。但事與願違，宋蕙蓮之死對於他們來說，似乎是一個意外，宋蕙蓮之死，似乎是一個沒有人可以承擔直接凶手的悲劇。但這樣的悲劇只能產生於特定社會的大環境和西門大院的小環境中——這正是《金瓶梅》對這個悲劇和其他多個悲劇的描寫之所以深刻，也是《金瓶梅》之所以高出於當時一般說部的原因之一。

宋蕙蓮之所以不得不死，是因為她對自己所處的現實環境感到徹底絕望。事件的發展，迫使這個頭腦簡單的女奴認識到西門慶的毒辣自私，因而對她曾想倚仗的人失去了信任，也對與潘金蓮爭寵失去了信心。她埋怨西門慶「毡子心腸，滾上滾下；燈草拐棒兒，原拄不定」，戳穿了西門慶一面陷害來旺兒，一面對她進行哄騙的虛偽面目；她指責西門慶「你就信著人幹下這等絕戶計」，一語道盡了她對殘酷現實的醒悟。更為重要的是，她不能不承認，縱然以出賣肉體為代價得到了家主之寵，在西門大院中，潘金蓮、孟玉樓等人終究不許她越過女奴的地位。這對她以往的輕狂是無情的嘲諷，對她「飛上高枝兒」的幻想是沉重的打擊，在潘金蓮挑唆下孫雪娥的那一掌，不過是讓她進一步體會到壓迫力量的強大罷了。所以，宋蕙蓮自縊身亡這種極端的行動，與其說是她對現實的反抗，毋寧說是對現實的絕望。

那個曾在明媚的春光中，如同飛仙一般快樂地蕩秋千的宋蕙蓮死了，但西門大院中

的女性，又有誰是最終的勝利者？這就是我們從整部小說，從它所表現的社會歷史這個廣角鏡來審視宋蕙蓮之死，看到的又一個悖論：在以西門慶為主宰的現實世界中，對於這個大院中女性而言，相互傾軋所取得的勝利都是虛幻的，共同的悲劇命運卻是註定的，因為她們都只不過是西門慶的玩物而已。即如孟玉樓、孫雪娥都妒忌宋蕙蓮得寵，潘金蓮費盡心機不讓宋蕙蓮成為西門慶的第七個老婆，都是為了守住自己那一點兒可憐的生存空間。設若宋蕙蓮真的成了西門慶的第七個老婆，命運也絕不會獨獨對她施之以青眼。因為，西門大院的最高統治者西門慶對妻妾「三等九格」（第六十二回孟玉樓語）的看待，使她們之間因爭風吃醋而不斷上演悲劇，但對底層婢女而言，大家又「都是一鍬土上人」（第二十四回宋蕙蓮語）。這就是宋蕙蓮之死這個精彩片斷所揭示的當事人物環境之本質。

# 論《金瓶梅》的意象群敘事結構

## 引　言

　　關於《金瓶梅》的敘事結構，人言言殊，從一個角度證明了「第一奇書」的藝術張力，正在於闡釋無窮盡。亦由於闡釋無窮盡，使得任何一種闡釋都難以臻於圓滿。所以，通過這部小說的意象群分析，從文本內部來解讀《金瓶梅》的敘事結構，或為探究這部巨著藝術魅力的途徑之一。

　　作品的敘事結構，從來都不僅僅是藝術形式問題，它必然同時是思想內涵的表現。《金瓶梅》的敘事結構是中國小說發展史上一個當之無愧的範本，它包涵了深邃的人生哲學命題和深刻的社會生活本質，開創性地推進了中國古代長篇小說藝術的發展。這部小說以五大意象群作為其敘事結構的基礎，正表現了形式和內容的統一。說《金瓶梅》以意象群為主要敘事結構，只是闡釋這部小說的一個視角，其有理或無理，願聽高明賜教。

　　一方面，緣於中國古典小說與史傳的淵源關係，史傳的結構或曰體例，深遠地影響著小說結構藝術的形成和發展，並成為與其思想內容不可分割的整體。如《史記》的五種體例，體現了司馬遷〈太史公自序〉「究天人之際，通古今之變，成一家之言」的卓越歷史觀，也開創了中國史學的新局面。張竹坡之所以在《金瓶梅》評點中以《史記》為參照，亦因他參透了這兩部在各自領域中劃時代巨著的結構方式，有明顯的相通之處，後者借鑒了前者而運用於通俗小說的創作。所以，敘事結構是張竹坡批評《金瓶梅》所關注的重點之一。他不僅在其〈第一奇書金瓶梅讀法〉的開篇，連續十條集中談論這個問題，而且在一些回評中亦屢屢提到，唯恐讀者不能領略作品的藝術匠心及其中的意蘊，真可謂用心良苦。形式與內容的相互依存，結構和思想的相互呼應，不是評點家的臆想，而是小說的客觀實際。另一方面，中國是一個詩國，源遠流長的詩歌傳統，使後來成熟的小說和戲曲，都不可避免地帶有詩化的傾向。中國古典小說不僅與史傳有淵源，它同時還與詩歌傳統密不可分，是學界早已有之的論斷。意象理論，亦是從詩歌進入到小說批評領域的。作為一部世代累積、最終經文人寫定的小說，《金瓶梅》的意象群敘事結構，使小說可以更好地表現廣闊的社會生活和世態人情，從而也能夠更好地彰顯小說藝

術的傳承和進步。

在先秦哲學中，「意」「象」概念已經分別提出，這是意象論的起點。子曰：「書不盡言，言不盡意」，「聖人立象以盡意」[1]。這主要指理性的、邏輯的語言，並不能夠完全表現人們的思想感情，所以需要通過鮮明具體的形象，表達難抒之情、難言之理，進而造成言有盡而意無窮的審美效果。不過，《周易》中的「象」指卦象，基本上屬於哲學範疇。後世文學理論借用「意」「象」並引申之，「象」已不是卦象所顯示的抽象符號，而是用來寄託「意」的、具體可感的物象。在文學理論批評中，劉勰最早使用「意象」一詞：「獨照之象，窺意象而運斤：此蓋馭文之首術，謀篇之大端。」[2]「意象」從此進入到文學批評中，後起的小說創作和評點，也受到其影響。但這也和意象範圍的擴大有關。在詩詞中，意象之「象」的攝取，亦由大自然中的四季變遷、山川風物等擴展到人類社會，取象的範圍更大了，各色人物、生活場景、情節史實、人文古跡……所有的「事」，都可以是「象」。由此可見，意象理論進入到敘事文學批評領域，是極為自然的。再者，正如使用比喻這一手法，既可以用單個的喻體去描繪本體，也可以用一連串的喻體（博喻），從不同的角度去描繪本體一樣，意象既有單個的，也有成系列的（意象群）。作為中國小說史上的第一部以市井和家庭日常生活為題材的世情小說，《金瓶梅》的意象群敘事結構，是作品匠心獨運的藝術傑作，也是中國古典小說藝術發展的必然結果。

《金瓶梅》中的意象正如這部小說所表現的生活一樣，林林總總，氣象萬千，故本文「群」而論之，以「五」為數，即深知難以盡其大略，只不過是抽繹其中重要者而已。要之：宗教意象群具有形而上的地位，統攝了小說勸世意圖與敘事結構的對稱效應；心理意象群具有張本作用，預示了人物命運的大體走向；時間意象群具有推進作用，形成了人物和家庭命運發展的大致時序；空間意象群具有寫實意義，呈現了人物關係和場景發生的典型環境；人物意象群具有核心地位，承載了主人公及其家庭由暴發至沒落的完整過程。以上意象群最終構建了《金瓶梅》線性與網狀並行不悖的綜合性敘事結構，推動了中國古代長篇章回小說敘事藝術的發展，並使《金瓶梅》具有現代小說的主要特點，成為中國古典小說向現代轉變的代表。其實早在《金瓶梅》成書之時，就已經把「傳統的思想和寫法都打破了」[3]，因而成為《紅樓夢》的重要借鑒。

---

1　《周易正義》卷七〈繫辭上〉，《十三經注疏》本，北京：中華書局1980年，第10頁。
2　王利器《文心雕龍校證》卷六〈神思〉第二十六，上海：上海古籍出版社1980年，第187頁。
3　魯迅說：「總之自有《紅樓夢》出來後，傳統的思想和寫法都打破了。」（《中國小說史略》附錄〈中國小說的歷史的變遷〉第六講〈清小說之四派及其末流〉，北京：人民文學出版社1973年，第306-307頁）

　　雖然在不同的時代語境和個人語境中,人們對作品的闡釋必然會有所不同,但在一脈相承的文化背景下,面對同一部作品,古代批評家慧眼之所見,對今天的研究不會毫無益處。古代評點家的批評方式是直覺感悟式的,其精彩之處往往猶如電光火石般耀眼,對現代小說批評仍有借鑒意義。不過,它終究存在評點這一古代文學批評方式難以避免的缺陷,故不應成為我們的門限。此乃《金瓶梅》意象群敘事結構研究的意義之所在。

　　我們說《金瓶梅》以五大意象群為其敘事結構的基礎,但它們之間的關係並不是相互割裂的,而是以各自所擔負的不同使命,在全書形成一個整體的、有機的內在聯繫。這部小說世代累積和個人寫定相結合的成書特質,綜合立體的結構特點,在意象群的透視層面上,亦很和諧地並存於小說之中,以一個市井和家庭生活的長卷,深刻地闡釋了當時社會和人性的種種狀況,凸現了明代歷史背景下最為鮮活而真實的世俗生活。

# 一、宗教意象群

　　在《金瓶梅》的敘事結構中宗教意象群具有形而上的地位,統攝了小說勸世意圖與敘事結構的對稱效應。小說以它被世俗化了的人生哲學形態,詮釋主要人物和家庭命運興衰終始的原因,其載體則主要是二寺一觀和三個僧道人物。這一意象群敘事層面,與小說想要表現的世俗人生哲學是基本對應的。

　　「形而上者謂之道,形而下者謂之器。」[4]《金瓶梅》宗教思想的表現是比較複雜的,其中道、釋並行而以佛教的因果報應思想最為突出。這是小說主觀上以警戒「酒色財氣」為勸世綱領,對讀者進行普世說教意圖的必然表現。然而赤裸裸的說教不是小說應有的作法,所以其形而上的思想,必須以形而下之器載之,才能達到應有的效果。換言之,作品的勸世意圖,要以一定的物象來表現,其中之一就是這寺觀和人物。這既是《金瓶梅》表現世俗人生的需要,也是其敘事結構的需要,二者在小說中相互對應,和諧統一。

## (一)寺觀意象是大關鍵處

　　《金瓶梅》籠罩在濃郁的宗教氛圍中,這一狀況是毋庸置疑的。世俗化的佛道思想滲透在日常生活中,通常表現為西門慶及其家人和市井、僧道各色人等的迷信活動和幻境呈現,作為小說敘事結構的主要意象,則以玉皇廟、永福寺這兩個道佛寺觀最為顯著,其次還有報恩寺。玉皇廟和永福寺意象,在《金瓶梅》的敘事結構中所暗示的西門慶及其家庭命運之興衰,是極富象徵意義的。

---

4　《周易正義》卷七〈繫辭上〉,《十三經注疏》本,北京:中華書局1980年,第11頁。

　　永福寺在《金瓶梅》材料來源之一的〈戒指兒記〉中也曾提到，但這個短篇只是一筆帶過，而在《金瓶梅》中，它卻成為重大事件發生的重要場地之一。在崇禎本中玉皇廟和永福寺共同出現在第一回，「十兄弟」結拜說到要找個地方，謝希大便說，這裏不過只有兩個寺院，僧家是永福寺，道家是玉皇廟，隨便去哪裏都行。因西門慶與玉皇廟的吳道官相熟，和永福寺的和尚不熟，於是把十兄弟結拜的場地就選在了玉皇廟。對此張竹坡說道：

　　　　起以玉皇廟，終以永福寺，而一回中已一齊說出，是大關鍵處。[5]

接著他又一再點明這兩個地點在小說敘事結構中所處的關鍵地位：

　　　　玉皇廟、永福寺，須記清白，是一部起結也。明明說出全以二處作終始的柱子，乃俗批「伏出」，可笑，可笑。[6]

　　　　玉皇廟、永福寺，是一部大起結。[7]

　　如果我們放眼看全書，便可知張竹坡此言不虛。二寺的出現，在全書中竟涉及了五分之一的篇幅（崇禎本共涉及二十回，詞話本共涉及十九回）。由於它們在小說的結構中位置極為重要，曾有學者對這兩個寺廟在小說中的出現進行過梳理[8]。崇禎本改第一回為玉皇

---

5　劉輝、吳敢輯校《會評會校金瓶梅》附錄二張竹坡〈批評第一奇書金瓶梅讀法〉，香港：天地圖書有限公司 1998 年，第 2109 頁。

6　劉輝、吳敢輯校《會評會校金瓶梅》第一回張竹坡夾批，香港：天地圖書有限公司 1998 年，第 66 頁。

7　劉輝、吳敢輯校《會評會校金瓶梅》第四十九回張竹坡回評，香港：天地圖書有限公司 1998 年，第 959 頁。

8　如大塚秀高作、柯凌旭譯〈從玉皇廟到永福寺　《金瓶梅》的構思（續）〉：第一回，玉皇廟十友結拜（僅存改訂本）；第二回，花子虛在永福寺被拘捕，潘金蓮生日西門慶在玉皇廟打醮；第二十八回，西門慶永福寺送賀千戶升遷；第三十五回，西門慶永福寺會荊都監等，玉皇廟打中元之醮；第三十六回，蔡狀元寄居永福寺；第三十九回，（慶）祝官哥誕生玉皇廟打醮，命（寄）名吳應元；第四十九回，西門慶永福寺送宋喬年，從胡僧處得到壯陽藥；第五十七回，永福寺長老為集改建賚金訪西門慶，得銀五百兩；第五十九回，吳道官廟裏舉辦官哥葬禮（備送三牲來祭奠、差了十二眾青衣小道童兒來，繞棺轉咒，生神玉章，動清樂送殯）；第六十二回，西門慶為李瓶兒在玉皇廟求符無效；第六十三回，吳道官在西門慶家做李瓶兒的首七；第六十五回，吳道官在西門慶家做李瓶兒的二七、永福寺道堅長老在西門慶家做李瓶兒的三七、吳道官十月十一日白天掛李瓶兒的遺像；第六十七回，玉皇廟、永福寺為李瓶兒的六七送疏；第七十八回，吳道官在西門慶家做李瓶兒的百日、吳道這正月初三訪西門慶家，送初九的年例打醮之帖；第八十回，二月三日，吳道官在西門慶家做西門慶的二七；第八十八回，春梅葬潘金蓮的屍體於永福寺、陳經濟寄存父親的靈柩於永福寺，

廟熱結十兄弟，張起了西門慶這個市井暴發戶的旗幟（詞話本永福寺始見於第十四回），而兩個版本相同的部分——如第三十回西門慶得子加官，在玉皇廟許了「一百一十份醮」；第三十九回臘月裏玉皇廟的吳道官送來了四盒禮物，正月初九西門慶又在玉皇廟中修齋建醮，為官哥兒寄名，表現了他生子加官後的潑天富貴——且不說那場面和氣派，只看西門慶那身「大紅五彩獅補吉服，腰繫蒙金犀用帶」的裝扮，即可知道他此時是何等的志得意滿。作品鞭辟入裏地批判了西門慶壞事做絕，卻以為只要有錢賄賂佛祖，即可保其榮華富貴的市井爆發戶無賴嘴臉：早在第四十九回西門慶極其得意地在永福寺為蔡京的義子、新科狀元、巡按御史蔡蘊擺酒餞行之後，小說就埋下了一個伏筆，即這天西門慶在寺中忽遇胡僧贈之以春藥，為李瓶兒之死及其自身最終縱欲身亡的禍根。然而西門慶並不知禍已不遠。第五十七回小說專寫永福寺，又特為寫吳月娘勸丈夫少幹幾樁貪財好色的事體，積下些陰功與官哥兒，西門慶卻回答說：

> 咱聞那佛祖西天也止不過要黃金鋪地，陰司十殿也要些楮鏹營求。咱只消盡這家私，廣為善事，就使強姦了常娥，和姦了織女，拐了許飛瓊，盜了西王母的女兒，也不減我潑天富貴！[9]

西門慶的賄佛行為顯然沒有任何結果，正是：「雖千金之施，何益身命？止足為敗亡之因。」[10]第八十八回潘金蓮被春梅收屍埋葬在永福寺，接下來第八十九回清明節，吳月娘、孟玉樓給西門慶上墳而誤入永福寺，遇見了已為周守備夫人的龐春梅，今非昔比，尊卑顛倒。最後一回在永福寺中西門慶被普淨法師超度而去，其唯一的兒子孝哥兒亦被幻化。無論玉皇廟曾有過多麼豪華的場面，但在永福寺中，一切曾經的榮華富貴，到頭來都只不過是大夢一場。由此可見，《金瓶梅》中的寺廟意象，表現的豈止是「獨罪財色」的勸戒意圖？浮生如夢，冷熱異位，禍福相倚，因果輪迴，只落得：「為官的，家業凋零；富貴的，金銀散盡；有恩的，死裏逃生；無情的，分明報應。……」[11]

值得注意的是，除這一觀一寺外，清河縣還有一個報恩寺，亦為小說多次提及，並

---

做了斷七，並弔慰了潘金蓮；第八十九回，吳月娘祭掃西門慶之墓後，在永福寺見到春梅；第九十八回，送赴濟南的周守備、陳經濟去永福寺；第九十九回，陳經濟被葬於永福寺，韓愛姐上墳；第一百回，永福寺普靜薦拔，吳月娘托孝哥於普靜（《明清小說研究》2001年第2期，除第一回外，其他括弧中的文字為筆者補注）。

9 《金瓶梅詞話》，北京：文學古籍刊行社，1957年影印，1988年重印本。
10 劉輝、吳敢輯校《會評會校金瓶梅》第五十七回張竹坡回評，香港：天地圖書有限公司1998年，第1113頁。
11 《紅樓夢》第五回〈飛鳥各投林〉，北京：人民文學出版社1982年，第89頁。

在小說的後半部分第六十七回，把它和玉皇廟、永福寺合在一起說：

> 篇末將玉皇廟、報恩寺、永福寺一總。夫玉皇廟，皆起手處也；永福寺，皆結果
> 處也；至報恩寺，乃武大、子虛、瓶兒念經之所，故於此一結之。是故報恩者，
> 「孝」字也，惟孝可以化孽……[12]

報恩寺供武大郎、花子虛、李瓶兒諸人燒靈、化紙、念經，張竹坡認為這表明了「惟孝可以化孽」的理念。但這個說法比較牽強。如第八回，西門慶教王婆到報恩寺請了六僧，在家做水陸道場超度武大，並晚夕除靈；第十六回李瓶兒單等五月十五日，請了報恩寺十二眾僧人，在家念經除靈；第五十九回官哥兒死了，到三日，請報恩寺八眾僧人在家誦經；第六十七回是李瓶兒「六七」，那日玉皇廟，永福寺、報恩寺多送疏。這些情節全然與禮教之「孝」無關，是點評者為沉溺於「酒色財氣」者開出的一劑自我救贖良方，雖然他自己也知道這完全不管用。報恩寺在作品中被淹沒在玉皇廟的鬧熱和永福寺的冷清之中，是超度一般死者、宣揚六道輪回的宗教意象。只有主張《金瓶梅》「苦孝說」的張竹坡，苦心點出了他所理解的報恩寺意義。在前八十回中，小說寫玉皇廟和永福寺的場地及僧道，用意雖是生死交織，但且不說在玉皇廟為得子加官之類辦的慶賀喜事，即使是為死者舉辦的法事，都是西門慶勢焰的表現。然而此後的五回（直到全書結束），筆墨全在借永福寺及其僧道，寫西門慶死後其家一敗塗地的景象。作品似乎表明，西門慶氣焰勝時，鬼魂且要退避三舍，而當其衰敗之後，永福寺寒氣逼人，最終成了「陰風凄凄，冷氣颸颸」的鬼魅世界，從而代替現身說法，完整地詮釋了善惡到頭終有報的世俗人生哲學。

## (二)道釋人物意象是大照應處

和寺觀意象一樣，三個宗教人物意象在全書中的出現，也是小說帶有強烈市井氣息的宗教意識與敘事結構相稱的表現：

> 先是吳神仙，總攬其勝；便是黃真人，少扶其衰；末是普淨師，一洗其業。是此
> 書大照應處。[13]

---

12  劉輝、吳敢輯校《會評會校金瓶梅》第六十七回張竹坡回評，香港：天地圖書有限公司 1998 年，第 1341 頁。

13  劉輝、吳敢輯校《會評會校金瓶梅》附錄二張竹坡〈批評第一奇書金瓶梅讀法〉，香港：天地圖書有限公司，1998 年，第 2109 頁。

這是人們所熟知的張氏評語，道、釋人物作為小說中內涵豐富的藝術意象，不多不少，各有一人，卻是作品精心選擇的結果。這和那些走門串戶、穿堂入室，專管騙土豪財主內眷錢財的三姑六婆有所不同。前者具有形而上的性質，後者則只是一些市井人物而已。在《金瓶梅》中玉皇廟和永福寺是「大關鍵處」，而三個道、釋人物則是「大照應處」，形象雖然不同，意義卻無二致。何況有寺觀便當有僧道，亦為自然之理。

就《金瓶梅》中的人物而言，這三個角色無疑是次要的，但在其敘事結構中，他們是必不可少的重要意象。這正如《紅樓夢》中的劉姥姥一樣，你可以說她是次要的，卻不能說她是不必要的。在崇禎本中吳神仙首次出現於第一回，在詞話本中則首次出現於第二十九回，這一回和第四十六回、第七十九回，則為二本所共有。吳神仙在這部小說不同的版本中究竟出現了幾次，這無關緊要，要緊的是他前幾回出現在西門慶氣運蒸蒸日上之時，他最後一次出現時西門慶卻已無可救藥，最終一命嗚呼，故吳神仙「總攬其盛」。黃真人就不同了，當他出現在第六十六回的時候，李瓶兒已經死了，他來西門家就是做法事超度李瓶兒的。這時西門慶在朝中的靠山楊提督也死了，預示了西門慶的大勢已去，其家亦由興盛而走向衰落，故黃真人「少扶其衰」。普淨法師出現在小說的第八十四回，預約下十五年後度化孝哥兒，最後出現在全書收官的第一百回，超度了西門慶等眾生，並幻化了孝哥兒，他是人鬼通靈的橋樑，故「一洗其業」。這三個宗教人物作為意象，出現在西門慶及其一家由興盛而走向衰敗的關鍵時刻，這既是作品敘事結構的精心安排，也是作品思想內容的藝術呈現。

玉皇廟—報恩寺—永福寺；吳神仙—黃真人—普法師——《金瓶梅》的宗教意象群，由帶有鮮明象徵意義的寺觀和穿插於其中的僧道人物，對西門慶等主要人物的生活方式和命運興衰進行了敘事概括。與《金瓶梅》相比，中國傳統哲學中的循環論和佛教的因果報應論，均顯得過於空泛乏力，而現實世界的苦海無邊，彼岸世界的亦真亦幻，變身為穿插於全書的寺觀和宗教人物，以其強大的信息量，詮釋了具有強烈現實感和市井意識的宗教思想，表現了作品的世俗人生哲學和懲惡揚善的勸誡意圖。

# 二、心理意象群

在《金瓶梅》的敘事結構中，心理意象群具有張本作用，預示了人物命運的大體走向和最終結局，其中包括命理意象和夢境意象兩種基本類型。

我們之所以把這類意象稱為心理意象群，是因為人物命運的走向，以心理暗示的形式被作品預伏於前，而隨著人物命運的發展，則被驗證於後。同時在這個過程中，人物

也受到心理暗示作用的影響,即如潘金蓮對算命的感覺是:「說的人心裏影影的。」[14]在
《紅樓夢》出現之前,心理意象已廣泛地見之於小說和戲曲,但很少有人以大段的篇幅,
進行直接的心理描寫。像《金瓶梅》這樣用心理意象群來結構作品,亦為鮮見。心理意
象出現在人物已經登場,而前途未卜之時,為人物的命運做出預言。由於心理意象群在
《金瓶梅》的敘事結構中地位非同小可,所以,用通常的伏筆這一名稱,不足以表明其重
要性。關於張本式敘事結構,早在史傳評點中就有人指出。如《左傳‧隱公五年》道:
「曲沃莊伯以鄭人、邢人伐翼,王使尹氏、武氏助之。翼侯奔隨。」晉代杜預注:「晉內
相攻伐……傳具其事,為後晉事張本。」唐代劉知幾《史通‧浮詞》更為明確地說道:
「蓋古之記事也,或先經張本,或後傳終言,分佈雖疎,錯綜逾密。」《金瓶梅》以心理
意象群為敘事結構的方式,為後來的《紅樓夢》繼承並加以發展。《金瓶梅》中的命理
分析和人物夢境意象,有如《紅樓夢》中賈寶玉神遊太虛幻境所見「金陵十二釵」圖冊
和文字,以及王熙鳳夢見秦可卿、夢見與人奪錦等夢境,構成了作品獨特的心理意象群,
成為全書主要家族和重要人物命運發展的提綱。當然,由於章回小說的發展和個人創作
高度成熟的緣故,《紅樓夢》對這一結構技巧的使用,要比《金瓶梅》更為複雜,藝術
含量也更高,可謂後來居上,後出轉精。看到《金瓶梅》心理意象群的內涵,我們就可
以比較清晰地把握其敘事結構,感受到人物命運發展在作品整體結構中的審美效果。

## (一)命理意象是主要人物命運走向和終結的大綱

在人物的命運走向中,命理一般指生死和貧富,必然與偶然的遭遇。在其最原始的
意義上,或許應當稱之為卦象。但《金瓶梅》的這類意象,表面上雖然是指算命和算命
之術,但究其實,則是作品安排人物命運走向的大綱。換言之,這是小說敘事結構的方
式之一。在《金瓶梅》中,人物命理意象出現過三次:第二十九回、第四十六回、第九
十六回。

第二十九回寫吳神仙給西門慶及其眾妻妾算命,張竹坡批評道:

> 此回乃一部大關鍵也。上文二十八回一一寫出來之人,至此方一一為之遙斷結果,
> 蓋作者恐後文順手寫去,或致錯亂,故一一定其規模,下文皆照此結果此數人也。
> 此數人之結果完而書亦完矣,直謂此書至此結亦可。[15]

---

14  《金瓶梅詞話》第四十六回,北京:文學古籍刊行社,1957年影印,1988年重印本。

15  劉輝、吳敢輯校《會評會校金瓶梅》第二十九回張竹坡回評,香港:天地圖書有限公司1998年,
    第599頁。

　　張竹坡的這個理解不錯，但作品如此安排，顯然並非簡單地唯恐下文「或致錯亂」，而在於眾人命理意象的神秘指向，正是以西門慶為中心的人物群體及其家族命運的走向。命理意象處於小說的中部，為上二十八回已一一寫出來的主要人物「遙斷結果」，顯然不是從篇幅而是從敘事結構著眼。在《金瓶梅》的這一敘事結構中，人物、事件和社會之間的各種關係如同織網般縱橫交錯，進而在全書主要人物命運內驅力的推動下，不可避免地走向各自應有的結局，家族命運亦如此。在吳神仙相人這個場景中，不僅西門慶及其家中的主要人物都集中出場，而且之後通過吳月娘和春梅對算命結果所發的議論，進一步強化了命理意象在作品敘事結構中的重要性，給讀者留下了深刻的記憶。在送走吳神仙後，西門慶與吳月娘、龐春梅分別有如下對話：

> 月娘道：「相春梅後日來也生貴子，或者只怕你用了他。各人子孫也看不見。我只不信說他春梅後來戴珠冠，有夫人之分。端的咱又沒官，那討珠冠來？就有珠冠，也輪不到他頭上！」……春梅道：「那道士平白說戴珠冠，教大娘說『有珠冠只怕輪不到他頭上』。常言道：『凡人不可貌相，海水不可斗量。』從來旋的不圓砍的圓，各人裙帶上衣食，怎麼料得定？莫不長遠只在你家做奴才罷！」[16]

　　當時在西門慶家居正宮娘娘的吳月娘，何曾料到在樹倒猢猻散後，她和婢女春梅的身分地位，會來個她當初做夢也不曾想到的大反轉？比起吳神仙算命，第四十六回的卜龜兒卦，只不過是一個簡單的重複而已。所以吳神仙「貴賤相人」可稱之為「大關鍵」，之後的卜龜兒卦，就只能算是補充了。但作品還是不失時機地再次突出了潘金蓮的心理，用以強化其命理意象的結構意義：

> 剛打發卜龜卦婆子去了。只見潘金蓮和大姐從後邊出來，笑道：「我說後邊不見，原來你們都往前頭來了。」月娘道：「俺們剛才送大師父出來，卜了這回龜兒卦。你早來一步，也教他與你卜卜兒也罷了。」金蓮拉頭兒道：「我是不卜他，常言：『算的著命，算不著行。』想著前日道士打看，說我短命哩！怎的哩？說的人心裏影影的。隨他明日街死街埋，路死路埋，倒在洋溝裏就是棺材！」說畢，和月娘同歸後邊去了。正是：「萬事不由人計較，一生都是命安排。」[17]

　　吳神仙相面和卜龜兒卦，都發生在西門慶運勢上升之時，故未涉及陳經濟。到第九

---

16　《金瓶梅詞話》第二十九回，北京：文學古籍刊行社，1957 年影印，1988 年重印本。
17　《金瓶梅詞話》第四十六回，北京：文學古籍刊行社，1957 年影印，1988 年重印本。

十六回葉頭陀為陳經濟相面，才全面補出其命理。這是因為陳經濟在「正經香火」[18]西門慶死後，成了《金瓶梅》的男主角。所以，這次相面和前兩次不同，陳經濟的命理意象，前面是對其已往運程的印證，後面是對其結局的預言，表現了作品在敘事結構上的藝術匠心。

## (二)夢境意象是主要人物命運結局的強化

「自古夢是心頭想」[19]，西門慶這話沒錯。《金瓶梅》夢境意象的意義是非常豐富的。如果僅就一般的解釋而言，「夢」是人在睡眠時身體內外各種刺激，或殘留在大腦裏的外界刺激所引起的景象活動，所以通常稱為「夢境」，即人在夢中所經歷的情境。《金瓶梅》中的人物夢境和人物命理一樣，表現了作品精心安排的敘事結構。夢境在每一個出現的時刻都不具有隨意性，而是如同命理意象一樣，被安插在關鍵的地方。

第六十七回西門慶第一次夢見瓶兒，瓶兒勸說他沒事時少在外頭過夜，早早來家，張竹坡在評點中指出，「此回瓶兒之夢，非結瓶兒，蓋預報西門之死也」[20]；第七十一回西門慶又夢李瓶兒，仍是切切交代前夢所言，此時離西門慶死期已然不遠。這兩個夢本為李瓶兒指點迷津，回頭是岸，但「西門不死，必不回頭」[21]，意味著大廈將傾，勢無可回。

第七十九回西門慶命在旦夕，吳月娘再次請來吳神仙看其命運如何，吳神仙說已無回天之力，月娘道：「命中既不好，先生你替他演演禽星如何？」得到的是同樣的回答，吳月娘只好求其圓夢：

> 月娘道：「禽上不好，請先生替我圓圓夢罷。」神仙道：「請娘子說來，貧道圓。」月娘道：「我夢見大廈將頹，紅衣罩體，擷折碧玉簪，跌破了菱花鏡。」神仙道：「娘子莫怪我說，大廈將頹，夫君有厄；紅衣罩體，孝服臨身；擷折了碧玉簪，姊妹一時失散；跌破了菱花鏡，夫妻指日分離。此夢猶然不好！不好！」月娘道：「問先生有解麼？」神仙道：「白虎當頭攔路，喪門魁在生災。神仙也無解，太歲

---

18 劉輝、吳敢輯校《會評會校金瓶梅》第三回張竹坡回評，香港：天地圖書有限公司 1998 年，第 116 頁。

19 《金瓶梅詞話》第七十九回，北京：文學古籍刊行社，1957 年影印，1988 年重印本。

20 劉輝、吳敢輯校《會評會校金瓶梅》第六十七回張竹坡回評，香港：天地圖書有限公司 1998 年，第 1341 頁。

21 劉輝、吳敢輯校《會評會校金瓶梅》附錄二張竹坡〈批評第一奇書金瓶梅讀法〉，香港：天地圖書有限公司 1998 年，第 2116 頁。

也難推。造物已定，神鬼莫移！」[22]

果然，西門慶一咽氣，屍骨未寒就眾叛親離，繁華盡散，衰象盡顯，與李瓶兒之死的風光和熱鬧恰成鮮明對比。可歎他臨死還在一一計算並交待平生所得財富，何曾料到，當時的潑天富貴，剎那間風流雲散。小說就此出離西門慶時代，轉而進入春梅和陳經濟的天地。第一百回寫到金兵南下，吳月娘攜孝哥兒和玳安、小玉等僕人去濟南府投奔雲離守，途中被普淨法師引入永福寺，夜夢雲離守對其逼婚不成，砍死了孝哥兒。這夢境迫使吳月娘最終把孝哥兒交給了普靜，草蛇灰線，伏脈數年，至此才完結了西門慶斷子絕孫的結局，而作品的回末詩，也在心理上圓滿地實現了懲惡揚善，因果報應的願望。市井婦孺皆知的「善有善報，惡有惡報」，在小說的敘事結構中被安排得極其耐人尋味，表現了之前長篇章回小說所未達到藝術效果。

# 三、時間意象群

在《金瓶梅》的敘事結構中時間意象群具有推進作用，形成了人物和家庭命運發展的大致時序，其中包括了年代、數字和春夏秋冬等基本類型。

《金瓶梅》的時間意象群，最為充分地表現了小說與史傳的淵源關係。關於這一點，張竹坡是這樣說的：

《史記》中有年表，《金瓶》中亦有時日也。開口云西門慶二十七歲，吳神仙相面則二十九，至臨死則三十三歲。而官哥則生於政和四年丙申，卒於政和五年丁酉。夫西門慶二十九歲生子，則丙申年至三十三歲，該云庚子，而西門乃卒於戊戌。夫李瓶亦該云卒於政和五年，乃云七年。此皆作者故為參差之處。何則？此書獨與他小說不同。看其三四年間，卻是一日一時推著數去。無論春秋冷熱，即某人生日，某人某日來請酒，某月某日請某人，某日是某節令，齊齊整整捱去，若再將三五年間，甲子次序排得一絲不亂，是真個與西門計賬簿，有如世之無目者所云者也。故特特錯亂其年譜，大約三五年間，其繁華如此。則內云某日某節，皆歷歷生動，不是死板一串鈴可以排頭數去，而偏又能使看者五色眯目，真有如捱著一日日過去也。此為神妙之筆。嘻，技至此亦化矣哉！真千古至文，吾不敢以

22 《金瓶梅詞話》第七十九回，北京：文學古籍刊行社，1957年影印，1988年重印本。

小說目之也。[23]

不論人們作何解釋，時間的流逝，在《金瓶梅》中都確實存在不合情理的「參差」現象[24]，但對於小說而言，這一般是可以不予追究查實的[25]。不過雖然張竹坡在時間上把《史記》和《金瓶梅》進行比擬，但他也明顯地感覺到了小說畢竟不同於史書，明顯地感覺到了《金瓶梅》中的時間，帶有意象性和追求敘事藝術效果的特點，並非如同史書那樣確鑿真實，此即作品「故為參差之處」「故特特錯亂其年譜」的用意之所在。在時間上，《紅樓夢》顯然比《金瓶梅》更為「錯亂」，卻取得了比之更為模糊的審美效果，可見這是小說藝術的進步。一方面「不敢以小說目之」，這是張竹坡對《金瓶梅》地位的抬高；另一方面卻又不得不承認它畢竟是小說，這指出了《金瓶梅》時間意象有不同於史書之「神妙」。本文不論一般時日和主人公年紀，只說其中的春夏秋冬，以闡明時間意象群在這部小說敘事結構中的重要意義。

《金瓶梅》中的春夏秋冬有順其自然的，如描寫春天。《爾雅·釋天》：「春者，天之和也。又春，喜氣也，故生。」《公羊傳·隱公元年》：「春者何，歲之始也。」所以《金瓶梅》常以春的意象來表現西門慶的運勢上升。小說前半部第十五回、第四十二回、第四十六回三次寫元宵節，無論是豪客玩鬥煙火，佳人高樓賞燈，還是西門慶妻妾夜遊遇雪雨，景象全是一片春光旖旎，呈現了其家運勢如春之勃發，欣欣向榮的情景。特別是第十五回的元宵節，西門慶眾妻妾登樓笑賞元宵燈火，街坊眾鄰指著潘金蓮和孟玉樓二人，道是「閻羅大王的妻，五道軍將的妾」，從側面表現了此時西門大官人的勢焰熏天。又如描寫夏季的第二十七回，暗示西門慶即將有子嗣以延香火；第三十回則西門慶既生子又加官，雙喜臨門，表現了他炙手可熱的權勢。這兩回的季節描寫，都應合了炎夏之象。

但《金瓶梅》並不完全以常理來描寫春夏秋冬，而往往運用逆向描寫，收到意想不到的藝術效果。如第十回寫西門慶利用其下達知縣，上通天庭的惡霸勢力將武松發配到孟州後，叫下人「收拾打掃後花園芙蓉亭乾淨，鋪設圍屏，懸起金障，安排酒席齊整，

23  劉輝、吳敢輯校《會評會校金瓶梅》附錄二張竹坡〈批評第一奇書金瓶梅讀法〉，香港：天地圖書有限公司 1998 年，第 2119-2120 頁。

24  徐朔方先生在其《金瓶梅成書新證》中列舉了多條這類論據來證明此書非文人個人創作，見《論金瓶梅的成書及其它》，濟南：齊魯書社 1988 年。

25  如徐朔方先生所說：「小說不是歷史。即使以歷史為題材的小說也未必可以按照歷史事實加以編年。《金瓶梅》不是歷史小說，北宋末年的歷史事實作為小說中人物活動的歷史背景，只要大體可信就行了。小說的好壞並不取決於此。」（《論金瓶梅的成書及其它·評金瓶梅的問世與演變》，濟南：齊魯書社 1988 年，第 205 頁）

叫了一起樂人，吹彈歌舞，請大娘子吳月娘，第二李嬌兒，第三孟玉樓，第四孫雪娥，第五潘金蓮，闔家歡喜飲酒。」[26]這時的節令雖為秋天，場景卻毫無蕭瑟之氣，一片花團錦簇，表現了西門慶心情暢快，志得意滿的樣子。又如冬季本來是蕭殺的，但第二十一回描寫吳月娘和西門慶和好，大家掃雪烹茶，可謂內外和諧，家運興隆，冬的逆象被反轉過來了。又如上文說到作品三次寫正月十五的意象，都表現了西門慶運勢的上升，但正月新春的意象，在《金瓶梅》中也有大大的例外。第七十九回寫西門慶之死：「到於正月二十一日，五更時分，相火燒身，變出風來，聲若牛吼一般，喘息了半夜。捱到早辰巳牌時分，嗚呼哀哉，斷氣身亡！」第九十六回則寫道：「正月二十一日，春梅和周守備說了，備一張祭卓，四樣羹果，一壇南酒，差家人周仁送與吳月娘。一者是西門慶三周年，二者是孝哥兒生日。」兩個正月二十一日，是西門慶父子的死忌和生辰，字裏行間只有衰敗的氣息，而無興旺的景象。再如秋，第六十一回寫李瓶兒帶病宴重陽，強顏歡笑，內心慘澹，其秋景完然不同於第十回。接下來秋尚未盡，李瓶兒的喪事發生了，更給西門慶家平添了許多下世的淒涼。

四季輪回，象雖為一，興衰的意義卻可以完全不同。《金瓶梅》非常善於運用四季意象的不同內涵來結構小說，打破了陸機、劉勰論四季輪回重心物感應的表像，而更接近於鍾嶸談四季輪回與人事變遷的深層感應[27]。冷中有熱，熱中有冷，《金瓶梅》的四季意象，令人無限悲涼地領略了「年年歲歲花相似，歲歲年年人不同」的深刻人生哲理，更何況在《金瓶梅》中，四季意象的每一次出現，都有意無意地暗合著主要人物的命理意象，充分表現了這部小說敘事結構之精巧。

## 四、空間意象群

在《金瓶梅》的敘事結構中，空間意象群具有寫實性，呈現了人物關係和場景發生的典型環境，當然其中也不乏一些論者所說的象徵意義。

---

26　《金瓶梅詞話》第十回，北京：文學古籍刊行社，1957 年影印，1988 年重印本。
27　陸機〈文賦〉：「遵四時以歎逝，瞻萬物而思紛。悲落葉於勁秋，喜柔條於芳春。」（金濤聲點校《陸機集》卷一，北京：中華書局 1982 年，第 1 頁）劉勰《文心雕龍·物色》：「物色之動，心亦搖焉。」「情以物遷，辭以情發。」（王利器《文心雕龍校證》卷十〈物色〉第四十六，上海：上海古籍出版社 1980 年，第 278 頁）鍾嶸〈詩品序〉：「若乃春風春鳥，秋月秋蟬，夏雲暑雨，冬月祁寒，斯四候之感諸詩者也。嘉會寄詩以親，離群托詩以怨。至於楚臣去境，漢妾辭宮，或骨橫朔野，（或）魂逐飛蓬；或負戈外戍，殺氣雄邊；塞客衣單，孀閨淚盡；又士有解佩出朝，一去忘返；女有揚娥入寵，再盼傾國：凡斯種種，感蕩心靈，非陳詩何以展其義？非長歌何以騁其情？故曰：『詩可以群，可以怨』。」（曹旭《詩品集注》，上海：上海古籍出版社 1994 年，第 47 頁）

從中國小說藝術的發展過程看，把故事情節作為敘事結構的主要模式形成最早，其後是在情節向前運動中表現人物性格。把環境作為小說描寫的重點，讓人物活動於其中並刻畫個性，要到《金瓶梅》才成為引人注目的現象。張竹坡評點《金瓶梅》已注意到此。他說：

> 讀《金瓶》須看其大間架處。其大間架處則分金、梅在一處，分瓶兒在一處。又必合金、瓶、梅在前院一處。金、梅合而瓶兒孤，前院近而金、瓶妒，月娘遠而敬濟得以下手也。[28]

這裏雖云「大間架」，但究其實，在這部小說的整體敘事結構中，它只不過是一個角度而已。《金瓶梅》的空間意象是一個群體，它是多層次的，張竹坡說：「因一人寫及一縣。」[29]「今止言一家，不及天下國家，何以見怨之深而不能忘哉？」[30]話說到此，已揭示了《金瓶梅》空間意象的群體特點。張竹坡所言「大框架」，實際上可視為《金瓶梅》空間意象群的基礎。西門大院是中心：包括內屋的前後院、前後花園，讓家裏的各色人等「進進出出，穿穿走走，做這些故事也」[31]。西門大院外是市井（主要有清河、臨清二處）：圍繞西門慶及其家人而出武大、花子虛、喬大戶、陳洪、吳大舅、張大戶、王招宣、應伯爵、周守備、何千戶、夏提刑、王六兒、賈四嫂、林太太等人家和麗春院。沒有這些人家和麗春院，就畫不出活生生的社會現象和市井風貌。市井之外是官場：以蔡京為首，其下蔡御史、宋御史、楊提督、府縣等各級官吏皆與西門慶往來，庇護其作威作福，橫行霸道，包攬訴訟，欺壓良善。小說以層次極為豐富的空間意象群，以三維交錯的空間結構，展開對一個時代社會生活的全景式描寫。在此前的中國小說中，從未出現過這樣複雜的空間結構，因而也就沒有展現過如此豐富而厚重的現實生活。《金瓶梅》的空間意象群之宏大，在中國古代，唯有《紅樓夢》可以與之相比。

作為《金瓶梅》空間意象群基礎的西門大院花園，在小說中占有非常重要的敘事意

---

28 劉輝、吳敢輯校《會評會校金瓶梅》附錄二張竹坡〈批評第一奇書金瓶梅讀法〉，香港：天地圖書有限公司 1998 年，第 2111 頁。

29 劉輝、吳敢輯校《會評會校金瓶梅》附錄二張竹坡〈批評第一奇書金瓶梅讀法〉，香港：天地圖書有限公司 1998 年，第 2130 頁。魯迅則說《金瓶梅》「著此一家，即罵盡諸色」（《中國小說史略》第十九篇〈明之人情小說〉（上），北京：人民文學出版社 1973 年，第 152-153 頁）。

30 劉輝、吳敢輯校《會評會校金瓶梅》第七十回張竹坡回評，香港：天地圖書有限公司 1998 年，第 1423 頁。

31 劉輝、吳敢輯校《會評會校金瓶梅》附錄二張竹坡《第一奇書金瓶梅》之〈雜錄小引〉，香港：天地圖書有限公司 1998 年，第 2133 頁；又同書第 2134 頁〈西門慶房屋〉所言西門慶家中居所更為詳盡。

義，對此張竹坡在「第一奇書」評點的〈雜錄小引〉中作過詳細的分析。他指出小說居室安排的實質，是為了表現西門慶家中眾妻妾之間複雜的人際關係。如儀門外花園內，一院裏住了潘金蓮和春梅，另一院住了李瓶兒。一個花園內「金瓶梅」俱全，非如此不足以表現三個女主角（實際上是金、梅和瓶兒雙方）之間的鬥爭，正所謂不是東風壓倒西風，就是西風壓倒東風。與此相反，吳月娘住在離花園較遠的儀門外上房，非如此不能夠在西門慶死後，為陳經濟插足等後面的故事和人物刻畫留下地步。西門大院外市井和官場這兩層空間意象的意義，則在於表現人物之間的社會關係。隨著人物活動範圍的擴大，小說對社會生活的表現張力也就更為強大了。這樣的事例在全書中不勝枚舉，僅看西門慶與蔡京在太師府的兩次間接和直接來往，即可說明這個問題：第三十四回寫在蔡京的生日前，西門慶派來保和吳典恩上東京送禮，結果從主人到二僕皆得到了封職。第五十五回寫西門慶親自到東京送厚禮為蔡京慶壽，結果因其禮物貴重，得以拜為蔡京的乾兒子並得到其厚待，此後西門慶的最上層關係暢通無阻，更有利於在更為廣闊的時代背景下，表現深廣的社會生活。

還有必要說一說臨清這個空間意象，這是《水滸傳》裏所沒有的。《金瓶梅》與臨清的關係可謂伏脈千里，終成結穴。臨清在全書出現過二十餘次，集中於最後八回。前面只在第五十八回（臨清鈔關）、第七十七回、第八十一回中出現過，多關商販貨運之事。到最後八回，臨清成為《金瓶梅》的主要敘事空間。由清河的西門慶家轉向臨清，作品主要敘事空間的轉移，具有兩重重大意義：第一重意義為以全書男主人公的轉換，強化作品輪回、果報的勸世意圖。陳經濟在西門慶死後，成為又一個女性環繞的中心人物。他在西門家是最沒正經的人，在西門慶死後卻成為小說的主要人物，由於他沒做成西門慶的繼承人，只好把他轉移到臨清。最後西門慶轉世、孝哥兒被度脫，陳經濟卻遭到惡報，一正一反，一為形而下的現實，一為形而上的哲學，成為全書結穴。第二重意義為擴大作品的敘事空間，進而表現更為廣闊的社會生活。臨清是通衢大道，不僅便於描寫陳經濟的各種際遇及商品經濟的發展，亦能夠自如地安排因他而產生的故事和人物。

《金瓶梅》的空間意象群，架構了小說敘述故事的典型環境，各個層次的人物在不同層次的空間中自如活動的同時，命運又有所交集，小說也從而自如地描寫了人物的共性和個性。西門大院→市井→官場，在這個三維空間中，《金瓶梅》的各色人等演繹著各自的俗世人生，展示著各不相同的個性特點。

# 五、人物意象群

在《金瓶梅》的敘事結構中人物意象群具有核心地位，承載了主人公及其家庭由暴

發至沒落的完整過程。全書主要人物的命運與他人的命運縱橫交錯,在相互糾纏中走向各自的結局。這一敘事層面極為複雜,可以涵蓋人物塑造最廣義的內容,然而在這裏我們只涉及它在小說敘事結構中的意義。

按照張竹坡的說法,《金瓶梅》的人物描寫運用了兩分法:「千百人總合一傳」與「斷斷續續,各人自有一傳」[32]。我們說《金瓶梅》的人物意象群,主要是指後者。從幾個主要人物的姓名中各抽取一字合成書名,在中國小說史上《金瓶梅》並不是第一部[33],在外國文學史上則未見之。外國小說如果要以書中的人物作為書名,往往是取主人公的姓名。《金瓶梅》的命名與外國小說的不同之處,還有它雖以書中的主要人物來命名,但全書的中心人物是西門慶,而並非書名上的三個女性。《金瓶梅》這書名本身就是一個人物意象群,可以引起讀者的無限聯想,從而衍生出諸多解釋。在這個書名的後面,隱藏著真正的主人公。在對這個書名的諸多解讀中,最為人所熟知的是張竹坡的解讀:

> 劈空撰出金、瓶、梅三個人來,看其如何收攏一塊,如何發放開去。看其前半部止做金、瓶,後半部止做春梅。前半人家的金、瓶,被他千方百計弄來,後半自己的梅花,卻輕輕的被人奪去。[34]

張氏說人家是「劈空撰出金、瓶、梅三個人來」,其實他自己也是劈空從這三個人入手,開始對這部奇書之點評的。他把這個點評置於其「第一奇書」批評的開篇,確實深中肯綮。在「金瓶梅」這三個女性中,有兩個為西門大官人巧取豪奪所得,三人皆為其所供養、所玩弄:先娶來「金」,復送之以「梅」,再弄得「瓶」,形成二對一的關係。「金」致「瓶」碎,再致西門慶死(雖然「金」在西門慶之死中,或只是壓死駱駝的最後一根稻草),最後自己也死無葬身之地,之後「梅」因周守備而轉興,成為後二十回的女主角。金、瓶、梅三人在這一部大書中,分別承擔了西門慶及其家庭地位上升、鼎盛、衰敗等三個不同階段的重要角色和敘事功能,見證了全書「正經香火」西門慶及其家庭由暴發至沒落的全過程。她們是僅次於西門慶而環繞西門慶、綰合《金瓶梅》眾多人物的主要角色,西門慶和她們三人的命運既是這部小說的主線,又在與其他人物命運的共時空交錯中,產生出一個個新的故事,構成一個個結點,從而表現出一個家族的興衰史和一個時代、一個社會的基本風貌。更為奇妙的是,在「正經香火」西門慶死後,小說還

---

32 劉輝、吳敢輯校《會評會校金瓶梅》附錄二張竹坡〈批評第一奇書金瓶梅讀法〉,香港:天地圖書有限公司 1998 年,第 2118 頁。

33 如《金瓶梅》之前的中篇豔情小說〈嬌紅記〉,即得名於女主角嬌娘和飛紅的名字。

34 劉輝、吳敢輯校《會評會校金瓶梅》附錄二張竹坡〈批評第一奇書金瓶梅讀法〉,香港:天地圖書有限公司 1998 年,第 2109 頁。

有二十一回，即占全書五分之一強的長度，由出自西門慶家的春梅，以及西門慶的女婿陳經濟來擔任主角，而小說的空間意象和人物意象，也隨之發生大轉移，從西門慶家，從清河走向臨清，直到最後孝哥兒被普淨法師幻化而去，吳月娘過繼男僕玳安繼承家業，西門家終於走向了全面沒落，小說亦就此收煞。這樣的敘事結構在此前和之後的長篇小說中都是鮮見的，《金瓶梅》卻以創新取得了比較圓滿的藝術效果。

《金瓶梅》寫了家庭、市井、朝中的不止一類人物意象群：女性如妻妾、使女、妓女；男性如幫閒、戲子、大小官吏；僧道如三姑六婆，和尚道士——人物雖然形形色色，豐富多彩，但作為書名，小說只抽取了金、瓶、梅三個人物的名字形成意象。作為對全書人物意象群的總概括，這並未削弱《金瓶梅》對「正經香火」西門慶形象的塑造[35]。相反，「金瓶梅」作為人物意象群的代表形成書名，其象徵性及其所帶來的闡釋無窮性，更增強了這部小說的藝術魅力。

# 結　語

《金瓶梅》的五個意象群是相互交織、有機聯繫的，它們共同構成了承載這部小說厚重社會歷史內容的敘事結構。有別於「四大奇書」的其他三部，《金瓶梅》以市井和家庭日常生活為長篇小說的描寫對象，這決定了其敘事結構不可能是單線型發展模式（如《三國演義》按歷史發展、《西遊記》按唐僧、孫悟空傳和八十一難來結構小說，《水滸傳》則以逼上梁山為主線綴以英雄傳），而必須以多側面的呈現，打破此前中國長篇小說的單線型結構模式，構建起以綜合立體為特點的敘事結構，這樣才能夠充分表現家庭生活和社會生活以及人物性格的生成和發展。在這個綜合體中，傳統小說追求故事情節藝術的趨向已然淡化，更談不上曲折到引人入勝，對於這部洋洋百回的大書，魯迅只不過用了二百來字，就將其情節概括出來了：

> 書中所敘，是惜《水滸傳》中之西門慶做主人，寫他一家的事蹟。西門慶原有一
> 妻三妾，後復愛潘金蓮，鴆其夫武大，納她為妾；又通金蓮婢春梅；復私了李瓶
> 兒，也納為妾了。後來李瓶兒、西門慶皆先死，潘金蓮又為武松所殺，春梅也因
> 淫縱暴亡。至金兵到清河時，慶妻攜其遺腹子孝哥，欲到濟南去，路上遇著普淨
> 和尚，引至永福寺，以佛法感化孝哥，終於使他出了家，改名明悟。因為這書中

---

35　文禹門（龍）云：「……《水滸傳》出，西門慶始在人口中，《金瓶梅》作，西門慶乃在人心中。
　　《金瓶梅》盛行時，遂無人不有一西門慶在目中意中焉。」（劉輝、吳敢輯校《會評會校金瓶梅》
　　第七十九回文龍評，香港：天地圖書有限公司 1998 年，第 1705 頁）

　　的潘金蓮、李瓶兒、春梅，都是重要人物，所以書名就叫《金瓶梅》。[36]

　　雖然情節的地位在《金瓶梅》這樣的小說中已然淡化，但其極富創新意義的敘事藝術，卻為小說展開了無窮無盡的描寫天地，本文所述五大意象群，是《金瓶梅》全書綜合敘事結構的基本呈現。所以我們不妨說，早在《金瓶梅》出現之時，中國小說傳統的思想和寫法就產生了顛覆性的改變，這部小說因而成為《紅樓夢》創作最為重要的藝術借鑒。魯迅對《紅樓夢》將「傳統的思想和寫法都打破了」的著名論斷，其實是就清代小說而言，並不包括產生了《金瓶梅》的明代，但他對《紅樓夢》這個方面的評論，同樣適合於《金瓶梅》[37]，後者之於前者實在是青出於藍。清代以來都有評論家指出《紅樓夢》對《金瓶梅》的借鑒，如說：《紅樓夢》「寫個個皆到，全無安逸之筆，深得《金》壺奧。」[38]「由《水滸傳》而衍出者，為《金瓶梅》；由《金瓶梅》而衍出者，為《石頭記》。於是六藝附庸，蔚為大國，小說遂為國文之一大支矣。」[39]二十世紀八十年代以來，更有學者專門致力於《金瓶梅》與《紅樓夢》的比較研究[40]，對二者之間不可否認的前後相承關係，從各個角度作了全面深入的、令人信服的闡述，敘事結構是其中說不盡的話題之一。對此學界高論甚多，本文僅略陳一孔之見。

---

36　《中國小說史略》附錄〈中國小說的歷史的變遷〉第五講〈明小說之兩大主潮〉，北京：人民文學出版社 1973 年，第 298-299 頁。

37　此言見本文注 3。魯迅又說：「全書所寫，雖不外悲喜之情，聚散之跡，而人物事故，則擺脫舊套，與在先之人情小說甚不同。」（《中國小說史略》第二十四篇〈清之人情小說〉，北京：人民文學出版社，1973 年 8 月，第 204 頁）「說到《紅樓夢》的價值，可是在中國的小說中實在是不可多得的。其要點在敢於如實描寫，並無諱飾……」（《中國小說史略》附錄〈中國小說的歷史的變遷〉第六講〈清小說之四派及其末流〉，北京：人民文學出版社 1973 年，第 306 頁）但其論的所指時代是很明確的：「在中國，小說是向來不算文學的。在輕視的眼光下，自從十八世紀末的《紅樓夢》以後，實在也沒有產生什麼較偉大的作品。」（《且介亭雜文》之〈草鞋腳（英譯中國短篇小說集）小引〉，北京：人民文學出版社 1993 年第二版，第 14 頁）

38　《脂硯齋重評石頭記》庚辰本第十三回眉批，北京：人民文學出版社 1975 年，第 275 頁。

39　別士（夏曾佑）〈小說原理〉，李寶嘉主編《繡像小說》第 3 期，光緒二十九年（1903 年）。

40　如：孫遜、陳詔《紅樓夢與金瓶梅》，寧夏人民出版社 1982 年；沈大佑《金瓶梅紅樓夢縱橫談》，北京大學出版社 1990 年；張慶善、于景祥主編《紅樓夢與金瓶梅之關係》，遼寧古籍出版社 1997 年；魯歌《紅樓夢金瓶梅新探》，遠方出版社 1997 年。

# 張竹坡評點《金瓶梅》之史稗比較芻議

## 引　言

　　中國古代小說與史傳關係密切，史傳在敘事藝術、人物塑造、創作題材、創作方法等方面，均對小說產生了深刻的影響，同時也形成了人們在接受上以小說為歷史，在批評上以史傳比小說的思維習慣。隨著明清兩代小說的繁榮，史稗的比較研究也進入了批評家的視野，迄今探究不止。對於這個重大而富有實際意義的理論問題，金聖歎以《史記》和《水滸傳》相對照，在評點中進行了集中闡發，其後張竹坡評點《金瓶梅》繼之。本文旨在討論張竹坡評點《金瓶梅》，對於金聖歎史稗比較論的繼承發展及缺陷，以期闡明古代小說評點中這一理論的形成狀況和基本形態。

　　中國古代小說與史傳的關係，密切到不妨說史稗無分。此論經明清學者和小說評點家探討、現當代敘事學家闡發，如今已成為顯論[1]。小說最終與史傳分途發展，蔚為大觀，故在比較中探討二者之間的聯繫和區別，成為古代小說批評的題中之義。本文以此為出發點，僅取張竹坡評點《金瓶梅》及與其關係較大者加以論說，就正於方家。

　　由於史傳在多方面對中國古代小說產生了深刻的影響，因而在接受和批評上形成了人們以小說為歷史，以史傳比小說的思維習慣。但隨著小說的發展及其理論研究的深入，史傳與小說的區別成為評點家關注的重點。在這個方面，張竹坡與明末清初的金聖歎具有代表性。

　　中國古代小說發展的特殊性，決定了史稗比較論者以小說出於史傳為前提，側重於辨明二者之間的聯繫和區別，進而突出小說的自身特質，提高小說的社會地位之批評思路，這具有重要的理論意義，在今天的文學批評中也還有較大的借鑒價值。

---

1　如明末至清代以來金聖歎批評《水滸傳》、毛宗崗批評《三國志演義》、張竹坡批評《金瓶梅》、章學誠《文史通義》（卷五內篇五）的相關論述；當代陳平原《中國小說敘事模式的轉變》（上海：上海人民出版社 1988 年）、石昌渝《中國小說源流論》（北京：生活‧讀書‧新知三聯書店 1994年）、傅修延《先秦敘事研究：關於中國敘事傳統的形成》（北京：東方出版社 1999 年）。

　　金聖歎選擇史傳成熟時期的代表作《史記》和「四大奇書」中的《水滸傳》為批評文本，完成了其史稗比較研究的基本命題。後來張竹坡以「四大奇書」的殿軍《金瓶梅》同《史記》相比較，對金聖歎的史稗比較論有所發展，但其理論缺陷也是顯而易見的。這既有個人的、也有語境的原因。批評者識見之高低固然取決於個人的水準，但前輩名家對同一問題的認識，哪怕有一點點偏差，也可能導致後世崇拜者更大的誤差，這一現象並不鮮見。雖然金聖歎以史傳為其小說批評的對照，旨在抉發小說自身的特點、提升小說的獨立地位，但他對二者之間的聯繫和區別，並非全都能夠通透地闡述。張竹坡踵武金聖歎，深中肯綮地指出了《史記》和《金瓶梅》之間的異同，推動了小說理論的發展，卻未能完全以後來居上的姿態，徹底地解決史稗異同問題，對讀者的誤導有時比金聖歎更甚。這也從另一個角度，表明中國小說生成的特殊性和明清時期的歷史文化語境，導致了小說獨有批評話語體系建構的極大困難。按理說，小說與歷史原是兩個毫不相干的領域，西方文學理論不會把它們等而同之並加以比較，但中國小說因其固有的發展史，和史傳有割捨不斷的聯繫，乃至小說批評長期徘徊其間，擺脫不了其影響，而明清時期因科舉制藝而盛行的文章批評話語，也難免羼入其中，進一步加大了獨立的小說批評之難度。因而我們亦可以說，張竹坡《金瓶梅》評點中史稗比較論的缺陷，無論是從他所繼承的批評家方面，還是從中國小說發展史方面來看，實在都是淵源有自，很難規避的，看到這一點，我們才能對其史稗比較論之於金聖歎理論的發展與不及，作出相對客觀的評價。

# 一、「史公文字」：
# 張竹坡對金聖歎史傳文本選擇和認識的繼承

　　〈讀第五才子書法〉：「《水滸傳》方法，都從《史記》出來」。〈批評第一奇書金瓶梅讀法〉：《金瓶梅》「純是一部史公文字」，《金瓶梅》「全得《史記》之妙」。這些我們耳熟能詳的論斷，出於金聖歎、張竹坡對小說敘事藝術淵源的追溯。從以上論斷可見，金聖歎和張竹坡先後選擇《史記》作為其小說批評的對照文本，基於他們對二者之間重大共同點的一致認識。《史記》在史傳中成就最高，向來為小說家所取法，自然亦為批評家所關注。在金聖歎之前，崔後渠、熊南沙、唐荊川、王遵岩、陳後岡等人曾進行過《史記》與《水滸傳》的比較，可謂闢蹊徑於先[2]，但他們只是點到為止，並未展開論說，這就給後人留下了很大的探索空間。所以我們不妨說，金聖歎的選擇和張竹

---

2　李開先《詞謔》，《中國古典戲曲論著集成》（三），北京：中國戲劇出版社 1959 年，第 286 頁。

坡之繼承，具有一定的必然性。張竹坡批評《金瓶梅》深受金聖歎評點《水滸傳》的影響，對此他並不隱諱[3]，而他對《史記》的推崇，亦超過了金聖歎[4]。

中國史學起源很早，就其與小說發展關係較為密切者論，在先秦就有了編年體的《春秋》及敘事更為詳備的《左傳》，在漢代就有了成熟的紀傳體通史《史記》和紀傳體斷代史《漢書》。如果我們承認中國古典小說依史成長，追求寓論斷於敘事，甚至追求引人入勝的敘事效果，並注重作者設身處地的想像和虛構等事實，就會看到中國古代小說與史傳的某些同一性，看到「四大奇書」所表現的小說逐步脫離史傳，漸行漸遠的軌跡：《三國志通俗演義》依史演義，致使人們在很長時期中混淆了歷史和小說的區別[5]。《水滸傳》憑藉一些歷史事實，大力虛構綠林英雄的傳奇故事。《西遊記》以一個歷史事件為基礎，通過神魔靈怪的故事折射人間世相。到了最後一部《金瓶梅》，中國長篇章回小說第一次直面現實人生，並打破了此前的一切寫法，完成了由古典向近代的轉型。簡言之，「四大奇書」在題材上表現了對歷史依賴性的逐步遞減，在藝術形式上則越來越趨近於小說本體。

由於小說在其發展過程中與史傳關係密切，故批評家們難免總是頻頻回顧，並很自然地以最具典範性的史傳文本，來和當時人們認為在藝術上最為成功的小說作比較——如上文所述，在金聖歎之前，已有崔後渠等人開蹊徑於先。李開先《詞謔》曾籠統地轉述過崔後渠等人的意見：「《水滸傳》委曲詳盡，血脈貫通，《史記》而下，便是此書，且古來更無有一事而二十冊者。倘以奸盜詐偽病之，不知敘事之法，史學之妙者也。」金聖歎〈讀第五才子書法〉則說：

> 或問：題目如《西遊》《三國》如何？答曰：這個都不好。《三國》人物事體說話太多了，筆下拖不動，趖不轉，分明如官府傳話奴才，只是把小人聲口，替得

---

3　劉輝、吳敢輯校《會評會校金瓶梅》附錄二張竹坡〈第一奇書金瓶梅凡例〉，香港：天地圖書有限公司，1998 年，第 2097 頁。

4　除以上所引，在〈批評第一奇書金瓶梅讀法〉中張竹坡還有不少論說，如曰：「《金瓶梅》是一部《史記》。」「《史記》中有年表，《金瓶》中亦有時日也。」「會做文字的人讀《金瓶》，純是讀《史記》。」詳下文。

5　章學誠說：「凡演義之書，如《列國志》《東西漢》《說唐》及《南北宋》，多紀實事；《西遊》《金瓶》之類，全憑虛構。皆無傷也。惟《三國演義》，則七分實事，三分虛構，以致觀者往往為所惑亂，如桃園等事，學士大夫直作故事用矣。故演義之屬……但須實則概從其實，虛則明著寓言，不可虛實錯雜如《三國》之淆人耳。」（《章氏遺書》外編卷三〈丙辰劄記〉，北京：文物出版社 1985 年，第 396-397 頁）魯迅則在〈中國小說的歷史變遷〉中說，論者之所以認為這部小說「容易招人誤會」，就是因為「中間所敘的事情，有七分是實的，三分是虛的；惟其實多虛少，所以人們或不免並信虛為真。」（《魯迅學術論著》杭州：浙江人民出版社 1998 年，第 231 頁）

這句出來，其實何曾自敢添減一字？《西遊》又太無腳地了，只是逐段捏捏撮撮，譬如大年夜放煙火，一陣一陣過，中間全沒貫串，便使人讀之，處處可住。[6]

《水滸傳》方法，都從《史記》出來，卻有許多勝似《史記》處。若《史記》妙處，《水滸》已是件件有。[7]

可見，在早期的評點家看來，小說的敘事藝術出於史家，《水滸傳》是最得《史記》神妙者，離開了《史記》，則難言小說敘事之法。看來金聖歎的選擇，代表了一個時代的眼光。

在金聖歎之後，張竹坡評點《金瓶梅》以《史記》為對照，其關注的重點仍為敘事之法。其實從小說發展史看，《金瓶梅》已經突出地表現了小說的獨立性，但在評點家眼中，其敘事藝術與《史記》仍堪有一比。這顯然是因為，作為「四大奇書」中成書最遲的一部，《金瓶梅》並未脫去史傳的影響。從敘事形式上看，它的敘事時間和人物事蹟深受編年體的影響，它的敘事角度和人物描寫則可見紀傳體的痕跡。這就需要張竹坡以金聖歎評點《水滸傳》為基礎，同時以小說藝術為中心，更為深入地揭示史傳與小說的聯繫和區別，進而引導人們認識小說作為獨立文學樣式的自身特質。張竹坡雖然和金聖歎一樣選擇了《史記》作為比較文本，並對敘事法的研究有明顯推進，但他強調《金瓶梅》「純是一部《史記》」，則不免有失偏頗。在這一點上，筆者和朱星先生的看法有所不同[8]。愚以為張竹坡的這一觀點，有引人重又回到史稗不分的舊路之虞。故其說有可取，亦有不可取；不可一概抹殺，亦不可全盤接受。可取者，是他在比較中看到了史傳和小說的聯繫，並對它們的區別進一步作出了有價值的辨析；不可取者，是他雖處金聖歎之後，卻不時將史傳與小說等同，抹殺二者之間的差別，更容易對讀者產生誤導。

---

6  林乾主編《金聖歎評點才子全集》之《第五才子書水滸傳評點·讀第五才子書法》，北京：光明日報出版社1997年，第18-19頁。

7  林乾主編《金聖歎評點才子全集》之《第五才子書水滸傳評點·讀第五才子書法》，北京：光明日報出版社1997年，第19頁。

8  朱星《金瓶梅考證·金瓶梅的版本問題》：「《讀法》共一百零六條，說《金瓶梅》是一部《史記》，這一句還可取，其餘都是冬烘先生八股調，全不足取。」（天津：百花文藝出版社1980年，第10-11頁）

# 二、「文法」「筆法」：
# 金聖歎與張竹坡小說敘事批評的相繼失語

對小說敘事之法的討論，是張竹坡《金瓶梅》評點的重點之一。在他之前，有金聖歎以《史記》和《水滸傳》為比較對象的評點。無論是金聖歎還是張竹坡的批評，都有一個基本的著眼點，即小說和史傳的敘事技巧是同而不同的。但他們又都有一個失誤，即未能把文章（包括古文和時文）的文法、筆法，進而把史傳和小說的敘事之法，相對明確地區別開來。

金聖歎和張竹坡之所以出現上述問題，主要緣於他們受身處時代語境的影響，不僅熟悉，而且也習慣於用文章評點的思路及用語，去進行史傳、小說的評點，結果導致了史傳和小說敘事法批評的雙重失語。其實我們不妨說，從金聖歎到張竹坡，在某種程度上都是把《史記》當做「文章」來看的。所以，其史稗比較術語出現與文章評點的同一性，一點也不奇怪。不過，雖然一方面對小說敘事法的表述，金聖歎和張竹坡在用語上都有力不從心之感，但另一方面，他們對《史記》的推崇，又並非只在於「文法」或「筆法」[9]，這就使得金聖歎和張竹坡的小說評點，在內涵上都已經有相當多的對小說敘事藝術的提煉成分，然而由於他們表述的失語，都未能建立起小說敘事法批評的全新話語體系，致使源於金批《水滸傳》而被張批《金瓶梅》所繼承的這類斷語，在小說解讀上著實誤人不淺，這對於他們二人來說，均是比較令人遺憾的。如前所述，在他們之前，已有數人看到了「敘事之法，史學之妙」，如果金聖歎和他的後繼者張竹坡，都能夠沿著這個路子往前邁進，或許就可以從史傳出發而擺脫文章評點的影響，形成符合小說自身敘事特點的批評術語。

金聖歎雖一再表明「讀《水滸》勝似看《史記》」這層意思，但事實上他把《水滸傳》之於《史記》，在敘事藝術上看做青出於藍的關係。如說「《水滸傳》方法，都從《史記》出來，卻有許多勝似《史記》處，若《史記》妙處，《水滸傳》已是件件有」，這實際上已經隱含了金聖歎的一番道理——《水滸傳》之所以具有出於《史記》而勝似《史記》的審美效果，正是因為《水滸傳》是一部小說。不過金聖歎硬要把自己總結出來的小說敘事藝術，歸之於古文和時文的「文字起承轉合之法」。他認為「《水滸傳》有

---

9　金聖歎說：「《水滸傳》方法，都從《史記》出來。」（林乾主編《金聖歎評點才子全集》之《第五才子書水滸傳評點‧讀第五才子書法》，北京：光明日報出版社1997年，第19頁）張竹坡說，《金瓶梅》「純是一部史公文字」，「全得《史記》之妙」（劉輝、吳敢輯校《會評會校金瓶梅》附錄二張竹坡〈批評第一奇書金瓶梅讀法〉，香港：天地圖書有限公司，1998年，第2119、2134頁）。

許多文法，非他書所曾有」，是子弟們最該學習而不應忽略的。所以他說：「吾最恨人家子弟，凡遇讀書，都不理會文字，只記得若干事蹟，便算讀過一部書了。雖《國策》《史記》，都作事蹟搬過去，何況《水滸傳》。」可見，金聖歎是有清晰的史傳—小說區別意識的，只是其表達未能創新其辭而已。為了教子弟們得到《水滸傳》的「文法」要領，他總結出了十五條文法，即〈讀第五才子書法〉所謂倒插法、夾敘法、草蛇灰線法、大落墨法、綿針泥刺法、背面鋪粉法、弄引法、獺尾法、正犯法、略犯法、極不省法、極省法、欲合故縱法、橫雲斷山法、鸞膠續弦法[10]。實際上這十五條文法雖然沒有完全脫出文章評點的用語窠臼，卻是對小說敘事之法比較全面的總結。後來張竹坡批評《金瓶梅》沿襲了這條路子，就連其評點的話語也可謂金聖歎的翻版。如曰：「予亦並非謂《史記》反不妙於《金瓶》，然而《金瓶》卻全得《史記》之妙也。」「惟《金瓶梅》，純是太史公筆法。」「會做文字的人讀《金瓶》，純是讀《史記》。」他也為《金瓶梅》總結了八觀法：讀《金瓶》須看其入筍處；讀《金瓶》當看其白描處；讀《金瓶》當看其脫卸處；讀《金瓶》當看其避難處；讀《金瓶》當看其手閒事忙處；讀《金瓶》當看其穿插處；讀《金瓶》當看其結穴發脈、關鎖照應處；讀《金瓶》當知其用意處[11]。張竹坡的八觀法無疑是對金聖歎十五條的發展，卻比之更為貼近小說的敘事藝術。公允地說，無論是金聖歎的十五條還是張竹坡的八觀法，都不再是單純的作文技法，可惜他們的表述語言脫化未遠。其實不僅只是敘事法失語，金聖歎在小說藝術至為關鍵的人物個性化問題上，亦把《水滸傳》的成功歸之於「良史苦心」[12]。此固緣於他從史傳的崇高地位考慮，有意褒揚小說的作者並提升小說的地位，但從另一個角度，未嘗不可以看做由於當時小說批評缺乏可用的專屬語言，所以批評者不得不借用史學批評用語，卻反而愈加暴露了小說評點的「失語」症狀。

以上分析或可進一步說明，在金聖歎之後，張竹坡之所以仍未能超脫文章的技巧批評，進而將小說敘事法獨立出來，並非完全出於認識問題，而是由於在當時的語境下，實在難以找到一種合適的話語，將其理論表述完全區別於傳統的文章評點。失語，使金聖歎和張竹坡都無法完全用獨有的術語，去說明他們所深刻感悟到的小說敘事法。

---

10  林乾主編《金聖歎評點才子全集》之《第五才子書水滸傳評點》，北京：光明日報出版社 1997 年，第 23-25 頁。

11  劉輝、吳敢輯校《會評會校金瓶梅》附錄二張竹坡〈批評第一奇書金瓶梅讀法〉，香港：天地圖書有限公司，1998 年，第 2111、2126 頁。

12  「讀者亦當處處看他所以定是兩個人，定不是一個人，勿負良史苦心矣。」（林乾主編《金聖歎評點才子全集》之《第五才子書水滸傳評點》第二回總評，北京：光明日報出版社 1997 年，第 73 頁）

# 三、「作書人心胸」：
# 張竹坡小說評點在金聖歎之後的倒退

作為小說評點者，要對史傳─小說的區別進行闡釋，把二者的創作目的作為一個審視角度，有其合理性。在這個方面張竹坡並沒有後來居上，而是於金聖歎之後出現了倒退。

猶如作八股文要先破題一樣，金聖歎的〈讀第五才子書法〉，在開篇就揭示了《史記》和《水滸傳》創作目的的重大區別。他說：

> 大凡讀書，先要曉得作書之人，是何心胸？如《史記》須是太史公一肚皮宿怨發揮出來，所以他於「遊俠」「貨殖」傳特地著精神。乃至其餘諸紀傳中，凡遇揮金殺人之事，他便嘖嘖賞歎不置。一部《史記》，只是「緩急人所時有」六個字，是他一生著書旨意。《水滸傳》卻不然。施耐庵本無一肚皮宿怨要發揮出來，只是飽暖無事，又值心閒，不免伸紙弄筆，尋個題目，寫出自家許多錦心繡口，故其是非皆不謬於聖人。後來人不知，卻是《水滸》上加「忠義」一字，遂並比於史公發憤著書一例，正是使不得。[13]

金聖歎說《史記》是「發憤著書」，雖然過多地關注了其主觀傾向性而忽略了其為史書的客觀性，但他準確地指出了《水滸傳》作為小說家言，在創作目的上與史傳是完全不同的。《水滸傳》雖被冠以「忠義」二字，其「心胸」（創作目的）卻不能和《史記》相比並。因為無論史家有多麼主觀的「著書旨意」，其下筆畢竟都要以史實為依據，優秀的史家，更是以「實錄」和「信史」為撰寫目標。所以，司馬遷對歷史事件的主觀傾向性，雖然可以主導他對史料和敘述方式的選擇，卻也只能「於〈遊俠〉〈貨殖〉傳特地著精神」。小說則不然，其事雖然來自生活，要符合生活的情理，卻不必事事、人人對號入座。小說家對現實生活只是攝取之，提煉之，用來「寫出自家許多錦心繡口」。當然這「寫出自家」就包括了主題立意，而主題立意本來就包括了創作目的。不過和史傳不同的是，小說家的主觀意識，固然可以對作品的思想傾向和藝術手法，產生比史傳更大的影響，但小說畢竟是娛樂之作，「尋個題目，寫出自家許多錦心繡口」──這既是自娛，亦是娛人[14]。金聖歎對於《水滸傳》創作目的的揭示，與王國維論元雜劇的觀

---

13 林乾主編《金聖歎評點才子全集》之《第五才子書水滸傳評點·讀第五才子書法》，北京：光明日報出版社 1997 年，第 18 頁。

14 金聖歎又云，《水滸傳》「特特為是疑鬼疑神之筆以自娛樂，亦以娛樂後世之人」（林乾主編《金

點比較一致。《宋元戲曲考·元劇之文章》：「蓋元劇之作者，其人均非有名位、學問也；其作劇也，非有藏之名山，傳之其人之意也。彼以意興之所至為之，以自娛娛人。」

以娛樂為目的，乃是文學的特質之一。對此古代、現代的認識和各類體裁的實際，大都概莫能外。即便是宣導文學「為時」「為事」而作的新樂府詩人[15]、「道濟天下之溺」的古文家[16]、鼓吹「小說界革命」的理論家[17]，也不否認文學的娛樂作用，且不乏「自戲」和「談笑」[18]之作。更何況，中國小說在說話階段本來就以娛樂大眾為目的，即使後來由說話轉變為書面閱讀形式，其娛樂性質也沒有發生任何改變。史傳則不然，它天然地承擔著「紀實」的使命，是斷斷不可以娛樂或遊戲態度出之的。

創作目的不同，「心胸」自然就不能夠比並。金聖歎的觀點雖然針對《史記》和《水滸傳》而言，但推而廣之，他從娛樂功能這個角度，準確地揭示了史傳和小說在本質上的不同。張竹坡卻偏偏在「心胸」上把《金瓶梅》和《史記》硬扯到一起，在〈批評第一奇書金瓶梅讀法〉關於《金瓶梅》主旨自相矛盾，甚至不著邊際的多種說法中，就有「憤書」一說：「《金瓶梅》到底有一種憤懣的氣象。然則《金瓶梅》斷斷是龍門再世。」就《金瓶梅》而言，這樣的看法雖不能說是空穴來風，然而從創作目的出發，對史傳和小說的不同性質進行區分，張竹坡比之金聖歎，顯然是有些混淆不清的。只能說這是張竹坡為滿足自己的洩憤之需[19]，或說是因發抒自己的共鳴之情而走偏了，反而不如他拋

聖歎評點才子全集》之《第五才子書水滸傳評點》第三十一回夾批，北京：光明日報出版社 1997 年，第 581 頁）。
15 白居易〈與元九書〉：「文章合為時而著，歌詩合為事而作。」（《白氏長慶集》卷四十五，景印文淵閣《四庫全書》本）
16 蘇軾〈潮州韓文公廟碑〉評說韓愈：「文起八代之衰，而道濟天下之溺。」（《東坡全集》卷八十六，景印文淵閣《四庫全書》本）
17 梁啟超：「今日欲改良群治，必自小說界革命始！欲新民，必自新小說始！」（〈論小說與群治之關係〉，郭紹虞主編《中國歷代文論選》，上海：上海古籍出版社 1979 年，第 414 頁）「小說也者，恒淺易而為盡人所能解，雖富於學力者，亦常貪其不費腦力也而藉以消遣。」（〈告小說家〉，《中華小說界》二卷第一期）
18 歐陽修〈讀蟠桃詩寄子美〉：「韓孟於文詞，兩雄力相當。篇章綴談笑，雷電擊幽荒。」（《文忠集》卷二，景印文淵閣《四庫全書》本）白居易有〈自戲三絕句〉（《白氏長慶集》卷三十五，景印文淵閣《四庫全書》本）。
19 「邇來為窮愁所迫，炎涼所激，於難消遣時，恨不自撰一部世情書，以排遣悶懷，幾欲下筆，而前後結構，甚費經營，乃擱筆曰：『我且將他人炎涼之書，其所以前後經營者，細細算出，一者可以消我悶懷，二者算出古人之書，亦可算我今又經營一書。我雖未有所作，而我所以持往作之書法，不盡備於是乎！然則我自做我之《金瓶梅》，我何暇與人批《金瓶梅》也哉！』」（劉輝、吳敢輯校《會評會校金瓶梅》附錄二張竹坡〈竹坡閒話〉，香港：天地圖書有限公司 1998 年，第 2100-2101 頁）「讀《金瓶》必須列寶劍於右，或可劃空洩憤。」（劉輝、吳敢輯校《會評會校金瓶梅》附錄

開《史記》，直探《金瓶梅》內核的「冷熱金針」說來得中的。前進一步是發展，後退一步是謬誤。張竹坡對金聖歎理論的繼承，其缺陷往往如此。

## 四、「分開」「總合」：張竹坡對金聖歎敘事結構理論的發展

當史傳文學成熟於《史記》，以人物為中心這個結構特點就被突顯出來，而小說亦以塑造人物形象為中心——由此形成了這兩類文本在敘事結構上的共同點。在張竹坡之前，金聖歎抓住了史傳與小說的這一共同點進行比較，可謂直探本原。〈讀第五才子書法〉說：「《水滸傳》一個人出來，分明便是一篇列傳。」這在其他批評家所未達到的理論層次上，揭示了《史記》人物傳記對小說的影響。其實金聖歎的這個觀點，包含的不只是結構意義，還有人物個性化的內容，但這並非本文所要論述的內容，不贅。

對於如何塑造人物形象這個理論點，張竹坡的評點顯然要比金聖歎更為深刻。《水滸傳》故事在世代累積的形成過程中，曾以單個人物話本的形式流傳。早就有學者指出，這種情形在成書後表現為小說對某些人物大段的、集中的描寫，其人物傳記的聯綴式結構，也與此有關。金聖歎已看到了這一點，但他尚未能夠綜觀全局，切中要害地加以指出。張竹坡則立足全書，強調《金瓶梅》「一百回是一回，必須放開眼光作一回讀」。所以，他從體例入眼，從全書千百人的結構佈局出發，明確地揭示了《史記》與《金瓶梅》的差異。他說：

> 《金瓶梅》是一部《史記》。然而《史記》有獨傳，有合傳，卻是分開做的。《金瓶梅》卻是一百回共成一傳，而千百人總合一傳，內卻又斷斷續續，各人自有一傳。[20]

張竹坡接著指出，《金瓶梅》以人物為中心的敘事結構，不僅不同於《史記》的人物列傳式，而且也不同於以往任何小說的單線型、聯綴式結構，它是一個「洋洋一百回，而千針萬線，同出一絲，又千曲萬折，不露一線」的宏大而嚴密的敘事結構。有時雖然「細如牛毛」，但從整體著眼，卻是「千萬根共具一體，血脈貫通」[21]，也即我們今天常

---

二張竹坡〈批評第一奇書金瓶梅讀法〉，香港：天地圖書有限公司 1998 年，第 2131 頁）

[20] 劉輝、吳敢輯校《會評會校金瓶梅》附錄二張竹坡〈批評第一奇書金瓶梅讀法〉，香港：天地圖書有限公司 1998 年，第 2118 頁。

[21] 以上論述見劉輝、吳敢輯校《會評會校金瓶梅》附錄二張竹坡〈竹坡閒話〉，香港：天地圖書有限公司 1998 年，第 2100 頁。

說的網狀結構。張竹坡列舉了許多例子來證明《金瓶梅》的這個特點，如他認為小說寫李瓶兒這個人物，早在第一回「十兄弟」中寫到花子虛時，就先有一個瓶兒在其意中了。「先有一瓶兒在其意中，其後如何偷期，如何迎姦，如何另嫁竹山，如何轉嫁西門，其著數俱已算就」，絕不做「無頭緒之筆」。不僅是李瓶兒，張竹坡認為《金瓶梅》描寫人物，個個都是成竹在胸，先「總出樞紐」，而後伏脈千里，「純以神工鬼斧之筆行文」，所以寫來「曲曲折折」[22]，達到引人入勝的藝術效果。全書寫一個人是如此精心設計，寫千百個人亦是如此精心設計，最終成就一部大書。張竹坡的這一闡釋把史傳和小說在更深層次上進行區分，揭示了它們之間的異同：二者雖然都以人物為中心，其敘事結構卻有「分開」與「總合」之異。這個頗有見地的看法，無疑是對金聖歎敘事結構理論的發展。

## 五、「文」「事」關係：
## 張竹坡對金聖歎史稗創作方法辨識的補益

金聖歎史稗比較論中最重要的一點，即他在創作方法上，指出了《史記》是「以文運事」，《水滸傳》是「因文生事」，並以此為原則，闡釋了在兩種不同的文本中，客觀事實與藝術虛構之間的關係及其不同的表現方式，進而總結了史傳和小說創作方法的不同，以及由此產生的藝術效果，比較徹底地把史傳和小說區別開來，推動了中國古代小說理論的發展，張竹坡則對金聖歎的這個理論有所補益。時至今日，這仍為小說創作和批評中的重大理論問題。

關於金聖歎的「文」「事」對舉，以明史稗區別之說，筆者早年曾有專文作過論述[23]，故此處僅撮其要並修訂之。金聖歎認為，由於「修史」與「下筆」（文學創作）有別[24]，《史記》和《水滸傳》，或說是史傳與小說的創作方法亦有所不同。其具體表述如下：

> 其實《史記》是以文運事，《水滸》是因文生事。以文運事，是先有事生成如此如此，卻要算計出一篇文字來，雖是史公高才，也畢竟是吃苦事；因文生事卻不

---

22　以上論述見劉輝、吳敢輯校《會評會校金瓶梅》附錄二張竹坡〈批評第一奇書金瓶梅讀法〉，香港：天地圖書有限公司 1998 年，第 2123 頁。

23　〈論金批《史記》〉，《昆明師範高等專科學校學報》1999 年第 3 期。

24　「修史者，國家之事也；下筆者，文人之事也。」（林乾主編《金聖歎評點才子全集》之《第五才子書水滸傳評點》第二十八回回評，北京：光明日報出版社 1997 年，第 526 頁）

然，只是順著筆性去，削高補低都由我。[25]

這段話揭示了史傳和小說在處理客觀事實與藝術虛構關係上的差異，從而明確了史傳和小說的一個重大區別。金聖歎認為，無論是史傳還是小說，都存在「事」與「文」這樣一對關係。「事」即客觀事實，「文」即藝術虛構。史傳之「以文運事」，是「文」從於「事」——在客觀事實的基礎上進行藝術虛構，所以創作主體意識必然要受到限制；小說之「因文生事」則是「事」生於「文」——著眼於藝術形象的需要去虛構故事，所以創作主體意識必然得到自由發揮。《史記》之所以成為「絕世奇文」，皆因司馬遷在客觀事實與藝術虛構的關係上，表現了合理的主體意識（以文運事）。小說不同於史傳，它本「無事可紀」，故在藝術虛構上比史傳有更為廣闊的創作空間，因而沒有「張定是張，李定是李」的道理，這就使創作主體意識可以得到最大限度的發揮（因文生事）。金聖歎又指出，無論「修史」還是寫小說，要達到敘事藝術的極致，就必須遵從一條規則：「為文計，不為事計。」[26]總之，在「運事」與「生事」之間，史傳敘事的局限與小說創作的自由一目了然。金聖歎對《水滸傳》「因文生事」這一創作方法的總結，深刻地區分了史傳和小說的不同，適用於小說創作的普遍情形。

張竹坡以「事實」和「文章」相對應，繼承了金聖歎史稗創作方法有別的理論。他一再強調：「看《金瓶》，把他當事實看，便被他瞞過。必須把他當文章看，方不被他瞞過也。」「使看官不作西門的事讀，全以我此日文心，逆取他當日的妙筆，則勝如讀一部《史記》。」[27]他認定正因為《金瓶梅》是小說，所以要充分注意其「文章」，也即藝術虛構，若把它當作「事實」——即生活的本來面目看，則必不能領會其蘊奧，如果能以此「文心」解其「妙筆」，那就勝似讀《史記》了。張竹坡還進一步看到了史傳在紀事上與小說敘事的區別。他說，即如《史記》中有年表，《金瓶》中亦有時日，有諸人的年齡、生卒年，甚至連某人生日，某人某日來請酒，某月某日請某人，某日是某節令，都齊齊排去。但《金瓶梅》又往往「故為參差之處」「故特特錯亂其年譜」。這樣，其敘事就不會真實死板到猶如「一串鈴可以排頭數去」，而「能使看者五色眯目」，這就是小說的神妙之處了。分析到這裏我們不難看到，金聖歎和張竹坡之所以一再強調

25　林乾主編《金聖歎評點才子全集》之《第五才子書水滸傳評點·讀第五才子書法》，北京：光明日報出版社 1997 年，第 19 頁。

26　林乾主編《金聖歎評點才子全集》之《第五才子書水滸傳評點》第二十八回回評，北京：光明日報出版社 1997 年，第 527 頁。

27　劉輝、吳敢輯校《會評會校金瓶梅》附錄二張竹坡〈批評第一奇書金瓶梅讀法〉，香港：天地圖書有限公司 1998 年，第 2120、2129 頁。

讀小說勝似讀《史記》，實際上是在提示人們，由於小說擁有史傳不可能達到的藝術虛構空間，因此讀小說必定能夠得到讀史傳所不能感受到的、更為強烈的審美愉悅。這是符合文學創作規律和接受美學規律的。張竹坡不僅繼承了金聖歎的史稗創作理論並對其有所補益，而且進一步提升了小說的價值和地位，比如他讚歎《金瓶梅》「技至此亦化矣哉！真千古至文，吾不敢以小說目之也。」[28]意為不可以用一般看待小說的眼光和態度來看待《金瓶梅》，這與金聖歎的「勿負良史苦心」可謂同聲相應。我們可以從中看出當時小說文學地位不高的事實，更可以看出不同時代的小說批評家致力於小說理論的建構，有意提升小說地位的良苦用心。

總而言之，從晚明到清代是中國古典小說的繁榮時期，同時也是小說理論的重要發展期。張竹坡繼承金聖歎的史稗比較理論，以《史記》為對照文本對《金瓶梅》所進行的批評，雖然和金聖歎的《水滸傳》批評一樣，並未完全擺脫評點派的一般缺陷，但他們前後相繼的史稗比較研究，在敘事藝術、人物塑造、創作題材、創作方法等問題上，基本釐清了史傳—小說的聯繫和區別，不論是對古代小說特質和藝術的總結，還是對今天文學批評的發展，都具有重要的理論意義和現實意義。

---

28　劉輝、吳敢輯校《會評會校金瓶梅》附錄二張竹坡〈批評第一奇書金瓶梅讀法〉，香港：天地圖書有限公司 1998 年，第 2120 頁。

# 徐朔方先生的《金瓶梅》研究

在徐朔方先生的學術生涯中，《金瓶梅》是其用力甚勤的研究對象之一，也是他在學術上不斷探索、完善自我的典型。在徐先生的最後一本自選集《小說考信編》（1997年）中，《金瓶梅》研究的論文占了全書字數的近五分之二。學習徐先生的《金瓶梅》研究成果，對金學的發展有不可忽視的意義。在這裏筆者首先要強調，徐朔方先生的世代累積型集體創作說，是在其中西結合的知識文化背景下，以前人的研究為起點，綜合考察了宋（金）元明時代的小說戲曲，並對它們的發展過程進行了長期的、宏觀和微觀相結合的研究之後，作出的帶有規律性的總結，《金瓶梅》被他視為一個重要的實證標本，占有重要的地位。如果我對徐先生研究的述評有所偏頗，那是由於個人才疏學淺所致，只能由自己負責，相信高明自會覆按原作。

## 一、《金瓶梅》研究是徐朔方先生世代累積型集體創作說的重要基石

1983年，徐朔方先生在為《論湯顯祖及其他》所寫的〈前言〉中，對其世代累積型集體創作說作了一個重要概括，1988年，在《金瓶梅成書及其它·前言》中，他再次引用了大段原文重申之[1]。從中我們可以看到此後徐先生一直強調的三個重要觀點：小說和戲曲同生共長，這是中國古代小說發展與西方不同的特點，必須對此給予足夠的重視；相當多的作品是在世代流傳後由某一文人改編寫定的，而非某一文人作家的天才創造；世代累積型集體創作是中國小說戲曲史上帶有規律性的重要現象。上述三點，可謂徐先生對中國小說戲曲世代累積型集體創作說的主要概括，在1988年出版的《論金瓶梅的成書及其它·前言》及其為中國長篇小說研究所作的兩篇總結性論文——〈中國古代早期

---

1　徐朔方《論金瓶梅的成書及其它·前言》，濟南：齊魯書社1988年，第1-2頁。下文出自此書者以此註腳序號加頁碼標注。徐先生關於《金瓶梅》成書和寫定的主要論述，在這個選集中已基本修訂完畢，故按其在〈前言〉中的聲明，本文對這個方面的引述以此書為依據。此後徐先生所作的部分修訂，則以《小說考信編》《明代文學史》和論文〈再論《金瓶梅》〉為依據。

長篇小說的綜合考察〉及續篇〈中國古代個人創作的長篇小說的興起〉中，徐先生又一再引述以上觀點，並說明從理論上講，他之所以特別重視之，是因為他「為中國古代小說戲曲所已經做的以及正在進行或有待著手的一切工作，都是為了維護、闡發和論證上述看法」[2]。在《小說考信編》的〈前言〉中，他對世代累積型集體創作現象作了最後一次宏觀的、總結性的描述，並以外國文學史上的多部名著為參照，說明這一現象可說是，也可說不是中國文化史上的獨特產物。

在把世代累積型集體創作說系統化並上升為中國小說史上帶有規律性的現象這一過程中，徐先生把「四大奇書」作為中國古代早期長篇小說的代表，把《金瓶梅》作為最重要的實證，認定在它們之後中國小說界才推出個人創作的長篇小說，《金瓶梅》是中國古代長篇小說世代累積型集體創作的終結，而非文人個人創作的開始。《金瓶梅》詞話是中國小說史上的一個重要環節，又是元明世代累積型小說中說唱成分保留得最多的一個標本，不妨稱之為我國長篇小說發展史上的一塊活化石。基於這樣的認識，徐先生對這部作品的作者和成書問題、它在文學史上的憑藉和來源、它對後世的影響、它的積極和消極影響，它的思想內容和藝術評價等一系列問題的考證和闡述，即令旁及《水滸傳》《平妖傳》《西遊記》《封神演義》《龍會蘭池》等長、短篇小說和南戲《拜月亭》等作品，也是把它們作為考察《金瓶梅》諸問題的參照來看待的，「旁及前後左右是為了更好地替它定位」[3]。所謂「定位」，即最終確認《金瓶梅》是世代累積型集體創作，它的寫定者是李開先或他的崇信者。

通過以上大致梳理我們可以看到，以徐先生對《金瓶梅》的重視程度及研究思路，他稱《金瓶梅》為世代累積型集體創作的一個重要標本，絕不是主觀臆測的結果，而《金瓶梅》研究之所以成為他理論的重要基石，還因為他深刻地認識到：「加深對《金瓶梅》的微觀認識，必將加深對中國小說史的宏觀認識。反過來也一樣。」[4]下面我們具體評述徐朔方先生《金瓶梅》研究關於世代累積型集體創作說的主要觀點和意義。

(一)徐朔方先生的《金瓶梅》研究以前輩學者的研究為起點，並汲取了同時學者的某些觀點，從而創新了世代累積型集體創作說。

徐先生以前輩學者的研究為起點，從對《金瓶梅》的寫定者和成書之考證入手，進而揭示其世代累積型集體創作的真實面目。他曾不止一次地對此進行說明，以示對前輩學者研究成果的尊重。〈金瓶梅成書新探〉說：「本文作者曾發表〈金瓶梅的寫定者是

2　《小說考信編》，上海古籍出版社1997年版，第3頁。下文出自此書者以此註腳序號加頁碼標注。
3　同註1，第3頁。
4　同註2，第255頁。

李開先〉和〈金瓶梅成書補證〉，提出《金瓶梅》是世代累積型集體創作，李開先是寫定者。分別說，這兩種說法都不始於本文作者。」徐先生指出《金瓶梅》作者李開先說，最早見於前中國科學院文學研究所《中國文學史》1962 年初版第 949 頁及註腳，主張《金瓶梅》是世代累積型的長篇小說，則始於 1954 年 8 月 20 日《光明日報》載潘開沛〈金瓶梅的產生和作者〉。潘開沛的文章隨即受到徐夢湘的批評，題為〈關於金瓶梅的作者〉，見該報次年 4 月 17 日。潘開沛沒有提出答辯，以後也沒有就同一問題進行討論[5]。〈我與小說戲曲〉說：《金瓶梅》不出於個人作家之手的論點始於潘開沛〈金瓶梅的產生和作者〉，次年 4 月 17 日徐夢湘在同一副刊批評，仿佛爭論至此結束，傳統說法占了上風。《社會科學戰線》1983 年第 3 期載章培恒教授〈百回本西遊記是否吳承恩所作〉根據清初黃虞稷《千頃堂書目》的記載，動搖了當年魯迅和胡適認定吳承恩創作《西遊記》的所謂定論。「然後，我又分別以他們的論述為基礎作出帶有規律性的世代累積型集體創作的系統論述。」[6]〈再論《水滸傳》和《金瓶梅》不是個人創作〉說：《金瓶梅》非一人之作，前輩學者馮沅君、趙景深都曾經提出，正式提出這個主張者始於潘開沛〈金瓶梅的產生和作者〉。這是一篇短文，難以要求它作出充分的論證。不久，受到徐夢湘的批評，見該報次年 4 月 17 日〈關於金瓶梅的作者〉。二十五年來這個問題未見有人提起。後來我以 1980、1981 年兩篇舊作為基礎寫成〈金瓶梅成書新探〉，它被評論家李時人〈關於金瓶梅的創作成書問題〉看作「實集當前《金瓶梅》集體創作說觀點之大成」，其實問題的許多方面還有待深入[7]。

　　「其實問題的許多方面還有待深入」，這並不是徐先生的客氣話或無謂的謙虛，而是他對《金瓶梅》在中國小說史上呈現出來的複雜狀況的清醒認識。在〈金瓶梅的寫定者是李開先〉和〈金瓶梅成書補證〉這個姊妹篇中，徐先生雖然重申了《金瓶梅》是世代累積型集體創作，並把李開先作為寫定者而非作者，但仍然迷信沈德符在《萬曆野獲編》中提出的「嘉靖大名士手筆」說，故對文人寫定者作用的估計過高。隨著對《金瓶梅》探索和認識的深化，他擺脫了舊說的影響，在幾年後把上面兩篇舊作改寫成〈金瓶梅成書新探〉，這篇文章是其進一步「深入」研究後形成的代表作，對文章主要觀點的改變及意義可作如下概括：《金瓶梅》是世代累積型集體創作，他的寫定者是李開先或他的崇信者。在該文中，「世代累積型集體創作」的結論確定無疑，「寫定者是李開先」則被訂正為「寫定者是李開先或他的崇信者」。徐先生自述：「最主要的改動不在於寫定

---

5　同註 2，第 67-68 頁。

6　《徐朔方說戲曲》，上海：上海古籍出版社 2000 年版，第 13-16 頁。

7　同註 2，第 115 頁。

者由李開先改為他或他的崇信者，而在於我以前對寫定者所起的作用錯誤地估計過高。」正確地估計寫定者的作用，可以看到「這就包含兩個可能：一、如果改定者是李開先的崇信者，他的文化修養不會太高，根本不是『大名士』；二、如果是李開先本人，那他只是出主意或主持印製而已，並末自始至終進行認真的修訂。根據這樣的觀點，寫定者無論對本書的成就和缺陷都不起太大的作用。」[8]可見，只有把「《金瓶梅》是世代累積型集體創作」和「它的寫定者是李開先或他的崇信者」二者結合起來，才能較為完整地把握徐先生通過實證研究所闡述的世代累積型集體創作說的基本內涵，把這兩個方面抽去其中的任何一個，或把二者割裂開來，都難免產生曲解和誤導。徐先生在《論金瓶梅的成書及其它》及最後的自選集《小說考信編》中，都捨棄了〈《金瓶梅》的寫定者是李開先〉和〈《金瓶梅》成書補正〉，更為明確地表明了自己對修訂後觀點的堅持。為了論述的方便，有時他即便將二者分而論之，其內在的邏輯關係也是顯而易見的。這表明隨著考察和認識的深化，徐先生的世代累積型集體創作說既不否定寫定者的功績，同時也不過高地估價某一個人在其中的作用，進而夯實了世代累積型集體創作說的理論基礎。徐先生的這一改變，是對前人和自己此前論述的發展。

對《金瓶梅》的世代累積型集體創作的性質，徐先生還進行了以下三個方面的集中考證和闡述：

1. 「詞話」一詞表明了《金瓶梅》的世代累積型集體創作性質

中國長篇小說的發展經歷過話本這一階段，這是徐先生世代累積型集體創作理論的依據之一。然而由於《三國演義》《水滸傳》《平妖傳》《西遊記》等長篇小說都沒有留下它們在詞話階段的版本，「《金瓶梅詞話》可說是中國宋元明三代白話長篇小說發展過程中唯一現存的詞話本。」[9]

徐先生多次強調，沈德符《野獲編》卷二十五將《金瓶梅》列於詞曲之下，可見他對「詞話」二字的重視。徐先生又進一步指出：「話本和詞話原是同一藝術形式，話本可以看作是詞話本的簡稱，或者詞話是話本的早期稱呼。話本之『話』指的是『說話』藝術。」但「曲和詩本是話本的有機組成部分，也即天都外臣〈水滸傳序〉所說的『蒜酪』，絕不是偶一為之或可有可無的穿插。」證據是《醉翁談錄》甲集卷一〈小說開闢〉說：「吐談萬卷曲和詩。」因此徐先生強調對「說話」這一藝術形式的理解，不能只看到或重視它「說」的一面，而忽視它還有「唱」的一面，而詩是話本即詞話的重要組成部分之一，除元明兩代的文獻記載和《京本通俗小說》的若干作品、《大唐秦王詞話》

---

8　同註1，第6-7頁。
9　同註1，第4頁。

外，「最為典型的例證首推《金瓶梅》」[10]。

徐先生認為現存最早的《金瓶梅》刻本以詞話為名，不會是什麼人糊裏糊塗加上去的。他並非只在標題上作文章，而是既看到了《大唐秦王詞話》與《金瓶梅》的體裁極其相似，又看到了「小說大約七十萬字的本文都可以證明它是詞話，不是個人創作。這是無法改變的事實。」[11]

2. 從《金瓶梅詞話》本身可以很明顯地看出它是說唱藝術而不是作家個人創作。徐先生在《金瓶梅》中指出了十條基本論據：每一回前都有的韻文唱詞，有的在形式上帶有更鮮明的說唱藝術的特色；大部分回目以韻語作為結束，分明也是說唱藝術的殘餘；小說正文中有若干處保留著當時詞話說唱者的語氣，和作家個人創作顯然不同；小說中人物哭靈、訴苦使用唱曲；小說幾乎沒有一回不插入幾首詩、詞或散曲，尤以後者為多；全書對勾欄用語、市井流行的歇後語、諺語熟練運用，有的在一般戲曲小說中罕見；從風格來看，行文的粗疏、重複也不像是作家個人的作品；就小說主要人物的年齡和重大事件的年代來說，有時顛倒錯亂十分嚴重；浦安迪教授曾指出《金瓶梅》的結構也有《水滸傳》那樣以十回作為一個大段落的傾向[12]。

徐先生認為上述情況雖然和小說寫定者的愛好及趣味有關，但在說唱時卻首先為了滿足城鎮聽眾的需要。如果不是一度同說唱藝術發生過血緣關係，對這些問題是難以說明的。因此，「《金瓶梅》詞話存在著如此眾多的破綻、矛盾、錯亂、前後脫節或重複，比所有的長篇小說都更為嚴重（這是以前的研究者所未曾指出的），這表明它是未經認真整理的一部世代累積型集體創作。」[13]

3.《金瓶梅》和它所引用或借用的作品之間不可否認的關係，說明它不是個人創作。徐先生認為最重要的問題在於《金瓶梅》引用前人的詞曲和戲曲、話本次數之多，篇幅之大，在中國小說史上獨一無二，研究論著中以美國哈佛大學韓南教授的論文〈金瓶梅探源〉所述最為完備。《金瓶梅》的作者能夠無所依傍地創作出不少獨到的篇章，而所引用的那些平庸片段並不足以構成小說的精彩段落，這是本來是很難理解的。但考慮到在這一種類型的戲曲小說中不存在摹仿或抄襲的問題。人人都可以摹仿或抄襲前人的作品，同樣也可以增刪修改前人的作品。因此作為一種普遍的現象，「中國古代小說戲曲的獨特成就以及它的常見的雷同因襲的缺陷，都可以在它獨特的形成發展過程中去理

---

10　同註 1，第 4 頁。

11　同註 2，第 68、69 頁。

12　同註 2，第 70-76 頁。

13　同註 1，第 5 頁。

解。個人創作出現明顯的抄襲現象，那是不名譽的事」[14]。只有認識到作為世代累積型的集體創作，不同作品在流傳過程相互影響、相互吸收已成為習慣，甚至成為難以避免的情況，《金瓶梅》的上述現象才能得到說明和理解[15]。許多學者認為《水滸》以及其他話本、非話本小說同《金瓶梅》的雷同或因襲是一前一後的繼承關係，徐先生的觀點則相反。他認為，「《金瓶梅》的故事結構本身像它的題目《金瓶梅詞話》那樣，直言不諱地招認出它同說唱的直系親屬關係。」[16]

徐先生〈金瓶梅成書新探〉基於對《金瓶梅》長期的綜合探索和細緻考證，得出了前人沒有的結論：中國小說發展史應該恢復它的本來面目。最後完成《三國演義》《水滸》《西遊記》《封神演義》以及《東周列國志》《楊家將》等話本小說的明代文學界，不可能貢獻出一部個人創作的《金瓶梅》。研究《金瓶梅》以及上述話本小說的思想和藝術，都必須考慮到民間藝人世代流傳而形成的這一基本事實，否則難免隔靴搔癢，不著邊際。這些小說的燦爛奪目的獨特成就和它們平庸、粗糙、拙劣以至穢惡的一面顯然不同於文人創作中工拙互見的那種情況。《金瓶梅》既是詞話體小說，曹雪芹的《紅樓夢》作為個人創作的社會寫實小說所取得的特異的進展，就更加引人矚目。《金瓶梅》的成書問題雖小，它涉及中國小說發展史的關係卻極為深遠。

(二)徐朔方先生的《金瓶梅》研究，是對世代累積型集體創作說不斷探索並盡力完善的典型。

這個問題其實在上文已有所涉及，下面不妨再作一些引申。《金瓶梅》不僅是徐朔方先生世代累積型集體創作說的重要實證，也是他多年來不斷探索以盡力完善其理論的典型，表現了老一輩學者鍥而不捨，治學嚴謹的學術風範。徐先生是「文革」結束後最早進入《金瓶梅》這一禁區並產生了重大影響的學者，其實他的這項研究工作之開始，比其發表論著要早得多。1961年徐先生剛寫完〈評《李開先的生平及其著作》〉，並發表於次年《文學遺產增刊》第9輯，在接下去讀《金瓶梅》時，就覺得小說第七十回俳優唱的〈正官·端正好〉套曲有似曾相識之感，經查證原來它出於《寶劍記》第五十齣。這個看似偶然的發現，促使他寫下了〈金瓶梅的寫定者是李開先〉這篇文章。由於顧慮到《金瓶梅》聲名狼藉，因此在擱置很久之後，才寄給了當時獨一無二的一家不定期雜誌。這時徐先生感覺到正在醞釀中的「文革」已經在戲曲改革中露出端倪，於是又寫信給編輯部索回了這篇短文。直到1979年，他看到《社會科學戰線》連載朱星先生的〈金

---

14　同註2，第77頁。
15　同註2，第78頁。
16　同註2，第80頁。

瓶梅考證〉，這才檢出舊稿，加上同朱先生商榷的一些內容，發表於《杭州大學學報》
1980 年第 1 期，題目照舊。一年後，徐先生又在《杭州大學學報》1981 年第 1 期發表了
〈金瓶梅的寫定者是李開先〉的續篇〈金瓶梅成書補證〉。至此，尚處於前人影響下的《金
瓶梅》寫定者是李開先之說形成。

　　1983 年初，徐朔方先生應邀到美國普林斯頓大學訪問一年，在那裏他看到韓南教授
1963 年發表的〈金瓶梅探源〉，認為即以《金瓶梅》因襲《寶劍記》這一點而論，韓南
教授也比自己所看到的更為全面。但是對《金瓶梅》中五十一種引文的分析和評價，徐
先生與韓南教授持有不同的觀點。韓南教授認為這部小說成於一人之手，徐先生的認識
則正好相反。於是他將上述兩篇舊作重新增補，改寫為〈金瓶梅成書新探〉，發表於《中
華文史論叢》1984 年第 3 期，1985 年又進行了一次增補校訂。在這篇文章中，徐先生闡
述了以下重要觀點：其一，《金瓶梅》是世代累積型集體創作。其二，《金瓶梅》的成
書當在嘉靖二十六年（1547 年）之後，萬曆元年（1573 年）之前，上限不可能再提早，下
限則可修正為萬曆十七年（1590 年）；寫定者的籍貫則在今山東省中西部及蘇北北部，即
黃河以南、淮河以北一帶。其三，《金瓶梅》的寫定者是李開先或他的崇信者。此後，
在寫於 1986 年 5 月的《論金瓶梅的成書及其它·前言》中，徐先生再次補充了其〈新探〉
對〈金瓶梅的寫定者是李開先〉和〈金瓶梅成書補證〉所作的檢討：「這兩篇舊作的主
要缺點正是學術研究中的那個老問題，積習難返，我迷信沈德符《野獲編》中的那句話：
《金瓶梅》出自『嘉隆間大名士手筆』。」[17]徐先生在此特別強調了他對寫定者認識轉變
的關鍵何在（見上文，不贅）。徐先生《金瓶梅》研究的主要理論，到 1988 年結集出版《論
金瓶梅的成書及其它》時已經基本形成，所以他在〈前言〉中說：「我希望今後無論是
對我的《金瓶梅》研究表示批評、反對或贊同，引用拙作都以此書為準。」[18]但他在 1990
年評論梅節先生的論文〈金瓶梅成書的上限〉時，又再次就《金瓶梅》的成書年代發言。
梅節先生的論文說《金瓶梅》產生的年代有兩說，一為嘉靖說，一為萬曆說。徐先生說：
「我不知道他有什麼理由，獨獨把嘉靖之後、萬曆之前的隆慶朝六年排除在外。我接近於
隆慶說，但也包括嘉靖統治四十五年的後期在內。」[19]在最後的著作《明代文學史》中[20]，
徐先生還對《金瓶梅》的創作方法和西門慶、潘金蓮形象的定位有所修改。

---

17　同註 1，第 6 頁。

18　同註 1，第 8-9 頁。

19　評〈金瓶梅成書的上限〉，《明清小說研究》，1990 年第 3-4 期。梅節先生的文章〈金瓶梅成書
　　的上限〉，《臺灣日報》1989 年 5 月 21、22 日連載。

20　《明代文學史》，杭州：浙江大學出版社 2006 年，第 134 頁。

# 二、徐朔方先生把《金瓶梅》研究
# 置於中國小說發展史這個宏觀視野下進行

　　徐朔方先生論證《金瓶梅》不是個人創作，既以它和《水滸》作為對照，又考察了《平妖傳》和《水滸》《西遊記》和《封神演義》之間的異同，以眾多例證揭示了它們兩兩之間由彼及此、由此及彼的雙向因襲關係，證明它們具體生動地構成了世代累積型集體創作的中國古代長篇小說的創作背景。他認為「具有這樣的宏觀認識，才能理解其中某一具體作品為什麼不是個人創作」[21]。徐先生從不同的方面考證並闡明《金瓶梅》的性質及其出現的重大意義，在他開闊的學術視野中，這些問題沒有一個是孤立的存在，它們雖然表現在《金瓶梅》中，但實際關聯著中國古代小說發展史整體和局部的真相，而這個真相，是隨著研究的深入而逐步展現出來的。

　　《金瓶梅》之所以成為徐先生心目中世代累積型集體創作說的一個重要標本，是因為他認為從《三國演義》到《紅樓夢》，在中國長篇小說的發展過程中，《金瓶梅》是一個承先啟後，不可或缺的重要環節，對廓清中國小說史的真實面貌意義重大。徐先生首先肯定了魯迅在《中國小說史略》中把《金瓶梅》和《紅樓夢》都歸入人情小說類的重大理論意義。他認為這無異指出並充分肯定了世俗中的普通人物成為長篇小說的主角，創始於《金瓶梅》[22]。徐先生把這一點看作近代小說與古代小說的重要分野。他認為在「四大奇書」中，前三部顯然都不具備這樣的特點。其次，就藝術結構而論，「四大奇書」的另外三部「都是單線發展型式，而《金瓶梅》則另闢路徑，結構錯綜複雜曲折，多數令人耳目一新」。如早於《紅樓夢》不多時間的《儒林外史》，對長篇小說的體制就完全沒有作出自己的貢獻。基於上述兩個原因，徐先生認為「《金瓶梅》在小說藝術的兩個主要方面（人物和結構）都成為《紅樓夢》的先驅」[23]，而在《金瓶梅》和《紅樓夢》兩者之間出現的長篇小說，由於它們各自的局限，都難以作為《紅樓夢》的借鑒。也即是說，徐先生認為在中國古典小說的發展史上，只有《紅樓夢》是直承《金瓶梅》的。不僅如此，兼及對《平妖傳》《西遊記》《封神演義》和南戲《拜月亭》等小說戲曲成書過程的綜合考察，將更有利於對《金瓶梅》的性質進行更為準確的定位。在中外文學和小說戲曲的相互比較中進行鑒別，這也是徐先生在學術研究中經常使用的方法之一。

---

21　同註 2，第 129 頁。

22　同註 2，第 65 頁。

23　同註 2，第 66 頁。

## (一)《水滸傳》和《金瓶梅》

徐先生在〈《金瓶梅》成書新探〉[24]和〈再論《水滸》和《金瓶梅》不是個人創作——兼及《平妖傳》《西遊記》《封神演義》成書的一個側面〉[25]這兩篇論文中,對《水滸傳》和《金瓶梅》進行了全面細緻的比較,指出它們之間有著重要的、遠比其他小說更多更複雜的聯繫,他對這兩部小說的關係進行了歸納,作為《金瓶梅》不是個人創作的重要論據,其主要觀點是:

1. 從兩書相互蹈襲的現象看,如果《金瓶梅》是個人創作,它同《水滸》的關係只能是單向的影響或作用,如果二者的關係是雙向的影響或作用,當然它們都只能是世代累積型的集體創作。因為這種雙向影響不可能發生在個人創作中。以引首詩為例,《水滸》中與內容無關者共有二十三首,其中居然有半數和《金瓶梅》相同。這種相互蹈襲的現象在《水滸》《平妖傳》《西遊記》《封神演義》以及《大唐秦王詞話》等章回小說中竟然一樣存在,只是在程度上不及《金瓶梅》而已。《金瓶梅》大量借用現存的詩詞戲曲和話本小說的現象,絕不是「反映了作家初次嘗試獨立進行長篇小說的幼稚粗疏的一面」這一說法所能解釋的[26]。合理的解釋只能是它不是個人創作。只要有一方是個人創作,就不可能從對方接受影響而又施加影響於對方。許多學者所揭示的諸多小說之間的雷同和因襲現象,也都限於世代累積型集體創作而非個人創作。由此徐先生得出結論:「這是《水滸》《金瓶梅》不是個人創作的又一論據。」[27]

2. 從兩書的藝術結構上可以設想,《金瓶梅》不像《水滸》那樣讓武松在酒樓一舉打死西門慶,這是《金瓶梅》之所以獨立成書的先決條件。《水滸》故事當元代及明初在民間流傳的各家說話中大同小異,為了迎合市民趣味,其中一個異點,即西門慶的故事由附庸而成大國,最後產生了獨立的《金瓶梅詞話》。

3. 從兩書的重疊部分看,《金瓶梅》和《水滸傳》同源異流,未定型的故事傳說在長期演變過程中有分有合、彼此滲透、相互影響,因而產生了重疊部分既相同又相異的情況。徐先生對這種情況的解釋是,兩書都採用它們未寫定的祖本即話本或詞話系列的原文,因而產生兩書重疊部分相同的一面,後來既然發展為兩部各自獨立的小說,它們勢必分道揚鑣因而產生兩書重疊部分相異的一面。《金瓶梅》和《水滸傳》的寫定年代雖有先後之別,其「前身『說話』或『詞話』的產生很難分辨誰早誰遲」。所以,「與

---

24 同註2,第64-113頁。
25 同註2,第114-141頁。
26 同註2,第134頁。
27 同註2,第141頁。

其說《金瓶梅》以《水滸》的若干回為基礎，不如說兩者同出一源，同出一系列《水滸》故事的集群，包括西門慶、潘金蓮故事在內。從某些方面看，《水滸》中西門、潘的傳說比《金瓶梅》的傳說早，從另一些方面看來又可以說相反。這是成系列未定型的故事傳說在長期演變過程中出現有分有合、彼此滲透、相互影響的正常現象。」[28]「《金瓶梅》和《水滸傳》的關係如此，它和其它話本、非話本小說的關係也大體相似」[29]。它們之間的一些熟套，也由話本產生流傳過程中各門派的師承關係而派生。這就從另一角度反映出《金瓶梅》不是個人創作，它的故事幾經流傳、變異，淵源很早[30]。

不過在這兩部小說的對比研究中，徐先生的觀點確乎有一個難以繞過的障礙：既然「《水滸》故事以宋江為中心的主幹來源較早，後來從它那裏派生了一支西門慶、潘金蓮的故事，這個故事和原來的許多《水滸》故事又在長期的流傳過程中有分有合，彼此滲透，互相交流，同時又各有相對的獨立性，有的章節此早彼遲，而另外部分則可能相反。繼續滲透、交流的結果，早中有遲，遲中有早，再也分不清孰先孰後了」[31]，那麼西門慶和潘金蓮的故事究竟是怎樣從《水滸》派生出來，又進而通過世代累積而發展為獨立的《金瓶梅》之主幹的？徐先生也曾試圖回答這個問題，如〈《金瓶梅》成書新探〉說：「那麼《水滸》的西門、潘故事有沒有留下較早傳說的痕跡呢？第二十三回有『鄰郡清河縣人氏』的說法。鄰郡就不是同郡。儘管小說把清河縣屬東平府該管這一點寫得很確定，但還是露出了一星半點真實的歷史面目——清河縣不屬東平府該管。據《新元史·地理志》，清河縣屬恩州，元初幾年恩州曾一度隸屬東平路。這可能是兩書把清河縣誤以為歸屬東平府的來由。」[32]但這顯然語焉不詳，論據不足，是徐先生《金瓶梅》研究中最令人遺憾的問題，連帶也是其世代累積型集體創作說較大的疑點。

## (二)戲曲和《金瓶梅》

就雷同的情節及其詩詞穿插等詞話固有的特點，徐先生還在〈南戲《拜月亭》和《金瓶梅》〉[33]一文中考察了《金瓶梅》與戲曲的關係：《金瓶梅》第六十一回因襲《寶劍記》第二十八齣，《寶劍記》卻又來自《拜月亭》即《幽閨記》傳奇。《寶劍記》第二十八齣和世德堂本《拜月亭》第二十八折相比，兩個男人診出婦科疾病相同。這不是一

---

28　同註2，第80頁。
29　同註2，第85頁。
30　同註2，第92頁。
31　同註2，第85頁。
32　同註2，第84頁。
33　同註2，第167-174頁。

般的抄襲，而是小說戲曲中常見的因襲現象，它們在無作者主名的世代累積型的集體創作中屢見不鮮，而南戲此劇非個人創作，世德堂本第四十三折〈尾聲〉說：「書會翻騰燕都舊本。」這是指話本而非雜劇。「燕都舊本」現已失傳，「大為走樣和退化的本子」題為〈龍會蘭池錄〉和更遲的《繡谷春容》卷二，名〈龍會蘭池〉。「戲曲中精彩的部分，如第二十六齣〈皇華悲遇〉、第三十二齣〈幽閨拜月〉都被小說平庸地帶過。」[34]小說中眾多的詩詞並不優美，卻為話本演唱時所必需。同這樣一些作品放在一道，《金瓶梅》穿插的詩詞那麼多，就不顯得太特殊了。

## (三)湯顯祖和《金瓶梅》

徐先生主要在〈湯顯祖和《金瓶梅》〉[35]這篇論文中，以湯顯祖傳奇和《金瓶梅》相同的部分，即《南柯記》第四十四齣和《金瓶梅》最後一回之先後關係，來推定湯顯祖讀到《金瓶梅》的時間，當在《南柯記》完成的萬曆二十八年（1600 年），並認為傳奇和小說都以具有類似的宗教傾向的類似情節作為全書結局，其先後啟承轉襲的關係無可懷疑。再者如《金瓶梅》對湯顯祖的影響可能不限於《南柯記》的結尾。如《紫簫記》第十三、十六齣，《紫釵記》第十一齣，《牡丹亭》第十七、十八齣都有過於刻露的描寫。對這類情況，徐先生不是簡單地加以否定，而是將小說戲曲加以比較，從而指出二者在傳承轉襲中的重大區別：不光是《金瓶梅》對湯顯祖施加影響，而是產生《金瓶梅》的社會思潮同樣又產生了《牡丹亭》的瑕疵。不過兩者的情況大不相同。《金瓶梅》以一個帶有濃重的市井色彩、同傳統的官僚地主有別的人物西門慶作為主角。它不是封建主義的那一套了，卻又夠不上反封建的高度；《牡丹亭》則以浪漫主義和現實主義的奇妙結合，塑造出一個既來自現實又面向來來的少女形象，她是黑暗中的星光，黎明前的雞聲。「青出於藍而勝於藍」，單就兩者的局部而論，《金瓶梅》和《牡丹亭》的先後承襲關係，不妨作這樣的概括。

## (四)《金瓶梅》和《醒世姻緣傳》及《繡榻野史》

在〈論《醒世姻緣傳》以及它和《金瓶梅》的關係〉[36]及〈中國古代個人創作的長篇小說的興起〉[37]中，徐先生指出《金瓶梅》對後世文學的影響有積極和消極兩個方面，

---

34　同註2，第 172 頁。
35　同註2，第 178-185 頁。
36　同註2，第 186-205 頁。
37　同註1，第 380-393 頁。

《醒世姻緣傳》和《紅樓夢》代表前者，《繡榻野史》則代表後者。

研究了後世小說對《金瓶梅》的接受情況，徐先生認為，在《金瓶梅》和《紅樓夢》之間將近二百年的中國小說發展歷程上，除了這兩者外，再沒有第三者在思想和藝術上足以和《醒世姻緣傳》相提並論。徐先生從它的思想（作為社會問題小說）和藝術（情節、結構、語言）上探求《金瓶梅》的影響，並分析了《金瓶梅》作為世代累積型集體創作和《醒世姻緣傳》作為個人創作的不同，用作《金瓶梅》成書問題的旁證。

和《醒世姻緣傳》不同，《繡榻野史》是《金瓶梅》在後世消極影響的典型實例——這是徐先生對這部小說的基本看法。「《繡榻野史》的男主角外號東門生，脫胎於《金瓶梅》的男主角西門慶。以胡僧、春藥、緬鈴等等為標誌的色情描寫以及結尾的因果報應，都是對《金瓶梅》的拙劣摹仿。在《金瓶梅》，富有現實意義的對社會黑暗的揭露和若干色情片段同時並存，《繡榻野史》卻除了色情之外別無所有。全書說不上什麼藝術性。它是《金瓶梅》對後來小說所起的惡劣影響的一個實例。」[38]此書在《金瓶梅》之後，成為中國個人創作長篇小說的開始。「全書和《金瓶梅》是摹擬者和被摹擬者的關係，個別情節如和《珠衫》的雷同則出於偶然。顯然《繡榻野史》不是世代累積型的集體創作，而是從摹仿起步的較早的個人創作長篇小說之一。」[39]

## (五)《金瓶梅》和《紅樓夢》

脂硯齋評點《紅樓夢》說：「寫個個皆到，全無安逸之筆，深得《金瓶》壼奧」[40]。對這兩部小說的關係，徐先生很欣賞脂評的這個認識，他自己則以〈《金瓶梅》和《紅樓夢》〉[41]一文為主，對二書進行了比較。

徐先生首先從中國文學愛情題材的發展著眼，認為《西廂記》《牡丹亭》和《紅樓夢》是封建時代文學所能到達的最高成就，「然而前兩者是戲曲，後者是小說，體裁不同，語言有別，在藝術技巧上的先後借鑒受到較多的限制。」[42]再從小說發展史來看，長篇小說《金瓶梅》突破了之前的傳統，採用一般勞動人民以及他們的日常生活為作品的題材，雖然相隔一個半世紀，但《金瓶梅》對《紅樓夢》的影響顯而易見，無論是日常生活題材還是人物形象、情節結構等，除了《金瓶梅》，別說戲曲，甚而小說都無從成為《紅樓夢》借鑒。沒有《金瓶梅》的已有成就作為借鑒，《紅樓夢》的成就是難以

---

38　同註1，第383頁。
39　同註1，第384頁。
40　脂硯齋《脂硯齋重評石頭記》庚辰本，北京：人民文學出版社1975年，第275頁。
41　同註2，第206-213頁。
42　同註2，第206頁。

想像的。和現代人不同，在兩個半世紀以前的曹雪芹的視野中，除《金瓶梅》之外，沒有什麼題材類似的小說可以讓他哪怕是作一對照。在〈《金瓶梅》成書新探〉中徐先生對此作了更為具體的說明：「《金瓶梅》在小說藝術的兩個主要方面（人物和結構），都成為《紅樓夢》的先驅。在《金瓶梅》之後、《紅樓夢》之前曾出現別的長篇小說，如《玉嬌梨》《平山冷燕》《好逑傳》《繡榻野史》《禪真逸史》和《醒世姻緣傳》等，它們由於各自的局限性，都難以作為《紅樓夢》的借鑒。曹雪芹倒是借書中人物賈母之口指責過它們之中某些作品的缺點。」[43]

徐先生對二書關係的評論，既肯定了《金瓶梅》對於後者的借鑒意義，又肯定了《紅樓夢》之於前者的顯著進步：《紅樓夢》以封建大族及其周圍內外不少下層人物的真實生活為題材，所描寫的社會生活雖偏於地主階級上層，它所描寫的下層人物卻已經從《金瓶梅》不時所施加的歪曲和醜化中解放出來了，這是小說藝術中現實主義的一大進展；《紅樓夢》是文人個人創作，不受章回逐日分解的限制，苦心孤詣慘澹經營，又比《金瓶梅》更進一步；《紅樓夢》和《金瓶梅》一樣重視小說的情節結構，甚至不避雷同，卻以「個個皆到」成其獨到之處；兩者在藝術風格上有明顯的文野精粗之別，《紅樓夢》的情節和情景描寫比《金瓶梅》更為醒目，人物形象也更為鮮明。

對《金瓶梅》和《紅樓夢》在表現技巧和文學語言上的差距之所以產生，徐先生的結論是：這既和兩書在相隔一個半世紀中白話文學的整個水準在不斷提高有關，但更為重要的是由於它們不屬於同一類型的作品：一個是民間詞話的寫定，寫定處於記錄整理和創作之間；一個是偉大作家曹雪芹的個人創作。《金瓶梅》的不足之處恰恰和它不是個人創作的詞話體小說有著先天的聯繫。

除以上論述外，在〈論《金瓶梅》〉中，徐先生就如何評價小說以反面人物為主的問題，比較了《金瓶梅》和《紅樓夢》的不同，進而涉及到創作方法[44]。

## 三、徐朔方先生對《金瓶梅》的文學史地位、內容主旨、藝術形象和創作方法的評論

在這方面徐先生對《金瓶梅》的具體評論不多，卻深中肯綮，主要集中在〈論金瓶梅〉〈論金瓶梅的性描寫〉〈金瓶梅西方論文集前言〉等三篇論文和《明代文學史》中。下文概括徐先生的主要看法。

---

43　同註2，第66頁。
44　同註2，第225-226頁。

　　(一)文學史地位——《金瓶梅》對中國長篇小說的發展作出了多方面的貢獻，它及時反映了當時種種社會現象，生動地塑造了作為商人、惡霸地主和官僚三位一體的典型西門慶，以及潘金蓮、李瓶兒、應伯爵等市井色彩極為濃重的人物群像，使它成為中國文學史上第一部以市民為主角、以他們的日常生活為題材的長篇小說，同時也是第一部以反面人物為主角的長篇巨制。把它和以前及同時的《三國志演義》《水滸傳》《西遊記》相比，它的藝術結構更為有機完整，人物描寫更加細膩具體，通過對話以展示人物性格的手法也更為成熟了。在中國小說史上這些都是前所未有的成就。在評論韓南教授的〈金瓶梅探源〉時徐先生總結道：「我認為《金瓶梅》在中國小說史上的開創性貢獻有二：一是世俗中的普通人物從此成為長篇小說的主角；二是在情節結構和人物塑造上打破單線發展的型式，現實主義的小說藝術到此成熟。」[45]對於《金瓶梅》東摘西引，接受了小說、話本、清曲（散曲和套曲）、戲曲等眾多來源的意義，徐先生也作了分析：這些來源對《金瓶梅》的上述成就很少有積極作用，如果有的話，那也是在前人啟發下所完成的獨創性的描寫，而不是它所引用的那些片段。《金瓶梅》如果「開拓了為讀者、不為聽眾而寫作的小說領域」，那是它本身的描寫，而不是它所引用的那些清曲、戲曲以及其他說唱形式，它們只能使聽眾發生興趣，卻不會使讀者感到滿意[46]。

　　(二)內容和主旨——《金瓶梅》被看作淫書並不缺少理由，但它同時還有另一面：對社會現實的深刻反映和傑出的藝術成就；小說描寫了西門慶一家的興衰史，並通過西門慶同蔡京以及其他官僚的關係，廣泛觸及了從朝廷到州縣的種種弊政；小說所描寫的人物上自皇帝宰相，下至州縣衙門的差人吏役、勾闌中的妓女、老鴇以及幫閒清客，絕大多數都是反面角色；小說對那個腐朽制度的種種世態作了相當精細的刻畫——但作品無論是〈四貪詞〉或開頭結尾所表明的創作意圖，同某些實際描寫的客觀效果的確是直接矛盾的。如果空洞無力的抽象說教同鮮明生動的具體描寫相比較而兩者旨趣不一，占優勢的往往是後者而不是前者。《金瓶梅》的實際情況正是如此。

　　(三)主要人物形象——作為官僚，西門慶是權奸的爪牙；作為地主，他是一手遮天的惡霸；作為商人，他憑仗特殊的護身符而生財有道。西門慶身上所體現的是三種黑暗勢力的結合。這個形象，就官、商而論，以後者為主；不重才貌而重色欲，錢財又在色欲之上；其豔情和別的小說戲曲中才子佳人、郎才女貌的那一套，與文人學士的風流韻事也全然不同；西門慶這個人物如果僅僅理解為登徒子那樣的色鬼，這正如把《金瓶梅》僅僅看作淫書一樣，雖然不能說沒有根據，到底失之片面。總之這是一個帶有濃重的市

---

45　同註2，第295頁。
46　同註2，第295頁。

井色彩從而同傳統的官僚、地主有別的人物；他可以說是近代史上官僚資本家的遠祖。

(四)**創作方法**——徐先生曾以「自然主義」為概括，並在〈論金瓶梅〉中說：「中國文學史上不曾出現過明確的自然主義的提法和流派，但是這不等於說中國古代沒有自然主義文學，不過同歐洲的具體情況有些不同罷了。這同中國小說的發展史有關。……要在中國文學史上找一個自然主義的標本卻只能首推《金瓶梅》了。」「《金瓶梅》自然主義傾向的主要表現是它的客觀主義，即由於過分重視細節描寫而忽視了作品的傾向性。」[47]後來他在〈論金瓶梅中的性描寫〉表示仍然堅持這樣的看法，但是有一個論點需要修改：「就整體而論，《金瓶梅》可以看作是中國自然主義的標本，但它的性描寫卻與自然主義背道而馳，因為它怪誕離奇，以迎合讀者（包括詞話的原始對象聽眾在內）的低級趣味，它追求的不是細節描寫的真實性，而是聳人聽聞的色情描寫。批評色情描寫是自然主義，只能是不恰當地過高地評價它，恰恰同批評者的原意相反。」[48]

新世紀徐先生發表的〈再論《金瓶梅》〉和《明代文學史》，對西門慶形象和創作方法有一些修改，對潘金蓮形象的分析則有較多補充。

對於潘金蓮形象，徐先生以往並沒有專門論述，〈再論《金瓶梅》〉[49]一文的最大新意，則表現在對這個形象的分析上：《水滸傳》中潘金蓮成為淫婦的典型，《金瓶梅詞話》則從相反的方向，對潘金蓮的形象重新加以塑造，但由於禮教宗法制思想仍然統治著那個社會，因此重塑潘金蓮形象的創作意圖必然半途而廢，不可能始終如一地得到完成；《金瓶梅詞話》開首以戚氏和虞姬同潘金蓮相提並論，是其一大創造，從這裏開始，《金瓶梅詞話》對潘金蓮的具體描寫與「淫婦」不相一致；對潘金蓮和武大郎不相稱的婚姻，《金瓶梅詞話》以同情潘金蓮的筆調加以描寫，十條挨光計的預謀大大地減輕了潘金蓮的罪責；第七回似奇峰突起插進富孀孟玉樓的故事，使潘金蓮由陳陳相因的令人齒冷的淫婦逐漸取得讀者的同情；採用時曲抒情是《金瓶梅詞話》的一大創造，使潘金蓮作為棄婦的形象博得讀者的同情；《金瓶梅詞話》寫潘金蓮和陳經濟的勾搭，只能作為對西門慶淫行的反激而得到讀者的諒解，超過這一界限，就成為淫詞豔語的濫套了；把《金瓶梅詞話》按照市井趣味寫成一本淫書呢還是重塑潘金蓮形象？這始終是參與集體創作的民間藝人以及最後寫定者搖擺不定的一個難題，到武松遇赦回鄉時，這種搖擺就變成完全徹底地全部回到《水滸傳》的老路上去，《金梅瓶詞話》也因而可以說絲毫不存在一點新意了。

---

47　同註 1，第 10-11 頁。

48　同註 2，第 248 頁。

49　《明清小說研究》，2002 年第 3 期。

對於西門慶形象，徐先生對筆者說了這樣一個意見：我懷疑《金瓶梅》是把西門慶好的地方漏了，現在還有一些地方講西門慶的好話，該是寫定前的遺留。賈寶玉正反二面皆值得分析，西門慶卻無正面，此是小說的一大遺漏，對此我要另作專論（可惜徐先生尚未來得及做）。他又說，西門慶原先可能不完全是一個反面人物，而是猶如後來《紅樓夢》中的賈寶玉形象正、負各占一半，只是由於受禮教的影響，寫定者將西門慶完全作為反面人物來處理。

關於《金瓶梅》的創作方法，徐先生為《明代文學史》所定的基調是：說這部小說是自然主義，全錯。這部小說的創作方法是以現實主義為基本傾向，而帶有客觀主義的成分。

## 四、徐朔方先生對張竹坡《金瓶梅》評點的批評

徐先生論張竹坡的《金瓶梅》批評，發表在劉輝和吳敢先生的《金瓶梅會評本·前言》[50]中，主要觀點為：李贄對《忠義水滸傳》，金聖歎對《水滸傳》、毛宗崗對《三國志演義》以及張竹坡對《金瓶梅》的評點在小說批評史上異軍突起，它們對擴大小說的社會影響的歷史作用應予充分肯定；看來張竹坡並未見到詞話本，否則他不會在評語中不置一詞，他沒有想到《金瓶梅》對任何前人作品的引錄和襲用，他在全然缺乏有關資料的情況下開始他的評論；張竹坡對小說藝術手法作了開創性的探索，「冷熱金針」說是理解整本小說的關鍵，這無異指出現實社會的炎涼世態是小說的主題之所在，可以說簡明扼要，一語破的，在這上面建立的「寓意說」則難免「使小說創作必然等同於燈謎的製作，而小說研究將降低為猜燈謎、問卜、起課、打卦、圓夢之類的玩意兒了」；「苦孝說」沒有任何書內或書外的事實作為論據，卻把外來的封建倫常觀念強加在作品身上，這是傳統文學批評中最壞的一種手法。

## 五、徐朔方先生關注國內外學者的《金瓶梅》研究成果並進行交流推介和質疑答辯

思想的火花總是在碰撞中燦爛，問題的解決也總是在交流中達成，學術研究既不能閉門造車，亦不能閉關自守。徐朔方先生的《金瓶梅》研究也是在與海內外學者的廣泛交流和論辯中進行的。這包括對海內外學者研究成果的交流推介和質疑答辯。前者得益

---

於他畢業於英國語言文學系的語言文化便利，以及多次應邀出訪各國大學講學的機會。
他與世界各地著名漢學家建立了良好的友誼和交流關係，他編選校閱的《金瓶梅西方論
文集》[51]，多年來對促進國內外學者《金瓶梅》研究的交流，產生了不小的影響。該書
的〈前言〉對選入的論文都一一作了精當的評論，並就其中的一些問題提出了自己的看
法，〈金瓶梅詞話的第一個英文全譯本〉一文亦如此。對臺灣學者和國內同行的《金瓶
梅》研究，徐先生也表現了極大的關注，他不放過任何一個自己認為有價值的信息，於
是就有了與魏子雲先生、黃霖先生等同行名家的觀點碰撞。例如質疑魏子雲先生的〈評
金瓶梅的問世與演變〉〈答臺灣魏子雲先生——兼評他的金瓶梅〉作者屠隆說，質疑黃
霖先生的〈金瓶梅作者屠隆考質疑〉〈金瓶梅作者屠隆考質疑之二〉〈別頭巾文不能證
明金瓶梅作者是屠隆〉〈笑笑先生非蘭陵笑笑生補正〉，以及魏、黃二位先生的答辯，
均在《金瓶梅》成書和作者兩大問題上推進了研究的深入。對其他學者《金瓶梅》研究
之發現的引用和質疑，亦不同程度地使研究有所深入。

再者，即令是對同行好友成果的推介，徐先生也保留了自己的不同看法而並非一味
誇獎。如〈金瓶梅成書與版本研究序〉對劉輝先生、〈論張竹坡《金瓶梅》批評——金
瓶梅會評本前言〉對劉輝、吳敢先生研究成果的評論。對於國內學者的研究成果，徐先
生還編選彙集了《金瓶梅論集》。

徐朔方先生的批評話語有時或許令人覺得過於尖刻而難以接受，但這無疑是他真誠
直率個性在學術交流上的流露，誠如其所言：「不同學說的爭鳴有利於學術的繁榮和發
展。不同的觀點有時稱為論敵。與人為敵是壞事，唯有論敵值得歡迎。對一種新說，沉
默和吹捧是最壞的反響，嚴格的驗證和批評比前兩者好得多。」[52]秉持這樣的態度，使
徐先生由學術批評和爭論結交了不少良友。我想，這也是後輩學者應當學習的學術精神。

# 六、結語

徐朔方先生在中國古代小說戲曲同生共長的宏觀視野下，逐步把世代累積型集體創
作說系統化並上升為帶有規律性的總結，《金瓶梅》在其中可謂徐朔方先生最為重視的
作品。他參加的最後一次學術會議是 2002 年在山東臨沂召開的「《金瓶梅》郵票選題論
證會」，在有生之年他想寫而最終沒有寫成的是對西門慶形象、《金瓶梅》創作方法再

---

51 徐朔方編選校閱《金瓶梅西方論文集》，上海：上海古籍出版社 1987 年。以下作品的出處請參閱
　　本書《徐朔方金瓶梅研究精選集》附錄，不贅。
52 同註 1，第 221 頁。

修訂的論文。總而言之,《金瓶梅》是徐朔方先生用力甚勤,用時甚多,並不斷尋求新的發現以期使世代累積型集體創作說更臻完善的小說,但直到其最後的著作《明代文學史》,他對此仍有未盡之論。

徐朔方先生對上一世紀《金瓶梅》研究中爭議最大的成書和作者問題,曾發過一番感慨,重溫他說過的話,或許對我們在今後的研究中避免浮躁情緒不無裨益,摘引如下作為本文的結束:

> 七八十萬字的《金瓶梅詞話》,隱藏著探索它的成書和作者的成千上百的資料(請恕我使用這個不太合適的辭彙)。研究者們對成書年代和作者主名的幾種以至幾十種異說,除了缺乏古漢語基本知識的個別新解外,都有或多或少的上述數種資料為依據。如果有一個結論能夠符合《金瓶梅詞話》所隱藏的全部而不僅是部分的資料,我想正確的答案也就呼之欲出了。[53]

---

53　同註 19,第 6-7 頁。

# 附　錄

## 一、孫秋克小傳

　　女，1955 年 6 月出生於雲南昆明，原籍河南郟縣。畢業於昆明師範高等專科學校中文系、雲南大學中文系文藝學研究生班，並作為省校合作項目訪問學者訪學於浙江大學人文學院中文系。歷任昆明師範高等專科學校中文系——昆明學院人文學院講師、副教授、教授。中國《金瓶梅》研究會（籌）理事、雲南省國學研究會理事、雲南省高等院校古籍整理工作委員會委員。主要從事元明清文學和古代文論教學與研究。1983 年以來發表學術論文近七十篇，先後參與和主持國家社會科學研究基金項目兩項，主持雲南省科學研究基金項目兩項，參與完成國家出版項目一項。獲得各級科研成果獎多項。已出版《中國古代文學原理八論》《明代文學史》（第二作者）《明代雲南文學研究》《經典雲南·蒼雪大師評傳》等著作。參撰《中國大百科全書》（第二版）戲曲部分詞條，編輯《二十世紀中國學術文存·南戲與傳奇研究》（第二編者），編著《國學經典·李清照詩詞選評注》《閒雅小品叢書·錦書雲中來——古代尺牘小品賞讀》，主編《中國古代文論新體系教程》。

# 二、孫秋克《金瓶梅》研究論文目錄

1. 時曲與潘金蓮形象
   金瓶梅研究，第七輯，北京：知識出版社 2002 年。
2. 孟玉樓形象的塑造及意義
   昆明師範高等專科學校學報，2002 年第 2 期。
3. 論宋蕙蓮之死
   昆明師範高等專科學校學報，2003 年第 1 期。
4. 金瓶梅詞話二考
   昆明師範高等專科學校學報，2005 年第 1 期。
5. 《金瓶梅詞話》考劄
   金瓶梅研究，第八輯，北京：中國文史出版社 2005 年。
6. 再說《金瓶梅詞話》卷首〔行香子〕
   河南大學學報，2007 年第 6 期。
7. 湯顯祖與《金瓶梅》及其他
   《金瓶梅》與臨清：第六屆國際《金瓶梅》學術研討會論文集，濟南：齊魯書社 2008 年。
8. 批評的態度與態度的批評——讀劉世德先生的〈《金瓶梅》作者之謎〉有感
   徐州工程學院學報，2007 年第 7 期。
9. 徐朔方先生的《金瓶梅》研究
   《金瓶梅》與清河——第七屆國際《金瓶梅》學術討論會論文集，長春：吉林大學出版社 2010 年。
10. 張竹坡評點《金瓶梅》之史稗比較芻議
    臺灣 2012 年，國際《金瓶梅》學術會議論文集，臺灣里仁書局 2013 年。
11. 金瓶梅中的雲南羊角珍燈考
    金瓶梅文化研究，第六輯，中國文史出版社 2013 年。
12. 《明代文學史》（第二作者）第四章〈世代累積型集體創作長篇小說的成書及成就（下）〉第二節「《金瓶梅》：走進世俗生活新天地」
    浙江大學出版社 2006 年第一版，2009 年修訂版。
13. 論《金瓶梅》的意象群敘事結構
    閱江學刊，2014 年第 6 期。

# 後 記

　　編畢，夜已深。忽然嗅到春風送來的一陣清香，難以分辨來自哪一種花兒，只覺沁人心脾。不由得想，《金瓶梅》研讀的種種感想，亦是滋味難言。

　　我的學術研究雖始於上一世紀 80 年代初期，發表《金瓶梅》研究論文的資歷卻不深。2000 年秋，我作為省校合作項目訪問學者來到浙江大學，師從徐朔方先生，恰逢第四屆國際《金瓶梅》學術研討會在山東五蓮舉辦，有幸與會並由此加入了《金瓶梅》研究這支充滿活力的隊伍。雖然自 1983 年起在高校執教中國古代文學史課程以來，我一向重視分析和闡述這部名著的文學史價值，但述而不作，把對它的研讀心得寫成論文始於此際。由於受到居於《金瓶梅》研究學術前沿的前輩師長及學長的薰陶，才有了今天這份微薄的成績。這本小書留下了徐朔方先生教誨的痕跡，其他師長和學長的當面指教或大作惠及，也在其中有所記錄。令我在自選集整個修訂、編輯過程中感到不安的，不僅僅是這份成績的微薄，更有仰止金學界泰斗鴻儒的惶恐。

　　然而在惶恐中我還是編出了這個集子。集中的文章有一篇尚未發表。這次編選，對這些文章重新進行了修訂與整合：已發表者或全文收入本集，或只節選了其中的一些內容，或把不同文章的同類論題相對集中於一篇。拙文發表後又發現的問題，則以「補證」附錄於文末，或進行「再考」。本集的研讀內容大體分為三個部分：《金瓶梅》與其他作品之關係和名物、引用詩詞考（1-5 篇）；《金瓶梅》的藝術性（6-9 篇）；《金瓶梅》研究之研究（10-11 篇）。

　　一路走來，我和金學同仁一同經歷了在中國傳統文化背景下，研究這部小說所必然要面臨的風風雨雨，見證了在風波中研究會負責人的擔當勇氣、學術態度和研究實力，拜讀了前輩、同輩和後輩學者的豐碩研究成果，看到了後起之秀帶來的勃勃生機——這使我堅信「金學萬歲」在現在和未來，都絕不會僅只是一句口號。這也是我不揣淺陋，借這個與海峽兩岸師友交流的機會，奉上些微研讀心得的初衷。

孫秋克

2014 年 2 月 26 凌晨於呈貢萬溪沖

國家圖書館出版品預行編目資料

孫秋克《金瓶梅》研究精選集

孫秋克著. – 初版. – 臺北市：臺灣學生，2015.06
面；公分（金學叢書第 2 輯；第 1 冊）

ISBN 978-957-15-1650-9 (精裝)

1. 金瓶梅　2. 研究考訂

857.48　　　　　　　　　　　　　　　104008040

孫秋克《金瓶梅》研究精選集

著　作　者：孫　　　　秋　　　　克
主　　　編：吳　敢　、　胡　衍　南　、　霍　現　俊
出　版　者：臺　灣　學　生　書　局　有　限　公　司
發　行　人：楊　　　　雲　　　　龍
發　行　所：臺　灣　學　生　書　局　有　限　公　司
　　　　　　臺北市和平東路一段七十五巷十一號
　　　　　　郵 政 劃 撥 帳 號 ： 0 0 0 2 4 6 6 8
　　　　　　電 話 ： ( 0 2 ) 2 3 9 2 8 1 8 5
　　　　　　傳 眞 ： ( 0 2 ) 2 3 9 2 8 1 0 5
　　　　　　E-mail：student.book@msa.hinet.net
　　　　　　http://www.studentbook.com.tw

定價：精裝 30 冊不分售
　　　新臺幣 45000 元

二 〇 一 五 年 六 月 初 版

有著作權 • 侵害必究
ISBN 978-957-15-1650-9 (本冊)
ISBN 978-957-15-1680-6 (全套)

# 金學叢書 第二輯